郭澄清别集

马振华英烈传

郭澄清 著

中国言实出版社

图书在版编目（CIP）数据

马振华英烈传 / 郭澄清著 . -- 北京：中国言实出
版社，2021.12
（郭澄清别集）
ISBN 978-7-5171-3895-2

Ⅰ.①马… Ⅱ.①郭… Ⅲ.①马振华—传记 Ⅳ.① K827=6

中国版本图书馆 CIP 数据核字（2021）第 249179 号

马振华英烈传（郭澄清别集）

出 版 人：王昕朋
责任编辑：史会美　崔文婷
责任校对：王建玲

出版发行：中国言实出版社
　　　　　地　　址：北京市朝阳区北苑路 180 号加利大厦 5 号楼 105 室
　　　　　邮　　编：100101
　　　　　编辑部：北京市海淀区花园路 6 号院 B 座 6 层
　　　　　邮　　编：100088
　　　　　电　　话：64924853（总编室）　64924716（发行部）
　　　　　网　　址：www.zgyscbs.cn　E-mail：zgyscbs@263.net

经　　销：新华书店
印　　刷：北京温林源印刷有限公司
版　　次：2022 年 1 月第 1 版　2022 年 1 月第 1 次印刷
规　　格：710 毫米 ×1000 毫米　1/16　12 印张
字　　数：130 千字

定　　价：198.00 元（全三册）
书　　号：ISBN 978-7-5171-3895-2

悼念英烈马振华

清明倍思先辈恩，
祭扫归来泪沾襟。
弃杏为伍马振华，
不愧真正中国人。

齐鲁殒殁马振华，
燕赵华诞八一春。
丰碑天荒辉炎黄，
懿范地老励后人。

振华兴邦遗愿切，
澄清玉宇企望殷。
栽活大刀报国心，
创来强国慰烈魂。

1988 年 4 月 5 日晨疾笔于山东省千佛山医院，郭澄清。

文前漫笔

鲁北，漳卫河南有个宁津县。

宁津，古名"临津"。马振华烈士在该县为国捐躯后，宁津县人民为纪念他的功勋，曾于 20 世纪 40 年代初，将县名改为"振华"。直至新中国成立才又恢复宁津县原名。

如今，"振华县"这个称谓虽已不复存在了，但"振华县"这个紧紧扎根于宁津人民心中的字眼儿，还经常出于人民之口。该县留有多处与马振华烈士有关的光辉遗迹。其中之一便是"振华县烈士陵园"。

振华县烈士陵园，建成以来，在史兴华、王之义、徐建中、赵望林、郭珍、辛生、杨振江、赵胜武、盛玉振九任县委书记和历届县长们的领导和操持下，虽曾几经翻修、扩大、迁址，但陵园的名称从未改过。

振华县烈士陵园，坐落在宁津县城北的一片开阔、平坦的高地上。它是一所方正、宽敞的大院落，四周风光秀丽，景色宜人。这处陵园落成时，时任山东省委党报《大众日报》总编刘洪喜先生，曾专程赶到现场。当他了解了马振华先生生前的高尚情操和英雄事迹后，深有感触地对我说：

"郭澄清同志呀！你这作家，甭成天价瞎胡虚构，把马振华的事迹如实地写出来，我看就是篇好作品。"

他还曾语重心长地说：

"马振华烈士是我们冀鲁边区抗日救国根据地的创始人之一；我们德州地区，就是以萧华将军为首的抗战英雄和以马振华烈士为首的先烈们，用鲜血和生命，从敌人手里夺回来的！"

刘洪喜同志的通讯文稿，很快在《大众日报》上发出来了。可是，我在他激励下写出的这个《马振华英烈传》直到30余年后仍尚未正式出版，只是在宁津及附近市县流传着许多手抄本、复写本和油印、打印本。

刘洪喜同志的报道发表后，省党报文艺部的负责人、作家、诗人于阳春和丁秀生来到宁津，要瞻仰和游览陵园。根据县委的安排，陪同人还是我。我先和客人绕陵园一周，看了看外景，然后又回到陵园门前。游览了外景后，他们都认为陵园周围环境优雅，景色迷人，两位作家、诗人，还留下了一首题为《"陵园"雾尘》的抒情诗：

霞光缥缈陵园秀，

异彩轻飘河界长。

> 青纱围绕留白雾，
> 花香鸟语飞出墙。

这首有纪念意义的诗，现在还悬挂在陵园的烈士祠堂里。

陵园大门朝正南。大门上方横悬一块匾。上书：

振华县烈士陵园

大门口，两边的门垛子上雕刻着一副对联：

伟业有光昭日月
英灵无形在人心

大门前的高台上，是片树林——白杨绿柳、苍松翠柏，还有各种花树、果树。高台的东、西、南三面，都由精致漂亮的栏杆围起。南面的高台下边，是个大广场。每年，五一、国庆，各种庆祝典礼都在这里举行；清明时节，人们为烈士们扫墓，也都是在这里举行悼念仪式。大概是这个广场在振华县烈士陵园大门前的缘故吧，这个从未被谁正式命名的大广场，如今被全县人民称为振华广场。广场南，隔着新修的环城路，有个大水塘。相传，这个水塘前身是抗战期间日伪军掘下的"万人坑"，要在这里活埋那些清乡抓来的无"良民证"的无辜百姓。由于被埋的人们赤手空拳地和敌人的机枪、刺刀展开了搏斗，加上马振华得信后，率领八路军长途奔袭，赶到这"万人坑"，最终歼灭了敌人，救走了百姓。从那，便留下了这个大深坑，40余年来，由于雨水的流积，加之地下泉水上冒，土坑逐渐演变成水塘。也不知是因这个水塘距振华县烈士陵园近呢，还是因这个水塘的形成与马振华烈士有关，或许两者兼而有之吧，反正，这个水塘被宁津人民称为"振华湖"。

振华湖虽很小，但由于其与马振华烈士有关，所以，它不仅成了宁津人民心驰神往的迷人胜景，而且还引来了许多外地的文人墨客和游人。时任中国展望出版社总编的徐国泰，游览了烈士陵园和振华湖后，留下了一首诗篇：

咏"陵园"

虚光繁地籁，

境寂散天香。

翠竹掩殿祠，

苍松遮日光。

为改善振华湖的水质、增大水量，在"四化"建设中，宁津县委书记赵胜武、水利局长周炳坤，组织了数万名河工，在烈士陵园后边开挖了一条新河。这条河虽曾被官方暂命名为"宁津河"，但在宁津40万人民口中，它却是"振华河"。下边，就让我介绍介绍陵园的情况吧：

园中，松柏夹道，杨柳接荫。彩蝶双双逗花笑，蜂群结队吻蕊香。在偌大的陵园中，最惹人眼目的，是居于陵园中央的华丽而雄壮的烈士祠堂。烈士祠堂是座具有中国古典风格的殿阁式建筑，四周飞檐出厦，朱柱银栏。

祠堂的正门上方挂着一块匾额：

烈士祠堂

正门两侧挂有一副对联：

肝胆涂地，万民永感救国之恩
英名贯天，千代恒仰蒸尝之盛

烈士祠堂门口的这副对联，出自阚道隆（时任中国青年出版社总编辑）和黄伊（时为人民文学出版社主办的《文学故事报》的负责人）二位同志之手。那是1956年春，他们在瞻仰陵园之后亲笔留下的纪念。

烈士祠堂四周的厦檐下，悬挂着许许多多大小不一、横竖不一、形色各异的匾额，有木质的，有铁质的，有烫金的，有镀银的。每块的词句、书法也都完全不同，落款的署名和日期更是一块一个样，不过它们多与马振华烈士相联系，如"先烈英名万古，振华伟业千秋！"等。这些匾额，有的来自省、地、县、区、乡、村的各级领导部门、领导同志；有的来自宁津县的人民群众，或他们所属的各个群众团体、企事业单位；有的来自在外地工作或寄居的宁津籍人；有的来自原属冀鲁边区，现与宁津为邻的一些县市；有的来自马振华及其他烈士的亲属、战友；有的则来自曾到此游览，瞻仰过烈士祠堂的五湖四海的同志们……

走进祠堂，首先映入眼帘的，是在北墙上迎门高悬的写有四个大金字的横匾：

星辉辅弼

横匾下是一排灵牌。每个灵牌上都雕刻着一位烈士的姓名，在这些灵牌中，最上一排的正中位置的那块上雕刻着：

马振华烈士之灵位

这个灵牌不光比别的灵牌大，而且，灵牌上边还写着一个横幅：

真正的中国人！

祠堂的东、西两面和南面的各扇窗户之间，挂满了悼词、挽联和中堂条幅：

枪声炮声活捉声，声声震耳，
军事党事国家事，事事操心。

　　亲日派明投，反动派暗勾，父死谁手？

　　富民强国，统一神州，父志我们筹！

　　"父志我们筹"一联，署名为马振华烈士的女儿马秀英和他的两个儿子。马振华的这三位后代，有的在中纪委任职，正继承父志，为端正党风、纠正不正之风而斗争；有的在深圳特区，为推动改革、振兴中华而工作；有的在南疆边陲老山的火线上，带领部队，为保卫祖国而战斗。

　　烈士祠堂前的东西两厢房分别为烈士纪念堂和烈士英雄事迹展览馆。里面陈列有马振华等烈士们的遗像、战斗武器、负伤时的血衣，以及入党申请书、游击日记、别人写的烈士生平事迹等，我的拙作——《马振华英烈传》的打印本也陈列在里面，而且摆在了首位。

　　烈士祠堂后边，是一片烈士陵墓。这片陵墓，横成排，竖成列，马振华烈士的陵墓为墓地中央最大的那座。在这些陵墓之间，除了苍松翠柏而外，最惹人眼目的是那两块大青石制成的碑碣，一块竖在马振华烈士的陵墓前。这块碑的正面刻着：

　　革命先烈爱国志士马振华烈士之陵墓

　　碑碣背面刻的是马振华的籍贯、年龄、生平、功勋、职务、英雄事迹及牺牲始末。

　　碑顶雕刻着一条巨龙。

碑底雕刻着一个龟形的石人。石人趴在地上，背上驮着这块大石碑；石人的形象为日军将领，其两肩上还刻着四个楷体汉字：

日本战犯

另一块碑碣立在这众多烈士陵墓的前边，碑的正面刻着：

革命先烈　爱国志士　纪念碑

碑的背面刻着陵墓中所有烈士的姓名和生前职务；同时，还刻着宁津县的革命史和抗战史。

碑的形状和马振华墓前那块一模一样，不同的是，这块碑下驮碑的石人不是日军将领模样，而是汉奸的形象，其两肩上雕刻的汉字也不再是"日本战犯"，而是：

汉奸国贼

马振华烈士，只用了三十五年的时间，就走完了他一生的道路。直到今天，在津南、济北这一带，特别是宁津县，在那些从未见过马振华的青年男女们中间，还流传着许多颂扬马振华英雄事迹的故事和民歌。并且，这些还必将世代流传下去。我这部带有演义色彩的《马振华英烈传》，为保证其庄严、精炼，只写了烈士的报国功绩和高尚情操。那些民间的颂扬、称道和上级的表彰、嘉奖，都忍痛割爱了。

马振华者，何许人也？竟在人民中有这样高的声誉！读者诸君，欲知详情，请读正文。

"漫笔"就漫到这里。

目 录

一　贫寒出身　　　　　　　　／　1

二　学堂风波　　　　　　　　／　8

三　办学之争　　　　　　　　／　12

四　光荣入党　　　　　　　　／　18

五　抗租运动　　　　　　　　／　25

六　抢粮运动　　　　　　　　／　30

七　反税斗争　　　　　　　　／　35

八　教工维权　　　　　　　　／　39

九　飞行集会　　　　　　　　／　46

十　特殊商人　　　　　　　　／　53

十一　革命伴侣　　　　　　　／　57

十二　二盈好讼　　　　　　　／　60

十三　灶边会议　　　　　　　／　64

十四　成立武装　　　　　　　／　67

十五　发展队伍　　　　　　　　／ 71

十六　小试牛刀　　　　　　　　／ 83

十七　内部斗争　　　　　　　　／ 87

十八　攻占盐山　　　　　　　　／ 95

十九　坚持抗战　　　　　　　　／ 104

二十　迂回战术　　　　　　　　／ 108

二十一　死里逃生　　　　　　　／ 112

二十二　虎口脱险　　　　　　　／ 126

二十三　鱼水情深　　　　　　　／ 129

二十四　特别党课　　　　　　　／ 133

二十五　边区慈母　　　　　　　／ 137

二十六　血染薛庄　　　　　　　／ 145

二十七　碧血丹心　　　　　　　／ 155

后　记　　　　　　　　　　　　／ 157

附　录

回忆父亲郭澄清　　　　　　　　／ 161

郭澄清赋　　　　　　　　　　　／ 172

一部赤诚报国的英雄史实　　　　／ 174

一 贫寒出身

马振华者，河北省盐山县人也！1905 年春，生于后韩沙洲村一个佃户家庭，是佃农之子、雇农之孙。他生来聪敏、勤奋，自学成才，并当了教师。

马振华思想进步，是津南的第一批共产党员之一。早在七七事变之前，马振华就已是津南、济北若干个县的几百万名农民和农村知识分子的自然领袖。卢沟桥炮声一响，他又拉起了抗日游击队，号称"救国军"，自己当了救国军的指挥官。随着国军的节节向南败退，日军的向南挺进，马振华率领的救国军，进行游击活动的区域越来越大。不久，便初步形成了"冀鲁边区"（后改为"渤海区"）。

抗日战争时期的冀鲁边区，是指河北省南部和山东省北部相连的大片土地，包括隶属于山东的德县、陵县、德平、乐陵、阳信、商河、无棣、惠民、临邑、济阳等县及平原、禹城两县的津浦路东，齐河县的津浦路北，滨县、沾化两县的一部分和隶属于河北省的盐山、东光、南皮、吴桥、宁津（今属山东省）、庆云（今属山东省）、新海（今黄骅市）以及沧县、青县两县的津浦路东部分，人口约600万。这里是中国南北交通的枢纽，北控京津，南迫济南，东锁渤海湾，西扼津浦路和大运河。

这片坦荡如砥的原野形状恰如一张调色板，从南向北，依次排列着由黄河、徒骇河、马颊河、鬲津河、捷地减河、马厂减河等几条河流天然分割而成的格子，每个格子里都盛满了四季分明的颜料——春的新绿、夏的墨翠、秋的金黄、冬的苍黄，其间微妙的变化难以名状。

陡然醒目的，当属其东部渤海那浩瀚的蔚蓝色了，无边无涯，一直伸展到天际线。西侧作为冀中、冀南、鲁西分界线的津浦铁路，则是一痕浅淡的墨迹，却不容忽视，它就像翰墨高手挥洒出的金钩银画的一笔，惊鸿翩翩、游龙矫矫，飘逸而遒劲，带活了整个画面。没有崇山峻岭，没有茂林深壑，但有高粱、玉米、谷子、小麦联袂而成的青纱帐，有枣树、槐树、杨树、桑树、柳树拼组而成的杂木林，这种典型的平原地貌，极适宜冷兵器时代的大军团鏖战。而在现代战争中，平原作战因无险可据，拼的全是真刀真枪的实力和毅力，往往异常惨烈。这就是冀鲁边区抗日根据地军民与"日伪顽"斗争需要直面的现实。

正在这时，由萧华同志率领的八路军东进支队，从延安挺进到冀鲁边区。踏上这片摇曳着金丝小枣的华彩之地的萧华，同样是一个让冀鲁边区人民说不尽的传奇。那么，两个传奇人物相遇在同一个历史节点上会发生怎样的故事呢？

萧华同志向马振华同志出示了党中央的文件后，马振华同志立即把军权交给了萧华同志，并将其组建的救国军全部改编为八路军。

22岁的萧华成了冀鲁边区集党政军一把手于一身的"第一人"。由此，这位年轻的军事家迎来了人生中的一个巅峰期：正是在冀鲁边区的一年多里，他的政治才华和军事才干得以淋漓尽致地展现，他运筹帷幄、合纵制衡、围歼突袭，把一盘看似举步维艰、险象环生的"苦局"开展得风生水起、气壮山河。

萧华针对冀鲁边区的实际，确定了"巩固津南，发展鲁北"的方针，立即着手干了四件大事：一是统一整顿整编部队，发展抗日武装；二是放手发动群众，建立抗日政权；三是大力开展抗日统一战线工作，团结友军，共同抗日；四是开办党校和抗日军政干校，培养抗战急需的干部。

部队整编如期进行，原在冀鲁边区活动的三支队伍被编入了挺进纵队：津浦支队（即孙继先支队）改编为挺进纵队第四支队，司令员孙继先，辖4个营，约3000人；一二九师永兴支队（即曾国华支队）改编为挺进纵队第五支队，司令员曾国华，辖3个团，约4000人；平津支队改编为挺进纵队第六支队，司令员邢仁甫，政委王叙坤，后由周贯五接任，副司令员冯鼎平、杨铮侯，参谋长程正杰，政治部主任崔月楠，副主任陈德，辖3个营和1个特务连——一营营长刘子芳，教导员李逸民，二营营长李子英，教导员姜靖海，三营营长杜步舟，教导员关星甫，特务连连长路牟班，约2000人。

整编工作进行得还算顺利。

萧华同志为冀鲁边区的八路军司令员。在这个过程中，经过了一场和叛徒邢仁甫等人的严肃斗争。在这场斗争中，马振华同志始终站在萧华同志所代表的正确路线一边。

说起这邢仁甫，当初还是由马振华引荐他参加了在旧县镇召开的华北民众抗日救国会和华北民众抗日救国军成立大会，之后，他被推选为救国会军事委员会委员长，统辖和领导抗日救国军。他曾亲自到盐山县第五区（高湾）（今大部属海兴县），将路牟班的队伍改编成华北民众抗日救国军特务团，亲任团长。按说，摆在邢仁甫面前的是一条洒满阳光、铺满鲜花的光明之路，然而，他却未能沿着这条路走下去，而是一步一步地走向深渊。1944年，他投靠日寇，撰写了《效忠天皇》《剿共灭匪计划》等叛变材料，换取了津南六县（静海、青县、沧县、南皮、盐山、庆云）"剿共"挺进总司令的职务。

救国军全部改编为八路军后，马振华同志便被党中央任命为地委书记、行政区主任和特委书记等要职。从此，直到1940年9月为国捐躯，马振华同志始终亲自带领着一支部队和一批行政干部，和萧华司令员协调一致，配合作战，神出鬼没，到处打击敌人。由于他在战争中，总是身先士卒，注意群众关系，加之，其善于调查研究、讲究实事求是，重视学习、足智多谋、智勇双全，所以，在武器以劣敌优、兵力以寡敌众的情况下，打了许多胜仗，立下了赫赫战功，使敌军锐气大挫，我军声威大震。

在此过程中，马振华同志也有过失利的教训，他负过伤、流过血，也曾几次死里逃生。

马振华为什么能由一个普通的老百姓，很快成长为一名优秀的共产党员？又如何从一个知识分子，投笔从戎，变成了八路军的出色指挥员？这，除了党的领导、教育，以及自身的学习实践外，与其苦难的家庭出身，也有着极其重要的关系。

马振华，有着一个什么样的家景呢？

在那暗无天日、人吃人的旧社会里，马振华和其他受苦受难的穷庄家孩子一样，一生下，就带着一个"穷"字。马振华的父亲是一个佃农，因为生活的煎熬和内心的痛苦，早年就患了眼病，最终双目失明；再数上去，他的爷爷是个雇农，一生受穷、受累，受地主的压迫；再数上去，还是这样；再数上去，也还是这样。

受家庭环境的影响，马振华的性格，从小就深沉、勇敢而坚强。

他小时上过几年学后，就辍学在家里帮着种地。但村里的农民们认为他是一个有出息的孩子，都希望他读成书，将来为大家撑腰，以免受地主豪绅的欺压，于是不断地撺掇马振华的父亲，要他送马振华继续上学。

马振华的父母和老乡们有同样的想法，在马振华十四岁的时候，父亲决心送他去上高小。

振华也愿意去继续深造，他希望将来有了学问和本领以后，不仅可以让自己的家庭，更能让故乡的父老扬眉吐气。

但是，到哪里去上学呢？除了邻村前韩沙洲村以外，附近没有学堂。

长空雁唳，黑云压顶，村庄刮起了一阵紧似一阵的风声。

"就上前韩那学堂吧！"父亲说，"离家又近，又方便，还可以省些盘缠。"

"我不去！"马振华说，"我宁愿远走千里，也不上前韩那学堂。"

"为什么？"父亲盯着马振华问。

"因为前韩那学堂是任大脑袋家办的。他是个大老财，我在他家学堂里上学，我可羞死！"

很快，马振华的话被任大脑袋知道了，他抬手摸摸八字胡，翻着白眼说："哼，他想念成书？这不是粪堆里想长灵芝草吗？"

有了这件事情后，马振华自然不可能在任大脑袋的学堂读书。

于是，马振华扛起行李，到离家十几里的李连庄小学求学去了。在离家那天，老乡们都怀着期望来为他送行。

"千万莫忘任大脑袋那话。将来，你有了学问，就回来传给我们的孩子们，让我们穷人家也有扛得动笔杆的人。"有位老乡这样对他说。

乡间盘曲的小路上，马振华时不时地回头张望着被朝暾笼罩的村庄，那扭着腰身升起的炊烟是他再熟悉不过的景象。马振华带着那个时代的青年人特有的憧憬和豪情，渐渐消失在白茫茫的野地里。

二　学堂风波

在学校里，马振华的日子过得并不舒心。同学们大多是地富子弟，全班几十个人，只马振华和另外一个刘姓同学出身不够"体面"。那位面容黑瘦、脾气有些倔的小刘，全家的卖身契还攥在一户老财手里。在班上，两人同样受歧视，共同的命运使两人靠得很近；又由于他们勤奋用功、热情助人，所以周围也团结了一些纯洁正派的同学。

新学期开始这天，老师主持选班长。小刘站起来说："我提议选马振华！"而后将马振华功课好、作风正派等优点说了一遍。

班里的那些地富子弟却早已忍不住了，未等他说完，他们便嗤鼻、哄笑，有的还爬上桌子打呼哨。老师制止，他们不听，还挤眉弄眼说起怪话来。

"你们看哪！"一个分头上抹得油光光的学生说，"小黑奴看中了佃户崽儿……"

"此之谓'臭味相投'也！"一个穿着黑缎子坎肩、体态臃肿的白胖学生摇头晃脑地接过来说。

跟着，一阵尖声怪气的哗笑……

这天晚上，小刘情绪激昂地对马振华说："这实在不平等，实在太气人！我要跟他们斗！这群老财崽子……"

"说得对！"马振华两眼闪着光，语气十分有力，"这社会实在令人感到不平，你看……"他满怀感情地说起自家身世，说起任大脑袋的那对白眼珠子。他说他远道来读书，就是准备学好本领和那大脑袋斗的，但现在看来，要斗的不仅任大脑袋一个人。小刘也含泪叙述自己家历代为奴的悲惨遭遇……

这天晚上，两人的感情靠得更近了。他们的观点完全一致：在这社会，要想不受欺侮，就得挺起腰来跟他们斗！

主办这学校的，是一个在北京上过大学的士绅子弟，名叫周砚波。他从外面带来了完全新式的课程：国语、算术、自然、地理，并且从高小一年级起，由他亲自讲授英文。

刚学过几句英语，那些地富子弟就感到十分得意，好像如此将来就有希望交上外国人，可以荣及祖先了。他们越看马振华越不顺眼，就用半中半洋的词儿编成不好听的话来骂，一面骂，一面扬扬得意。

马振华的英语成绩比这些学生好得多，但是，他可不这样骂人。他心想：我堂堂中国人，怎好拿这样半中半洋的鬼话骂人？！再说，说的是事，讲的是理，要斗得从理上斗！

周校长上过北京，懂得许多新知识，可能不像其他地富那样不讲理。于是他将一些地富子弟胡作非为、不务学业的事，一五一十地告诉了周校长，并点名道姓地写在一张纸上贴出来，并在上面质问说："人人生而平等，奈何仗势欺人，用英语骂人，莫非想当洋奴？"小刘画得一手好画，就将那些事摘要画成漫画，贴在旁边。

这一下，可震动了那些坏学生，也激怒了他们的老财家长。这些老财本来就为学堂里招收奴佃子弟而感到不满，只因周校长宣称办的是新学，且大力宣扬过不分身份财产，人人有受教育之权，等等，看在校长的面上，也就马虎过去。现在，这些奴佃后代竟然这样放肆伤人，使得自家公子受了委屈，并还听说那奴佃崽子提出什么"人人生而平等"之类的观点，真是世风大不古了。他们纷纷要求开除马振华。

"就这样的孩子，能成大器？！"

"他成不了大器不要紧，别祸害咱们的孩子啊！"

老财们七嘴八舌地议论起来。

拥护马振华的同学也毫不示弱，群体声辩，列举事实，要求校方将那些坏学生，按校规给予制裁，并说："否则校规将成废纸，校长威信何存？"

这时候，那周校长可是为难极了。他虽出身士绅家庭，对于穷家子弟有一种天然的轻蔑，但他既办新学，也期望校中子弟将来都能成才，自己也可落个栽培后人的清高名声。那些地富子弟偏偏不遂所望；相反出身贫贱的，像马振华和小刘这样的人，却能潜心读书、作风正派，渐渐在教师中落下好印象。

现在，出了纠葛，如何处理？教师们也众说纷纭，莫衷一是；而多数意见是：马振华是个好学生，无论如何不能开除。

面对这种形势，周校长一面通过士绅关系与那些老财说项，一方面表示校方原谅学生的年少无知，既不制裁，也不开除，有理无理"各打四十板"。

马振华被打了板子，老财们多少满意了些。这样，才算平息了这场风波。马振华却从这件事中又悟出一些道理来。他悄悄向小刘说：

"你看，周校长虽是正牌大学生，但他到底和咱不一样，这真理还要去别处找！"

从那时起，马振华明白了，真理和正义已经被现实扭曲，他开始直面血淋淋的现实。

三 办学之争

三年高小生活，马振华不仅获得了许多书本知识，懂得了不少社会斗争知识，而且结识了许多进步的师友。他的眼界被打开了，思想更开阔了。

他一刻也没有忘记离家时老乡们亲切的叮嘱。他望着家乡的平原，想起了宋代著名诗人辛弃疾的名作《永遇乐·京口北固亭怀古》，随口吟诵道：

千古江山，英雄无觅，孙仲谋处。舞榭歌台，风流总被，雨打风吹去。斜阳草树，寻常巷陌，人道寄奴曾住。想当年，金戈铁马，气吞万里如虎。

元嘉草草，封狼居胥，赢得仓皇北顾。四十三年，望中犹记，烽火扬州路。可堪回首，佛狸祠下，一片神鸦社鼓。凭谁问：廉颇老矣，尚能饭否？

马振华同辛弃疾一样，怀有壮志雄心、一腔热血。毕业以后，他回到村里，第一件事就是筹办学校。他和村里一个有着相同志愿的人一起操办起来，他们要让穷孩子们都能入学。不仅如此，他们还商量着开办民众夜校，让大家都有读书识字的机会。

办学校要经费、要校舍、要桌椅板凳，没有这些怎么办？办法就是和大家商量。学校既是为咱穷人办的，大家一起出主意，事情就好办了。

就这样，校舍腾出来了，桌子、板凳凑齐了，学校挂起了牌子。

就这样，穷人家欢欢喜喜地送他们的子弟到学校来报名。

就这样，马振华的理想完成了第一步。

学校的成立，没有恼怒别人，单单恼怒了前韩的大地主任大脑袋。

开学前的一天，马振华有事外出，任大脑袋气势汹汹地来到了学校。

老乡们见这光景，不明事由，就纷纷地围了上来。任大脑袋望了望众人，用手里的哭丧棒敲打着门前的校牌，敲得叮当作响。

"这是谁办的学校？"

"咱们村里合计着办的。"许多人这样答。

"你们合计着办的？你们有资格办学校吗？"任大脑袋不住地敲打校牌，"你们还懂办教育？哼！"

"看，不懂也能办起来呢！"一个青年这样答，"年头有变！"

任大脑袋更加恼火了，他大声说：

"进去把校长叫出来和我说话！谁是校长？"

"校长倒是没有，老师就是俺们的振华。"有位老大爷说。

"振华？"任大脑袋说，"就是马瞎子家那小子？凭他一个佃户崽子还有资格办学校、当教员，和任大爷我唱对台戏？他爷爷的衣胞还在我家后院里埋着哩！"

"乡亲们，你们想想吧，这算什么学校？这种学校能上吗？再说，你们的学校在县里立案了吗？上省里备案了吗？我告诉你们，不经立案、备案，私办学校是犯法的，你们想吃官司不是！快把那个牌子给我摘下来！"任大脑袋一边说，一边用他的哭丧棒把校牌撑了下来，摞在地上，用脚狠狠地踏了几下，然后挥着棒子走了。

马振华一回村，老乡们马上就围拢上来，先是和马振华说明了任大脑袋来学校闹事的经过，然后七言八语地商量起跟任大脑袋斗的办法。

有的说："大脑袋欺人太甚，咱要准备棍棒刀枪跟他闹！"

有的说："把他家砸烂，由我顶着去县府过大堂！"

一个青年嚷着说："一不做，二不休，咱们建起武术房来，人人学得一身武艺，还怕他任大脑袋要鸟毛？！"

马振华听罢，哈哈大笑起来。他捶了那青年一拳，说：

"对呀！神鬼怕硬的！咱要成立武术房。将来咱有文有武，跟他任大脑袋斗个痛快！"说到这里，屋里掀起一片欢腾，马振华又接着说："大爷们，大哥们，你们看，这样一来，咱们的人可就成了文武全才，足以压倒他们了。不过——"他顿了一顿，大家静下来，望着他，"那老财总拿他的官府吓我们，将来少不了要去县大衙门对堂。那样，离开钱可是不行啊！"

提到钱，大伙儿可怔住了。都是劳苦终年、不得一饱的人，日子过得艰难极了，钱，从哪里来？半晌，有个老汉说：

"照我看，任大脑袋财势不小，可他人单势孤。咱们穷，可是能联合，当年也有凑'互助钱'的，咱就不兴那样来？！"

年岁大一些的，一听乐了；有些小青年不明白，经老汉一解释，也齐声说"好"。

马振华见大家这样，忙接话说："我的好大爷，你说得太好了，咱就这么办。给它起个名，叫'互济会'行不行？互相救济，互相帮助，积少成多，拧在一块儿跟任大脑袋干！"

自此，后韩沙洲村的武术房成立了。一帮青年每天下地回来，便跟着新聘的国术教师，"乒乒乓乓"地认真练习。青年们展英姿、秀拳脚，热情澎湃。

自此，后韩沙洲村的"互济会"兴办起来了，全村的贫雇农，以及不少中农，每户出一元会费做基金；对会员低息贷款，轮流受益，使全体会员都摆脱了高利贷的剥削。

自此，后韩沙洲村的小学校开办起来了，夜校也开始上课。

马振华趁势和老乡们研究定下：和老财采取"不合作主义"。

事逢凑巧，任大脑袋家里死了人。按往例，除去他的长工理所当然地为丧仪服役以外，佃户们也要出人出力为他家"助杠"。而老财们惯常摆的那诵经奏乐的阔排场，也常吸引许多小孩、妇道们去看热闹。

但是，这一回却奇怪了。搭棚念经期间，任凭吹鼓手们吹笙打鼓、和尚道士吟诵得多起劲，而四周里，除去主家的儿孙、妗姑甥婿稀稀拉拉地伫立倾听以外，看不见一个外姓的"观众"。演奏场面冷冷清清，闹得那些念经的和吹鼓手们越来越不起劲，最后只好草草收场。

任大脑袋因此烦躁极了。他翻瞪着白眼珠子，拖拉着孝袍，在院子中来回走着，向家人们号叫，哭丧棒拄在砖地上"咚咚"作响。他说："好你们这些穷鬼，气死我了，想要晾我台！哼！……管家，管家！"

他将那缩肩耸背的账房叫到跟前说："去，去找助杠的！一家一个，少了不行！六十四台放不开，爷要放它个一百二十八台。去，快去！"

管家急匆匆地赶到后韩沙洲村，横眉竖眼地挨户要人，但每到一家，都给软钉子碰出来了。

他来到最后一家，那位青年可是个急性子，他连门也没让管家进，就气冲冲地说："你不要瞪眼！死的又不是你老子，你着哪门子急？要不咱到武术房里，一道练练？！"说着他伸出拳头在那管家的鼻子前面晃了晃。管家见状急忙转身走了。

由于全村人都"不合作",过了七七四十九天,任大脑袋只好动员随礼的全体亲友,将灵枢抬到茔地里去。而这时,那些坚决"不合作"的人却一呼啦出来"观礼"了。他们沿着村街,跟随到村头,望着那些扎紧孝衣孝帽,走路歪歪斜斜的男男女女,零乱地架着黑漆棺材,不由得开怀大笑起来……

"观礼"回来,大家余兴未尽。马振华笑嘻嘻地向着大家伙儿说:"老乡们,你们看,任大脑袋平日的威风到哪里去了?他踩我们校牌的凶劲儿到哪里去了?这就是因为我们心齐。只要大家一条心,管他任大脑袋、狗大脑袋,不过是废蛋一个!"

四 光荣入党

马振华有不停思索的习惯。这一天深夜，他放下看了一晚上的苏联小说（这是一个姓谢的外村同学偷偷借给他的；他们这种借阅关系已经持续了两年多），吹熄灯，躺在炕上，又开始思索起来。他想："办学校、开武术房、立'互济会'，老乡们这样齐心，令人敬佩！……可是，老乡们还是受穷啊！而任大脑袋还是那样扬扬得意。"他又想起曾看过的几本苏联小说，"共产党……改造社会……共产主义……书上说的共产主义多么好！可是，任大脑袋不倒，官衙门不倒，共产主义从哪儿来？……对，要跟大伙儿说说共产主义，让大伙儿一块儿来打倒土豪劣绅！"

从那时起，马振华就开始思索，列举出许多理由来向大伙儿说明土豪劣绅应该被打倒，如老财们都是社会的寄生虫，等等。当和大伙儿谈到土地问题的时候，他说：

"我们住的地方叫地球，你们说，这地球有主儿吗？"大家感到这个问题有点可笑，马振华接着说，"像任大脑袋这样的人，他肩不挑、手不提，除了他的脑袋大一点以外，也没有什么特别的地方，为什么他家就有这么多地，而咱们种地的反倒没有地？这太不公平了，应该把他的地拿出来，给咱们种才对。"

马振华在家乡办学的时候，中国革命的中心在南方，虽然革命的风暴席卷全国，但由于马振华的家乡地处偏僻，他的接触还不够广阔，还没有系统地学习马列主义、共产主义，因而他还不能运用科学的阶级分析的方法去解决问题，不能借助阶级斗争的学说去发动群众进行斗争，他还是孤立地自发式地去进行着宣传。

但是，他的那种宣传方式还是吸引人的。在村里，不仅和他一道长大的青年农民，就是年岁较长的穷苦农民也都欢喜和他接近，听他讲述许多新鲜的、闻所未闻的道理。

"在许多年以前，德国出了一个马克思。"他说，"马克思的理想就是要天下没有穷人，大伙都干活，大伙都有饭吃。现在苏联革命成功了，在他们那里，就实行了共产主义，地都归庄稼汉了，不干活的老财们就不给饭吃。"

听到土地归农民所有，没有一个人不激动，没有一个人不向往那个国家。

"真的是这样的吗？"有人这样问。

"真是这样的。"马振华说，"我们中国也有共产党了，将来我们中国的革命成功了，我们也会和苏联一样有自己的土地。"

大伙儿听得更入神了，七嘴八舌地问道：

"你见过共产党吗？"

"你也是共产党吧，振华？"

马振华摇摇头。

"学校里的付老师是吗？"

马振华又摇摇头。

"唉！"有人着急地说，"你们认识的人多，快点找去吧。你们要都是了，那该多好啊！"

就这样，在地里，在场上，在遇着朋友的时候，在走亲戚的时候，或者在赶集赶会的时候，人们互相传播着。一而十，十而百，百而千，千而万，随着时间的推移，马克思、列宁、共产主义等许多新名词在沉寂的乡间流传开来。

突然有一天，任大脑袋又来找马振华了。

任大脑袋说："你四处说将来我们的地都该归农民，我们反该受穷，是不是？"

"依道理是该这么着！"马振华说。

"呸，你倒想得好！我的地不都在村子周围吗？你就叫你们这些佃户崽子扛回家去吧！"

"也许有这么一天！"

"你别给我捣乱！你要知道你的学校还没有立案，还不安分守己，散布这些邪说谣言，你道我没本事上教育局、上县里、省里告你？！"

"你请吧！"

马振华并没有被吓住，他依然宣传着他的道理，并且有这样一个心愿越来越坚定了：要找党，找中国共产党，无论如何也要找到。要使这个地区和南方一样，刮起革命的风暴！于是，他四处打听，在彼此了解的小学教员中打听，在熟悉的人们中间拐弯抹角地打听。

过了不久，有一天下午，一个穿长衫的青年来到了后韩。他在村外，向在地里干活的青年胥子和打听马振华在不在家。

"你是马老师的朋友吗？你贵姓？"胥子和问。

"我姓刘，我们是老同学呢！"

于是胥子和把老刘领到学校。可见面之后，马振华并不认识他。但因那人是专程来拜访的，又见是个读书人模样，所以马振华也就热情地招待了这位新朋友，当天晚上留他住下了。

"乐莫乐兮新相知"，他们谈得多么投机，多么愉快啊！大家围在书桌四周，马振华、付老师和胥子和三个人对着那如豆的灯光，倾听老刘的讲话。他们完全被这位"不速之客"的明朗清脆的声色吸引住了。

老刘应他们的要求，介绍了当前全国的形势，先说了国共合作，蒋介石如何背叛革命，以及千百万革命同志和广大革命群众残杀的情况；又说了中国工农红军的建立和发展壮大，谈到了中央红军在毛泽东同志的领导下，怎样以劣势兵力粉碎了反革命的三次"围剿"……讲到蒋介石当前企图以更多的反革命军队，向中央根据地进行第四次"围剿"时，老刘说：

"我们一定会再次粉碎敌人的'围剿'！红军虽然在人数上、武器上远落后于蒋介石率领的军队，但是，红军是为全中国人民而战，有四亿多人民做后盾，会慢慢地强大起来，终有一天会强大到足以消灭蒋介石！"

听到这里，马振华兴奋地站起来，又坐下。老刘接着又谈起九一八事变后，日本入侵我国东北，蒋介石怎样采取不抵抗政策；在"一·二八"以后，国民党政府又怎样与日本签订了出卖上海的辱国条约，从而导致日本帝国主义在我国沿海各地到处挑衅，为所欲为，而蒋介石却调集反革命军队向中央根据地大举进攻。

这时，屋内肃静极了，几个人的眼睛里似乎都冒出了火星，他们好像看见全国人民都在跟蒋介石指挥的国民党军队和日本帝国主义血战，到处在流血，到处在呐喊，到处人声鼎沸。

沉默了片刻，老刘又谈到东北抗日义勇军中也有了共产党领导的队伍……说到保定二师学潮及高阳、蠡县农民暴动时，他说：

"我们这个地区也要进一步组织群众、发动群众，等条件成熟，也搞起武装来，让大家起来闹革命，一起反对封建、反对蒋介石、粉碎日本帝国主义！"他顿了顿，又说，"将来还要闹共产主义革命！"

"革命早日成功才好！"马振华握紧拳头说。

"对，只要我们努力做工作，向工人做工作，向贫雇农做工作，向学生教员做工作，向全国人民做工作，我们就很快能搞起来。"他以兴奋的语调说，"毛泽东同志说过：'星星之火，可以燎原！'……"

他们无休止地谈下去，越谈越热烈，越谈越兴奋，越谈越感到中国的未来充满希望，而这希望又归结于：中国有了共产党！

这时，马振华用坚定的目光望向老刘说："你，你是共产党吧？"

老刘不搭话，只是以诚恳、热情的目光望着他，好像在对他说："你说吧！有什么希望、要求，率直地说吧！"

"我们能加入共产党吗？"马振华认真地问。

"只要你们有勇气，有决心为中国革命事业、为共产主义事业奋斗到底，当然是可以的。"老刘答。

"我们有勇气！"三人一起说，"决心也早就有了！"

于是，他们三人谈起自己的家庭、自己的过去，介绍自己看过什么书，叙述自己怎样和老乡们一起跟老财斗争。马振华又谈起自己曾经想联合几个青年到东北去找义勇军，但转念一想少数人不顶用，最终决定还是先找党……

他们再三申请入党，于是老刘为他们介绍了党的纲领、章程、入党条件和手续。马振华站起来，严肃地说：

"为了党的事业，我愿意贡献出一切！"

就这样，在乡间这间矮小的平房里，一场简单的入党仪式庄严地举行了。在这个夜里，马振华在获得了长期以来所向往、所追求的真理的同时，也正式踏上了那条最正确的道路——为民族独立、人民解放而奋斗的道路。他成为一个光荣的中国共产党党员。

马振华望着从窗口透进来的曙光，口中默念着："是啊，我要不停息地战斗！……"

五　抗租运动

马振华入党以后，接到上级指示：为了广泛地发动群众，开展斗争，应该在乡村中吸收有觉悟的贫雇农入党。由于他和群众的关系密切，情况熟悉，很快就发展了几个贫农入党，组成了后韩村支部，由他担任支部书记。那是一九三二年。

支部成立时，正值秋收。不久，支部就接受了发动和领导农民抗租运动的任务。

佃户们一向是受地主压迫的，要他们公开反对地主，他们不但有顾虑，有的甚至认为向地主交租，是自古已然的事。固然，说起向地主交租，大家本质上是不愿的，而且不管年丰岁歉，有吃没吃，租是逃不了的。要是交不了租，就别想安生过日子，因此没有一家佃农是不恨地主的，但都是恨在心头罢了。

根据这种情况，马振华秘密召开支部会，研究抗租的具体办法。

他们仔细地研究，悄悄地讨论，贫农党员高金荣不耐烦地说："老财都是孬种！明白抗他就是，还怕他怎的？！"

日常心细的贫农胥子和，这时也心急地说："既是抗嘛，总要硬碰硬的！你们看，我来'打头'行不行？"

"别性急嘛！"马振华还是慢慢地说，"咱可不要忘记上级党组织的指示：要坚决地发动群众！要是群众不起来，只有我们去单打独斗，哈哈！"他笑笑说，"那老财可是不怕我们哟！"他细致地分析群众中存在的顾虑，又对接下来的工作提出意见。他用缓慢而轻松的语调，讲着严肃的道理。

心急的人也沉静下来，大家继续讨论，终于定下了抗租的具体办法：由在佃农中有威信的高金荣和胥子和去串通村里的佃户。

末了，马振华总结道："这是项细致工作，咱们一定要有耐心，耐心地帮助老乡们算算细账，就像我们刚在会上算过的那样仔细。"

从这天起，高金荣和胥子和每吃过晚饭，就到各家去串门。在话家常中，很自然地就谈到今年的年景，谈到收获的粮食敷不敷交租等事情上面来。

说起交租，人们的怨气就来了。谁都慨叹一年的辛苦，慨叹日子的艰难。

"咱们先不发这些没有屁用的牢骚，咱们先算算细账再说。"高金荣和胥子和往往就是这样开始的，"算算咱们到底是赔了还是赚了。要是赚了，咱们有得吃，勉勉强强日子过得去，那就算是叮光了，这个租不妨交；要是赔了，咱们辛苦了一年，没得吃，一家都挨饿，那咱们今年的租就只好拖着——不交了。"

于是开始算细账了，从种子、农具、牲口、肥料，到人力，一样一样算，算出一个总数来——这是一笔账。另外一笔账好算，就是从地里收进了多少粮食，折合时价，共值多少。

各家的情况虽然不同，有的佃的亩数多，有的佃亩数的少；有的劳动力多，有的人力少；有的添置了农具，有的没有添什么……但算细账的结果，得出了一个共同的答案：只亏不赚。交了租之后，都不够吃。

"那这个租咱们是不能交了。"高金荣和胥子和说。

"不交行吗？"有的佃户开头往往这样说，"哪个老财是善人？不交，可得吃官司的。老财们能饶过咱们吗？"

"要是一家不交，老财们肯定是不会饶过去的。"高金龙和胥子和说，"要是你也不交，我也不交，他也不交，咱们后韩全不交，他们前韩也不交，这周围一二十里地全不交；再说远一点，将来咱们盐山到南皮全不交，整府整县全不交，老财拿咱们吃官去吗？好，就算咱们都去，问他官府里有这么大的天牢地狱，关得下这些人吗？说来说去，没有别的，就是怕咱穷哥们儿不齐心。咱们齐心了，什么老财老狗，怕他个屁。老话说得好，一根筷子撅得断，一把筷子他就撅不断，就是这个道理。你们看，老财任大脑袋家死人，咱一起跟他'不合作'，他的三亲六友不是也得拉麻拖孝地去抬棺材吗？！"

真理只有一个，当人们认识了真理，而且掌握了它时，它就会发光、发热，发出无穷的力量。

像春风一样，这个真理在短时间内传遍了全村。

收租的人来了，每到一家所得到的答复是一样的：

"粮还没卖出去，过些日子把粮卖了，再给你们东家送过去吧，不用你劳驾了。"

过了几天还没有送去，收租人又来了，每家的答复都还是和上次一样。

第三次的答复还是这样；第四次……还是这样。

眼看到年关了，租还是没交。老财们知道其中定有蹊跷，他们着急了，于是请来了官府的粮警，亲自领到村里来收租。

每家佃户对于老财的答复依旧是相同的：

"今年的年景不好，我们把粮食先借着吃了，租是还不起了，明年见吧。"

老财们气得暴跳如雷，他们怒吼着：

"我还没有交完国税呢！你们不交租，到官府和我说话去！"

"那就随你的便了。"

每家每户的态度和语气都差不多，逮谁呢？逮一个，大伙儿就跟着走；逮一家，全村就跟着走。没有一个老财敢这样做。"众怒难犯"，没有一个老财有这样的魄力：敢在觉醒中的、团结的人们面前，撄一下他们愤怒的锋芒。

老财们回去以后，感到拿后韩的佃户实在没办法，就私下里盘算，把各自在后韩的地贱价出售，以便捞回几个钱来，因为这样总比把地白给人种要强些。

就这样，抗租胜利了，后韩村支部光荣地完成了党交给他们的第一个斗争任务。

六　抢粮运动

第二年，抗租运动迅速地扩展开来。随着运动的开展，党在群众中的威信日益提高，群众的队伍日益扩大、日益巩固，相应地，党的组织也随之日益巩固和扩大。

津南各县遭受战火暴乱，地不泛青，赤地千里，正常年景粮食收成欠缺，加之旧社会，反动统治阶级征收苛捐杂税，人民处于水深火热之中。而反动统治阶级沽名钓誉，怕影响"县容"，便禁止逃荒人口出境，广大饥民只有坐以待毙、穷苦度日。

哪里有压迫，哪里就有反抗，具有光荣革命传统的津南人民，不愿坐等饿死，勇敢地提出"反饥饿，要饭吃"的斗争口号，一场轰轰烈烈的农民抢粮暴动在津南大地兴起。

党领导着群众，把运动向前推进。

抗租运动对于发动群众、打击封建地主，虽起了巨大的作用，但它的范围还是有限，还不够全面。因为抗租仅限于出租土地的地主，而对于雇工自行经营土地的地主，就受不到什么打击。像前韩的任大脑袋，他的土地就是自行经营的，所以抗租运动发生以后，他很得意，很有些自我陶醉地对那些出租地主说：

"我早就料着了人心叵测，这帮佃户没有一个有良心的。不信，你看看哪一户是心甘情愿给咱们完租的？没有，一家一户也没有！所以我情愿自己麻烦，多雇长工，收了粮食，就倒在囤里，门一关，锁一上，铁打的江山。任那帮穷鬼抗租，他们到哪里抗得我的去？"

看到这种情况，马振华心里说："哼，你任大脑袋切莫得意！"

果然，不久上级党委就发出指示：在继续开展抗租运动的同时，发动一场抢粮运动。

在韩沙洲地区，抢粮运动不是从后韩，而是从前韩开始的。因为后韩的佃户多，地主少，只有两家，且都是外来户，他们在本地扎根不深，所以当抗租的群众运动起来以后，便不大敢作威作福。而前韩的土地大部分集中在任大脑袋手里，抗租运动掀起以后，他不仅不知收敛，反倒因为没有受到运动的波及，而更加得意忘形、气焰高涨。

那时是一九三三年的秋天，韩沙洲地区的大街小巷灌满了呼呼的风声，落叶在马路上翻滚，小河泛着粼粼波光，河岸两旁的野苇摇晃着白花花的芦花，不知名的水鸟轻盈地掠过水面。

马振华一直密切关注着事态的发展，从得到的信息中，他越来越清晰地预感到，一场暴风骤雨即将席卷而来。他召集县委骨干成员，研究如何因势利导，领导好这场关系百姓切身利益的斗争。

马振华向党员传达了上级的指示，然后研究了具体办法，即由党员们分头去发动群众和联系地主家里的长工。任务布置好以后，马振华和平日一样，白天在学校里上课，夜里在学校批改学生的作业，他不动声色地指导着运动的进行。

第一个晚上拔了任大脑袋地里的一大片庄稼。第二天，任大脑袋着了慌，赶紧把庄稼收好、捆好，但还没来得及运到自己的场上，到第三天清晨，这些捆好的庄稼又不见了。

任大脑袋一面收，群众就一面往各家场上抢。人多好办事，大伙一上来，背的背，挑的挑，不一会儿工夫捆好的庄稼就被抢光了。

那些看守庄稼的人，都是事先联系好了的，他们都是穷人，而且长工中也有党员，他们哪会抵抗、哪会声张呢。等到任大脑袋盘问他们时，他们就编着各种各样的理由来搪塞。有的说抢粮的人都是带刀带枪来的，人又多，所以不敢抵抗；有的说，当时被抢粮的人捆住了手脚，堵住了嘴，不能呼喊，等等。弄得任大脑袋也没法责备他们。

任大脑袋后来打听出来，抢粮的数后韩的人多，而后韩的穷人没有一个不和马振华要好、不听马振华的话，所以他估计这是马振华出的主意。

这天，任大脑袋去找马振华，这一次，他不像往常那么盛气凌人的，而是垂头丧气的。是的，当一个强盗失去了他的大刀，一个高利贷者失去了他的本钱，一个地主失去了他的粮食，他也只好垂头丧气了。

"马老师，"任大脑袋说，"舍间的庄稼被抢的事，外边都说和你有些瓜葛。我听了可不相信，你是个读书的君子，哪里会做这种勾当？只是村里的庄稼汉子都和你合得来，所以我要请你疏通一下，把抢去的，给我送回来。送回来了，谁家有困难，我也乐意接济他们，最少可以无息借贷，这是往好里说。要是不送回来，我也只好公事公办，告到官里去了。"

一个革命者，总是个乐观主义者。他们往往会在最困难、最危险的时候，从容不迫，显出幽默风趣来。马振华就是如此。固然，现在任大脑袋的到来，对他来讲，并不算是遇到了什么困难，但他面对着那种阶级敌人的小丑表情，也忍俊不禁了，于是他幽默地说：

"我原来要去拜访你呢，正好你来了。今天一早，我家来人说，我们家种的那点棒子，夜里给人拔了一大片去。你要告状去，劳驾带上我们家一笔，咱们受了损失的，一并经官究办，行吗？你要不信，请上我家地里看看去吧。"

马振华说罢，打了一声招呼，就摇起铃来，叫学生上课去了，不再理会任大脑袋。任大脑袋听了马振华的话，哭笑不得，独自尴尬地坐了一阵，就像一只丧家狗似的溜了。

这场抢粮运动极大地鼓舞了人民群众，沉重地打击了任大脑袋等大老财，在全国产生了极大的震动和影响，全国各大报纸纷纷报道、评论。各地农民纷纷响应，革命斗争风起云涌。

风起云涌的农民斗争极大地震撼了土豪劣绅和反动官府，他们惊恐万状，向群众反扑，有些大地主勾结地痞流氓、散兵游勇，与农会对抗，持枪炮向过往借粮的群众射击。

津南一带的饥民由我党带领，开展轰轰烈烈的抢粮斗争，他们带着口袋、簸箕，潮水般涌向各村，一些过路的穷人也积极响应，加入抢粮队伍。经过几天斗争，群众队伍扩大到一万多人，发展到方圆五六十里，抢粮几十万斤。接着其他地方也组织起了抢粮斗争，一场"反饥饿，要饭吃"的农民革命斗争在津南大地如燎原之火般迅速展开。

自此，抢粮运动和抗租运动，一并向前发展着。

七　反税斗争

这一年的抢粮抗租运动胜利结束，转眼就到了腊月。

辛苦了一年，到了腊月里，哪家都得到集上去办些年货，预备着过年。

在那时候，苛捐杂税是非常多的。每一样东西，都要拿好几道税。这样，消费者就受到好几重剥削。例如爆竹，做爆竹的原料是硝磺，需缴纳硝磺税，等到爆竹制成了，又得缴一次出厂税。爆竹到了小商贩那里，当他们摆在集上出卖的时候，税局里又得抽什么普通营业税、特种营业税、地方附加税，等等。

这样名目繁多的税，不仅消费者受剥削，就是小商小贩们也不乐意。因为这不仅降低了他们的利润，而且影响到他们的买卖，东西卖贵了，买的人就少了，买卖也不好做了。

腊月的爆竹是千家货，家家都得买，为了使抗税斗争顺利展开，党组织决定先发动一次抗缴爆竹税的斗争。

这天适逢节日，距韩沙洲村不远的韩家集，挤满了赶集的人。

收爆竹税的人也忙起来了。他们在一个很显眼的地方，放好一张长方桌，上面摆着税单、图章、算盘、砚台，以及壶碗。主事人坐在桌子后面，悠闲地喝着茶，支使一个一个的收税人，分头到爆竹摊上去收税。他的工作就是：核对缴上的税，钱数无误后，在税单上"啪"地盖上官印，发给商贩，作为完税执照。

今天有些特别，等了半天，还不见有收税人来这里核税款。主事人正闲得难受，忽听那边吵嚷起来。

"收税的老爷们，"一个小商贩讥讽地说，"难得你能想出这么多税的名目，我们都是小本经营，还让我们活不？"

"这是什么话？"收税人鼓起眼睛，"莫非你想抗缴？"

那小贩也急了，他亮开架势说："抗缴又怎的？"

二人剑拔弩张，一群群的顾客围上来，七言八语地帮着小贩说话。

收税人仗靠官势，他们还会让步？不给税，就得拿货走；小贩呢，理由充足，又有大伙帮助，人多势众，他们也不让步，不让收税的抢走一个爆竹。

越说越激烈，越嚷声音越大，群情也越来越激愤。这时，那收税的主事人晃着罗圈腿走过来了。向收税人问清缘由，他竟上前一把抓住小贩的破棉袄，喝道："你还要王法不？"说着，举起拳头砸下去。

这时，背后传来一声大喊："哎——"主事人忙停手回头看，只见一个穿蓝布长衫的青年将手一扬，大把沙土朝他扔过来。那主事人一手揉擦被迷住的眼睛，一手伸出抓人，但是人们很快躲开了，任那主事人瞎张着双手，在街上摸来摸去，活像小孩捉迷藏。集上的人都哈哈大笑起来。

马振华站在高处，看得清楚，那个穿蓝布长衫的青年正是高小同学、现在的战友小贾。小贾从长衫里抽出一杆旗子来，在万头攒动中挥舞着，高喊：

"废除苛捐杂税！"

"反对剥削压迫！"

"中国共产党万岁！"

…………

立刻，有许多人举起拳头来，呼应着；立刻，那些摊位前的"顾客"，纷纷从口袋里掏出传单来，向群众散发着；立刻，五颜六色的标语贴满了集市的墙面。

整个集市沸腾起来了。

不知从哪里喊出一声"打！"跟着许多只拳头落在收税人的身上。

这样一来，收税人一个个吓得魂不附体，狼狈而逃。那主事人也扔下他的税单、官印，晃起罗圈腿急忙跑了。集上收别的税的人也一个个地抱头鼠窜了。

这时，马振华和另外几个穿长衫的青年，来到那张长方桌前，喊道："来缴税喽！"然后在税单上"啪啪"盖上官印，一张张发给摊贩们……

如此，没人敢再来收爆竹税了，爆竹也便宜了，所以这一年的新春，乡村中爆竹放得特别多，家家热热闹闹地过着年。在新年里，大家伙闲谈起在集上首先挥动旗子的那位青年，都跷起大拇指。大伙抢着说："共产党向着咱穷人，真给咱穷人办事！"……

以后，马振华在党的领导下，又积极参加或亲自指挥了反猪头税、反梨税、反"红税"（枣税）等斗争，打击了反动政府的气焰，群众得到了不少利益，党的影响也日益扩大起来。马振华在这些火热的斗争中，经受着一次又一次的考验和锻炼，他日益显成长起来。

八　教工维权

由于在学校工作，马振华很早就与县里的教育界有密切的联系，和那些清贫的教员们交游甚密，来往频繁。在马振华还没有入党的时候，他就不断地向那些青年们宣传进步思想，宣传共产主义。就是在这个时候，他的宣传鼓动才能，已经显得不同凡响，许多人听了他不甚完整的宣传，对于未来的世界，都怀着无限的向往。

当时，曾经有过这样一件事：有位青年教师，发高烧，当他神志不清时，他在床上手舞足蹈地高叫：

"这不是吗，共产主义来到了！欢迎你啊，共产主义！欢迎你啊，苏维埃！"

入党以后，除了领导农民斗争以外，马振华更积极地从事教育界的工作。

在那时候，反动的国民党政府中的官员们，从上到下，从大到小，贪污舞弊，所经营的是自己的私囊，至于教育事业，不过是点缀装饰而已，谁也不把它当回事。所以在学校里，尤其是在乡村小学里，教员们的生活是很贫困的。他们不仅待遇微薄，薪水还常常被克扣不发。那些官儿们，有的把教育经费挪到家里盖房子了，有的干脆拿去讨小老婆。在这种情况下，教员的生活自然没有保障。

一九三四年春，紧接着去年冬天的抗税斗争，党发动了全县教员要求增加工资的斗争。

按照党的指示，马振华和另外一些青年知识分子党员，先在全县教员中进行了充分的酝酿工作，使得党的斗争号召，立即得到了全体教员的响应。

到了约定的日子，全县教员分别到指定地点集合。马振华那个区的集合地点是旧县镇。中心县委书记将马振华叫到一边说：

"这是第一次检验我们党在知识分子中的群众基础，检验我们的知识分子工作的斗争活动。知识分子在反动派眼里有一定的分量，这一炮打响了，就可以大大地打击反动派！不过，"他缓了一口气说，"教员中有一部分人的态度还不很坚定还想观望。所以要积极做工作，使他们的态度变得坚决，要挺出身来，和反动派进行说理斗争！注意，是说理斗争。"

这个区的教员陆续集合以后，中心县委说明了斗争的步骤和方法，然后整队出发。

各区的教员到了县里，首先到教育局。教育局长说了一通同情、敷衍的话以后，便把增薪的事推到县长身上，说只有县长能够解决。

请愿队伍到了县衙门，衙门里出来了一个官儿，说要推出代表去见县长。他问谁是代表？马振华站出来说：

"我是代表！"

那官儿一见马振华透着种少年英俊之气，估计他不好对付，很不愿他当代表。他皱了一下眉头后，向大伙发问：

"他可以代表你们吗？"

"当然可以！"全体教员异口同声地答。

"都同意了？"

"都同意了！"还是全体。

那官儿越想越怯，越不敢领马振华进去了。他于是又刁难说：

"根据'民权初步'，代表要经过一定手续推选，才算合法。这位老师怕是临时自荐的吧？没有经过推选，县长不能接见。"

马振华于是迈上两步，把那官儿推开，他站在当中，面对着全体教员说：

"诸位老师，既然这么着，我们只好再来一次'民权初步'了。好吧，赞成本人当代表的请举手。"

立刻，全体举起了手。

"慢着，手先别放下。"马振华说罢，转而对那官儿说，"请问，现在合法了没有？你是在场的，没有贿选的情况吧！"

那官儿嗫嚅着说："合法，合法，请吧。"

　　大家这才把手放下了。马振华对大家说了一句："我一定不辜负老师们对我的信任和委托。"然后和另几个被推为代表的人，随那官儿进去了。

　　县长很狡猾，他说了一些漂亮话以后，竟猝然诉起苦来，他说：

　　"现在财政困难，处处需要钱，我这做县长的，也是巧妇难为无米之炊。我也知道教育界是清苦，只是爱莫能助。所以增薪的事，只好等待将来。"

　　马振华说："现在教育界的收入，到了不能糊口的程度，请问县长，饿着肚子能上课吗？"

　　"到了不能糊口的程度？不至于吧！"

　　"如果不至于，如果我们还能吃得饱，还能这样从容论道，那我们就不来打搅了。我们来了就是因为吃不饱！"

　　"没有人从中鼓动吗？"

　　"要说有鼓动的，那就是我们的妻子儿女。没柴没米啼饥号寒的，每家的情形都差不多，所以每个人的情绪都受到了鼓动。至于其他的鼓动，那我们就不知道了。"

　　"唔，"那县长沉吟了一会儿，"你们先回去，政府慢慢想办法。"

　　"我们要等待县长的答复，没有结果我们不能走！"

　　县长马上翻起脸来，他站起来，拍了一下桌子：

　　"经费困难就是经费困难，难道你们要聚众滋事，要挟官府不成！"

　　马振华也立时站了起来：

"什么经费困难？前面不在大兴土木吗？请问现在正盖着的新县署的经费是哪里来的？"

"政府的事，你管不着！"

"怎么管不着？你把教育经费拿去改造你的新衙门，你不但夺了全县教员的口粮，你还夺了我妻子儿女的衣食，你在这里摧残教育，反倒说我们聚众滋事！"

等在院外的教员们早已不耐烦了，他们拥进了县府大院，一部分人又挤进了屋里，紧紧围着谈判桌。这时见双方谈僵了，便也顺着马振华说的，插进话来。有的举手喊口号：

"反对摧残教育！"

"坚决要求吃饱饭！"

…………

一呼百应，整个县府大院都闹哄哄地喊嚷起来了。

那县长见威胁不成，反倒被马振华揭了底，又见到这大阵势，最终败下阵来，不得不接受教员提出的要求：从本学期起，增加教员的薪水。

经过这次斗争，党在农村知识分子中的影响迅速扩大起来，他们中的一些先进分子，更积极地靠近党，加入了党的队伍，并在以后的各种革命斗争中成为有力的领导骨干。而马振华也在群众中取得了很高的威信。

这以后，马振华还是一个辛勤致力于教育事业的小学教员兼夜校教员。他教孩子们认字、做算术，又热心地教那些贫苦农民打算盘、记账、读书阅报。每天又最少匀出一节课，给他们讲江西红军，讲湖南农民打土豪分田地，讲毛泽东同志在中华苏维埃第一次全国代表大会上的报告。

随着这位马老师的谆谆讲授和亲切闲谈，老乡们的眼睛越来越亮了，孩子们的志气也越来越高了。与此同时，村里的党组织也迅速扩大，并建立了共青团小组，又扩大为支部。全区的党、团组织都迅速地发展起来。

马振华利用各种可能的时间，从事多种形式的斗争：发传单、贴标语、访贫问苦、拜望同行，将中国共产党领导全国人民反对封建压迫、反对专制独裁的真理，进行广泛的传播。

一天夜里，马振华动员十几个青年党、团员，沿沧盐公路去插标语旗。在靠公路的一座桩围子跟前，马振华刚将一张标语贴到围子门上，突然，"砰砰砰"一排匣子枪射过来，马振华急忙趴倒，滚坡跑走了。

第二天，公路沿线五十里，许多面标语纸旗迎风飘扬。许多地主庄园不得不加强了武装警戒。

又有一次，马振华利用学校休假机会，到县的民团局来"闲坐"。那时，民团局虽是封建武装势力，但他们自命风雅，很愿意读书人过去给他们装点门面。

马振华坐了一会儿，就谦和地告辞了。过了一会儿，局里就发现许多张传单散落在大院里，上面写着："反对剥削压迫！""反对封建武装！""中国共产党万岁！"……

当时局内，地富士绅纷至沓来，读书人不少，哪能知道是谁办的事呢？哪会晓得那是马振华告辞出来，在慢步走过大院时，悄悄自长衫里洒下来的呢？民团局里的那些乡长、团总，别别扭扭地吃了一个哑巴亏。

马振华依靠自己的机智和勇敢，顺利地进行着革命斗争。他时时不忘党的期待：要使这个北方的平原地区，不断地积蓄力量，将来也和江西、湖南等地一样，陡然掀起剧烈的革命风暴。

但是，事情忽然有了一个转变。

九 飞行集会

1934年教员增薪的斗争胜利以后，就在这年的四月，规模巨大的庆云县马颊河罢工斗争，由于"左"倾冒险主义路线的指导而失败了。庆云、盐山、宁津各县一带，党组织遭受了极大的破坏，许多优秀的共产党员被捕，有些人成为叛徒。许多党的关系接不上了，党的省委一时也找不到了。这个地区一时陷入极端严重的白色恐怖中。

马颊河为传说中的"禹疏九河"之一，发源于河南省濮阳市，跨豫、冀、鲁三省而入渤海，是海河流域大型骨干河道之一，它流经德州市夏津、平原、德城区、经济开发区、陵县、临邑、乐陵和庆云，流域面积3704平方公里，流域内耕地面积311万亩，境内河道长205.9公里，在德州水系中地位举足轻重。

唐代武则天当权时，为分泄黄河洪水，把笃马河、鬲津河和屯氏别河联通，形成马颊河的雏形，后几经治理，以供转运海漕。宋、明、清及民国时期经多次疏浚，成为鲁北平原的骨干河道之一。数千年来，受黄河改道以及南北运河影响，马颊河河道变迁频繁，沿岸人民深受其苦。

《庆云县志》载："明洪武十四年，简河水溢害稼。"又载："清道光二十年六月大雨，庐舍多倒，陆可行舟。"清政府曾先后6次对马颊河进行了疏浚治理，分减运河洪水，以保漕运，但只解决了堤防断残问题，并未考虑排涝需求。

1934年春，国民党山东省政府向德州拨付治河款3万元用于疏浚马颊河道，以国民党县长傅魁升为首的庆云当局将此款贪污，然后向人民"就地筹款"，每亩地加捐1元，并派军警四处催工催款、敲诈勒索。

胡林晓将情况汇报给津南特委负责人刘格平和庆云盐山中心县委书记胡恒熙。刘格平和胡恒熙认为，在人民群众最困难的时候，党应该支持并领导全县人民开展罢河工、反暴政的斗争。

当时群众中流传着这样的歌谣："三区四区动了工，一区二区说不中，代表选了好几个，堤东请来刘格平，请他不为别的事，庆云县里罢河工。"就这样，随着各村罢河工后援会的纷纷成立，中国共产党领导的一场以抗恶捐、反暴政为目的的农民运动在庆云大地上迅速拉开了斗争的大幕。

当年，庆云县的共产党员已发展到400余名。刘格平来到庆云时，听说当时的县政府要求人们去挖马颊河，如果不去的话，每户每日就要交一元钱。而挖马颊河会破坏大片的河滩地，闹得民不聊生。为此，刘格平在庆云召开了县委扩大会议，决定举行一次大规模的反抗运动。

这次罢工虽然由于国民党反动派的血腥镇压而失败了，但它沉重打击了国民党反动派的残暴统治，在庆云人民的革命斗争史上留下了光辉的一页。庆云党组织虽然遭到了严重破坏，但当抗日战争爆发后，一大批经过马颊河罢工斗争锻炼的党的骨干力量认识到枪杆子的重要性，纷纷组织抗日武装，为庆云县抗日局面得以迅速打开、为冀鲁边区抗战初期建立抗日根据地提供了干部条件，奠定了良好基础。

4月18日至20日，在中国共产党领导下，德州2万多名群众游行请愿，发动了马颊河大罢工，在民众强大的压力下，反动当局免除了河捐。

不少没有经过严酷考验的人，一时张皇起来，有的消极了，他们躲在家里，畏缩地度过那些窒闷的日子。在不少人中兴起这样一种论调："还干不干革命？""怎么干法？""等一等吧，等找到省委再说！"……

在这样的日子里，马振华一天也未停息战斗。他一面依靠群众掩护躲避敌人的搜捕，一面积极地警惕地寻访同志。他向他们说："要坚持干下去，一天也不能休息！目前的困难是暂时的。要想找到党，就只有干出成绩来！"

他耐心地寻访，警惕地识别，和那些忠实的同志紧握起手来，又启发和帮助那些张皇的和消极下来的同志。他不懈地坚持这项艰苦的工作，从而团结起越来越多的同志。

在这活动中，马振华也获得了新的经验和教训。这些，首先是从跟他同时入党的那个付老师身上得到的。

付老师和他同乡，年纪也相近，从小两人就在一起捧着书本幻想未来。后来跟老财斗争，付老师也帮了不少忙。同时入党以后，两人的关系更加密切了，他们在一个支部里生活，成为共同进行斗争的同志。付老师是富农的儿子，虽然有时不免露出对私有财产的留恋，表现得风格不高，但在那时的几次斗争里，他确也出了不少力。

当时，马振华第一个找到付老师，想和他研究怎样一起重整旗鼓，继续和敌人斗争。他说：

"局面这样难，咱们可得挺住腰啊！老付，你说咱们怎么干？"

他想，这个从小一起并肩的战友一定会爽直地说："对，咱要挺住，不让敌人有好日子过！我看……"可是，他失望了，付老师的答复没有他所想象的一点影子。

"兄弟，你看，"付老师低垂着头说，"家父管得实在紧，你知道他的脾气有多坏！我不幸托生了这样一个爹，哪比得了兄弟你？……"

听了这些，马振华惊讶了，也生气了。他激昂地说起自己对时局的看法，故意提起他们的入党宣誓，他直言警告这个一起成长的战友说："你必须赶紧回头，你已经太不像话了，不太像一个共产党员了！"

但是，那个人还是低垂着头，而且他又像做结论似的说话了："这么着吧，兄弟，你很能干，你一定会干出成绩来。我呢，我要先努力解除家庭的旧势力。我对革命也不会袖手旁观，我一定帮助你们，从侧面帮助你们！"

还有什么可说的呢？这真是一场生动的阶级教育啊！一个共产党员，只因为他是一个富农的儿子，在紧要关头便如此表现！马振华又联想到几个叛徒的嘴脸，他想：党一再指示的太对了，重要的是阶级本质，看问题，不能离开阶级观点！

在这些艰苦的活动中，马振华体会到：要实干起来，要以坚决斗争来打击反动派的凶焰！而且，有些同志的消极情绪也是需要以坚决的斗争行动来克服的。

从此，和白色恐怖针锋相对的斗争日益增多起来，而最鼓动人心的是不断出现的"飞行集会"。

常常是这样的：在庙会上，地主豪绅为了粉饰太平和炫耀财势，都拉出对台戏：《红鸾禧》《三岔口》《拾玉镯》《茶瓶计》……铿铿锵锵，唱个不休。

那边一座戏台上，唱的是《庆顶珠》，正演到肖恩父女不缴鱼税，光脊梁的丁府打手蛮不讲理时，突然，一个长脸膛的俊秀青年跳上台去，放大声音讲起来：

"老乡们！你们看那丁员外多欺侮人！咱们也学肖恩父女，反对一切苛捐杂税！……"他简单而生动地讲了反对剥削压迫的道理。台下立时有人呼应起来，高呼口号。人丛中，好几个穿长衫的青年，扬起手，立时，五颜六色的传单飘扬在人们头上。等民团和警备队的人赶到时，那些青年早已不见了踪影。

在另一个逢集的日子里，那个长脸膛的青年又在街上出现了。他站在高处，"呼啦"打开一张漫画，挂在墙上，用一根藤棍指着，对着人群讲起来。

"老乡们！"他指着画上一个端着刺刀、龇牙咧嘴的矮军人说，"这是日本鬼子。"又指着那个撒腿逃跑、连军帽和马靴也掉在后面的人，"这就是蒋介石。"他旋即激动地指向一位高举红旗、穿着工人装的魁梧的人，这个人足占去半幅画，他的后面随着许多农民、学生，"这就是中国共产党！"接着，他用明快的语调讲述团结抗日的道理，叙述日本帝国主义者在我国东北所犯下的滔天大罪……

继而，人丛中又飞舞起传单，人们抢阅着。混乱中，那个青年又不见了……

一个一个的"飞行集会"，鼓舞着广大乡镇的人民，也激励着那些一时消极下来的同志。它明确地告诉敌人：共产党没有被打垮，抗日的人民没有被吓倒，他们还在顽强地战斗！

这样，一个个更加激烈的战斗出现了：在旧县街南的小桥上，一辆满载海洛因毒品的汉奸汽车被截击烧毁了；许多顽固的警察头目、土豪劣绅接到了警告……

但是，反动派还是疯狂地向我们进攻，他们悬赏缉捕马振华，因为按他们的说法，这个人对他们的仇恨太大，并且他也已经充分暴露在他们的面前了。

我们的许多忠诚的同志，在这次大搜捕中被捕了，有的被残杀。马振华因已充分暴露，他的斗争活动，也越来越困难了。

这一天，是个令人欢欣的日子。同志们百般寻访不得的党的省委，这天却主动地找来了。马振华应召参加了省委代表主持的津南地区的领导骨干会议。

在会上，省委代表表彰了他们对党的忠贞，他们对敌斗争的英勇，他们的斗争成绩和经验。但是，他们也受到了严肃的批评。

"同志们，你们斗争得很英勇、很顽强。你们想用坚决的斗争来打退敌人的凶焰，你们想得很对。但是没有成功，你们的活动反而更加困难了。同志们，"他特别瞅了瞅马振华，"你们想一想，这是为什么？……"他重复地问着，沉静地望着大家。接着，他从国际形势讲起，又讲到国内形势，讲到党内的正确路线和"左"倾冒险主义路线的斗争。他层次分明地讲解了党的革命战略和策略，反复阐述群众路线是党的根本路线和方法；尖锐地批评了那种只懂得冲锋陷阵，不愿做深入群众工作的作风。他最后归结说：

"同志们，要吸取庆云治河斗争失败的教训，时刻勿忘紧紧地依靠群众。目前阶段的中心任务是：深入发动群众，进行耐心的教育和组织工作，进一步扩大党在群众中的影响。在这个基础上，再组织一个又一个的更加有力的斗争，击退敌人的进攻！"

党的指示使大家的眼睛亮了，对呀！要紧紧地依靠和发动广大群众，要深入到群众中去！

从此，津南地区的斗争进入了一个新的、更加扎实的方向，马振华也带着新的战斗任务，投入了新的斗争。

十 特殊商人

这是九一八事变后的第四年。日军占领东北以后，继续向关内步步进迫。在这危急存亡之秋，国民党反动派丝毫不顾及国家民族的命运，抱着不抵抗主义，向敌人妥协；对内则依然进行反革命"围剿"。1934年10月，红军踏上战略转移的漫漫征程，开始了长征。

上级党委根据当时敌我力量的变化以及新的斗争形势，决定自基层抽出一批对党忠诚，而且有了相当斗争经验的党员，来担任重要的领导工作。这样马振华被调到津南特委工作，担任特委特派员。他的主要工作是积极地整顿组织、发展组织、动员民众、准备抗战。

从1934年夏到1937年秋抗日战争爆发以前，他一直活动在冀鲁边区，为了中华民族的解放事业，冒着危险，辛勤地工作着。

担任特委特派员的马振华，现在的身份是一个卖笔墨，串书馆的商人。这时候他易名为李泽民。他以这个职业为掩护，进行着组织和宣传工作。

他戴着一顶草帽，背着他的货物，到处奔波着，日夜奔波着，几乎没有休息的时间。饿了，就在野地里吃一点干粮，有时连干粮也没有了，就摘一点野果子吃；困了，找不到村落，就在坟堆里睡一觉，不等到天明，就又出发了。

他到了书馆里，学生们就围了上来。

"你上次要的七紫山羊，我带来了，你看看好用吗？"他对学生们说，"你要的鸡狼毫，你要的龙墨，我也带来了。大家要的东西，我都带来了，此外我还带来了几本新书，几册新出的杂志。这是不卖的，我也是借来的。你们要看，我就借给你们看，可别弄丢了，得如期还给我，别的书馆里的同学还等着读呢。"然后他又把一册书给先生送去，"喏，老师，上次我跟你提到的《鲁迅杂文选集》，给你找来了。"

有时，先生在休息，他就给围上来的学生们讲故事。说是故事，其实也是真事，他将红军以及农民斗争的事迹编成故事，说给大伙听。马振华讲得绘声绘色，大伙总是听得入了神，几经催促，才回到自己座位上去。

这样，先生们欢迎他，学生们喜爱他，都和他格外亲密。他来了，就像是来了一位远道的亲戚一样，大家都亲昵地称呼他"李先生"。

不过，他还是一个不安于某一行业的"商人"。有时，那些文具书刊不见了，在他的肩上或他的自行车后座上，换上了一只不大的红漆木柜。每到一个村落，他便摇起手中的拨浪鼓。一些妇女、老太太们便闻声围上来，挑选她们需用的针头线脑。这时，他就举起一把线说："货是头等的，价钱也便宜。"他谦和地笑着，"可不像那些日本货，他们是想来赚咱中国人的钱的……"

妇女们感到这个青年"商人"和气而有耐心，混熟了之后，有时就边挑货，边聊起闲天来，那位和气的"商人"也就借机讲一些她们闻所未闻的新鲜事。

有时，他又是吆售桃杏的小贩，一身短装打扮，挑起担子，走到一个村，又走到一个村。

有时，他又在短工集市上出现了。他和一帮短工跟着顾活的去到地里，他和那些贫苦的庄稼汉一样熟练地干活。穷困的家庭环境自小锻炼了他，他是一个不坏的庄稼手。他的言语表达也是农民式的，他在地头休息时，说的每句话都打进短工们的心里。大家都惊异这个贫苦人怎么懂得这么多事。他们都十分喜欢这个精明强干的小伙子，有他在，好像干活也不觉累了，心里也通透多了。

有时，这个"短工"又穿上长衫，站在一个学校的讲台上了，他向学生们讲着许多新鲜的事情。

就这样，在闭塞的乡村中，或者偏僻的集镇上，那些传授着脱离实际的知识的先生和那些学习着那样知识的学生、那些辛勤淳朴的妇女和那些穷苦的农民们，都从这位不时变换身份的"商人"这里，不仅得到了需要的用品，而且得到了新的知识。与这位"商人"的频繁接触，打开了他们的眼界、拓宽了他们的视野。他们从他的讲话里、从他带来的书本里，了解到世界的形势，了解到我们国家、民族的危机；他们懂得了只有共产主义者才是真正的爱国主义者；懂得了必须在中国共产党的领导下，起来，斗争！

就这样，一个支部在乡村里建立起来了，又一个支部在集镇里建立起来了。在残酷的白色恐怖中被严重破坏了的党组织，又重新整顿起来、发展起来、壮大起来了。那星星之火，在冀鲁边，在华北平原之上，更加迅速地燃烧起来、蔓延起来。

十一　革命伴侣

　　马振华离家以后，他的家里更穷了。他的父亲早年双目失明，不能到地里干活，母亲也去世了，几个孩子年纪还小，不能劳动，生活的重担，全落在马夫人一人的肩上。

　　马夫人是一个淳朴的农村妇女，他们夫妇的感情极其真挚。在马振华没有离家以前，她受到他深刻的影响，具有崇高的理想。为了自己的家庭，也为了所有穷苦的家庭，为了自己孩子的幸福，也为了所有孩子的幸福，她辛勤地劳动着、筹划着，在生活上竭尽所能，使马振华得以一心一意为党工作。

　　她的独立操持家事，引起了公公内心的不安，因为自己不能劳动，而振华又整年整月地在外，不过问家里的生活，所以老人总是当着媳妇的面，责备自己的儿子。每当老人这样唠叨，马夫人总是劝解说：

"振华在外面总归有他的困难，你知道他是个孝顺的人，不是个不顾家的人，他怎么也不会忘记爹的。如今他不在家，我在家里也是一样，总不能叫您老人家饿着。"

"你知道他尽在外面搞些什么吗？"

"不知道，反正您老人家放心，他是个正正经经的人，在外面总是干些光明正大的事，总不会给您老人家丢丑，你就放心好了。"马夫人说。

"你是这样想的吗？"

"我是这样想的。打他离开家那天起，直到今天，我一直是这样想的。"

老人于是宽慰道："是啊，振华是个有血性的孩子。只是劳累你了，他把担子全交给了你。他回来的时候，无论如何我得说他一顿。"

"你别这样说，爹。振华没有一丝一毫对不起我的地方。只因为他对我好，我才这样欢欢喜喜，不把苦日子当苦日子过。"

"可是他怎么总不回家来呢？你知道他在什么地方吗？"

"我也不知道他在哪，他不曾回来过。"

只有这最末一句，马夫人说了一个谎。因为马振华有时是要回来取衣服、取钱、取点吃的，但总是夜里偷着回来，在家也不多逗留，总是趁天明之前就离开家。

马振华有时回家以后，也预备去爹屋里，和爹话话家常，但是马夫人会劝他说：

"你还是不去的好。如今他常常提到要你回来，要你和先前一样，留在家里。你要见了他，他一定会留你。你要不肯，他或许要生气的。一嚷嚷，当心外人就知道了。你走吧，闹你的革命去吧。你放心，孩子我拉扯着，公公我侍候着，和你在家时一样。"

"不，我亲爱的同志，"这时候，我们这位革命的志士总是感动得流泪，"我在家里也比不上你！"

马振华穿的衣服，大都是马夫人纺纱织布给置备的。有一次，马夫人缝制了一套新棉衣，托一位地下工作同志给马振华捎去了。过了一些时候，天气凉了，马振华回家来了，身上却没有等着棉衣。马夫人向他道：

"我给你捎去的棉衣，没有收到吗？"

"收到了。"

"为什么没有穿上？"

"天气还不算冷，过些日子再说吧。"

实在不是天气不冷，而是因为当时的环境艰苦，马振华把新棉衣送给别的同志了。

马夫人对马振华的了解是极其深刻而透彻的。她知道马振华是一位有着阶级友爱精神的人，他一说出现在还不穿棉衣的理由，她就完全明白了：棉衣是送人了。因为这样的事情，并不止一次。她也明白，他之所以这样说，也是因为想到她要重置一套是困难的。她当时也没有对他说，只是在他走后，又马上设法做了一套，托同志带去了。

十二　二盈好讼

马振华是多么忙啊！他广泛地深入群众，播撒革命种子，并且还以特派员的身份，日夜奔波，穿梭在各个县之间，传达特委指示，就地指导斗争。

就在这个时候，乐陵县流传着"二盈好讼"的故事。

"二盈"指的是两个青年教员——杜万盈和苗会盈，他们都是地下党员，杜万盈还是党的县委书记。庆云县治河罢工斗争失败以后，由于隐蔽得好，他们的身份没有暴露。他们怀着对敌人的深刻仇恨，想出了打击反动派的一个办法——打官司，在白色恐怖下，和敌人进行合法的斗争。

他们依靠几年工作所打下的群众基础，联合不怕事的小学校员和村干部，腰里藏着一百多个他们的人名图章，寻找敌人犯错的时机，写好状纸，将一百多只图印都盖上去，然后递到敌人的法院。

寻找敌人犯错的时机是很容易的，因为那时反动派压榨、欺凌、胡作非为的事情俯拾皆是。比如，当教育当局扣押教员薪金，企图私吞时，他们就具状检举；当反动警宪肆意欺人，甚至草菅人命时，他们便以"路见不平"的姿态具状申诉。

这样，那些官儿们也就不得不以被告的身份站到法庭上去。那位县长也只得无可奈何地和几个年轻的后生当庭对质起来。而这些年轻后生也总是以铁样的实据，理直气壮地迫使那些官儿灰溜溜地退下法庭去。

这样做，倒也迫使那些官儿略略收敛了些凶焰，一时也鼓起了一些民气。那些学校教员和村干部说："跟着'二盈'干，碰碰他县太爷！"他们干得很得意。

这天，马振华来到乐陵后周庄。这是乐陵县委所在地，也是他的"据点"之一，是他曾经串书馆时的出发地，他经常从这里装好笔墨文具，送到各个学堂去。他和杜万盈是老熟人、老同志了，前不久，他还在这里代替有肺病的杜万盈给学生讲过课，所以这次一见面，他就爽朗地笑着说：

"二盈同志，你辛苦啦！"

杜万盈也笑了，他说："我这只是一盈，那一盈可不在这儿！"

二人躲在杜万盈的屋里悄悄地交谈起来。马振华先问了杜万盈的病况，杜万盈腆腆胸脯，满脸透着英俊之气，就算是答复了。然后二人谈起工作。杜万盈汇报了乐陵县全党在白色恐怖中坚持斗争的情况，他咬牙切齿地说："那些顽固派，我恨不得一口把他们全吞了！"他们仔细地总结一个个斗争的经验。谈到"二盈"好讼的事时，马振华先表扬了他们的勇敢和不辞劳苦，而后问道：

"算过细账没有？看看我们到底由此得到了多少实际利益，得到利益的又是哪些人。再看看反面，给我们的工作带没带来影响。"

说老实话，杜万盈没有算过这个细账。马振华说："同志，这个细账必须算！"于是，他们摆出了所有的有关情况和后果，认真地进行分析，最后明确了这样一些情况：我们党所最需要依靠、所必须依靠的基本群众——贫雇农，在这个斗争中没有得到什么利益，并且在这个斗争中，他们爱莫能助，只是站在瞧热闹的旁观者角度，他们只能说："看，还得是人家念书的，咱可是不行哟！"

"现在事情比较明白了，"马振华亲切地认真地说，"你们的行动为什么越来越困难了呢？是由于暴露得太多了，并且也没紧靠基本群众。在这个斗争里，为什么未能更好地扩大我们党的影响呢？是'裸体跳舞'之故吧？"

杜万盈也是积累了相当多斗争经验的同志，这样一说还能不明白吗？"对！"他捶捶脑袋说，"感情冲动起来，就把党的阶级路线忘掉了！"他表示今后要放弃这个搞讼事的行当。

"不，"马振华不同意，"这仍然是我们的一个斗争方式，不过，要有选择地干！要针对有关基本群众利益的事干，选择最有影响的事件。我们上堂去，不是随便为了什么人，而是为了基本群众，为了那些贫雇农。这样，在堂上站着的，就不仅是我们几个人，而是千百万个很有力量的人了。否则，"他放松语气说，"久而久之，你就真的成为一个讼棍哩！"

他们的工作谈完之后，马振华随即匆匆转向下一处地方去了。

就这样，马振华披星戴月、马不停蹄地从一个地方跑到另一个地方，以他那坚定的无产阶级立场和明确的阶级观点，正确地传达特委指示，亲切地耐心地帮助同志，正确地指导斗争，使得边区的斗争烽火越烧越旺起来，那火焰越来越准确地烧向最顽固的敌人——国民党反动派。

十三　灶边会议

　　由于中国共产党的积极努力，1936 年 12 月西安事变和平解决，迄 1937 年春，以国共合作为基础的抗日民族统一战线初步形成了。

　　这时候，边区党委根据党的指示，积极动员全民武装抗战。

　　当时，这个地区的党组织仍然没有公开，还在地下。宁津县委会当时设在宁津城南的南北庄，县委书记老李是南北庄小学的教员。那天，马振华来到南北庄小学，找到了老李，打过招呼后就问：

　　"你是李老师吗？"

　　"我是。"

　　"我姓马。我请张策平先生给写了一幅字屏，他要我到这里来取。他告诉我，如果他不在的话，找李老师也行。张先生在吗？"

老李一听是联系的暗语，就答道：

"张先生这几天身体不大好，有些感冒，他要我告诉你晚几天来取，很对不起。"

马振华听了老李的答复，知道他是县委书记，立时改变了那种谨严的神态，显出亲切和潇洒。他没等老李让座，就随便地坐在老李桌前的圈椅上，说：

"有开水吗？来点开水吧，亲爱的同志。"

"饿吗？"

"还不特别饿，昨天吃过晚饭的。今天一早打乐陵来，只走了一百多里，倒是有些困，已经连着开三个晚上的会议了。"

"那你先喝点水，躺着睡一觉，我给你做饭去。你可是一天一宿没吃东西了。"

马振华喝过水后并未躺下，而是走到锅灶边帮着老李做饭了。

"你怎么不休息呢？休息去吧，这里可用不着你。"

"我不是单纯来帮厨的，我想利用这个时间，我们先谈谈。"

老李不同意，说："你现在太困了，该先歇歇，饭后我就向你汇报。"

"不，我们还是争取时间，准备晚上的县委会议。你知道，我们的敌人一时一刻也没有停止对我们的进逼。"

老李不再说什么了，他开始向他汇报工作。于是，一个烧火，一个做饭；一个灶上，一个灶前；一个报告着与各阶层——工人、农民、小资产阶级知识分子的联系情况——怎样组织、动员起来，怎样团结他们，目前工作存在的问题；另一个一边听着，一边指示着：冀东"自治"，华北"特殊化"以后，国家危机日益加深了，因此要以更大力量在农村开展抗日救亡运动，要广泛组织、团结一切可以团结的人，组成更广泛的抗日统一战线。他指出当前民族矛盾已经加剧的形势以后说，要注意争取开明的上层人物，并再三叮嘱说："主要力量要放在开展农民运动方面，要特别注意做贫雇农的工作，一定要这样！在农村，这是我们真正的自己人！"

马振华的话很朴素、很爽利，虽然问题是极为严肃的，但他的语调却是那样幽默，甚至不断引起老李的笑声。老李暗暗想，这是一个乐观的人，一个内心非常倔强的人！

可能由于长期做地下工作，马振华的声音总是悄悄的、平稳的，只有从他的眉目、脸色、手势的变化上，才能看出他是愤怒、激动或是十分高兴。

马振华在讲话中，会不时地突然变换话题，比如讲论党员如何学习党的政策，如何在各阶层中宣传党的政策时，突然又问起这里的学生分几班，今年的麦苗出苗全不全，等等。这是由于门外有了什么响动，或者传来了人声。每到这个时候，老李总是在窘过一段时间以后，由衷地赞叹："好一个机警的人啊！"

马振华的精力是这样的充沛，当他谈起工作的时候，丝毫不显得困倦。当天夜里，他又参加了会议。深夜散会以后，他稍稍休息了一阵，拂晓时候，就又起床赶路了。

十四　成立武装

日本帝国主义者为了灭亡全中国，竟然于 1937 年 7 月 7 日夜间，在北平南郊向我发动进攻。8 日，中共中央发出通电："平津危急！华北危急！中华民族危急！只有全民族实行抗战，才是我们的出路！"

当时，特委根据中共中央北方局的指示，召开紧急会议，讨论在新的形势下，党如何从隐蔽斗争转到公开领导武装斗争，广泛开展抗日游击战争的问题。

在会上，大家分析了国际国内和边区的形势。在关于边区形势的分析中，由于马振华对地方情况熟悉，所以他谈得极其具体和深刻。他首先谈到基本群众的情况。

马振华就是这样的，在任何情况下，在任何一个斗争中，他首先想到的总是基本群众，总是那些贫苦的、朴质的贫雇农，以及那些和自己一样参加革命的农村知识分子。会上，他列举实例，形象地介绍了边区基本群众高涨的抗日情绪。

他说："我们的基本群众都是一贫如洗的，他们会毫无顾忌地拿起枪来保卫家乡的，他们的抗日情绪极为高涨。个中缘由，除去我们党的工作，从东北逃来的同胞也起了很大作用。"

原来，自从九一八事变之后，日寇铁蹄踏入我国东三省，不甘奴役的东北同胞纷纷入关，辗转流离到这冀鲁边区来。他们以自己的悽惨形象和悲痛经历，叙述了日寇的野蛮和残暴，使得边区人民心蓄怒火。

"现在，群众中满是待爆的火药，"马振华打着比喻说，"党的全民武装政策就像是一支火把，当它和群众见面以后，那猛烈的火药就会轰然爆炸！"

但是，问题的根源还在于武器。贫苦老实的农民手中是没有武器的，即或有藏在群众中的零散枪支，也是极少的，要以之抵御凶残的日寇，显然是很不够的。在当时，真正掌握大量枪支的，除去国民党政府，只有民团和土匪。

当时，边区各地有不少封建地主所组织的地方武装——民团。根据党的抗日民族统一战线的方针，他们也是我们争取的对象。

但是，这些民团的首领们的阶级出身和他们自身的利益，使得他们在抗日问题上有两面性。在那次会上，马振华对那些民团的首领逐个地分析，指出谁有爱国心，可以在抗日战争中和我们站在一起；谁的两面性最显著，将来可能见风转舵，即当形势对我有利时，他打起抗日的旗帜，当敌人占优势时，他有可能投敌；谁最顽固、最反动，将来可能认贼作父、为虎作伥……事实证明，那些人在抗战中的发展，和马振华在会上的估计是完全相符的。

马振华就是这样通过革命实践，在认识上达到这样的高度的，他擅长以阶级分析的方法去观察问题。

在会上，有些同志对于搞武装斗争没有信心，他们这样说："我们中的许多同志是学生出身，搞组织，搞宣传，动嘴动笔，我们不生疏，多少有些经验；可是搞武装斗争，我们确实太生疏，太没有经验了。暂不说学生出身的同志，就说农民党员吧，有几个扛过枪杆子，打过仗的呢？实在太少了。所以现在我们直接去掌握武器、指挥战斗，是有实际困难的。"

"不错，是有困难。"针对这种思想情况，马振华发言了，他说，"但是，同志们，作为共产党员，我们应当在困难面前低头吗？我们应当在民族解放的斗争里有所犹豫吗？不，同志们，我们党是团结全民族的中坚力量，担负民族解放的神圣使命，我们要为党的事业献出所有的力量，动摇和犹豫根本就不应存在于共产党员身上。

"说到领导人民的武装斗争，我们党不是从今天开始的，而是从1927年的南昌起义和秋收起义开始，到现在已经整整十年了。同志们，当毛泽东同志组织第一支革命队伍、指挥第一次革命战争的时候，他学过军事吗？扛过枪杆吗？可是，在他组织、领导指挥下的中国工农红军，粉碎了蒋介石的反革命'围剿'，取得了长征的伟大胜利。我们不应当向毛泽东同志学习吗？是的，那是完全应当的。如果我们能在实际斗争中学习、运用毛泽东同志的战略战术，我们的队伍就将日益壮大，就将战无不胜。

"我们中国革命的特点，就是武装的革命反对武装的反革命。在面对强大的敌人的时候，我们更是应当动员全民，武装起来，不如此，就不可能把侵略者赶出我们的领土去。这是我们党的伟大号召，我们应坚决依照党的指示，武装起来，给侵略者以坚决的回击！"

之后，他们又谈到土匪工作，有的人要被派到土匪队中去，在和他们一起生活的过程中教育他们，争取他们，使他们也形成一股抗日力量。有的同志衡量着学生或教员与土匪之间的距离，他说：

"看来，我这教书匠要先投笔'从匪'一番了。"

"这里也需要一点阶级分析，"马振华说，"这些人大多数是被'逼上梁山'的，他们原先多是贫苦农民。当然，对于匪首，则需要慎重地分析了。总之，为了团结尽量多的人抗日，我们需要努力学习许多我们过去所不懂的事情。"

这次会议决定成立"各界民众救国会"和抗日的武装组织——"华北民众抗日救国军"。

当时，国民党军队正闻风向南溃逃，许多地主豪绅也都跟着逃跑，搅得一部分群众也惶惶不安起来。边区党委于是发出了号召：

"好男儿，上前线！"

在这号召下，边区人民纷纷武装起来，在党的领导之下，为保卫家乡、保卫边区、保卫祖国而英勇战斗！

十五　发展队伍

华北民众抗日救国军创建以后，马振华担任救国军的政治主任（相当于后来的政治委员）。

由于统一战线的关系，在初期的救国军中，成分相当复杂：有地主领导的武装，有土匪改编的武装；军官中，有国民党的动摇派，有匪首，也有地主和官仔的子弟，等等。救国军的总司令刘景良，原先就是国民党的校官。

国民党落魄军官刘景良仅带着两名卫兵，便迎着日军的来向进入了冀鲁边区腹地，而与他背道而驰的则是山东省第五行政专署督察专员兼保安司令赵明远望风溃逃的大部队。

刘景良在冀鲁边抗战史上是个独特的人物：他憎恨土匪，却转身又当了土匪；他能见机行事，且又善于投机钻营；他既善笼络人心，对人又心狠手辣；他既能运筹帷幄，又能身先士卒；他既心细如发，又胆大包天；他既毫不含糊地反共，跟共产党打过几十次仗，却又一以贯之地抗日，跟日本人打了几十仗，日军欲除之而后快。最终被俘拒降，被日军用刺刀挑死于惠民县肖万村东北角。

日军南侵的铁蹄尚远，盘踞于鲁北的赵明远就偃旗息鼓、走为上策。这算什么军队？简直是一群乌合之众！刘景良对此怅恨不已，于是怀着对赵明远的极度鄙夷脱离其队伍，单骑西来，一路上收拾残部，总算聚拢了一百多人、百余支枪，驻扎在乐陵三间堂一带。正是因为刘景良的到来，冀鲁边区抗战的形势变得更加诡谲与凶险。

刘景良的成名是因为他成功化解了发生在 1934 年 6 月间的"顺天轮事件"。

刘景良 1899 年出生于山东临朐一个普通家庭，排行老四。他本可以可以像父辈一样混迹乡间，老死草莱，但偏偏他赶上了不太平的年月，在命运之手的调弄下，一个农家子弟渐渐蜕变成一代枭雄。童年时代给刘景良造成最大的刺激，是家里有人被土匪绑了票，全家人那种焦灼绝望的神情如同红红的烙铁，烙在他少不更事的心头。这个没上过学，却聪颖的孩子，眼睛里多了几分迷惑、警惕与仇恨。

1929 年，鲁中地区的山野里多了一股土匪武装，首领绰号"小白龙"。他神出鬼没，令官府极为头疼。但不同于一般土匪的是，他做事并不一味颟顸，当国民党山东鲁东民团总指挥赵明远麾军前来围剿时，他自忖一番后，接受了招安，摇身一变成为中尉副官刘景良。

之后他跟随赵明远部队进驻利津县，正赶上沾化、利津土匪任富贵、王功臣、傅瑞五等劫持了从渤海经过的英国商船"顺天轮"号，扣押外国人质，跟政府讨价还价。赵明远奉命进剿，却一筹莫展。1934 年 8 月的一天，刘景良通过一名土匪小头目的老婆探知了土匪的老巢所在，便自告奋勇，只带一名护兵深入匪窟，凭着一口伶牙俐齿，竟说服了王功臣和傅瑞五等人答应释放人质，接受整编。匪首任富贵虽然坚决不同意，但已经难以掌控局面，只好连夜带领自己的部属远遁他乡。令国民政府在国际社会上颜面扫地的"顺天轮事件"，竟让刘景良于谈笑间化解得风轻云淡，他也由中尉直接晋升为少校。赵明远也因功擢升为山东省第五区行政专署督察专员兼保安司令。刘景良孤身犯险的事迹，经一干记者极尽能事地渲染后，一时间成了街谈巷议的奇闻逸事。

乱世出英豪，也出草莽和土匪。刘景良无疑是一个善于窥测时局者。他亲眼见识了日军的机枪大炮，日军张弛有度的攻防策略更是令他讶异，这种魔鬼一样的军队非常难对付。他清楚仅凭自己的百十条枪，别说跟日本人对着干了，恐怕连立锥之地也保不住，所以当务之急是寻找一棵大树遮风挡雨，然后再相机谋求壮大。他选的这棵大树就是华北民众抗日救国军。

这天，刘景良单枪匹马来到旧县镇救国军总部，求见总指挥崔吉章。崔吉章正在跟几个贴身部下喝着小酒闲聊，闻听刘景良拜访有点意外，他早听过关于刘景良的一些事情，自然不敢怠慢，亲自出门将其迎进房来，分宾主落座。刘景良见过大世面，心思缜密，察言观色，几句话下来，对崔吉章是个什么样的人就拿捏得八九不离十了。他说他想跟崔吉章联合抗日，把自己的队伍合并进救国军。崔吉章一听能扩大队伍，眼珠子都要跳出来了，忙叫人摆上宴席，与刘景良觥筹交错，把酒言欢。刘景良故意夸大其词，告诉崔吉章自己在利津、沾化一带还有三个团的兵力，也可以拉过来。真是天上掉馅饼啊！崔吉章咧开大嘴，乐不可支。

刘景良随即问崔吉章："不知救国军怎么安置刘某人呢？"

崔吉章眼珠子骨碌一转，拍得胸脯啪啪响："俺是救国军的总指挥，救国军的事儿俺说了算，俺说你就干个总司令吧！"

这颇为出乎刘景良的意料，总司令意味着什么？当然是最高指挥了。可是，这个总司令跟总指挥到底是个什么关系呢？但转念一想，管它呢，既然给了就接着吧！刘景良跟崔吉章碰个杯，豪气干云地说："崔总指挥既然这样看得起我，刘某人也不是缺心少肺的人，从今往后，我们兄弟有福同享，有难同当！"

崔吉章酒意遮脸，大大咧咧地说："好，有刘司令相助，救国军就是咱们兄弟的天下了。"

马振华一直对崔吉章的队伍感到头痛。崔吉章一味扩充队伍规模，却忽视对队伍的政治素质和军事素养的提高，队伍纪律涣散，吃喝嫖赌、欺诈抢盗有时发生，当地人对其"救国军"的名号嗤之以鼻，只以"便衣队"称之——固然也因当时救国军尚未有统一的军装，但更因其不得民心。崔吉章的军队所到之处，民怨颇多，有士兵外出为非作歹，被老百姓暗地杀死的情况也不罕见。马振华几次找崔吉章要求他严加管束队伍，他都哼哼哈哈、阳奉阴违。

日军华北方面军第二军一〇九师团本川旅团从沧州出动，先占领盐山县城，继而兵分两路，东路攻陷庆云，西路占领旧县镇，然后两路会攻乐陵。在这种情况下，政治工作的复杂性可想而知。这样的工作，需要一个立场坚定、富有经验的干部担当起来，而马振华在这个工作中做得是很出色的。那年，他才是一位32岁的青年。

总司令刘景良是一个高唱"坚决抗日"，而内心"至死反共"的两面派人物（到后来，那"至死反共"的口号也公开喊出来了）。我们党所以同意他担任总司令，考虑的因素是多方面的：他是由国民党正式委派的、穿着尼军装、长马靴过来的人，因而是为当地匪首和地主士绅视为"正枝正派"的人；而我们却被称为"大褂队"，我们的人既没有军装，也没有军事学校的文凭，所有的少数武器，也仅是"土压五"之类，那势派较之刘景良是差得多了。有些资料说，抗战期间出现的所谓"土压五"就是汉阳八八式步枪，又称"汉阳造"（其原型是德国1888式"委员会"步枪）。但实际上，"土压五"多半是根据"汉阳造"的图纸，由抗日根据地的小型作坊仿制的土制步枪。这种步枪质量很差，有时还会出现弹药不匹配等问题。即便能打响，故障率也极高，有的射击3—5发后就会出现"卡壳"现象。

因此，在救国军初建时，推举这样的人担任总司令，是根据当时的客观形势所做出的正确决定。

刘景良取得总司令职位以后，由于阶级观念使然，他反对进步势力，并且害怕民众觉醒、组织起来。他乐意收编一些地主和土匪的武装，以扩充自己的实力，而对党所组织领导的武装队伍，则顾虑重重、不感兴趣。鉴于这种情况，马振华采取了更为灵活的策略。

有一天，有位姓杜的青年来到司令部。他见到刘景良，先是表达了个人的抗日热忱及对刘景良的仰慕之情，而后说他组织和领导了一部分武装，请求归到抗日救国军的编制里来。

"你原来是哪一部分的？"刘景良问，"你的部队里大部分是些什么人？"

"我是乐陵黄夹镇的一个教员。我的部队大部分是由教员和学生以及青年农民组成。我们全体官兵一心一意抗日救国，我们都很钦佩刘司令是一个主张坚决抗日的人，我们听到你担任了救国军的总司令，都很欢喜，都愿意在你的指挥下对敌作战。"

"那太不敢当了。我是承蒙大家的推举，承蒙我们马主任的帮助，才得以为抗日救国尽些绵薄的力量。现在贵部官兵又这样信任，我是欢迎之至。贵部有多少枪？"

"二百多。"

"多少人？"

"现在有四五百人，问题是武器，如果有武器，人员是不成问题的。"

刘景良一听，心里又犯嘀咕了。他想，此人有这样大的力量，将来他的人员扩展，势力逐渐雄厚，就难以驾驭了。于是他自然又想到共产党方面来，他想只有共产党才是鼓动民众、组织民众的能手。他踌躇了一阵，问道：

"杜先生认识政治部的马主任吗？"

"马主任？哪位马主任？"

"马振华先生，你们很熟悉吧？"

老杜摇摇头说："不认识。想来马主任不是本县人吧，以前没有听说过。请问刘司令，编制的事，你马上就可以决定吧？"

刘景良思量这部分队伍可能与共产党没有关系，否则，马振华为什么从未提过，而他们也不去找马振华呢？他于是答道：

"这事我还得和马主任商量。这样吧，我今天就带你去见马主任，你也和他谈谈。"

1933年3月的一天，杜步舟应约来到荣庄朋友贾震（津南特委特派员）家，早有两人在等候他。贾震指着一位身穿蓝粗布衣褂、脚着露出大拇指的布鞋、看上去不到30岁的汉子说："他是中共津南特委组织委员马振华。"又转向另一位："他是津南特委代理书记老苏。"杜步舟眼睛一亮："你就是领导乡村教师反减薪斗争、领导民众抗捐、在韩家集上打得硝磺局的税警抱头鼠窜的马振华呀？"

马振华和老苏对杜步舟说："你为乡亲们写'呈子'打官

司，状告县警察局长、教育局长的事我们早知道了你斗争性强、勇敢、有办法，但是，靠打官司这种手段动摇不了反动统治，只有推翻这个黑暗制度，才能从根上解决问题。共产党就是领导民众推翻旧制度的，你要是愿意加入，我们可以做你的入党介绍人。"

杜步舟当即表态愿意："那你还要回答三个问题。你怕不怕死？"

"不怕死！"

"你能不能离开家？"

"能！"

"你舍得下老婆孩子？"

"舍得下！"

马振华马上与刘景良商议，决定把这一部分武装编为救国军的第六团。当天晚上，刘景良以司令的名义宴请老杜。马振华在宴会上和老杜寒暄着。

其实，这位老杜，就是中共乐陵县委书记杜步舟。他是按照马振华的指示前来联系的。他所领导的武装，就是党所领组织和领导的。所以这个团是救国军里觉悟最高、战斗力最强的一个团。在以后的对敌斗争中，杜步舟起到了显著的骨干和先锋作用。

早在20世纪20年代，就有一股土匪横行于津南、鲁北一带，其首领就是后来臭名昭著的刘佩忱。刘佩忱祖上是河北省孟村县西赵河村人，后落户沧县。他的父亲是个老实巴交的买卖人，到海边贩私盐时，不想遇到土匪，不仅随身财物被抢劫一空，还被强令挖了一个深坑活埋自己。17岁的刘佩忱为报父仇投入土匪行，以阴狠毒辣出名，加之有点文化，很快成了小头目，后渐渐发展成上千人的土匪武装。

1925年，他投靠山东军阀张宗昌，后又投靠蒋介石。1935年大汉奸殷汝耕成立"冀东防共自治政府"后，刘佩忱又投靠殷汝耕，当上了华北自治军第四师少将师长。七七事变后，他勾结大汉奸王克敏直接投入日本人的怀抱，被委任为华北自治联军副总司令，在冀鲁边区犯下的罪恶罄竹难书。此次主动"请缨剿匪"，刘佩忱本意是立个功，向新主子讨个更大的封赏，压根儿就没把所谓的救国军放在眼里，他认为那不过是乌合之众，大军过处土崩瓦解，费不了二两劲儿。但刘佩忱大大失策了。

救国军司令部接到敌情报告后，紧急会商应对策略。最后决定趁其不备，给以迎头痛击。邢仁甫作为司令员，亲自带二、三团参战，他接受周凯东的建议，把部队分成十多人一股的战斗单元，机动灵活地打击敌人，他们将这种战术美其名曰"小刀子"。当晚，在夜色的掩护下，数十把"小刀子"悄悄向伪军所驻扎的盐山县五铺、叶茂李村一带靠拢。骤然而至的救国军战士们如猛虎啸林，顿时与敌人搅作一团，"小刀子"刀刀见血，刺得睡梦里的敌人哇哇怪叫，毫无防备的敌军乱成一锅粥。

杜步舟早就按捺不住那颗急速跳动的心，他招手集合起警卫班，也化作一把"小刀子"向叶茂李村冲去。他们这十几人只有两三支枪，其余全是大刀。没到村口，就听到村里喊杀声震天，杜步舟大喊一声："同志们冲啊！"迎面奔来的十几个窜逃的伪军，被杜步舟及其率领的战士一顿砍瓜切菜，放倒4个，俘虏4个，缴获步枪10支。杜步舟扎扎实实地过了一把近身搏杀的瘾，他一边擦着刀片上的血迹，一边说："咱这些大刀片今天才算开上荤哩！"

救国军初战告捷。等刘佩忱如梦方醒，重新组织抵抗，邢仁甫已指挥救国军退出了战斗。我军以4人阵亡的代价击毙敌军200多人，缴获武器弹药一宗，活捉日军参谋和顾问3人。此次偷袭得手，令救国军士气大振。

刘佩忱毕竟不是等闲之辈，第二天就重整旗鼓、鼓噪南下，吸引救国军主力的注意力。同时命令新编入的伪"满洲自治联军挺进师"司令程国瑞率部秘密取道旧县镇与庆云县城之间，从三间堂大桥过鬲津河，直插救国军司令部驻地乐陵城。担任乐陵防务的崔吉章第二团毫无章法可言，驻扎于五里岔村一带的张华山特务营和防守西关的张房山中队先后投降，伪军没费吹灰之力就进了城。

杜步舟在乐陵北部的鬲津河南岸活动期间，也一直组织发动群众，宣传党的抗日政策，动员地主大户和群众贡献枪支弹药，忙得不可开交。而就在这时，崔吉章却悄悄把魔掌伸进了他的队伍，用封官许愿、拜把子、威逼恐吓等手段拉走了杜部的两个大队。

杜步舟的火爆脾气一下上来了，他火急火燎地找到了救国军政治部主任马振华，述说了原委，请马振华出面要回那两个大队。

马振华气得面色铁青，在房里来回走动，浓眉拧成疙瘩。他愤怒地对杜步舟说："这个崔吉章太不像话了！这哪像党领导的军队啊！简直就是军阀！"

杜步舟说："连军阀都不如，纯粹一帮子土匪！"

马振华说："崔吉章这种做法是极其错误的，我坚决反对！"

杜步舟说："马主任，别的都别说，我的队伍不是吹口气吹出来的，怎么也得给我要回来！"

马振华诚恳地说："老杜啊，现在是特殊时期，救国军刚刚成立，就像小苗苗刚拱出地皮，经不得大风大雨。这时如果非要回部队，剑拔弩张，弄不好就会造成队伍的分裂，对抗日大局不利，不要坚持要回了。"

杜步舟瞪着眼瞧了半晌，最后说："你管不了，我就不叫组织作难了。"说完气哼哼地起身离去，马振华无奈地摇摇头，眼中闪过一缕忧色。

杜步舟径直找到崔吉章。崔吉章的手下见他怒气冲天，知道来者不善，都把手按在了枪把子上。杜步舟昂然而入，见了崔吉章，"啪"一拍桌子："崔总指挥，你办的这叫什么事？哪有背后捅自己人的！"

崔吉章满脸赔笑："老杜啊，你我都是救国军，都是一家人，哪分什么彼此呀！"

杜步舟不愿跟他胡搅蛮缠："崔总指挥，咱们打开天窗说亮话，我那两个大队你到底给不给吧？"

崔吉章说："原来你是为的这事发脾气呀！这就是你老杜不够意思了。"

杜步舟没想到被崔吉章倒打一耙："你拉走了我的两个大队，反倒有理了？"

崔吉章哈哈大笑："老杜啊，俺一个总指挥还不能调遣一两个大队吗？那俺这个总指挥也忒不值钱了吧？"

杜步舟被他闷了一棍子，转而一想，不对啊，你这总指挥也得听令于军事委员长，军事委员长可没下这样的调遣令啊！杜步舟说："我部只听命于军事委员会，不是你第一大队的下属，别的都少说。"

崔吉章说："这样吧，老杜，先把俺武装起来，再武装你，以后有啥好事俺都让给你！"

杜步舟虽然跟崔吉章据理力争，可崔吉章这块滚刀肉就是剁不烂，他交涉半天，口干舌燥，也没个结果，只得悻悻而返。

十六　小试牛刀

　　入侵的日军装备优良。他们拥有各式各样的轻重新式武器和近代交通工具，而我们的救国军方面，唯一的武器就是步枪，连手枪也很少。面对着强大的敌人，我方军民中有不少人产生了一种自卑感，觉得以这样落后的装备去和日本鬼子较量，准定是要吃败仗的。

　　针对这种情况，马振华注重在部队中开展思想教育，说明敌人虽然强大，但他们的战争是侵略战争，是不义的战争，这种战争是不得民心的，日本人民也是反对这种战争的，所以日本必败；而我们开展的是反侵略战争，是民族自卫的战争，是争取民族解放的战争，是正义的战争，全国人民不仅拥护而且实际上都直接或者间接地参与到战争中来了，我们的资源和人力是无穷无尽的，因此我们有必胜的信心。但这些话虽然有道理，可是终究是理论上的，不少士兵最关心的实际问题是我这支枪和这几颗子弹能够压倒鬼子吗？而老百姓呢，也担心这一点。

马振华为此思索，最后他想，抗日的理论必须拿到抗日战争中去实践。而要参加、指挥和领导战争，必须要掌握军事技能。于是，他每天和士兵们一同出操，和普通士兵一样，练习瞄准，练习各种各样的枪法。那时候，救国军里有两位参加过长征的干部，那是上级党委派来领导军队的，除了出操的时间以外，马振华又不断地向他们请教，虚心学习。为熟悉枪法，他不放弃任何可以利用的时间。他的工作很忙，又是组织工作，又是部队的思想教育工作，又是统战工作，所以只能利用休息的时间和睡眠的时间进行练习。往往是这样子：到了深夜，躺在床上了，不到片刻，他又爬起来，拿起枪练习去了；拂晓，起床号响起以前，他总是一个人在操场上练习，等到部队出操了，他又归队去继续练习。他这种勤学苦练的精神，极大地鼓舞了士气。士兵都这样说：

"看我们的马主任，他担任这样重要的职务，这样忙，还这样练习，我们不该练习得更好吗？"

马振华由于勤学苦练，在很短的时间内，他不仅掌握了枪法，而且能使双枪，成为一个百发百中的神枪手。

这时候，救国军还没有与敌接触，他为了消除军民的疑虑，坚定抗战必胜的信心，决定组织一次战役，直接和鬼子们交锋，显一显身手。

"但是，"他想，"我还没有组织和指挥过战斗。这第一次战斗打下来，如果胜了，会有很大的积极影响；如果败了，对士气和民心的影响就更大了，居民对敌人的顾虑就会更深。怎么办呢？有什么必胜之策呢？"

最后他决定先不出动救国军，而是集中一小部分在地方上搞武装工作的党员干部，组织一次对敌人的小规模的袭击。选择的地点是沧县到盐山的公路上。

马振华之所以决定开展一次这样的行动，是因为像这样的袭击如果不成功，我们可以利用熟悉的地形和庄稼的掩护迅速撤退，估计不会受到什么损失。既不受损失，人数又不多，又非正规部队，影响应不会很大。反之，如果以较少的人数，在交通线上打击了敌人，那影响就大了。

在行动之前，党员干部们按照约定时间到达了集合地点。这些干部们大都是知识分子，主要是以前学校的教员和青年学生，所以穿的都是黑大褂，戴着毡帽头，显得斯斯文文的。

"咱们可都是投笔从戎了，"马振华笑着说，"可都还不是戎装。也好！就把短枪藏到大褂里，这样，行军的时候不会引起人们的注意，来得更方便些。就让我们这样来小试牛刀吧。"

大家听了，彼此相觑着，也都笑了。

"同志们！"马振华严肃地下达战斗任务，"根据情报，今天有一小队鬼子和几十个伪军由盐山县城开到沧县九区的圣佛镇去，他们想扩充据点，我们的任务就是袭击他们，把他们打垮！"

具体部署以后，战斗员们先后出发，他们都穿着大褂，一个个从容地在公路上走着，像赶集似的。待走到圣佛镇附近的指定地点，便在青纱帐里隐伏起来。

中午时分，敌人乘着一辆大卡车来了。在靠近隐蔽点的时候，马振华首先以他百发百中的枪法，一颗子弹击毙了敌人的汽车司机，紧接着，公路两旁枪声齐发，立刻打死了好几个鬼子。

鬼子突然遭到这样的袭击，他们不知道青纱帐里埋伏着多少人马，一个个吓得魂不附体、转身就跑。

由于对地形不熟，又不敢钻到青纱帐里躲藏，鬼子们只是在公路上乱窜。这样，目标就更清楚了，顷刻之间，鬼子们被打得七零八落。

战斗结果，打死了十几个鬼子和伪军，缴了八支大盖。

说起大盖来，倒是挺有意思的，因为这种枪支只有敌人才有，有些人一谈起敌我的装备来，往往会说：

"敌人有大盖呢！"

言下之意，好像凭这种大盖，敌人就有些了不起，而我们要用普通的武器去和它打，就很少有希望打胜它似的。可是现在怎样呢？不是也用普通的手枪把大盖缴过来了吗？

这一次战斗，虽然范围不大、时间不长，可是极大地打击了敌人的威风，增长了我们的志气，增强了边区抗日军民的信心。从这以后，民间广泛地流传着"大褂队"打鬼子的故事。我们救国军的指战员们，纷纷表达决心，请求出战。

所以，马振华组织的这次战斗，政治意义是很大的。这是发生在 1937 年 10 月的事。

十七　内部斗争

　　圣佛镇战斗的胜利，在救国军里产生广泛的影响，同时，也惹起总司令刘景良的嫉视。这场胜利使他恐惧起来：他恐惧敌人的报复，更恐惧共产党因此而更加得势。

　　"这是冒险的儿戏！"他岸然地说，"这是以卵击石，简直是胡闹！"

　　"是这样，"原是匪首的一团团长崔吉章附和他，"真是胆大妄为！这样干，眼里还有咱刘司令吗？"

　　"假如说这是以卵击石的话，"马振华从容地说，"那么，我们就是石头！你们看，敌人已经被击碎了。险是冒了，这些同志胆子确也大得很，不过，抗日能胆小吗？我们是'抗日救国军'，不打鬼子又干什么呢？难道我们只是纸上谈兵吗？你说，刘司令，我们到底有什么可恐惧的呢？"

　　马振华早已将这个两面派的矛盾心理看透了，所以尽管他的语气总是那么从容，但每一句都打中了这个司令的心底。这时，他用更加轻松的口吻说："我们怕士气因此高涨了吗？还是怕老百姓更加拥护我们了？我想刘司令不会的，因为这正是我们所需要的。"

马振华深深懂得以斗争求团结则团结存，以迁就求团结则团结亡的真理，在原则问题上，他是丝毫也不让步的。刘景良在真理面前哑口无言了，转而在背后攻击我们党，他的手段是卑污地对马振华进行攻击。他说：

"马主任是个不好说话的人，我这总司令是有名无实了。有马主任在，我这个总司令是不能当了。"

于是，他消极怠工、不理军务。不仅如此，崔吉章还附和他，帮助他在士兵中散布有关马振华的流言蜚语。

好在一些在救国军各团里担任领导工作的党员干部大都站在马振华方面，他们坚持原则，和刘景良进行说理斗争，在士兵里宣传团结抗日的政策。当然，马振华也以全军政治主任的身份，对刘、崔等继续进行说服争取工作。

不料，在这场正确贯彻团结抗日政策的斗争中，却拦路杀出一个人来，他就是救国军副总司令邢仁甫。

邢仁甫是个小军阀的儿子，他本人也当过国民党的下级军官。1931 年以后，在全国革命形势渐入高潮的时候，他见风转舵，混入了中国共产党。这样的人，是没有认真改造自己的决心的。因此，他挂着共产党员的招牌，实际上还是一个军事流氓、个人野心家。他对"大褂队"也有一种天然的轻蔑，而拜倒在刘景良面前。但是，在当时，他是当地的党员中唯一懂得军事的人，并且那时他的真面目还没有充分地暴露，所以大家仍然推举他当上了救国军的副总司令。

圣佛镇战斗的过程，他是清楚的。事前他采取了默许和袖手旁观的态度，以防事情失败追究责任；事后他又以共产党员、副总司令的头衔，享受着群众和士兵的拥戴。但是，接着，刘景良翻脸了，崔吉章随过去了，许多党员干部起来维护党的原则立场了，尖锐的斗争摇撼了他的狐狸般的圆滑态度。于是，他召集他的宗派集团分子开会。

"我们的团结抗日政策要被破坏了，"他使用煽动的口吻说，"马振华同志犯了严重错误！因为他的错误做法将导致救国军的大部分枪支投向敌人。马振华同志太不考虑我们的实力了。"

当时的救国军辖属四个团：一团、二团、六团、特务团。六团是杜步舟带来的队伍，是党的基本力量。特务团也有党的坚强骨干，但是人数很少。一团、二团共拥有枪支1000多杆，武力较强，他们的基础是改编的土匪队和地主武装——民团。在圣佛镇战役以后的内部斗争中，一、二团的部分领导人都偏向刘景良方面。邢仁甫所说的"大部分枪支投向敌人"云云，就是指的这个形势。

但是，像一切具有反动观点的人总是一叶障目、不见青天一样，邢仁甫根本不懂得全面地看问题，不懂得运用阶级观点分析问题。他看不到，就在像一团、二团那样的队伍里，他们的政治主任都是党的干部，在这次斗争中，他们是站在马振华方面的，也就是站在党的方面的。而就在崔吉章带来的土匪队里，也有着矛盾和分歧。不少土匪出身的士兵，早就对刘景良那种强制性的带有体罚的"正规训练"不满意了，他们这样说：

"老子们拼死拼活打了天下，半路却他妈的出来一个刘司令！"

这些人大多数是曾被"逼上梁山"的讲义气的汉子，他们对圣佛镇战役的胜利表示高兴，他们跃跃欲试地说：

"痛快！'大褂队'是有一手！要是不打鬼子，那还叫什么'抗日救国军'？！"

大部分党员干部反对邢仁甫的错误态度。但是，那时，邢仁甫宗派集团控制着司令部。在那样的动乱年代里，马振华等的正确主张还不能及时地得到上级党的支持。这样，在邢仁甫的操纵下，以党内"多数"通过的名义，全军的政治主任马振华被调为特务团政治主任。

这个宗派排挤的决定发布以后，马振华仍然沉静地对邢仁甫等人说：

"组织的决定，我服从。但是，在司令部的同志们，一定要警惕刘景良的两面态度，要清醒地看到一团、二团内部官兵的矛盾。无论如何不能放弃我们党对救国军的绝对领导权。这是我们党的事业，这关乎救国军抗日的成败。同志们，一定要记着。"

但是，邢仁甫宗派集团霸占了司令部的各种领导岗位以后，对刘景良继续采取右倾迁就的错误方针。

刘景良找到邢仁甫和马振华，提出要带崔吉章的第一团南下，与自己在惠民一带的三个团会合，然后攻取惠民，扩大救国军的地盘和势力。邢、马等人对刘景良早就有了戒备之心，就以第一团是担任乐陵守城任务的主力部队，不便轻易换防为由，让第二团跟随他行动。刘景良也不便坚持，只好顺坡下驴答应下来，准备接下来见机行事。马振华叫来第二团团长李子英、政治部主任李广文，嘱咐两人：如果刘景良确实是拉出自己的三个团兵力，真心抗日，你们就积极配合；如果他有异心，立刻除掉他，免留后患。要是办不到的话，至少要保证把队伍完完整整地拉回来……李子英作战勇猛，李广文心思缜密，这正是马振华把此项特殊任务交给他们的原因。两人深知此行困难重重，因为这条"小白龙"着实狡诈辣手，对付起来殊非易事。他们点头领命，集合起队伍，跟随刘景良向惠民出发了。

初冬的原野里北风吼叫，枯枝败叶被吹得漫天旋飞，日头已经失去了往日的温度，阳光漫不经心地洒在人身上。刘景良带着自己100多人的亲信武装悻悻地走在队伍前面，眉头微蹙，表情有些惆怅。当初来乐陵时信心满满，本以为可以大有一番作为，没承想到头来却连脚跟都站不住，还得回自己的大本营谋求生存，唉，虽然骗出了第二团，但这个白面馒头也不是那么好吞下的……

行军到阳信县城时，刘景良下令停止前进，自己带上亲信武装先行进城，却让第二团在城外安营扎寨。李子英和李广文都觉得其中大有文章，但一时又探不清其中的奥秘。

刘景良显然早就跟城里的旧部暗通款曲，而此行又把二团置于荒郊野外更是明目张胆、居心叵测。第二团人生地不熟，加之当地刚刚经历日军扫荡，老百姓戒备心重，找人家借宿，多被拒之门外，连饮食供应都成了问题。一时又联系不上当地的党组织，李子英和李广文心里都空落落的。更为严重的是，当地匪盗蜂起，都时时窥伺着这支外来的队伍，想寻机捞一把好处。而刘景良躲在墙高壕深的城里，也不知在捣鼓些什么幺蛾子，不断把二团的一些干部叫进城谈话，对于收编旧部之事却绝口不提。

李子英也在他的谈话之列，没几句话，李子英就摸出了他的实底，他想要带着二团投靠国民党。李子英佯装答应，出城跟李广文合计后，决定号令部队连夜拔营回撤，向离着比较近的乐陵方向的杜步舟第六团靠拢，以备不测之时便于接应。刘景良自知李子英不好对付，没敢出城追击，他只能眼睁睁看着二团渐行渐远，到了嘴边的一块肥肉就这样溜走了。

但第二团到底是疏忽大意了，只一心防备刘景良的背后追击，却忽略了沿途的警戒，被阳信的反动会道门"小红门"包围突袭，损失惨重，败回乐陵。

刘景良占据阳信城后，以此为盘踞点，与国民党沾化县长梁建章联手，建立了国民党山东省第五区行政督察专员公署，刘景良任督察专员兼保安司令，从此走上了一条既积极抗日又积极反共的道路。

救国军遭遇了成立以来最严重的挫折，究其原因，还是对复杂的斗争形势把握不准、掌控不力，根源主要在内部：

要是没有崔吉章的引狼入室，没有崔吉章与刘景良的狼狈为奸，也就没有救国军总部对二人的一再迁就，也就没有后面刘景良顺手牵羊的"陷阱"了。人们对崔吉章的不满达到了顶点，也开始腹诽总部的某些做法，上下人心浮动。

这个教训是惨痛的，但是，马振华没有一点抱怨。在党的会议上，他和许多党员干部一起，严厉地批判了那种右倾迁就态度，同时，他以极为谦逊的态度检讨了自己，并对自己提出了更加严格的要求。

"作为特派委员，"他沉痛地说，"我没有做好部队里的政治工作，我辜负了党的委托，使党的事业遭受了严重损失。但是，"他恢复了振作的语气，"我们共产党员都是'特殊材料制成'的人，我们能够灰心丧气吗？我们经得住胜利，也经得住失败。吸取教训，我们今后要百倍地加强政治工作。"

于是他在会上提出响亮的口号：

"政治工作下连队去！"

于文彬作了题为《当前形势和团结抗日的问题》的长篇报告指出：日本侵华的步伐正在加快，华北主要城市已经沦陷，济南也已落入敌手，中华民族到了最危险的时候。党中央接连发出开辟敌后抗日根据地的指示，全民族抗战的局面正在形成。我们拉武装的目的是打鬼子，不是为了谋求个人私利。刘景良的分裂活动给我们敲响了警钟，谁要是闹宗派、拉山头、搞独立王国，谁就是破坏抗日，就会沦为民族的罪人！团结才有力量，团结一心才能打败强大的日本侵略者！

于是，在会后，马振华第一个剪掉长发、脱掉长衫、扔掉车子。他整日生活在士兵当中，和他们一起住宿，一起操练，一起休息，并且建立起了士兵政治课制度。他在特务团的士兵中活跃着，使得这个团的政治生活极大地沸腾起来。

于是，在特务团的榜样作用下，六团的政治生活沸腾起来了。

于是，一团和二团指战员的政治生活也沸腾起来了。

于是，全军一扫刘景良叛变所引起的灰败情绪，全军的抗日情绪越来越高涨了。

但在此时，又传来一个雪上加霜的消息：伪"华北自治联军"副司令刘佩忱正率领 1000 多名伪军由沧州出动，气势汹汹地直扑乐陵而来。

十八　攻占盐山

崔吉章回到乐陵，虽未即刻拉走队伍，仍打着救国军的旗号，但他心头燃烧着的怒火实则已经难以羁勒。"后刘景良效应"像一轮轮涟漪荡漾开去。

当崔吉章听到局势变得恶劣后，方寸大乱，根本无心组织战斗，带领本部人马仓皇出逃，于城南善化桥稍作喘息后，狂奔至惠民城南的清河镇驻扎休整。崔吉章没有忘记与刘景良的盟约，便把自己的想法跟众人摊牌，没想到郑松林、窦同义、宋刚锋等骨干人员意见不一。崔吉章恨恨西归，撤回旧县镇驻扎。不久，崔吉章裹挟第二团第二大队投奔了伪"满洲自治联军"独立旅旅长刘芳庭，彻底背叛了革命，后因内讧而被枪决。

崔吉章从草莽到救国会发起人，再到救国军高级将领，最后沦为狗彘不食的汉奸的轨迹，从一个侧面印证了信仰和信念对人生至关重要的意义；也表明改造旧思想、旧意识路途迢迢，对冀鲁边区早期领导人来说远未到称贺之时。

刘景良的分裂，崔吉章的叛逃，乐陵城的失守，救国军的溃败……一连串的打击严重挫伤了部队的士气，指战员们犹如遭了霜打的茄子，连正常的军事训练都荒疏了。肢体上的伤好治，思想上的伤难愈。马振华等人下到基层连队跟战士交心，分析当下形势，化解思想疙瘩，希望大家在艰苦的时期咬牙坚持下去，因为胜利终究属于正义之师。

而此时，当初对救国军有所忌惮的各种势力也开始蠢蠢欲动，尤其是那些有浓厚的乡土意识、视国民党军政系统为正统的地方势力，直接把救国军当作旁门左道，百般刁难，对其打冷枪，跟其抢地盘，趁机挤压其生存空间，救国军被困束在盐山、乐陵、庆云之间的狭窄地块。原本捉襟见肘的后勤供应也到了山穷水尽的地步，隆冬时节，战士依然单衣单鞋。年关临近，吃不饱、穿不暖的士兵往往借口回家探亲，开了小差，有时一走就是一个中队。救国军的兵力曾一度达到2000多人，至12月下旬已锐减为五六百人。救国军不得不把队伍分成若干小分队，每个小队几十到100人不等，多扯来一些红布，做成一面面巨大的红旗，各小分队打着行军，你向东，我向西，走上一段，再绕回来。这样做的目的是让群众看看，救国军的人数还真不少，同时迷惑周围的敌对势力，使之不敢觊觎救国军。

另一个让人惴惴不安的情况是，因为战乱频仍，冀鲁边区再度失去了与上级党组织的联系，一连数月音讯断绝。包括邢仁甫在内的少数领导人，整天愁眉不展、唉声叹气，甚至计划遣散部队，暂停抗日军事斗争。

曾经轰轰烈烈的救国军似乎到了悬崖边缘，只要一阵风，就可以被推落万丈深渊，万劫不复。

救国军已到了生死存亡的紧急关头！

这时候，日寇已经占领盐山县城，而在城外有无数的地方武装，这些武装都是封建地主豪绅所组织和掌握的。因此救国军的活动受到了极大的限制。

为扩大活动范围和扩大影响，必须先打下盐山县城，打击了鬼子，其他各县才有可能随之打开局面。而要打盐山县城，必须先排除那些地方武装，以免掣肘。于是，救国军召开军事会议，研究战略战术。

在会上，许多人主张先解决地方武装。

在地方武装中，以张庆轩、刘彦臣等的势力最雄厚，他们拥有人枪数千，数量超过了救国军。他们虽然没有公开投敌，可是都和敌人有联系，有的领下了敌人的委令状，有的领下了伪军的旗子，准备在适当时机，收起观望的面孔，插起伪军的五彩旗来。

"我们应该明确这样一点：我们的主要敌人是日伪军，因此，我们要保证以全部力量来对付我们的主要敌人，而不是分散我们的力量。"马振华说，"如果我们在和日伪军接触以前，就消耗了我们的力量，这样就等于帮助了敌人，这是不合算的。"

"但是，"有人这么说，"现在张庆轩、刘彦臣他们已经受了敌人的委任了。当我们攻城的时候，即使不碍他们，可是他们不会攻击我们吗？到那时候，我们腹背受敌，那就很危险了。"

"是的，他们领了委任状，可是还没公开。他们的委任状还藏着，旗子还卷着，这就表示他们还在观望，还在犹豫，还有所顾忌。他们顾忌什么呢？"马振华问道，"大家分析一下吧。"

"顾忌我们。"有的同志说。

"对了，顾忌我们，顾忌广大民众的抗日情绪。"马振华说，"他们顾忌一旦公开投敌了，我们就师出有名，我们就会打他们。但是，我们一旦打他们了，他们的顾忌就解除了，他们就会一边倒，死心塌地地为虎作伥。我们要像一张弓，'引而不发，跃如也'，目的就是要稳定他们的这种不稳定的态度，使他们依然犹豫、观望、有所顾忌，然后我们就可以进行争取的工作。"

"是什么原因使他们持这种态度呢？"马振华分析说，"这是他们的阶级地位、阶级利益所决定的。我们可以研究一下他们招兵买马、组织武装的目的。他们的目的只有一个，就是保持他们的势力、他们的本身利益。在不妨碍他们利益的情况下，他们是不会轻举妄动的。但是，如果我们把县城打下来了，把敌人消灭了，这时候，形势改变了，他们的态度也会有所改变的。那就是向好的方面改变，变得更为主动抗日一些。因此对于他们，我们应当采取两个步骤：第一步，争取他们按兵不动、不掣肘，使我们的军事行动不受到牵制；

第二步，争取他们到抗日的队伍里来。"

果然，情况的发展正如马振华所分析的，张庆轩和刘彦臣等和救国军方面取得了协议：他们同意救国军通过他们的地区去打盐山城，但他们不参加战斗。

这时候，敌人也估计到救国军方面会有所行动，加之敌人在交通线上屡次遭受我军的袭击，所以除了城内的日军守卫外，又从冀东调来了汉奸殷汝耕"自治联军"的一个师。那一个师有七八千人，伪师长刘培臣自称"自治联军总司令"，任务是驻扎在盐山到庆云的公路沿线，保护盐庆公路的交通，扫荡救国军。

"自治联军"的总司令部驻在盐山城北，全部伪军则围绕司令部，分别驻扎在周围十几个村子。他们是准备沿公路两侧展开的，但由于我军的群众工作做得好，所有的民众都是我军的耳目，所以伪军的一举一动，我军都了如指掌。伪军刚一出动，我军立刻召集会议，研究战略；当伪军司令部一驻下来，我们就决定给它以突然的袭击，把它消灭。

"敌众我寡，"有位同志提出这样的意见，"是不是可以把时间推后一些，让我们准备得更充分，更有把握。"

"是的，敌众我寡，这是情况的一面。"马振华解释说，"可是，另一方面是敌生我熟，敌人远道而来，敌劳我逸。同志们，根据毛泽东同志总结游击战争的十六字诀，我认为应当把握住这个时机。"

在研究了十六字诀以后，同志们的认识一致了，当天晚上便发动了对伪军司令部的袭击。

敌人驻扎了十几个村，我军分成了十几个队，每个队承担袭击一个村的任务。每队的人数不多，只有十几个人，是从全军挑选出来的。马振华亲自率领了一个队担任主攻，攻击敌司令部。

大战尚未开始，情报说在盐山到庆云的公路上发现一辆日军吉普车。三十一支队于是设伏于盐山望树镇路边，三下五除二，俘获庆云县伪政府日本顾问大盐谦治及翻译，击毙日军司机，缴获吉普车一辆。随后把俘虏和吉普车藏匿到不远处的北卢庄。盐山日军出动救人，本以为乃小股土匪所为，不料却进入三十一支队的埋伏圈，被打了个措手不及，狼狈地逃回盐山县城，再也不敢出动。这是救国军成立以来第一次跟日军交手。

午夜时分，各队到达了目的地，随着马振华一声枪响，各队同时发动攻击。果然不出所料，各村的伪军自恃人多，没有任何戒备，当我军冲入时，才从梦中惊醒，他们来不及抵抗，不多时，就解决了战斗。

其实在开战前，三十一支队司令部便对敌我双方的实力进行了详细研判：盐山县城有日军一个中队100多人，伪军500多人，武器精良，弹药充足；而三十一支队虽有600多人，但战斗经验不足，武器装备也差，如果强攻硬取，必定是损兵折将，故要以智取为上。

三十一支队司令部制造声势，盐山县城附近的村庄里突然出现了一股股三十一支队的武装，战士们摇动着大旗，扛着步枪，高呼着口号，穿村而过。领头的干部骑在高头大马上，神威凛凛。老百姓们争相观看，议论纷纷。一打听，敢情是三十一支队正在搞集结，说要攻打盐山县城。

细作偷偷潜入村里侦察，也被这兵强马壮的阵势吓了一跳。回到盐山城里跟日军中队长一汇报，日军中队长根本就不信："不可能！'土八路'哪有这个胆量？"日军中队长登上城头，用望远镜瞭望，果然见不远处红旗招展、人影绰绰、来来往往，踏起的尘土老高。他还是半信半疑，遂派出小股日军和伪军出城"扫荡"，一探虚实。不承想刚一冒头，即被我方埋伏的部队击溃。

夜晚，三十一支队派出若干小分队，向城里打冷枪、扔手榴弹、摇旗呐喊，扰得敌军心惊胆战。有个叫史良的战士，用手榴弹做了门土炮，对准了城墙猛轰。敌人不知城外虚实，不敢贸然出动，只能龟缩在城垛口下，胡乱放几枪。等天放亮，我军战士就退回到四五里外的村庄休息。

第二天，三十一支队没有出现，敌人又神气起来，说什么共产党的游击队只会挠痒痒，不敢硬碰硬，下次再来骚扰，定当严惩不贷。

第三天，适逢盐山大集，日军中队长命令照常开城门，让老百姓自由出入，以此展示大日本帝国统治的"长治久安"。三十一支队派李景岳率领手枪队化装成小商贩，携带短枪混进城里。午夜时分，李景岳带领手枪队员干掉东门守卫，找到城门钥匙，打开了门，隐蔽在东关民房里的杜步舟部一拥而入。杜步舟命警卫队长杜万祥率数十人的尖刀部队冲入城中，三路军后续部队迅速跟进，沿街向两翼发起进攻。

但担任南门、西门攻城任务的其他部队进展受阻，遭到了日军火力的猛烈攻击。由于我方没有机枪等重武器压制日伪军火力，杜步舟的三路军推进缓慢。邢仁甫准备暂停进攻，调整作战方案后再行攻击，而此时日伪军已被吓破了胆，担心会落入游击队的包围中，便在我军暂停进攻的间隙，在县城西北角扒开一个豁口，由此出城，仓皇逃往沧州，却没想到三十一支队已在沿途设伏。可惜三十一支队的战士们使用的子弹多为民间捐献，或收购于个人，有不少因为保存不善而受潮，还有一部分是宋哲元的二十九路军撤退时士兵们扔到路边水沟里的，弹药经过水浸，多成哑弹，扣动扳机，弹头没发射，反倒卡在枪膛里，抠都抠不出来，枪支也就报废了。因而此次伏击战，雷声大，雨点小，毙敌并不多。

三十一支队进入盐山城后，从邮局里搜到一封某伪军军官准备拍发给上司的电报稿，上面写道："共匪邢仁甫部3000人，此外尚有游击队3000人，声势浩大，不可抵御。"

这一战役，仅在敌司令部，就打死打伤了敌人200余人。伪司令那天没有到，在伪司令部里的日籍副司令和朝鲜籍顾问二人，都被击毙了。而我方攻击司令部的指战员，总共只有20余人。

经过这一仗，有七八千人的伪军师溃不成军了。刘培臣在城里成了一个光杆总司令，最终也独个儿逃回去了。

这么一来，敌人着慌了，赶紧调集附近各县的伪军，企图保住盐山城。这些伪军聚集以后，有的被我军击破；有的被我军争取过来；有的慑于我军声势，与我军达成协议，按兵不动。因此，我军很快兵临盐山城下，对县城发动攻势。

守城的日伪军共 800 余人，由日军的一个大佐担任指挥。我军只有 400 余人。攻击是从夜里开始的。救国军手持火把，四面喊杀声震天。敌人在城里不知道我军的虚实，只觉得有千军万马势不可当，便拼命开炮。等到天亮以前，我军撤到距城四五里远的地方隐蔽去了，敌人登城瞭望，寂无一人，便以为我军撤退了。但到了晚上敌人还不放心，又盲目地打着炮，直打了一个通宵，殊不知我军还在那里休息，没有去理会敌人。这一来，敌人便料定我们是真的撤走了，放心了。

这一仗，盐山城里的伪军全部就歼，日军的大部分也被歼灭了，逃走的只十数人。

于是，我们有大炮和汽车了，有新式装备了，我军的威势大振。

于是，那些持观望态度的地方武装，纷纷前来请求收编。根据统一战线政策，为了团结一切力量，共同抗日，边区党委决定接受他们的请求，给了他们抗日救国军的番号。这时，救国军总共已扩编成二十四路军，不下万人，使得敌人更为震动。

十九　坚持抗战

救国军解放盐山以后，伪总司令刘培臣又遣伪军三千反扑盐山城，我军与之激战七夜八天，城外尸横遍野，把刘培臣的伪军打得只剩六七十人，使其再无力量进行反扑。

盐山靠近沧县，而沧县是津浦铁路的要站，是鬼子的重要据点。日寇为了清除我军对沧县的威胁，携带重型武器，倾巢来犯。

当时总的形势是敌强我弱。我军采取主动灵活的游击战，不打无把握之仗，不计较一城一地的得失。所以在歼灭刘培臣部以后，我军主动撤出盐山城。

随后，我军在城东南卢少刚村召集紧急会议。下一步怎样走，是会议的中心议题。

"这样整天被敌人追得四处奔跑，什么时候是个了局？"在会议上，司令邢仁甫这样说。刘景良叛变后，他成为救国军总司令。

马振华问道："你的意见呢？"

"我的意见是把部队拉到太行山，找大部队去。要打游击，也只能到山里去打，像我们这样在平原上打游击，我敢说打不出一个名堂来。"

马振华追问道："为什么打不出一个名堂来？"

"为什么？"邢仁甫极为嚣张地说，"这不是明摆着的道理吗？平原便于敌人机械化部队的运动，而对我们来说是不利的，我们两条腿，能和敌人的汽车摩托赛跑吗？再说，我们打下许多县城，守住了吗？"

马振华平日与同志相处是极温和的，对于全体指战员的关怀，总是无微不至的，所以指战员们送了他一个外号——"老妈妈"，人们私下里都这么称呼他。但这时，马振华是这样严峻，他似乎看穿了这个将来的叛徒的肺腑，他对邢仁甫说：

"你听说过这句话吗，'天时不如地利，地利不如人和'，我们有老百姓，请问，敌人有吗？！"

邢仁甫哑口无言。

有一个同志俏皮地插了一句："敌人有汉奸。"

"对了，敌人有汉奸，"马振华接着说，"因此，我们能够抛弃我们的土地和人民，让给鬼子和汉奸吗？逃跑也叫革命，也叫抗日吗？"

"谁说我不革命？谁说我不抗日？为了革命，为了抗日，我可以牺牲我的全家，这不是事实吗？"邢仁甫说。

　　是有这么一回事。我们的各界人民抗日救国会原来驻在盐山旧县镇。镇中有一个外号叫"袁白毛"的大地主,他恨救国军妨碍了他的封建割据,趁我军离镇出击的机会,以武装占领了旧城的工事。我军回师后,"袁白毛"将救国会的干部和邢仁甫的妻子儿女逮捕起来,绑在城头,声言如果救国军攻城,他就把所逮捕的人杀光。

　　当时,救国军的抗日情绪正高,一些年轻的干部和许多战士纷纷怒吼:"打,打进去,杀尽这帮匪徒!"

　　邢仁甫狡猾得像一只狐狸,他知道当时党内负责人马振华绝不会同意这样做,所以也故意慷慨激昂地表示:"打进去!"

　　当然,邢仁甫还是猜对了,马振华召集党员干部说:

　　"不能打,我们要保护救国会的干部和邢司令的家属。我们是人民的军队,我们要保护镇里的老百姓。并且,"他进一步分析说,"还要看到'袁白毛'的部下是否真的肯为他卖命,所以,我们有条件用非军事手段来解决问题,保存力量打鬼子!"果然,通过政治方式,很快地解决了,救国军回到了旧县镇。

　　邢仁甫现在期望通过这张王牌来证明他是个真正的革命者或抗日英雄。他想用这张王牌来战胜马振华。

　　"不错,这是事实。没有谁否认这个事实,但是,"马振华说,"你应当对革命、对我们神圣的抗日民族解放战争做这样的答复:革命,可以离开我们血肉相连的群众吗?抗日,可以离开我们应该坚守的阵地吗?我们共产党人,我们的抗日队伍，如果离开了他所应当保卫的土地，那和国民党又有什么区别呢？"

邢仁甫再无词以对了。

"同志们！"最后，马振华说，"党给我们的任务就是巩固边区，扩大抗日根据地，扩大抗日队伍，把日本帝国主义赶出中国去，完成民族解放事业。边区人民对我们的期望，和党给予我们的任务是一致的。我们有这样的决心和信心，一定能完成党交给我们的任务，一定不辜负人民的期望。我们随时准备着，为了祖国和人民献出我们的一切，包括我们的生命。目前我们的环境十分艰苦，这是事实，但也唯其如此，我们才更要坚守这个阵地，因为，我们是共产党人！"

当然，绝大多数人的态度是坚定的，是赞成坚持边区斗争的。他们完全拥护马振华的意见，他们决心继续按照大踏步前进、大踏步后退的战略方针，坚守边区根据地，给敌人以更大的打击！

会议以后，救国军一鼓作气，连克庆云、无棣二城，给边区人民以极大的鼓舞。

二十　迂回战术

　　经过不到一年的时间，我们边区的抗日政权逐渐建立起来了。由于边区政府正确推行了党的各项政策，边区人民生活有所改善，政治觉悟也逐渐提高；因而武装部队兵源的补充和扩大，以及粮秣供应等工作的开展日益顺利。这样，根据地也日益巩固、日益扩大起来。

　　那时我们的边区政府设在冀鲁搭界的乐陵县。可是我们政权的中心地区，即乐陵的八区（茨头堡区），尚为封建武装所盘踞。他们倚恃 2000 多条枪支，欺凌压榨，为患当地人民，压抑群众的抗日情绪，并且还公然阻挠当地群众支持救国军的抗日活动，因而成为我抗日民主政权的心腹之患。

　　当时，乐陵八区的南、东、北三面皆为我占区，抗日政权若要向西发展，就必须拔除八区这个障碍，因为不论从抗日政权的巩固和发展来说，还是从对边区根据地的影响来说，都应当这样做。

我们虽然进行过多次争取，但是那里的封建头目顽固至极，他们自恃枪多，并且西倚敌伪政权，怎么也不肯向我民主政权靠拢，不肯向抗日靠拢。

那时，救国军的主力已经集合在乐陵八区北邻的马村区。于是，有人主张武力解决。

"我边区根据地日益巩固，"一位指挥员在军事会议上说，"乐陵八区不过弹丸之地，它内部多达十几个封建头目且各自为政，力量分散，我军三面夹攻，一鼓可下。"于是他开始提他的攻打方案。

"且慢，"马振华说，"问题就在那个各自为政上。虽说目前八区里的各个团头各据一角，力量分散，但如果我们施以武力，当击其一的时候，会不会促成他们统一起来对抗呢？因为在封建顽固这一点上，他们是一致的……"

"那就给他来个'一锅熬'！"那位指挥员截过话头说。

"不，问题不仅是这一方面，应该统筹边区全局。请看，"马振华指着军事地图上位于马村区正西、连接乐陵八区西北的董村区说，"这里是正牌的伪军，他们已经挂起了五色旗。八区是倚董村伪军以自重的，而董村也利用八区牵制我军的形势以求苟安。如果我们攻击八区，董村势必驰援，使我腹背受敌。"

于是有人主张把兵力分开，即以一支部队打八区，另一支部队准备阻击董村的援兵。

"这不失为一个作战的方案，"马振华说，"但是这个方案的缺点是分散了兵力，使我们以一敌二，反之，敌人就是以二敌一了。这就等于削弱了自己的力量，相对地增加了敌人的力量。这仍然是腹背受敌的形势，在这种情况下，我们胜利的把握也就相对减少了。"

大家一时都未发言，都思索着。

"我想是不是可以这样？"马振华想了一下继续说，"把我们的行动计划扩大一点，做一个较大的迂回。就是暂时搁下八区不打，先打董村的伪军。理由是八区虽然顽固，妨碍抗日战斗发展，但他到底还没有公然向敌伪投顺，还没有挂起五色旗。我们如果打他，他除了可能得到董村伪军的驰援以外，还会借我不打董村的做法散布流言，他会欺骗群众说：'救国军放着汉奸不打，却打起我们来了。'这样我们在政治上就先有了一个被动。

"反过来，先打董村，我们师出有名，群众会拥护我们，而八区也无所借口，并且他们从本身利益考虑，也一定会持观望态度，按兵不动。是的，政治上他还不敢公然打起五色旗；军事上他会顾忌我们对他的三面包围之势，他们一定是按兵不动的。这样，我们得以集中力量到一个拳头，沉重地砸在董村的头上。

"董村解决了，八区就孤立了。"

"太对了，"那位担任营长的长征干部首先赞成说，"在苏区，毛泽东同志总是这样指挥我们打敌人。这是利用敌人内部的矛盾和弱点。我觉得解决了董村还不算完，还可以来一个更大的迂回。"

"是这样的，我的老同志，你的意见和你的枪法一样准确。"马振华笑着说，"在解决董村以后，我们不应当停止行动，为了扩大边区，更广泛地打击敌人，我们应当主动地前进，由董村而入西北，打南皮县城，再由南皮南下，越过宁津四区，转东南，直捣宁津县城。

"宁津有我们党的雄厚基础，一攻可破。那时，我们的边区根据地将东西连成一片，对八区的三面包围变成四面包围，八区就成了我们的囊中之物。到那时，八区的头目们会重新考虑他们的态度的。"

又经过详细的讨论，会议通过了马振华提出的方案，并且决定以速战速决的方式来实现这个方案。

如事先所估计的，我军在攻下董村、消灭伪军以后，接着以迅雷不及掩耳之势，连克南皮和宁津。当我军在宁津休整时，乐陵八区的谈判代表已经迎上来了。他们不敢再顽固，请求把他们的武装归救国军节制，他们的政权由抗日民主政权领导。

这是一次多么高明巧妙的军事行动啊！虽然本意要攻打的地方距离最近，却选择迂回攻打远处，结果把这样一个心腹之患，这样一个棘手的地方，不费一兵一卒、一枪一弹地解决了。这不是一个普通的战术问题，这个决策里包含着高度的政策观点和群众观点，以及基于明确的阶级观点的对敌情的精准分析和判断。经过无数次战斗，马振华的组织领导能力达到了新的高度，他总是以政治来指导军事，他已经能够比较熟练地运用毛泽东战略思想了。

二十一　死里逃生

三十一支队浩浩荡荡地开赴距庆云城仅三里地的三马家村，敲锣打鼓，大造声势，摆出一副集结兵力强攻夺城的架势。驻守庆云城的伪军手忙脚乱，惶惶不可终日。

当日夜间，三十一支队改变行迹，悄无声息地急行至无棣县城下。翌日拂晓，城头的伪军岗哨登时傻了眼，城外怎么突然冒出一支部队来？还没回过神来，攻城战就打响了。三十一支队从东南西北四门同时进击，以北门为主攻地点，由马振华亲自指挥。战士们身披棉被，用水把棉被浇透，再覆上一层土，就这样冒着敌人的枪林弹雨冲到城门口，泼上汽油，点燃了城门，熊熊的大火蹿起半丈多高。邢仁甫命令战士用俄国造的水连珠枪猛打城门，这种枪喂的弹药多，劲大，一排子弹打过去，城门轰然倒地，三十一支队的战士激昂地叫着冲进城里。

此役全歼伪军 500 多人，击毙伪警备队长，活捉伪县长，缴获长短枪 500 多支。随后成立了无棣县抗日民主政府，委任邢仁甫的侄子邢朝兴为县长。

考虑到三十一支队与当地群众和地下党都比较生疏，加之此地的国民党张子良部统率着一批地方民团，早就垂涎无棣城，三十一支队半路杀出，捷足先登，抢了他们自认为的"盘中餐"，甚是恼怒，一旦双方发生摩擦，势必造成伤亡。因此三十一支队略作休整，只留下杜步舟的三路军驻守无棣，便宜行事，其余挥师西返，于庆云县板家营镇顺手解决掉反动民团 100 多人，缴枪 100 多支。

1938 年，于文彬因救治无效去世了。

据说当时于文彬的病情已有好转，已经有了清醒的意识，但医务员技术比较差，往外挤伤口里的脓水时，不慎却把脓水压进了大脑，造成感染而致死亡。于文彬早年受革命思想熏陶，中学时即对同学说过这样的话："如果红军打土豪打到我的家门口，我会站在红军一边，绝不当地主的孝子贤孙。"后在北平从事地下工作，被特务逮捕，在狱中遭受严刑拷打，却仍然利用一切机会做党的工作，鼓励被捕同志要经得起考验，与敌顽强斗争到底。七七事变后，他耐心说服一位看守，将他化装成狱卒放出了监狱。随后他被派往山东省委工作，山东省委又派他来冀鲁边区主持工作。他是冀鲁边区党组织的创建者之一，带领冀鲁边区度过了最困难的时期，为边区党的建设和抗日根据地的开辟作出了很大的贡献。

三十一支队在板家营为于文彬举行了追悼会。

接着，三十一支队西进打掉了南皮县董家村、马村、王木匠村三个据点，消灭数百名伪军。杜步舟三路军无法在无棣扎根，便来此会合，就地休整。

这时，同上级中断了半年之久的联系得到了恢复，李广文北上找到了河北省委宣传部长姚依林，河北省委委派杨靖远、李启华、史甄、赵焕文、吕器等军政干部来冀鲁边区工作，任命杨靖远为三十一支队副司令员，但邢仁甫以已经有了王昭明这个副司令员为由，改任杨靖远为参谋长，李启华接替于文彬，任政治部副主任。

4月初，三十一支队偷袭庆云。七七事变前地下党曾渗透到庆云县保安队长胡振国部做工作，晓之以大义，胡振国终有所动。这个胡振国几年前曾参与镇压马颊河罢工，为共产党人和群众所不齿。白云苍狗，人心转易，这期间胡振国到底经过了怎样的思想斗争，已经无法稽考。打庆云前，胡振国答应做三十一支队攻城的内应。他自认为跟驻守庆云县城的伪"华北自治联军"营长于之岩关系不错，便前往说服于之岩起义。于之岩异常顽固，笑脸一抹，把胡振国投进监牢，酷刑伺候，还用子弹头划他的肋条。折磨够了，便将胡振国枪杀。于之岩的行径激起了不少伪军的愤怒，某连连长李栋臣表示愿意投诚三十一支队做内应。一天夜里，我军与李栋臣约定好以点燃三根火把为信号发动攻击，届时李栋臣打开城门接应。经过一番筹划，攻城行动进行得顺风顺水，墙坚壕深、守备森严的庆云城转瞬间为我军攻取。伪县长王兆康潜逃，伪营长于之岩在巷战中被击毙。随后成立庆云县抗日民主政府，张岫石任县长，后由周砚波接任。

5月，三十一支队攻取乐陵城。张岫石任乐陵民主政府县长。

攻盐山，下无棣，破庆云，收乐陵，一路凯歌，三十一支队声威大振。乐陵、庆云两座县城攻取之后，形成了以乐陵、旧县镇为中心的冀鲁边抗日根据地雏形。曾经环伺周边的各种武装势力心惊胆战，怀着各种目的，主动跟三十一支队接洽，纷纷接受收编。

杜步舟始终念念不忘盐山县仉小庄仉鸿印的"仉家军"，因此致信仉鸿印，邀请他加入三十一支队：

仉鸿印先生钧鉴：

日寇犯我中华，全国同胞义愤填膺，揭竿而起，抵御日寇之侵略。先生率众抗日，乃血性男儿之义举，却寡不敌众，方向不明，难以取胜。我热情吁请你和我们同舟共济，协力抗敌，以达到保卫祖国、战胜日寇之目的。否则，孤军苦斗，必遭覆之，将嗟悔无及。

仉鸿印审慎考虑，最后决定加入三十一支队。

此时编入三十一支队的部队达23路，外加一个特务团，骨干兵力有三四千人。但其中不乏张子良、李景文、窦同义等政治态度暧昧的武装，他们只是名义上的收编，实际上三十一支队根本无法掌控，以致这些武装很快脱离出去，甚至投靠了日军，与人民为敌。但多数部队则经受住了考验，成长为冀鲁边区抗战的中坚力量，如刘虎臣部、仉鸿印部。

三十一支队的壮大引起了刘景良的不安。刘景良已今非昔比，他已是由接替韩复榘任山东省政府主席的沈鸿烈亲命的山东第五行政区鲁北督察专员兼鲁北保安司令。刘景良收编鲁北地方势力，编为三个旅和数个团，拥兵 5000 余人。

1938 年 5 月中旬，刘景良再也不能坐视三十一支队继续壮大，遂以"恢复山东行政统一"为旗号进军冀鲁边区。

刘景良亲率 200 人的精锐部队紧逼庆云县城，却碰上了善用奇兵的杨靖远。杨靖远原名赵容山，沈阳东陵陵前堡人，1902 年生于一个满族小商人家庭。他早年以优异的成绩考入奉天市中医专科学校，后在沈阳、锦州一带行医，目睹了社会上的不公和民众生活之苦，深感行医非济世救民之道，遂投考了东北军的奉天讲武堂。不久后加入中国共产党，改名杨靖远。九一八事变后，东北沦陷，他的父母被日军杀害，这点燃了他胸中的怒火，遂暗中组织了八名爱国志士，在沈阳皇姑屯铁路隧道内用手榴弹炸死几名日军士兵，抢夺了一部火车头，驾驶着闯进关内。其后他担任了中共河北省委军委委员。

刘景良驻扎在离庆云城不远的大刘庄，自恃兵精器利，哪把城里的二三百人放在眼里？由于白日长途行军之故，夜里只放了几个岗哨，便都沉沉睡去。杨靖远抓住敌人麻痹轻敌的时机，亲率三路军一部，神不知鬼不觉地摸进了大刘庄，占据制高点，对刘景良部突然发难。枪声、手榴弹声在静夜里炸响，小村登时变成一锅沸水。刘景良从睡梦中惊醒，斜披军装，扣错皮带，一溜歪斜地跑到院子里，指挥部下还击。因不知对方底细，他不敢恋战，带领部队边打边退，最终败回了惠民。刘景良本以为三下五除二即可扫平小小的庆云城，不料却吃了一顿昏天黑地的暴打，窝了一肚子气。一看侦察来的情报，刘景良倒吸一口凉气："这个杨靖远倒是小瞧不得呢。"

不久，刘景良带领丁廷杰旅卷土重来，紧逼乐陵城下，威胁邢仁甫出城缴械，或接受改编。邢仁甫率领一、二路军和特务团坚守不出。两军对峙，随时都可能擦枪走火。

这时曾参加流坡坞阻击战的王道和正在刘景良特务营任副营长。1937 年冬，薛汉三、王道和率领阳信阳湖口乡校自卫队在惠民一带活动，被刘景良以武力胁迫而收编。薛汉三一怒之下回了乐陵，王道和则留在了刘景良部。此次进攻乐陵，刘景良特意让王道和随行，为的是发挥王道和作为土生土长的乐陵人的优势。王道和向刘景良提出谈判建议，刘景良考虑到双方火拼，各有损失，要知道在这种多种势力交缠的地方，实力为王，保存实力说话就能硬气。王道和得到了刘景良的允许，只身入城，由薛汉三和宋哲元的二弟宋春元引荐。见到了邢仁甫等三十一支队的领导，王道和不动声色地把刘景良部的情况以及自己对双方形势的看法和盘托出。邢仁甫频频点头。

王道和说："目前刘景良也怕打仗，但迫于沈鸿烈的催逼，只得做做样子。和解是当前最好的解决办法。"

邢仁甫说："我们三十一支队是支打鬼子的队伍，也不愿意做出亲者痛仇者快的事来，只要刘景良不进乐陵城，我们就可以协商解决。"

王道和也摸清了三十一支队的底牌，返回复命。

其后，邢仁甫写信给德平民团首领曹振东，请他出面为双方调停。曹振东邀请双方会商，最后达成协议：一、乐陵县长必须由国民党鲁北行辕委任；二、保证鲁北保安队的军需供应；三、不干涉刘景良的军务。

刘景良撤军。

牟宜之上任。

本来一切都风平浪静了，可牟宜之这位国民党委任的县长却跟三十一支队异乎寻常地热络起来，反倒把刘景良甩到了南墙上。刘景良恼羞成怒，再次兴师问罪，誓要拿下三十一支队掌握的乐陵和庆云两个县城。

大兵压境，三十一支队没有硬拼硬的本钱，只能坚守城池。此时为三十一支队所收编的各种武装，一看刘景良兵强马壮，纷纷脱离三十一支队，有的甚至投怀送抱于刘景良。形势骤然危急。冀鲁边区工委决定派李广文重赴河北南宫寻找冀南军区，请求支援。

刘景良为报前仇，亲率一旅兵力围攻庆云，并拉拢来盐山民团刘彦臣、沧县伪军刘芳庭部助攻。刘彦臣、刘芳庭迫于刘景良的武力不得不来，但喝凉水拿筷子——只是个比画，不卖真力气。杨靖远针对"三刘"各怀鬼胎的情况，决定对刘彦臣、刘芳庭方面只采取守势，对刘景良部则毫不手软，结结实实地打。

一个突发情况发生了：冀鲁边区工委的李启华和赵焕文等20名干部在去乐陵的途中，被刘景良部扣押了。刘景良想以此逼迫三十一支队就范。

杨靖远知悉后，紧急带领一彪人马埋伏在回惠民的必经之路，准备解救被押送的人质，却扑了个空。随后杨靖远带领100多人的精干队伍，奔驰30多里，直捣刘景良指挥部驻地，突破警卫线，活捉其参谋长以下20多人。双方各有投鼠忌器之心。

刘景良沮丧之余，指挥部队一次次强攻庆云城，均被杨靖远带领守城委员会击退。刘景良在一次骑马督战时，被三十一支队的一名战士从城头射中大腿，虽性命无忧，却落下了终生瘸腿的残疾。

6月间，星夜疾行的李广文抵达冀南军区司令部所在地，见到了军区司令员陈再道、政委宋任穷。随即，原津南特委书记、一二九师津浦支队政委王奎章领命带一支小型武装和一部电台先行奔赴冀鲁边区。不料在途中遭到河北反动会道门"六离会"的围攻，王奎章不幸牺牲。冀南军区得知消息后，报请中央批准，派遣时归一二九师统辖的一一五师永兴支队和津浦支队，作为八路军东进挺进纵队先遣支队，在马国瑞的率领下，分路昼夜兼程驰援冀鲁边区。

当先遣支队到达山东夏津，即将越过津浦铁路时，刘景良闻讯迅速撤围，缩回惠民，其他顽伪军更是落荒而逃。7月5日，刘景良将李启华等人释放，三十一支队也将其参谋长等人放回。

7月8日，永兴支队、津浦支队与三十一支队在乐陵县城会师。同日成立了冀鲁边区军政委员会，由马国瑞任书记，曾国华、孙继先、李启华、李宽和、潘寿才、邢仁甫、杨靖远任委员。对三十一支队进行整编，取消其番号，改编为八路军冀鲁边区游击支队第六支队，代号平津支队，邢仁甫任司令员，王叙坤任政委，程正杰任参谋长，崔月楠任政治部主任。

整编三十一支队时，引起了一场不小的风波。

问题出在邢仁甫身上。他以刚收编的几支队伍素质不高，与正规部队尚有差距为由，提出继续保留着三十一支队的番号，把这部分人留下，等适应一段时间后再纳入八路军序列，同时，保留着三十一支队的要求，理由是这样做有利于搞统战工作，团结王昭明。

马国瑞同意了邢仁甫的意见。

可是不久后，在军民欢欣鼓舞、抗日情绪高涨的时候，个人野心家邢仁甫却感到自己被孤立了。最终，他还是拉了一部分队伍走他的死路——投敌去了。

部队整编后余下的武装沿用三十一支队的番号，当地人称其为"小三十一支队"，邢仁甫兼任司令员，王昭明任副司令员，石景芳任政治特派员。"小三十一支队"编制为三个营：一营杨鹏翔，二营仉鸿印，三营宋海豹。

王昭明带领的这部分人马一直游离于主力部队之外。不久，王昭明扣押了石景芳、王长安、高巨川、兰丕伟作为人质，带领200多人从乐陵叛逃。消息传来，邢仁甫欲任其自便，军政委员会其他人却认为不能姑息叛徒，于是派永兴支队政委李宽和与参谋长杨承德带领支队特务连追至庆云县纪王桥附近，将其击溃，救出了石景芳等人。王昭明带着残部投靠了刘景良。

王昭明后与刘景良产生罅隙，王昭明在庆云豆腐营一带抢夺了一块地盘，准备效法杂牌军，割据一方，不久被杜步舟的三营围歼，他仅带10多人逃脱，后被刘景良捕杀，落了一个身首异处的下场。

随后，永兴支队和津浦支队开始以秋风扫落叶之势，涤荡威胁冀鲁边区根据地生存的伪顽势力。首当其冲的便是盐山刘彦臣部。刘彦臣从三十一支队手里得到盐山城后不久，沧县日伪军即来攻城，刘彦臣部一枪未放，弃守盐山，退到大王铺、孟店一带。刘彦臣对日伪军怕得要命，跟游击队搞起摩擦来却特别带劲，屡屡扣押过往的共产党员和抗日工作人员。冀鲁边区军政委员会决定铲除这颗毒瘤，永兴支队、平津支队、津浦支队应声而动，将刘彦臣部歼灭于盐山王信、毛集、黑牛王村一带。刘彦臣只带一人化装逃往天津，后在绝望中病死。永兴支队、平津支队乘胜解放了宁津县城，使宁津、乐陵、庆云三县连成一片。接着又消灭了盘踞于南皮县的国民党顽军穆金城部2000多人。

边区的范围扩大了，军事、政治、民运、统战等各方面的工作也都日益繁忙起来。为了适应新的形势，中央于1938

年夏天，派来以萧华同志为首的东挺纵队（八路军东进抗日挺进纵队，一支精锐的干部队伍），改组当地救国军，正式成立八路军。马振华即调任，负责地方政权工作。迄1940年秋，他先后担任盐山县委书记、边区战委会主任，边区特委民运部长、组织部长，特委撤销以后，任第一地委书记。

当时，地方工作的主要任务是：动员民众，组织民兵，巩固地方抗日民主政权，支援大部队，除奸，破路，动员借粮，推行合理负担，等等。工作是这样千头万绪，环境又是这样复杂：每时每刻都得与鬼子、汉奸以及动荡的地主阶级做斗争，甚至在一个村子里就经常有敌有我，短兵相接。尤其是为了重点保护武装斗争，原来地方上的干部，一些干部中的精英，大部分调到或留在大部队工作，地方干部力量相对薄弱，这就造成地方工作更大的复杂性和艰巨性。

可以想象得到，在这样的环境下领导工作，不仅需要勇敢，需要坚强和毅力、冷静和机智，更需要与群众保持联系。只有与群众结成了血肉关系，得到群众的帮助和掩护，才能顺利地工作。

马振华就是一个这样的同志：他勇敢、坚强、沉着、机智，而且最善于走群众路线。从他开始工作的时候起，无论在抗战以前或者以后，无论身处何地，他到了群众中，就像鱼到了水里，他在群众中活动，就像鱼儿游泳于江海之间。

有一次，他去东光县视察，并在那里召开了县委会议，布置工作。那时是战时，一切工作都是非常紧张的，他白天主持会议，听汇报，参加讨论，晚上与领导同志们研究工作的步骤、方式、方法，这样一连四个昼夜没有休息。会议开完了，他又立刻带着一部分干部出发赶到宁津县去。

他们一行约莫走了 40 多里，到了盐场吴家才休息下来，预备吃饭的时候，村外响起了枪声，敌人来了。马振华立刻决定转移，但是老乡们不肯，他们说：你们还没有吃饭，这样空肚子跑是不行的。这样吧，你们先到村外的河沟底吃饭去，我们在这里监视敌人，你们看我们的手势，知道敌人从哪边来，你们再从相反的方向走。

于是，马振华他们就到河沟里去吃饭。

饭刚吃完，河沟底那边就发现了敌人，而且相隔得很近，大家有些着慌起来。马振华非常镇静，他立即指挥干部们分散突围，并且约定了突围后集合的地点。等大家都走了，他才跳出河沟。

当马振华跳出河沟的时候，敌人已离他不过一百米。他知道敌人是会向他开枪的，而在这样近处开枪，危险性当然很大，但越在这样的紧急关头，他越沉着。他为了不使敌人瞄准，采取曲线而不是直线的方式向前跑，因此敌人的子弹总是擦着他的身子悬空飞走。但最后，他忽然应声倒地。敌人以为打中他了呢，就算没打死也该打伤了，所以松懈了下来，放慢了追赶的脚步。马振华摸着了敌人的心理，顷刻之间，一跃而起，飞速地径直向前跑，这样，不多会儿，就把敌人摆脱了。

当晚，马振华到了约定的地点前孙庄和同志们集合。他决定住在这个村里，休息一夜。可是，大家刚要睡着的时候，老乡们跑来报告：敌人来了！

马振华问："敌人是从哪个方向来的？有多少人？是鬼子还是伪军？"

"是伪军，"老乡说，"已经把咱村子包围了，人不知有多少，反正不少。"

"快跑。"有的同志提议，并且拔出了手枪，"马上突围！"

马振华又询问了一下情况，然后思索了片刻，说："我们刚到，如果有敌人的侦探发现了我们，他去报告，往返绝对没有这样快。所以估计敌人没有发现我们，而是单纯来抢东西的。现在村子已经被包围了，跑已经来不及了，如果组织突围，敌我力量悬殊，危险性很大。我的意见是大家马上到外面去，和老乡们在一起，然后设法混出去，现在是黑天，敌人不容易辨认我们，这是个很有利的条件。"

事情就这样决定了。大家立刻走到外面，和大爷大娘们在一起。群众一看是我们的干部，自然都加以掩护。

马振华像个普通老乡一样，从容地向村外走去。到了伪军的岗哨边，把守的伪军把他拦住了。

"到哪儿去？"

"东头看看庄稼去。"马振华懒懒地边走边答着。

"不行！"伪军吆喝道，"这会儿我们来了，你就要溜了，兴许你还是八路军里的什么干部，正好遇上咱们啦！"

村长见状走了过来。他把伪军一拉，说："兄弟，海洛因咱村里可是没有，走，到这边来，带点钱回去花。你在这里跟这样的庄稼汉纠缠什么？他身上哪有油水？"

伪军听说有钱，就不顾马振华，跟着村长走了。

这样，马振华一行脱险了。第二天，他们到了目的地宁津。

在他们到达以前，"不幸"的消息就传到了宁津，说马振华他们在路上数次遇敌，不知下落，可以说是生死不明。县里的同志都以沉痛的心情在等待最后的消息。最后，他们见面了，大家是何等欢喜若狂啊！有位同志说："振华同志，大家口里不说，心里都以为你壮烈了呢！"

"不！"马振华说，"同志们，敌人还在我们的国土上，还不是咱们死的时候。为了中华民族的解放事业，我们还要勇敢地战斗下去！"

二十二　虎口脱险

马振华和群众的关系，真是亲骨肉般的关系，因而他虽然不断地遇到艰难险阻，但总能在群众的帮助和掩护下履险如夷。

在民间，流传着关于他的传奇式的故事。

据说有一次，有一大队日军到一个村里扫荡。村里的老乡们跑到村外躲避，敌人就在后面射击。在这危急的时候，正遇上马振华带着一小队民兵来了。他见状，立刻指挥民兵掩护老乡们，边打边退。但敌众我寡，眼看抵抗不住了，马振华便命令民兵停止开枪，和老乡们迅速撤退，他则独自绕到敌人的侧面去，对敌射击。这样，就把敌人吸引过来了。

敌人蜂拥着向马振华扑去。马振华的子弹打完了，只好转移。当他遇上老乡们的时候，敌人也搜索过来了。老乡们赶快帮他换了衣服，化装成老百姓。

敌人把马振华和老乡们都围到村里，集中起来，鬼子的机枪对着全场群众。

"谁是马振华？"鬼子队长说，"你们说！不说我就把你们通通地扫死！"

全场鸦雀无声。

"你说，谁是马振华？"鬼子指着一个老大爷问。

"这里没有马振华！"老大爷答。

鬼子又问一个大娘：

"谁是马振华？你说！"

"这里没有马振华！"

鬼子接连问了好几个人，答复都是一样的：

"这里没有马振华！"

"这里面有马振华的！"鬼子队长吼着，"限你们三分钟，不说就开枪，通通死了的！"

鬼子兵的枪口对着群众，机枪手扣着扳机，准备射击。

全场鸦雀无声。

鬼子队长狰狞地向着群众。

一分钟过去了，两分钟过去了，全场还是鸦雀无声。最后鬼子队长向着机枪手举起了手，准备下命令了。

就在这千钧一发的时刻，马振华从人群中站了出来，他对着鬼子队长，发出了雄狮一般的吼声：

"我是马振华！"

鬼子队长被那声大吼吓得一惊，他摇晃了几下，刚把脚跟立定，正要定睛细看时，青年们都站了出来：

"我是马振华！"

"我是马振华！"

"我是马振华！"

鬼子队长急了，他狂叫着：

"住口！住口！"

但是没有人理他。紧接着，老大爷，老大娘，妇女和儿童都站了出来：

"我是马振华！"

"我是马振华！"

"我是马振华！"

鬼子没有办法了。是的，他们没有办法，任何敌人都不能把共产党从群众中分开。这就是敌人必败，而我们必胜的根源。

马振华终于又一次化险为夷了。

二十三　鱼水情深

马振华受到群众的无比拥护，不是偶然，而是源于他对广大贫苦群众的热爱，源于他在多年革命中，对群众进行的极为艰苦浩繁的工作。

三年帮助一个贫农觉悟起来的故事，长久地激励着马振华自己，也激励着他的同志们。

那还是在抗战以前，马振华担任中共津南特委特派员的时候，他与那些贫苦农民一起受雇，他借一同给老财干活的机会，不断在短工桌上宣传共产主义真理，组织他们斗争。

这一天，马振华和一个姓王的贫农一起给地主家铡草。老王家里历代都是苦命人，他受的压榨太深重了，人又太老实，迷信思想又沉重地压住他。他万分珍重地保存着祖传下来的释迦牟尼佛像，人可以清水树皮度日，但佛前早晚三炷香却从不间断。地主奴役他、斥责他，他的回答总是那一句——

"阿弥陀佛！"有些青年着他的急，甚至气愤地呵斥他，他却仍然极其平静，只是回家后在佛像前低呼一声："阿弥陀佛！"

马振华了解这个人，今天一起铡草，就拉起过日子的事。

"前生造定啦！"老王叙述罢自己的身世和悲惨遭遇之后说。他那平静的态度，使马振华也暗吃一惊。马振华想到中国农民几千年来的苦难，越发同情起这个人来。他想：要帮助这个人，要用党的精神影响他！

老王手擎铡刀，一起一落卖劲极了，马振华也积极配合他续草。但是这把刀有多么钝呀，往往是三举三落才能铡断一把草。到后来，连老王也着急了。

"日他娘！"他骂了一句，卷起袄袖，用力地举起刀，咬着牙狠狠地铡下去。

"老王哥，你看，"马振华一面续草，一面笑着说，"这把刀可是不听话呀，求求你的'阿弥陀佛'吧，让这把刀快一点！嗯？行吗？"

老王严肃地看着马振华，好像在说："哎呀，这样说佛的俏皮话能行？！"

马振华接着讲起红军的故事，打土豪分田地的故事，事实都在说明这样一点：哪里有佛呢？命运都掌握在自己的手里。但是，这位老王却固执地保持着既不反驳也不相信的态度。

于是，马振华更加顽强地一次又一次地说服启发。如是者三年，老王到底觉悟起来了。

"三年啊！"马振华自救国军转地方工作以后，这天来南皮县检查工作，他和南平县委书记老张并肩在鬲津河畔走着，回忆起这段往事，"后来，老王现身说法，对于启发盐山一带农民的觉悟，起了很大作用。"

"现在这人怎么样？"老张问。

"在大部队。当营长啦！又是个坚强的共产党员哩！前两年，只身进敌营，活捉鬼子顾问的那个区队长就是他。"

"谈谈你的艰苦深入作风的学习情况。"老张认真地说。

"不是我。"马振华说，"我们党向来是这样的：看人要看本质，要有阶级观点。老王是农奴，这是他以后可以转变的内部根据，由于我们党的工作，他果然转变了。现在可以想想你们县的建党工作了。"他的话锋转入当前工作说，"想想有些党员表现不好的原因。"

老张今年才十九岁，是个性情温和，内心刚强的青年，他对党忠诚，勇敢顽强，但负担当时那样斗争尖锐且复杂繁重的工作，有些方面就显得经验不足了。这时，他说："对，是没有阶级观点了，发展的中农太多……""而且还有了富农！"马振华严肃地说，"从根本上讲，这也是我们的觉悟问题。"在一些重大的原则性的问题上，他对干部的要求总是很严的，批评也是很尖锐的。

老张有些紧张。东北风飒飒地刮着，他的头上仍然渗出汗来。他语调有些低沉地说：

"振华同志，你看我的工作做得多么糟！"

"怎么？有些懊丧是吧？"马振华哈哈笑起来，"这种情绪也是要不得的。南皮县过去没有一个共产党员，现在有了上百个，而且在对敌斗争中起了核心堡垒作用，这不是巨大成绩吗？有了缺点，要认识，要改正，而不是以它来否定成绩，实际也否定不掉！"他望望这个年轻人头上的汗珠，伸手掏出手绢来，"给，擦擦！"说完，又哈哈大笑起来。对干部的严格和宽厚，在马振华身上是浑然一体了。

是的，马振华对待干部的严格和宽厚是很自然的，一点也不造作的。他的身上体现着党的那种原则精神和慈爱精神，因而他就有了一种无形的吸引力。干部们都愿意接近他，甚至想办法找出个借口来接近他，屏息地听他指示工作，听他天南海北地讲故事，都从心底呼唤他"老妈妈"。

这时，他们沿禹津河畔走着，马振华讲着各种各样的故事，讲他曾经如何用《挖薄芥》这个古老的故事来打动一个村长的心，激励他领导群众去向地主借粮；讲他有时偷偷回家去，和马夫人一起到地里，一边拔麦子，一面讲政治课，而马夫人又是一个怎样用功的"学生"；又讲他怎样以极严厉的手段，惩办了一个无耻的叛徒……他时而娓娓道来，时而严肃地批判。讲到自己的同志和群众时，他总是那样温和，有时还很幽默；讲到叛徒和敌人，他就使用着十分气愤和严厉的语调。有次他讲到惩罚一个叛徒的事情时，气愤地说：

"叛徒能起敌人所不能起的作用，他实际上是更危险的敌人！要记住：对叛徒绝不能宽大！"

对自己人无限宽厚和热爱，对敌人、对叛徒无比严厉，又是这样自然地融合在马振华一个人的身上。

二十四　特别党课

那时，南皮县一带还是游击区域。在这里，我们党有固定的联络点，但是各级机关都是流动的，一般每天换一个地方，紧张时，一天要换三四个地方；会议一般在夜间召开，会议地点有的是在路上。

这一天，马振华带着通讯员小窦来到南皮，他们和南皮县委书记老张沿鬲津河畔走着。他们不是饭后漫步，而是转移地点，他们一路上研究工作，还要赶到一个村里去给一些新党员和活动分子上课。为了安全，他们每在转移时，小窦就有一个特殊的任务：他要像一个侦察兵，走在马振华他们前面五十步左右，装作若无其事的样子侦察着前面的动静。

小窦才十四五岁，是个赤诚又有些执拗脾气的少年。他热爱这个像父亲一样的首长，时时警惕地注意首长的安全。他尤其爱听首长讲故事，甚至爱听这位首长批评他，有时他被批评得哭了鼻子，也不愿意离开。这时，他听马振华和老张娓娓地说着，不时哈哈笑起来，但这讨厌的风，使他怎么也听不清他们在讲些什么。他被吸引着，不由渐渐放慢了脚步，凑近来。

老张明白这个少年的心情。"注意，小窦！"他说，"别忘了自己的任务！"

小窦尴尬地又向前走去，但不多会儿，他就又凑过来。

老张向马振华说：

"振华同志，都怪你的吸引力太大了！"

他们到达目的地。当天晚上，人员到齐后，开始讲党课。由马振华主讲——《争取做一个模范党员》。

马振华原来没有这个准备，但经不住县委的一再要求。他们说这项工作遇到了困难，不少学员对党课的兴趣不够理想。

"也就是说人们的兴趣不大了，"马振华笑着说，"想让我来叫座，是不？"他到底答应了。干部工作里有困难，提出正当的要求，怎能不答应呢？并且，为什么听课人不感兴趣，也必须亲自了解一下。

"同志们，今天讲模范党员。"马振华开始讲了，"我是个共产党员，但离模范党员还远了。像我这样一个普普通通的人来讲模范党员，当然讲不好……"

大家一听，和以前的讲课人差不多，很谦虚。

"所以，这一课就由我们大家一起讲。三个臭皮匠，还赛过诸葛亮呢！何况我们这么多共产党员……"

大家感到新鲜：课还能大家一起讲吗？那不乱吗？上过这么多次课，不都是一个人按照提纲一条一条地讲吗？……想着，听马振华又接着讲道：

"我想知道一下，你们这里有哪些模范党员，有哪些模范行动呀？"

大家想：这是想了解我们这里的党员情况。但是，谁算模范党员呢？什么才是模范行动呢？大家相互看看，思考着。终于，一个青年党员说：

"我看老刘够一个模范党员……"他列举了一些事迹。

又一个说："我看小王够……"他也列举了一些事。

又有人说："小王是不错，可是他不够模范党员……"他又列举了小王的一些缺点。

于是，就这样讨论起来，争论起来。马振华随时启发着，他说：

"什么才算模范行动呢？比如你们，"他指着几个坐在一起的通讯员，笑笑说，"这么一点点，就不怕艰苦、不怕困难，出来打鬼子，和那些躲在家里，不敢见鬼子的人相比，不就是模范行动吗？！……当然，仅仅这样还是不够的。我们共产党员以解放全人类为奋斗目标，所以我们的一举一动，都要想到共产主义的前景，以这个光辉的理想来指导我们的行动，来引导我们不懈地前进，再前进！许多为革命牺牲的同志永远是我们的榜样！"

大家心里好畅快呀！于是继续热烈地讨论，渐渐地模范党员的基本条件竟也明确起来了。马振华归纳完大家的意见以后，征求对这堂课的意见，大家齐声说好。

"请看，"马振华说，"这不是'三个臭皮匠，赛过诸葛亮'吗？"

说得大家哈哈大笑起来，整个屋子气氛热烈极了。

课后，老张激动地告诉马振华，说他听了这堂课以后，在思想上温习了许多重要的东西。他几乎是喃喃地说：

"放手发动群众，让群众起来，自己解决自己的问题。而我们也要因势利导，引导群众向远大的理想前进。"

"太对啦！"马振华张开胳膊，紧地抱住老张说，"是这样的，我的好同志！"

二十五 边区慈母

　　16 岁的王连芳在去往后韩沙洲村的路上，心情是极度矛盾的，从他日后的记述可知，他心里既包着一团烈火，也捂着一块坚冰。那团火是他即将见到党组织的激动心情，那块冰是担心和忧虑——二哥王连壁叛变了，党组织还能不能接纳自己，还能不能信任自己呢？

　　1935 年到 1936 年，一年间王连芳多次托人捎信给马振华表达自己对党的向往，却没有得到回音。之前刘格平和马振华经常在他家秘密碰头，他跟这两个人都熟，可是随着二哥王连壁的投敌，一座冰山陡然峭立于他与津南党组织之间，这两位革命者也再没有出现在他家的堂屋里。而这个时期，王连芳的思想渐渐倾向于革命，急于向党组织靠拢。终于，马振华答应见他一面。

　　在后韩沙洲村的学校后面，马振华一脸严肃地接待了这个回族小伙子。王连芳就像见到亲人一样握着马振华的手泪流满面，哽咽得没法说话。

马振华的表情柔和下来，递给他一杯水："来，先喝口水，不着急，慢慢说。"

王连芳咕咚咕咚一饮而尽，用手背抹抹嘴，然后连珠炮似的叙说着自己对二哥叛变行径的鄙视和不齿，以及自己一年多来背着二哥寻找党组织的种种艰辛，并表示愿意为党工作。

马振华看着这个赤诚的小伙子说："连芳，你的请求我会带到临时工委会议上研究，不管结果怎么样，你对党的忠诚是值得赞许的。"

这次谈话后，津南临时工委考虑到斗争形势的复杂，决定暂时中断与王连芳的联系。但马振华对他的鼓励，帮他扫除了灰暗的心情，使他义无反顾地寻找着参加革命的机会。1937年底，救国军攻占盐山城后，王连芳借了把大刀往背上一插，找到了担任救国军一团团长的表哥刘子芳和二哥王连壁当年的"盟兄弟"王俊峰，要求参军抗日，刘子芳爽快地答应了。可是，救国军撤出盐山城时，竟没人通知他，一觉醒来，只剩下他一个孤家寡人，好不凄凉。

为此，王连芳大哭一场，甚至想以死明志。这时，一位叫刘德甫的同学找到他，约他一同投奔马振华。有了前两次的"折戟沉沙"，王连芳学乖了，他写了一封情真意切的信托刘德甫带给马振华，以免再遭尴尬。

马振华被这个信仰坚定的小伙子打动了，很快派人来接他。王连芳跟父亲撒谎说姥姥病了，要去姥姥家看看。这一去就是硝烟千重、风尘万里。

马振华看着这个目光中迸射着喜悦的小伙子说："你想参军打鬼子，我们欢迎，可我没有枪发给你，你的武器就是笔，你就留下来帮我搞宣传吧。好好干，我相信自己是不会看错人的。"

王连芳从马振华老大哥般的语气里听出了殷切的期待，他使劲点点头。

在马振华的引领下，王连芳渐渐显山露水。

1940年春节过后，丁溪野和曹奎奉冀中区回民支队司令员马本斋之命前往冀鲁边区，受到了边区党委代理书记李启华和军区政委周贯五的热情接待。当丁溪野从衣服夹层里取出冀中区党委任命他为沧县县长的委任状时，李启华开玩笑地说："这下好了，我们的沧县抗日政府有两个县长了。"因为冀鲁边区军政委员会早先已任命过沧县县长。丁溪野和曹奎介绍了冀中区回民支队的情况，并转达了冀中区党委的建议：在回民集聚区成立回民武装和回民爱国团体，发挥其他抗日组织不能替代的特殊作用。李启华和周贯五不约而同地想到了马振华："老马在回族和汉族的群众中威望很高，让他具体抓这事，可以事半功倍。"马振华欣然领命。他即刻想到了王连芳，然后是冀鲁边区的回民干部刘震寰、李玉池、冯景恩等，一条清晰的工作思路浮现出来。

马振华叫来王连芳和刘震寰，跟丁溪野和曹奎见面，说了边区党委的打算。王连芳和刘震寰早就知道马本斋的回民支队，可以说是神往已久，一听冀鲁边区也要成立回民抗日组织，那个兴奋啊！

马振华说："我们先在丁先生和曹先生的指导下，把原来建立过的回民抗日救国总会恢复起来。"

冀鲁边区之前就建立过回民抗日救国总会，但因条件不成熟，基本没开展工作，后不了了之。王连芳和刘震寰异口同声："没问题！"随后丁溪野和曹奎谈了各自的看法。

1940年7月，重组的冀鲁边区回民抗日救国总会在宁津县魏家庵成立，王连芳担任了总会主任兼组织部长，刘震寰为武装和敌工部长，丁溪野任宣传部长兼第二分会主任，曹奎任宗教事务部长，李玉池任青年部长。接着，8月1日，在纪念南昌起义13周年之际，冀鲁边区回民大队在沧县新县镇宣告成立，刘震寰任大队长，王连芳任政委。第二年9月，冀鲁边区回民大队升格为回民支队。

半年来，马振华始终盯靠在这事上，如今总算搭好了台子，就看王连芳、刘震寰他们怎么唱戏了。

灯光摇曳，人影幢幢。马振华的小屋里坐满了人，王连芳、刘震寰、张文林、丁溪野、曹奎等以他为中心团团围坐。

马振华说："我明天一早就动身去宁津县，本不想告诉你们，没想到大家的耳朵都挺尖的。"

王连芳说："马书记，你为成立回民抗日救国总会和回民大队起早贪黑，可是累得够呛，歇上两天再走吧。"

马振华说："形势不等人啊！同志们都知道，鬼子回师华北后，咱们的根据地生存压力很大，个别党员经受不起考验叛变投敌，地下党组织遭到严重破坏，尤其是宁津县损失惨重。刚刚成立起来的县委由张维明同志任书记，他有能力、有热情，但毕竟才二十冒头，我不放心啊！"

曹奎说："马书记，你是津南地区的老革命，你给我们做做指示吧！"

王连芳也说："老领导，你就说几句吧。"

马振华看看大家，笑了笑："不是什么指示，算几句心里话吧。咱们的回民大队不容易，大家要搞好团结，连芳和震寰是本地人，你们要尊重冀中区派来的两位老师，好好学习冀中区回民支队的成功经验；文林呢，你作为回民大队里的汉族指导员，一言一行都代表了汉民对回民兄弟的态度，还体现着党的民族政策，这副担子不轻快啊！"

回民大队指导员张文林立马站起身，一个敬礼，郑重地说："马书记，我保证尊重回民战士的习俗！"

马振华摆摆手："快坐下，没外人，别弄得这么正规。文林啊，你要记住，不能光是尊重，还要好好向回民同志学习，丁先生和曹先生都是穆斯林里的大学问家……"

张文林点头答道："我记住了。"

王连芳瞧着灯影里谈笑风生的马振华，忽然动情地说："马书记，要不是有你当初的鼓励，我可能就成为一个沉沦的青年了，也就成不了冀鲁边区回民大队的一员。"

马振华说："人这一辈子，都少不了曲折，走过去就成功了，暂时走不过去，也不要气馁，要耐心等待时机，连芳就是很好的例子。"

王连芳眼里闪着泪花:"马书记说话从不高声大气,可是句句都能落到人心里。"

丁溪野说:"刚才马书记夸奖我和曹奎同志有学问,其实您才是德才兼备之人。"

马振华笑笑:"天不早了,别耽误明天的工作。我希望大家同心协力把咱们的回民大队建好,多杀敌,多立功……"

人们依依不舍地向马振华告别。他轻轻掩上房门,吹灭灯,躺下身,却久不成眠……

在冀鲁边区,马振华犹如一棵苍松,一任荣辱浮沉,一任腥风血雨,但谁也没听他抱怨过,谁也没见他消沉过,即使在主力部队调离后的最艰难的日子里,他依然面含春风,你从他的脸上永远读不到"绝望"二字……

1939年闹灾荒,马振华和战士们一样,吃的是发霉的玉米连带着玉米芯磨成粉做的糠窝头。一到解手时,不在厕所里蹲半天解决不了问题,大便都裹着血。马振华穿梭于各地,往往一天只睡三四个小时,面色苍白,严重营养不良。时任地委秘书关器私底下跟交通科长和总务科长商量,从总务科领出20块钱,每顿饭给马振华加两个鸡蛋或两个馃子补养身子。

这个决定让马振华知道了,他叫来关器说:"小关,你的好心我知道,但不能这么做。"

关器梗着脖子:"马书记,机器老转不上油,怎么行?"

马振华脸色一沉:"小关啊,你怎么还挺犟?我们是共产党的干部,共产党是为劳苦大众服务的,人民群众都在吃糠咽菜，我搞特殊化，说不过去。你想，我们在老百姓家里搭伙，谁家没有老人小孩，摆出一碟子好菜，面对着老人小孩，你能咽下去？特别是这样做会脱离群众的，你想过没有？"

关器不吭声了，扭头走到院子角落里坐下。

马振华走到他跟前，拍拍他的肩头。

关器含泪说："马书记，我不是看你快散架了吗？"

马振华笑笑："没事，我能扛得住。"

关器哽咽着说："人家好心被当成驴肝肺了。"

马振华说："小关，我知道你是为我好，可我们是革命的队伍，永远不能搞特殊化。"

也是这一年，马振华在宁津县检查工作。一天中午，刚走到一个村头，迎面跑来一个小丫头，张着手臂，叫声"爹"就扑到他的怀里，原来是他的妻子党芳英带着孩子讨饭路经此地。

马振华抚摸着女儿乱蓬蓬的头发，亲亲她脏兮兮的脸蛋，叫声她的小名，问："想爹了吗？"

女儿使劲摇摇头："不想！不想！娘说爹在外面干大事，不让俺说想你，怕你也想俺们。"

马振华用力抱起女儿，走到站在一棵槐树下的党芳英面前："芳英，苦着你了。"

党芳英撩撩被风吹乱的鬓发，望着丈夫说："你们不也在受着吗？"

马振华平静地说："苦日子总会到头的，慢慢就熬过去了。"

党芳英点点头："你也注意着点身子，看你又瘦了。"

马振华放下女儿，蹲下身，给女儿整理一下小褂，说："快和你娘要饭去吧，要不过了饭时，就不好要了。"

女儿被党芳英牵着，走几步就回头看看他，直到拐进一个胡同里。

马振华抹抹眼角渗出的泪水，回到住处，同志们埋怨他说："老马啊，你这是干吗？难道咱们还差她娘儿俩一口饭吗？"

马振华叹口气："这是个社会问题，不单是我一家的事，像我家这样的，甚至比我家还困难的抗属（指抗日战争时期，在中国共产党领导下坚持抗日的军队人员的家属）多得是，等把鬼子打跑了，一切就好办了！"

二十六 血染薛庄

1938 年 10 月日军占领广州、武汉后，已无力再发动大规模的战略进攻。全民族抗日战争进入战略相持阶段。此后，日军调整侵华策略，逐渐将主要兵力用于打击敌后战场的八路军和新四军。

这样，自 1939 年春起，敌人不断增兵冀鲁边区，横施扫荡。我边区八路军为保存有生力量，于该年冬，主动撤至鲁西南一带，待有利时机，更多地歼击敌人。

这样，边区人民又暂时进入一个极为艰苦的时期。敌人在边区遍设岗楼、据点，并实行"三光"政策（抢光、烧光、杀光），形成边区历史上空前残酷恐怖的局面。

由于敌人的疯狂，抗日队伍里的一些投机分子见风转舵，地痞流氓乘机活动起来，一些原来动摇着的地主阶级也开始倒向敌人。这些汉奸分子为虎作伥，做敌人的耳目，使得我们的某些组织受到破坏，我们的许多干部和抗日群众遭到残杀。

敌区的工作就更难做了，到那里去的同志，随时随地有生命危险。

1940 年，日伪军更加猖狂，萧华奉命率主力部队从冀鲁边区转移。日军对根据地实施"囚笼政策"，在平原地区到处安据点、设岗楼、挖洪沟（封锁沟），把根据地切割成块。日伪军采取远程奔袭、铁壁合围、拉网扫荡、梳篦清剿等战术，企图把八路军抗日武装堵死、饿死、困死。

面对白色恐怖，边区抗日斗争能不能坚持下去？靠什么坚持？时任津南地委书记的马振华坚定地说："边区的群众基础好，有革命斗争传统，地方党和部队也非常团结，坚持边区斗争准能行。只要大伙有决心，依靠党，依靠群众，坚持武装斗争，我们完全能在这里站住脚。"

马振华部署队伍化整为零，分散活动，保存实力。白天把队伍隐蔽在青纱帐、树林、坟地和村庄里，巧妙地同敌人周旋。隐蔽时，马振华组织同志们学习毛主席的《论持久战》，坚定抗日信心和勇气，进行气节教育，教育干部、战士不怕流血牺牲、不当亡国奴，被捕不叛变、不出卖同志、不出卖组织，宁死不屈。

马振华带领战士进入一个个村庄发动群众，发展党员、团员，建立党支部、农会、青救会、妇救会、儿童团，建立抗日堡垒村、堡垒户，为部队筹粮筹款。组织发传单，贴标语、办夜校教识字、学时事，鼓舞民众的抗日斗志。

　　马振华指挥各地的县大队、武工队，组织群众乘夜色破铁路，扒公路，填洪沟，掐电线，袭击据点、岗楼，打得敌人一到夜晚就龟缩在据点、岗楼里不敢出来。战士们高兴地唱起《冀鲁边区进行曲》："东临渤海，西胁津浦，南凭黄河，北迫平津。这里是敌人深远后方，曾经混乱沦亡，这里是抗日的坚强阵地，山东、河北的屏障，准备反攻的堡垒。我们高举解放的大旗，驰骋在这广阔的平原上。炮火连天中，我们飞速地发展，不断地壮大。不怕，二百个据点的敌人疯狂扫荡；任它，纵横的公路网，离敌人三五里宿营。不管吃的是树叶和糟糠，永远站在我们的岗位上。环境越困难，越是我们的光荣。我们一定干到底！我们一定要胜利！"

　　边区特委内部，有的同志也为这种局势忧虑。他们担心老百姓因此受的苦难更深了，边区抗日果实受的摧残更大了。

　　"环境是更困难了，"马振华说，"但是，重要的是边区人民没有屈服！让革命的洪流来冲辨精钢和渣滓吧！让钢显得更光辉，而让渣滓都沉淀下去！我们要给坚持敌区工作的同志以更大的帮助。"

　　于是，特委召开会议，研究新形势下的对敌斗争策略。会议作出决议：

　　"深入敌后，到敌区去！"

　　于是，马振华深入敌区，向抗日干部和群众宣传全国抗日的大好形势；宣传在抗战相持阶段中，我根据地的发展；宣传当前的困难是暂时的……他向他们提出口号：

　　"坚持就是胜利！"

他也向伪军、汉奸们宣传党的政策，号召他们弃暗投明，鼓励他们返回祖国的怀抱。他也使用果断严厉的手段来惩处不知悔改的汉奸和叛徒，向动摇派、投机分子提出严重警告！

边区特委的深入敌区的决议，以及马振华深入敌区的行动，鼓舞了敌区以及整个边区的干部和人民，大家团结一致，与凶残的敌人针锋相对地展开更顽强的搏斗。

这一天傍晚，马振华带领通讯员小窦，悄悄来到宁津县柴胡店区薛庄。事先已经通知好：县里和区里的主要干部，今晚要到这里来参加紧急会议。这个区刚刚出了一个叛徒，使区里的工作遭受极大困难。马振华来这里帮助干部研究对策。

在一户群众的土屋里，在一盏油灯下，会议开始了。像以往一样，小窦担任警戒，提着手枪到门外去了。

会议紧张地进行着：汇报情况，讨论问题，指示工作……马振华是这样一位富有斗争经验的领导同志，看来不好解决的问题，不易克服的困难，一经他准确地分析，冷静地判断，都能迎刃而解。他对革命前景充满信心的人，在任何困难面前，他的那种革命乐观主义精神，总给人以极大的鼓舞。

再过几天就是中秋节，月亮已经光亮得很，只是秋风不小，飒飒地刮得窗棂也抖动起来，像是预告这里将要掀起一场不平凡的风暴。小窦不时探头进来，向大家表示没有情况。马振华深知这个孩子，这个还是少年的革命同志的心情：他是多么愿意来跟大家一起讨论问题呀！这样小的年纪就跟大人一样战斗着，在烽火中磨炼着，多么坚强呀！毫无疑问，这个脾气执拗的孩子，会是党的事业的坚强的接班人，将来会是肩负得起社会主义和共产主义建设重担的党的好战士！

鸡鸣头遍，天将破晓，会议就要结束了。马振华的会议结论已说到最后几句话：

"主要的是信心。敌人在边区的暂时疯狂，并不代表敌人强大，相反，从全局来看，它表明敌人已经陷在人民战争的汪洋大海里，它表明我们党的力量和影响越来越强大了。"他激动地说，"我们有困难，但是我们有党中央和毛主席，有共产主义伟大理想引导，我们有四亿五千万人民，因此，我们的力量是无穷的……"

马振华用目光扫视一下大家："今天来参加紧急会议的都是咱宁津县的县区主要干部，大家都知道，过去宁津是冀鲁边区根据地的中心地带，是咱们的铁的管理区，而当前的形势很严峻，被敌人零割成了一小块一小块的游击区，有的地方干脆成了敌占区，我们的队伍根本落不住脚。所以，今天这个会议主要是研究怎么打破敌人的'铁桶'，请大家各抒己见。"

张维明黧黑的脸膛溢满喜色，他紧握着马振华的手说："马书记，可把你盼来了！"

马振华说："我知道你们的日子不好过，日寇想把宁津县建成'模范区'，因此对根据地的破坏很严重。"

张维明说："日寇凶残是一方面，另一方面是叛徒的出卖，这些家伙一见革命形势不好，掉头就投靠日本人，一点人格和国格都没有！他们对县、区抗日政府的破坏最厉害了！"

马振华说："维明，你说得对。针对这种情况，我们的锄奸队也不能手软，要从速从严处决一批罪大恶极的汉奸，震慑震慑这些家伙。"

张维明说："我们县大队的力量有限，得请分区来协助工作。"

马振华说："好，你开列一个名单给我，我交给分区的锄奸队。"

张维明说："我这就安排人去搜集。"

马振华说："这件事就这么定了。我想到柴胡店一带调查调查情况。你跟我去吧。"

张维明面露踌躇："马书记，我不同意你去那儿，那块儿的党组织遭到的破坏比较严重，鬼子和伪军的据点几里地一个，太危险了！"

马振华笑笑，说："正是因为那里是敌人的严控区，有一定的代表性，我才想深入调查一下，看看怎么打开那里的局面。"

"那咱可得提高警惕，"张维明说，"鬼子浑身是铁能捻几个钉？没有汉奸和伪军为虎作伥，他们能煞了也占不了这么大的地盘。我看得加强伪军的工作，能争取的争取，不能争取的消灭。"

马振华说："维明说到点儿上了。我看针对伪军除了争取和消灭，还得威慑，可以采取'红黑点'的办法，谁做了有益抗战的事，记个红点，谁做了危害抗战的事，记个黑点，十个黑点就恶贯满盈，由锄奸队予以惩处。这样做既给了他们重新做人的出路，又能杀一儆百。"

宁津县大队大队长说："俺看这法子不孬，肯定管用，会后俺就叫人把这个'红黑点'建起来。"

有人问马振华："马书记，俺问个不该问的问题行吗？"

马振华说："都是自己人，随便问。"

那人问："俺经常被老百姓问：鬼子撵得你们骨碌骨碌跑，啥年月才能打跑这些东洋鸟啊？"

马振华笑笑，说："同志们，我想针对这个问题多说几句。眼下抗战形势很严峻，在这种形势下我们的干部如何增强坚持斗争的信心呢？试想，如果连我们的干部都信心不足，老百姓怎么能看到希望呢？我们庄户人家都有个经验：赶上大雨天，你会发现哪一阵雨下得越大，风刮得越狂，哪一阵雨就要小了，风就要停了。鬼子在边区的疯狂只是暂时的，同志们不要被这种暂时的疯狂吓倒，只要我们认清形势，坚持抗战，最后的胜利一定会属于我们！"

与会的干部频频点头："马书记说得在理啊，还是马书记看得长远，不像咱们看不两拃远。"

夜已经深了。

张维明说："马书记，这里离鬼子的据点只有几里地，我们还是趁着天没亮转移吧！"

马振华一双明亮的眼睛环视一圈："好，现在分头行动吧。"

这时院子里传来一阵咚咚咚的急促的脚步声，房门

"哐"的一声被撞开，警卫员小窦一手捂着胸口一手提着匣子枪栽进来，嘴里喊道："快走，敌人来了！"话音刚落，就倒在了地上。马振华抱起小窦叫着"小窦、小窦……"马振华、张维明带领着警卫班向村头冲去。他们不知道这次日军得到汉奸的通风报信，调集了大柳、长官、柴胡店、杜集、孟集、黑魏6个据点的300多名日伪军，分3路已将薛庄团团围住。当他们冲到村口时，遭到了敌人猛烈火力的阻击，只好退回村里。有几户老百姓悄悄打开门，要拉马振华等人进去躲避，马振华怕连累乡亲们，说什么也不肯。最后他们退到村西的一座废弃院落里。

天色露出曙光。

敌人开始向村里发起进攻。马振华命张维明和警卫班长樊洪信分头寻机突围。樊洪信甩出一枪，脆生生地说："我不走，我在你在，生死一起！"马振华看了他一眼。这个出生于乐陵县杨盘镇纪家楼村的年轻人，在村里是独门独户独子，被日军逼得过不下去了，才跟随马振华走上了随时牺牲的战场。马振华没再多说，他太清楚小伙子的脾气了。

张维明带着区财政助理荣义波突围，两人跑着跑着，先后栽倒在地。马振华的泪水模糊了视线，一片红彤彤的血色晕化开来——朝阳突然跃出了地平线。马振华掏出随身携带的文件，划了根火柴点着，"灰蛾子"嗖嗖地飞起来。

敌人头上的钢盔映着霞光，已经能看清他们凶残狰狞的面孔了，马振华喊一声："打！"樊洪信和几名战士跟着开火，击毙了弓身走在前面的几个日本兵。樊洪信的枪法极准，一连放倒多个敌人。日伪军退避到一段矮墙后。

一个尖细的嗓子喊道："八路的弟兄，不要抵抗了，你们被皇军包围了，快归顺吧！皇军这里要钱有钱，要女人有女人，不比你们整天被撵得跟兔子似的好一百倍吗？"

樊洪信甩手一枪，大骂道："放你娘的狗臭屁！你连自己十八辈的祖宗都卖了！"

敌人集中兵力再次进攻，樊洪信和几名战士先后倒下。马振华抄起樊洪信的匣子枪左右开弓，像一只敏捷的猴子一会儿跳到屋外，一会儿飘进屋里，直到双枪都打光了子弹。他发现屋里墙上挂着一把铁剪子，便摘下来，握在手里，屏住呼吸，等敌人走近……这时，他背后响起几声枪声，他握着铁剪子沿着墙面滑坐到地上，胸前几个洞穿的弹孔汩汩流出殷红的血，他的脸庞被投进来的阳光洒上了一层红霞，一边嘴角倔强地上扬着，似乎挂着一抹凝固的笑意……一颗被冀鲁边区平原的风雨和高粱小米哺育的心灵，熄灭了熊熊的火焰，融入了苍茫的大地。

1940 年 9 月 12 日，马振华壮烈牺牲。那年，马振华只有 35 岁。

马振华牺牲三天后，津南地委在宁津县前桃园刘庄召开了追悼大会。主席台前挂着两副挽联："烈士血洒冀鲁大地，气冲霄汉留美名；军民泪流马颊南北，悲歌慷慨誓复仇！""为国为民洒热血先烈精神永存；不屈不挠承遗志吾辈奋斗不息！"后来，中共冀鲁边区党委做出决定，把宁津县改名振华县，以纪念这位坚定的革命者。

边区的革命舵手，

边区的抗日元勋，

边区的慈母啊！

你为革命壮烈牺牲，

丢下了这悲愤的一群。

振华！你的革命精神，

吓得敌人发抖；

你的工作魄力，

迫使敌人慌走。

你最后，还想扼死一个鬼子，

一枪啊！正打在你的胸口

…………

　　这首《歌颂马振华》的歌曲，曾经伴着鬲津河和马颊河的涛声久久传唱，鞭策着无数人投身于伟大的民族解放战争之中……

　　马振华牺牲后，他的妻子党英芳和子女们都先后加入了中国共产党，毅然投入抗日战争、解放战争和新中国成立后的经济建设中。长子马金城作为劳模两次参加国庆观礼，登上天安门城楼，受到毛主席及其他党和国家领导人的接见。马振华一家可谓：父母忠贞报国酬，未曾怕断头。而今中华正崛起，后人擎旗竞风流。

二十七　碧血丹心

　　我们的马振华同志——又一名光荣的共产党员，又一名真正的中国人，步步紧跟党中央，走完了他短暂的一生，将最后一滴血，奉献给了他的祖国和笃信的共产主义事业。这种远大的理想、高尚的情操，将永远留在中华儿女的心中，并成为他们的榜样，还必将在我万里神州，永放异彩豪光。

　　去年，1985 年，正值抗战胜利 40 周年，恰好也是马振华先烈光荣殉国的 45 周年和诞辰 80 周年。因此，时任宁津县委书记盛玉振和县长魏玉珂两位同志，和全县 40 余万名人民一起，为马振华烈士举行了极其隆重的扫墓仪式。

振华事业千秋！

烈士英灵万古！

泉城晓笔

一九五五年九月初稿于河北省振华县

一九八六年三月脱稿于山东省宁津县

后　记

　　《马振华英烈传》于 1955 年开笔，那年，是我中华全民族抗日战争胜利 10 周年，世界反法西斯战争胜利 10 周年；同时又是马振华烈士以身殉国 15 周年，其诞辰 50 周年。

　　当时，我奉县委之命，负责写作这部《马振华英烈传》，当时主要有两个难处：一是，我这个业余作者，那时只能发表几千字的小说和报告文学，而马振华这位在全国挂号、全省不出前十名、全县是头一名的重要烈士，其传记，最精炼也得几万字才能写出来。你想啊，我面对这样一项力不从心的政治任务，怎能不感到为难呢？这一困难的解决，多亏了我的两位习作老师，任希儒（时任出版社编辑部主任）、曾秀苍（编辑、小说家）。仅就这篇小文而言，他二位费的心血，流的汗，完全有资格作为该文的作者之一。不过，将他们为培养我这个业余作家所用的精力都考虑进去，我以为还是将他二位摆在我的老师的位置上，更为实事求是、公平合理。同时，我们师生两代人接力创作这篇烈士传，似乎比三个作者合力创作，更有发人深思的意味。二是，抗战期间，我的故乡虽是马振华烈士活动的主要地区，我家还是他的"堡垒户"，但由于当时我年龄太小，对其英雄事迹了解得太少，没资料和素材怎么下笔呢？这是我的另一个难处。这一困难，主要是通过翻阅资料、走访知情者，双管齐下解决的。我的那两位老师，为了更好地培养我和完成写作任务，也参加了这一活动——我们三人，分为内勘、外勘，用了近三年的时间，翻阅、收集了几百万字的各种有关资料；水陆兼程，跑了上万里路，走访了几千位知情者，其中，有烈士的首长、战友、部下、房东、老师、同学、学生，还有他的亲友、乡亲等同志。在访问中，曾记下了几十万字的笔记。这几万字的拙文，就是从那几十万字中摘录出来的。

在创作此文时，我有个想法，就是先把这些宝贵的先烈事迹收拢起来，就当起个"《三国志》"的作用吧！将来，十余亿中华儿女中，肯定会出个"罗贯中"，把它搞成真正的小说"《三国演义》"。

尽管我自认为这篇拙文不成文，但由于烈士英名早已誉满中华，所以，从它脱稿上报后的30多年来，《河北日报》《河北文学》《渤海日报》《天津日报》《新港》《大众日报》《无名文学》《大公报》《解放军报》《光明日报》《中国青年报》等报刊，还是分别以《光辉的人生》《伟大的战士》《农民的儿子》《浩气长存》《振华千古》《马振华精神万岁》等为题，先后选载了若干片段。"文革"时期，这部文稿曾被投入火堆，儿子洪林经过一番搏斗，硬从火堆里抢出了已烧残的文稿。所以，现在这本稿子前后都有用稿纸重写上的页码。

1976年我脑血栓致瘫，危险期过去后，我就抱病挥笔，补写和整理了这部烈士传。省委领导和马振华是战友，他既安慰我好好养病，又鼓励我使《马振华英烈传》问世。当时，正在医院陪床护理我的儿子洪林，见我在病榻上洒泪挥笔，实在痛苦，就夺过我的笔说："爸爸，我帮你搞！"他爱好文学，在宁津创作组搞专业创作，有这个条件，我也喜欢他这种精神，于是，便形成了我们父子两代人共同修复《马振华英烈传》的局面。省委支持我们父子的活动，当《马振华英烈传》修复后，书记亲自指示省委党报做了报道。考虑到儿子火中抢残稿，病房接文笔的实际情况，我觉得没有他，这部《马振华英烈传》大概就不复存在了，故将他的名字写在了我之后，成了作者之一。这样，我觉得这部烈士传似乎又增加了一层新的特殊含义——20世纪五六十年代，我们师生两代人，接力创作出了《马振华英烈传》的打印稿；七八十年代，我们父子两代人又抢出并修复了被烧残的《马振华英烈传》打印稿，这样，这部《马振华英烈传》便成了"师生"加"父子"，三代接力完成的产物。当然，这也就说明了烈士的三代晚辈对他的缅怀、敬慕和爱戴，并可看出，与《马振华英烈传》有关的三代人的心性，还必将向我儿子的下一代，乃至子子孙孙传下去，至少，那些人们，将是这部《马振华英烈传》的忠诚而热情的读者。

　　这部《马振华英烈传》的完成，除了我的老师和儿子的帮助外，那些向我提供资料的同志们，也起了重要作用，包括马秀英等烈士子女，包括萧华等十几位将军和众多的荣军和老八路，还包括烈士生前的房东，那些老人们，以及省、地、县委领导和有关军事部门、编辑部门和其他有关的同志……对此，我向他们致以崇高的敬意和由衷的谢忱。

　　由于我们水平所限，并未把烈士的光辉形象、英勇事迹、高尚情操完整展现出来，对此我们深感内疚，向烈士的后代、战友，以及心中一直装着马振华的广大人民群众致歉，并请了解马振华烈士生前事迹的同志，文学界的专家、师友，及广大读者订正，补充，雅教，斧正。

郭澄清

一九八六年清明于山东宁津新村

回忆父亲郭澄清

郭洪志　梁临平

　　我的父亲郭澄清是我国千百万名文学创作大军中的一员，是一位优秀的人民作家。是我最敬爱且终身怀念、想念的人。

　　父亲的为人和优秀品质影响、鞭策我一生，是我成长中的动力和楷模。

苦难童年铸孝心　　优良品格传后人

　　父亲郭澄清 1929 年 11 月 13 日出生于德州市宁津县郭皋村一户贫困农家。苦难的童年生活铸就了他刚强的性格和孝顺的品格。父亲的孝顺和厚道在当地广为流传，对奶奶的感情更是催人泪下。贫困和日本侵华战争期间惶惶不可终日的动荡生活摧残了奶奶的健康，奶奶病重期间，父亲把所有的收入都用来为奶奶请医买药，甚至借贷。父亲自己节俭生活，不顾一切地抢救奶奶的生命。我爷爷看到奄奄一息的奶奶和病弱的儿子，一气之下摔了药罐子，不让我父亲再抢救奶奶，他担心再这样下去会失去妻子及儿子。我父亲和我姑姑郭桂英背起奶奶跑到他们二舅家想继续治，但由于医疗水平的落后，在父亲20岁出头时奶奶还是不治去世了。新中国刚成立，好日子就要来临，母亲却走了，父亲心痛如刀绞。在埋葬奶奶的时候父亲哭得死去活来几近晕厥。看到奶奶的棺椁下到墓穴，父亲一下子跳了下去紧紧抱住奶奶的棺椁哭着要和母亲一起去，在场的乡亲把他抬了上来。至今村里健在的知情老人说起澄清葬母这一段时仍唏嘘不止。

父亲不光孝顺着他父亲，还孝顺他的四叔，他的四叔是一位残疾人（小时候患小儿麻痹症），腿脚不便，终身未娶，一直由我父亲赡养，直到84岁终老去世。受父亲的影响，我们也很孝顺。参加工作后，每次回家都要给爷爷们带一些好吃的。父亲和母亲刘宝莲还规定我每月从工资中拿出10元钱交给爷爷，年年月月如此。其实当时我每月工资才二三十元。在我四爷爷病重期间，同样也在病中的父亲仍规定我和三弟郭洪庆，专门请假回家相继照顾了一个多月（因我们二人都学医）。我们和四爷爷吃住在一起，端饭送水，擦屎接尿，清洁全身，使老人在最后的日子里得到很大的慰藉。我记得父亲在世的时候曾开玩笑地说："我就是孔孟之道里说的'孝子贤孙'。"那时家里的日子过得很不富裕，家里有四个老人（爷爷、四爷爷、姥爷、姥姥）需要照顾，我母亲经常为手中拮据而焦急万分。父亲一有点稿费，除了交党费剩下的都交给爷爷，生怕爷爷和四爷爷在农村老家为生计犯难。即便后来在家养病，父亲每天早上起来还坚持拖着半身不遂的身子先到爷爷的屋里问安，从不间断。平常老人有任何的训教和要求父亲都记在心里，一一落实。

村里的老人都说澄清的孝顺和厚道是打心眼里的。他在县里当干部时，每次回老家离村子远远的他就要下自行车推着车子进村，路上甭管遇上谁都会主动打招呼，该怎么称呼就怎么称呼，没有一点架子，即使当了山东省文学创作领导小组的领导仍然如此，每次都让司机把吉普车停在村口，自己走着进村。我们村有一位烈属老大娘，孤身一人，是五保户，父亲每次回村都要去看望，并经常给她买些吃的、用的，直到老人80多岁去世。此外，平时村里有什么困难他都尽力帮助，为村里办了不少实事。

妙意连珠一才子　风趣幽默受欢迎

父亲的朋友们经常这样对我谈起父亲：你父亲是一个诙谐幽默、才思敏捷、出口成章的人。集市上，只要大喇叭一播放你父亲的讲话，整个集市都会安静下来，做买卖的会暂时停下手里的买卖，行进中的人会停下脚步，眼睛瞪着喇叭、竖起耳朵听你父亲讲话。他政策讲得明、道理说得清，过瘾！和父亲一起在北京人民文学出版社改稿的山东大学文学院吴开晋教授以及河南作协副主席王绶清等同志也这样回忆说：老郭口才极好，人很幽默，又忠厚老实，大家都喜欢找他聊天。父亲的学生王智广、王金铎同志是这样回忆父亲的："那时，早上起来是早操，早操后郭老师大约用20—30分钟给我们上早会课（那时父亲在宁津县完小当校长兼地理老师），他的早会课总跟说书一样，我们就愿意听他的早会课，天天盼着他的早会课。郭老师口才好极了，记忆力好极了。早会课他讲纪律、学习、政治方面的事情，本来挺枯燥的一些大道理从他嘴里说出来，就成了妙语连珠的故事，学生们、老师们总是鸦雀无声地听他讲。那时县里开个大会之类的，别人讲着讲着台下的人就稀了，剩下的人有的交头接耳，有的打瞌睡。可一到郭澄清讲话，台下的人立马就精神了起来。他讲话从来没有稿子，讲到哪里算哪里，可是他总能讲得一五一十、头头是道、条理清晰。大伙都愿意听他讲话，他讲得极其生动，那手势那神态就像磁铁，把大家都吸住了。他能把挺大的道理挺复杂的事情用很简单的话讲明白，现在想起来，还觉得是一种享受。那时候他不过20岁左右，比我们也大不了多少。"讲到郭老师授地理课时，两位老人更是兴奋得站了起来，模仿起父亲当时讲课的风采："郭老师教地理，上课从不拿课本，也没有备课本。就那么空着手走进教室，班长喊一声起立，他向下看看，说一声同学们好。同学们扯着嗓子喊一声老师好。每次都是他自己喊请坐，不让班长喊。这在当时的学校里，只有他自己这样做。他走上讲台，右手捏一根粉笔，对着学生，就开始讲哪个省有啥特点，有啥物产，有多少人口，人口由哪些民族组成，地理概貌，等等，右手就在黑板上画那个省的地图，画好了就问同学们：听明白了吗？同学们就齐声高呼：听明白了！他就再讲另一个省。待到讲完了，黑板上就会出现一张惟妙惟肖的中国地图。郭澄清还把地理课本上的知识变成合辙押韵的顺口溜，便于学生记忆。"王智广老人说："这也许就是郭老师最初的文学创作了，他后来写的新民歌体诗歌就有这个特点。"

在我15岁的时候，父亲回到村里老屋写《大刀记》，和父亲接触便多了，常听父亲给乡亲们讲国际形势、外交形势，讲军事战略，听着听着我也激动起来。跟原来只能听到爷爷给我念《三国演义》《水浒传》相比较，顿时觉得眼界大开，很是养耳。这段时间对我以后渐渐形成战略大思维、大理念、整体观思想起到了关键的启蒙作用。父亲教我读的第一本书是《大众哲学》，这本书对我以后形成并运用辩证思维分析问题、对我以后的成长起到了重要的作用。

扎根农村育新人　根植泥土颂人民

父亲一生平易近人、乐于助人，从不瞧不起任何人。他始终和农民朋友交心，谈知心话。尤其是对于那些热爱文学的青年人他都会尽自可能地去帮助他们、提携他们。那时去家里找他的多数是一些家境贫寒的农村青年，非常寒酸，我们有时都不大愿意搭理他们，但父亲从没有丝毫嫌弃他们中的任何一人，总是热情地接待，赶上饭时，就主动招呼大家一起坐下吃饭。有时两三个一起去了，母亲还要再做些饭，这无形中给母亲增加了劳动强度和生活压力。据父亲一手培养提携起来的青年作家张长森同志回忆说："郭老师对文学青年啊，那就不用说了，他看你是块材料，就会全身心地教你提携你。那时我连辆自行车也没有，步行到县城或郭皋村去找他看稿。现在想想他可能看着我写的东西还行就引起了他的浓厚兴趣。有一次他看完我的稿子拍着我的肩膀说：长森，好好写。说完就打开橱子，拿出两本稿纸送给我。你想那时农村穷的，谁舍得买本稿纸啊！他送给我稿纸，我也舍不得使，一直宝贝似的放着，现在看看，竟成了一种纪念！他鼓励我写，给我改稿子，帮着推荐稿子。我在《山东文学》《人民文学》发表小说以后，引起了文坛的关注。后来山东省文联举办基层作家培训班，就让我参加了。现在想想，没有文学，没有郭老师的提携，我肯定走不到今天这一步，弄不好还在家里种地呢。"

父亲为家乡培养了一大批青年文学爱好者，1958年父亲创作的诗歌《太阳的光芒万万丈》在《诗刊》发表，同时被《人民日报》《光明日报》《北京师范大学学报》转载，并被谱成歌曲在中央人民广播电台《每周一歌》节目播出，各省电台也进行了转播，影响很大，在全县形成了很好的文学氛围，为家乡的文化建设尽了一份力。为进一步提高宁津县的文学艺术创作水平，给年轻人创造更多的平台，父亲向县委、县政府提出创办一个文艺刊物，刊物最后定名为《宁津文艺》，是双月刊。那时宁津县已是全国文化先进县，文学创作在全国有很大的影响。比如山东大学著名学刊《文史哲》刊发了《宁津县积极培养农村文学创作新人》的文章，《人民日报》《光明日报》均有报道。宁津县在 1958 年被国务院评为"文化先进县"，不能说没有父亲的心血，但他从不居功，他总将这些成绩归功于党和领导的培养、人民群众的厚爱。

有时我也想，父亲是位好父亲吗？他与文学青年交谈的时间远胜于和儿子们相处的时间；他是一位好丈夫吗？他把原应承担的家庭重任又托付给了妻子，而把自己献给了毕生热爱的文学事业；但他是父母的孝顺儿子，更是祖国母亲的忠诚儿子！他多次主动放弃去省城做官的机会，扎根农村，根植于泥土去发现农村建设的新气象、新面貌、新经验，用心挖掘基层人民群众的优良品质，歌颂美好的事物，鞭挞落后的行为，引导人们树立正确的世界观、生活观。所以才有了他笔下大量的鲜活人物和充满正能量的气场，今天读来依然亲切感人。

父亲始终对党充满深厚的感情，正如他在 1963 年由百花文艺出版社出版的短篇小说集《社迷》后记中写的："我的家乡是抗日根据地。我参加革命时还是个十几岁的孩子。党像母亲一般，哺育我成长使我有了文化。""那时节形势发展一日千里，新人新事层出不穷，祖国的一切，都在发生着深刻的变化。此情此景，使我的心不能平静。我愿把亲眼看见的新人新事写出来，希望曾经教育了自己的事迹，再感染别人。"

　　父亲因三卷集长篇小说《大刀记》在 1975 年迅速风靡全国，受到广大人民群众的喜爱。而我更偏爱父亲的短篇小说。他的短篇小说构思巧妙、语言生动、干净，具有浓郁的生活气息。文体成熟、独特，结构严谨，属于经典的学者型小说。时任中国作家协会名誉副主席、著名文学评论家张炯先生是这样评论父亲的短篇小说的："郭澄清的短篇仿佛信笔写来，如生活本来那么朴实、鲜活和自然，实际上构思剪裁精当，叙事多姿多彩。语言充满泥土气息，却又精炼而流畅，从中足以见出作家的匠心。他的农村题材小说的可贵还在于他几乎没有写什么'阶级斗争'和'路线斗争'。这说明作家从生活出发，而非从当时流行的思潮和创作模式出发。"

　　美好的东西可以涤荡净化人们的心灵从而使人们向更美好的境界去努力，进而升华人们的精神世界，世界得以变得更美好。郭澄清在这条道路上努力践行着。正如原山东艺术学院院长李建葆同志称赞郭澄清为"三优作家"：优秀品格、优美心灵、优良人性。真正做到了"人民群众的贴心人，老百姓的代言人"。

　　父亲郭澄清一生经历了无数坎坷，但他从不肯屈服，很少抱怨，也很少和孩子们说起。可能担心我们年龄尚小没有阅历，不能正确理解从而影响我们的成长。很多关于父亲的事都是之后从别人那里慢慢知道的。

　　父亲就他的文学之路曾和我说起过：1946 年参军后，父亲因为爷爷教的《三字经》《百家姓》那点文化底子被分配到渤海军区青年干部学校学习。由于父亲喜欢文学，经常试着写一些小东西，并积极帮着办黑板报以提高自己的写作能力。同年就在渤海军区办的《渤海日报》上发表过诗歌《黎明》，那是他的处女作。随后还发表了一些短篇小说、散文、人物特写等，那是他文学创作的开端。那段历史他记忆犹新，终生不忘。没有共产党父亲就没有文化，他怎能不感恩党呢！

1965年，第二届"全国青年业余文学创作积极分子大会"在北京召开，父亲是作为特邀代表参加的，与李准、浩然、茹志鹃等同志一起受到表彰。在那次会上，父亲受邀作了《学好毛主席著作深入火热斗争为英雄人物高唱赞歌》的讲话，讲话重点介绍了党和组织对自己的培养，介绍了自己如何在深入群众、深入生活中受到启迪和鼓励，激发出来创作热情。参加这次会，象征着父亲郭澄清前期文学创作登上一个顶峰，不仅确立了他在当时文坛上的显著地位，同时也为山东文坛赢得了广泛声誉。

1976年5月6日，父亲轰然倒下，严重的脑梗死让他昏迷不醒、不省人事。山东省委、德州地委、宁津县委给予了高度重视。省委专门从省里最好的医院、当时的山东医学院附属医院（即现在的山东大学齐鲁医院）派出了神经内科脑血管病专家郭福堂主任及心血管专家潘秀荣主任等医护人员组成的专家组到宁津郭皋接父亲。当得知父亲病重需要到省城治疗时，几乎所有的村民都走出了家门，站在街头，眼含热泪。一些中年人怕父亲经不起汽车的颠簸，硬要用担架抬他进城，直到司机一再保证把车开慢开稳才放心。住院期间，村民们又不顾路途遥远，多次给他送来鸡蛋和点心以表示关切之情。

到了省立二院后，时任省委书记白如冰亲自去医院看望多次。医院成立了以负责保健工作的副院长李秉义同志为组长、多方面专家参加的特别医疗小组和特别护理小组。经过日夜守护、精心治疗，终于从死亡线上把父亲拉了回来。但由于梗死面积较大，父亲半身不遂的后遗症无法恢复了。

人民作家人民爱　忠魂永留在人间

父亲在住院期间，一天也没有停下手中的笔。他修改定稿出版了长篇小说《决斗》《龙潭记》；创作并出版了长诗《黑妻》，表达了对跟他吃了一辈子苦、受了一辈子累的发妻的无限深情；写出了长篇小说《历史悲壮的回声》，在《沧州日报》连载；写出了散文《华罗庚的遗训》，发表在《大众日报》，还有一些诗歌、散文共40余篇。此外，创作了长篇历史小说《纪晓岚传》，但由于身体原因，没有完成，只留下百十万字的草稿。

住院期间，省级领导、诗人、作家、学者、教授等都到医院看望。大家都为他的文学精神所感动，称他为中国的保尔·柯察金。

1989年8月10日，住院治疗两年多的父亲因病不治突然离开了我们。要知道，他上午还在写作啊！时任省作协领导冯德英、任孚先、桑恒昌同志及时赶到病房送了父亲最后一程。

父亲去世后，省里给他开了一个隆重的追悼会。追悼会由省作协主席冯德英同志主持，多位省委领导同志参加了追悼会。作协的老同志王希坚、董均伦、田仲济、王安友、冯中一、肖洪、张炜等，父亲的学生、老朋友，德州市、宁津县的领导以及家乡的父老乡亲，共约300余人参加了追悼会。

父亲，人民没有忘记您。《大刀记》电视连续剧在纪念抗日战争胜利70周年播出了，原中组部部长张全景同志亲自题写了"大刀记"三个字作为片名；由中国小说学会、山东省委宣传部主办，中共德州市委、德州市政府承办的《全国郭澄清文学创作研讨会》在德州市隆重召开。原中组部部长张全景、中国作协副主席张炯列席会议，均称您为优秀的人民作家；由《小说选刊》《山东文学》《齐鲁晚报》、宁津县委、县人民政府联合主办的"郭澄清农村题材短篇小说大奖赛"已成功举行了第一届；家乡宁津为您创办了《大刀记》文博馆……

父亲离开我们已有20多年了，我常想，如果您能活在这个改革开放，继往开来的大好形势下那该多好啊！当前，全国人民正在以习近平同志为核心的党中央的带领下走上伟大复兴之路，实现伟大的中国梦。

如今，"崇德、尚义、笃信、图强"的大刀精神，在家乡人民中日益发扬光大；"诚信宁津""幸福宁津"建设，如火如荼地开展。倘若您还在，有多少值得您去发现、去写、去歌颂的事情啊！

郭澄清赋

尚启元

郭澄清者，鲁冀大地诚厚人也。心怀一生积蕴，扬大家风范。少有壮志才华，四岁咏颂《三字经》《百家姓》；蒙童奋攀乎学梯，尽展少年之彦俊。亲历乱世流离，遍尝艰辛；目睹尸骨蔽野，立志救民。

抗日战争，解放战争；济南战役，山河飘摇。一腔热血，请命几赴前线；千折百回，红旗漫卷神州。济南任职，甘作孺子牛，辞官抛名，春雨润无声。宁津办报，数载磨砺孕佳作；深入生活，一生只做农家人。蛰居鲁北平原贫屋，握笔如攥锄，犹农夫躬耕心田不辍。《大刀记》成，名垂百代，浩帙鸿篇，誉驰五湖。

才通文曲，源流共雅韵而悠悠；词话人间，境界如长河之浩浩。言胜腐儒，心驰廊庙。笔铸土魂，乡土寻根。《黑妻》之朴素纯真,《茶坊嫂》之乡村良善,《黑掌柜》之人性之美,《老队长》之生动幽默,《公社书记》之时代印记,《老邮差》之人情世故,从《篱墙两边》而前行,聚《万灵丹》而神韵,阅《社迷》以璀璨,显《小八将》之精炼,绽《麦梢黄了》之欢颜,造文学之奇观。

己巳年间,六十春秋;积劳成疾,重病身缠。先生辞世,生前唯知奉献;鸿篇未续,身后空留牵挂。

儒雅郭老,奕世载德;文坛巨擘,文曲奇观。文品观人品,人品铸书品。仁慈隐恻,德艺两馨;谦和内敛,积代承艺。能与古贤齐品目,不与世故系情怀。

赞曰:风风雨雨浮沉事,生生不息大刀魂。

一部赤诚报国的英雄史实

尚启元

在整理郭澄清先生的《马振华英烈传》期间，我因需要创作一部关于渤海区革命题材的作品，去了一趟渤海革命老区纪念园。

渤海区于 1944 年由清河区和冀鲁边区合并而成，是山东最大的平原抗日根据地。渤海区是二十八军、三十三军、四十三军、农二师等英雄部队的诞生地，近 20 万渤海子弟遍布四大野战军，转战南北，屡建奇功，他们以自己的光辉斗争历程铸造了后世广为传颂的"老渤海"精神，即"不屈不挠、艰苦奋斗、顾全大局、无私奉献"。

相对于波澜壮阔的中国革命历程来说，渤海区曾经发生过的抗争只是这个伟大图景中的一小部分。而就是这些"一小部分"组成了不可或缺的"国家记忆"和"民族记忆"。

众所周知，郭澄清因《大刀记》而家喻户晓。小说《大刀记》以梁宝成、梁永生、梁志勇三代人为代表，叙述了从清朝末年到抗日战争胜利，近40年中国社会的变迁，是一部运用宏大叙事，将家族与民族相结合，追求史诗性的长篇小说。

我认为，《马振华英烈传》在文学建构上绝对不逊色于《大刀记》。作品以马振华在冀鲁边区抗日根据地的成长为主线，用平实客观的笔调叙写了马振华等人在党的领导下，在艰苦卓绝的条件下同日伪势力展开殊死斗争的过程，塑造了血肉丰满的立体化的英雄群像，讴歌了共产党人和抗日志士为国家为民族甘于牺牲、大义凛然的崇高品质，使得这些英雄能更牢固地镌刻在民族乃至人类的精神史册上。

典型人物是个体的，又是社会的；是个性的，又是共性的；体现人性本色，又折射时代风貌。一代人有一代人的美，这是典型人物常塑常新的根由所在。典型人物表现美，不应仅是内容或题材意义上的，也应是形式或文体意义上的。

作品通过塑造马振华这位共产党员的鲜活人物形象，映射当时大环境下人类的生存状态，重现那个时代的仁人志士和我党的优秀代表人物对祖国对民族对人民的无限忠诚，昭示中华民族走向未来的勇气和信心。

《马振华英烈传》的出版，在当下极具现实价值。作品在讴歌人民精神的基础上，写出了以马振华为代表的共产党员对党的忠诚信念、为人民谋幸福的赤胆忠心，写出保卫者们坚决抗战打败日寇的坚强意志。每一个感人的故事都在讲述可歌可泣的悲壮历史，每一个英雄的事迹都凝聚起不可战胜的力量。作品通过刻画马振华这一英雄人物形象，挺立起冀鲁边区抗日根据地众多英雄形象，耸立起一座伟大的抗战精神的历史丰碑。

整理完书稿，心情久久不能平静。

救国军、东挺纵队、边区特委……

农会长、战士、班长、老百姓……

敌人的堡垒是用高墙、铁丝网围起来的，而人民军队的堡垒，是靠舍生忘死、血肉相连的人民群众筑成的！

历史不应该被忘却，这些赤诚报国的英雄更应该被后人铭记。

2021 年于山东济南

决斗

郭澄清别集

郭澄清　著

中国言实出版社

图书在版编目（CIP）数据

决斗 / 郭澄清著 . -- 北京：中国言实出版社，
2021.12
（郭澄清别集）
ISBN 978-7-5171-3895-2

Ⅰ . ①决… Ⅱ . ①郭… Ⅲ . ①长篇小说—中国—当代
Ⅳ . ① I247.5

中国版本图书馆 CIP 数据核字（2021）第 249180 号

决斗（郭澄清别集）

出 版 人：王昕朋
责任编辑：史会美　崔文婷
责任校对：王建玲

出版发行：中国言实出版社
地　　址：北京市朝阳区北苑路 180 号加利大厦 5 号楼 105 室
邮　　编：100101
编辑部：北京市海淀区花园路 6 号院 B 座 6 层
邮　　编：100088
电　　话：64924853（总编室）　64924716（发行部）
网　　址：www.zgyscbs.cn　E-mail：zgyscbs@263.net

经　　销：新华书店
印　　刷：北京温林源印刷有限公司
版　　次：2022 年 1 月第 1 版　　2022 年 1 月第 1 次印刷
规　　格：710 毫米 ×1000 毫米　1/16　16.75 印张
字　　数：250 千字

定　　价：198.00 元（全三册）
书　　号：ISBN 978-7-5171-3895-2

目录

第一章　残冬夜行人　　　　　　　　　　/ 1

第二章　酸甜苦辣西李庄　　　　　　　　/ 8

第三章　杨龙找"杨龙"　　　　　　　　　/ 18

第四章　八路的"溃军"　　　　　　　　　/ 25

第五章　"天时"新论　　　　　　　　　　/ 31

第六章　决策除奸　　　　　　　　　　　/ 43

第七章　袭临河　　　　　　　　　　　　/ 49

第八章　一纵刁二　　　　　　　　　　　/ 58

第九章　刁二的"处世观"　　　　　　　　/ 62

第十章　石黑的"手腕儿"　　　　　　　　/ 66

第十一章　"替罪羊"贾四　　　　　　　　/ 73

第十二章　二纵刁二　　　　　　　　　　/ 76

第十三章　"地利"奇观　　　　　　　　/ 82

第十四章　"八仙过海"突围战　　　　　/ 90

第十五章　"回马枪"　　　　　　　　　/ 101

第十六章　闹庙会　　　　　　　　　　/ 107

第十七章　打鬼子就是八路　　　　　　/ 115

第十八章　奇怪的"货郎"　　　　　　　/ 122

第十九章　茶馆训敌　　　　　　　　　/ 127

第二十章　"谈判"　　　　　　　　　　/ 132

第二十一章　老八路与小八路　　　　　/ 137

第二十二章　城下训敌　　　　　　　　/ 140

第二十三章　"人和"颂歌　　　　　　　/ 145

第二十四章　越狱　　　　　　　　　　/ 151

第二十五章　孤身虎胆　　　　　　　　/ 156

第二十六章　巧计脱身　　　　　　　　/ 166

第二十七章　二愣误捉李刚　　　　　　/ 169

第二十八章　杨龙智擒吕七　　　　　　/ 175

第二十九章　破路　　　　　　　　　　/ 182

第三十章　夺枪　　　　　　　　　　　/ 190

第三十一章　血肉情深　　　　　　　　/ 195

第三十二章　反攻的前奏　　　　　　　/ 202

第三十三章　随机应变　　　　　　　　/ 208

第三十四章　巧夺大王庄　　　　　／ 215

第三十五章　打草蛇惊　　　　　／ 222

第三十六章　三纵刁二　　　　　／ 230

第三十七章　困临河　　　　　　／ 236

第三十八章　攻坚战　　　　　　／ 242

第三十九章　决战　　　　　　　／ 247

第四十章　追担架　　　　　　　／ 254

尾　声　　　　　　　　　　　　／ 257

红色经典小说叙事中的革命

　群像与情怀（代后记）　　　　／ 260

第一章　残冬夜行人

残冬。

日暮。

风吹草哭。

雀飞枝抖。

这是 1942 年——中国抗日战争最艰苦的岁月。冀鲁边区八路军主力部队，做暂时的战略转移。我们的地下党组织，正领导着八路游击队、民兵和人民群众，在极端困难的条件下，和日本侵略者进行顽强不屈的斗争。

狂风，卷着尘沙，像条疯狗似的，在这辽阔的平原上，横冲直撞。荒寒的旷野里，冷冷清清，苍苍凉凉；附近的村庄中，时而传出几声犬吠。这时，一个人风尘仆仆地出现在漳卫河南岸不远处，他的毡帽头上，大棉袍上，还有那两只双脸鞋上，都沾满一层黄乎乎的尘土。他一边走着，一边向四周张望，偶尔有点意外的动静，也会引起他的高度注意。

一只雄鹰，张着强健的翅膀，冲破昏暗无边的茫茫夜雾，从这位夜行人的头顶上，掠空而过，一直向着前面的村庄飞去。前面那个村庄，叫万老庄。

西风冷月伴随着这位孤身的夜行人，他叫杨龙，是个八路。此刻他一边急匆匆地走，一边轻轻地哼唱着在抗日军民中正广泛流行，并特别被人们喜爱的那支《义勇军进行曲》：

　　起来，不愿做奴隶的人们！

　　把我们的血肉，筑成我们新的长城！

　　中华民族到了最危险的时候，

　　每个人被迫着发出最后的吼声。

　　起来！起来！起来！

　　我们万众一心，冒着敌人的炮火，前进！

　　冒着敌人的炮火，前进！前进！前进！

　　进！

　　…………

　　杨龙虽然把嗓音压得很低很低。可是，由于这支歌曲本身特别雄壮，高亢，激昂，加之，他发出的每一个字眼儿，又格外清晰，所以，令人仔细听来，还是非常富有感召力和激动人心的。在靠近万老庄的时候，他收住了歌声，放慢了脚步，并全神贯注地注视起村里的动静。从他的面部表情上看，好像他对这个村庄，既熟悉而又陌生。一会儿，他那两条到处梭巡的视线，通过几棵枯树的空隙，盯住了村东北角儿上那所孤立的院落。他凝望着，沉思了片刻，而后才径直向这所院落走了过去。

　　这个小院落门前，有棵老槐树。风刮树响，呜呜咽咽。有只喜鹊，落在槐树上，正"叽叽喳喳"地叫着。杨龙到了院门口，站在槐树后面，向门口望了望，只见两扇破烂不堪的门板虚掩着；"沙沙"的磨刀声，从门里传出来。他向门板靠近一步，又静静地听了一会儿，直到听见一位老人的干咳声，才轻轻地推开门，走进去。

　　磨刀老人吃惊地抬起头，细眯着眼睛，把来人打量一阵，片刻之后，那双含着泪花的老花眼里，闪出一丝儿兴奋的光彩。老汉把短刀一扔，赶过去，伸出两只湿漉漉的手紧紧抓住来人的膀臂，摇晃着，不无惊喜地说：

　　"哎呀！老杨呵，这是哪阵风把你给刮来啦？"

　　万大爷这样说着，两行激动的泪水，顺着脸上深深的笑纹淌下来。

　　杨龙没有正面回答。他瞅着万大爷的面孔说：

　　"大爷，你瘦了！"

　　"老杨呵，你们走了这半年多，咱临河区的变化，可大啦！"

"大爷，有些啥变化？"

"这一带的老百姓，可叫鬼子、汉奸那些狗日的们给折腾苦啦！"万大爷说，"老杨，人们都盼你们回来，把眼都盼红了。盼你们来干啥？来给我们报仇哇！……"

大爷说到这里，突然收住了话头，回身去关了门。

老杨站在屋门口，隔墙望着那棵老槐树的枝丫。枝丫上倒挂着一根根的冰柱，好像一把把的锥子。与此同时，万大爷那驼得更加厉害的背影，又映进他的眼帘，他觉得像锥子扎进了心里，一阵疼痛。

杨龙是中国共产党临河区委会的武装委员，兼任八路军临河区区队的队副。半年前，他带着区队上的一部分同志，升入八路军的主力部队，离开了临河区这个地方。现在，根据形势发展的需要，上级党组织又从主力部队把他派回临河区，让他继续担任原来的职务。眼下，他根据县委的指示，正在到处寻找自己的战友们。

万大爷关门回来，杨龙迫不及待地问道：

"大爷，最近谁来这里住过？"

万大爷一挥手说："走，屋里去说。"

屋里乱纷纷的，盆碗的碎块撒落一地。那厚厚的尘土上，还残存着鲜明可辨的皮鞋印子。老杨望着这种情景，问道："大爷，敌人又来闹腾过？"

万大爷带气地说："哪天不来几回？一群混蛋！"

他们说着话儿，走进了里间屋。杨龙坐在炕沿上，万大爷随手搬了个凳子，坐在杨龙对面，一边装烟一边说：

"因为情况紧张，区上的同志们，有好些日子没到这里来了！"

"大爷，你听说他们在哪一带活动？"

"半月以前，在临河镇附近打了一仗。听说我们吃了点儿亏……详细情况，我还闹不清！"万大爷叹了口气，又说，"从那以后，一直没听到咱区队的信儿，也不知道他们又转到哪里去了？！"

杨龙原想从万大爷这儿得到点儿有关区队下落的实信，现在，什么情况也没有得到，心里很焦急，他站起身来，对万大爷说：

"大爷，我得赶紧寻找队伍去，以后再来看你……"

万大爷上前拦住道："你想到哪里去？"

"我打算到大王庄看看……"

"哎呀，那里去不得啦！"

"为啥？"

"那村，敌人安上据点了！"

杨龙摸着脑门儿，想了想，又说：

"那么，我到东李庄去……"

"那里也去不得！"

"怎么，也安上据点啦？"

"对啦！"万大爷气愤地说，"自从那次'大扫荡'以后，敌人又来了个什么'囚笼战术'，沿着县界，修了一圈儿'毁民壕'，壕沿上，还筑起一道大圈墙，五里，安一个据点；三里，修一个岗楼……东李庄这个据点，就是'毁民壕'，那几十个据点中的一个。……"

提起"毁民壕"，杨龙对情况倒是了解一些。他就是偷偷爬过"毁民壕"，进入县境的。这条壕沟，敌人原来叫作"惠民壕"；群众痛恨敌人利用它残害人民，都叫它"毁民壕"。因此，没等万大爷说完，杨龙又插嘴问道："西李庄，还没安据点吧？"

"还没有。"万大爷提醒杨龙说，"可是，那里离东李庄很近呀！"

"没关系！"杨龙说，"我再到那里去找找。"

万大爷果断地说："你一定要去？好，我送你去！"

"甭送！这段路，我熟。"

"你不知道，这些天，临河镇的敌人，常常夜间出来，顺着漳卫河巡逻。"

万大爷说着，把方才磨的那把短刀拿起来，插在背后的腰带上。杨龙触景生情，问道："哎，大爷，刚才你磨刀干啥？"

万大爷气愤地说："我要跟丘一那个狗养的拼老命！"

"丘一？"杨龙问，"是不是临河镇汉奸中队长胡江的小舅子？"

"就是那个小子！"万大爷说，"三个月以前，他仗凭胡江的势力，当上了汉奸小队长，更他妈的坏了！前几天，他竟然提出来，要秀英跟他结婚！……"

秀英是万大爷的闺女。万大爷的老伴儿死后，爷儿俩相依为命。万大爷既当爹，又当娘，一口水，一口饭，才把女儿带大。大爷提起秀英，杨龙也想起这个机灵、俊秀的姑娘来了，忙问道：

"秀英到哪儿去了，咋没见到她？"

"我把她送到她姨家去啦。先躲躲呗！"万大爷说着，"咔嚓"锁上了门，接着，一抡胳臂，把提在手中的棉袄，披在身上。

杨龙在前，万大爷在后，出了院门。万大爷向四周看了看，没有一个人影儿，就一弓腰，把钥匙放进槐树根下的一个小窟窿里，然后，又向杨龙说："瞧，钥匙在这里。以后，你来时，我要不在家，你就自己开门。"说着话，他们径直向北走去。来到村口，万大爷紧走几步，赶上了杨龙，低声说："我在前边，小心敌人在村口放暗哨。"说罢，没等杨龙回话，老汉紧走几步，赶到前面去了。

出了村，两人走进了一条道沟。杨龙朝两边望望，心里暗想：这道沟挑得太深了。光是闷着头儿在里边走路。看不到沟外的情景，真有点冒失。正想着，忽见万大爷顺着一个斜坡，爬了上去。杨龙问道：

"大爷，你想干啥？"

"我在沟上走，你在下边走吧。"万大爷说，"咱俩都在沟里走，敌人来到近前咱也不知道！"

天，已经黑了。

大地上的一切，都沉没在昏暗的夜幕中。天空中的星星和月亮，都被灰色的薄云遮住。

只有东边，五里路远的临河镇上，从敌人的据点里，射出几道像野兽眼睛般的、贼闪闪的光亮。夜风，卷着尘沙，从北面的河边吹来，使人感到刺骨般的寒冷。万大爷和杨龙，一个在沟上，一个在沟下，迎着北风，向河边走去。

漳卫河已经不远了。一道高高的河堤，影影绰绰出现在前边。万大爷蹲在沟边上，悄声说道：

"老杨，你先在这里等等，我到河堤上去探探动静。听到我的咳嗽声，你再往前走。"

杨龙同意了。

万大爷来到河边，正要爬上河堤，突然西边传来一阵马蹄声。接着，又有一道手电的光带射过来。随后，便听到一声粗暴的喝喊：

"站住！干啥的？"

万大爷对付敌人很有经验。他一见无法回避了，便从容不迫地答道：

"老百姓。去请医生的！"

说话间，敌人的巡逻队，已飞驰到他的眼前。一共八匹马，每匹马上，都驮着一个"黑狗子"。当头的那个家伙，愣冲冲地盘问道：

"老家伙！哪庄的？"

"万老庄。"

"到哪儿去请医生？"

"于家集。"

"你撒谎！怎么深更半夜的去请医生？"

"人，病得厉害嘛！"

伪军们见万大爷对答如流，又见他已是须发斑白的年纪，疑心消失了。于是，又转了话题问道：

"你碰到过什么人没有？"

"碰到过一个。"

"他是干啥的？"

"我哪儿知道哇！"

"他向哪儿去了？"

万大爷朝西南方向一指："往那边去了。"

"追！"敌人掉转马头，顺着一条斜道，向西南追下去了。在他们的背后，腾起一股尘土。望着敌人远去的背影，万大爷低声骂道："狗娘养的！看你们还能猖狂几时？！"

听到万大爷的咳嗽声，杨龙走了过来，和大爷一同下了河堤，向对岸走去。这条河，原是黄河故道，河床很宽。夏秋两季，遇汛期，有大水。春冬两季，河水很少。如今，浅浅的河水，已经冻实了。冰上，覆盖着一层薄薄的黄土，和地皮已经无法区别了。万大爷急匆匆地走着，突然脚下一滑，身子向后仰去。杨龙赶紧上前抱住了他，两手搀扶着老人，走过河去。

过了河，又走过一段土坡，来到一座沙丘下。这座沙丘后面，就是西李庄了。杨龙向万大爷说：

"老人家，现在该回去了吧？"

"好吧！"万大爷说，"老杨，你可要处处加小心呀！"

"放心吧，大爷，我记住啦！"

杨龙和万大爷分手时，又嘱咐说："大爷，你过河时，也要小心才好！"说罢，向村边走去。万大爷往前走两步，回头望望，有点不放心。走了十来步远，老人突然又转身回来，赶上杨龙嘱咐说：

"老杨，自从敌人实行了'保甲门牌制'，强迫搬家的户儿，可不少，你无论到哪家去，要先看看门牌上的户主姓名，摸错了门要出事儿的！……"

杨龙感激地说："大爷，我记住了。"

万大爷拔出腰里的短刀，向杨龙递过去。

"给你，带上它！"

"大爷，我不用，你带着吧！"杨龙向前腰一拍说，"你瞧！我这不是带着匣枪吗？"

杨龙说罢，回身向村边走去。万大爷站在那里，注视着，直到杨龙的身影在夜雾中消失了，他才回转身向南走去。

第二章　酸甜苦辣西李庄

缺月升起来了。

它，躲在云翳后边，有形无光。

杨龙爬过沙丘，来到西李庄村边，先在村外绕行半周，来到村子的西北角儿，然后，顺着一条"过道"①插进去，走到一家门前，停下来。他向四周望了望，见附近没人，忙走近门口，在门上摸起来。摸着了钉在门上坎的那块木制门牌，又划着一根火柴，照了照，看清门牌上"户主"一栏里，填写着"李小勇"三个字，他才定了心。他迅速把火柴晃灭，走到北屋东山墙外边，冲着墙踹了三脚，而后转到玉米秸垛的后边。这个玉米秸垛，在这个院门口斜对面不远处。杨龙把身子藏在垛后，伸出头来，注视着院门的动静。

过了一会儿，"吱扭"一声，院门轻轻地拉开了。接着，有一位老大娘从门里探出半个身子，向门口两边张望。她那垂在脸边的一缕灰白头发，被夜风吹得不停地飘动。杨龙一个箭步蹿上去，亲切地喊道：

"李大娘！"

大娘先是一惊，然后，瞅了瞅喊她的人，又立刻转惊为喜，轻声说：

"孩子，快家来！"

李大娘说着，一把将杨龙拉进门里，回手又关上了门。大娘像见了多年不见的娘家亲人，拉着杨龙来到屋门口，低声地说道：

---

① "过道"，即胡同。是冀鲁边区的地方语。

8

"孩子，你先在这儿等等，我先进屋点灯去，听见了没？咹？"

"为啥要点上灯，才让我进去呢？"杨龙心里这样想着，还没来得及问，大娘已经钻进黑洞洞的屋里去了。

摸着黑儿，大娘先用棉被挡住窗户，然后，划着火柴，点上了灯。

灯光一亮，杨龙惊住了。只见迎门口处，放着一张小桌儿。桌子上，摆着香炉碗儿和烧纸什么的。桌子后面，停放着一口白刷刷的棺木。杨龙一惊，意识到他要找的人已经牺牲了。因为他知道，李大娘家只有李大娘和他的儿子李班长，再就是她的小孙子——李小勇。现在，大娘健在，如孙子死了，不会用这大棺木。显然，这棺木中，就是他要找的李班长了。一股失望、悲痛、愤怒的复杂感情，立刻笼罩住了杨龙的心头，使得他直挺挺地站在门口，有点不知所措了。

"孩子，快进来！"

大娘说着，把杨龙拉进屋里，又随手轻轻地关上了屋门。

杨龙注视着白棺，强力忍住内心的悲痛，向李大娘说：

"大娘，李班长的牺牲，比泰山还重。"

大娘的嘴角搐动了几下。

"孩子呵，我不难过，他一条命，换了敌人好多条命，死得值呵！"

杨龙想再说几句话安慰安慰大娘，可是，又什么话也说不出来。屋子里，空气十分沉闷。一刹那间，杨龙离开区队，去升主力时的一段情景，在他的脑海里闪现出来。

那是今年初秋的一个月夜。队伍离开村子很远了，李班长还依依不舍地送着他。他和李班长一边走，一边谈，谈得是那么倾心。临分手时，杨龙对李班长说：

"主力部队走后，留给你们的斗争任务，更加艰巨了……"

"杨龙同志，放心吧，我们顶得住！"李班长说，"我想，鬼子猖狂不了多久，我们的主力就会打回来的！"

杨龙随着队伍走远了，他回过头来，望见李班长和区队上的同志们，依然仁立在那里。

现在，烈士为了中国人民的解放事业，已经流尽了最后一滴血，杨龙感到自己肩上的担子更加沉重了。李大娘抹去眼里的泪花，招呼杨龙进了里间屋。

"孩子，快坐到炕上，歇歇吧！"

李小勇睡在炕上。半年不见，小勇已经长大了许多。杨龙凑过去，把小勇露在被子外边的手，塞进被窝里。忽然，他发现小勇的枕边，放着一把单刀，便问李大娘道：

"这是小勇的？"

"嗯。"大娘一边用笤帚扫着杨龙身上的尘土，一边说，"自从区长和他爹牺牲后，这孩子就整天练刀练枪，口口声声，要给亲人报仇……"

杨龙心里觉热。他伸过手，抚摩着小勇的头说：

"大娘呵，你老人家不光养了个好儿子，还养了这么个好孙子，儿子，为了人民的解放事业，牺牲了；孙子，又要长大了……"

提到孙子，李大娘高兴了些。她把旁边的火盆，移到杨龙面前。火盆，已经不旺了。有些火炭，已经熄灭；另几块火炭，还在顽强地烧着，周围的劈柴冒出一股股浓烟，看来，满盆的大火，眼看着，又要重新旺盛地燃烧起来。杨龙挑动一下正在冒烟的劈柴，然后向李大娘问道：

"哎，大娘，于班长他在哪一带活动？您听说过没有？"

"唉，听说那一仗，他也……"

大娘说到这里，哽咽住了。杨龙望着大娘那沉痛的表情，赶紧把话接了过去，又问道：

"王班长呐？"

"听说他还在，在哪里活动，我可闹不清！"

"张小川呐？"

"张小川？"

"对！过去，常和我一起在你这里住，平常好摆弄个钢笔，你还给他起了个外号，叫'假姑娘'……"

"噢！你说小张呵？你看，我真老糊涂了，整天价拾仨忘俩的！这不！这件大事，还忘了告诉你……"

大娘正要说下去，忽然，在靠北山墙的卧柜里，有人大喊了一声：

"我在这里！"

接着，"咣当"一声响，柜盖开了！小张，从柜里一下子钻了出来。

"小张！"

"杨龙同志！"

小张一下子扑过去，像个受了委屈的孩子，见到了久别的母亲似的，把头扎在杨龙的怀里。

杨龙压不住激动的心情，眼圈儿湿润了。过了一会儿，杨龙把手伸进衣袋，掏出一支钢笔，举在小张的面前，说道："哎，小张，你看！"

小张一把抓住了钢笔，高兴地问："谁的？"

"给你捎来的。"

"谁给我捎来的？"

"你猜哩？"

"俺老师！"

"对啦！"

小张这里说的"老师"，是萧华司令员。四年前，萧华司令员在小张家里养伤，住了两个来月。那时，小张才十二三岁。萧华司令员一有空，就教他识字。先学"共产党领导抗日"，再学"八路军打鬼子"，就这样，在这两个来月的时间里，聪明的小张，竟学会了一千多字。萧华司令员走了，但却不放过任何可能的机会帮助他，教育他，鼓励他。因此，小张对萧华司令员感情很深。现在，他瞅着这支钢笔，乐得嘴都合不上了。

这时节，李大娘静静地坐在一旁，边扯起杨龙的衣襟缝补，边聚精会神地听着外边的动静。

"你们听！"李大娘停住手，突然说，"汉奸杂种们又来查户口了！"

杨龙和小张都静下来，听到隐隐约约的砸门声从东边传来。杨龙望着大娘：

"怎么办？"

"你们藏一藏吧。"大娘咬牙切齿地说，"我来对付那些杂种们！"

小张指着响声的方向，满不在乎地说："不要紧，还远着呐！"

大娘坚持说："不怕一万，就怕万一；有备无患，小心无过错！你俩还是先藏一藏吧！"她说着，麻利地扯断了线，把钢针又插在发髻上。

"好！"小张向卧柜一指，对杨龙说，"队副，咱服从大娘的命令！来，钻进去吧！"

杨龙望着卧柜，有些迟疑，笑笑说："咱俩若都钻到这里边去，那不是光等着挨打吗？"

大娘插嘴说："不！这柜后边，是个夹壁墙，洞口儿，就在这柜里……"

说话间，小张已把柜盖打开，朝里一指，向杨龙说："杨龙同志，你看！"

杨龙站在小张背后，从小张的肩头上伸过头去，往柜里头一瞅，只见靠墙的柜板，抽下两片，墙壁上有个洞口，露在外面。小张指手画脚地又向杨龙解释说：

"咱钻进洞后，再把柜板插上，一点也看不出来！"

"很好！"杨龙称赞他一句，又问道："你们，啥时搞的这一套？"

小张说："自从主力转移后，敌人一连气儿来了五次'强化治安'，环境越来越恶劣，情况越来越紧张，再不搞这一套跟他们斗，简直不行了呀！……"

"你们快进去吧！"李大娘一直在倾听着外边的动静。这时，又催促他们说："听响动，杂种们已经进了这条过道。再查五户，就来到咱家了！"

小张向杨龙说："杨龙同志，你先进，我来处理'善后'。"

杨龙和小张一先一后跳进卧柜，大娘又嘱咐说："注意我的暗号，听见了没？唵？"直到小张"嗯"了一声，她才回手把柜盖盖好。

杨龙钻进洞口，小张说："往右拐，左边是'仓库'，右边才是'卧室'呐！"

夹壁墙里，黑洞洞的，举手不见五指。杨龙伸手一摸，发现这个墙洞只有半庹宽。地上铺着干草；草上铺着席子；席上还有些衣服和被褥。他心里想："这个地方不大，倒很舒适！"这时，小张还一直蹲在洞口上。听到沙啦沙啦的响声，杨龙知道准是小张在堵洞口，便问：

"洞口这么难堵呀？"

"洞口倒不难堵。"小张边忙边说，"我在布置'卫兵'！"

"啥'卫兵'？"

"我在柜板和墙皮之间，弄了个手榴弹。手榴弹的拉火线，挂在柜板的一根钉子上。这样，敌人不抽这块柜板便罢，他要是一抽……"

杨龙对小张的安排很感兴趣，便说：

"你这个小家伙，也学习啦！"

"嘿嘿，硬叫敌人逼出来的！"小张说，"他们挖空心思对付我们，我们就得琢磨着跟他们干！"

小张弄完了洞口，凑在杨龙的近前说："杨龙同志，区长牺牲了，你知道不？"

"知道。我从县委来时，县委告诉我了。"杨龙说，"你再把他们牺牲的情况跟我说说吧！"

小张一五一十地说：

"你们升入主力后，敌人来了个'拉网合围'。那一回，我们被敌人追得三天三夜没站住脚，更谈不上吃饭、睡觉了。当时，区长觉得这样跑下去，最后势必被敌人围住。于是，他就决定：让于班长带领的他们这一班，阻击住尾追的敌人；让李班长和王班长分别带领的那两个班，迅速撤退，甩开敌人，隐蔽起来。"

小张说到这里，突然停下来，屏住呼吸听了听外边的动静，又喘了口大气，接着说："就这样，于班长带领的那一班人，依靠漳卫河大堤有利地势，硬把二百多名追击的敌人挡住了，使他们半天一夜，没能前进一步。后来，于班长他们子弹打光了，敌人冲上来。在这种情况下，便和敌人拼了刺刀，直杀得敌人尸横遍野。最后，于班长和他那一班的同志们，也都壮烈牺牲了！……"

杨龙迫不及待地问："那两个班怎么样？"

"那两个班是两种情况：王班长带领的一个班，因为是手枪班，目标小，再加上王班长战斗经验多，他们胜利地甩开了敌人；李班长带领的俺们这一班，刚甩开这一股敌人，又被另一股敌人发现了。一场遭遇战，最后被几倍于我们的敌人，给打散了，区长也负伤了……"

"当时区长跟着你们这一班活动？"

"对。因为李班长身体不好，战斗经验又少，区长不放心，在分班活动时，他便决定跟着我们班一起活动。"小张说，"区长负伤时，队伍已被敌人冲散。当时在他身边的，只有我和李班长。于是，李班长决定，让我背着区长撤退，他断后掩护。我们撤着撤着，敌人的机枪打了过来，区长又一次中弹，当即牺牲了，我也负伤。李班长又背起我来猛跑。当我们跑到这西李庄南边那座沙丘附近时，敌人扔过来一个手榴弹，李班长把我赶紧放下，一下子伏在我的身上。手榴弹'轰'地响了，李班长牺牲了。危急时刻，忽然在沙丘的背后面响起了枪声，是王班长那一班赶来接应我们……"

小张说完了区长、李班长等同志牺牲和他自己受伤的经过以后，杨龙接着说道："我们这个小地区，的确受了些损失，然而，从整个战局看，在这段时间里，我们还是取得了很大的胜利……"

"快跟我说说！"

"好！"杨龙说，"萧华司令员在向全军指战员们作的'形势报告'中说过，今年七月间，我们八路军、新四军总部，公布了抗战第五周年的战果，一共毙伤俘敌伪军十四万人。从那以后，敌人又对我各个解放区，进行了大规模的'扫荡'、围攻。他们集中了一万多人，围攻我冀东抗日根据地，还集中了另外一万多人，围攻我晋察冀边区；并集中了两万多人，围攻我晋西南抗日根据地……所有这些'扫荡'，都被我党领导的抗日军民，一一粉碎了，杀伤了大量敌人，并击毙了日寇少将蒲田。在这同时，围攻我们山东解放区的敌人，多达四万之众，现在，已被我们毙伤五千，他们妄想把我们一网打尽的计划，又一次破产了！"

小张听了杨龙这段话，心情立刻兴奋起来。他借杨龙点烟的当儿又插嘴问道："咱们全县的情况怎么样？你这次回来，路过县委时，县委说过没有？"

"说过！"杨龙吸了口烟，"县委书记说，我们全县的形势，跟全国、全边区的形势一样，也是大好的胜利形势。各区的人民武装连续出击，进行反'扫荡'，一个多月来，消灭敌伪军三百多，只城南一仗，就歼灭敌军一个连……县委说，这些战绩的获得，也有我们临河区军民的一份功劳！

"一个小小的区队，在人民群众的配合下，把全县敌军的一半兵力，陷在了这里，这就大大减轻了各个兄弟区的压力，并给城南的战役，制造了有利战机……"

杨龙正说着，忽然外边"嘭嘭嘭"响了三下敲柜声。他虽感到惊奇，但立刻收住了话头儿。小张悄声向他说：

"这是暗号儿，准是查户口的杂种们来了！"

小张的话音未落，院门口便响起砸门声。他俩停止了说话，屏住呼吸，静静地听着外边的动静。先是听到李大娘"噗"地吹熄了灯，接着，又听见"唰啦"一声，显然是把挡在窗户上的被又扯了下来。而后，就听见李大娘的脚步声，由近而远，出了屋子。

过了一会儿，门"咣啷"一声响，院子里，响起了"咔嚓咔嚓"的皮鞋声。一个粗野的声音吼起来：

"老家伙！你家有什么人？"

李大娘的声音："你们一天来八趟，不知道吗？问多少遍，也还是那些人！"

又是个粗野的声音："今天夜间，你家来过人没有？"

"来过。"

"在哪里？"

"你们这不是来了吗？"李大娘说，"除了你们，谁还深更半夜的……"

那个粗野的声音怒吼道："住口！你这老家伙，不老实！我问的是：你家，有八路没有？"

大娘大声说：

"有！"

杨龙的心里噗地一振。接着，就听皮鞋声一阵乱响，显然，是大娘这个"有"字，把汉奸们吓慌了。这时，又听大娘说：

"这不是就在堂屋里明摆着了吗？还问啥？"

那个粗野的声音又狂吼道："你这个八路婆子，还不老实，找死吗？"

突然，又一个中年男人的声音，插了进来："嘿嘿，老总，别生气，她自从死了儿子，精神有些……嘿嘿。"

小张小声对杨龙说："说话的这个人，是才干上的一个两面村长，他叫汪井水。"杨龙捂住了小张的嘴，不让他说下去。

那个粗野的声音又吼："老家伙！死八路还不埋掉，摆在这里干什么？当摆设呀！"

大娘没有吭声。村长说："我已经催她几次了，可她总是说没钱……老总放心，这就叫她埋，这就叫她埋……老总，你别进屋呀，屋里停着死人，可别冲了你的'官运'，我进去看看吧！"

随后，一阵"踢踢踏踏"的脚步声，进了屋子。接着，又见手电筒的光亮，从板柜的缝隙间射进来。这时，一股生烟味儿，也从柜缝里钻进来，呛得杨龙这带着肺病的人，直想咳嗽。他只得强力忍住，憋得满脸发热，无数的小汗珠，从鼻尖上、额角上渗出来。

过了一会儿，手电光不见了，又听村长说："我都看过了，只有她的小孙子，在炕上睡觉，别的，什么人都没有……老总，咱们走吧，查完户口，好到办公处里，喝酒去……"

下边，是一阵"咔嚓咔嚓"的皮鞋声。敌人滚蛋了！两面村长也走了。

杨龙咳嗽起来，小张关切地问道："杨龙同志，你那肺病还没好呀？"

"没啥！"杨龙不以为然地说，"你继续介绍情况吧！"

小张沉默了一会儿，又接着方才的话头儿说下去："李班长牺牲半个多月了；李大娘为了掩护我在这里养伤，所以，直到如今，还没出殡……环境越来越恶劣啦！"

"是呵！县委告诉我们，艰苦环境，还要持续一个时期。"杨龙把语气一转又说，"虽然还有艰难困苦，但是，胜利的曙光已经看得见了……"

小张充满信心地"嗯"了一声，接着，他又转了话题问道："哎，杨龙同志，你这次回来，担任啥工作呀？"

"原来担任啥，还担任啥！"

"还是干武装委员？"

"对！"

"还兼任区队副吧？"

"兼！"

"区委书记……"

"我曾要求县委派个书记来，加强领导。县委说，当前干部不好安排，暂时还派不出人来……"

"在书记没来以前，怎么办？"

"县委让我先兼着！"

"区长呢？"

"县委说，也暂由我代理。先都忙活着点。"杨龙说，"小张，我们的担子很重，要尽快开展工作，必须尽早找到王班长他们。"提到王班长，杨龙不禁发急，"哎，小张，最近你和王班长联系过没有？"

"十天前，他半夜三更，来看过我一次。"小张说，"当时，他只待了抽袋烟的工夫，就走了。他说，外边的环境很恶劣，他离开队伍一时，也不放心。他临走时，还把区委的一些文件，交给了我，并向我说：'小张呵，眼时下，我们哪天都要跟敌人干几仗，我万一牺牲了，你就是咱区队上唯一还活着的党员了，要把区委书记、区长、区队副留给我们的担子，统统地担起来！'从那以后，王班长一直没来过，我也挂念着他们……"

"他们好不好找？"

"你想去找他们？"

"是呵！"

"我领你去！"

"你不是有伤吗？"

"没关系！跑跑路也许会好得更快些。"

"不行！你还是彻底养好了再出去，我先去找找吧！"

环境这么恶劣，杨龙又不熟悉情况，小张坚决要求一道出去寻找同志。

杨龙沉默了片刻，说道："也好！你的枪哩？"

"就在身边。"小张说着，从枕头下边、被子下边，分别抽出一支匣子枪，一齐插在腰里。"你不先睡会儿觉？"

杨龙说："不！找不着队伍，我睡不着觉！"

第三章　杨龙找"杨龙"

杨龙和小张，时伏时出，跑了十几个村庄。一直没有找到王班长和战士们的踪迹。

这天大清早，天上飘着小雪花儿。他们又来到了小王庄。

民兵队长宋振武，正在井上担水。他骤然看见杨龙和小张，吃了一惊，连忙放下水桶，赶上去，抓住杨龙的胳膊，又高兴又惊奇，问道：

"哎呀！杨龙同志，你怎么来啦？"

杨龙笑着，反问道："怎么？我来不得？"

"你看！"振武指着道旁的墙说，"敌人，这不正悬赏捉拿你呐！"

杨龙向墙上一望，只见墙上贴着一张大布告：

> 杨龙，年二十七岁，共党区委会武装委员，八路区队副。活捉者赏洋五万元。击毙者赏洋三万元。此布。
>
> 大日本皇军驻宁津县临河区特务队队长　石黑

杨龙看完布告，摸摸脑袋，笑笑说："我这个玩意儿，还怪值钱哪！半年前，是三万；现在，又一下子涨到五万了。唔哈！可真赶上好行市了！"

突然小张有了新的发现，他笑着向杨龙说：

"哎，你看，这边还有个小'布告'呐！"

杨龙向右一扭头，见大布告东边，不远处，贴着一张小纸条儿。他走近一看，只见，上边写着几行歪歪扭扭的铅笔字：

> 活捉鬼子队长石黑者，赏红缨枪一杆。活捉汉奸头子胡江者，赏弓见一个。

在杨龙看小布告的当儿，小张从衣袋里，拔出萧华司令员刚给他捎来的那支心爱的钢笔，把"见"字改成了"箭"字。

杨龙看罢，笑道："不错呀！这是哪个儿童团员搞的？"

"准是西李庄的李小勇干的。"振武说，"前天，他来这村住姑家时，在墙上写过不少抗日的话……"宋振武急转了话题，说："杨龙同志，这里不能久站，到我家去吧！"

"回头再到你家去。"杨龙说，"你先领着我，到李刚那里去看看。"

振武叹息着说："唉！他家去不得啦！"

"为啥？"

振武把嘴凑到杨龙的耳边，说："那小子'汉'啦！他到大王庄据点上，去当伙夫了！"

在杨龙的印象里，李刚是个很坚强的好同志。他担任党的地下村支部书记，已经好几年了。在这几年中，为党做了许多工作。民兵队长宋振武，就是他一手培养起来，并且发展他入了党的。李刚的入党，是杨龙作的介绍人。因此，杨龙一直觉得自己对李刚有着特殊的责任。所以在半年前，当他奉命去升主力的时候，还曾拐了个小弯儿，特地从这村路过，和李刚见了个面儿呢！对他嘱咐了一番。当时李刚曾向杨龙表示："杨龙同志，你放心好了，不管今后的时局变成个什么样儿，我李刚的心，是永远不会变的！"今天，杨龙领着小张到这村来，原意就是要来找李刚的，和宋振武，是个意外相遇。现在，他听振武这么一说，不由得大吃一惊，心情立刻沉重起来。他想："才相隔不到半年，李刚就变了！真是人心隔肚皮……"他又转念一想："不对呀！李刚过去一直表现很好，又是这村的第一个党员，怎么说变就突然变了呢？他是怎样变的呢？……"

杨龙正想着，忽听振武又一次催促说："杨龙同志，这不是久留的地方，还是先到我家去吧？"振武虽然是商量的口吻，但却不容可否，并先自头前领路走开了。杨龙想："也好！先到他家仔细问问情况。"于是，他俩便跟上振武走下去。

街上静悄悄的。大多数户家，还没开院门。也有刚拉开门扇的人，两手扶着门框，探出一个头来，东张张、西望望，左顾右盼，一双惊疑的眼光，好像在说："这一夜，没出啥事吧？"然后，又很快缩回头去了，并随手掩上了门。继而，院里传出："街上太平不？""还不敢说！"……杨龙迫不及待地悄声问振武道："李刚从干上以后，怎么样？"

"还没啥事儿。"振武说，"叫我把他唬住了！"

"你怎么唬住他的？"

"那天，我趁他回家来的当儿，拿着大枪找上他的门去了，劝他改邪归正，他说：'我有我的难处，我干这个，是迫不得已，你们不用害怕，我李刚的为人，你们知道，决不做缺德的事，不会伤害你们。'我告诉他说：'伤害不伤害，你看着办，你反正跑了和尚跑不了寺！你要是不仁，可别怪我们不义！'……"振武说到这里，见有一个早起担水的人，出现在前边，便收住了口。等那担水人过去后，他又接着方才的话头儿说下去："在区长没牺牲前，来俺村住时，我把情况向他汇报了……"杨龙听到这里，觉得这个环节很重要，生怕他简略过去，便插上一句："区长怎么说的？"振武说："区长说这是件大事，不让我管，由区委直接处理。"杨龙听完，又有点蒙了，于是，便问走在身边的小张道：

"哎，小张，你知道这是咋回事儿？"

小张忽闪着大眼，摇摇头说："闹不清！"

正说着，前边传来了开门声。振武朝那门响处一指，又向一条小胡同挥一下手说："躲一躲！"

杨龙朝门响处一望，只见一座坐北朝南的垂柱大门楼，那两扇被黑漆漆得闪闪发光的厚门板，一边一个斗大的"福"字。门扇"吱扭"一声响过之后，一个头戴缎帽垫儿，身穿绸马褂儿的胖家伙，从门缝里探出半截身子来。杨龙没等那个家伙望见他，一闪身，进了过道。他紧走几步，赶上振武问道：

"振武，这个黑大门里，是哪一家大地主？"

"赵家！"

"赵海家？"

"对！就是那个小子！"

"他近来表现怎么样？"

"对穷人，还是那么坏；对敌人，总是勾勾搭搭……"

"抓到事实没有？"

"没有抓到具体证据！"

"以后，你们可要提防他呀……"

这时，过道里有好几处响起开门声，他们的谈话打住了。三个人，默默地走了一阵，小张问振武：

"你家在哪里呀？咋还不到？"

振武笑着说："要不是躲赵海，早就到了。这一闹，拐了个大弯儿，还得从西边的过道里再转过去……"

"那就不必了吧！"杨龙说，"我们还得抓紧时间去找队伍，下回来，再到你家去。"

振武怕误了杨龙的大事，就说："也好，那我送你们出庄！"

他们出了过道，顺着后街向村边走去。快到村头时，村外道口上，突然传来嘈杂的人声。他仨赶紧闪到一堵短墙后，掩藏起来。杨龙一边把枪握在手中，准备战斗，一边悄悄探出头去，观察村边的动静。见有二十几个伪军，一律骑自行车，顺着村边小道，由东向西，匆匆赶去。他们一边走，还一边叽叽嚷嚷乱谈论：

"快到关庄捉杨龙去呀！"

"先别喜，准在关庄吗？"

"这回是准了——看谁有那五万元的福分吧！"

"要真准了，就糟了！糟啥？你知不知道杨龙的厉害？！"

"哈哈！现在，他们早溃不成军了，还……"

一个家伙朝走在最前边的几个伪军嚷道："赵瞎子，你跑这么快干啥？想着那五万元了吧？"赵瞎子说："关麻子你甭嚷，我看你是怕那五万元落不到你手里着急，你说良心话，是呀不是？"这时，一个带肩章的家伙，放声嚷道：

"别，别他妈的乱讲！你们暴，暴，暴露了军事秘密，要是放跑了杨，杨，杨，杨龙，老子我要，要，要你们的狗命！"

"这个结巴嘴，是伪军第一小队的队长，胡江的小舅子丘一！"振武悄悄向杨龙说，"这个小子，可坏透啦！……"

听振武这一说，小张"嗖"地拔出匣枪，向杨龙说："杨龙同志，干掉这个小子！"

杨龙一甩肘子，摁住了小张的胳臂："不！我们现在的任务，是要先找到队伍。"

看见伪军过去以后，杨龙沉思了片刻，说："咦！奇怪！我刚回来，敌人就知道了？又贴出布告，又出动人马……"

振武说："我也闹不清！你没回来以前，他们也是整天咋呼着，要捉杨龙……"

小张插嘴说："叫我看，他们不像是捉你。你们看，他们一直扑向关庄去了！"

关庄，在小王庄正西偏南，距小王庄三里多路。在关庄东南角儿，有一个洼坡，伪军绕了个小弯儿，转进洼坡后，便不见了。一会儿，就听关庄村里，"乒乒乓乓"响起枪来。小张扯一下杨龙的衣裳，说道：

"杨龙同志，咱快走吧！"

杨龙问："咱往哪里走？"

小张指手画脚地说："东北上，大王庄是据点；西南上，关庄又有敌人，我看，咱们得往西北走……"

杨龙那两只久经战阵的眼睛，一直注视着关庄方向，他没有搭腔。过了一阵，杨龙问小张："唱一出杨龙找'杨龙'吧！如何？"接着，杨龙又转了话题，向小张和振武说："你们听，这枪声，是敌人在放虚枪呢？还是接上了火儿？"

"不像放虚枪！"

"听这枪声，好像是打起来了！"

杨龙向来是这样：对于一个问题，在他自己作出判断后，还要了解一下有关人的看法，从而，进一步检查自己的判断是否正确。

杨龙冷静地作出判断：正在和敌人交火的，很有可能是我们的同志！既然是我们的同志，不论他们是哪一部分的，我们都应当想法儿去接应他们。

要不然，从清早接上火儿，非到天黑，是不易甩掉敌人的，和敌人纠缠一整天，那可就麻烦了！可是，怎么个接应法儿呢？于是，他又向小张、振武发问道：

"你们说，和敌人接火的那些同志，可能向哪个方向撤退？"

"我看很可能向西北撤！"

"根据啥？"

"因为，敌人是从东南方向进村的！"小张说，"你听这枪声，方才在关庄东南角上响，现在已经转移到西北角儿上去了！"

杨龙觉得小张的说法有道理，向西北撤退的可能性最大。可是，他又想："这枪声的转移，是不是声东击西呢？向东北角撤退的可能性，也是有的！……"杨龙一面想着，一面观望关庄北面的地形。

关庄正北，是一马平川的开阔地，这里显然不是撤退的路线。西北角上，有条大道沟，弯弯曲曲通向西北的远方。在距离关庄约一里远的地方，道沟的左边，约一百米处，有一座破窑，看来，那是一个打接应的好伏击地点。在关庄东北角上，也有一条道沟，道沟的左边，有一片坟地。坟地距这条道沟，约一百五十米；距西北角上那条道沟，约三百米。

杨龙看罢，转过身来，当机立断地下命令道：

"振武！"

"有！"

"你去召集几个民兵，"杨龙指着坟地，"埋伏到那片坟地里去！能找几个算几个，越快越好！"

"是！"

振武应声要走，杨龙喊住他，又说："你们的任务是堵击关庄东北上这条道口。如果他们从西北角向外撤，等我们打响以后，你们再开枪夹击，喊杀助威……"

杨龙布置完毕，振武一溜风地跑走了。杨龙又向小张一挥手，说：

"跟我来！"

"干啥去？"

"找'杨龙'去呀！"

"找'杨龙'？"

"对！"杨龙说，"咱出来是干啥的呀？"

"噢！"小张如梦初醒，"可是，上哪里去找呵？！"

"丘一他们在前头，不是给咱引路了吗？"

"对！"小张完全领会了杨龙的意思，"咱唱一出杨龙找'杨龙'……"

"走！"

…………

第四章 八路的"溃军"

起风了。

西北上又来了老云头。还有雷声。

杨龙和小张匆匆出了村子，进入了一条东西道沟，一溜儿飞跑，直奔破窑。

他俩来到破窑里，肩并肩地隐蔽下来。四只眼睛，一齐盯住了关庄的西北角。

过了一阵，就见十来个手持短枪的便衣战士，有的从短墙上翻过来，有的从房顶上跳下来，也有的从过道里冲出来，很快便会合在一起，势如猛虎下山，一齐向西北角上的道沟口扑来。此情此景告诉杨龙：这就是我们八路区队的那支"溃军"！否则，天底下哪还有这样的队伍？敌人像一窝蜂似的跟在后面猛追。看那势头，敌人根本没把这十来个便衣战士放在眼里，他们一边追着，还一边乱喊：

"活捉杨龙喽！"

"杨龙呵，你跑不了啦，缴枪吧！"

这些便衣战士们不慌不乱，沉着应战，边打边退。别看敌人气势汹汹，这些便衣战士却没有半点儿怯阵、害怕的意思。敌人迫近了，他们就趴在道沟崖上，向敌人射击一阵，扔出两个手榴弹；敌人吓得趴下了。他们顺着道沟，又继续撤退。当他们离这座破窑不远时，小张突然喜出望外地向杨龙说：

"杨龙同志，你看，是王班长他们！"

杨龙顺着小张手指的方向一望，在那十来个便衣战士的最后边，有一个上下一般粗的车轴汉子。他二十四五的年纪，穿一身黑棉衣，白花花的棉絮露在外面。马上就要与失散的战友见面，杨龙不禁心里一阵高兴。

王班长掩护战士们迅速撤退，两支匣枪，轮番射击，持续不停，就像一挺小机枪一样，堵住了尾追的敌人。

杨龙一阵激动。作为一个领导者，当他亲眼看到自己的同志，在寡众相交、孤军无援的情况下，奋不顾身，顽强抵抗，英勇战斗，他怎么能不激动呢？可是，他抑制住了自己，没有吱声，而且，迅速地扭转了视线，盯住了敌人。

敌人离王班长只有一百多米了。丘一那小子在狼嚎鬼叫："一、一班向，向东北；二、二班向，向西北，包、包、包围！"伪军们开始行动了，丘一又喊："哪、哪班捉、捉住杨龙，五、五万元赏钱，我、我给、给他一半！"在丘一的指挥下，敌人改变了队形，散成了一个扇子面儿，一齐冲过来。王班长扔出一颗手榴弹，趁势高声喊道：

"同志们！冲呵！"

其实，战士们这时已顺着道沟，向西北撤出老远了。他喊罢，便提着匣枪，弓着腰，顺着道沟，也向西北飞跑而去。敌人慌乱了一阵，见没人冲锋，知是又中了计，紧接着，呼啦啦，又向西北猛追下来。当敌人追到破窑附近的时候，杨龙的两支匣枪，一齐打响了。有两个敌人应声倒下去。小张的两支匣枪也跟着吼叫起来。这突如其来的枪声。打得敌人蒙头转向，乱了阵脚。有些家伙见势不妙，掉过头去就往回跑。丘一猛喊：

"顶、顶住！顶、顶住！不要跑！不、不要跑！谁、谁跑，老、老子我，枪、枪、枪、枪……"

看来这小子是想说"枪毙"，可是，由于他一来吓得没了真魂儿；二来跑得已经上气不接下气；再加，他本来就是个结巴嘴，所以，光"枪、枪、枪、枪"起来了。

丘一的命令没起作用。伪军们还在乱跑。丘一自己跑得更快，边跑边嚷："跑、跑、我枪，枪……"他一边喊着，一边向乱往后跑的伪军开了枪。

右边的坟地里，突然响起了"嘎咕嘎咕"的枪声，有人高声大喊：

"缴枪不杀！"

"八路军优待俘虏！"

"活捉丘一！"

腹背受敌，两面夹击，丘一更加慌了神！他一边拼命地跑，一边拼命地喊：

"糟、糟了！我、我们中、中计了，快、快往东南撤、撤、撤！……"

喊着喊着，不注意跌了个嘴啃泥，他失声叫起来：

"快、快来保、保护我！快、快来保、保护我！我、我受、受伤了！……"

伪军们滚的滚，爬的爬，舍下四五具尸体，向东南逃窜了。

民兵队长宋振武提着枪，猫着腰，从一条东西道沟里跑过来。他站在杨龙的面前，神气十足地说：

"报告队副！小王庄的民兵请求指示！"

杨龙把匣枪往腰里一插，笑呵呵地向前走了两步，拍一下振武的肩膀，说：

"好！你们的任务完成得很好！今天的胜利亏了你们参战！"

振武有些不好意思地低下头。

"振武，你来看！"杨龙指着敌人的尸体，说，"敌人留下的那四五支枪，就归你们吧！"

"是！"振武不禁眉飞色舞。

杨龙接着说："快去把枪捡起来——立即撤退，隐蔽！"

"是！保证完成任务！"

杨龙一挥手，振武飞奔而去。

小张突然惊叫道：

"哎，杨龙同志，你看，王班长他们来了！"

这时，王班长和战士们，正顺着方才撤退的道沟，急匆匆地往回走着。他们手里提着匣枪，一边走，还一边向道沟两旁张望。显然，他们已经发觉有人接应了他们，正回来找寻接应他们的同志。

"王班长！王班长！"小张边喊边跑，跳入道沟，扑上前去。

"小张！小张！"王班长和战士们，也都同声喊着，飞奔过来。他俩紧紧抱在一起。紧接着，战士们也都跑上来，把他俩围在当中。过一阵，王班长激动地问：

"小张，方才是你打的？"

"我？"小张忽闪着顽皮的眼睛，笑眯眯地说，"我，还没这个本事！"

"那是谁？"

小张没有立即回答，却转过了脸，向身后一指，笑着说："哎，你们看，那是谁？"

十来双眼睛，一齐顺着小张的手指和视线望去。人们欣喜若狂："杨龙同志！"这四个字，几乎是同时从十来张嘴里喊出来。接着，呼啦一声，又都撒开了腿，人们一边"杨龙同志！杨龙同志！"地喊着，一边迎着他跑去。王班长在惊喜之后，突然怔了一下。他怔啥呢？当然有个缘故：前天晚上，他和战友们，宿在一个坟地里，战友们都打着鼾声入睡了；他却怎么也睡不着，不由得想起了当前的困难处境，又想到区委的领导同志调走的调走了，牺牲的牺牲了，几次找县委又没找到，往后可怎么办呢？他越想越觉得压力大。后来，他也不知在什么时候，昏昏迷迷地进入了梦乡。在梦中，他还梦见杨龙同志回来了。而今，杨龙同志真的就站在面前了，他在想："这，是不是我，又在做梦？"他跑到杨龙近前，一下子抓住了杨龙伸过来的手，就像怕他再跑掉似的，紧紧地握住，猛力地摇晃着。千言万语，哽在喉头。杨龙的心情更是兴奋到了极点。他扳着王班长那宽大的膀头，眼里含着兴奋的泪花，激动地说："我可找到你们啦！"

"杨龙同志，你是来找我们的？"有一个小战士在旁边插嘴，问了这么一句。到这时，杨龙才意识到，战士们都已团团围住自己。于是他回过身来，握住两个年龄最小的战士的手，两只笑眼望着大家。半年没见，显见的战友们有些瘦了。然而，精神却好，还像往常那样旺盛，不免一阵高兴。

"同志们！你们干得好！县委派我来找你们了？"

几个战士同声说："我们也正在找县委呐！"

王班长接着说："我们找不到党，就像一伙没娘的孩子！"不知为什么，他说到这里，就像受了委屈的孩子见了久别的母亲似的，眼圈儿突然湿润了。

杨龙说："这些天，我找不到你们也很着急呀！"

王班长问："你在啥地方找我们？"

"哎呀，找的地方可多了！万老庄、西李庄、小王庄、宋庄、马庄……都找了！"杨龙向东南一指说，"就连关庄，我们今早还去过一趟呐！"

一位战士插嘴说："怎么？今早晨你上关庄去了？"

"就是嘛！"杨龙说，"我和小张从关庄出来，刚到了小王庄，敌人就进了关庄啦！"

小张接过来说："真奇怪！你们明明在关庄住着，我和杨龙同志进村打听了一阵，就连一点儿消息，也没打听到！"

王班长解释说："现在，我们住在群众家里，连四邻都不让知道。就这样，敌人还总是发觉我们呐！"王班长接下去又说："就说今天这一仗吧，我们昨晚二更天，才住进关庄，这不，今天一早，敌人就追上来了……"

说到这里，杨龙突然问道："哎，敌人怎么总是在喊'捉杨龙'呀？你们搞的什么名堂？"

"这……"王班长有些不好意思地笑了。他向远处看了看，接着说：

"杨龙同志，这件事，以后再向您汇报。现在，这里不能久留，咱们赶快走吧！"

"好！"杨龙说，"我不了解情况，往哪里走，由你决定！"

王班长转向战士们："同志们注意！现在出发。路线：由此向西北；到前杨庄西洼，顺着通后郑庄的道沟，折向东北，到后郑庄北洼，再顺着通宋庄的道沟，折向西北；到宋庄南洼，再顺着通万老庄的道沟，折向正东……"王班长部署完了行军路线，又向小张说："小张，你作后哨，以防敌人追上来！"

队伍出发了。

每个战士之间，都拉开了十来步的距离。这支只有十来个人的队伍，拉成了长长的一大溜。

杨龙和王班长，并肩走在队伍后边，边走边谈。

"……你过去在这一带活动，敌人一听到区长和你的名字，就闻风丧胆！因此，自从区长牺牲后，我们的力量小了。就打起了你的'旗号'来吓唬敌人。开头，还真顶事。我们利用敌人的胆怯心理，打了几次漂亮仗。"

杨龙鼓励说："真真假假，虚虚实实——你们干得不错嘛！"

王班长红了脸，接着问道："杨龙同志，你说，今后咱该怎么干？"

"县委有指示。咱找个机会，开个会，仔细研究研究……"

"好！"

在杨龙和王班长谈话的当儿，走在他们后边的小张，不由自主地加快了脚步。杨龙虽然和小张只差十岁，可是在小张的心目中，杨龙是一个父辈的人物，他从内心里，热爱杨龙这样的领导人。他更爱听杨龙那头头是道的谈话。因此，今儿杨龙和王班长的娓娓细谈，一直在强烈地吸引着他，便不由得凑近些，再凑近些。就这样，他从原来相距五十步远的地方，凑到了杨龙的身后。

王班长了解小张的心情，没有责备他，只是说：

"小张，别忘了你的任务呵！"

小张不好意思地留住了步子。

杨龙思索了一下说："我想今晚上就开个会，王力同志，你看好不好？"

"好呵！"王班长说，"哪些人参加？"

"你说呐？"

"我看，叫小张参加，再把李刚找来……"

"哎，听说，李刚到大王庄据点上去当伙夫了，这是怎么回事儿？"

"是王区长派他去的。"王班长说，"这件事谁也不知道，区长牺牲前，只告诉过我们几个班长……"

杨龙一下子放了心，心里高兴起来。接着，他问王班长："咱们这个会，在什么地方开呐？"

"根据现在的情况，在村里开是不行的……"王班长想了想说道，"宋庄北边的黑松林，你看好不好？"

杨龙说："好，就开个'黑松林会议'吧！"

第五章 　"天时"新论

宋庄正北，约一里远，有片黑松林。

这片松林，是宋庄翰林的祖坟茔，占地十来亩。坟茔里，有几十座大大小小的坟堆。那几座大个儿的，如同小土山。坟茔中，还有许多粗大的松柏树。在这松柏树和坟堆之间，还竖立着许许多多石碑、石人、石马、石桌、石凳等。这些玩意儿，布置在这遮天蔽日的松林里，给人一种阴森森的感觉。

从松林往北，不到半里路，便是高高隆起的那道漳卫河河堤。这河堤，又高又厚，势如万里长城，是坟茔的"风水"的一部分。战争中，它成了敌我双方都要利用的地势。

松林的东南，有条斜道沟。道沟往西南，通向宋庄村头；往东北，通向河北的西李庄。

夜，约一更时分。杨龙带领着他的战友们，悄悄进入这片黑松林。

"黑松林会议"将在这里开始。

王班长根据杨龙的指示，对松林四周的岗哨，进行了周密部署后，会议便开始了。杨龙、王班长和小张三个人，凑在两座大坟堆之间的一个石桌边坐下来。

王班长向杨龙说："李刚还没到，咱们等不等？"

"等！"杨龙说，"哎，你俩是怎样约定的？"

王班长望了望天空的星星，有点不安地说："哎呀！按约定时间，他该到了……"

小张也担心地说："他，会不会在路上出什么事儿？"

杨龙没吭声，静静地沉思着。过了一会儿，他才说："李刚同志身在'虎穴'，出来进去，不是那么容易的。"杨龙说到这里，看了看大家，问道："是不是抓紧这个空儿，你们先谈谈情况？"

王班长说："你看，现在，'抬头见岗楼，迈步是公路'，我们活动的地方，越来越小，处境相当困难呀！"

杨龙说："不，对这个问题，不能这样看！"

"你是啥看法？"

"当前这种情况，从另外一个角度看，对我们也还是有利的！"

"有利的？"

"是呵！敌人安的据点越多，他们的兵力就越分散，就便于我们集中力量，各个击破。"

杨龙说："敌人修的公路越多，他们护路的任务也就越大，这样，敌人多修一条公路，就等于多背上一个包袱，你们说是不是呀？"

"理是这么个理。可惜我们的力量太小了！"王班长说，"敌人驻在临河区里的兵力，总共有二百多人，我们的区队，才只有十多个人，力量对比，是二十比一！"

"他们的二百多人，分散在若干个据点里。"杨龙说，"我们要集中全力，对付一个据点，比数，不就会发生很大变化吗？"

"敌人最小的据点，也比我们人多……"

"你要用发展的眼光看问题。"小张说，"我们还要扩充嘛！……"

小张正说着，忽然哨兵来报：

"报告杨队副！万老庄东边的河堤上，发现了敌人。"

"有多少？"

"我没见到，是群众向我们报告的。"

"好！注意监视敌人动向！"杨龙说，"发现新情况，再来报告！"

"是！"哨兵应声而去。

杨龙向王班长说："王力同志，你把账算错了！"

"没有错！"王班长坚持说。

杨龙笑着又问："没错？我们，只有十几个人？"

"我们现在还没有十几个人。"王班长解释说，"被敌人打垮了的李班长那一班人，除了小张以外，据说，在公路东边，还有几个人，他们也还在活动；连他们也包括上，才有十几个人……"

"不！我不是说的那个。"杨龙说，"我是说，我们进行的战争，是人民战争。仗，是为人民而打，也要靠人民来打；我们临河区有三万多人民。敌我的力量对比，应当是：二百比三万；不应当是：二百比十多个。王力，你说对吗？"

"对。"王班长说，"可是，敌人的烧杀抢掠，越来越残暴。人民群众的抗日热情，受到打击，抗日情绪，没有过去那样高了，我们发动群众，也更加困难了！"

杨龙说："老王，请你举个例子。"

王班长说："这些日子，光让敌人撵着跑，一直站不住脚，没有顾得上搞那些工作……"

"那，你咋知道更加困难了？"

"这不是明摆着吗？再说，看情绪，也能看得出来！"

"不对！那是表面现象，问题的实质，大概和你说的正相反……"

这时，东边传来砸门声，还夹杂着孩子的哭声。

小张说："你们听，大概是敌人进了万老庄啦！"

杨龙默默不语，静静听了一阵，又接着方才的话头说："你们想想，敌人半夜三更这么闹腾，谁能不恨？"

"比起来这是小事儿。"小张说，"更可恨的是任意杀人放火，奸污妇女……"

"是呵！"杨龙说，"你们说，敌人为什么要杀人、放火呐？"

"为什么？"王班长说，"他们是天生的野兽！"

"对！他们是天生的野兽！不过，他们是有大脑的野兽！"杨龙说，"叫我看，他们是想通过杀人、放火的手段，吓住群众，让群众不敢抗日，不敢接近共产党、八路军，从而，割断我们共产党、八路军和群众的联系，你们看呐？"

王班长说："这是个阴谋！"

"可是，效果正相反。"杨龙说，"你们想想，敌人杀了老百姓的儿女，当爹娘的，是不是更恨敌人？敌人杀了老百姓的爹娘，当儿女的，是不是更恨敌人？敌人奸污了老百姓的妻子或姑娘，当丈夫的，或做父母的，是不是也更恨敌人？敌人烧了老百姓的房子，被烧房子的全家人，是不是都更恨敌人？……"

哨兵又来报："杨队副，敌人出了万老庄，一直向西而来！"

"多少人？"

"二十多个！"

"离这里还有多远？"

"不到一里路了！"

"继续监视！"

"是！"

哨兵走了。

小张说："杨龙同志，我们该去干掉他！"

"不！我们先开会。"杨龙继续说下去，"总而言之，敌人杀了我们的人，不光被杀害者的亲属要恨他，全中国的人民群众，都要恨他！仇恨终将变成烈火！《三国》上，不是讲'天时''地利''人和'吗？敌人这么闹腾，就是给我们制造了'天时'。"《三国》迷"张小川说："给我们制造了'天时'？""对！"杨龙说，"我们的'天时'，不同于《三国》上的'天时'；我们的'天时'，是人心的向背，是党的领导，这两者，又是一码事，党指给我们的方向，就是人心所向，古人云，'天下归心'！因此说，敌人烧杀之后，群众情绪低落，那是表面现象，不是问题的实质；实质上，人们抗日救国的要求，更加迫切了。我们八路是抗日部队，人民都迫切要求抗日，这还不算我们占有'天时'吗？问题是，我们能不能充分利用'天时'，抓紧时机，去积极地教育他们，发动他们，组织他们，领导他们……"

杨龙越说越有劲，哨兵又一次弯着腰跑进松林，气吁吁地说：

"糟了！敌、敌人上来了！"

杨龙拍一下哨兵的肩，笑盈盈地说："小伙子！慌啥？"

"我倒不慌，你……"

杨龙泰然自若。

"敌人现在在哪里？"

"就在北边的河堤上！"

"那还远着呐，咱们继续开会！"杨龙又转向哨兵，说，"你把你的哨位，撤到这'黑松林'边上来，敌人只要不下河堤，就不必再来报告了！"

哨兵走了。杨龙转向王班长说："老王，你谈谈近来敌人的活动规律吧。"

王班长还没开口，哨兵又来报告说，有两个敌人下了河堤，直奔这"黑松林"而来。

杨龙向正北一望，透过夜幕望见两个家伙，离松林只有三四十步了。他看了看王班长和小张。

王班长说："走吧！"

小张说："我说干脆干了他！"

"不能干，也不能走。干了，会影响我们的会；走了，李刚同志就找不到我们了！"杨龙说，"分散隐蔽！我不下令，都不要动手！"

接着，他们都在石碑后边隐蔽起来。

两个伪军来到"黑松林"边，先用手电筒向"黑松林"里照了照，大概没发现什么可疑的迹象，便放心大胆地走进来。前边的那个家伙，侧着膀子，晃着肩，一边散散漫漫地走着，一边尖声尖气地唱："送情郎送到了大门以东，不睁眼的老天爷起了东北风；刮风不如下点雨儿好，我与那情郎哥多待上几分钟……"跟在他后边的那个家伙，把叼在嘴里的烟头儿一扔，生气地说：

"你别他妈的穷吱啦好不好？"

"干啥？"前头那个说，"你想干涉老子的自由？"

"我是想多活两天儿！你要是嚷出杨龙来，脑袋瓜子还要不要？"

"杨龙算个屁！有我在，你就放心好了！"

"你吹个球！忘啦？那回，你站岗，我在你背后用手指点住你的脊梁：'别动！我是杨龙！'吓得你'噗啦'屙了一裤裆屎……"

两个家伙边说边走，来到一座石碑西面。王班长正藏在这座石碑的南面。他见敌军凑过来，便悄悄转到东面去了。这两个家伙就像非要找死不行似的，来到这石碑近前，向左一拐，从这石碑的南面，又向东走去。王班长真想勾一下扳机，结束这两个家伙的狗命，只是想起杨龙宣布过的命令，才又悄悄转到石碑的北面。

在这块石碑东边，二十步远处，有个大石桌，杨龙和小张就藏在这个石桌南面。他们见两个伪军从西边走过来，便悄悄向石桌东面转去。他们在转移过程中，偶尔不慎，蹬动了石桌边的一块坷垃，发出一点响声儿。两个伪军一阵慌乱，惊喝道：

"谁？出来！"

"吱，吱吱吱，吱吱——！"

"他妈的，地猴子！"

小张用口技把伪军们蒙骗过去。忽然，又发生了新的情况：

"啪啪啪！"

这拍掌声，从松林的东南角传过来。

两个伪军，又一阵惊慌，端起枪，厉声喝道：

"干什么的？"

杨龙正被这突如其来的掌声弄得摸不着头脑，忽听，从西边的石碑后边，"乒乒"发出两枪，两个伪军应声倒下去。

接着，王班长蹿到了杨龙身边来。杨龙急问道：

"怎么回事？"

王班长说："准是李刚同志来了！我……"

"你做得对！"杨龙说，"快把李刚同志叫过来！快！"

"是！"

"啪啪啪！"王班长拍了三下巴掌。

这时，河堤上，响起"乒乒乓乓"的枪声。接着，又听见敌人喊叫：

"一、一班向东，二班向、向西，三班从正、正面冲，包、包围'黑松林'。"

杨龙听了听北边的动静，向王班长一挥手，说：

"集合队伍！"

王班长把两个手指头，放进嘴里，发出一阵清脆的鸟叫声："叽呱呱，叽呱呱，叽叽呱呱……"

一位四十多岁的人走过来，杨龙赶过去握住他的手：

"李刚同志！"

李刚喜出望外："哎呀！杨龙同志，你……"

一会儿，战士们从"黑松林"的四面八方跑过来。围在杨龙周围，一声不响地等候命令。"黑松林"北边的枪声，已经很近了。杨龙截断了李刚的话说：

"李刚同志，我们这次'黑松林会议'，只好到路上去开了……"

说罢转过身，又指着一个细高个儿的战士，说："你带领两个人，作前哨，顺道沟向西南转移！"

杨龙又指着一个小胖子，说："你带领其余的战士，断后！保证会议进行！"

"是！"

"打法儿，要注意两点：一、且战且走，不要硬拼；二、以走为主，注意节约子弹！"

"是！"小胖子应了一声，而后转向战士们，"大家注意！立即分散，在坟边隐蔽；等开会的同志们进入道沟后，再听我的命令，向道沟边转移！"

枪声越来越近，响得也更密了，一颗颗子弹"吱溜吱溜"地从头顶飞过。杨龙他们四个人，全都不慌不忙，大踏步地向东南方向的道沟走去。

"弟兄们，冲呵！"

"捉活的呀！"

"捉活的呀！"

敌人的喊声，从"黑松林"的正北、东北、西北三方面传过来。

杨龙边走边问：

"李刚同志，你怎么来得这么晚呀？"

李刚说："我出了大王庄不到半里地。就碰见了敌人的巡逻队。于是，我就找了个地方藏了起来，等那些狗日的们过去以后，这才动身又走；谁知，刚走了不远，又碰见了敌人的另一支巡逻队……"

"哎，李刚同志，你听说过什么没有，这一带的敌人，现在为什么闹腾得这么紧？"

杨龙说着，跳进了道沟。李刚也随后跳下来，他接上杨龙的话音说：

"我听说，他们的上司给他们下了命令，要他们彻底肃清八路'残余'，牢牢控制住这个地区，让临河区首先成为一个'模范治安区'……"

"噢！"杨龙又问，"敌人最近有什么动向？"

"前些天，他们配合'扫荡队'偷袭了我们的区队，为此，胡江受到了他的上司的嘉奖。现在，这小子有点受宠若惊，想再露两手，好就着梯子再往上爬……"

李刚正说着，后边"黑松林"里，传来"轰！轰！"两声巨响。与此同时，又传来了敌人的几声惨叫。紧接着，就听敌人的头子在嚷："有埋伏！卧倒！卧倒！"这时，只见有几个小黑点，正借着手榴弹的烟幕向道沟边移动。杨龙回头，望了望，又回过头来，问李刚道：

"胡江想搞两手什么？"

"他想超额完成抢粮、抢棉、抢铜铁的任务；还想千方百计捉住你，再在他的主子面前报功……"

他们边说边走，枪声越来越远了。杨龙说：

"咱们站站，等等后边的同志们！"

杨龙、李刚、王班长和小张四个人，在道沟里蹲下来。杨龙掏出他那根三寸长的小烟袋，一边装烟，一边说："现在，咱们的'黑松林会议'，就在这里，算是正式开始啦！"杨龙吸了一口烟，接着又说，"县委指示我们，要坚持斗争，把临河区的控制权迅速夺过来！大家知道，我们临河区，战略地位极为重要。它是咱整个冀鲁边区的大门，又是通向冀中兄弟地区的要道。我们冀鲁边区，北是天津；南是济南；西面是津浦路和大运河，的确是敌人的南北水陆交通命脉。北上，有个沧州；西南上，还有个德州。这些地方，敌人都有重兵把守，以确保他们南北之间水陆交通联络的畅通。边区的整个东面，都是汪洋大海。因此，我们边区和兄弟地区的联系，边区的领导人员，到延安去开会，大都要从我们这个地方通过。从这里出发，一夜之间，即可跨过津浦路，渡过运河，进入兄弟地区。"杨龙说到这儿，收住话头，两手捧着火柴去点烟了。李刚趁这当儿插嘴说：

"杨龙同志，分析得很对！我听姜五讲，他们的上司，也说这里是我们的大门，所以，他们这次集中了全县总兵力的一半，压在我们的头上……"

杨龙点着了烟，抽了一口，擦擦嘴子，又递给王班长，说："来，抽一口。"然后，他又接上方才的话头儿说："县委对我们的具体要求是：第一步，通过几场斗争，先把敌人的嚣张气焰打下去，杀出我们的威风来，借以振奋群众的情绪，坚定群众抗日必胜的信心；第二步，把人民群众重新发动起来，武装起来，把八路军的区队，恢复起来，把主动权夺过来，把局势控制住；第三步……"

杨龙正说着，忽然小胖子从后边跑过来。小张有些惊慌地抢先问道："怎么样？又有新情况吗？"小胖子没有回答小张的发问，拦腰打断了杨龙的话题，蹲下问道：

"报告队副！我们是顶住？还是后撤？"

后边的枪声，比方才近多了。杨龙拍一下小胖子的肩膀，笑着说："你们撤得太慢了；我们在这儿等得怪心急哩！"

小胖子笑了笑，向后跑去。

"咱们也走！"杨龙站起身，一边走着，一边说，"第三步，就是拔除各个据点，拿下临河镇，作为解放县城的序幕，迎接全面大反攻！……"

人们听杨龙这一说，都高兴极了，异口同声地说："对！坚决贯彻执行好县委的指示！"

急性的小张催促道："杨龙同志，你来谈谈，咱们眼下先怎么干？"

杨龙说："我了解情况不多，别我说，咱们大伙儿商量！"

他们四个人，摆成两排，并肩走着，没人说话。显然，他们都在思考着问题。一颗颗的枪子儿，从他们的头顶上，尖叫着飞过去。谁也不去理睬，只是走着、想着，想着、走着。过了一阵儿，王班长说："现在，我们的形势，是敌强我弱。在这种情况下，最好是采取偷袭、奇取的办法！"李刚接着说："我看，咱先来个除奸战，先把敌人的头头儿干掉一个……"

小张抢去李刚的话头，加重语气说：

"对！打蛇先打头，只要把汉奸头子们干掉一个，那狗日的们，就不敢这么猖狂了！"

王班长说："行。干掉他一个，那对群众也是个鼓舞！"

李刚又沉思了片刻，说道："能行！现在敌人是既猖狂，又麻痹！……"

这时，前边的哨兵突然来报告："杨队副，前边发现敌人！"

"有多远？"

"半里多路！"

"多少人？"

"二十多个！"

"他们发现我们没有？"

"看样子没有发现我们，只是偷偷摸摸向着枪声这边前进！"哨兵又说，"前边二十步远，就是个十字道沟，我看你们从那里向东转移，我们在那里顶他一阵！"

李刚说："咱这会改日再开吧？我好些日子没摸枪，手也是光发痒！"

"想打仗，是不是？别着急，仗是有大家打的！我们先开会。"杨龙又转向哨兵说，"你的主意很好，就那么办吧！不过，我再给你加上一手儿，你过来！"杨龙把嘴贴在哨兵的耳朵上，又说了一阵，最后问道："怎么样？"

哨兵说："太好啦！"

杨龙他们四个人，来到了十字道沟处，往左一拐，悄悄向东走去。一阵疾走，走出半里多路后，杨龙说："咱们再聊一会儿，也好等等后边的同志们。"他又转向小张，说："小张，你趴在沟崖上，一面担任警卫，一面参加会议！"

杨龙、李刚、王班长三个人蹲在道沟中，杨龙说："我同意你们的意见，你们说，咱先向哪个家伙开刀呢？"

王班长说："我说先干掉刁二！这小子过去是个土匪头子，他枪法好，在胡江手下的四个汉奸小队长中，他是最能打的一个，也是最铁心的一个。"

小张回过头来说："刁二住在东李庄据点上，干他震动不大。叫我说，要干，就到临河镇去，捅他们的老窝，给他个下马威！先干他那个第四小队长贾四，这小子是个老兵油子，最怕死，并且，他担任临河镇的城防，就住在北门里，我们要去干他，好进也好出！"

"我看先干姜五！"李刚说，"在他们四个汉奸小队长中，这个小子最阴险。"

李刚正说着，西边的枪声突然激烈起来。李刚收住话头，看了看杨龙。他见杨龙泰然处之，又沉住了气，接着说："要决定除他，就把这个任务，交给我好了！……"

杨龙笑着说："我早就看出了你这个意思。不过，我回来这几天，在大王庄周围一面找队伍，一面向群众调查，看来这个小子，民愤还不太大。"

李刚说:"我不是说过吗,这个小子阴险,弄了些假仁假义的事儿,其实,他的心可黑啦!……"

战士们顺着道沟从西边拉拉扯扯撤下来了。杨龙问道:

"怎么样?给他们把'关系''接'上了?"

"你听!"一个战士说,"这些小子们,打得可来劲啦!"

"怎么?"李刚莫名其妙地问,"现在是狗咬狗?"

刚才那个给敌人"接关系"的战士,抢前一步说:"对啦!杨龙同志的妙计!"

同志们都乐起来。

西边密密麻麻的枪声,一阵紧似一阵。

待同志们到齐,杨龙风趣地发出命令:

"同志们!敌人已经给我们把追兵拦住了;我们就不管了吧!"

有的战士,发出"咔咔"的笑声。

杨龙接着说:"我们还按刚才的队形出发,当前哨的,还当前哨;当后卫的,还当后卫;开会的,还继续开会……前哨注意!见路向北,再转到宋庄北洼里的'黑松林'里去,我们的会议,是在那里开始的,还要到那里去结束!"

杨龙他们四个人一边走,一边接着前边的话题,继续讨论。不过,因为再没有敌人在屁股后边追杀,他们说话的声音比方才低多了。

杨龙说:"我们考虑先除哪个汉奸,是不是本着这么三条:第一,罪恶大,民愤大,这能大快人心,鼓舞群众情绪,有利于我们发动群众起来抗日;第二,震动大,影响大,这样可以给敌人一个下马威,把他们的气焰打下去,让他们每个人都提心吊胆;第三,除掉的一定是最坏的铁心汉奸,除了他,能起到警告其他汉奸的作用,达到杀一儆百、瓦解敌军士气的目的!"

王班长说:"要这样说,那就先除丘一,这个小子仗凭他姐夫胡江的势力,无恶不作,民愤甚大,在汉奸小队长中,又是最坏的一个!"

李刚补充说:"对!这小子住在临河镇。这些日子,数他出来闹腾得欢,干了他震动最大,影响也最大……"

王班长又接过话头说:"今天夜里,一直盯着我们的,就是丘一的小队！"

小张说："要论影响大，叫我说，先干掉汉奸中队长胡江那狗日的！"

后边的一个战士赶上来，插嘴说：

"我看干脆就干鬼子小队长石黑那个杂种吧！把汉奸们的祖宗牌一端，他们就全傻眼了！"

杨龙拍着战士的肩说："你和小张这一说，对我帮助很大！"

那战士有些不好意思地笑着说："我净说愣话！"

"愣话，有时候也是有用的！"杨龙说，"我们面前主要的敌人，当然是日本鬼子，我们要坚决消灭他们。不过，石黑老住在工事里，不常出来，防范又严。为了鼓舞士气，我们先除他一个爪牙也行。"

第六章　决策除奸

拂晓。

他们一边说着一边走，又来到了"黑松林"里。杨龙望了望已开始发白的东方，向小张说：

"小张，天快亮啦，你到万老庄去一趟。"

"干啥去？"

"找到万大爷，弄点干粮来。"

"好吧！"

小张说着，拔腿要走，杨龙又向另一个战士说："你和小张一块儿去！"

"是！"

那位战士应声站起，跟上小张，走出"黑松林"，顺着道沟，一直向东，奔万老庄而去。当他俩走出约半里路时，忽然，从南边传来一阵吵吵嚷嚷的人声。于是，他俩停住了脚步，趴在道沟崖上，向南张望起来。南边不远处，有一伙伪军，顺着一条斜向道沟，向万老庄的方向走着。这些家伙们，还是跟往常一样，有一些人，在道沟里边走；有一些人，在道沟崖上走。他们踏着高洼不平的土道，一边跟跟跄跄地走着，一边在七言八语地议论：

"追来追去，跟自己人干了一仗，他妈的，真丧气。"

"奇怪呀！怎么追着追着，就没影儿了呢？真是神八路！"

"唉！这一夜，又搭上好几条命，也有叫八路打死的，也有叫自己人打死的……"

"啥也甭说喽！咱没死，就算万幸吧！"

"现在这话还早呵，离临河镇还有六七里路呐！"

"唉唉，就算进了临河镇，又怎么样？那里就是'保险柜'？我看也他妈的……"

"你，你们他妈的少，少给我说这丧气话！"一个在道沟里走的家伙，向两边沟崖上的伪军们嚷道，"谁再说、说这丧气话，老、老子我枪毙，毙了他！"

从敌人这些议论中，小张和他的伙伴知道：眼前这伙儿伪军，正是追了他们半夜的丘一那个小队。他们现在要到哪里去？回临河镇吗？小张正在想着，又听到走在道沟里的丘一向前边的伪军嚷着：

"你、你们到，到万老庄站、站一站……"

"干啥呀丘队长？"

"老、老子有事！这、这你甭、甭管喽！"

这时，那个战士戳了小张一把，悄声说："伙计，咱们干他一家伙！怎么样？"

"不！"小张按住战士那握枪的手，又向西边的"黑松林"一甩头说："干不得！"

"干不得"这三个字，再加上他那一甩头，包含着两个意思：一、那边的会，还没开完，不要惹事；二、领导交给咱的任务，是去弄干粮，咱们不能自由行动。那位战士大概领会了小张这些意思。所以，没再说啥。

过了一会儿，敌人的队伍过去了。小张向那位战士说："走！咱也到万老庄近前去打探打探，看看那些小子们到庄里去干什么！……"

小张和他的战友来到万老庄附近时，敌人已经进了村子。他俩便找了个蔽身处，趴下来，倾听起村里的动静。片刻之后，村里狗咬鸡鸣，还传来阵阵砸门声。又过一阵，突然有一个女人的声音传来，又哭、又喊、又骂。与此同时，还有一位老人的吵骂声，伪军们的嬉笑声。

这时，那个快要气炸了肺的战士，又一次向小张建议："伙计，咱打进去！"

小张仍然坚持说："不！咱一点儿情况都没摸到，不能蛮干！"

过了一阵，那女人的哭声、骂声和伪军们的嬉笑声、吵闹声，都由近渐远，村里又静下来。这时小张向他的战友一挥胳臂说：

"走！咱进村去看看！"

他们走进村子，穿大街，越小巷，来到万大爷家门前。只见两扇破门板大敞着，里边还响着万大爷的骂街声。这时他俩心里一怔，就知万大爷家出事了。他俩相对看了一眼，谁也没有说啥，迈步闯进去。

院子里乱纷纷的。一只歪倒的水桶，滚在院子的当中。水桶旁边的土地上，还有一条扁担，一把菜刀。看样子，这里才发生过一场搏斗。万大爷坐在水缸边的一个木墩上低着头儿抽闷烟。小张他们走进院子，他竟没有听见，直到小张走到他的近前喊了一声"万大爷"，他这才猛然抬起头，又忽地站起来，一下子抓住小张的两个肩膀，两眼湿漉漉的，直盯着小张，久久没有说话。聪明的小张，从大爷那眼神里，看出了他那满腔的悲痛和气愤，在这悲痛和气愤之中，还夹杂着难中见亲人的喜悦和激动。小张问道：

"大爷，丘一那些家伙们，又到这儿来闹腾啥？"

"狗日的……"

万大爷咬牙切齿，他想把方才发生的一切，都原原本本地告诉给小张。转念又怕他们为了自己的一个丫头，去跟敌人拼命！于是，便收住了话头。

"大爷，倒是出了啥事儿啦？"

"走，到屋里去，坐下，慢慢说……"

屋里，点着一盏豆油灯。橙黄色的灯头儿，只有豆粒那么大。从门口和窗缝里钻进来的夜风，正向那灯头儿猛力地扑打着。那灯头摇摇晃晃，大而渐小，小而复大，顽强地跟夜风进行着搏斗，时而发出"噼噼啪啪"的响声。万大爷领着小张和那位战士，走进屋来，坐在灯下，他装上一袋烟，在灯上对着火，低下头去，抽起烟来，一口接着一口。他在琢磨："这件事，告诉不告诉孩子们呐？不告诉他们，可又怎么办呢？……"与此同时，小张也在想："大爷一定有心事，他的心事是啥哩？他为啥不说话呐？……"小张想着，瞅着，慢慢地两条视线擦过老人的脸，向里间屋射去。里间屋的炕下边，有一只尚未做完的男人鞋，一根闪闪发光的钢针还被那长长的线绳连在鞋上。这鞋，已被人踩了一脚，上边还残留着鲜明可见的皮鞋印子。看这鞋的式样，小张当然知道。这是八路军的一只军鞋。小张一见这种情景，心里就明白了个七八成。于是，他问万大爷道：

"大爷，秀英姐呐？"

"她，她，她……"大爷说，"她在她姨家……"

"大爷，你不要瞒着我了！"小张指着炕下那只鞋说，"大爷，你看！"

万大爷向屋里一望，望见了方才秀英还在灯下做着的那只军鞋。见鞋如见人，他心里一阵难过，一滴泪水差一点儿没有滚下来。

"她，让丘一那狗日的抢去啦……"

"抢去啦？"

"嗯！"

"他不是在她姨家躲着吗？不该回来……"

"孩子呵，你是不知道！"万大爷说，"今儿个，不是腊月二十三辞灶的日子吗？十五年前，秀英她娘就在这一天，被财主逼得上吊死了！因为这个，十五年来，每到这一天，我就想起这仇恨，常常伤心落泪……今儿个，秀英觉得舍下我自己在家，不放心，所以在傍黑时……"

万大爷说到这里，再也抑制不住自己的感情，两颗泪水滚了下来。小张火了，两只眼睛瞪得滚圆，一捶桌子，说："大爷，你不必难过，我们一定把秀英救回来！"说罢，他回手从腰里嗖地抽出匣子枪，又向那位战士一挥手："走！追！"

万大爷早就怕出这一章，现在果然出了这一章！他上前一把抓住了小张，声色俱厉地斥责道："你给我站住！"

小张望着大爷那吓人的脸色，不知所措地说："大爷，你，你……"

"我搭上一个孩子，这已经够伤心的了！你再叫我搭上两个孩子，成心要你大爷这条老命呵！"万大爷激动地说着，两行泪水，顺着他那满脸的皱纹流下来。

小张站在那里，像座雕像似的不动了。

"大爷，你老人家不让追，我们不追啦！可我们也得走啦！"

万大爷有点疑惑地说："你们往哪里去？"

"我们去向杨队副汇报，好想办法。"

"老杨在哪里？"

"在宋庄北洼的'黑松林'里！"

"在'黑松林'里？在那里干啥？"

"开会！"

"噢！"大爷一听有理，这才放下了心。他把要走的小张喊住说："你们等一会儿走！"

"干啥，大爷？"

万大爷没搭腔，一抬手把一个盛干粮的筐子摘下来，说："给你，捎着它！"

小张瞅见筐子里盛了一些黏窝头，就说："呀！大爷，你哪里来的这个呵？"

"今天不是'辞灶'的日子吗？"

按这一带的风俗，在辞灶这一天，富户人家杀猪宰羊上大供，为的是"收买"一下"灶王爷"，好让他回到"西天玉皇爷"那里多说些好话。即："上天言好话，回宫降吉祥。"意思是：要把"灶王爷"的嘴粘住，怕他到"西天玉皇爷"那里胡说八道。小张当然知道，蒸这一锅黏窝头，放在万大爷这贫寒家庭里，是不容易的。他怎么能忍心把它拿走呢？于是便说：

"大爷，留下你自己吃吧。"

"捎着，让同志们解解馋！这是个新鲜物儿……"

"不，大爷，我们不……"

大爷把眼一瞪："不啥？给我捎着！"

万大爷的心，万大爷的脾气，小张都知道。在这种情况下，他只好伸出手去，把筐子接过来。

正在这时，一伙群众拥进来。他们中，有男有女，有老有少，身上都是破衣烂衫。有一位老人，一进门，就关切地问："老万呵，是丘一那个杂种，把咱秀英抢去了吗？"万大爷"嗯"了一声，正想再说什么，还没开口，人们就七嘴八舌地吵嚷起来。有的流着眼泪安慰万大爷；有的握着拳头喊："我们全庄的穷爷们儿，一齐去找丘一那狗日的讲理！"也有的说："咱那队伍，可得想法儿，救出秀英来呀！"小张激动地说："父老兄弟们，放心吧，我们……"得赶快回去！借着人们吵吵嚷嚷的当儿，他把那半筐子黏窝头，悄悄放在了屋门口旁边，和那位战士，一起溜走了。

他俩一溜飞跑，赶回"黑松林"时，天已快亮了。这时，"黑松林"里的会还没结束。杨龙见他俩跑得满头大汗，又是空手而回，不由得吃了一惊，忙问道：

"怎么，出了事啦？"

"他妈的！"小张一开口，先骂了一句。紧接着，他气吁吁地把秀英被抢的经过说了一遍。最后他又说："万老庄的群众都气坏了！他们要求我们救出秀英，要求我们给万大爷报仇！"

杨龙听了这些情况，没有立即说话。他忽闪着大眼，在紧张地思考着什么。过了一阵，他说："战争，争的是个啥？自古以来，所有的战争，都是争的人心。这，不光是人民之心，也包括敌人士兵之心。谁赢得了人心，谁就将赢得战争。'天下归心'嘛！我的'天时观'，就是这样。根据大家的意见，我看，就除丘一，同时营救秀英。一举两得，你们看，如何？"

"除丘一。"众人异口同声。

当会议快要结束时，万大爷赶了来。只见他一手提着一个筐子，两个筐子里，都装满了黏窝头。杨龙首先迎上去，一面接筐子，一面说：

"大爷，你……"

万大爷没有注意杨龙的话，却扭着脖子，盯住小张，生气地说："你这孩子！不听话，让你大爷又跑这一趟！"

小张伸伸舌头，嘿嘿地笑了。

杨龙安慰万大爷说："大爷，您不要难过，我们一定把秀英救出来！"

万大爷紧握住杨龙的手，激动地说："孩子们的心，我知道！可是，你们人少，无论如何，不能为了一个丫头去拼命……"

"大爷，你老人家放心吧，我们不会去硬拼的！"杨龙解释说，"我们去除丘一，也不仅仅是为了救秀英……"接着，他又把除丘一的目的和做法向万大爷说了一遍。这里边，还有万大爷的任务。

万大爷兴奋地说："你们放心吧，我老汉那项任务，一定完成！"

杨龙赶上前，握住万大爷的手，望望发红的东方，意味深长地说："大爷，那咱就在今天晚上，到临河镇去！"

"对！临河镇见！"

第七章　袭临河

晴夜。

星空。

一更时分，月亮像个灯笼，挂在西边的树枝上。杨龙带领着战友们，出了万老庄，顺着向东北伸延的道沟，直奔临河镇。

从万老庄到临河镇，有五里路。当杨龙他们挺进到距临河镇还有一里路的时候，道沟到了头。前面，是一马平川的平地。这条道沟，是为了抗日游击战争的需要，八路军领导老百姓新挑开的。从这里再往前，离临河镇的据点太近，挖到这里就停止了。

杨龙来到道沟尽头，趴在沟崖上，向正东偏北的方向张望。眼前五十步远的地方，有个苇塘。苇塘里的苇子，已经割完。远望苇塘，就像一块黑布铺在地上。杨龙望着这片苇塘，心里有点为难。因为这个苇塘，是他们和万大爷事先约好的碰头地点。他想："要是走过这段平地，被据点上的岗哨发觉了怎么办？要是不到苇塘去，万大爷到那里找不着人又怎么办？"杨龙想来想去，决定还是要到苇塘去。他安排下两个战士留在道口上，准备事后好从这里撤退。接着，他又向其余的人说："都跟我来，匍匐前进！"

他们进入苇塘，伏在东崖下，等着万大爷。月亮已经落下去了。只有那不怕寒冷的星星，在瓦蓝的天空中，眨着不知疲倦的眼睛。杨龙伏在崖坡上，用他那双饱经战阵的眼睛，透过灰蒙蒙的夜雾，观察着临河镇的外景。

临河镇呈长方形。从南到北，有一里多长。敌人在镇的周围，挑了一圈儿深沟。利用从沟里掘出来的土，在沟里筑起了一道围墙。围墙西面，有一个大门。墙角上，设有岗楼。一个个的枪眼，射出一缕缕的光亮。像似毒蛇的眼睛。此外，敌人还设有巡城哨，在各个岗楼之间，一会儿一趟，一会儿一趟，来来回回地走动。杨龙意识到：要在敌人不发觉的情况下进镇去，就必须在两个岗楼之间的围墙上爬过去，并且还要避开敌人的巡城哨。

杨龙边望边想，急性子小张忽然说话了：

"天不早啦！万大爷怎么还不来？！"

杨龙没搭腔，依然注视着前方。

王班长凑到杨龙身边，感叹地说："这道'关'不好过呀！"

杨龙点了点头。过了会儿，又问王班长道："万大爷没说？他要是出不来怎么办？"

和万大爷去联系的王班长，心里更发急。今天傍黑儿时，万大爷曾借口回家拿东西，从临河镇回万老庄一趟，把进去的路线告诉了他，他已经和杨龙谈了。至于发生意外，出不来怎么办，他倒没有说。杨龙现在一问，王班长觉得自己当时太粗心，正在懊恼的时候，突然听见小张说：

"来了！你们看！"

杨龙和王班长顺着小张手指的方向一望，只见前边二十来步远的地方，有一个黑影，正向这边移动。杨龙凭着他那双锐利的眼睛，打量出来人不是万大爷，不由得心中一惊，便向两边的同志们说：

"注意！来人不对头！"

说着，便把插在腰里的匣枪，拔了出来。其余的人，也都作好了战斗准备。

来人离苇塘边只有十多步了，忽然蹲下。拍了两下巴掌。这边王班长也拍了两下。那人便迅速跑过来。

杨龙凝神一看，来人是个二十来岁的黑小伙子。只见他两手空空，没带武器，判断他不是坏人，就想上前去和他谈话。王班长这时倒多了个心眼儿，赶前一步，挡住了杨龙，劈头问那个小伙子道：

"你是什么人？"

"我叫马二愣！"

"是临河镇的？"

"不，宋庄的！"

"从哪里来？"

"临河镇！"

"来干什么？"

"来送……"马二愣向身边一瞅，见有两个战士在端着枪冲着他，忙收住了话头，反问王班长道："你们是干啥的？"

杨龙见那小伙子愣头愣脑，怕发生误会，惹出乱子，便赶前一步和善地说："是自己人！小伙子，你辛苦了！"杨龙说着，把手伸了过去。二愣也随即伸过手来，握住了杨龙的手。

"你是来送信的吧？"

"对啦！"

"谁派你来的？"

"万大爷！"

"你怎么认得他呐？"

"从前，我爹和他一块儿扛过活，我爹饿死以后，他还领着我要过饭……"

"他叫你来找谁？"

"找杨龙！"二愣说，"还有王班长！"

"我就是杨龙。"杨龙说，"你怎么碰到万大爷了呢？"

二愣说："我听说丘一抢了秀英，就想去弄死那个小子！我费了好大劲，才打听到那狗日的下处，刚往里一闯，就碰见了万大爷，万大爷把我拉到一个偏僻地方，问我来干啥，我和他一说，他说：'你别闯祸啦！'接着就给了我这个任务——叫我来送信！"

杨龙问："现在，里边的情况怎么样？"

"'婚礼'完了，只剩下了丘一的狐群狗党，正在喝酒！"二愣说，"万大爷说让你们快去！"

杨龙听了二愣的话，安排其他同志，留在这里，准备接应，接着，向王班长、小张一挥手说：

"出发！按原定路线前进！"

二愣忙说："不行！"

杨龙问道:"为啥?"

"万大爷说,那条路线,敌人已经设上岗了!"二愣说,"他告诉我要你们走另一条路!"

"从哪里走?"

"跟我来!"

二愣在前,杨龙、王力、小张,紧随其后,弯着腰向城根靠近。他们正一言不发地走着,忽然,二愣回过头来,向杨龙说:

"杨队副,俺当八路行不?"

杨龙笑了。小声说:"看你!这是啥时候?"

二愣"嘿嘿"笑了下,吐吐舌头,不吭声了。他们又放轻脚步朝前走。离敌人的围墙已经很近了。围墙上,有一个巡城哨,正由北向南走着。杨龙立即命令大家趴在地上。停了一会儿,等巡城哨过去了。他们又继续前进。

他们来到围壕边,二愣隔壕向城半腰一指:"你看!"

"小声些!"杨龙说,"就是那个水眼?"

"对啦!"二愣小声说,"原来,当中还有一道砖,钻不出人来,我出来时,把那些砖抽开了!"

"行!"杨龙低声发布了命令:"开始行动!"

接着,他们按照事先已经演习好了的过壕办法——杨龙和小张都趴在壕沟边上,每人抓住王班长的一只胳臂,一声不响地把他送下壕去。接着,他们你顶我拉,顺着水簸箕,又向对面的围墙上爬,爬到墙半腰,一个一个都钻进了大水眼。

第一个钻出水眼的是小张。他钻出去,刚站起身,正巧那个巡城哨,又从南边回来了。

"谁?口、口令!"

那巡城哨一边吓唬,一边"稀里哗啦"地拉枪栓。小张一看敌人已经发现目标了,躲藏也来不及了!他灵机一动,便装出一个年轻女人的声音,尖声尖气地说:

"老总呀,俺是好人,是来找鸡的,咕,咕咕,咕咕!……"

小张一边说着,一边装出女人走路的样子,大步夹小步地向附近的一个猪窝后面躲藏。

"嘻嘻,小娘们儿……"巡城的伪军,跑下围墙,把端在手中的大枪往身上一背,急匆匆地向那猪窝背后扑去。他来到猪窝近前,刚一拐角,小张的匣枪猛地顶在他的胸口上:

"别动!动一动,要你的命!"

那伪军吓得目瞪口呆,魂不附体,忙跪下来求饶。杨龙他们适时赶到,七手八脚地解下伪军的裹腿,把他捆绑起来,又用毛巾塞住嘴,填进了围墙脚下的水眼里。

"小张,你替他一班岗吧!"杨龙风趣地说,"叫他好好地歇一会儿!"

"是!"小张忍住笑,把枪一背,跑上围墙。

"咱们走哇!逛逛临河镇去!"杨龙向王班长、马二愣一挥手,三个人直向街里走去。

他们顺着一条东西小街,向东疾走。走出五十多步,忽见前边的南北街上,有几道手电的光柱,从南向北射过来。杨龙和王班长、马二愣赶紧向南一拐,躲进一条过道里。等了一会儿,听到一阵"咔嚓咔嚓"的皮靴声,经过十字街,向北去了,他们又从过道里走出来,继续向东。走到十字街口,杨龙扒着墙角往北一看,只见有十来个戴铁帽子的日本鬼子,才走过十字街二十多步,这时正在一边往北走,一边用手电各处乱照。杨龙心里想:"老子在这里,你往那里照个屁?笨蛋!"等鬼子走远了些,杨龙向后一挥手,示意说:"走!"接着,他们穿过十字街,又向东走去。

他们顺着东小街,走了二百多步,拐进一条过道。这条过道,是个拐子过道,北头儿还不通气,只有南头这一个口儿,可以进去。丘一准备的"洞房",就设在这条过道最北头的一个院子里。丘一那小子,也许想:"这里这么严密,八路虽说'神',我在这里,八路他们也是找不来的;再说,八路就算是有天大的胆子,也不敢到这里来呀!"可他哪里知道,八路有群众的帮助,你就是钻到地沟里,也难逃惩罚。

杨龙一行人,已悄悄靠近了院门口。

院门口上,有一个站岗的伪军,蹲着身子,倚着门框,抄着手,抱着枪,正在打瞌睡。阵阵的狂笑声,扑鼻的酒菜香味儿,从门里飞出来。马二愣一步蹿过去,用两只手狠狠卡住了他的脖子,那家伙鼻孔里"呼噜噜呼噜噜"的响声,立刻停止了。

王班长一步赶上来，解开敌人的裹腿，绑上了他的手脚，又一把抓下伪军头上的西瓜皮式的"卖国帽儿"，塞进了他的嘴里。

在王班长和二愣收拾这个门岗的当儿，杨龙一直聚精会神地监视着门里、门外的动静。正在这时，忽听北屋门"咣当当"响了一声，随后一个人走出屋来。

"糟糕！"久经战阵的杨龙心里一震，轻声向王班长和二愣说："准备战斗！"

王班长闻声住手，从腰里嗖地拔出了匣枪。机灵的二愣，真不愧是多年的民兵队长了，没等杨龙说话，已经把伪军那支大枪，端在了手中。

"咔嚓咔嚓"的脚步声，由远而近，又由近渐远；接着，院子当中，出现一个黑影儿，正在向东南移动。

院子的东南角上，有一个小小的厕所。黑影移动到厕所近前，发出一声干咳后，便消逝了。

"这小子，拣了条命……"二愣小声地说。杨龙轻戳他一把，回头又指着那个直挺挺横躺在门口的伪军，向门里的墙边一挥手。王班长和二愣看出了杨龙的意思，赶忙把那个家伙抬进门去，放在门扇后边的墙根下。

杨龙把嘴巴贴在二愣的耳朵上，悄声说："你，留在这里，一面注意门外的动静，一面监视着厕所里那个家伙——他要是出来，就放倒他！"

二愣点了点头。

杨龙又向王班长挥手示意，他俩便一前一后，走出了黑洞洞的门洞，进入灰暗的庭院，奔向北屋。

方方正正的大院子里，大大小小只有三座建筑——正北，是三间大北房；东南角上，有一个小小的厕所；西南角上，就是他们进来的那个门洞。除此而外，在北屋两间的窗下不远处，有一棵干巴树，树的枯枝上，正落着一只猫头鹰。他们跨进庭院，连这只猫头鹰也没有被惊走。这说明，他们的动作已是相当轻巧、严密。

杨龙靠近北屋，没有一直闯进去。他让王班长站在屋门口旁边，一面监视着厕所里那个家伙，一面封锁住门口。他轻轻走到那个亮着灯光的窗下，透过窗上的玻璃，向里观望。里面，是两明一暗。东间，有一道隔墙。隔墙的门口，挂着一个花门帘，两边贴着一副对联。对联，被门帘掩住半边，露出半边，上边的字儿，看不清楚。屋里，隐隐约约传出了一个女孩子的哭泣声。显然，这就是丘一安排的"洞房"。

"洞房"外面，两间通着。在大梁上，吊着一盏保险灯。下面，放着一张八仙桌。桌上，摆满酒菜。万大爷坐在正面，歪着脖子抽烟，一声不响。也许是因为杨龙特别细心的缘故，分明看出了万大爷焦急的心情。

那些鬼头蛤蟆眼的家伙，围桌而坐，吵吵嚷嚷，正喝酒划拳。尖叫声，狂笑声，夹杂着吱溜吱溜的喝酒声，混成一片。这边在喊："桃园三结义哟！……八匹马哟！……五魁首哟！……哈哈二位仙哟！……四季发财哟！……"那边在喊："独占鳌头哟！……三战吕布哟！……六六大顺哟！……九连环哟！……七仙女哟！……全到了！……"

这些人面兽心的汉奸们，正在醉生梦死地狂笑着，突然间，"吱扭儿"一声，屋门开了！杨龙和王班长两个人，平身端着四支匣枪，肩并肩地闯进屋来。

冲门坐着的那个伪军，首先慌了神，惊恐地喊了声"八路"。正在对面和他划拳的那个家伙，却满不在乎地向他的伙伴说，"伙计，别来这一套！拿八路吓唬谁？"他半醉半醒地拍一下胸脯儿，"爷们儿喝酒，他八路……"

"别动！"

"都举起手来！"

一连两声怒喝，伪军们慌乱了一阵，都乖乖地举起了双手。没说完话的那个家伙，扭着脖子，盯着背后的四支枪口，两只颤抖的手，越举越高，左手里的酒盅子，啪的一声滑落地上，酒液顺着他那戴着手表的胳臂腕子，向袖筒里流去。

这个家伙，不是别人，正是丘一。他那副长相儿，本来就像只猴子，这时，他侧着身子，弓着腰，歪着脑袋，缩着脖子，挤在两个高个子汉奸当中，简直成了个又细又长的半截人了。

杨龙和王班长，想起丘一往日那不可一世的凶相，又盯着眼下他这筛糠一样的熊态，心里觉得很好笑。杨龙冷笑一声，对丘一说：

"你不是天天在找杨龙吗？我就是杨龙！"

"你……你……"汉奸们更慌了。他们虽未见过杨龙的面，但却深知他的厉害。此刻，真恨不得有个地缝能钻进去！

王班长以嘲笑的口吻，平平静静地说道："你们不要害怕，今天我们是特地赶来'贺喜'的，杨队副还想顺便给你们开个会。"

汉奸们睁着半信半疑的眼睛，不住地看着杨龙。

这当儿，东里间屋的门帘一闪，秀英从里边走出来。她向杨龙这边瞟了一眼，悄悄站在丘一背后。

杨龙摆出一副毫不在意的神态，把他那两只紧握着匣枪的手，往身后一背，微笑着，不紧不慢地说道：

"告诉你们：这个院子，已经被我们八路包围了！"

看来，杨龙可能是想让蹲在厕所里的那个家伙也能听到这句话，他把"包围"两个字，挑得特别高。

杨龙停了一下，扫视了一眼伪军们的表情，又继续讲下去：

"汉奸小队长丘一！卖国求荣，认贼作父，杀害抗日志士。欺压黎民百姓，敲诈民财，强霸民女，血债累累，罪恶滔天，民愤甚大，国法难容！现在，我根据人民群众的要求，代表抗日人民政府宣布：判处丘一死刑！"他一挥胳臂又加上一句，"立即执行！"

杨龙话没落地，早已作好了准备的万大爷，已经从怀里抽出了那把磨得雪亮的短刀，"扑哧"一声，插入丘一的前胸。丘一一闭眼，"哎哟"两个字才喊出一半，秀英从腰里，拔出一把剪刀，又插进丘一的喉咙。这个罪该万死的卖国贼，身子晃了几晃，"吭噔"一声，倒在血泊中！碰得桌椅响了一阵，被震倒的茶碗、酒盅，在桌上乱滚，茶酒混杂，顺着桌沿，嘀嘀嗒嗒流下去，和丘一的血水汇在一起。

在场的四个伪军，吓得都"噗嗵""噗嗵"跪倒在地，苦苦求饶。

杨龙用匣枪指着他们，说：

"顾念你们是个中国人，这回饶你们的狗命！"

"谢谢八路太君！"

"谢谢八爷爷！"

伪军们嘴里说着，脑袋磕头如捣蒜，眼角在瞟着杨龙的枪口，看一下一闭眼，看一下一闭眼，丑态万状，洋相百出。这就是石黑那精选出来的"铁心队"！这，就是胡江那号称"敢死队"的队员！

"注意听着！"王班长插了一句。伪军们顿时又静下来。

杨龙接着说："现在，我代表共产党区委会和八路区队部，向你们宣布约法三章：第一，今后打仗，枪要朝天放，不准伤害一个八路军！第二，以后下乡，要规规矩矩，不准欺压老百姓，不准抢劫东西！第三，今后接到我们布置给你们的任务，要积极完成。你们也要想法争取立功赎罪！这三条，执行好了，保你们无事！"杨龙又加重了语气说，"如果你们哪个胆敢违犯，丘一就是你们的样子！"

"不敢，不敢！"

"一定照办，一定照办！"

"小的愿意效劳！"

在汉奸们乱七八糟地表示态度的时候，杨龙从怀里掏出一张布告，放在桌子上。然后，他向万大爷和秀英挥了挥手，走出屋去。万大爷和秀英也尾随在后面跟了出来。

守在门口的王班长，用枪指着跪在地上的伪军。说：

"转过身去，朝墙跪着！"

伪军们照办后，王班长这才悄悄走出屋子。回手拉上了屋门。

第八章　一纵刁二

王班长走出屋门，整个院子里静下来。

院中的景色，还和进来时一模一样，只是干巴树上那只猫头鹰不见了，许是去给石黑、胡江之流报丧去了吧？

王班长来到杨龙面前，轻轻拉了杨龙一把，又向厕所一指。他的意思显然是：是不是把那个家伙也干掉？杨龙摇了摇头，轻声说："不！放跑他！干啥？有用……"接着，杨龙突然高声喊道：

"王排长！"

王班长稍稍愣了一下，一看杨龙的眼色，立刻懂了他的用意，当即大声应道：

"有！"

"我们走啦！你这一排，留在这里！"

"是！"

杨龙和王班长，一边说着一边走，来到了门洞里。二愣两手端枪，昂首挺胸，威风凛凛地站在那里。他见杨龙走过来，凑上去悄声报告说：

"厕所里那个家伙，刚才好像探了探头，见我端着枪正冲着他，又唰地缩回去了……"

杨龙连点了两下头，然后向门外一挥手，示意大家：走！

五个人先后走出门洞。走在最后的王班长回手拉上了院门。

杨龙在前，王班长在后，二愣、秀英、万大爷在当中，摆成一拉溜，大步疾走，出了过道，转身向西，直奔十字街。

十字街口。

杨龙留住步子，扒着墙角，向南北大街一望，猛然吃了一惊：北街上，有一支巡逻队，都扛着大枪，向十字街走来。杨龙根据敌我距离和敌人前进的速度判断，躲避来不及了！"如果我们只是躲，又躲避不及，被敌人发觉，那就被动了！敌人见我们不敢主动攻击他们，就必然猖狂起来，向我们发动攻击……"他想到这里，暗自作了决定，心里说："也好！给这些小子们个点心吃吧！"随后，他从腰里拔出一颗手榴弹，用小指勾住拉火线，紧紧握在了手里。然后，把身子贴在墙角上，探出半个头，不动了。

后边的王班长一见这种情景，就知有敌情，也立即作好了战斗准备，并悄声向二愣说："准备战斗！"与此同时，赤手空拳的万大爷和秀英，也都紧紧握起了拳头。

敌人靠近十字街了。

杨龙一甩胳臂，把手中的手榴弹扔了过去。正在黑影里走着的伪军们，突然听到眼前"吭噔"一声，有的莫名其妙："哎，啥玩意儿？"显然，在他们这大本营的中心地点，在这"虎口"之中，他们料想不到会有八路！当然，也就更想不到，会在这"虎口"中落下来要他们狗命的手榴弹了！

"轰——！"

一声巨响，浓烟四起。乱了营的敌军巡逻队，狼嚎鬼叫起来。

"缴枪不杀！八路军攻进来啦！同志们冲啊！……"

杨龙高声大喊，王班长、马二愣、万大爷、万秀英也都跟着喊起来：

"冲呀！"

"杀呀！"

"捉活的呀！"

"…………"

在这一阵乱喊的同时，杨龙和王班长那四支匣枪，同时吼叫起来。二愣也一边喊着，一边"嘎咕嘎咕"地向敌人射击。

敌人摸不着一点头脑，都在拼命地向北跑。有的跑掉了帽子，有的跑掉了鞋，有的在忙乱中，把大枪也扔了。

钻在岗楼里边的鬼子、伪军，突然听到十字街上打起来，闹不清是怎么回事，只是胡乱放枪，不敢出窝。

就在这时，杨龙他们把一张布告，贴在十字街口鬼子的布告牌上。然后，不慌不忙，穿过十字街，大步向西走去。

这一阵，黑乎乎的大街上，静无一人。二愣感慨地说："咦？这一闹，街上更清静了，比来时还好走呐！"

秀英从旁插嘴说：

"今天，我算把敌人看透了！谁越怕它，它就越对谁张牙舞爪；你要是把腰一挺，不怕它，硬是跟它干，它那个熊样儿，就露出来了！"

"就是！"二愣说，"看这个样儿，我自己，也能顶住他们十个！"

杨龙提醒众人："到前边，出'虎口'也许要干一场的！大家作好思想准备！"

他们边走边说，顺着来时的原路，向围墙靠近着。

围墙，举目可见了。西门的岗楼上，西北角上的角楼上，正向外喷射着一条条的火舌。枪声响成一片，"吱溜吱溜"的子弹，在半空中横飞。

离围墙更近了。王班长指着站在围墙上的人，向杨龙说：

"哎，你看那是谁？"

"小张！"

"你能看清吗？"

"肯定是他！"

杨龙一行人来到围墙根下。小张跑下来，高兴地问道："完成任务啦？"

"完成啦！"杨龙激动地抓住小张的两个肩膀，摇晃着，打量着，仿佛生怕他的身上少了什么似的。稍过一阵，杨龙那过于激动的心情，渐渐平静了些，他这才问道：

"这里没有发生什么情况吧？"

"情况，倒发生过两次！"小张说，"不过，都叫我对付过去了！……"

在杨龙和小张说话的当儿，王班长一面监视着周围的动静，一面让二愣把水眼里那个伪军扯了出来。他提醒杨龙：

"杨龙同志，这里不能久停，咱快走吧。"

杨龙点了点头。

王班长把身子伏在地上，第一个钻进水眼，溜下沟去，回过身来，又把万大爷、秀英、二愣、杨龙、小张一个一个地接下沟去。他们肩搭肩，人踩人，一个一个地又爬上了对面的沟崖。

　　一行六人安全地撤出了临河镇，向西北方向走去。刚走出不远，突然，前边的平地上，站起几个人来。他们正吃惊，忽听那边有人喊道：

　　"杨龙同志！"

　　"自己人。"杨龙一阵高兴。镇里镇外的战友们胜利会合了。说笑间，临河镇离得越来越远。

第九章　刁二的"处世观"

放下杨龙他们暂且不表，回头来，再说临河镇。

杨龙一行人完成任务，安全撤走后，藏在厕所里的那个家伙，探头探脑地走了出来。

这个家伙，原来不是个一般的伪军，他是伪军小队长刁二。刁二带领着一个伪军小队，驻在东李庄据点上，他听说丘一要"办喜事"，特地买了一份重礼，今天是专程赶来"贺喜"的。其实，在刁二的眼里，丘一不过是个地地道道的"菜虎子"，既不懂政治，又不懂军事。所以这样高看他。无非一点，他是胡江的小舅子。刁二这个以"久闯江湖"而自居的家伙，要借这个难得的机会，来向他的顶头上司胡江打个"进步"儿。他万没想到，偏偏赶上了杨龙他们就在今天夜晚，来大闹临河镇。亏了他正赶在了厕所里，也亏了杨龙他们没有认出他，并特意留下了他这条狗命。土匪出身的刁二，这个以"不怕死"而被他的主子石黑赏识、重用的奴才，现在，也吓了个通身大汗。他浑身像座蒸笼，从厕所里钻出来，瞪着他那双贼闪闪的三棱子眼儿，转着脖子，向院子的各个角落瞅了瞅，见无动静，这才悄悄地向北屋走去。

刁二一推房门，四个伪军又是一抖。一见来者不是八路，而是刁二，顿时转忧为喜，像见了救星似的，一齐向刁二扑来。

尽管刁二满身虚汗未干，然而，他的外表，却硬摆出了一副像似无所畏惧的神态。他向四个伪军训斥道："看你们都吓得这个熊相儿！真是草包！

不就是几个土八路？有啥可怕的？"伪军们连连应"是"，并求救似地说："刁、刁队长，咱们怎、怎么交代呀？"

这一句，把硬着头皮充好汉的刁二提醒了："可也是呀，这怎么向石黑、胡江交代呢？"他直瞪着双眼。望着仰面朝天躺在血泊中的丘一，心中似忧非忧，是喜非喜，喜中有忧，忧中有害，忧喜交加，纷乱如麻。刁二喜的是：在胡江手下的四个伪军小队长中，丘一一直是刁二酒桌上的朋友，心目中的冤家，刁二明着敬他，暗里恨他。过去，刁二曾几次施计，置丘一于死地，可结果都没有成功。如今，丘一一死，正合刁二的愿望，这个小子一死，往后在石黑、胡江的眼里，我刁二，便是第一个红人儿了！……他忧的是：我刁二真倒霉！今夜晚发生这一锅，要是我不在场，那该多好呵！可是，我偏偏也在场！现在，丘一死了；我还活着，这，怎么和石黑交代？胡江那个老狐狸，会不会怀疑我……一触及这个问题，刁二越发犯愁，愁中还有怕！不能不让他淌冷汗。刁二毕竟是个诡计多端的家伙，节骨眼上，灵机一动，又把他那套"闯江湖"的"处世哲学"端了出来："'人间本无真理，全凭两张嘴皮。'这桩事的经过，反正石黑、胡江都没看见，我见了他们，巧言花语一说，也就万事大吉了！……"正沉思着，一个伪军催促道："刁队长，我们大家都依靠你啦，咱怎么向太君和胡队长交代，你快想个办法吧！"

伪军这一催，倒使刁二猛然意识到：这四个潘冤家，都了解真相，我向石黑、胡江瞎说一气，事后从他们嘴里走漏了风声，那可不得了呀！何况，在他们中间，既有石黑的"耳目"，也有胡江的亲信，还有贾四的亲戚，他们会不会向石黑或者胡江密报真情？……这又怎么办？怎么办呢？他想着想着，心思又一转，生了歹毒心。常言说得好："量小非君子，无毒不丈夫！"一不做，二不休，他往门口一闪，从腰里嗖地拔出了匣枪，扣住扳机，对准四个倒霉的伪军，冷笑着说：

"朋友们！今儿，我刁某要对不起了！愿咱们，来世再做朋友……"

那四个死里逃生刚想还阳的伪军，被这意想不到的情景吓得魂不附体！一个伪军结结巴巴地说：

"刁、刁队长，你可、可别开这玩笑呵！"

"哪个跟你开玩笑！"刁二说着，一扣扳机，"砰"地一枪，把说话的这个伪军打倒了！另一个伪军又说：

"刁队长，咱们往日无仇，近日无冤，你可不能……"

"有碍我者皆为仇！"刁二的话音没落地，枪又响了，这个跟他讲理的伪军，又倒了下去。这当儿，第三个伪军，"扑通"跪倒在地，两泪纷纷，苦苦哀求道：

"刁队长呀刁队长，我家中还有七八十岁的老娘，你行行好，看在老人的面上……"

刁二恶狠狠地说："慢说是你的老娘，就是我的亲爹……"刁二话没说完，又把这个伪军打死。接着，他的手腕子一转，枪口对准了最后那个伪军。

这个伪军是刁二的亲戚。原来他以为"是亲三分向"，刁二是不会伤害他的。刁二心里想的却是："要留下他，一来，会被石黑、胡江看出破绽；二来，'人心隔肚皮，做事两不知'，留下他总是后患！有利于我者，冤家也是朋友；不利于我者，朋友也是冤家——干掉他！"刁二的决心下定。那个伪军一看刁二"六亲不认"，不顾生死地向刁二扑来。土匪出身的刁二对付这种局面，显然是有经验的。他把身子猛一闪，使那个伪军扑了个空，一头撞在屋门上，没容那伪军转过身来，刁二举手一枪，打中了伪军的脑袋。那伪军向门外一倒，顺着台阶滚下去，横躺在屋门口上，不动了！

刁二提着匣枪，匆匆走出屋子，他心里想："赶紧去向石黑、胡江报信、请功！"可不知为什么，当他走到院子当央时，又突然收住了步子，愣着不动了。贼眼转动了一阵，然后，将枪口对准了自己的大腿。犹豫了一阵，又把枪口对准了自己的胳臂。握枪的手，颤抖着，最后，他终于用枪打掉了自己的一只耳朵，而后，一头窜出院子。

刁二窜出院门，跑出过道，顺着大街，向西跑去。他一边跑，一边打枪，一边高声大喊：

"追八路哟！追八路哟！弟兄们截住！截住！……"

他喊着，打着，跑着。一气来到围墙边。站在围墙上，向外打了一阵枪，然后跳下围墙，穿大街，越小巷，拐弯抹角，向镇里跑回去。

此刻，街上仍然静无一人。鬼子、伪军们还都缩在乌龟壳里，没敢出来。各个岗楼上的枪声，东一阵，西一阵，紧一阵，慢一阵，还在不住点地响着。

　　当刁二接近胡江的警备队大门口时，门楼上的伪军，可能把他当成了八路，吓得转声转韵地喝令道：

　　"站住！口令！"

　　"报丧！"刁二还过口令，又高声喊道："我是刁二！我是刁二！不要误会！不要误会！……"他一边喊，一边走，来到大门口。

　　大门紧闭着，吊桥拉了上去。一个伪军，在门楼子上边答话道：

　　"哦！是刁队长呀！你想干啥呀？"

　　"我要进去！"

　　"胡队长说，没有他的命令，谁也不准开门！"

　　"我要去见胡队长！"

　　"胡队长不在！"

　　"到哪里去了？"

　　"石黑太君刚把他叫去！"

　　"去干啥？"

　　"闹不清！是打电话来叫他去的……"

　　"胡江这个老狐狸，到那里说些啥？会不会嫁祸于人？会不会把我刁二填进去当个替罪羊？……"刁二越想越沉不住气，没等那值班的伪军把话说完，他又开了腿，直奔石黑的鬼子部队而去。

第十章　石黑的"手腕儿"

石黑的队部，在胡江这队部的东边，两处相隔约三四百米。这时，队部的房顶上还响着枪；石黑的卧室里，也亮着灯。一个当中粗、两头尖、又矬又肥的家伙，正在屋里团团转，好像一只受惊的野狼乱撞笼子。这个家伙就是日军小队长石黑。

胡江站在石黑背后，微弓着身子，强装着笑脸，迈着小碎步儿，摆出一副十足的奴才相，像一只跟腚狗似的，紧紧随着石黑移动，并不时地小声说着：

"太君！胡江奉命来见太君！……太君！胡江奉命来见太君！……"

石黑转着转着，不知他想到了什么，猛地转过身子。脸上，一片铁青色，满脸的横肉，都在颤动。他把对八路军的满肚子怒气，转向他的奴才发泄起来：

"八格牙路！你的笨蛋！"

"是！是！……"

胡江应一声"是"，点一下头。他知道，当主子生气的时候，当奴才的，是不应该嬉皮笑脸的。于是，他赶紧收起那强装出的笑脸，又摆出一副严肃而慎重的神态。谁知，他这样的驯顺，也没能换来主子的宽恕。石黑继续训斥道：

"土八路的大大的高明！你的大大的饭桶！"

"是，是，是是……"

"我们日本人的受了损失，你的死了死了的！"

石黑一边说着，一边向胡江进逼。看其气势，他那张毛茸茸的巴掌，随时都可能落在胡江那秃亮闪光的尖头顶上。这当儿，胡江心里怕打，但又不敢表露出怕打；又想躲，又不敢躲，只好半步半步地向后退着，一边点头，一边说：

"是，是，知罪，知罪！……"

石黑的气，一时很难消下去，他用手杖指着胡江的眼珠子，愤愤地说：

"外边的情况，你的说！"

"是，是，我，我，我的说……"

说真的，外边出事时，胡江一直缩在王八窝里，没敢出门。他除了听到外边的枪声、喊杀声之外，别的，啥也不知道。现在，在主子面前，又不敢说不知道，更不敢说出实情，可不说又不行，因此，心里又躁又怕，急出一身大汗。无奈，他只好现编着词儿，吞吞吐吐。

"外边，外边枪声可密啦！还，还有，还有手榴弹……"

石黑一听急了："八格牙路！你的心坏了坏了的！"石黑一边骂着，举起了巴掌。正在这时，屋门外响起一阵"咔嚓咔嚓"的皮鞋声，接着，一个鬼子兵闯进屋来：

"报告队长！刁二求见！"

石黑那只正举在半空的手，就势向外一挥，说道：

"他的进来！"

石黑说罢，坐在椅子上，憋在肚子里，没能发泄出来的怒气，顺着他那两个伸着长毛的黑乎乎的大鼻孔，"呼哧呼哧"地向外冒着。听声音，就像一只刚从圈里爬上来的老母猪。他一扭脸，见胡江还在那边毕恭毕敬地站着，便向身边的椅子一指，说道：

"你的坐下！"

主子让坐，奴才岂敢不坐？尤其是胡江意识到，他的部下刁二就要进来了，他更加对主子的宽怀大度感激涕零。可是，他又不敢和主子并排坐在那里，便把椅子搬动了一下，挪在石黑的侧面坐下来。

门外传来一声"报告"后，门，轻轻地开了。刁二带着满身血迹，谨慎小心地走进屋来。他先向石黑行了个军礼：

"报告太君！"

石黑头没抬，眼没睁，只是抽动了一下鼻子。刁二又转向陪坐上的胡江，行了个军礼：

"报告队长！"

胡江点了点头，张了张嘴，原来想说"坐下说话"，忽然意识到主子石黑在场，觉得这句话说不得，便把那已来到唇边的话赶紧收住，就劲儿打了个呵欠，以掩盖自己的窘相。

刁二像个直橛似的站在那里，等待着主子发落。他的身子一动不动，两只眼睛望着石黑，屋里静悄悄的。

过了一阵，石黑耷拉着眼皮，嘟噜着腮，向胡江一甩头，说：

"老兄，你的说话！"

石黑这句话的口气，和方才对待胡江的口气相比，完全变成了另外一个人！这是石黑惯用的一套伎俩。每当有胡江的部下在场的时候，他时常和胡江称兄道弟，客客气气，好像他们之间，是一种平等的"朋友"关系！他的目的是：这样，能更有效地利用胡江这个奴才，来笼络住那些伪军们，为他卖命出力。因此，今天尽管他窝着满腔怒火，还仍然没有忘了他这套强盗伎俩，还是称道了胡江二声"老兄"，并且让他首先说话。谁知胡江刚一开口，他一撩眼皮，望见了刁二那满身血迹的狼狈相。于是，他的火气大发，再也控制不住了！他忽然站起来，把那一对三棱子母狗眼一瞪，指着刁二吼叫道：

"八格牙路！你的笨蛋！"

"是！太君，是！"刁二是真"刁"。他紧接着又说道：

"报告太君！土八路是通通的被我打跑了的！"

刁二这句话，使石黑转怒为喜，他点了点头，嘴角上流露出一点笑意，问道：

"土八路的你的打跑的？"

"我的把他们的通通的打跑啦！"

"好的好的，你的很好！"石黑又跷起大拇指，"你的这个！"

刁二受宠若惊，喜形于色。然而，他的心里仍在"嘭嘭"地敲着小鼓儿。

石黑又坐在他那张太师椅上，让刁二也在旁边的一个凳子上坐下，然后又说：

"外边的情况，你的说说！"

刁二编造了这么一套"神话"：八路军进来好多人，围起了丘一的住宅，把丘一打死了，还打死了四个弟兄。在这种情况下，刁二奋不顾身，和八路拼死决战，打了个三进三出。全仗凭刁二的枪法好，再加上他用了一些计谋，终于只身一人，在孤立无援的情况下，托"天皇"之福，硬把想靠近太君据点的八路拦住，并且赶出了临河镇……

刁二说假话，滔滔不绝，有声有色。而且，当说到丘一和四个弟兄被八路打死的时候，还两泪汪汪，抽抽噎噎地闹了一阵。而对于他"被打掉"耳朵的事，他只想用事实说话，自己只字未提。

如此一番，刁二成了"忠心"保主的"独胆英雄"！

最后，石黑夸奖了刁二几句，又问：

"外边八路的没有了？"

"没有了！"

"你的保险？"

"我保险，连个八路毛儿，也没有了！"

"好的好的！你的带路，我要到现场的看看！"

刁二带路，石黑、胡江等来到了丘一的"洞房"。

屋里遍地是血，才用粉子刷白了的墙皮上，也飞溅上无数的血点点。丘一和另外的四个伪军：有的仰面朝天，有的嘴巴啃着地皮，都歪歪斜斜地躺在血泊中。丘一的脖子里，插着一把剪子，胸口上还竖着一把刀子。望着这情景，石黑不禁震怒了！他怒的是：土枪土炮的土八路，竟敢进镇来杀人，这太有伤"大日本皇军"的"威严"了！

胡江发现了布告，"太君，这里还有一张布告，不，不，共产党的欺骗宣传……"

石黑扭头一望，见那边摆满残茶剩酒的大八仙桌上，放着一大张白纸。白纸上，用毛笔写满了一行行工工整整的大字，在"丘一"两个字的前边，还用红笔点了一个大红点。上边写的是：

宁津县临河区抗日人民政府布告

刑字第 107 号

查铁心汉奸丘一，不仅卖国求荣，认贼作父，恬不知耻，而且杀人放火，糟害百姓，屡教不改，实属罪大恶极。本政府根据人民群众的要求研究决定，并报请上级抗日人民政府批准，对丘一处以死刑，为民除害，以正国法。

并借此机会，正告伪军士兵：日本强盗，侵略我国，出师不义，不仅遭到了我中国人民的坚决反对，也遭到了他本国人民的坚决反对，更遭到了全世界人民的同声谴责。当前，我国的人民群众，在中国共产党的领导下，日益觉醒起来，为了抗日救国的伟大事业，正同仇敌忾，英勇奋战。日本侵略者，就像一头野牛闯入火阵，他早晚是要被我国人民的抗日怒火烧死的！为此，我们奉劝所有伪军士兵，知过改过，弃暗投明：凡率部反正者，携枪来归者，人民政府既往不咎，一律宽大处理；逃离据点，回家为民者，人民政府也保你平安无事；如果不听教诲，继续为敌卖命，或为非作歹糟害百姓者，一律依法制裁，绝不宽容！何去何从，

丘一，是前车之鉴！

八路军临河区区队副代抗日民主区政府区长 杨龙

石黑看完布告，心里又是恐惧，又是生气。他笑了两声，什么也没说。他把布告装起来，而后，向他的奴才们一挥手，说道：

"开路，开路！"

这时，天已亮了。当石黑走到院门口时，忽然发现门板后边，还有一个被绑着的伪军，便向刁二命令道：

"你的把他的解开！"

刁二一见这个被绑着的伪军，心里"嘭嘭"地敲起小鼓儿。他一边给那伪军松绑，一边懊悔自己方才太慌张，没有发现这个冤家，没能把他一齐干掉！他虽然内心很害怕，可表面却装得很镇静，心里想着对策。

等刁二把那个伪军解开后，又把他嘴里的"西瓜皮"帽子扯出来，石黑

问他道：

"八路的你的看见？"

那伪军答道："报告太君！小的看见了！"

"他们的人的大大的？"

那伪军直用眼角瞟刁二，他生怕和刁二说到两下去，以后刁二下黑手。刁二一见这情况，心里也很慌，忙插嘴说："太君！八路的人数大大的多，大大的多！"那伪军也就势说：

"对对对，大大的多，有一万……"

"八格牙路！你的大大的胡说！"

"是，太君！没有一万，也有一百多！"

石黑向屋里一指，又说："他们死的情况你的说！"

那伪军急得头上冒了汗，又用眼角瞟刁二。刁二又想插话，却被石黑的手势止住了。那伪军脑子里一转，只好说：

"太君！屋里的情况，小的没看见……"

石黑骂了那伪军几句，出门去了。

当石黑一行人走近十字街时，十字街上的布告栏下，已站满一层层的伪军。石黑一阵高兴。因为伪军士兵们对他的布告这样关心，这样重视，他还是第一次见到。可是，当他走近一瞅，弄清上边贴的是一张共产党的布告，布告的形式和内容，与他在出事现场看见的那一张完全相同时，他的心里又火了！然而，他未动声色，只是用眼盯了下胡江。胡江知道主子的意思，立刻吼叫起来：

"这是八路的欺骗宣传，谁再看，统统枪毙！"

一来为了当着石黑表示一下自己对"皇军"的忠诚；二来借此发泄方才被石黑那顿训斥而憋在肚子里的闷气，胡江一边吼叫着，一边"乒乒乒乒"抽了两个伪军几个嘴巴。

胡江的做法，正合石黑的心愿。石黑这个家伙，一贯是用这个手法儿：像这类的事儿，总是让胡江去干，他再充好人，收买人心。这时，他一边去拉胡江，一边替伪军说话：

"老兄，你的不要发火的，弟兄们的大大的好，他们的不知道，以后的改了改了的……"

伪军们，东溜西跑，纷纷散去。眨眼间，布告栏下，只剩下了石黑、胡江和刁二。石黑转向胡江说：

"你的派人，全镇的搜查，哪里的还有，统统的揭掉！"

石黑话没讲完，刁二就"刺啦"一声把布告栏上的那张布告，扯了下来。

第十一章 "替罪羊"贾四

石黑带领着胡江和刁二，回到了他的队部。

这时，好发怒的石黑，头脑冷静下来了。他向胡江说：

"老兄，你的请坐！"

胡江忙以笑示谢，坐下。石黑又向刁二说：

"你的大大的有功！坐下的说话。"

三个家伙坐定以后，石黑又说："这个事件，大大的不好！我们的漏洞在什么地方？你们的说说看。"

受宠若惊的刁二抢先发言说："太君！以小人之见，问题出在咱们的城防……"

刁二说到这里，瞟了胡江一眼，把话收住了。他的意思是把下半句留给胡江说，看看他是怎么说法，这样既抢先发了言，以换取石黑的欢心，又可把他这半句话做任何解释，免得和胡江分了岔儿，为此而得罪胡江。胡江已听出了刁二的意思，是要把这个事件的责任压在负责城防的贾四身上。胡江早就愁无替罪羊，怕把责任弄到自己身上，刁二这半句话，一下子提醒了他。虽然他与贾四的关系比刁二要好，可是，现在刁二已经成了"功臣"，看来责任是加不到他的头上了！那么，该由谁来负责呢？姜五在大王庄，根本没有到这里来，硬给他加是加不上的！这样一来，这份责任不是落到贾四身上，便是落到胡江自己身上！胡江想到这些，便顺着刁二的话茬儿说：

"太君！刁老弟言之有理！如若不然，匪徒岂能……"胡江一边说着，

73

一边在细心地观察着主子石黑的神色。他一怕说得太直了，暴露出自己那找替罪羊的本意，二怕话不投机，冲怒了石黑，轻者是当着刁二的面落个下不来台，重者也许吃苦头。见石黑没有反感，便又接着说："太君！都到这时间了，贾四还没有来报告情况，这真不成体统！怨我素日带兵无方……"

石黑更刁猾。他早就知道这些走狗之间有矛盾，现在也看出了胡江和刁二的用意。不过，面对这种情况，他的心情是矛盾的——他烦走狗们钩心斗角，因为他们钩心斗角，就没有战斗力，同时，他又怕他们团结一致，他觉得走狗们若团结一致，对他又是个直接威胁。几年来，石黑一直就是利用汉奸们的矛盾，来维持走狗们对他的忠诚的。石黑想到这里，便向刁二说：

"你的把贾四的叫来！"

刁二奉令走了。

胡江心里忐忑不安，试探地问石黑："太君！那，贾四……"

石黑冷笑着说：

"贾四的为皇军出过力的！通匪的证据的没有！草率处理大大的不行！"

胡江不敢再问，忙赔笑说："太君仁厚！太君仁厚！"

其实，石黑并不是什么"仁厚"。他所以这样说，一来，是说给胡江听，好让胡江更多地为他出力；二来，是怕上了胡江的当。在石黑看来，走狗之间的钩心斗角，是非曲直是小事一段，为这事处置一方，是不值得的。石黑最关心的，是走狗们对他的忠诚。因此，他又怕贾四万一靠不住，于是便说：

"刁二的调临河镇，贾四的调东李庄！"

主子下了令，奴才是没有发言权的。胡江只能说：

"太君高见！太君高见！"

石黑和胡江正说着，贾四和刁二走进屋来。

不知刁二和贾四事先说了些什么，贾四一进门，就吓得汗流满面。贾四向石黑、胡江行过礼，石黑为了弄个假象给刁二、贾四看，便向胡江说：

"你这队长的说话！"

胡江一看，正是表白自己的时候，便开口训斥起贾四来：

"你他妈的混蛋！怎么让土八路闯进来了？要是皇军受了损失，我姓胡的要你的脑袋！……"

胡江说着，伸手就要打贾四。石黑制止了他，并走到贾四面前，假仁假义地说：

"你的不要害怕！慢慢地说！"

贾四战战兢兢地说："这回八路进镇，他们的手段很高明……"

"胡说！"胡江吼叫，"皇军高明！"

"你的不要说话！"石黑又制止了胡江，向贾四说："你的见识的有！你的继续说！"

接着，贾四根据他所知道的一点情况，又编造上一些，东扯西拉，说了一大套。不过，他这一套，不外乎一个意思——推卸自己的责任，表示他对皇军的忠诚。

贾四说完后，胡江便宣布了刁二和贾四换防的问题。贾四吃了一惊。石黑安慰他说：

"你的大大的能干！东李庄的大大的重要！你的明白？"

贾四忙说："明白，明白！"

接着，石黑把刁二、贾四全都打发走，又向胡江命令道：

"杨龙的大大的厉害！限十天，你的给我把杨龙的捉住！"

"是！"胡江垂手而站。

"你的捉住杨龙，皇军的大大的有赏！"

"是！"胡江喜形于色。

"你的捉不住杨龙，"石黑用文明棍点着胡江的脑门儿说，"你的脑袋的没了没了的！"

"是！"胡江面如土色。

第十二章　二纵习二

自从杨龙他们大闹临河镇以后，胡江奉了他的主子石黑的命令，指挥着他的四个小队，一齐出动，四处捉拿杨龙。这些家伙们天天拂晓出窝，黄昏归巢，一直闹腾了七八天，甭说捉住杨龙，就连八路的踪影也没见到。他们能够看到的，是在路边的大树上，村头的墙壁上，张贴着的一些"黑榜"。这些"黑榜"，有的是八路军贴的，有的是在八路军的指导下，由青救会、妇救会或民兵等抗日群众组织贴的。

所谓"黑榜"，就是汉奸们的"罪行录"。"黑榜"上，写着汉奸们的名字。名字下边，点着多少不同的黑点。做坏事多的汉奸黑点多，做坏事少的汉奸黑点少。"黑榜"后面，还有说明：超过三个黑点者，要受到惩罚。

这个办法，对瓦解敌人作用很大。有的汉奸，见自己的名下，已经有两个黑点了，再做坏事时，就心惊胆战，犹豫不决，怕自己变成八路军的惩罚对象。有的汉奸，见自己的名下，已经超过三个黑点，每次下乡，提心吊胆，枪声一响，就认为是八路军来惩罚他了，因而心无斗志，争先逃命。那些不够三个黑点的汉奸们，也都怕受连累，谁也不愿和超过三个黑点的人在一起。因此，汉奸们每次下乡，口里喊的是捉拿八路，可心里又怕碰上八路。为了既能应付他们的上司，又能想法儿保住命，他们便从多次的教训中，创造了一种新的战术——每当进村之前，在村外先乱放一阵枪，等八路撤走了，他们再进村去捉八路。

在这种情况下，杨龙他们抓住时机，进一步扩大战果，瓦解伪军的斗志，削弱他们的战斗力，同时，寻找机会，直接打击主要之敌——日本侵略者。

这样的机会来了！

石黑见汉奸们光打雷不下雨，天天出去跑，天天放空回来，杨龙一直没提到，心中大怒。于是，他把他的走狗胡江等人叫到面前，大骂了一顿"笨蛋""饭桶"后，亲自带领他的日本小队，和汉奸们一起出发了。

这天，杨龙他们正住在宋庄，突然，万大爷送信来，说石黑亲自带队，来到了万老庄，正要来攻打宋庄。

这个消息，可把区队上的同志们喜坏了。大家禁不住摩拳擦掌，准备打仗。

小张一边检查匣枪，一边乐呵呵地跟他的匣枪说话："伙计呀，这些天来，你一直没捞着说话，我知道你一定对我有意见了；现在时候到了，又轮到你发言了，你用你这铁嘴钢牙，好好教训教训敌人去吧！……"

王班长走过来，拍一下小张的肩膀，向他说："哎，小伙子，你先别高兴，这仗，还不一定让打不让打呢！"

小张一甩头说："甭二乎，你就作准备去吧！"

王班长说："哎，看你说得这么个把握劲儿，就像由你决定似的！"

"我有根据嘛！"

"有啥根据？"

小张凑到王班长近前，神秘地悄声说："前些天，队副总是领着咱们转圈儿，就是不打，让我闹了好一阵情绪……"

"瞧！你这文人就是好啰唆！"王班长说，"你扯那个干啥？讲正题儿嘛！"

"这就是讲的正题！"小张接着说，"有一回，我给队副提意见，问他为啥光跑不打，他说要打，但要等等，这次一定要打狠，打疼，打他们的脑袋。……"

王班长又不耐烦了："哎哎哎，痛快些好不好！"

"你还听不听？"小张摆出要走的架势，"不听算了！"

王班长一把拉住他，"好好好，说说——我不再打搅你还不行？"

小张"扑哧"笑了，又接着说下去："杨队副说：'等到把鬼子引出来，再狠狠揍他！'现在，不光鬼子兵来了，连石黑也来了，这仗还能不打？"

王班长说："队副那些话，都是过去说的。今天打不打，还得要根据今天的情况……"

"根据今天的情况也得打！"小张向杨龙那边努努嘴，又自作高明地说，"你看表情还看不出来？"

王班长扭过头，向杨龙望了望，只见杨龙满脸都是笑纹，正和万大爷谈着话儿。

杨龙问万大爷："他们总共有多少人？"

万大爷因为走得急，还没有缓过气来，仍然有点气喘吁吁地说："我没有细数，看样子大概有一百多！"

"其中有多少鬼子？"

"戴铁帽子的十二个！"

"石黑在里边？"

"在里边！"

"看准了？"

"错不了！"

杨龙沉思了一下，不知他想了些什么，又问道："万大爷，你咋知道他们要来攻打宋庄？"

万大爷说："一个汉奸告诉我的！"

杨龙笑了："怎么，汉奸告诉你的？"

"说起来可有意思啦！"万大爷说，"有一个汉奸，把手表摘下来，跑到我家说：'老乡，这表你先替我保存一下吧！如果这一仗我死不了，我再回来拿。如果这一仗我死了，你就行行好，把它送到我家去！'接着，他又把他的家乡住处告诉给我，还掏出一把零票子，要买我的心。当时，我见这里边有文章，就应下了，并就劲想探听点情况，便装作害怕的样子，故意问他：'哎呀！你们要在俺万老庄打仗吗？'汉奸说：'你不用害怕，不在你村打！'我说：'你哄弄我老头子吧？这队伍不是明明在俺村站下了吗？'汉奸说：'在你村站站，是为了麻痹八路，仗要到宋庄去打的！'那汉奸为了让我相信他的话，又说：'你看不见吗？你庄通向宋庄的道路都封锁了！'我又装作解除了顾虑，笑着劝他说：'那你何必这么担心，到那里也不一定碰上八路呀！'汉奸说。'已经探好了，杨龙就住在那村！'我装作吃惊的样子，问他说：'呀！听说杨龙那枪法可厉害呀！'我说这话，是想给他制造点恐慌。谁知，这小子的心早就慌了。他叹了口气说：'谁说不是呢！这一回呀，要是碰不上，就是哪一辈子烧了高香；要是真碰上，十有八九就得完蛋！……'我不想再和他磨牙了，便随便跟他对磨了几句，把他支了出去。这小子走后，我便赶紧出了南门。拐了个大弯，一溜小跑，来到了你们这里……"

万大爷由头至尾地说了一遍，杨龙微笑着坐在他的对面，一言不插，也没有半点心急的样子。王班长有点沉不住气了，他凑过去，打断万大爷的话，向杨龙建议说："杨龙同志，咱们该行动了！"

杨龙笑了笑，向王班长说："好。你说这个仗打不打？"

王班长说："我说该打！"

小张生怕杨龙否决了王班长的意见，赶紧凑上来插嘴说："我们都已经准备好了！"

杨龙站起来，扶着小张的肩膀说："小伙子，你准备好了啥啦？"

小张举起手中的匣枪，又晃了晃身子，神气十足地说："你看！"

杨龙向小张上下打量一眼，见他衣帽整齐，腰中的武装带扎得紧紧的，心里很高兴。就问小张说："小张，你说咱这一仗该怎么打法？"

王班长抢先说："我看，利用村东路口上的那个大坑湾打他个伏击！"

正这时，在村边警戒的哨兵跑来报告说，敌人出了万老庄，正向这里偷偷摸摸地摸来。

杨龙说："好！那就按王班长的意见办！"

把万大爷打发走，杨龙向战士们一挥手说：

"走，跟我来！"

杨龙他们正要出村，有一个黑小伙子，从背后飞快地追来，是马二愣。他手中拿着手榴弹，身后背着大砍刀，来到杨龙近前，要求说："杨队副，你们是要打仗去不？我也去！"杨龙说："你来得正好，你快去组织老百姓向村北撤退！"二愣说："我不，我跟你们去打仗！"

杨龙厉声说："执行命令！"说罢，紧走几步，赶上队伍，出村去了。二愣站在那里，望着队伍远去的背影，愣了一阵，然后，扭转身，向村里走去。

　　杨龙他们出了村,顺着一条小沟,悄悄进入了路边的大坑湾,伏在湾崖上。敌人离这个大湾已不到一里路了。敌我之间的距离正在迅速地靠近。敌人的队形,已经看得清清楚楚。一百多个敌人,摆成了一溜长蛇阵,直奔宋庄而来。看样子,他们采取的不是包围战,而是挖心战,想顺着街口,直插村里,来个迅雷不及掩耳,打我们个措手不及。然而,这种队形,对我们打伏击,太有利了。战士们一见这情况,都高兴极了。他们的手指紧紧扣住扳机,随时准备射出仇恨的弹雨。

　　时间飞逝着,敌人的先头部队已经进入我们的有效射程。战士们屏住呼吸,身子像僵住似的,一动不动,眼盯着敌人,心怀着仇恨,大湾里,静得没有一点声响。时间一分一秒地过去了,杨龙发出的命令却是:

　　"撤退!"

　　战士们都吃惊地望着杨龙。杨龙看出了战友们的心情。不过,他没作任何解释,继续命令道:

　　"顺着小沟撤回村里,然后顺过道向村北撤退,执行!"

　　我们的战士,最大的特点之一,是有坚强的组织性、纪律性。小张噘着大嘴,气得一边走,一边嘟囔。战士们一个跟着一个,提着枪,弓着腰,怀着失望的心情,顺着小沟飞快地向村里撤去。杨龙跟在队伍后边,监视敌人的动静。王班长跟在杨龙的身边,像保镖似的在保护着他。

　　撤到宋庄村北的松林里,在坟丛里蹲了下来,杨龙看见同志们闷闷不乐,知道是因为没有打上仗而不高兴,便说:"你们在生谁的气呀?是生我的气吧?"没人吭声。小张坐在一边,手里摆弄着土坷垃,掰成两半,再掰成四半,他把手中的坷垃往地上一扔,说:

　　"准备得好好的,为啥不让打?要唱一出《华容道》?我真想不通!"说罢,把脑袋扭到一边去。

　　杨龙望着小张那股天真劲儿,笑了笑,说:"游击战游击战嘛!光'击'不'游'还行?!"继而,他回头又问王班长道:

　　"老王,你的看法呐?"

　　王班长也单刀直入地说:"我也觉得这回应该打了!"

　　杨龙面向大家,解释道:"起初,我一看敌人摆的队形正适合我们打伏击，心里很高兴，认为是个好机会。……"

小张插嘴说："就是嘛！可是现在机会给丢了。"

杨龙抽了口烟，笑了笑，还是接着他原来的话茬说："我再一看，前边的，都是刁二领的他那些伪军，鬼子在最后，我想：这样一打，鬼子一个也打不着。我曾想把刁二这伙伪军放过去，等鬼子来到近前再打，可是又觉得我们埋伏的地点离路边太近，怕的是鬼子不等来到，伪军就发现了我们……"

杨龙这一说，王班长首先醒过来，他感慨地说："杨龙同志，你做得对，我们应当寻找一切机会，抓住敌人的要害打！"

小张摸了摸脑瓜儿，不好意思地说："啊，原来是这样！……"

正这时，一个战士顺着两座坟的空间，向东南一指说："你们看！"

人们顺着那个战士手指的方向一望，望见宋庄村东边的大湾附近，鬼子已经拉起了一个大大的包围圈儿，正在向大湾靠近着。王班长望罢，感叹地说："看来，小鬼子真狡猾呀！他们可能估计到我们要在那儿打伏击，故意摆成这样的长蛇阵，想让我们先和刁二的伪军拼一阵，让我们两败俱伤。然后，他们再把我们包围起来。来个一网打尽！"

小张说："他妈的！怪不得这小子先在万老庄站一阵哩，原来是故意给我们留下一个布置伏击的时间，耍的是一套手腕呀！"

战士们都会意地点点头。

这时，宋庄村内，鸡飞狗咬，人喊马嘶，乱了起来。显然，敌人已经进村了。接着，又听村里响起了砸门声、枪声和敌人的叫骂声。战士们伏在松林里，望着宋庄，肺都气炸了。

小张向杨龙说："杨龙同志，我看现在应该打进去！"

杨龙说："我也想打进去！不过，我们不了解村内敌人的部署情况，蛮干要吃亏的！"

第十三章 "地利"奇观

松林里，一片沉静。

村内，枪声大作。人们正在计议。忽见斜向道沟里跑来一人。那人来到松林附近，蹿出道沟，进了松林。人们一看，原来是马二愣。二愣满头大汗，浑身是土，胳臂上还淌着血。杨龙上前一把抓住二愣，吃惊地问："怎么啦？"

二愣见杨龙和战士们都在这里，高兴极了。他喘了口大气，说："走！我领你们打鬼子去！"

杨龙一见二愣这股愣头愣脑的劲儿，不由得笑了。他掀开棉袄，从里边的衬衫上，"嘶啦"撕下一块布，一边给二愣包扎胳臂上的伤，一边说："二愣，别急，你先说说，你是怎么弄成这个样子的！……"

二愣说："他妈的！我刚掩护着群众，撤出村子，敌人就进来了。我一看，走不脱了，就跑回家，藏在了柜底下。一会儿，进来一个汉奸，向我老娘喝唬道：'有八路没有？'我老娘说：'没有'，那个家伙说：'你胡扯！我得翻翻！'接着，他就翻箱、倒柜、拉抽屉，就连桌上的小铁盒，也掀开看看，就像小盒里也会藏着八路似的。其实，他哪里是翻什么八路，明明是在翻钱，翻东西。他把我娘出嫁时买的一件细布衣裳，缠在腰里，又把仅有的几个零钱，也装入衣袋。我娘一见，当然心痛，就上前去和他夺，那小子一脚把我老娘踢倒在地。我气得再也忍不住了，从柜底下伸出砍刀，一下子，把那小子的两条腿砍断了。接着，我从柜底下爬出来。那小子又磕头，又央告，我哪能饶了他！我向他说：'你卖国投敌，又糟害百姓，死有余辜！'说罢，冲着他那狗头，一刀便把这小子报销了。我想往外冲，我娘说：'你先等一等，我出去看看情况。'我娘出去一阵，回来说：'汉奸们都上各家翻东西去了。村子的四个街口上，都放了岗。鬼子们正在十字街上的那个大门洞子茶酒馆里喝酒。若从大街上硬冲是不行的！'我让老娘到一个邻居家藏起来，随后，翻过垣墙，冲出村来。刚出村，敌人发觉了，子弹追上来。我哪管狗日的那一些，就是拼命地跑。一颗子弹打中了我的胳臂，我一看，这样硬跑不行，又躺在地上滚。滚了一阵，滚进了道沟……"

杨龙仔细地听完，忽然若有所悟，他心里想："要是趁这个机会，冲进村去，把十字街上，大门洞里的鬼子干掉，多来劲！"于是，急问二愣，"你想想，还有没有能够摸进去的路线？"

二愣直瞪着大眼，想了想，一下子高兴起来，说道："有！"

这时，村里传出几声枪响。杨龙向村边望了望，又对一个战士说："你注意警戒！"接着，他又扭过头来，问二愣：

"怎么进法？"

二愣一边在地上画着，一边说："俺村西北角儿上，有一堵破垣墙，倒了一个豁口。咱们从这个豁口进去，出了这家的院门，就是一条东西过道。从这个过道，往东走，有个朝北的院门。进了这个院儿，西南角上，有一段矮墙，可以翻过去。翻过这段矮墙，就又进入了另一个院子。这个院子的南墙外边，就是鬼子喝酒的大门洞了。"

杨龙一听，很高兴，向二愣说："你这个小伙子，还'粗中有细'呐——这条路线很好！"他又转身向王班长说："你带上小张和另外两个战士，跟我进村；其余的同志，留在这里，等村里打响后，开枪策应，混淆敌人视线，壮大我们的声威！"

"是！"王班长应了一声，便立即挑出了两名战士，又向留下的战士嘱咐说："你们一定要按照杨队副的命令来办！"

"是！"战士们一齐答应着。

杨龙他们要走了，二愣一把抓住说："杨龙同志，我也去！"

杨龙说："你的胳臂伤了，留在这里吧！"

二愣说："没关系！只擦破一块肉皮，一没伤筋，二没动骨，连痛都不痛！"说罢，抡起胳臂，来了个"把式架儿"。杨龙见二愣决心要去，又确实需要他，便说：

"好吧！让你去，你可得答应我一个条件！"

二愣啪地来了个立正："一百条也行！"

杨龙说："要听从指挥，不要自由行动！"

"一定能做到！"

六个人，杨龙在最前头，二愣跟在杨龙身后，二愣后边是小张，小张后边是两个战士，最后边是王班长。他们进了道沟，提着枪，弓着腰，一阵飞跑，转眼间，来到村边。道沟到了尽头，距离他们要通过的垴墙豁口，还有三四十米。这三四十米的空间，是一片场院。场院边上，有个厕所、几个猪窝。场院中间，有几个大小不等的玉米秸垛。杨龙来到道沟口上，停住脚，蹲下身子，探出半个头，悄悄地向两边望了望：西边没有敌人，东边约二百多米处的北街口上，站着两个敌人的岗哨。他转过身，向同志们说："注意！不要惊动敌人，照我的样子前进。"接着，他瞅准敌人不注意的当儿，蹿出了道沟，躲在了一个厕所的西边。随后，他在厕所的墙角上，向东望了望，瞅了个空子，又是一个箭步，蹿到了相距三四米远的一个猪窝的西边。而后到了一个玉米秸垛的西边。从这个玉米秸垛，又蹿到另一个玉米秸垛。这样，他一停一跃，利用厕所、猪窝、玉米秸垛，这些零散的影身物，终于越过了这段开阔地带，进入那个垴墙豁口。其他的同志们，也都安全地摸过来了。

杨龙带着队伍，走进院子，听见屋里有人正在相互吵骂。他悄悄走到窗下，用唾沫湿了湿手指，轻轻点破窗纸，从小孔里往屋里一瞅，只见屋里的橱柜大开，各种家具东倒西歪，零碎衣物乱乱纷纷散在地上，两个伪军抓着一件女人的细布衣服，正在拼命地争夺，一边夺还一边骂，这个说："这是老子先看见的，你他妈的不讲理啦？"那个说："你他妈的得的外快太多了，爷们儿就不能弄点吗？"杨龙看清了屋里的情况以后，回过头来，向站在他身后的王班长悄悄说了几句，又回过头去，继续监视着屋里的敌人，并把匣枪端平，隔着窗纸对准了敌人的胸口。接着，王班长、小张一齐闯进屋子。他俩站在屋门口，每人端着两支匣枪，声低语重地喝道：

"别动！"

两个伪军一惊，抬头一望，脸色顿时蜡黄，四只手紧紧抓住的那件衣服，"啪嗒"落在地上。小张又喝道：

"举起手来！"

杨龙领着一个战士进了屋，把那两个家伙的衣服脱下来，杨龙穿上一身，小张穿上一身。在他们换衣裳的同时，王班长和那位战士，把两个伪军绑起来，用破布塞住了嘴。

杨龙把匣枪往腰里一插，拾起地上的大枪，回手递给小张一支，又向战友们说："来，你们把手背在身后，咱们演出戏吧！"

战士们有点摸不着头脑，可是，他们见杨龙说得很认真，还是照办了。杨龙把上着刺刀的大枪往手中一端，把战士们推出门来，喝道："走！快走！"

这一来，战士们都领会了杨龙的意思。王班长领头，四个人摆成一拉溜，都低着头，忍住笑，向院门走去。

他们出了院门，顺着过道向东走了不远，从前边的一家门口里，窜出一个伪军。杨龙见那个家伙停住脚正向这边望，便用枪托捣了他前边的战士一下，厉声喝唬道："快走！不走找死呀！"那伪军正想张嘴说什么，杨龙首先向那伪军嚷道：

"你小子腰里掖了些啥？咱得见面分一半！……"

杨龙一边说着，一边往前走。那个伪军做贼心虚，低头一瞅腰，见有一个女人的花袄袖子，还耷拉在褂子外边便嘿嘿地笑着，往里塞塞，扭头跑了。

杨龙他们来到过道东头，拐进了那家朝北的院子。

院子里，桶倒缸歪，乱乱纷纷。杨龙走到屋门口，往里一瞅，只见屋里乱得更不像样子，箱子底朝天，桌子侧在屋当中，盆、碗、瓶、灯，都摔在地上。一位白发苍苍的老大娘，坐在锅台角上，两只淌着泪水的老花眼，呆呆地望着屋里的惨景，正在独自出神。她见杨龙站在屋门口，忽地站起来，拿起一把菜刀，一下子向杨龙扑过来。她一边往前扑，一边破口大骂："你们这些畜生！把东西抢的抢，砸的砸，还来想干啥？我老婆子，就还有这一条命，也交给你们这些王八羔子吧！……"

二愣一步赶上前，一把抓住了老大娘的胳臂，解释说："三奶奶。他们不是汉奸，是八路，来打鬼子的！"老大娘一看说话的是二愣，举在半空的手放下了。杨龙也赶过去，凑在大娘的眼前说："大娘，我是杨龙，你还认识吗？"老大娘用衣袖抹了抹眼泪，瞅了瞅杨龙，吃惊地说："孩子，你，你就是那回背着我……"杨龙打断大娘的话说："大娘，不要说啦——我们要从垣墙上爬过去，到十字街上去打鬼子。"大娘忙说："不用爬墙，跟我来！"说罢，大娘领着他们来到一个草垛后边，把碎草一拨拉。墙上露出一个能钻过人去的洞口。大娘解释说："这是准备鬼子堵门时用的，前院里俺那侄子。就是从这里逃走的……"杨龙拉过二愣，说："你先过去做做工作，免得再发生误会误了事！"二愣应声钻过去，接着，杨龙他们五个人，也都一个一个地钻过去了。

院子里静悄悄的，没有一点声息。院子当中。有一位老大爷，仰面朝天，躺在血泊中。杨龙他们围过去。见大爷遍体都是刺刀扎的伤口，几双眼睛都湿润了。一团烈火，在胸中燃烧。二愣一挥拳头说："我们要给大爷报……"杨龙一把捂住二愣的嘴，又向南一指，悄声批评说："莽撞！"正在这时，从东北角上的厕所里，走出一个人。这人十五六岁，手中拿着一口雪亮的砍刀，哭着向杨龙扑来。他来到近前，轻轻喊了一声"杨队副"，便一头扎在杨龙的怀里。

小伙子是死者的儿子，名叫三华，今年十五岁。过去，杨龙在这村住时，他和杨龙混得很熟。他一露面。杨龙就认出了他。杨龙关切地小声问他："你怎么躲在这里？多危险！"三华说："鬼子进了我家，我从这个墙洞里钻到后院三奶奶家了。过一阵，汉奸又闯进三奶奶家，我又从墙洞里钻了过来，一看，我爹他，他……"三华说着说着，又噎住了。杨龙悄声问："别哭，我们来给你报仇。你知道鬼子在什么地方吗？"三华向南一指说："那群狗日的，都在茶馆里喝酒呐！"杨龙向院门一指说："这门口有岗没有？"三华说："没有，这门已经锁上了！"杨龙有些惊异："锁上了？"三华说："鬼子在大门洞里设上指挥部以后，把大门洞的四邻搜了一遍，扬言不留一个喘气的。然后，就把各家的门上了锁！"

站在旁边的王班长说："这狗日的们警惕性很高呀！"杨龙点了点头。接着他上下左右地打量起南面这堵高高的垣墙来。小张凑过来，建议说："杨队副，那边有梯子！"杨龙向倒在西墙根下的梯子望了望，又问三华：

"房上有岗没有？"三华说："这路北的房上没岗，路南的房顶上有岗！"杨龙想："上房不行！如果一露头被敌人发觉了，我们被围在这个院子里要吃亏的！"他打量起那堵墙。看来，他是要在这堵墙上作文章了。可是，这堵墙是新墙，很坚固，又高又厚。看样子，推是推不倒，扒也来不及，这可怎么办呢？此刻，每个人的心里，都很焦急。

不远处，鬼子们叽里呱啦的说话声，驴子般的狂笑声，不时地从墙外传来。这种可憎的声音，更增加了人们的仇恨，也更加剧了人们焦急的心情。正在这个节骨眼，杨龙忽然发现墙上有个小小的水眼。只见他盯着水眼，望了一阵，微微一笑，随后转过身向三华说："三华，看起来要毁掉这堵墙了！"三华说："只要能杀死鬼子，要我的脑袋也行！"杨龙迅速从身上抽出两颗手榴弹，绑在一起，塞进了水眼，又让三华找来一条绳子，拴在拉火线上。随后，他把小张叫到近前，贴着耳朵说了一阵，又回过头，向大家说：

"注意我的命令！"

人们都躲闪开。杨龙一拉绳子，"轰"的一声巨响，两颗手榴弹一起爆炸。浓烟滚滚，高高的垣墙"呼隆"一声倒在大街上，被炸碎了的土墙块，四处飞溅，又掀起一团团的尘土，和浓烟掺在一起，向天空升腾，向四外飞散。

几乎与此同时，杨龙一挥胳臂，大吼一声：

"同志们！冲呵！"

接着，七个人，一齐亮开嗓门儿，发出一片吼声。

"冲呵！"

"杀呀！"

"捉活的呀！冲！"

匣枪声、大枪声一齐响起来。

杨龙他们以烟雾作掩护，又喊，又打，又冲，暂先不表，回过头，再说石黑那些狗杂种。

石黑和他的七八个鬼子兵，正在美滋滋地喝着酒，被这突如其来的一声巨响吓蒙了。他们闹不清是怎么回事，都顾不得还枪。有的吓得往桌子底下钻，有的吓得往院子里跑，有的蒙头转向地跑到大街上来，也有的刚跑到门洞口，就被穿过浓烟的枪子儿碰上了脑袋，"吭噔"一声倒在地上，还有的在浓烟中被二愣的砍刀削去了半边脑袋。

一阵鏖战之后，敌人留下了三具尸体，其余的鬼子都冲出了浓烟，找了掩身处藏起来。一个小鬼子，正往玉米秸垛里钻，头已经钻进去了，半个身子还露在外面，三华见到一溜飞跑，蹿上去，挥刀就砍。那鬼子，挣扎着嚎叫了几声，不动了，他的两条腿，和身子分了家。正在这时，从东边的厕所后面，打来一枪，三华手中的刀，落在地上，身子晃了几晃，倒下了。此刻，王班长向南冲杀了一阵，正巧来到三华的身边，他见三华牺牲了，心里升起一股怒火。他拾起三华的砍刀，一直向响枪的厕所猛冲过去。他健步如飞，两眼喷出仇恨的火焰，左手匣枪平端，边冲边打，盖得敌人抬不起头来。右手拿着雪亮的砍刀，高高地举在半空。鬼子吓破了胆，扛起枪来就跑。杨龙端枪迎面冲上来。鬼子以为杨龙是汉奸，觉得有了救，忙向杨龙喊道："快来保护我！快来保护！回去我大大的有……"那该死的鬼子，还没把话说完，杨龙已经冲到他的近前，"扑哧"一声，刺刀穿进了鬼子的胸膛。鬼子一声惨叫，像个死猪似的倒下了。

西边不远处，战斗也在激烈地进行。二愣把一颗手榴弹，向鬼子扔过去，那鬼子拾起冒烟的手榴弹，又扔回来。被扔回的手榴弹，正落在二愣身旁三米远的地方。二愣蹿上去，要拾起那颗冒烟的手榴弹，再扔回去，杨龙赶到，一个箭步蹿上来，把手榴弹踢飞，就劲儿一摁正弓着腰的二愣，他们刚趴在地上，那颗手榴弹没落地，就在半空中爆炸了。

南边的猪窝后边，还有几个鬼子正往这边射击。北边，又有一队伪军从过道里冲上来。杨龙一见这情景，向冲上来的伪军高声喊道：

"弟兄们！日本人打死我们许多弟兄，跟他们拼了！"

穿着伪军军服的小张，也在房上站起来，大声喊道：

"弟兄们，不能受日本人的气，冲呀！……"

从北往南冲的伪军，一看房上房下都是穿着伪军军服的"自己"人，闹不清是怎么回事了。日本鬼子以为发生了"火线起义"，就对冲过来的伪军开枪射击。伪军突然挨了打，一时弄不清情况，也就胡乱开枪还击起来。伪军一还击，鬼子更确信他们是"起义反正"了，双方越打越激烈。

趁敌人自己打自己的当儿，杨龙他们六个人，拣了些敌人的枪支弹药。

迅速地向村边撤退，脱离了战场。他们撤到村口，正遇着留在村外接应他们的战士。队伍顺着道沟，迅速向西北走去。村里的枪声，还在一阵阵地响着。每个战士的脸上，都挂满了笑容。小张更是乐得合不上嘴，他摇头晃脑地说："看来石黑也是个饭桶，还不够咱六个人拾掇的哩！"

杨龙本来也很高兴，可是一听见小张这句话，脸上的笑容立即消逝了。他想起了在主力部队时，萧华司令员曾经和指战员们讲过的一段话：胜利，它本来是件好事。如果我们认真总结经验，它就等于在通向下一次更大胜利的道路上，搭上了一座桥。如果我们在胜利面前，自满起来，麻痹起来，这个胜利就等于播下了失败的种子，产生坏的结果……今天这次胜利，在同志们的头脑中增加了些什么？他们这满脸的微笑中，又包含着一些什么呢？……

正沉思着，忽听前边有人喊了一声"杨龙同志！"他抬头一望，原来是县委的通讯员迎面跑来。杨龙知道：一定是县委送什么指示来了。

第十四章 "八仙过海"突围战

宋庄一仗，敌人吓破了胆，跑回去的敌人，龟缩在据点里，四五天没敢出窝。

这天，杨龙要去找县委汇报工作。临走前，对王班长说："老王呵，我走后，你的担子重了，可要多加小心呀！"

王班长说："现在敌人老实多了，我看出不了多大问题！"

杨龙说："从表面看，敌人确实老实多了。可是，你要记住，暂时的老实，很可能是准备更大的捣乱。"

王班长说："队副放心吧，你的话我记住了。我就是发愁办法太少！"

杨龙说："办法少没关系，遇事多和群众商量，虚心听取群众的意见。"

杨龙离开队伍时，王班长恋恋难舍地送他老远。一路上，他们并肩走着，杨龙继续嘱咐说："敌人要集中力量找你们决战，你们就牵着他们转圈儿。敌人要实行大'围剿'，你们就化整为零，分散活动，不要硬拼。等我们准备好了，找准一个有利时机，再狠狠揍他一下。"

王班长连连点头。

最后，杨龙握住王班长的手说：

"你回去吧，我走啦，多打胜仗！"

王班长激动地说："杨龙同志，我们盼着你早点回来！"

杨龙走后第二天，敌人就开始了大"围剿"。敌人这次"围剿"，势头很大，一直叼住王班长这支小队伍的尾巴不放，昼夜穷追，直追得他们七天七夜没有站住脚。有时候，他们几天吃不上饭，只好怀里揣上干粮，一边打仗，一边吃，有时候，他们几夜不能睡觉，就利用在道沟里行军的时刻，轮流打个盹。他们要凭着两只铁脚，把敌人拖垮！瞅个空子还狠打敌人一下，追击的敌人，天天都有伤亡。

后来，他们为了摆脱敌人的追击，便派出三个战士，配合民兵，去佯攻临河镇。这一下很见效，敌人立即收兵回据点去了。几天来战士们身上带的干粮，都吃完了。偏午时分，他们进了西李庄，来到李大娘家里。

他们进门时，李大娘正在家里烧香磕头。王班长问道："大娘，你这是干啥呀？"李大娘一见他们，喜得老脸开花，泪水莹莹，抓住王班长的两条胳臂，一边上下打量，一边笑呵呵地解释说："我想求求'天爷爷'，保佑你们……"在场的所有战士为李大娘深厚的骨肉之情，深深感动了，每个人的心里，都热滚滚的。小张说："大娘，哪里有什么'天爷爷'，你信他干啥！"李大娘回过身，一面给小张拍着身上的土，一面责备小张说："看你这孩子，怎么说这傻话！"王班长又说："大娘，'天爷爷'是剥削阶级用来骗人的东西，这是迷信。……"大娘顾不得听这个，只是说："老王呀，你活是老杨的徒弟，跟他说的一样！"大娘的注意力，都集中在战士们身上了。她挨个儿瞅了一遍，当发现里面没有杨龙时，不由得猛吃一惊，忙问道：

"老杨呢？"

"他找县委汇报去了。"

大娘放了心。接着又问：

"这些天，那些狗杂种闹得这么欢，你们到哪里去了呀？"

"我们哪里也没去，牵着这些家伙的鼻子'赶了几天圈儿集'！"王班长说，"大娘，村里太平吗？"

大娘说："今儿上午，那些狗杂种们还来闹了一阵，偏晌时滚蛋了！"大娘正说着，见小张在扳干粮筐子，又说："唉！孩子，饿了是不？赶得不巧，一点干粮也没有了！你们自己烧火做饭吧，米呀面的还在原地方，我到村边给你们放哨去。"

王班长说："大娘，我们自己派人去放哨吧。"

大娘说："不行！天还不黑，你们放哨太显眼。"

过去，战士们在这里住时，李大娘常常利用看枣、看场、纺棉花作隐身，在村边给他们放哨。现在，是冬春之交，地净场光，树上也没有枣，李大娘用什么影身放哨呢？王班长想到这里，就说："大娘，你要孤零零地站在庄头上，也很显眼呀！"李大娘想了想说："这不用你们操心，我有法子。"

大娘说罢，出门去了。接着，就听见门外传来她的喊声：

"小——勇——子哟！小勇子！"

王班长和战士们，有的烧火，有的和面，往锅里添水，七手八脚忙起来。王班长一边烧火，一边向大家说：

"同志们，利用这个时间，咱开个小会好不好？"

小张饿极了，拿起一点生面，放在嘴里，然后问道："开啥会？"

王班长说："咱们分析下敌人的动向吧。"

人们集中精力思考问题，没人说话。王班长又接着说："我们一佯攻临河镇，敌人就回去了，我总觉得这里边好像有鬼……"

一个战士说："有啥鬼？我们出个点子就够他们猜半年的，我看是他们又中了我们的计！"

小张说："敌人不一定这么简单，我们还得提防着点呐！"

又一个战士说："我看没啥事儿！不要把敌人看得太神了！"

王班长说："我们从战略上要蔑视敌人，有决心、有信心打败他；可是，从战术上，又要重视敌人。不能把对敌斗争，看作是轻而易举的事呵！"

一个战士又说："甭管怎么样，天到这般时间了，我看敌人今天是作不出什么文章来了，咱先饱餐一顿再说再论，我们肚里有食，手里有枪，怕他们什么！"

人们正议论，小李勇跑进来。他进屋瞅了瞅，失望地问道：

"哎，杨叔叔呐？"

王班长一下子把小李勇抱在怀里，亲昵地说："杨叔叔没来，跟我玩好吗？"

小李勇还是不放心，又问："杨叔叔干啥去啦？"

"他开会去啦！"王班长说，"哎，小鬼，你奶奶找到你没有？"

小李勇说："找到啦，她让我家来，不让我在外边乱跑了！"

他们正说着，李大娘进来了。她向小李勇说："小勇子，快出去玩去，在家里干啥呀！"

小李勇歪着脑袋说："我在外边玩，你叫家来，刚来到家，你又让到外边去玩，真不说理！"

李大娘笑了，又说："哎，小勇子，你扛上鱼竿，到村东头上那个大湾里去钓鱼吧，钓个大鲜鱼来，给你叔叔们熬鱼汤吃，好不好？"

小李勇说："湾里结冰了，怎么钓鱼呀？"

小李勇这一说，李大娘才发觉找的这个借口不合情理，忍不住笑了。她灵机一动，接着说："看你呆的！不会把冰砸开钓吗？这样钓更能钓着大个儿的哩！"

小李勇说："你不骗我呀？"

李大娘说："看你这孩子，奶奶多咱骗过你？"

小李勇扛起钓鱼竿走了。

李大娘向王班长悄声说："外边平静无事，你们在家里安安静静地吃饭吧，我再去看着点儿。"

大娘说罢，又出去了。她刚一出门，就听门外有人问她："李奶奶，大冷的天，干啥去呀？"又听李大娘说："唉！听说小勇子这个野孩子，这么冷的天，砸冰钓鱼去了，这不是瞎胡闹吗？我去找回他来……"接着，又响起了李大娘的喊声：

"小——勇——子哟！小勇子！……"

这声音由近而远，渐渐向东消逝了。

屋里的会，又开始了。

王班长说："你们说，咱今后怎么活动？"

一个战士说："我看，今儿晚上，咱到据点近前闹腾闹腾，明天敌人就不敢出来了！"

另一个战士看来也饿极了，一直瞅着锅上的热气，并不时地用鼻子嗅嗅熟了没熟。听那个战士这么一说，他就劲儿插上一句：

"对！吃饱了去干他一家伙！"

接着，又有两个战士发了言。

王班长见小张一直瞪着直眼，不说话，就问：

"小张，你在想啥？怎么不说话呀？"

小张说:"我觉得不用我们去找敌人,敌人还要来找我们的,我们还是想个办法隐蔽一下好。"

王班长说:"你觉得怎么隐蔽好?"

小张说:"这我倒没想出好法子来。"

王班长说:"咱们化整为零,分散活动行不行?"

小张说:"我看能行。"

另一个战士说:"那还有什么战斗力?"

王班长说:"战斗力,在群众中,我们不是光为隐蔽,才分散活动,更重要的,是为了去分头发动群众。"

一个战士说:"我看还是等杨队副回来再说。"

小张说:"不,应该当机立断!"

王班长说:"对!我们吃了饭就划开……"

他们正说着,李大娘跟跟跄跄跑进来,张着嘴喘粗气,王班长上前扶住她,问:"大娘,有情况?"李大娘光喘气,说不上话,只是使劲地点了点头。王班长喊了一声:

"准备战斗!"

战士们有的端枪顶火,有的揭开手榴弹盖儿,把拉火线挂在指头上。好几天没有吃上饭的战士们,忘掉了饥饿,片刻间进入了临战状态。

过了一会儿,李大娘缓过气来,说:"敌,敌人进,进庄了!"

"从哪里进来的?"

"从,从西边……"

王班长发出命令:"走!跟我向东冲!"

李大娘一把拉住他,说道:"不,不行呵!东,东边也上来了!"

"南边和北面呐?"

"四,四面都,都围上来了!"

屋里顿时静下来。一双双眼睛,盯向王班长。王班长觉着好奇怪:"我们刚进了村,怎么刚刚撤走的敌人,又包围上来了呢?"事情是这样的:当王班长领着队伍进村时,正巧赶上小王庄的大烟鬼赵海,到这西李庄来走亲,那小子远远看见八路军进村的情景后,为了得到敌人的赏钱,好抽大烟,便跑到东李庄据点上,报告了贾四,贾四又用电话报告了石黑。除此而外，石黑在带领着大队人马撤走时，还悄悄留下了两个便衣人员，在这一带布下了暗哨，当贾四向石黑报告情况时，石黑亲手布下的暗哨，也赶回了据点，他们报告的情况，跟赵海说的相同。于是，石黑便亲自带领他的大队人马，向西李庄扑来。与此同时，用电话命令东李庄的贾四出动，加以配合。两路夹击，便把西李庄团团围住了。王班长虽然不知道这些细情，可是他见敌人来得这样快，行动这样严密，并且一到便围住村子，就知敌人已经掌握了他们进村的情况，形势严峻。战友们都在盯着他。那一双双眼睛没有丝毫恐惧，好像都在说："班长，你下命令吧，刀山我们敢爬，火海我们敢下，敌人来得再多，我们也能突围！"这无疑使王班长增强了信心。他把手一挥：

"同志们！集中一切火力，跟我向西冲！突围！"

李大娘一把拉住他，担心地说："孩子们！这么硬冲能行吗？"

"大娘放心吧！"王班长说，"已经走到这步棋上，只有这样了！突出去就是活，突不出去就是死！"

"王班长，"小张插嘴说，"我同意突围，但不同意硬冲！"

王班长觉得不硬冲不行，并且不能久拖，应当在敌人的包围圈儿尚未布置好之前冲出去，于是他便果断而坚决地说：

"服从命令！冲！突围！"

"是！"

小张严肃地应了一声，端起两支匣枪，首先冲出屋去。王班长大步赶上他，一把把小张拉在自己身后。

"跟在我的后面！"

他们一溜飞跑，来到了村西头，和敌人接上火，激战了一阵，没有冲出去。王班长一看形势不好，要再久战，会被敌人包围在这里，便向战士们命令道：

"走，跟我向东冲！"

随后，他们退下阵，钻进胡同，拐弯抹角，飞奔而去。来到村东头，双方又打响了。猛打一阵，由于敌人兵力太大，还是没有冲出去。他们的子弹已经不多了，敌人的包围圈越来越小，有些敌人已经进了村子，看样子，是要将他们包围在这村东头上。王班长一看从这里没有冲出去的希望，只好又带领战友们退下阵，向村里撤去。他们来到一个闲院子里。

"同志们，怎么办？"

一个战士说："没啥巧法儿，再冲！突围！"

另一个战士说："大白天硬冲不行！我看咱在这个院子里守一阵，等到天黑再突围！"

"在这院子里死守大概不行！"王班长说。

小张说："我还是不同意硬冲！"

"你说咋办？"

"现在，敌人是优势，我们是劣势。劣势者只要有准备，给敌人一个出其不意，也能把优势者打败。方才，我们所以冲不出去，叫我看，就是因为敌人有准备，而我们却无准备。现在，敌人很可能是正在准备我们再次硬冲突围，我们应当改变个形式，让敌人措手不及，这样……"

王班长受到启发，便说：

"哎，咱们乔装改扮，分散突围，'八仙过海'……对，就这么办！大家立即行动！"

接着，他们又约定好了突围以后的集合地点，一场"八仙过海"式的"突围战"，便开始行动起来了。临分手时，战友们一一握手。带两个手榴弹的同志，主动拿出一个，让给了没有手榴弹的战友。子弹多的同志，主动让出几发，硬塞给子弹少的战友。最后，王班长宣布说："战斗打响后，谁先冲出去谁就先走，不要恋战，多保住一个人，就是一分胜利！"

村内村外骤然响起一片激烈的枪声，还夹杂着炮弹划破天空的嘶鸣。人喊马嘶，村中一片混乱。

"立刻行动！"

王班长一声令下。

小张当先冲出院子。他顺着过道，贴着墙皮，向北奔去。来到过道口上，扳着墙角向外一瞅，街上立刻有两个敌人岗哨喝道：

"干啥的？站住！"

接着，一阵枪声射过来。小张回手还了几枪，一转身，钻进一家院子里。一位老大爷从窗户里望见小张闯进来，慌忙迎出，向西一指，说："快走！"接着，大爷托着他，爬过一堵矮墙。小张刚跳下墙头，四个伪军一齐闯进院来，端着枪，逼问大爷道：

"那个八路，跑到哪里去了？"

大爷怕敌人发觉小张的去向，便向北屋一指，说：

"在屋里藏着！"

伪军一听，马上堵上了门窗，一个劲儿地叱喝道：

"出来！不出来开枪啦！"

"出来！不出来扔手榴弹啦！"

趁这个机会，大爷溜走了。再说小张跳过墙头后，穿过一个院子，出了院门，又到了另一条过道里。这个过道，是个死胡同。他只好顺着过道，向北跑去。来到过道北口上，眼见西北村边上敌人不多，一阵猛打可以冲出去，心里禁不住一阵高兴。忽听东北上，枪声骤急。举目一望，见有两个同志，正从那儿往外冲。好几个敌人，伏在一段矮墙西面，正在猛烈地堵击。我们的两个战士很勇敢，一面还击一面冲。见此情景，小张顾不得多想，迅速以墙角为掩护，向着堵击的敌人背后开枪。敌人腹背挨打，一下子乱了营。两个战士趁此当口，胜利突围。小张却暴露了目标，敌人的枪子儿，从各方面向这个过道口射来。一群敌人，蜂拥而至，堵住了过道口。小张只好从过道口上撤回来，钻进一个院子里。过道里响起了"乒乓乒乓"的枪声，夹杂着"咚咚咚"的跑步声，显然，敌人进了过道。这个院里没法站脚。小张便攀着一棵离墙不远的榆树，爬上高垣墙，一翻身，溜到西院去了。敌人进了东院，这儿找，那儿翻，连声怪叫，却看不见人影。出了西院门，小张顺着另一条过道，又往北跑。他正跑着，从前边的一家门口，窜出一个伪军。伪军身后，还跟着一个日本鬼子。这两个家伙端枪吼喝："站住！"

小张"乒乓"两枪，没有打中，接着，敌人的枪也响了。小张一看硬冲不行，就劲儿又钻进一个院子里。这回，他知道再翻垣墙来不及了，他进了门，没有入院，一转身，藏在门后。小张刚藏好。两个家伙就闯了进来。伪军在前，鬼子在后，端着大枪往里走。看来，敌人以为"散兵无斗志"，硬赶上去，抓活的就行。小鬼子还觉得有汉奸在前边给他挡着枪子儿，他是不会有危险的。可是，他没想到，那伪军进门后，小张把他放过去了。等那小鬼子又走进来时，小张从门后突然开了枪。枪声一响，小鬼子"吭噔"倒在地上。前边那个伪军听到枪声，猛一回头，小张已经蹿到他的眼前，用匣枪戳上了他的胸口，喝道：

"举起手来！"

那伪军手中的大枪，"啪嗒"掉在地上，两只手高高地举起来。小张用枪逼着他关上门，又逼着他把鬼子的军服脱下来，他又让那伪军举着双手背面跪着，小张便把鬼子的军服、军帽、皮靴穿戴起来，他用匣枪指着那伪军问道："你愿意活？还是愿意死？"

那狗汉奸磕头如捣蒜，苦苦央求道："我愿意活，八路太君，饶命吧！……"

小张说："饶命可以，但得答应我一条！"

伪军说："一千条也行！一万条也行！……"

小张说："你背我出去，要有人问，你就说'皇军'，负伤了！"

伪军说："行，行，行！……"

接着，小张趴在伪军的脊背上，一手搂住伪军的脖子，一手握着匣枪插在他的胸脯和伪军的脊梁之间，头垂在伪军的肩膀上，嘴对着伪军的耳朵。伪军倒背着两手，托住小张的屁股。一切都弄好了，快要出门时，小张又对那伪军说："你要注意，我的匣枪，就在这里！"他说着，用枪口戳了戳伪军的脊梁。伪军吓得猛地一抖，小张又说："你要说错一句，我随时枪毙你！"伪军连连答应说："是，是！不敢，不敢！……"

伪军背着小张出了门，小张说："向南！快点！"

伪军加快了脚步，小张用枪口一戳他的脊梁："再快点！"

快到过道口了，那里有两个站岗的伪军。

"二皮子，背的谁呀？"

小张用枪口戳一下伪军的脊梁，嘴对着他的耳朵，小声说：

"答话！"

伪军像演木偶戏似的答道："皇军！"

"皇军怎么啦？"

"负伤了！"

背着小张的伪军，生怕出了事没了命，一边回答，一边加快脚步。说话间，他已经闯过岗位。往东走了不远，迎面又来了几个伪军，老远就问：

"背的什么人？"

伪军答熟了，自动回答道："皇军负伤了！"

那边又问："往哪里背呀？"

小张戳他一下脊梁说："往村外！"

伪军接着回答道："皇军让背到村外去！"

这时，小张又戳一下伪军的脊梁，命令说：

"往南拐，进过道！"

伪军进了过道，小张又命令道："快跑！"

伪军跑开了。不多时，来到村边上。他们闯过了村边上的岗哨，顺利地出了村子，来到一个道沟口上。正巧，从南边来了一个骑自行车的鬼子。那骑自行车的鬼子，以为这边都是自己人，毫无戒心地一直向这边飞驰而来。小张灵机一动，举起匣枪，"乒"的一声，把那个鬼子从车子上打下来。这一下，把背着他的那个伪军吓坏了，连忙跪倒在地，央求道："八路太君，你行行好，饶了我吧，我……"

小张说："这回你为抗日出了一点力，饶你这条狗命！你要记住：共产党、八路军，不杀无罪的人，你要活命，今后别当铁心汉奸！"

这时，村里的枪声还在响着，小张心想，这枪声说明有的同志还没有突出去。为了减轻突围同志们的压力，他向那伪军说：

"你回去，告诉你的主子，就说我杨龙向南跑了！"

那伪军忙说："不敢！不敢！……"

小张厉声说："就这样说！"

伪军赶紧答应道："是！是！……"

小张说："起来！滚蛋！"

伪军说："是！是！"

伪军向村里走去。小张一溜小跑，来到那辆自行车近前，一脚把鬼子的尸体踢开，翻身跨上车子，飞驰而去。

再说王班长和战友们分手后，只身一人，向村子的西南角冲去。他利用矮墙、猪窝、厕所、玉米秸垛等作为隐身物，跑几步停一停，跑几步停一停，曲线前进着。当他来到村边上的最后一个猪窝附近时，往前再也没有隐身物了。从这里到村外的那个道沟口上，还有五六十米，是一马平川的开阔地。王班长躲在猪窝的背面，想了想，把提着匣枪的两只手往身后一背，大步向道沟口走去。道沟口上，有四个伪军站岗，每人手中端着一杆大枪，枪上上着刺刀，刺刀闪着光亮，摆出一副杀气腾腾的样子。王班长昂头挺胸，迈着大步，晃着膀子，大摇大摆，向着伪军守卫的地方一直走过去。当敌人发现他时，相距只有三四十米远了。几个伪军大吃一惊，厉声喝道：

"干啥的？站住！"

四支大枪对准了王班长。王班长从伪军的叱呼声中，早已听出这些家伙们，已经慌了神，又见他们手中的枪杆，在微微颤动，更看出他们已胆怯心虚。他轻蔑地微微一笑，两支匣枪同时端了个平身，不紧不慢地说：

"你们，可知道我杨龙的厉害？谁愿意活着，就老实点儿！"

王班长嘴里说着，两腿仍在继续往前走。

伪军见王班长神不慌，步不紊，镇静如常，都吓转了向，又听说他是"杨龙"，连腿肚子也吓转了筋。暗想："我那天呀！杨龙的枪法，百发百中，并且当八路的都不怕死，我要是一枪打不死这个爷爷，我这条小命可就交代了！"站在前边的伪军，不知怎么就退到了另一个伪军的身后。另一个伪军，也怕自己先挨上枪子儿，向那一个身后躲藏。伪军丑态百出，王班长心中好笑。为了进一步瓦解敌人的斗志，他边走边说。

"我们八路军的枪，专打鬼子，专打铁心汉奸！如果你们不当铁心汉奸，就不用害怕！"

说着，走着，王班长就到了伪军眼前，伪军再也不敢顶在那里，都掉过屁股，向两边跑去。趁这机会，王班长猛跑几步，进了道沟口。刚跳入道沟，伪军已经找好了掩身处，开了枪，一颗颗的子弹，从王班长的头顶上"嗖嗖"飞过去。要是别人，在这种情况下，也许怀着没费一枪一弹而胜利突围的喜悦心情，赶紧跑掉。王班长却没有跑。他想到这场突围战，他是领导人、指挥员。战友们突出去没有？会不会有伤亡？他越想越不放心。正在这时，村里的枪声，又激烈起来，王班长定睛一望，见有两个战友正向外冲杀，敌人节节堵击，情况十分危急。"杀他个'回马枪'……"他想，"救出战友。"他把自己的生死存亡，置之度外，迅速举起双手，向两边的敌人打了几枪，趁敌人抽头缩脑的当儿，他纵身一跃，蹿出道沟。一溜飞跑，冲进村去。他一边跑着，一边打枪，一边打枪，同时高声大喊：

"同志们！冲呀！"

第十五章　"回马枪"

起风了。

阴天了。

电在闪。

雷在鸣。

风雷电闪烘托着吼声、枪声、手榴弹声，战斗愈发紧张。

王班长这两支匣枪，冲着正在堵击的敌人的屁股，突突一扫，敌人立刻乱了阵脚。再加他这么一喊，在敌人的感觉中，就像有八路的主力部队，突然从村外冲了进来。闹得敌人一时摸不着头脑，乱成一团。那两个战士，趁敌人都在乱哄哄地转移阵地的当儿，迅速地冲过了敌人的堵击火线，和王班长会合在一起，向村外撤去。当敌人从混乱中清醒过来时，王班长和他的两个战友，已进入了道沟口。恼羞成怒的敌人，集中兵力，向道沟猛扑过来。王班长他们三个人，边打边走，且战且退，一直向西南方向的万老庄撤去。敌人当然不肯轻易放走他们，跟在他们后边，拼命追赶。王班长跑着跑着，忽然觉得腿一软，跌倒了。两个战士赶紧把他扶起来，一看，他的腿上在流血，负伤了。一位战士对另一个说：

"你背着班长向后撤，我来顶着！"

说话之间，尾追的敌人，已经临近。王班长说："不行！那样我们三个人都走不脱！"

两个战士毫不理会："走不脱就跟小子们拼了！"

"不能那样！我们的任务还远没有完成，不能作无谓的牺牲！"王班长指着前边的一个岔道口说，"这样吧：你们向北股道沟撤退，我来掩护你们！"

一个战士说："不！我们无论如何不能舍下你！"

另一个战士说："我们宁愿死到一块儿，也……"

追兵更近了。王班长把大眼一瞪，严肃地说：

"少废话，这是命令！"

两个战士还是不肯走。王班长的眼里快要喷出火来："执行命令！"

两个战士缓缓地向后撤去。王班长一边向敌人射击，一边叮嘱：

"听话，走北股道沟！快跑！快！不准还击！"

两个战士擦了一把眼泪，回头望了望，顺着班长指的路线撤走了。剩下王班长，他打一阵，拐着腿走一阵，再打一阵，拐着腿再走一阵，就这样，他顺着岔道口的南股道沟，慢慢地向后撤退着。他走得很慢，追赶的敌人距他越来越近，火力也越来越密。所有的追兵，都向他走的这南股道沟扑来，那两位战友，甩掉了敌人，从北股道沟里胜利撤走了。

当王班长撤到万老庄村头时，子弹已经打光了。他把仅有的一颗手榴弹，握在手里，准备等候大批的追兵赶到后，用这最后的武器，和敌人同归于尽。正在这时，忽见从万老庄里跑出一个人，是万大爷。只见他飞步出了村子，顺着道沟，弓着腰，迎面跑来。王班长不免着急："哎呀呀！在这个节骨眼上您来干啥呀！"原来，万大爷在家里突然听到村东北上响起了枪声，就知一定是我们的人跟敌人接上了火，因此他很不放心，便来到村边悄悄张望。当望见王班长正拐着腿且战且走的情景时，他便快步跑来。万大爷来到近前，见王班长面色苍白，浑身是血，没容王班长说话，便用足全身力气，背上王班长就跑。王班长一见万大爷那股急劲儿，不让背也不行了，只好就劲儿把仅有的那颗手榴弹甩了出去。随着手榴弹的巨响，敌人惨叫着倒下了好几个。万大爷趁着手榴弹的烟雾，背着王班长跑进了村子。万大爷边跑边想："藏在村里不行，敌人一定要围起村子来搜查的！"于是，他进村后，一步没停，穿大街，越小巷，拐弯抹角，又从村西口出了村子，顺着通向宋庄的道沟，继续跑下去。按万大爷的想法：敌人一定认为他们藏在村里什么地方了，因此，他们很可能围起村子来搜查，不会再往前追。这样，他背着王班长跑到宋庄，就算脱险了。希望能够产生巨大的力量。万大爷这位六十多岁的老人，就在这样一种希望的支持下，背着王班长飞快地跑。临到宋庄附近，万大爷实在跑不动了，他咬牙坚持。王班长使劲挣扎，说啥也不让他背了。

敌人并没有围庄搜查，而是紧跟在他们的后边，一直追了下来。万大爷气吁吁地说："来，我，我再，再背你走！"王班长说啥也不干，说："万大爷，你快走吧。我在这里和那些小子们拼了！"他俩正在争执，只见村里飞也似的跑来一个黑小伙子。

来人是马二愣。二愣来到近前，见他俩你拉我推正在争执，又见后边黄尘滚滚，敌人已经追上来，他啥也没顾得说，便两手抓住王班长的肩膀，一翻身背起来，向村里跑去。

万大爷忽见他跑过来的道沟里，稀稀拉拉留下了一溜血点点，他这才明白过来，敌人一直追下来的原因。他喊住二愣，一把拉下自己头上的毛巾，缠在王班长的伤腿上，接着说："快往村里跑！"

二愣跑去了。路上的血点点断了溜。万大爷心里高兴起来，心里生出了一种从未有过的喜悦。"不好！"万大爷转念一想，"敌人来到这里找不着血点了，一定要到村里去闹的！这怎么办呀？"万大爷焦急地想着，忽然看见前边有个岔道口，他急中生智，把手一抄，转过身子，一直迎着敌人走去。敌人到了近前：

"干啥的？站住！"

万大爷从容不迫，回答道："走亲戚的！"

敌人又问："你见到那个八路没有？"

万大爷说："见到啦！"

敌人问："跑到哪里去啦？"

万大爷伸出手，向后一指说："向那边跑去啦！"

敌人又嗷嗷叫了一阵，加快了脚步，一直向前追了下去……

黄昏时分，闹腾了半天的敌人，一个八路也没捉到，又和往常一样，拖着死尸，抬着伤兵，慌里慌张地向据点奔去。因为他们知道，如果走得慢了，天色一晚，八路军突然围上来，那就会倒霉的！

再说区队的战士们。他们胜利突围以后，按照约定的地点，天黑以前，就又在小王庄汇合起来。小张点了点人数,只少王班长一个人。俗话说:"人无头不走,鸟无头不飞。"王班长没有来,人们既为他的安全担心,又愁着今后没人领导。

"我们赶快分头去找王班长……"

小张正说着,二愣跑进来,他向小张说:"王班长现在我家,他让我来送信告诉同志们。"

大家一听说王班长有了下落,高兴地跳起来。尤其是那两位在王班长的掩护下安全撤退的战士,更乐得像发了疯。二愣接着说:

"班长说,暂时由小张同志代替他的职务!"

"你回去告诉班长吧,让他放心!"小张又问二愣道,"王班长还有什么指示没有?"

二愣说:"王班长说,让你们立即化整为零。"

小张说:"行!我们照办。"

二愣说:"王班长就算交给我了,你们放心吧,只要有我二愣在,保险少不了王班长的一根汗毛!"

二愣要走,小张嘱咐说:

"二愣同志,你回去告诉王班长,今天这一仗,所有的同志都突出来了。让他不要挂着我们。我先安排一下工作,明天就去看望他。"

二愣走了。

小张问战友们:"同志们,你们累不累?"

战士们一齐回答:"不累!有任务?"

小张一挥拳头说:"我想今天再干它一仗!"

有人接着道:"行!你下命令吧!"

也有人问道:"上哪儿去打呀?"

小张说:"上临河镇!"

"上临河镇?"

"是呵!我估计,今天天黑以前,敌人一定还要赶回老窝的。我们来个急行军,赶到临河镇西洼,埋伏在他回老窝的路上,打他个伏击!"小张说到这里,又一挥拳头,学着杨龙的样子说,"来它个连续作战!杀他个'回马枪'!同志们看怎么样?"

有人说:"行!干啦!杀他个'回马枪'……"

"这一仗有两个目的。"小张说,"第一,我们今夜要化整为零,从明天开始,就要分散活动了,今天傍晚来他这么一下子,杀他个'回马枪',好使敌人摸不清我们的动向;第二,今天这一仗,在敌人看来,他们打胜了,甚至,他们也许认为已经把我们消灭了,最少,他们要说成已把我们打得'溃不成军'!在这种情况下,敌人一定麻痹,我们'攻其不备',叫他再来个'万没想到',以后,他就更懂得八路击不溃,消灭不了!也就更怕咱这'神八路'了!……"

有的说:"我们的子弹不多了,得想法弄点儿子弹回来!"

也有的说:"对!我们今天消耗了不少子弹,得捞回来!"

"大家注意!"小张发布命令道,"立即出发!跑步前进!"

接着,随着一阵"嗒嗒嗒"的脚步声,战士们拉成了一溜"长蛇阵",燕飞似的出村去了。

他们顺着道沟,来到临河镇西洼,刚刚埋伏好,敌人的大队人马,便在西边出现了。小张向左右的战士们命令道:

"以我开枪为令!谁也不准乱动!"

敌人来了,拖着懒洋洋的步子,大枪斜背在身上,散散乱乱地走着,说着,笑着,打着,闹着,毫无一点戒备。有的望着前边临河镇上的据点,感叹地说:"哎呀!这一天又算混过来啦!"另一个像故意打趣似的说:"别大意呀!说不定还有埋伏呐!"又一个说:"八路敢上这据点墙底下来设埋伏?再说,今天已经把他们打垮了……"

趴在小张身边的一个战士,悄悄戳了小张一把,意思是:还不该打吗?

小张没有吭声,目不转睛地继续盯着敌人。

敌人的队伍过去一半了。那个战士又一次催促小张开枪。小张依然不动。

直到敌人的大队过去,只剩下最后一小股时,小张这才一扣扳机,"回马枪"打响了!他挥臂高呼:

"同志们!冲啊!"

"冲啊!"

"追啊!"

"捉活的呀！"

战士们一齐喊起来。在这喊声的同时，枪声响成了一片，一颗颗的手榴弹，飞向敌群。随着一声声的隆隆巨响，敌群中，浓烟滚滚，尘土飞扬。

毫无准备的敌人，受到突然袭击，立刻乱成一团。许多人顾不得把枪从身上摘下来，各自忙于逃命，拼命地向据点里边奔跑。

趁敌人混乱之际，小张和战友们冲上前去，从敌人那横七竖八的尸体和伤员身上，摘下了枪支和子弹袋，又顺着原来的道沟，迅速撤走了。

当前边的敌人又组织好力量，反扑过来的时候，摆在他们眼前的，只有他们自己人的血淋淋的尸体和惨叫着的伤员。至于八路军，连个影儿也找不着了。

石黑急得颤抖着身子，紧皱着眉头说："八路的真是神一样的！"

胡江也像死了爹似的，哭丧着脸说："他们已被打得溃不成军了呀！"

风，大了。

天，黑了。

电，在闪。

雷，在鸣。

雨，下起来了！

…………

第十六章　闹庙会

王班长在二愣家养伤，已经七八天了。

二愣家只有娘儿俩，看待王班长像自己家里的人，对他照顾得无微不至。早饭时节，二愣在门口放哨，娘去洞口把王班长叫出来，坐在屋里吃饭。他们一边吃饭，一边闲谈。老人家见王班长言语迟钝，精神不振，禁不住问道："孩子，你是不是想家啦？"

"大娘，这里就是我的家！我还想啥家呀！"

王班长说这句话时，虽然脸上挂着微笑，可是，细心的二愣娘，从他的笑纹中，好像看出还包含着另一种情感，于是，拐弯抹角地问道：

"孩子，你老家还有什么人呀！"

王班长说："没有人啦！"

二愣娘一怔，又问："还没娶媳妇呀？"

"打鬼子，这一件大事就够忙的啦，哪还顾得上那些事儿！"王班长咽下一口饭，又说，"再说，咱是个穷光蛋，娶个媳妇儿，喝西北风呀？"

二愣娘苦笑了笑，又问："你那老爹、老娘呐？"

"爹叫地主给逼跑啦，从我三岁就没了信儿！娘因为给八路军送信，叫日本鬼子狗日的活活打死啦！"

"唉！日本鬼子这些杂种，杀害了多少人呀，弄得孩子们，这个少爹，那个没娘的！……"

二愣娘说到这里，忽听二愣在门外高声咳嗽了两声，赶忙收住了话头，

107

向王班长说：

"孩子，快，快藏起来。"

王班长把饭碗一撂，溜下炕沿，到后院去了。二愣娘一边喊一边走出去：

"二愣，你这孩子，吃着吃着饭又跑出去干啥呀？饭都快凉啦！"

二愣娘正嚷着，闯进两个端枪的伪军。他们进了院子，啥也没说，从二愣娘身边插过去，一直进了屋。他们来到屋里，这里瞅，那里看，各处转了一阵，然后指着炕上的饭桌说：

"老太婆！你一个人吃饭，怎么两双筷子、两个碗呀？"

二愣娘指着正往屋里走的二愣说："这不是俺娘儿俩吗？这个野孩子，饭没吃完，就跑出去玩了，你们来时，我不是正喊他吗？……"两个伪军没听完，又向后屋门走去。

二愣娘心里一惊，捏了一把汗。

伪军推开后屋门一看，只见后边还有一个院子。院子里空空荡荡，一圈儿破垣墙，没有一间房。院子的空间并不大，放的乱七八糟的东西倒不少。这里侧着个破荆囤，那里歪着个烂粪筐，这边一堆乱柴火，那边一堆灰渣土，尘土满地，臭气冲天。伪军向那院里扫视了一圈儿，赶紧掏出手绢儿捂住鼻子，"咣唧"一声推上了门。二愣娘提着的那颗心，一下子落了地。二愣那两只紧紧握起的拳头，也慢慢伸开了。

敌人的这次突袭，扑空了。他们丧气地走出屋去。

二愣娘紧跟在他们的身后，问道："老总，你们倒是来找啥玩意儿啦？"

一个伪军用手比了个"八"字："有个伤员，落在这一带！你要是知道……"

二愣娘想从敌人口中探听到情报，目的达到了，她赶紧打断敌人的话说：

"知道，知道……"

两个汉奸立刻长了精神，一齐凑上来。二愣娘也用手比了个"八"字说："八爷的酱园在西边！"她又随手向西一指，说，"不远，出了这个门，往南走，出了过道口，往西拐，那边不是有个破庙吗？过去……"

一个伪军不耐烦了，厉声说："别瞎扯！我们找伤号……"

二愣娘又故意打岔说："不，不，不叫'商号'，叫'福兴号'！……"

另一个伪军戳了那个伪军一把，不耐烦地说："哎哎！你跟她叨叨啥，半阴半阳的！"

那个伪军翻了二愣娘一个白眼，说："真他妈的土包子！"说罢，一跺脚向门外走去。

二愣娘跟在两个伪军后边，还在叨咕着："错不了，是叫'福兴号'，管保错不了！……"

"滚回去，你跟着干啥？"

"送送你们嘛！"

其实，二愣娘哪里是送他们，她是为了看看他们的去向，怕他们偷偷藏在门口旁边不走。因此，她一直"送"出门口，见两个伪军一直向西走去，这才悄声骂了一句："畜生！"然后，把门虚掩上，回到屋来。

在二愣娘对付敌人的时候，二愣托着一碗半菜半米的饭，站在屋门口，倚着门扇，一边扒饭，一边瞭着伪军。他见娘走回来，便问道：

"狗日的走了没有？"

"滚蛋啦！"二愣娘又转了话题说，"你哥还没吃饱呐，快去把他叫出来……"

二愣拉开后屋门，"啪啪——啪啪啪——啪"，拍了几下巴掌。只见那堆乱柴火动了一下，王班长从里边钻了出来。接着，他贴着墙根，踩着乱柴火，转着弯儿向这后屋门口走过来。后院当中，被风刮上了一层厚厚的尘土，王班长注意脚下，以免留下脚印，引起敌人的怀疑。

王班长向这边走时，二愣娘站在二愣身后，望着他的脸色，忽然又想起了方才那个还没解开的谜。于是，等王班长来到屋里，她一边给王班长盛饭，一边顺口问道：

"孩子呵，这两天，大娘见你像有心事……"

说起来，王班长确实有点心事。自从小李庄突围以后，小张曾特地到县委去了一趟，向正在县委开会的杨龙汇报了突围战斗的情况。当时，小张从杨龙的嘴里，听到一点关于县委召开这次会议的消息：会后要扩大区队。小张从杨龙那里回来后，来看望王班长时，把他听来的这个消息告诉了王班长。小张走后，王班长就一直在考虑这个问题，他由扩大区队，想到了缺少骨干的问题，由缺少骨干，又想到了尚未取得上联系的那三个战士，于是他又想："得想法儿赶快把那三个同志找来呀！"可是谁去找呢？他自己的腿伤还不好，现在走路一瘸一拐的，显然自己是不能去的！派别的同志去找吧？现在小张可能领着同志们转到远处去了，这些天又一直没人到这里来！因此，这件事便成了他的心事。他怕大娘和二愣为他操心，这件心事从没跟他娘儿俩说过。现在大娘一问，他才顺口应道：

"嗯，是有点心事……"

"啥心事？"二愣插嘴问道。

"自从区长牺牲后，有三个战士下落不明！"王班长说，"前些天，听说他们在公路以东活动，可是一直没有接上头……"

二愣说："我去找！"

王班长说："你能找到？"

二愣说："慢慢找总能找到的！"

"不行不行！"王班长望着二愣的胳臂摇了摇头，"你那胳臂上的伤还没养好……"

"那碍啥事！"二愣说，"走路用腿，找人用嘴，胳臂也不过是跟着游逛游逛罢了！再说，我这胳臂只是伤了点皮肉，一没伤筋，二没动骨，现在已经好得差不多了！"

二愣娘也在一边说："俺二愣这孩子，从小就跟个铁人似的，小伤小病向来不当回事，老王呵，你就让他去吧，呵？"

王班长犹豫了一阵，最后答应了。

二愣要走时，二愣娘嘱咐道："你找到以后，可快点回来呵，免得我和你老王哥不放心，听见了没？唉？"

二愣应了一声，揣上两个菜窝头，就要出门。王班长又喊住他嘱咐说："你这次出去的任务，就是找三个战士，千万不要多事，还要处处小心，不论找着找不着，要快去快回……"

"记住啦！"二愣满口应下，走出屋去，到院门口时，二愣娘又追上来，把一只银手镯塞给他，悄声说："二愣呵，你把它带上，找个集卖了，买点鱼呀肉的回来！呵？"这只手镯，是二愣娘的出嫁之物。为什么只有一只呢？原来二愣才两岁的时候，二愣爹被地主逼得逃离了家乡。临走时，二愣娘把那一只塞给了丈夫，并说："这种年月，我也说不定哪天死活，万一我有个好歹，咱二愣长大了去找你认爹时，这只手镯就算个凭证吧！"二愣爹自从那次离开家，直到今天，一直没有音信。这些伤心的往事，二愣曾不止一次地听娘跟他说过。因此，这时他见娘要让他把这只手镯卖掉，不由得大吃一惊，便说：

"娘，咱无论如何不能卖它呀！"

"唉！你知道个啥呀！"二愣娘悄声解释说，"你老王哥的伤口就是不见长肉，要是能吃上点鱼呀肉的，好得可就快了！……"

二愣对王班长的关心，并不比他的老娘减色。对自己的家境，二愣当然也是十分清楚的，除了这只银镯，还有什么东西可以折卖几个钱呢？他把心一横，说道："好吧，卖它！"二愣说着，把手中的银镯装进了衣袋。二愣娘不放心地嘱咐说："你可要多加小心，别把它掉了呀！"二愣说："娘，你放心吧！"说罢，跨开大步，匆匆而去。二愣娘站在门口上，一手扶着门框，一手打着凉棚，久久地望着儿子那渐渐远去的背影。

二愣到了公路东，一连转了两天，不但没有找到三个八路军战士，就连个线索也没打听到。这天，他独自一个人正在路上走着，忽然想起了王班长嘱咐的"快去快回"那句话，就想回去，可又不甘情愿，心想："我这样回去，王班长不更愁了吗？"他暗自决定：不！不回去，一定要找到他们！

二愣慢慢腾腾地走着，前边隐隐约约传来嗡嗡的人声。左右两边大大小小的道路上，男男女女的正向人声处走去。看样子，那边不是有庙会，就是有集市。他想应当到那里去一趟，好卖了镯子买点鱼呀肉的捎回去，也许能碰上个熟人，顺便打听打听那三个八路同志的消息……

二愣边想边走，不由得腿就拐了弯儿，一直向那人声处奔去。

穿过一个村庄，走上一块高地，远远望见前边的一个村头上，一所大寺院前边，聚集着一片人海。显然是庙会。

二愣走近庙会时，正是热闹时候。各种买卖、生意，都已上全了市，摆开了摊。你听吧，南腔北调，七高八低，一片叫卖声。那边，有一个耍把戏的艺人，光着膀子露着臂，站在人圈儿当中，指手画脚地嚷："今天来到贵地，原谅我不知老师傅、少师傅姓甚名谁，只好向诸位来一个罗圈大揖，求诸位多多捧场，大大赏脸……"这边，有一位卖野药的先生，穿着大褂子，戴着帽垫子，正面对着流水一般的游人招揽买卖。在卖野药的旁边，有一位捋着胡子相面的先生，面对着一位穿绸裹缎的人，嘴不停歇地嘟念。

在这大大小小的各种摊案之间，是潮水一般的游人。南来北去，你来我往，拥拥挤挤，碰碰撞撞。他们中间，有穿袍戴帽拉着文明棍的富人，也有光头赤足端着半边碗讨饭的穷人；有歪戴着帽子、趿拉着鞋、提着鸟笼子的二流子，也有泥腿泥脚、满头大汗、荷肩负重的穷人，还有特地跑到会上来想捞外快的鬼子、汉奸，歪鼻子斜眼，耸头晃膀，逛来逛去。除此外，在这人流中，还夹杂着各式各样游市串街的小买卖人，他们在一边走着一边叫卖。一个背着钱褡裢卖针的人，用两根手指晃着"当啷啷当啷啷"的"圈铃"，边走边嚷：

"天津卫的圆鼻子针！天津卫的圆鼻子针！……"

二愣进了庙会，也杂在这人流中，随着人的流势，向前拥挤着。二愣是最爱逛庙会看热闹的了。过去常常揣上个窝头，一逛就是一天，不到天黑不肯离开。今天他却没有这份儿闲心，他直向估衣市挤去。

估衣市里，人山人海。不过，要分也容易，两伙人，一是买的，一是卖的。买的大都是些有钱人，他们腰里装着钱，要到这里来捡便宜。卖的大都是些穷人，他们都穿得破破烂烂，面前守着一些估衣、旧家具什么的，大大小小，形形色色，啥玩意儿都有。还有的人，自己光着脊梁，却把一个旧上衣摆在前面出卖，眼里含着泪水，在和买主讨价还价。二愣来到估衣市里，他顾不得细看这一切，便在别人的空儿里挤了挤，把那只手镯摆在了面前。他守在那儿，总是没人过问。二愣一直蹲在那儿守了好大晌，不用说卖，连个问的都没碰上。二愣赌气把手镯往衣袋里一装，走了。他一边走，一边到处张望。他想找到一个熟人，好打听打听那三个八路同志的消息。他转呀转，转到了鱼肉市里。这里，猪、羊、牛肉，鲜鱼、干鱼，样样都有。二愣望着一爿爿又肥又大的猪肉，心里又想起了临来时娘嘱咐的话，他不由得在想："无论如何，要买点肉回去……用手镯换点肉不行吗？"想着，他便悄悄向那卖肉的走过去，抱歉地说："掌柜的，我给你这只手镯子，你换给我点肉吧？"那卖肉的望着二愣手中那只手镯说："你这个小伙子，是因为嘴馋从家里偷出来的吧？我们买卖人不干那缺德的事儿！"二愣一听这话，觉得受了污辱。可又不能把事情的真相说明白，只好翻了那卖肉人一眼，涨红着脸钻进人空里走了。他真想一步就离开这个鱼肉市，可是，想起娘的嘱咐，想起王班长的伤势，腿就不愿意往前迈了。后来，他转着转着，又转到一个卖鱼的摊子上。这回他有了经验，事先编造了一个理由，向那卖鱼的老汉说："老大爷，我是个穷人，我老娘病得厉害，想吃鱼，又没钱买，我把这只手镯给你，你换给我两条鱼吧？"那卖鱼老汉上下打量了二愣一眼，见他确实是个穷家孩子，就为难地说："孩子呵，我也是个穷人。我家里还有好几口人，等着我卖了这点鱼，买点糠呀菜的糊口呢，你这手镯，我要不起呀！"那卖鱼老汉说到这里，稍一停，又叹了口气说："唉！都是穷人，穷人知道穷人的难！这样吧，我自给你一条鱼，我也不要你那手镯，你拿回家去给你的老娘吃吧！……"二愣心里一阵高兴，手伸出去想接鱼，又嗖地缩了回来。他想："老大爷这大年纪，打这点鱼容易吗？他家的日子也难过，怎么能白白要这位老大爷的一条大鱼呢？"想到这里，二愣忙说："不，大爷，我不要了！"

正在这时，一个鬼子兵走过来。那小子来到鱼摊近前，说道："这鱼的大大的肥！"卖鱼老汉瞪着两眼瞅着他，没有吭声。那鬼子一伸手拿起一条最大的鱼，一边瞅着又一边说："好的好的！这条鱼的很好！"那卖鱼老汉说："老总，买鱼呵？"鬼子说："这一条的我的要！"老汉说："行行行！"他说着，就随手拿起了秤，要去称鱼。那鬼子根本没有理这一套，拿起那条鱼就要走。卖鱼老汉说："老总，我们是小买卖儿，你……"老汉还没有说出要钱，那鬼子就急了，张口骂道："你的八格牙路！你的心坏了的有！"拿鱼不给钱，还说人家"心坏了"，真是十足的强盗逻辑！卖鱼老汉苦口哀求，那鬼子更火了，一下子把鱼向老汉砸去，然后抓住老汉，举拳就打！

二愣一见这情景，肺都气炸了。他不由得握紧了拳头，一抡胳臂，向那鬼子打过去。这一拳，正好打在鬼子的胸口上，直打得那鬼子一连向后倒退了好几步，要不是被后边的一个摊案挡住，早已王八晒太阳四爪朝天了！二愣这一拳，惹了祸！那个鬼子咬牙切齿，面色铁青，一手捂住胸口，另一只手掏出了匣枪，对准二愣，就要射击。二愣一见，一个箭步蹿上去，一把抓住了鬼子的手腕子，往上猛一举，鬼子手中的匣枪，"当当"朝天响起来。二愣的另一只手，紧紧握起拳头，冲着鬼子的头砸下去。要是在往常，二愣的铁拳砸在鬼子的头上，不要了那个杂种的狗命，也要他蜕一层皮。可是今天，二愣这条胳臂还带着伤！一连砸了两拳，不仅没有把鬼子砸死，鬼子倒伸出了那一只手，反而卡住了二愣的喉头。旁边的一个鬼子，也大步流星地扑过来。二愣的处境十分危急！在这个关头，正巧那个串街的卖针人赶了过来。只见他把装针的褡裢一扔，从腰里嗖地抽出匣枪，紧赶几步，一把抓住了那个匆忙赶来的鬼子。鬼子还没回过头去，卖针人的匣枪已经对准他的后脖颈，向下一枪，子弹钻进了鬼子的肚子，鬼子"吭噔"一声，倒在地上。

卖针人正想赶过来，把这个和二愣扭在一起的鬼子干掉，抬头一看，周围的群众都动了手，已经把鬼子砸了个稀巴烂。二愣已经脱险。

第十七章　打鬼子就是八路

庙会大乱了。

人喊马嘶，你拥我撞，人们向四面八方逃散。

趁这混乱的当儿，卖针人把匣枪往腰里一插，挤在人流中，也向外面跑去。

二愣骤然一愣："咦？奇怪呀？这个卖针的怎么还有匣枪呢？他一定是个八路！"二愣喜出望外，他紧紧跟上那个卖针人，也向会外冲出去。

卖针人跑出庙会，一气儿跑了一里多路，才站住脚。当他回头望时，见在庙会上打抱不平的黑小伙子，紧紧跟在后边，待二愣来到近前，他高兴地拍一下二愣的肩膀说："小伙子，你真够勇敢呵！"

二愣没有回答。这几天来，他心里没有别的，只装着一件事：找八路。现在见了卖针人，啥也顾不得说，张口就问道：

"你是八路不？"

"你问这个干啥？"卖针人笑着说，"小伙子，你是哪村的呀？"

二愣答非所问地说："我是来找八路的！"

"找八路？"卖针人惊问，"找八路干啥？"

"取联系嘛！"

"和谁取联系？"

"和……"二愣又转了主意，改口说，"你先告诉我你是不是八路，我才对你说哩！"

卖针人向四周望了望，笑着说："我是八路，你说吧！"

二愣说："有啥凭据证明你是八路呀？"

"打鬼子不就是八路吗？"

"对对对！"二愣高兴起来，"可找到你们啦！……"

"谁让你来找我呀？"

"王班长！"

"王班长？"

"对！"二愣说，"王力同志。"

"噢，他在哪里？"

"在我家！"

"你在哪村？"

"宋庄！"

"万老庄西边那个宋庄？"

二愣点了点头，卖针人又问道："你叫啥名字？"

"马二愣！"

接着，卖针人又向他问了一些情况，最后说："小伙子，你先回去吧。告诉王班长，就说找到我们了……"

"你叫啥名字？"

"我叫冯春。"冯春说，"我去通知那两位同志，然后一齐去找王班长。"

"你可快去呀！"二愣说，"王班长等得可心急啦！"

"好吧，一定快去。"

二愣和冯春分手后，兴冲冲地向着回家的路上走去。他觉得好像两肩上放下了千斤重担，几天来，因吃不好、睡不宁而带来的疲乏，忘了个精光，两条腿越迈越快。正午时分，来到了自家的庄头上。水塘里的冰凌，已经化开。早春的塘水那么清澈，水中的游鱼清晰可见。二愣望着塘中的游鱼，触景生情，想起了老娘叫他买鱼的事来，心中不由得一阵为难："哎呀！娘要问我，我说啥？王班长的伤总是好不了，怎么办呢？"想着想着，忽然脑子里闪出了一个美妙的念头："哎，我下塘捞它几条不就行了！"他很快脱了衣裳。谁知，他把脚刚往水里一伸，嗖地又抽回来了，塘水冰得脚刺骨一般痛。犹豫了一下，但为了娘的嘱托，为了王班长的身体，终于把心一横，

"嘭"地跳入塘中。

二愣下水摸鱼是有经验的。可是，他一没网，二没钩，全凭两只手去抓，这毕竟不是一件容易的事情。他抓呀抓，抓呀抓，就是抓不上。身子被凉水冰得就像千百把锥子一齐刺进了骨缝，他咬紧牙关，坚持着，坚持着。他暗下决心：我要摸不到一条大鱼，宁死不出这水塘！正摸着，忽然远远望见老娘出现在自己家的门口上。"不能让娘看见。"他忙把身子蹲进水去。过了一会儿，二愣娘进家去了，二愣又继续摸起鱼来。

放下二愣摸鱼暂先不表，回头再来说二愣娘。她这时到门口来干啥呢！是出来接二愣吗？不是，她还不知道二愣已经到了村头，再说，她就是知道了，现在也顾不上去接他。因为杨龙从县委开会回来了，二愣娘跑到门口来，是要观察观察村里的动静，然后好赶紧把杨龙送下洞去。

她走进屋，向杨龙说："孩子呵，没事儿，走吧！"说罢，她便推开屋后门，领上杨龙，向后院走去。

后院的乱柴火堆下边，不是有一个洞口吗？二愣娘来到这里，照例先拍了几下巴掌，然后抽开一捆玉米秸，杨龙便悄悄地钻了进去。

这个地洞，面积不大，可是拾掇得挺舒适。地上，铺着厚厚的谷草，二愣家仅有的一张隔潮湿的大羊皮，也铺在这里。王班长正卧在羊皮上，对着那小小的气孔沉思。猛抬头，一见进来的是杨龙，心里一阵高兴，啥话也没说，一下子把杨龙紧紧地抱住了。杨龙的心情也很激动。虽然他俩离开才几天，可是，就在这几天里，这里发生了一场西李庄突围战，王班长还受了伤，现在他在这里见到了自己受了伤的战友，怎能不激动呢？

过了一阵，杨龙轻摸着王班长的腿，关切地问道：

"怎么样？伤好些吗？"

王班长没有回答，而是另起话题说："杨龙同志，我犯了错误！……"

杨龙安慰他说："这虽然是一次被动仗，可也是难免的！"

王班长坚持说："不！如果我的警惕性再高些，这是可以避免的！"

"突围战的情况，小张都和我讲过了。"杨龙说，"这场突围战，我们的同志机智勇敢，杀出了我们的威风，锻炼了我们的战士……"

杨龙说罢，王班长问道："杨龙同志，这次会上，县委有没有形势报告？"

"按原来的安排，萧华司令员要赶来作形势报告。不过，由于他在路上和敌人遭遇了几次，未能按时赶到。因为这次会议有一项紧急工作，县委为了早些散会，没有等萧华司令员，只好决定把形势报告撤掉了。"杨龙知道王班长问这句话的意思，所以说到这里又转了话题说，"不过，我在会议空隙时间，看了几份文件，还跟县委领导同志们闲谈了一阵，从中也了解到一些新的消息，直到现在，我想起来还怪生气！"

"是些啥消息？"

"国民党山东游击第二纵队司令厉文礼投敌了；蒋介石还发表了什么《中国之命运》，强调反对共产主义，与人民为敌……"

"民族败类！"王班长骂了一句，出了一口长气，又问道，"关于我们方面，有些什么消息？"

"敌伪对我晋西北解放区发动的春季'扫荡'，经过八十四天大大小小二百多次战斗，现在已经被彻底粉碎了！他们纠集二万之众，对我苏北解放区发动的大围攻，现在也以惨败而告终！"杨龙说，"不过，敌人是不甘心失败的，目下正在组织兵力，准备对我山东解放区进行围攻。国民党李仙洲部，正与日寇勾勾搭搭，不知又要搞什么阴谋……"

他们谈了一段全国各地的抗战形势以后，便把话题转到本区的工作上来。王班长问："你方才不说有个紧急任务吗？是啥呀？"

"县委要我们把从敌人手里夺来的枪支、弹药赶快交上去，支援我们的主力军……"

"好！现在我们埋藏在各处的枪支，已经有二十几支了，赶紧收集起来，全部交上去！"

"对！"杨龙说，"这次县委布置的再一个任务，就是要我们积极扩大区队，发展民兵，武装人民……"

"呀！"王班长惊讶地说，"多余的枪支要上交支援主力，又要扩大区队，发展民兵，武装人民，这不矛盾吗？"

"是呵！"杨龙说，"这是个矛盾。我们完满地完成上级党交给我们的这两项任务，关键问题，就在于去解决好这个矛盾。"

"那怎么解决呀？"

"好办！"杨龙抽出腰中的匣枪，"我们这些枪，都是从哪里来的呀？我们全县才只有个小小的地下修械所，只会造手榴弹，还不会造枪，我们这些枪还不都是从敌人手里夺来的？解决枪支问题的根本办法，就是再向敌人手里去夺！"

王班长说："对！我们再跟敌人干一家伙！"

杨龙说："我们有这么'积极'的'运输大队'，还有石黑那么'能干'的'运输队长'，枪支、弹药的供应，还用发愁吗？"

说到这里，两人都笑起来。

接着，王班长又问杨龙："县委对我们过去这段工作是什么评价，对我们今后的工作还有什么具体布置吗？"

杨龙说："县委对同志们勇敢杀敌的精神，评价很高，要我们继续发扬光大。不过，对我们的某些方面，也指出一些具体的缺点和不足，检查起来，产生这些缺点的原因，主要是我的责任……"杨龙点着烟，抽了一口接着说，"县委对我们今后的工作布置得很具体，主要是让我们进一步发动群众，广泛地开展宣传活动，更大地发挥人民战争的威力。在这同时。还要加紧开展对敌人的政治攻势，一面狠狠地打击日本鬼子和铁心汉奸，一面争取、瓦解一般伪军……"

杨龙正说着，洞口响了三下巴掌，接着又听二愣娘说：

"王班长，冯春同志他们来找你了！"

话音刚落，冯春和另外两个战士，先后钻进洞来。五个人见面亲热了一阵，杨龙说："我曾几次派人去找你们，就是接不上头！"

冯春说："我们也一直在找组织，也总是找不上。找不上组织，就像孩子找不着娘一样，心里难受！"

一个跟冯春一齐来的战士说："前些天我们还偷偷摸摸到公路西来过一回，听说你们在西李庄一仗，又被敌人打垮了，同志们分头突围后下落不明，那时敌人在这路西也正闹上劲儿，因此，我们一看这边不能久留，所以又回到路东去了。"

另一个战士接着说："这些天，我们在路东也没闲着，一直在和敌人干架……"

杨龙说："你们的活动情况，我们也听到一些。你们干得很好。尤其是在得不到组织领导的情况下，能够继续活动，独立作战，这种精神是很可贵的，应当发扬下去。"

王班长说："敌人把我们的区队打散了。我们的同志却利用这个机会，锻炼了独立作战的能力！"说到这里，王班长望着冯春问道："你们怎么找到这里来的？"

冯春笑了笑，把他和二愣见面的经过，前前后后说了一遍，最后感慨地说："二愣是个好小伙子！就是冒失一点儿……"

王班长不由得问道："二愣和你们一块儿回来的吧？"

冯春吃惊地说："怎么，你还没见到他？"

"没有呵！"

王班长沉不住气了。他忽地站起身来，向杨龙说："杨龙同志，你们先谈着，我得去看看！"说罢，爬出洞口，来到屋里。这时，二愣娘正在擦眼抹泪。见王班长进了屋，她忙抹了一把泪，强装出笑脸说："孩子，你出来干啥呀？少啥东西打个信号不就行了吗？"

王班长没有回答大娘的话，而是迫不及待地问道："大娘，二愣回来没有？"

"他，他……"二愣娘结结巴巴地为了难。她不愿意把二愣没回来的事告诉王班长。她想：告诉他们有啥用？让他们冒着危险各处去找吗？在这大白天，他们藏还藏不住呐，怎么能让他们去冒那么大的风险呢？万一再受了损失……于是忙说道："他出不了事的，你放心吧，他也许是去赶集买鱼了……"

"买鱼？"

"是呵！"二愣娘为了使王班长相信她的说法，便把她让二愣卖手镯买点鱼呀肉的事，一五一十地说了一遍。王班长听了，心里非常感动，他说：

"大娘，你……"

"我做啥呀？大娘我的事你管不了！……"

二愣娘正说着，突然院子里响起了"嗒嗒嗒"的脚步声。她猛然吃了一惊，话头立刻收住。王班长从腰里"嗖"地拔出了枪，却是二愣闯进屋来。

一见儿子回来，二愣娘喜出望外。她一把接过了二愣提在手中的那四条大鲜鱼，乐呵呵地问道："哎哟！换了这么多呀？"

"不是换的！"二愣从衣袋里掏出那只手镯递给娘说，"把这个还给你吧！"

二愣娘一听，脸上的颜色唰地变了，又惊又气地说，"你，你偷人家的？……"二愣娘突然停住，她发现二愣的身子在微微颤抖，两片厚厚的嘴唇也发了青，又见他的一双鞋掖在后腰带上，两只光脚丫子上满是泥水。心里已经明白了个七八成。

二愣向来说话不会拐弯儿，尽管方才进门时还在想："我要想个法儿，不把下塘捞鱼的事如实告诉娘，更不告诉王班长！"可是，这时娘一说他"偷"，他急了，一急之下，就说："捞的嘛！"

二愣的话没落地，王班长跨步上来，紧紧地抱住二愣。他要用自己的体温把二愣那一身寒冷逐散，抱着，抱着，久久地不肯松开。过了一阵，他才问二愣：

"你怎么这么干呀？"

二愣只是嘿嘿地笑。

"孩子，你为了人民拼命流血，他为你养伤挨点冻算了啥呀？大家都在盼着你早日把伤养好，回到部队去打鬼子呀！"大娘说道。

王班长本来想说："我一定狠狠地打鬼子来报答大娘的关怀！"由于激动而没有说出口来。就在这一刹那间，他觉得懂得了一个过去不真正懂得的道理：只有革命的友谊，才是最深厚的友谊；只有同志之间的爱，才是最纯洁可贵的爱！……

第十八章　奇怪的"货郎"

　　杨龙和小张在西南一带的几个村子里，活动了十几天以后，这天又来到西李庄。

　　进村时，太阳落山了。村头上，有一伙孩子们，正在尽情地耍闹着。小李勇也在这里边。他拿了一根竹竿当枪，站在人圈儿当中，又弹腿，又踢脚，又翻跟头，又闪腰，耍得浑身是土，满头大汗。站在周围看热闹的娃娃们，拍着小手喝彩。小李勇耍完了，问道：

　　"你们说，我这功夫，打得过打不过日本鬼子？"

　　娃娃们有的说打得过，也有的说打不过。小李勇急了。他逼着一个后脑勺上留着小辫儿的男孩质问道：

　　"你凭啥说我打不过？你说！你说！"

　　"小辫儿"也不示弱，坚持说："人家日本有飞机，有大炮，还有汽车、机关枪哩！"

　　小李勇不服气，又说："你不服我，是不是？好！咱试试看！"说罢，他把娃娃们分成两伙儿，指着那伙矮小瘦弱的说："你们是日本鬼子！"

　　"小辫儿"问："你们那伙大个儿呐？"

　　小李勇说："我们是八路！"

　　有一个娃娃央求说："小李勇，我没说你打不过呀，为啥也叫俺当鬼子？"

　　小李勇说："你没劲儿嘛！没劲儿，就当小鬼子呗！"

"战斗"开始了。

小李勇的第一个敌手，就是那个"小辫子"。只见他，三下五除二，就把那"小辫子"捺倒了，一手揪着小辫子，一手抡着拳头，边打边问：

"我打过打不过小鬼子？我打过打不过小鬼子？"

"小辫子"认输了，号叫着，央求着：

"打得过！打得过！好个小李勇了！……"

一会儿，"日本鬼子"被八路打败了，"小鬼子"们四处奔逃着。小李勇领着他们这一伙八路，边追边喊：

"冲呀！杀呀！捉活的呀！报仇呀！……"

杨龙和小张站在远处，被孩子们的天真逗乐了。他俩一边看一边议论。小张说："小勇这个小家伙儿，长大了又得像他父亲那样，是员勇将！"杨龙若有所感地说："是呵！日本强盗夺去了李班长的生命，同时，在他儿子的心里，埋下了仇恨的种子！"

他俩正议论着，忽然小李勇的奶奶李大娘从那边出现了。她一边向这边走着，一边着急地喊道：

"小勇子！快回家！你又给我闯祸呀！……"

杨龙和小张走过去，同时叫了声："大娘"。李大娘一见杨龙和小张，顾不得叫孙子了，便领上他俩赶紧回家。

李大娘非常高兴。

进到屋里，杨龙向大娘说：

"勇子这孩子有出息……"

大娘一听夸她那宝贝孙子，心里乐滋滋的，嘴上却说："唉！有啥出息？整天出去闯祸！方才你没见，又嚷着打鬼子喃，要让那狗日的们听见……"

杨龙插嘴解释说："大娘，不要怕孩子闯祸！我们干革命，本来就是'闯祸'的；要是不敢'闯祸'，就不能干革命！其实，怕'闯祸'，不干革命，更会出大祸！大娘，你受了多半辈子穷，受了多半辈子气，你家大爷是被地主活活打死的，这些大祸，是因为你闹革命，闯出来的吗？要是怕'闯祸'不敢闹革命，难道要让小勇子也受一辈子穷，受一辈子气吗？……"

杨龙正说着，门外响起串乡货郎的摇鼓声。杨龙停止了说话，竖着耳朵听起来。大娘说："没有事儿，这是串乡的货郎，卖针卖线的。"

　　杨龙说："不是！这是个'奇怪的货郎'。"与此同时，他心里说：李刚同志来了。"大娘，您先忙别的，我去看看。"杨龙说罢，出门去了。

　　因为杨龙住处不定，李刚找他很不容易，所以就在货郎鼓子的响声中，规定了暗号，李刚常常化装成货郎，出来找杨龙。

　　一会儿，杨龙便领着李刚同志进来了。李大娘见李刚手中拿着货郎鼓，肩上背着个小布包，身穿大褂儿，头戴帽垫儿，是个地地道道的货郎模样，就说："哎呀，货郎掌柜的，快请坐吧！"李刚同志就势打趣说："大娘，买针、买线吗？纳底针、纳帮针、缝衣针、引被针、绣花针样样都有，粗线、细线、合股线、黑线、白线、花花线，样样俱全！"说罢，哈哈笑起来。杨龙也笑了。他们这一笑，李大娘也看透了个七八成儿，便说："你们这伙子人呀！可真能耐，装啥像啥！"大娘说着，见杨龙的衣襟破了，便引针缝补起来。大娘缝着衣裳，杨龙和李刚面对面地坐在炕沿上，谈起工作来。

　　杨龙说："有啥情况吗？"

　　李刚说："从敌人那边传出一个信息：近些日子，城南的八路打得很猛，城里的鬼子有点吃不住劲了……"

　　杨龙问："你听说他们要怎么办？"

　　李刚说："他们还是拆了东墙补西墙，要从这临河区的据点上抽一批人，组成'扫荡队'，到城南去……"

　　杨龙说："好！这是县委统一部署的，敌人又中了我们的计了！……不过，敌人为啥要从临河区抽人？这是啥原因，听说没有？"

　　李刚笑着说："啥原因？西李庄那一仗后，石黑向上边虚报了'战绩'，说临河区的八路被他消灭了。鬼子信以为真，认为这里用不着重兵把守了。"

　　杨龙说："好！我们来个将计就计！借此机会，一面武装出击，一面加紧政治工作，发动人民群众，瓦解敌人斗志……"

　　杨龙说着，掏出烟袋，正要打火抽烟，李刚掏出一盒"炮台"牌烟卷儿，拆开包，抽出一支，递给杨龙说：

　　"来，改善改善吧！"

　　杨龙惊奇地笑着，接过烟卷儿说：

　　"呀！老李，你怎么阔气起来啦？"

　　李刚说："这是贾四转别人的手，送给我的！"

杨龙说："怎么？他送给你烟干啥？"

李刚说："那送烟人没有直说，听那意思，是贾四要我帮助他和你取取联系。"

杨龙问："你的身份他知道了？"

李刚说："看情况，可能知道个大概，不过，我始终没有承认，当然，就更没有应允给他取联系了。"

杨龙说："哦，是这样。今后怎么办？是不是撤出来？"

李刚说："我的意见，还是留在里边，往后，正需要有这样一个人。"

杨龙说："可是危险呀？"

李刚说："危险是有的。不过，我觉得危险性不大！"

杨龙问："为什么？"

李刚说："一来，贾四在东李庄据点上，我在大王庄据点上。不管我是不是八路军的坐探，对他没有直接利害关系。再加贾四是个老兵油子，老奸巨猾，他是为了吃喝享乐当汉奸的，与他没有利害关系的事，他犯不着去冒风险。二来，从上次大闹临河镇，枪毙丘一以后，石黑和胡江一直对贾四存有戒心，贾四对石黑和胡江也有意见，再说贾四和大王庄的姜五，明争暗斗，矛盾也不小。我想，贾四不仅不会为他们的利益去卖命出力，还有可能在等着瞧他们的好看，好从中渔利。再说，他主动托人送烟这件事，已经暴露了他知道我的身份。那么，我出了问题，他肯定有嫌疑。这一点，他不会想不到。如果他对我有歹心，只会暗中报告请功，不会给我送烟，他不是不知道八路军是不好惹的。"

杨龙又问："你分析他送烟的真实目的是啥？"

李刚说："叫我看，他可能是觉得在主子那里不得势，想来个'两门赢'！"

杨龙想了想说："这个分析有道理。不过，敌人总是敌人，还要往坏处多想想。"

李刚说："我已经想过了。大不了把我捕起来。万一有那一天，也不过就是我这颗脑袋，别的好处，敌人是得不到的！"

李刚说到这里，杨龙站起身，在屋里慢慢地走动着，沉思着。最后，他狠狠地吸了一口烟，斩钉截铁地说：

"好！李刚同志，为了革命事业，你就继续留在那里吧！我再向县委请示一下。如果县委有新的指示，咱再另作研究。"

李刚又问："你是不是写个信，我设法给贾四送去，就劲儿和他建立个联系？"

杨龙摆手说："不！贾四现在毕竟还是敌人！要和敌人打交通，必须武力当先！"杨龙挥动一下握得紧紧的拳头，又说，"我们要先把他拿下马来，让他跪在我们的枪口下，来和我们建立联系！"

第十九章　茶馆训敌

　　杨龙和小张在临河区的西北一带，活动了四五天，并在那里召开了地下党的支部书记会议，检查、部署了抗日工作以后，这天一早，回到西李庄。他们进村前，先来到村外的学校里。学生放了学，小学校的老师郑杰正吃饭。他见杨龙和小张闯进来，大吃一惊，赶忙放下饭碗，惊慌失措地说：

　　"哎呀！你俩怎么来啦？可了不得！快，快，快藏起来！"

　　杨龙镇静如常，笑吟吟地问道："郑老师，你慌啥？出什么事儿啦？"

　　"东李庄的伪军出来啦，现在就在村里……"

　　杨龙一转身，向小张说："你去打探打探，看那些家伙们在村里干什么！"

　　小张应声走了。

　　不一刻，小张回来了。报告说，敌人都在村茶馆里吃面条儿呢！

　　杨龙问："他们有多少人？"

　　小张说："一班人，贾四那小子也来了！"

　　杨龙又问："他们带的有什么家伙儿？"

　　小张说："只有贾四带着一支匣枪，挂在墙上；其余人都是大枪，全搭成枪架了……"

　　小张说罢，杨龙站起身，前些天李刚向他汇报的情况在脑子里翻卷上来，好机会！"李刚的身份，贾四已经知道了。他是怎么知道的呢？这件事，只有从贾四口中才能摸到真底。再说，我们不把贾四拿下马来，李刚同志的

127

安全就保不住，我们的地下工作还要受损失……"旁边，郑老师悄声说道："这些家伙们近来太猖狂啦！""是呵。自从在这西李庄那场血战之后，敌人确实猖狂起来了，群众的抗日情绪有些消沉，我们抓住这个机会，对敌人打击一下，对发动群众很有利……"打一场攻心仗！杨龙主意已定，遂和小张计议一番，而后转身出门。

郑杰忙跟上："你们……"

杨龙笑笑，"你不是说，你们搞宣传，敌人打枪太憋气吗？咱去叫他改改！"

"杨队副，那……我也去开开眼，锻炼锻炼。"

杨龙想了想，而后转向郑杰说："老郑呵，你去通知村里的民兵，让他们配合一下！"说罢，又向郑杰低语一番，郑杰连连点头："对！就这样办！"

在从学校通往村里的大道上，稀稀拉拉有几个正去下地干活的农民，他们有的扛着锄，有的轰着牲口背着筐。杨龙和小张把提枪的手背在身后，大摇大摆地向村里走着。郑杰紧紧跟在他们的后边。杨龙走到背筐的大爷近前，那大爷忙向他说："老杨，村里有敌人呀！"

"我知道！"杨龙说，"大爷，把筐借给我用一用吧！"

大爷关切地嘱咐说："你们可要小心呀！"杨龙点点头，又简单地问了问情况，便走开了。在这当儿，小张也从另一个农民手里，借了一杆锄，扛在肩上。

进了村，郑杰一转身钻进过道，去找民兵传达杨龙的命令。杨龙和小张，一前一后，大摇大摆，直奔茶馆。

来到茶馆附近，小张悄悄从茶馆的窗下走过，顺便向里望了一眼，只见伪军们围桌而坐，低着头儿，正"吱溜吱溜"地吃面条儿。开茶馆的老汉，坐在屋角上，"呱嗒呱嗒"地拉着风箱，两只眼怒冲冲地瞟着这些家伙。贾四已经吃饱了，他一面"哗啦哗啦"地洗他那秃脑袋，一面向他的喽啰们吹牛，"当年诸葛亮曾空城退司马，如今我贾某甩手斗杨龙！你们看，咱一不设岗，二不布哨，就断定他杨龙天胆也不敢到这'老虎口'上来逛游！……"

今天贾四所以要这样干。一来是自从在这西李庄打了那一仗以后，他麻痹了；二来贾四调来东李庄据点日子还不长，他要在他的喽啰们面前露一手，好显显他的威风。谁知，贾四的牛还没吹完，小张突然出现在茶馆门口上。两支匣枪张着大机头。

敌人慌了神。同样一个念头，同时在每一个伪军的头脑中出现："完蛋啦！"

贾四毕竟是个汉奸头儿，这时，唯独他表情与众不同。眼睛贼溜溜地眨动。他盯着小张，右手悄悄地向后移动，想去摸挂在墙上的那支匣枪。

小张突然大吼一声：

"举起手来！"

两道锐利的目光。贾四像是见到两颗要命的子弹。他猛然一抖，那两只刚刚离开身子的手，就势举上去。

这时，其他伪军早齐刷刷地举起手来。

"走！到街上站队！"小张命令着，把身子向门口的左边一闪，让出一条通路。

伪军们举着还在抖动的手，一个跟一个走出茶馆，来到街上，散散乱乱，缩着脖子，低着头，挤成了一堆。

这时，有十几个民兵，先后从茶馆附近的矮墙下、草垛边钻出来，他们有的拿着大砍刀，有的端着红缨枪，也有的握着手榴弹。在远处，还有一些群众，正扒着墙头向这边张望。

小张端着双枪，威风凛凛地向伪军们喝道：

"都把手放下，站成横队！"

伪军们你拥我挤，慌慌张张地摆队形。

一溜七高八低的横队站起来了。

"听口令！立正！……向右看齐！……向前看！……报数！"

"一！二！三！四！五！……十三！"

在伪军们报数的当儿，杨龙已布置民兵把汉奸们的枪支扛走了。几个民兵，扛着汉奸们的大枪，分头向村子的东、西两头跑去，他们是去布岗的。

远处张望的群众，由远而近，慢慢凑了过来。一会儿，大街上，街道两旁的房顶上，都站满了人。

杨龙把另一支匣枪插在腰里，提着一支匣枪从人群里走出来，来到伪军

们的队前。轻轻喊了声"稍息",然后把握枪的手向身后一背,严肃地说:

"你们光吃面条儿打鸡蛋,越吃越糊涂!现在再来点儿政治吧。政治是清凉剂,是专治糊涂病的。今天我代表共产党区党委,来给你们讲一课!"他停一下,接着说:"你们当伪军,有的才几个月,有的已经好几年了,听共产党、八路军讲课,还是头一次吧?……是呵,你们想听共产党讲课,是很不容易的!希望你们要好好地听,不要错过这个难得的机会……"

杨龙首先讲了一段国内的战争形势,接着,急转直下,指名道姓,指出伪军们一些罪恶事实。被点着名字的伪军,吓得魂飞天外,面无人色;没被点着名字的伪军,心里七上八下,就怕杨龙点出自己的名字。

杨龙瞟了下面前的伪军,说:

"我们共产党、八路军,讲宽大政策,只要你们痛改前非,我们可以既往不咎……不过,谁要继续为非作歹,"杨龙挥动一下手中的匣枪说,"我们决不客气!"

"不敢!不敢!……"

杨龙最后说:"现在,我向你们宣布'约法三章':

"第一,不准当铁心汉奸!和八路军打仗,枪要朝天放。……

"第二,不准打骂老百姓,不准抢劫东西……

第三,要想法多做些抗日工作,争取立功赎罪……"

小张向伪军们说:"现在要放你们回去啦!听我的口令!解下身上的子弹袋。立正!……向左转!……左转弯,齐步走!"

喽啰们走完之后,贾四才小心翼翼地移动步子,来到杨龙面前,身子躬成三道弯儿,麻脸上挂着强挤出来的苦笑,毕恭毕敬地说:

"谢谢杨队副!谢谢杨队副!……"他用眼角儿瞟了瞟杨龙的神色,又问道:"小的我,也可以走吗?"

"你先别走!"

贾四一怔。

伪军们在小张的押送下,灰溜溜地出庄去了。

村头上,看热闹的群众嬉笑着议论起来。

有的说:"今天可真开了眼啦!"

有的说:"比看场大戏还开心呐!"

也有的说："这出戏还没唱完呢……"

"没唱完？"

"就是嘛！"

"还有啥？"

"贾四呐？"

"对！——看处置贾四去喽！"

人们嚷着，跑着，又向茶馆奔去。

第二十章　"谈判"

茶馆中。

炉火熊熊。

烟雾腾腾。

杨龙正跟贾四谈着。杨龙坐在椅子上，贾四隔着桌子，躬身站在对面。他掏出一包"炮台牌"香烟，拔出一支，右手拿着，左手擎在旁边，向杨龙送过去。并笑着说："允许小的谈谈吗？""不光允许。还可以'谈判''谈判'嘛！""谈判？""是呵！""谁跟谁谈？"杨龙指指匣枪说："你跟它'谈判'呗！""跟枪'谈判'？那，那怎么谈？"贾四有些慌，"杨队副，不，官长！请，请抽我一支……"

杨龙摆了摆手，掏出烟袋来，一边装烟，一边说：

"贾四，你的罪恶是不小的。这你自己知道！……"

贾四的脸唰地黄了，忙说："知道，知道，罪该万死，罪该万死！……"

杨龙接着说："远的甭提，就说前几天，在这西李庄打那一仗，是你向石黑报告的情况，石黑才带领大队人马，包围了我们……"

贾四所怕的，主要是这一章。现在，杨龙却偏又提起了这一章，直吓得他"扑通"跪在地上，苦苦哀求道："杨队副，请你高抬贵手，饶恕我西李庄那一次吧，我干着这个差事，不给太君，不，不，日本鬼子做点事，应酬不过去呀……"

关于西李庄那一仗，贾四向石黑报告情况的问题，是杨龙和战友们共同分析出来的，并没有确切的情报。杨龙一诈，贾四认了账，杨龙想道："贾四又是怎么得到这个情报的呢？借此机会，得弄清这点。"于是，他又接着说："现在，你应当想一想了，今后怎么办？想落个什么下场？是立功赎罪呐？还是要走丘一那条路呐？这由你自己决定！"

"立功赎罪，立功赎罪，一定立功赎罪！"

"我问你，你向石黑汇报的情报，是怎么得来的？"杨龙见贾四张着大嘴在犹豫，没容他开口。又接着说："你们的情况，我们都知道，这你明白！你要胡说八道，"杨龙一指匣枪，"它可不会客气！"

贾四吓得面无人色，忙说："是赵海向我报告的……"

几个月来，杨龙很注意恶霸财主赵海的活动，并发现他一些通敌嫌疑，只是因为证据不足，所以还没有处置他。为了彻底弄清这件事，杨龙故意装作一无所知，接着又问道：

"赵海是什么人？"

"庄户人，不，大财主！"

"哪庄的！"

"小王庄的。"

"奇怪？他是小王庄的，怎么知道了西李庄的情况呐？"

"你们的队伍进村时，正赶他来这村走亲……"

杨龙知道赵海和西李庄有亲戚。他想了想，觉得贾四说得合乎情理。这时他又想起了李刚汇报的情况，于是便转了话题说："我们希望你今后不要当铁心汉奸……"

"我早就是'身在曹营心在汉'……"

"胡扯！"杨龙质问道，"有啥凭证？"

"我早就想和咱这边，不，贵方取个联系，为这事，我还托过人呐……"

"托人，托的谁呀？"

贾四向屋里环视了一眼，然后又向前探了探身子，神秘地说："李刚。"

杨龙佯装不认识，顺口问道："他是干啥的？"

贾四诧异地说："咦？不是大王庄据点上的伙夫吗？"

"一个伙夫能办得了这么大的事？"

"听说他和八路有关系……"

"听谁说？"

"也是赵海。"

"这更奇怪啦，赵海是小王庄人，小王庄离大王庄据点那么近，他为啥不去告诉姜五，偏要跑到东李庄去告诉你？"

"他和我有点老表亲……"

"你这是实话？"

"我敢对天明誓，如有半句谎言……"

"好啦好啦！"杨龙又转了话题说，"叫我看，你这是'舍下灶王爷去拜山神'——舍近求远！"

"舍近求远？"

"就是嘛！"杨龙说，"你东李庄据点上，就有好几个人早跟我们有关系，你要真想和我们取得联系，为啥不找他们？"

"我们据点上有？是谁？"贾四望了望杨龙的神色，又忙改口说，"多嘴！多嘴！"

杨龙指着手中的匣子枪说："现在，它已经给咱取上联系了，你还问那干啥？"

"是，是……"

"不过，你要知道，你身边有通八路的人，对你有好处，没坏处！"杨龙说，"今后，你不是要立功赎罪吗？你如果真做点好事，他们可以替你向我们汇报。当然，你阳奉阴违，还敢做坏事，他们也会汇报的！你过去做的那些坏事。我们所以知道得那么清楚，这就是原因之一！"

其实，东李庄据点上，并没有我们的内线。现在杨龙所以这样说，是一种对敌策略。可是，贾四却"拿着棒槌当了针（真）"，心里扑通起来。杨龙接着说："真和我们有关系的人也好，你认为和我们有关系的也好，今后他们出了事，你都要负责！"

贾四连连点头："知道，知道……"

"知道什么？"

贾四眨巴着眼皮答不上来。杨龙又用匣子枪对准贾四的脑袋说："出了事，枪毙你！"

贾四嚎叫一声，苦苦哀求说："杨队副，你给我个机会，我今后一定立功赎罪，为国出力，为民效劳……"

杨龙就势说："好吧！现在我给你布置几条任务！"

"行，行……"

"晚上要有人到你们据点外边去喊话，不要乱打枪；叫你们打枪再打枪，枪要朝天打；我们的人过'毁民壕'，你们要给竖梯子，并加以保护，受了损失，要你偿命！"贾四借杨龙抽烟的当儿，插嘴说："愿意效劳，愿意效劳……"杨龙没理他，吐出一口烟雾，接着说："还有，鬼子有何行动，你要向我们送情报，我们有伤员送进据点，你们要设法掩护，并负责治疗；和我们八路军交火时，枪要朝天打，不能伤害一个八路军；要经常给八路军送子弹；方才我向你们伪军战士宣布的那'约法三章'，你要带头执行！"

"行行行……"贾四忙应道，"都照办！都照办！……"

"照办不照办都由你。"杨龙指着匣枪说，"你知道它是不讲客气的！"

"照办，照办，一定照办！"

"起来，走吧！"

"谢谢！"贾四爬起来，站在那儿，又想走，又不想走。

杨龙问他说："还有事吗？"

"我还有个要求。"贾四吞吞吐吐地说，"不知当说不当说……"

"说吧！"

"等我出庄以后，要求杨队副打一阵枪……"

杨龙笑着说："好和你的上司交代，是不是？"

"嘿嘿，是！嘿嘿，是！……"

贾四一边点头哈腰，一边倒退着步子，出了茶馆。街上的群众指着贾四骂大街。有的说："这个小子坏透啦！"有的说："真不该让他囫囵回去！"

贾四听了这些话，心里直发抖，像条夹尾巴狗似的，灰溜溜地滚蛋了。

贾四走后，杨龙向小张说："你到村头上打几枪，然后再到学校里去一趟，告诉老郑，让他写个喊话稿，到晚上，咱们到东李庄据点城下去喊话。"

"是！"小张刚想走，见杨龙向村外走去，就问，"你干啥去？"

"我到村外转转！"

"转啥？"

"把贾四放回去了，谁知他怀的啥鬼胎？"

"我看他不会……"

"也许他不会！"杨龙说，"不过，贾四毕竟还是敌人……"他说着，一直向村外走去，并向小张说："你在学校里办完事，也不要轻易进村，到晚上，咱再到李大娘家，去碰头儿……"

"记住啦！"

第二十一章　老八路与小八路

晚上。

杨龙和小张，在李大娘家吃过晚饭。拉闲话时，李大娘像想起了什么，瞅着杨龙，以责备的口吻说："看你这个孩子！这么大啦，也不张罗着成个家……"

杨龙笑着说："大娘，现在那号事不是主要问题。当前的主要问题是打鬼子。等把这个主要问题解决了，再考虑它！"

李大娘点点头，说："你这孩子说的是有理儿。可甭管咋说，男大当娶，女大当嫁，你看，你那胡子都这么多了，也是二十七八的人了……"

旁边的小张挤了挤眼，做了个怪相，说："莫非大娘非让杨龙同志今天就成亲不成。"

说罢，三人一齐笑起来。

笑声落下，杨龙转向小张，"休息得怎么样了？今夜晚，你到小王庄去趟吧！"

"行！"小张站起身。

杨龙说："赵海那个小子的问题，你全知道吧？"

"知道……"

"你把那个小子抓来！"

"好！"

小张摸了摸枪、子弹，整了整衣装，敬了个礼，走了。

杨龙又转向小李勇道："小勇子，我到学校去啦，你去不去呀？"

"杨叔叔，你先走，我找着东西，随后就去！"

"好吧！"

杨龙来到学校时，郑老师伏在灯下，正写东西。由于他的精神太集中，杨龙走进屋子，站在他的背后，他也没发觉。郑杰恭笔正楷认真地抄写着《论持久战》，杨龙瞧着一阵高兴。屋里静静的，只有笔擦纸的响声，和郑杰那由于用力而发出的急促的呼吸声。

过了一阵，杨龙干咳了一声，郑杰这才猛地回过头，说："哦！杨队副，你哪时来的？"

"我早就来啦！"杨龙说，"你想抄下来呀？"

郑杰说："我光借着看，怕耽误你用，我想学你这个办法——也抄下一本来！"

"那太好啦！"

"我还想以后多抄几本，送给别人看……"

"那更好了！"杨龙鼓励他说，"这是一项很重要的革命工作哩！"

郑杰有些不好意思地说："这算啥？我干不了别的，认几个字……"他一边说着，一边在收拾抄写的本子和笔墨。

他们谈起对敌"训话"来。杨龙问："哎，那'城下训话'稿儿弄完了吗？"

"弄完了。我怕敌人进来，藏到墙缝里了！"

"拿来我看看。"

"写得不好！"

郑杰说着，伸手从墙缝里抽出一沓纸，递给了杨龙。

杨龙一气看完后，放在桌子上。还没开口，郑杰先问道："怎么样？"

杨龙笑了笑："不大行！"

原来，郑杰估计杨队副一定会满意。没想到，结果却相反。他忙问："怎么不行？"

杨龙没正面回答，却反问郑老师道："你把我白天向伪军们讲的那一套都抄上了，是不是？"

郑老师说："我觉得那套蛮好呀！"

杨龙说:"头一次讲也许算不错,要是再重复一遍,还有啥意思?咱这又不是演戏!你说对不对?"

"对对对!"郑老师涨红着脸,说,"除了这些,我觉着没啥词儿哩!"

杨龙说:"没词儿就不去喊话。我们搞喊话,是为了作宣传。作宣传和搞别的工作一样,要实事求是,要求实效,不要闹形式……"

郑老师说:"那今天晚上怎么办?"

杨龙说:"今晚上咱还是要去的。你要没词儿,我来唱主角儿,你唱个配角儿,怎么样?"

郑老师说:"行!"

正在这时,小李勇一步闯进来。胸前,还挂了一个"八路"的符号。杨龙把小李勇拉过来,指着他胸前的符号意味深长地说:

"你爹留下的'八路'符号,你又戴上啦?"

小李勇从杨龙那满含希望的眼光里,受到很大鼓舞。他像大人似的,认真地挥动着小拳头。

"我一定学爹爹,打鬼子!"

这当儿,来了两个学生。陆陆续续地,又到了十几个。

学生、民兵都到齐了。

经过一番部署,队伍出发了。

杨龙走在队伍的最前面,小李勇头贴着杨龙的腰胯,昂首挺胸地走在他的身边,不时还神气地拍拍胸前那个"八路"的符号儿。忽而,他撒娇地问杨龙:"杨叔叔,咱俩相比,有啥两样?"

杨龙风趣地说:"我算老八路,你算小八路。"

第二十二章　城下训敌

夜已三更。月亮被薄云遮住，大地上一片昏暗。杨龙领着这支队伍，进了西李庄西头，又出了西李庄东头，顺着一条道沟，一直向东李庄据点挺进。离据点约有半里地时，有一个岔路口，走在最前边的杨龙突然站下了。郑老师低声问："怎么？前边有情况？"

杨龙说："没有。你看，今晚上是南风，在这面喊话不行！走！咱转到南面去！"说着，转向东李庄据点的南面，一直逼近到距离据点不到百米的地方，才站下来。这里，是一条从东李庄通向临河镇的公路。公路旁边，有一个洼坡地带。他们进入这个洼坡，都在北崖下蹲下来。

杨龙向民兵部署道："你们去几个人，到南边的公路上去警戒，防止临河镇的敌人来捣乱！再去几个人，埋伏在这东李庄据点的南门近前，准备好手榴弹，敌人不出来算他有福。他们要是万一出来，就迎门先给他一顿手榴弹尝尝！再去四个人，分东西两路，到东、西门上去放哨，狡猾的敌人，要是从东、西门偷偷窜出来，你们就打枪发出信号，我们好组织抵抗和撤退！……"

有个民兵插言道：

"还用这么小心？我看敌人已经吓破胆了！……"

杨龙打断那民兵的话说：

"狼吓破了胆，并不等于死了！狼只要不死，它就想伤人！伤害人是狼的本性，也是狼的职能！因此，谁要麻痹，谁就吃亏！哪时麻痹，哪时吃亏！"

民兵们按照杨龙的部署，走向各自的岗位。

杨龙拿起用一张厚纸卷成的喇叭筒，向据点上喊道：

"伪军士兵们注意！伪军士兵们注意！八路军来给你们上课喽……"

枪声响了，一颗颗的子弹，"吱溜吱溜"地从高空飞过。有的学生高兴地说："哟，这枪真是朝天打的！"郑老师接过去说："杨龙同志白天跟他们讲明白了，让他们朝天打！"杨龙一直注视着据点，没有说话。

过了一阵，枪声由密渐稀，慢慢停下来了。这时，杨龙向学生们说：

"你们先唱一段歌子让他们听听！"

学生们便一齐唱起来：

> 伪军士兵们，
> 要你们细听真，
> 你们拼命流血，
> 为的是什么人？
> 你们拼命流血，
> 为的是什么人？
> …………

歌子唱完了，杨龙便拿起喇叭筒讲起话来。杨龙讲的内容是《当汉奸十大害处》。主要意思是："第一，卖国投敌，气节败坏，万古留骂名；第二，为敌人卖命，死无葬身之地实在可耻……"

杨龙正讲着，据点南门上，忽然响起一阵手榴弹的爆炸声。杨龙的讲话暂时中断了，他端着两支匣枪，注视着前方。手榴弹响过以后没听到响枪，又平静下来。紧接着，一个民兵从南门方向跑过来，向杨龙报告说：

"有一伙儿汉奸，突然开了南门想冲出来。那些小子们正想悄悄落吊桥的时候，我们猛地给他一顿手榴弹，把他们投回去了！"

杨龙问："现在怎么样了？"

"现在他们又关上了大门，没动静了！"

杨龙说："你们干得很好。继续埋伏在那里，这堂政治课，一定要讲完！"

民兵领了命令走了。杨龙又接上方才的话头讲起来。讲话结束后，学生们又唱起歌子来。

> 伪军士兵们，
> 要你们细听真，
> 你们本是中国人，
> 不该投日本！
> 你们本是中国人，
> 不该投日本！
> …………

唱完歌子，杨龙又领着学生们呼了几句口号：

"打倒日本帝国主义！"

"严惩铁心汉奸！"

"欢迎伪军改邪归正！"

"中国共产党万岁！"

喊话结束后，他们顺着原路，向西李庄撤去。郑老师一边走，一边问杨龙：

"杨龙同志，敌人想开南门冲出来，你看这是怎么回事儿？"

杨龙反问他道："你看呢？"

郑老师说："我看贾四这小子可能是笑里藏刀，一面装得挺听话，一面想给我们来个突然袭击！"

杨龙又说："这是一个可能。还有什么可能没有？"

郑老师说："再一个可能是误会！"

杨龙又问："还有什么？"

郑老师说："再有一个可能是他们内部不统一……"

杨龙又问："还有吗？"

郑老师想了想说："我想不出别的来了！杨队副，你看呐？"

杨龙说："你这个分析，比较全面。至于究竟他们要的什么把戏，我也说不准。我们在弄清真相以前，就得按你说的那第一个可能行事！不过，无论如何，今天晚上我们这次活动，收获不小……"

郑老师说："对啦！这次政治课，我们到底是自始至终地坚持下来了！"

杨龙说："不光这。我们那顿手榴弹，又帮助敌人懂得了许多道理！……"

郑老师问："今后咱对贾四怎么办啊？"

杨龙说："怎么有利于打倒日本帝国主义，怎么有利于人民的最高利益，就怎么办！"

他们走着说着，来到了西李庄村里。杨龙向民兵和学生们说："你们的任务完成了，都回家去睡觉吧！"

杨龙和郑老师来到了学校里，刚刚坐下，小张也从小王庄赶回来了。只见他跑得满头大汗，又是单身一人，杨龙便问：

"怎么样？没有捕着赵海那个家伙？"

小张气吁吁地说："把他崩了！"

杨龙吃了一惊："枪毙了？"

"是这样——"小张说，"我去捕他时，原来这个小子早有准备，他持刀拒捕，并且闯上来要和我拼！幸亏我事先通知了那庄的民兵加以配合，当他持刀向我扑来时，民兵在房顶上开了枪，把他打死了！打死以后，我和民兵对他家进行了搜查，搜出了许多罪证！你看：这是国民党反动派给他的信，要他暗中破坏八路军抗日……这是城里日本特务机关给他的信，让他隐瞒身份，直属县里的日本特务机关领导……"

小张一面说，一面把一件件罪证掏出来，递给杨龙。杨龙看了看赵海的罪证，拍一下小张的肩膀说：

"好！你干得很好！"

小张又掏出一封信说："这是县委的通讯员送来的，我在路上碰到了他……"

杨龙接过信，拆开看起来。这封信上写了两件事：第一，现在敌人的"扫荡队"在城南闹得很紧，为了配合县委的整个战略计划，县委要杨龙领导临河区的武装，加紧出击，狠打敌人，把城南的敌人"扫荡队"引到临河区里来；第二，要杨龙收集一部分铜铁，送往某地，支援主力。杨龙看完信，向小张说：

"立即执行县委的指示！小张，你上东，我上西，分头去召集同志们，到万老庄集合……"

杨龙说罢，便和小张一起离开学校，一东一西，分头出发了。

第二十三章　"人和"颂歌

这些天来，杨龙根据县委指示，领导着区队，在民兵的配合下，神出鬼没，到处袭击敌人，一连打了几次仗，给敌人以重大杀伤。

这一来，石黑又顶不住劲了，连连向他的上司告急求援，为了推卸自己的责任，又谎报临河区来了八路军的大部队。在这种情况下，敌人刚刚开到城南去的"扫荡队"，赶紧撤出来，开回城北的临河区。

敌人这支"扫荡队"，人多势众，来势汹汹，恨不能一下子找到八路军，进行决战。面对这种情况，杨龙他们在"扫荡队"还没站住脚的时候，狠狠地给了他们一次出其不意的打击，又立即化整为零，分散活动了。敌人找不着八路，急得像只疯狗，到处乱窜。

这天，杨龙和小张两个人，带领着一伙儿给八路军运送铜铁的农民，出了万老庄，顺着一条道沟向北走。忽然，在后边担任警戒的小张跑到杨龙近前，往背后一指说：

"杨龙同志，敌人上来啦！"

杨龙顺着小张手指的方向一望，只见背后一里远的地方，出现了敌人的大队人马，直蹚得尘土飞扬。看样子，这伙敌人为数不少，也在这条路上前进着。不过，从他们一边走、一边戏闹的情况看，他们还没有发现这边的目标。望着越来越近的敌人，杨龙心里焦急起来。因为昨天他接到县委的通知，要他们在今天把已收集起来的铜铁，设法儿送到指定地点。杨龙知道，这说明我们的地下修械所，正迫切需要这批物资。"这些碎铜烂铁，是各村群众一点一点收集起来的。有的群众，为了支援战争，把自己心爱的铜脸盆也拿了出来。有的群众，为了保住埋藏起来的铜铁，被敌人打得皮开血流，宁死没有说出埋藏地点……这些东西，来之不易呀！敌人现在也很缺少这类物资，正在到处抢劫搜翻，无论如何，不能让它落入敌手！"想到这里，杨龙眉头一皱，计上心来，立即跟小张说：

"你掩护运送铜铁的群众快走！要保证按县委指示的日期、地点送到！"

小张着急地问："你呐？"

"不要管我！快去执行命令！"

杨龙说罢，进入了一条通向西南的道沟，飞快地向前跑去。他跑了一阵，赶到敌人行军路线的左侧，停住了脚步，趴在道沟崖上，向东北一望，只见敌人离运送铜铁的农民们更近了。看来，再要迟延，敌人随时可能发现目标！于是，他把两支匣枪，擎在手中，一搂扳机，枪同时吼叫起来。

敌人骤然听到枪声，慌作一团。片刻之后，敌人的大队人马，一齐向杨龙这边扑过来。杨龙一见这情景，如同肩释重担，又轻松，又高兴。他打一阵枪，跑一阵；再打一阵枪，再跑一阵，且战且走，边打边撤，把敌人向西南方向引去。

敌人见杨龙只有一个人，他们仗凭人多势众，三面包抄，猛打急追，霎时间枪声大作，尘烟滚滚。面对着成百的追兵，杨龙从容不迫，毫无惧色。

因为有道沟掩护，所以敌人枉费了上千发子弹，并没有伤着杨龙一根汗毛。与此同时，杨龙沉着应战，弹无虚发，却让背后的敌人，留下了一溜尸体和伤兵。

杨龙一边走，一边还击，一边在琢磨着甩掉敌人的办法。想了好大一阵，也没有想出一个法儿来。

退到宋庄附近时，杨龙的子弹已经打光了。这时，敌人三面包抄的椅子圈儿，也越来越小，眼看着就要从三面一齐扑上来。在这种情况下，杨龙别无他路可走，便一头扎进了村子。紧接着，敌人呼啦啦便把宋庄团团围住。

敌人围住村子后，挨门搜翻，并在每条过道口上，都设上岗哨，不分大人、孩子，一律不准出进。然后，又把全村所有的人，不分男女老少，一律赶到村当中的大场院里去了。

杨龙进村后，原想藏到二愣家的地洞里去。可是，当他走近二愣家的门口时，望见敌人已在那里设了岗。于是，又转身钻进了另一个群众的家里。在那位群众的帮助下，把两支没有子弹的空匣枪藏起来，又换了换衣着，便和群众混在一起，相跟着被赶到这个大广场上来。

广场的面积很大，全村的几百号人，全挤在了这里。人们见杨龙也被赶了来，都不由得大吃一惊。然而，谁也没有把这种心情表露出来。大家见杨龙坦坦然然，面色如常，都从他的身上受到了鼓舞。许多人不约而同地想着："不管敌人使什么花招儿，宁可豁上自己这条命，也要把杨龙同志掩护下来！"这当儿，杨龙也作了许多设想，他最后确定的斗争目标是："我的第一个任务，是保住群众的安全；第二个任务，是我自己胜利脱险！"

广场的四周，敌人围了一个大圈儿，一律端着大枪，枪上上着刺刀，摆出一副杀气腾腾的凶相。在广场的北面，还架起了四挺机关枪，对着广场上这些手无寸铁的群众。

伪军队长胡江，按照他主子的授意，站出来向群众讲话。他说：

"你们注意听着！有一个八路，跑到你们村里来了。现在就在你们当中，你们要立刻把他指出来。要是不说，把你们一律枪毙！说！快说！"

全场人都怒目相视，没人说话。

胡江见没人回答，把刚才说过的话，又重复了一遍。全场依然鸦雀无声。

胡江恼羞成怒了："他妈的！你们没捎舌头来？还是活够了怎么的？唉？今天我胡江……"他说到这里，挥动一下手枪，却被石黑制止了。石黑觉得胡江这个奴才太无能，只得亲自出马。他噘着小胡子，摁着军刀，皮笑肉不笑地说：

"众位！八路的是大大的土匪！我们大日本皇军，是来帮助你们中国剿匪的！你们的明白？……"

群众中仍然没人说话。

石黑又接着讲道：

"我们剿匪，是为了保护老百姓的。你们把八路说出来吧，我们日本人是讲人道的，只杀八路，不杀老百姓，你们把八路说出来吧！啊？说出来的好！啊？……"

全场依然鸦雀无声。

胡江替他的主子冒了火，突然插嘴道：

"你们是哑巴吗？太君和你们说话，你们竟敢不吱声！我枪毙……"

胡江的话，又一次被石黑制止了。石黑上前摁住胡江端着枪的手说：

"不！和平解决！和平解决！这样吧：谁要说出一个八路来，皇军的大大的有赏——给他钞票五万元！"

石黑说着，还伸出了五个手指，举在半空。

全场仍然鸦雀无声。

石黑提高了嗓门儿，又说：

"十万元！"

全场还是鸦雀无声。

石黑一次一次地把悬赏金额的数目加上去，回答他的仍然是鸦雀无声。石黑要发疯了！他伸开带毛的五个指头，嘶哑地嚷道：

"五十万元！"

全场还是鸦雀无声。

石黑"和平解决"的"文戏"演完了，他的强盗目的没有达到，便立刻把脸一翻，露出了狰狞面目。他把雪亮的军刀，举在半空，咬牙切齿地说：

"八格牙路！限你们三分钟，再要不说，通通地死了死了的！"

石黑说罢，退到一边，又向他的喽啰们命令道：

"机关枪的准备！"

敌人的机枪手们，拿好了架势，扣住了机钮，等待着射击的命令。全场的群众，怒目相对。

时间迅速地消逝着。三分钟的时限，眼看就要到了！

在这严峻的时刻，英雄的宋庄人民，蹲在广场上，抬头挺胸，面不改色，一双双像要喷出火来的眼睛，直瞪瞪地对着敌人的枪口。男女老少都不约而同地握紧了拳头，鼓足了劲。如果敌人开枪，他们会不要命地冲上去，跟不共戴天的敌人拼个你死我活！

蹲在群众中的杨龙，体验着群众的情绪，受到很大鼓舞。他既为人民群众这种英勇的气概所激动，也为自己的党有这样的人民群众而高兴。然而他也知道："残暴的帝国主义者，是什么坏事儿都干得出来的！……我作为一个共产党员，决不能让手无寸铁的人民群众去和敌人的机枪、刺刀硬拼，我更不能让他们为我一个人而去牺牲……"

杨龙正想着，三分钟已经到了。石黑像只饿狼似的嚎叫道：

"时间到了！开……"

就在这千钧一发之际，杨龙忽地从人群里站了起来，对着石黑这个正要行凶的强盗，发出了雄狮般的吼声：

"我就是八路！"

石黑被这突如其来的吼声吓得一惊，当他把脚跟站定，正要定神细看时，又一个青年站了起来，他挥动着拳头，也是一声怒吼：

"我是八路！"

这个青年是马二愣。二愣的喊声未落，又有一批衣着破旧的贫苦农民站了起来，他们齐声高喊：

"我是八路！"

"我是八路！"

"…………"

石黑急了。他挥舞着手中的军刀狂叫着：

"住口！住口！……"

军刀没有吓住任何人。在场的所有群众，呼啦一声都站起来了。五大三粗的小伙子，身强力壮的大姑娘，白发苍苍的老年人，高高低低的孩子们，几百号人，同时发出了一个声音：

"我是八路！"

"我是八路！"

"…………"

这声音，如风暴，如海潮，在天地间发出了巨大的回响，直震得天在抖，地在颤。

石黑无计可施！挺身而出的杨龙，已和挺身而出的群众，掺杂在了一起。

面对着这种局面，他怎么办呢？当然，石黑决不会甘心承认失败，就此罢休。他本能地望了望天，已经是夕阳西下，天色将晚，天边上又响起一阵隆隆的雷声。眼看着一场风雨将要到来。不能再纠缠下去！如果天一黑，雨一下，八路军游击队和各村的民兵从四面八方围攻上来，在这个小村中展开夜战，后果将不堪设想。石黑咬了咬牙，想出了一个毒辣的办法——把在场的所有青壮年男人，一名不漏地都挑出来，带回临河镇去。

第二十四章 越狱

黄昏。

狱中。

云压顶。

风肆虐。

人愁。

地暗。

临河镇据点上，先前就扣压着许多无辜的老百姓。十几间牢房，挤得满满的。现在又从宋庄一下子带来了几十号人，原来的牢房放不下了。敌人又开设了一个临时牢房，把这伙青壮年都关了进去。

太阳已经落尽，天还没有完全黑下来。宋庄被抓来的青壮年们，都坐在潮湿的土地上。有的低着头，默默不语。有的咬牙切齿，悄声地骂着敌人。杨龙站在这"临时牢房"的窗前，忽闪着他那双炯炯闪光的眼睛，透过那又粗又密的窗棂，向窗外望着。

窗外，刮着风。窗前那棵老榆树，被风一刮，摇摇晃晃，枝丫扫着屋檐，发出"唰啦唰啦"的响声。两个值岗的伪军，背着上了刺刀的大枪，在窗外不远的地方，溜来逛去。时而扭过头来，向这边牢房里瞅瞅。牢房里的任何声响都会引起他们的注意。

在杨龙向窗外观望的时候，二愣上上下下地打量起这座"临时牢房"。这是三间大北屋。房顶是平的。四面的墙壁，是用黄土打成的，很硬，很厚，很坚固。两扇紧紧关闭着的门板，上下左右没有半点缝儿。两个窗口上，安装着两层窗棂。里边一层是木头的，外边一层是铁的。二愣看了多时，问他身边的一个壮年人说："牛子哥，你原来不是在镇上扛过活吗？"

"是呵！"

"这里以前是个啥地方？"

"是一家财主的宅院。"牛子哥说，"我就是给这家财主扛活的。"

"这家财主呐？"

"他家有两处宅子。鬼子安据点时，他把这个宅子让给了鬼子……"

二愣又问："这个房子原来干啥用？"

"原来是个仓房。"牛子哥指着门窗说，"从这设备上你还看不出来吗？"

二愣和牛子哥悄悄低语，忽然杨龙离开窗口走了过来。二愣小声问他道：

"杨龙同志，你方才向外看啥呀？是不是……"

二愣想问：是不是看看怎么想法逃出去。还没说完，杨龙已笑眯眯地跟上说："我看看这里的地理环境，将来攻打据点时有用处呀！"

二愣和牛子哥，都是抱着和敌人拼命的态度入狱的。现在经杨龙这么一说，他们的脑子里，又产生了坚决斗争、争取出狱的想法。二愣问："杨龙同志，你说咱们还能出去吗？"

杨龙坚决地说："一定能出去！大家要坚定信心。"

入夜了。屋里没有灯，黑得伸手看不见五指。杨龙想："应当抓紧时机开个会，让大家作好两手准备。"他要大家靠近些，小声问道："现在你们在想啥呀？"

有一个人说："我正在想明天那些狗日的们会怎么治咱们！"

杨龙问："你害怕吗？"

那人说："哼。怕啥？还不是那老一套！提讯，问口供。不说就上压杠，灌辣椒水，倒吊梁头……随他们的便！要命给他，要话没有！"

二愣插嘴问道："牛子哥，你上回坐狱的时候，提讯上绳不上绳？"

牛子哥说："提讯不上绳。"

杨龙问二愣说："二愣，你问这干啥？"

二愣说："不上绳就好办！我瞅个机会，就跟小子们动拳头，砸死一个够本儿，砸死两个赚一个！……"

他们正说着，在窗外站岗的伪军隔窗嚷道："你们老实点儿！嘀咕啥？他妈的！"

"我们讲故事！你他妈的管得还挺宽啦！"

伪军喊道："不许说话。"二愣说："这爷们儿就是讲，你有法儿使去吧！"

两个伪军急了，一边拉栓顶火，一边吓唬道："你他妈的造反呀！放明白点儿，你知道这是啥地方？"

屋里的人们忽地都站了起来，有的拥到屋门口，有的拥到窗台前，七嘴八舌地又骂又喊：

"你们也放明白点儿，这些爷们儿怕死来不到这里！给自己留点儿后路吧！你们不要觉得能唬庄户人家，可还有治你们的呐！"

伪军们不吭声了。房子里又安静下来。

杨龙想了想说："我们应当作好两手准备。宁死不屈固然很好，但是首先还是想法儿越狱！"

二愣说："我看过了，不好办！这样的门窗，又有人把守，是出不去的！这墙壁要是砖的或是坯的，还可以想法儿抽开，可这墙，又偏偏是土的，怎么办呐？"

"是呵！土打墙，没有铁器是挖不开的！"那位牛子哥惋惜地说，"要是能挖开这个后山墙就好办了！"

杨龙忙问："为什么？"

"我小的时候，给这家财主放过羊。鬼子在这里安据点的时候，我被抓来修过据点。这里的情况我熟悉。"那位牛子哥说，"这座屋的后山墙外边，是个空场。空场北头，有个便门。那里平常只有一个岗……"

牛子哥这一说，引起了许多人的兴趣。有人说："这屋里也不知有家什没有？要是大小能找到件家什可太好啦！"

听了牛子哥的话，人们都不由得在自己身旁摸起来。

这时，屋外的风更大了，又下起雨来。在门外站岗的两个伪军，跑到对面的小屋里去了。那个小屋正和这个牢房对门。两个伪军坐在门里，守着一盏"保险灯"，一个在打瞌睡，一个在抽烟。在他们看来，牢房的门窗这么坚固，就算没人看守，也是谁都跑不出去的。

事实上，想逃出去也确实不容易。他们把整个屋子摸了一遍，结果连一寸大小的铁器都没摸着。人们不禁焦急起来。

人们默默地坐着，想着。一个人气恼地说："他妈的！这屋子漏水。滴了我一脖子！"

杨龙靠墙坐着，手指甲刻着墙皮。伙伴的话，像一道电光似的，在他的心里一闪："哎，要是有水洒在墙皮上，墙一湿，不就好挖了吗？"他想到这里，心中高兴起来，忙把人们召集到近前，把自己的想法跟大家说了。大家一听，都说是个好办法。他们就轮流用手捧着在漏的地方接水，接了水，就洒到墙上去。接着，再用手指甲挖。这个把手挖疼了，那个接着再挖。就这样，他们洒了一次水，挖一层土，大家交替轮换忙了起来。

可是，由于水太少，挖得太慢。照这个挖法，就算挖到天明，看来也挖不透。于是，他们又筑起了三节人的人塔，把房顶上漏水的窟窿捅大。水一多，挖洞的速度大大加快了。洞，终于在黎明前挖通了。

人们在杨龙的组织与指挥下，一个接着一个，钻出洞去。杨龙让人们先在旁边等着，他和马二愣在牛子哥的指引下，悄悄向北便门摸去。

北便门前，有一个小小的岗屋。岗屋里亮着灯。一个值班的伪军，正坐在灯前抱着大枪打瞌睡。杨龙一步闯进去，两手卡住了那家伙的脖子，二愣一步蹿上来，抡起拳头，向敌人的脑袋砸下去。杨龙拿过伪军的大枪，二愣也拣起了几个手榴弹，两人迅速冲出岗屋。在他俩收拾那个伪军的当儿，牛子哥已经悄悄打开了北便门。在后边等得心急了的人们，已经自动地拥到便门上来了。于是，杨龙在前，二愣断后，他们摆成了一溜长蛇队，出门去了。

他们出了据点，穿大街，越小巷，拐弯抹角，很快来到了西面的围墙脚下。这时，天色已近黎明。每到这个时候，敌人城门上的岗哨就有些麻痹了，巡城哨也撤了。因此，他们顺利地溜下围墙，又翻上壕沟，脱险了。

他们顺着道沟刚走出不远，敌人的大队人马，追了上来。杨龙向大家说：

"你们顺着前边的道口，赶快向南撤退，我来掩护你们！"

群众被杨龙好说歹说劝走以后，二愣却不肯走，并拿着手榴弹凑到杨龙的身边来，说道：

"杨龙同志，我来帮你打掩护！"

杨龙想："这么多人集体越了狱，敌人一定很急，要再被他们捉住，一定要下毒手了……我们一定要以最小的代价，换取更多的人安全脱险。"他想到这里，便夺过二愣手中的手榴弹，命令道：

"快走！"

二愣无奈，只好走了。

一会儿，敌人便扑了上来。杨龙先打了两枪，接着又扔出一个手榴弹，便向后退去。过了一阵，等敌人逼近，他又打了两枪，扔出一个手榴弹，又继续撤退。边打边走，撤进了万老庄。敌人一面团团围住村子，一面在后面猛追。杨龙正穿过一条过道，忽然发现敌人已在过道口的两头都支上了机枪。

他只好闪身钻进一个院门。正想爬墙串院，忽听到那边院里已经进去了敌人。紧接着，房顶上也发现了敌人。一个敌人在喊：

"杨龙！杨龙！"

接着，一颗冒着烟的手榴弹，扔在了他的脚下。

杨龙一个箭步蹿进屋去，刚往门后一闪身，手榴弹"轰"地响了，震得门窗发出了一阵响声，院子里，掀起一团尘土和浓烟。

敌人迅速把这个院子围住。房顶上站满了敌人。杨龙要再冲出去，已经是不可能的了！

第二十五章　孤身虎胆

杨龙孤身一人，被几百名敌伪军，层层围困在屋中。

屋外，枪声阵阵响着。杨龙悄悄地打量着屋里、屋外的形势。

这是一所没人住的四合院。

东南角上，有一个门洞。空荡荡的院子里，有三间北屋。现在是个粉房。东间和中间之间，有一道隔墙。墙南有个小孔，是放灯的"灯窑"。灯放在这里，一盏灯可以里外都亮。东间靠窗一边有一条土炕。中间和西间没有隔墙，安了一盘水磨，冲门口埋了个大缸，屋门左边是个锅台。除此而外，就是粉房用的一些家什了。处境险恶，然而，杨龙这时的心情，却比昨天被围在宋庄时，要好得多。虽然手中这支步枪不太应手，可是，到底还是有武器呀！这总比昨天被围时，赤手空拳强得多！他把步枪端在手中，检查一下，发现枪里只有三颗子弹！子弹袋里也是空的。杨龙没有惊慌。他一用劲把子弹推上了膛，手指扣紧扳机，站在隔墙门里，严阵以待。

屋外枪声大作，房顶上喊声连天，一颗颗的手榴弹，落在院子中心，浓烟四起，尘土飞扬。

杨龙不吭声，也不还枪，他想："敌人的枪打得越多，付出的代价就越大。让他们去消耗子弹吧！"

敌人打了一阵枪，扔了一阵手榴弹，见屋里没有动静，便大声喊道："姓杨的！投降吧！你跑不了啦！"

一颗手榴弹从屋门口扔进来，在外间屋里爆炸了。随后，又一颗手榴弹扔进来，屋里浓烟滚滚，弥漫着火药味儿。杨龙极力忍住咳嗽。外边的敌人又喊："姓杨的！投降不投降？"

杨龙仍然不吭声。

外边的敌人说："他妈的！怎么不吭声呐？"另一个敌人说："也许炸死了！"又一个敌人说："对！十有八九完蛋了！你们两个进去看看！"说话的小子，可能是个头子。

杨龙抖擞精神，用两只呛得流泪的眼睛盯着屋门口。不一会儿，只见两个伪军一先一后闯进屋来。前头那个是兵，手中端着上了刺刀的大枪。后头那个家伙看来是个小头儿，他把身子藏在那个士兵的背后，左手推着他的脊背，右手端着一支匣子枪，像只避猫鼠似的，弓着腰，抻着脖子，一边轻手轻脚地往前走，一边东张西望，脑袋转得像个拨浪鼓。

大好时机！杨龙从东里间屋里斜射出一枪，把后边那个拿匣子枪的汉奸打倒。前边那个端大枪的回头就往外跑。刚一迈步，被躺在他背后的那个家伙绊倒了。当他昏头涨脑地爬起来时，杨龙已经把又一颗子弹推上了膛。不过，杨龙没有开枪。花费一颗子弹，打死一个已经吓破胆的小玩意儿不值得。正在这个节骨眼上，外边的敌人突然向那个正想往外跑的伪军喊道："你往外跑我枪毙你！"丧魂落魄的伪军一听这话，又嗖地窜回屋来，一步登上了锅台，把身子贴在隔墙上，枪口伸向隔墙的门口。杨龙瞅见隔墙门口露出两寸长的枪筒，颤动着，磕得隔墙门上的"通天框"当当作响，不由得心里笑道："胆小鬼儿！"他不慌不忙地从"灯窑"里伸过一只手，用一根手指拄住那伪军的脊梁，命令道：

"别动！"

杨龙说着，又用另一只手抓住枪口，说：

"拿过来！"

伪军以为是被匣子枪戳上了脊梁，吓得魂不附体！老老实实地松了手，把枪给了杨龙。

杨龙接着命令道：

"滚进来！"

伪军哆哆嗦嗦进了里屋，"扑通"跪在炕下，一边磕头，一边哀求：

"长官！饶了我吧！我是被抓来的呀！……"

杨龙说："可以饶你！可是你要听我的！"

伪军说："行，行！一定听你的！"

杨龙说："去！到门口去把那支匣枪拿过来！"

伪军到了门口，拿起匣枪，回头一望，杨龙正端着大枪冲着他，便老老实实地向杨龙走过来。这当儿，外边一阵排子枪射进来，一颗颗子弹，从伪军的身边擦过，伤了他的胳臂，鲜血流了出来。伪军身子一晃，跌在地上。杨龙伸手拾起匣枪，又回手把他拉起来。杨龙扯下自己头上的毛巾，给他包扎。

正这时，屋顶上的苇帘子发出"咔咔"的响声。杨龙明白：一定是敌人闯屋没成功，又在挑房顶了！"要等敌人把房顶挑开个大窟窿，往下扔手榴弹，可就糟了！"杨龙想到这里，把匣枪往腰里一插，大枪背在肩上，另一支大枪端在手中，然后向石磨一指，对伪军说："你到那磨北面去藏着吧，他们要扔手榴弹了！"

过了一会儿，苇帘子的响声突然厉害起来。杨龙心想："一定是房土已经挑开了，听响声现在铁锨已经铲着了苇帘子！"他把大枪往上一举，"砰"一枪，听到房上"吭噔"一声，苇帘子再也不响了。不多时，那边的苇帘子又响起来。杨龙顶上火，等到敌人把土都挑开，铁锨铲着苇帘子时，他"砰"又一枪，又是"吭噔"一声，苇帘子又不响了。

杨龙隔着苇帘子一连放倒两个敌人以后，敌人只好把挑房顶的把戏收了起来。这时，杨龙又把那个伪军叫过来，问他说：

"你今年多大啦？"

伪军说："二十六啦！"

杨龙问："叫啥名字？"

伪军说："叫董三宝。"

杨龙问："哪个村的？"

伪军说："就是本区董家庄。"

杨龙曾在董家庄住过多次，对那村的情况很熟悉。他听伪军这么一说，忽然想起了一家伪军家属的家庭情况，又问道：

"你家十来亩地，只有一个老母亲，是不是？"

三宝说："是！杨，杨队副你……"

"我了解你!"杨龙说,"你父亲种了一辈子地,得痨病死的,是不是?"

三宝惊奇地问:"是!杨队副,你怎么知道得这么详细?"

杨龙没有正面回答,接着教育他说:

"三宝呵!你是被抓来的,这个我知道。你从心眼儿里不愿意干,我也听到你那老母亲说过!……"

三宝问:"你见到过我母亲?"

"见到过多次!"杨龙说,"前几天,我到你村去的时候,你老娘正想你想得哭哩!"

三宝的眼泪淌下来。杨龙劝他说:"不要哭!哭有啥用哩?往后,你瞅个机会,想法儿脱掉这身汉奸皮,也就行了!"

三宝点了点头,"嗯"了一声。杨龙又教育他说:"三宝呵,现在日本帝国主义来侵略我们中国,只要是个中国人,不积极起来抗日就是可耻的,要是再当汉奸,为日本侵略者卖命,那就更可耻!"三宝听得很入神,连连点着头。说话时,从窗外射进一颗子弹,尖叫着从杨龙的头顶上擦过,打在北山墙上,山墙上的一块泥土跌落地上。吓得三宝一闭眼,还缩了一下脖子。杨龙没理会,继续说下去:"三宝呵,你想想,当伪军,会有个什么样的下场呢?你当来当去,当上个汉奸官儿,那就成了大卖国贼,大汉奸,罪恶更大,万古留骂名!要是死在战场上,轻如鸿毛,一文不值!你要记住:日本鬼子,终究是要完蛋的!……"外面射进来的子弹更密了。直打得北山墙上坑套坑,洞连洞,简直成了核桃皮。杨龙见三宝惊恐不安,就笑着说:

"三宝呵,你看着,我教训教训他们!"

杨龙说着,把手中的匣枪一甩,"乒、乒"打了两枪。只听南边房上的敌人发出一阵惨叫,枪声立刻稀少了。

杨龙这两枪,一方面是为了教训教训外边的敌人,另一方面也是给他身旁的三宝一个精神威胁,让他不敢轻举妄动。同时,也增加对其进行教育的分量。杨龙接着问道:

"三宝呵!你说说,这一次来了多少人?"

三宝说:"具体数儿,咱闹不清,我只知道,俺东李庄据点上,来了二十八个人;据说大王庄也来了,临河镇来的还多;另外还有一百多人的

'扫荡队'。加在一块儿，怕有二百多人哩！"

杨龙问："这些人都在这个村里吗？"

三宝说："都在这个村里！他们知道围住的是杨龙，把守得可严啦！"

杨龙问："怎么个严法？"

三宝说："这个院子周围，房上房下都是人！这条过道的两头儿，都支着机枪，村边上的大小道口，都有人把守！"

杨龙又问："各部分的敌人是怎么布防的？"

三宝说："南面、西面都是外地来的'扫荡队'，北面是临河镇的人，东面是俺东李庄和大王庄的人，俺东李庄的人靠东北角儿，大王庄的靠东南角儿……"

稍停了一下，杨龙又转了话题，问道："哎，那天我在西李庄，给你们上课，你在不在？"

三宝说："我没去！我可听说过！"

杨龙又问："那天晚上我在你们据点外边上课，你听到没有？"

三宝说："那回听到了！"

杨龙问："你们里边的人们有啥反应？"

三宝说："多数人都说好，只有个别人，说这是共产党要手腕儿！"

杨龙问："谁这么说呀？"

三宝说："俺们班长就是一个！"

杨龙问："你们班长叫啥？"

三宝说："叫关汉三！"

杨龙问："关汉三为啥和别人不一样？"

三宝说："他家是大财主，他和胡江还是亲戚哩，他说他和共产党不共戴天！"

杨龙又问："那天晚上，开门往外闯的，是不是他？"

三宝说："就是他，要俺们班往出冲！说要给你们个突然袭击哩！"

杨龙问："贾四知道不知道？"

三宝说："这个咱可说不清，只听说，事后他俩因这事闹过别扭，为啥闹别扭也闹不清！反正关班长根子硬，贾队长对他没办法！……"

谈话的当儿，杨龙一直用耳朵倾听着院中的动静，用眼睛监视着门口。

这时，忽听到院里有人说："他妈的！快点！"又听到有人说："上年纪啦！脚不给作主啦！"说话的声音特别高，杨龙一听，心中一惊。"这不是万大爷吗？"他站起来悄悄一望，见万大爷和另外几个群众走在前头，几个汉奸跟在他们的身后，提着匣枪硬推着往屋里闯。杨龙一见这情景，知道是敌人想钻共产党、八路军的空子，强迫和八路军有血肉关系的群众来作他们的"挡箭牌"，就势冲进来。面对着这种情况，杨龙确实感到为难。开枪吧，会伤害群众，不开枪吧，敌人会冲进屋来！他急得出了一身大汗。

忽听院子里万大爷说了话。

"你们推着俺们管啥呀！枪子儿不光能从前边打，也能从上往下打哩！……"

万大爷这句话，提醒了杨龙。他一步蹿上锅台，握住匣枪，站在门后。

万大爷和群众迈进门口，突然站住了。不管怎么推，他们就是不走了。这时，他们的心情是一样的。决不能让敌人冲进屋伤害杨龙的一根汗毛！焦急的敌人要对挡住他们前进的群众下毒手，站在门后的杨龙看在眼里，猛然从门扇上边伸出一支匣枪，"乒、乒"两响，两个伪军倒在门口。其他的伪军掉转屁股，抱头鼠窜。与此同时，万大爷和几名群众跑进东里间屋。

杨龙也跟着进来。他叫三宝仍回到那个磨旁去，然后和万大爷几人蹲在炕沿下谈起来："万大爷，你老人家怎么也落到敌人手里啦？"

万大爷说："我是'自投罗网'混进来的！"

杨龙有些奇怪："怎么？混进来的？有事吗？"

"有事！"万大爷说，"王班长听说你被围了，很焦急。他临时召集了几个战士和一部分民兵，要来救你，要我先跟你取个联系……"

杨龙问："他们现在在哪里？"

万大爷说："在宋庄北边的道沟里埋伏着，等你的指示！"

杨龙问："他们想怎么办？"

万大爷说："他们急了！都想硬冲进来！"

杨龙摇摇头说："那可不行！"

万大爷迫不及待地问："你说怎么办？"

杨龙没有马上回答，稍停了一下，问万大爷："外边敌人的情况怎么样？"

万大爷把敌人的部署情况等说了一遍，大体和方才三宝说的差不多，只是些敌人的内部情况，不如三宝说得具体。

一个老乡说："看样子，敌人要下毒手：放火烧房！"

另一个人补充说："对啦！那狗日的们已经准备下大批秫秸，现在正到各家去搜翻煤油呐！老杨，你要快想办法！"

正说着，外边的枪声突然停下来。原来敌人在各种硬的花招失败后，现在又要耍软花招儿了。胡江大声喊着：

"杨队副！兄弟我久仰大名，今天才亲眼相见，果然名不虚传！现在，你只要投降皇军，我胡江给你担保，保你高官得做，骏马得骑！如果我胡江说话不算话，我不是娘养的！……"

杨龙答话道："你大概就不是中国人，只不过是日本鬼子的一只狗！我跟你说不着话！要说就叫你的主人出来！"

过了一会儿，石黑说话了：

"杨龙的听着！你是大大的好汉！你是中国人的大大的英雄！我们大日本是文明的国家，是最喜欢英雄好汉的！你只要愿意和我们合作，实行中日亲善，我决不埋没你的才能的，一定大大的重用，大大的重用！……"

杨龙答道："要合作那也好办！……"

石黑赶紧插嘴说："你的大大的明智！"

杨龙接着说："不过，要有一个前提！……"

石黑插话："前提？可以的，可以的！"

杨龙继续说："这个前提，就是你们首先向我们投降！"

石黑表面并没生气，装作惋惜地说："你既然不愿意合作，那也没办法，我们也不能强求！不过，我有一个建议：你把我们的人放出来，我们把你放走。两不相伤，你的看，好不好？"

万大爷对杨龙说道："可别上敌人的当呀！恐怕他们要烧房子了！"

杨龙知道敌人根本不会放过他，只不过在玩弄把戏，但他却想来个将计就计，利用这个机会，把那个伪军放出去，同时也把这些群众带出去。杨龙的想法是，那个伪军，留在这里没用处，放出去有好处；至于这些群众，更没必要留在这里跟他受牵连。万大爷出去，还可以传达信息。于是，杨龙答应石黑可以。而后转对万大爷和其他群众说：

"一会儿，我往外放那个伪军的时候，你们也随在他后边跟出去！"万大爷有些不解："你……"杨龙顾不得细解释，只是说：

"万大爷，你老人家放心就是。"

万大爷又问："让王班长他们怎样来援救你呀？"

杨龙望了望屋外的天色，悄声说："现在太阳快要落山了。我准备等天完全黑下来，设法突围！你告诉王班长：让他们在天黑以后，在村子的西面打一下！"

万大爷说："好吧！"

杨龙又嘱咐说："你还要告诉他们：让他们相机行事，能打便打，不能打就别打！如果打，一定要猛打一阵，迅速撤退！敌我对比，悬殊太大，决不能为我一个人，死打硬拼，招致更大的损失……"

接着，杨龙又把藏在水磨后的伪军叫过来，对他说："三宝呵，一会儿，我把你放出去！你告诉石黑：就说我已经受了伤，子弹也不多了。"

三宝说："不，不，不！……"

杨龙说："就这样说！需要你这样做！"

三宝说："好！我就这样说！"

随后，万大爷和群众含着眼泪离开了粉房，跟在三宝背后，走出屋去。三宝一出屋，就向房上的伪军嚷道：

"弟兄们！我是三宝！我出去啦！你们可不要打枪呀！不要打枪！……"

方才，杨龙所以让三宝向石黑说他受了伤，子弹不多了，是想再勾起敌人想"提活的"的欲望，从而，引诱他们组织几次向屋内冲杀。这样，一来能更多地杀伤敌人；二来可以拖延敌人点火烧房的时间，等到天黑后，好突围。

三宝出去不久，敌人果然又组织了几次冲击，结果，每次都是留下一些尸体和枪支、弹药，以失败而告终！

天，已经要黑下来了。

恼羞成怒的石黑，急眉火眼地向杨龙喊道："姓杨的，你的说痛快话：交枪不交枪？"

杨龙以嘲笑的口吻说："真是天大的笑话！我们的枪是打日本鬼子的，怎么能把它交给你呢？！"

石黑说："你的要是不愿意活的，那就别怪我们不客气了！"

接着，就听石黑像只疯狗似的嚎叫了一声：

"快快的给我动手！"

叫声未落，一捆捆的秫秸，隔墙扔进院来。秫秸捆相互撞击着，发出一片乱嘈嘈的响声。随着这秫秸捆一齐而来的，还有一股强烈的煤油气味儿。"敌人要点火烧房了！怎么办？"杨龙一边想对策，一边监视着院子里的动静。院子里的秫秸捆，已经有半人深了，左右两面的墙头外边，还在一捆一捆地继续扔着。被隔墙扔过来的秫秸，横三竖四，歪的歪，斜的斜，乱七八糟。有的，一头倚在墙上，一头倒戳在地上；有的，这捆南北着，那捆东西着，两捆排成个"十"字形。因此，每个秫秸捆之间，空隙不小。杨龙望着这种情景，头脑中突然一闪，高兴地想到："咦！我从这秫秸捆下边钻出去不行吗？"他反复琢磨了一会儿，觉得这是个唯一可以出去的办法。于是，他把匣枪往腰里一插，就要出去。他来到屋门后边，向屋门口一瞅，"不行！屋门口上的秫秸太少，要从秫秸捆下边一钻，秫秸捆一滚动，被压房顶的敌人看见就糟了！"他暗自决定：等敌人把秫秸扔完，再看机会行事。他刚这样决定下来，忽然转念又想："不行呵！等敌人把秫秸扔完了，没有这乱七八糟的响声了，我一钻，秫秸一响，不更容易被敌人发现吗？"杨龙正想着对策，忽然听到房顶上有人喊道："靠屋门的扔，把屋门的堵起来！"听声音，说话的是石黑那个小子。

一会儿，屋门口上的秫秸捆多起来，很快便把门口囤住了多半截。这时又听石黑说："大大的好，这样一点房子就烧起来了，杨龙的就完了完了的！"就在石黑扬扬得意，大喊怪叫的当儿，杨龙悄悄离开了屋子，钻进秫秸空里去了。

一切事情，大概都是这样：当实际执行起来时，碰到的困难，往往比事先想到的更多。杨龙钻进秫秸空以后，又碰到一个很大的困难，这就是：秫秸捆之间的空隙，并不是从屋门口一直通向院门口。要把挡住去路的秫秸捆拨动一下吧，上边压的秫秸很多，他拨了几次没有拨动。只好按着秫秸捆之间现有的空隙，拐着弯儿，向院门口的方向靠近着。有时候，他钻了一段路，前边成了"死胡同"，不仅往前去没有空隙可钻，就是往两边拐，也没有可钻过人去的空隙。于是，他只好又从原路钻回来，再顺着另一个空隙往前钻。杨龙的决心很大，"天大的困难，我也要钻出去！"这里不通，他那里钻；底层不通，中层钻；钻到"绝路"上，回头来再另钻。终于钻到了院门口附近。透过秫秸捆的缝隙向门口一望，只见两扇门板，一扇开着，一扇关着。门口外边，有两个敌人端着大枪站在那儿。杨龙一见这情景，当然知道硬钻出去是不行的。于是，就停在这里不动了。他想："现在天还不大黑，等天完全黑下来，我再钻出去，先干掉这两个门岗，然后……"杨龙正想着，忽听石黑在那边喊道：

"点火！"

眨眼间，院子里的秫秸呼呼地烧起来。被烧着了的秫秸，发出一阵阵噼噼啪啪的响声。过了一会儿，火势越来越大，杨龙觉得一股干热，燎烤着他那汗津津的脊背，他扭过脖子向上一望，只见浓烟滚滚，火光冲天，他身子上边的好几层秫秸捆，都已烧着，只剩下紧贴着他脊梁的一层秫秸捆，还没有燃烧。"这里不能待了！"于是，他就着一股浓烟扑向院门口，从秫秸里钻了出来，悄悄进入了门洞，藏在那扇半掩着的门板后边。他透过门板的缝隙，向外一瞅，见那两个敌人，依然站在门外边，只是比方才稍远了一点儿。杨龙静待着冲出去的有利时机。火烧得更猛了，灌满门洞的浓烟，呛得他直想咳嗽。问题非常明显，只要他一咳嗽，敌人就会发觉他，那就非拼不行了！杨龙强力忍住咳嗽。

就在这时，村子西头传来了密集的枪声。在枪声中，还夹杂着"冲呀""杀呀"的喊声。听那声势，就像有一支八路军的大部队就要冲进村来。杨龙当然明白，这是来接应他的王班长他们开始行动了。

突如其来的枪声，闹得敌人蒙头转向。围着这个院子的敌人，全都惊慌失措乱了营，压房顶的敌人不住地向西张望。那两个被浓烟熏得离门口越来越远的门岗，现在也已经不注意这个院门口了，却在向从他们身边跑过的人打听枪响的消息。机会已到，杨龙借着烟雾悄悄地蹿出门洞，顺着烟雾弥漫的过道，贴着墙根向北走去。

第二十六章　巧计脱身

枪声。

杀声。

人声。

出了这条过道北口，是一条后街。此刻，后街上吵吵嚷嚷，一片乱糟糟。原来是逃到村外去的群众，一见村里火光冲天，奋不顾身地冲进村来。几百号男女群众，面对石黑、胡江及其周围荷枪实弹的敌人士兵，对峙着。

石黑狗急跳墙，指挥日伪军就要向群众开枪，没容他发出命令，杨龙匣枪高举，对准石黑的脑袋便射。突然有一个群众的头一晃动，杨龙的手腕子一歪，子弹只打中了石黑的耳朵。石黑一声嚎叫，人群大乱。趁混乱的当儿，杨龙挤出人群，一溜飞跑，直奔村子的东北角而去。

杨龙跑出约二三百米时，背后响起了"乒乒乓乓"的枪声，他回头一看，敌人呼啦啦一大片猛追上来。杨龙加快了速度，向东北角飞跑过去。来到东北角，杨龙先找了个掩身处隐蔽下来，然后，向东北角上的道口处打了两枪，接着又喊道：

"同志们！冲啊！……"

一阵枪声，在他的对面响起来。枪声并不密。原来石黑已从这里抽走一些人，到西北角上去堵击王班长他们了，杨龙稍加分辨，看到从他对面射过来的子弹。都"吱溜吱溜"地从高空飞过，他不由得一阵高兴，"看来。西李庄那一次政治课，起作用了"。于是，他飞开双腿，直扑向村东北角上的道沟口。

把守在道沟口上的伪军仓皇之中给杨龙闪出了一条通道。杨龙一溜飞跑，接近了道沟口。眨眼之间，扎进了道沟。

敌人的大队人马随后猛追下来。背后枪声大作，喊声连天。杨龙不还枪，一直向前跑。由于一连两天滴水未进，又两夜没有合眼，杨龙感到一阵疲乏，尽管用上所有的力量向前跑，后边的追兵还是离他越来越近。快要接近董家庄时，杨龙听到村里传出一阵狗吠声，灵机一动，停住了脚步。他一闪身，便蹲在道沟边的一个小小的洼坑里。同时握紧匣枪，以防万一。

敌人的追兵来到近前，不停脚地向前追去。有的敌人就在杨龙躲藏的洼坑边上跑过，边跑还边丧气地说："他妈的！怎么就是追不上他呢？"另一个敌人说："你估计杨龙可能往哪跑？"

那个伪军自作高明地说：

"还估计啥！进村啦！你听不见狗咬吗？！……"

敌人过去了。

杨龙站起身，向东南一望：敌人已经把董家庄团团围住了。他轻蔑地一笑，"笨蛋！"而后顺着原路，杨龙又走向万老庄。

进村时，万大爷正在庄头上向东南张望。一见杨龙回来了，惊喜地说：

"哎呀！你怎么回来啦？"

杨龙笑笑说："万老庄最保险哪！"

万大爷一时没有想通："怎么？万老庄保险？"

杨龙笑着说："是呵！我刚才还被围在这里，他们想象不到我会马上回来。"

万大爷明白了。他又说："那你快回家吧，我在这里给你放哨！"杨龙要走时，万大爷又嘱咐说："秀英到西李庄去了，你到家自己弄点东西吃，歇一歇！"

杨龙来到万大爷的家里，拿过干粮啃了个饱，又弄了半瓢凉水喝下去，然后往炕上一躺，扯过一条被子蒙头盖脸地睡上了。一觉醒来，天已大亮。万大爷正坐在他的身边抽烟。

杨龙一睁眼就问："大爷，这一夜有什么情况没有？"

万大爷笑着说："你估计对了！敌人在董家庄搜了一阵，又到董家庄附近的村子里去搜，他们一夜没有停脚，已经搜了七八个村子了……"

杨龙问："现在呐？"

万大爷说："现在又到咱这个村西南上的后郑庄去搜了！"

杨龙爬起身，拿过毛巾擦了擦脸，笑呵呵地向万大爷说：

"大爷，我走啦！"

万大爷拉住他说："你别走呀，这儿保险呐！"

杨龙说："总在这里，就不保险了！"

万大爷问："你想到哪里去？"

杨龙说："我想到董家庄去！"

"那里正响着枪呵！"

杨龙笑笑，"大爷放心。没事！"

第二十七章　二愣误捉李刚

这天一早。

杨龙打扮成农民模样，扛着一张大锄，来到宋庄。当他走进二愣家的院门时，二愣娘正在揭锅，屋里热气腾腾的。一股野菜味扑过来。

杨龙进了院子，没有吱声，他迈着大步，一直向屋里走去。二愣娘听到院子里有脚步声，不经心地瞟了一眼，又回过头去。一边往外拾菜团子，一边不耐烦地说：

"把人都快烦死了。俺家不用人，去吧！"

杨龙听了大娘的话，很惊奇，却没有答言。当他一脚跨进屋门槛时，二愣娘抬头认出了他，忙说：

"呀！孩子，原来是你！……"

"你以为是谁？"

"我以为又是那些来找零活儿干的人呐！"二愣娘说到这里，拍一下巴掌，笑着说，"孩子，正好，快坐下吧，吃饭！"

杨龙把大锄往墙边一竖，回头提起饭桌，放在炕上。又从炕头上拿过一把笤帚，把桌面上的尘土扫下来。二愣娘一边在锅上忙着，一边好奇地看着杨龙的装扮问道：

"孩子，你这是唱的哪一出呀？怎么打扮成这个样儿啦？闹得大娘都不认得你了！"

杨龙笑呵呵地说："如今，敌人闹腾得挺欢，不化化装，行动不开啦！"

他说着，又把一笊篱干粮，端到饭桌上去。

二愣娘没好气儿地责怪他说："去吧！你别多手多脚地乱抓挠啦，这里用不着你，一边歇歇去吧！"

杨龙嘿嘿地笑着，走进里间屋去。

二愣下地回来，刚一进门，二愣娘就悄声向他说："你杨龙哥来啦，我忙着呐，你快到门口上放哨去！"

二愣"呵"了一声，还是一头钻到屋里来了。一见杨龙这身打扮，先嘿嘿地笑起来。

杨龙问："二愣，笑啥呀？"

二愣说："你活像个串乡找零活儿的！"

杨龙想："咦？怎么他娘儿俩都对串乡找零活儿的人印象这么深哩？这两天，我到县委去开了两天会，莫非这一带又出了什么新情况？"于是，他便问二愣道：

"二愣，这两天，来找零活干的人挺多吗？"

"哎呀，可多啦！"二愣说，"活像鹰赶的——哪天也来几个，还常常上家里来问呢！"

"净些干啥活儿的呀？"

"干啥活儿的都有！有扛锄的，有扛锨的，还有他妈的拿镰刀的呐，真是笑话儿！"

杨龙越听越有兴趣，又问："这些人，你都认识不？"

"不认识！"二愣摇头说，"净些生人！"

"你看他们是些什么人？"

"庄稼人呗！干这个的还能是什么人？"

"那怎么突然多了起来？并且都是些生人呢？"

"准是从外地逃过来的难民……"

"净瞎说八道！"二愣娘突然打断了二愣的话头，插进来驳他，"看那光景，哪有那样儿的难民呢？"二愣娘说着，端着两碗半米半菜的稀饭走进里间屋，把碗放在桌子上，然后用食指指了一下二愣的前额，又说："你这孩子，见了你杨龙哥，话就没完！去，快到门口去！"

二愣跑出去了。

杨龙和二愣娘都坐在炕沿儿上，面对着面，一边吃饭，一边接着方才的话头儿说着话。

杨龙问道："大娘，这两天，你村里还有啥新情况？"

二愣娘想了想说："我见那串乡的小生意人儿，小买卖人儿，也添了些生人……"

杨龙的眼珠子移动了一阵儿，自言自语地说："这里边可能有文章！"

二愣娘说："有啥文章呀？"

"那为啥突然出现这么些新情况呢？"杨龙又向二愣娘道，"每年，在这个时候，也这样吗？"

"不！往年并不这样。"

"穷人该懂庄稼活呀！"杨龙自言自语着，"为啥在脚下这个季节，还有拿着镰刀出来找活儿干的呐？"

"二百五呗！"二愣跑进来，插嘴说，"树林子大了，啥鸟儿没有呢？"

"不对！"杨龙摇了摇头，又向二愣说，"二愣呵，你太麻痹呀！"

"我咋麻痹？"

"你要知道，我们的敌人是刁猾的，敌我斗争的形势是复杂的。敌人只要不死，他就要捣乱，谁麻痹，谁就要吃亏！"杨龙咽了口饭接着说，"以后，你要多留点神，只要见到生人，如果发觉他有可疑之处，就不要轻易放过他……"

"好吧！"二愣应了一声，拿上一个菜团子，一转身，又跑出去了。

过了一阵，杨龙和二愣娘吃完了饭。二愣娘正涮锅，杨龙在拾饭桌子，二愣突然抓着一个人的脖领子回来了。他一进门，就嚷：

"杨龙同志！我看这个小子不地道！"

杨龙一看，嗤地笑了。原来二愣抓来的不是别人，而是李刚。李刚背着个布包，拿着货郎鼓，还是货郎打扮。一见杨龙，李刚也笑了。杨龙故意逗二愣说：

"二愣，你看'这个小子'咋不地道呀？"

二愣说："他是生人……"

杨龙拍了二愣肩膀一下说："小伙子，凡是生人，你就抓人家的脖领子呀？那可不行呵！咋不行？那会抓出问题来的！……"

二愣说："不！人家别的货郎都爱凑合妇女，可他，总是凑合老爷们儿。"

杨龙听二愣这么一说高兴起来。他表扬二愣说："小伙子不简单！还真粗中有细呐！……"

二愣从杨龙的口吻里，以及从杨龙和那货郎的表情上，已经看出一些门道。他伸了伸舌头，出门去了。

二愣走后，杨龙和李刚来到里间屋，坐下，李刚对杨龙说："杨龙同志，我来向你汇报个情况。自从你在万老庄只身突围以后，这七八天来，敌人到处乱窜，一直没有找上你的踪影。现在，他们又用了一个新花招儿——布置了一套'地下线'！"

杨龙问："啥'地下线'？"

李刚说："他们所谓的'地下线'，也可以说是特务！具体说就是：他们从汉奸中挑选了一伙儿人儿，打扮成各式各样的模样儿，到各村去乱串游，见到你的踪影或打听到区队信息，就回去报信……"

杨龙问："你知道他们这'地下线'的组织情况吗？"

李刚说："人家这是绝密的。我曾想过一些办法，结果还是没有搞清！"

杨龙问："还有别的情况吗？"

李刚说："没有啦。我就为这件事来的。杨队副，你还有什么指示没有？"

杨龙说："没什么事儿。哎，贾四那方面有什么动静没有？"

李刚说："没动静。"

杨龙又问："姜五对你有没有怀疑？"

李刚说："看来还没有。"

杨龙说："你有时出来跑跑，他们不怀疑你吗？"

李刚说："原来我是以孩生日、娘满月为借口请事假。后来，我一看这样长期下去不行，就给姜五送了个礼儿，和他公开提出来了！"

杨龙问："你咋说呐？"

李刚说："我就说家里人口多，地亩少，日子不好过。当伙夫，又不能下乡找点外快，光靠那点薪水养活不住；我得抽点零碎时间串串乡，把我原来当货郎剩的那点货底子，甩出去……"

杨龙问："他能同意呀？"

李刚说："同意啦！这里边，我有一手儿拿着他！"

杨龙问："哪一手儿？"

李刚说："姜五最爱吃烧鱼，我烧的鱼，特别好吃，他想着不同意，我就说不干了……"

杨龙笑着说："你当伙夫也是'秃子当和尚就合材料'呀！怎么烧的鱼还能特别好吃？"

李刚也笑了，说："听说这小子爱吃鱼以后，我特别去访师拜友现学的！"

杨龙风趣地说："哈哈，你对姜五可真是够尽心的呀！"

李刚也风趣地说："你不说过吗——舍不得下饵的渔翁是钓不着鱼的！"

两人都咯咯地笑起来。

李刚走后，二愣回来了。

二愣把锄一扛说："杨队副，你在家里吧，我去耪地去。"

杨龙也扛起大锄，说："走，我也和你耪地去。"

二愣说："哎呀呀！总共才像鸡舌头那么一点地，还用去俩人呀？"

杨龙笑着说："那你就甭去啦，我自个儿去吧！"

二愣又嘿嘿地笑了。两人一齐走出屋去。

来到地里，杨龙和二愣一人一垅，耪了起来。杨龙一边耪着地，一边向二愣说："二愣呵，你种的这地不撑劲呀！俗话说：'豆收长秸麦收齐，谷子断垅不用提！'二愣你看，你这谷子一片片地缺苗……"

二愣生气地说："这是鬼子、汉奸们给踩的！他们怕八路伏击，放着大道不敢走，满地里乱蹭乱窜！"二愣停住锄向周围一指又说，"你看！哪有一块囫囵苗！糟蹋得可厉害啦！"

杨龙说："是呵！不光庄稼，别的也被敌人破坏得不轻呵！"

二愣说："就是嘛！你看，前边这条东西道上，原来是一边一溜树，现在全被敌人锯了去，当成他妈的电线杆了！"二愣又指着背后的村子说："你看这村子，房倒屋塌，破瓦烂窑，凡是木头，没有不被烧焦熏黑的，大小的墙壁，没有没枪眼儿的！哪像个住人的地方呀？"二愣越说越上气，他把锄一扔唰地拉过来又道："一看到这种情景，简直活活的气死！"

　　杨龙说:"敌人对我们的摧残是很严重的。掠夺和破坏是侵略者的本性。一天不把日本鬼子赶走,我们便一天不得安宁。"

　　他们边说边干,来到了地头上。二愣突然改了话题问道:"杨龙同志,你让我也去当八路行不行?"

　　杨龙说:"好吧!我记住你的要求,等我们开会的时候,大家研究一下。"二愣好像还不满足,于是,杨龙又加上一句:"我觉得是没问题的!"

　　二愣笑了。

第二十八章　杨龙智擒吕七

荒洼。

傍晌。

杨龙抬头望了望太阳，然后说道："二愣呵，歇过来了吗？咱抓紧时间再干一阵吧！"正说着，忽见从东边走来一个扛锄的人。他问二愣道："哎，你看，那个人是不是你庄的？"几年来的游击生活，使杨龙养成了这样一种习惯：对一切生人，他都留意。

二愣仔细望了望，说道："不是。"接着他又说："这个人，是找零活儿干的，前天来过……"

二愣这一说，杨龙对那人产生了兴趣。那人散散漫漫地走着，脸上乐津津的，杨龙不由得心里想道："不对劲儿呀！他既然是出来找零活干的，天到这般时候，没找到活儿干，怎么一点儿也不烦呢？"想到这里，便悄声对二愣说："这个人，不对头！"

二愣问："咋不对头？"

杨龙说："你别吭声，看我的！"

杨龙说罢，从腰里掏出烟袋，装起烟来，一边装着烟，一边向二愣说："这时候，要再来场雨才好呐！"二愣说："对啦！俗话说，'六月六，看穗秀'。要是来场雨，再有半月二十天，谷子就秀齐了！……"

杨龙和二愣说着话儿，那人已经来到了近前。杨龙站起身，把烟袋端在手中，向那人伸出一只满是老茧的手，笑眯眯地说：

"借光！借个火儿使使。"

那人从衣袋里掏出一盒火柴递给杨龙。这时，杨龙更觉得这个扛锄人不对头了。既然是个庄稼人，怎么一双手又细又嫩，连一个茧也没有呢？再者，现时，磷是日本人严格控制的军用品，火柴很缺，每户每月只配给一盒，庄户人家无论老年人还是青年人，抽烟一律用火镰，这个人怎么拿着火柴这么不贵重呢？杨龙一边想着，一边划火点烟。在这当儿，那扛锄人说话了：

"你们是哪村的呀？"

杨龙向左一甩头说："宋庄的。"

那人又问："你们庄里平静吗？"

杨龙长叹一声说："也是不平静哩！"

那人对这话很感兴趣，忙问："怎么的？"

杨龙用手指比了个圆圈儿，说："白天来这个！"他用手指又比了个"八"字儿，说："晚上就来这个……"

那人也用手指比了个"八"字儿，打断杨龙的话，问道："这个，常到你庄上来？"

杨龙说："敢是！"继而，他又装出害怕的样子，小声说："可别说呀！叫那汉奸狗日的知道了可了不得！"

那人神情突然一变，接着，又立刻抑制住感情的流露，装出镇静的样子，手比着"八"字儿又问："这个，你认得吗？谁常来？"

杨龙说："杨龙就常来呀！"

那人高兴起来："杨龙常来？"

杨龙说："是呵！"

那人问；"哎，你知道杨龙现在在哪里？"

杨龙说："俺不敢说！"

那人问："怕啥呀？"想了一下，又说："哎，你听说过没有——谁要帮助皇军……不，日本鬼子，捉到杨龙，赏洋五万元哩！"

杨龙说："听说过！"

那人说："这五万元可真是不少的钱呀！"

杨龙说："敢是！俺这全村的家业都算上，也不准值五万元哩！"

那人说："就是嘛！哎，那你咋不去报呀？"

杨龙说："俺个庄户人家，知道上哪里去报呀！"

那人说："到据点上呀！"

杨龙说："俺不敢去！"

那人鼓励杨龙说："你看你！这是唾手可得的一笔外财。你不要，真可惜呀！太可惜啦！"

杨龙还是摇头，说："俺不敢上据点去！"

那人说："要是据点上来人你敢不敢报？"

杨龙说："那要看来啥人了，要是像你这么好脾气的人，我当然敢报！要是来穿黄军装的，说话吹胡子瞪眼挺横的，俺也是不敢报！"

那人说："那你就向我报吧！"

杨龙笑着说："我向你报干啥呀？你又不给俺钱！"

杨龙说到这儿，见那人求功心切，就故意装出要走的样子，看了看日头说："哎呀！天不早啦！光拉这闲话当不了饿呀，该回家喂脑袋去喽！"

这一来，那人着了急，忙说："我也给你钱呐！"

杨龙装作高兴地说："你也给我钱？真的吗？"

那人说："真的！"

杨龙问："也给五万？"

那人说："也给五万！"

杨龙向四周望了望说："在这儿说不行！"

那人问："为啥？"

杨龙说："这是大道，人来人去的，要是让人听去报了杨龙，我这个脑袋瓜子，管甭要啦！"

那人问："那，到哪里说行呢？"

杨龙向四周望了望，像突然有所发现似的说："哎，上那个'瓜屋'里说去吧！"

那汉奸一瞅，见"瓜屋"不远，就说："行！就依着你！"

杨龙和那人一同向"瓜屋"里走去。走出两步时，杨龙又回过头向二愣说："兄弟，你看着人点呀，可别走漏了风声！"杨龙这句话，是暗示二愣放哨，监视着四周的动静。

二愣领会了杨龙的意思，会意地点点头说："行呵！放心吧！"

那人嘲笑杨龙说："你这庄户人家，总是怕掉下树叶来砸着脑袋，太胆小了！"

杨龙说："一个庄稼人，见过啥呀！就说我吧，从小没见过火车，也没见过什么匣子枪，就连个'洋炮'也没放过，所以，一见到枪，就吓破胆，胆怎么能大呢？……"

他俩边说边走，进了"瓜屋"。"瓜屋"很小，只有半间屋大。屋里除了一条小土炕以外，啥也没有。他们进来以后，都把身子一斜，蜷起腿，面对面地坐在土炕沿儿上。

那人说："现在该说了吧？"

杨龙说："不行！"

那人说："又怎么啦？"

杨龙说："我知道你是个干啥的呀？"

那人说："你管我是干啥的做啥？"

杨龙："那可不行！你要也是个庄户人家，我说给你，你到据点上去报了，赏你得了，我不是'竹篮子打水落场空'呀！"

那人说："我管保不是庄户人家就是了！"

杨龙说："俺不信！俺看你这光景像俺一样，也是个庄户人家！"

那人着急地说："我说不是就不是！"

杨龙不着急，不上火，还是不紧不慢的那股傻头傻脑的憨厚劲儿："你没啥证据，俺信不着！"杨龙说着，装出要走的样子，接着说："多一事不如少一事，我看咱散伙吧！"

那人上前拉住他，并且从腰里掏出一个小手枪来，说：

"你看！这不是证据吗？庄户人家能有这个？！"

杨龙憨笑着说："你有这个我就信着了！"

那人说："那你就快说吧！杨龙在哪里？"

杨龙不吭声，摆出一副好奇的神态在瞅那人手中的手枪，他一边瞅，一边说：

"哎，这玩意儿真有意思！这么一丁点儿个小东西，也能响吗？"

那人说："不响带它干啥？"

杨龙憨笑着说："我看看行不？"

那人说："这是看着玩儿的呀！看响了怎么办？"

杨龙说："别逗俺啦！你还没装药呐！能响？"

那人"扑哧"笑了，"你真是不开化！这个用子弹，不用药！子弹就在这里边呐！"

杨龙说："那你不会先把子弹倒出来吗？"

那人又笑了，说："别啰唆了！快说杨龙在哪里吧！"

杨龙说："你不叫看，俺不说！俺要说了，你更不叫看了，那，俺这一辈子，也就落不着开开眼了！"

那人在犹豫。杨龙又说："哎！你干啥这么厉害呀！这是铁玩意儿，又看不坏，有啥舍不得哩？……"

那人把子弹梭子抽出去，将手枪递给杨龙，说："你真是个孙蛋！啥也不懂，啥也要看！好，看吧！看完了可要告诉我：杨龙在哪里！……"

"行行行！"杨龙嘴里应着，装出既高兴，又害怕的样子，伸出一只微微颤抖的手，接过手枪。

那人轻蔑地笑着。

杨龙把手枪拿在手，瞅了瞅，笑着说：

"就是这玩意儿呀，俺也有！"

那人掏出烟卷儿，点着，抽了一口，"扑哧"笑了，嘲笑地说："你那是泥捏的呀？是纸糊的？要不就是个木头的！"

杨龙从腰里抽出匣枪，笑着说："你看！这不也是个铁的吗？"

那人一下子吓得脸色蜡黄，浑身颤抖，头上的汗珠子滚下来。他猛地站起身，两只失魂落魄的眼睛，直瞪瞪地盯着杨龙，结结巴巴地说：

"你，你，你是……"

杨龙不慌不忙地站了起来，端着匣枪，对着他的胸口，不紧不慢地说：

"你不是要找杨龙吗？告诉你吧，我就是杨龙！"

这一句，吓得那人的身子猛然一抖，同时，还发出了一声转音转韵的嚎叫："呵！——"

杨龙轻蔑地一笑，说道：

"你看！你要找杨龙，见了杨龙又害怕！真是'孙蛋'！"

那人大概这时啥也听不见了。只见他"扑通"一声，双膝一齐跪在地上，磕头如捣蒜，连声央告道：

"我有眼不识泰山！原谅我吧！原谅我吧！原谅我吧！……"

杨龙用匣枪点着他的前额说："你只要说实话，我就留下你这条狗命！"

汉奸说："我一定说实话！一定说实话！……"

杨龙问："你叫什么名字？哪一部分的？"

汉奸说："我叫吕七！是特务队的！"

杨龙问："谁派你来的？"

吕七说："太君……不，石黑。"

杨龙问："派你出来干什么？"

吕七说："打听杨龙……不，长官你的下落……"

杨龙又问："你们出来多少人？"

吕七说："十八个。"

杨龙又问："你们这些人，都是怎么伪装的？"

吕七说："打扮成什么样儿的都有，卖姜的，卖蒜的，修鞋的，换线的，找零活儿干的……"

杨龙问："你们的暗号是什么？"

吕七指着头上的白毛巾："头上都罩着白毛巾，脚上都穿双脸鞋，褂子都扣三个扣儿！"

杨龙再次追问："还有什么？"

吕七说："没有了，真没有了！"

杨龙又问："你们这些人，都在哪里活动？"

吕七说："一共八个村子。有万老庄、董家庄、小王庄、西李庄、前杨庄、后郑庄、关庄、宋庄！"

杨龙严肃地问道："吕七！你说的这些，可都是实话？你要是说假话欺骗我们，我可是饶不过你！"

吕七说："没有！没有！绝对没有假话！"

"那好吧！"杨龙又向外边喊道，"二愣！"

杨龙喊声未落，二愣一步闯进来。原来，杨龙在审讯吕七时，二愣早就在门口旁听着呐。

　　杨龙说："你回村组织民兵，分头到各村送信，让各村的民兵立刻行动起来，把头罩白毛巾、脚穿双脸鞋、褂子扣仁扣儿的生人，都立刻捕起来；于今晚二更时分，送到你庄村北松树林里听候处理！"

　　二愣说："是！"

　　杨龙又说："送信主要是七个村庄，有万老庄、西李庄……"

　　二愣是个性急的人，他插嘴说："杨龙同志，你不用说了，我方才都听到了！"

　　杨龙说："那也好！你说给我听听！"

　　二愣一口气儿，把七个村庄都说了一遍。半点不错。杨龙又说："你再把我刚才说的那通知的意思说一遍！"

　　二愣把方才杨龙说的原话，又背诵了一遍。杨龙很高兴，他笑呵呵地说："好！快去吧！越快越好！"

　　二愣走后，跪在那里的吕七，又向杨龙央求道："杨队副，我是才干上的，到今天还没半个月呐，我啥罪恶也没有呀，你饶了我，放我回家吧！……"

　　"你起来吧！"杨龙说，"只要将来的事实证明，你今天说的都是真的，我们对你一定宽大处理……跟我走吧！"

　　他俩来到马二愣的地头上，杨龙把枪插到腰里，拿起一杆锄扛到肩上，指着马二愣那杆锄，对吕七说：

　　"你扛上那个！"

　　吕七扛起锄，蒙头转向地问："往哪里去呀？"

　　"上西北！"杨龙指着道沟说，"你在前头！"

　　他们急匆匆地走着，前面的村庄已经不远了。

第二十九章　破路

石黑的"地下线"被一网打尽以后，敌人成了被挖去眼睛的毒蛇，想伤人又找不着目标，一出窝就挨打。最近一个时期，城南的游击队、民兵密切配合，频繁出击。因此，敌人的"扫荡队"，前几天赶紧到城南去了，此后，石黑这些家伙们，出来闹腾的次数也少了。随着敌我斗争形势的好转。农村各种抗日组织的活动，更加活跃起来。

这天，马二愣从杨龙那里开会回来，路上一边忽呀颤地走着，一边乐得哼起了抗日小调：

> 正月里来正月正，
> 八路抗战尽英雄，
> 勇敢杀敌立战功，
> 他们是人民子弟兵。

唱着唱着，忽然想起那天杨龙批评他麻痹的事来，二愣立刻停住了。他向四周张望了一阵，见没有什么敌情，这才放下了心。又哼起来：

> 三月里来三月三，
> 有志男儿把军参，
> 拿起枪来打日本，

保卫祖国保家园。

…………

二愣好高兴！这次在区里开会。小张悄悄告诉他一个好消息：他要求参军当八路的事，区里已经研究通过了，只是现在要求参军的人太多，枪支不够，等有了枪，就立即让他到区队上来。在二愣看来，这是最大的喜讯了，他怎能不高兴呢？！

他乐呵呵地走近村庄时，天已黑了。二愣娘正在村头上，手搭凉棚张望。兵荒马乱的年头，二愣出去开会，天到这时还不见回来，当娘的怎么能放心呢？这时，她见二愣乐呵呵地回来了，心里才一块石头落了地。

"看乐得你这个样子！得了啥喜事啦？"

二愣说："娘，批准啦！"

"看你这没头没脑的话！啥批准啦？"

二愣嘿嘿地笑着，把嘴贴到娘的耳朵上，一个字、一个字地说：

"当——八——路！"

二愣娘早就盼着儿子去当八路，像杨龙他们一样，为老百姓出气，到处受到群众的尊敬。但她又觉得二愣愣头愣脑，担心队伍上不要他。

二愣来到家，腚没沾炕，就打开箱，拿出包袱，翻腾起来。娘进屋时，他已经在炕上乱七八糟摆了一大片。

"二愣，你找啥呀？"

"找衣裳。"

"你多咱走？"

"不一定。区队上有了枪，马上就走！"

"哎哎！你就是这么毛手毛脚的！"娘说，"那你忙个啥呀？啥时走你说一声，娘给你拾掇拾掇……"

"那可不行！"二愣说，"这是军事行动，通知一来，马上就得开腿，不早准备好了，要误事哩！……"

娘知道儿子的心情，不再去管他，自己忙着掀锅，准备吃饭。她一边忙，一边又向儿子说："二愣，你这回去开会，还有啥新事儿啦，跟娘说说，也让娘心里亮堂亮堂。"

娘这一句，把二愣提醒了。他手拍着屁股说："糟！"

娘不解地问："啥糟呀？"

二愣啥也没顾得说，把乱七八糟摆了一炕的烂摊子一舍，一头冲出屋去。原来在这次会上，杨龙还布置给他一项任务，因为要去当八路，一时高兴，把那么重要的事也忘了。他匆忙搬过梯子，爬上房，把两根手指往嘴里一塞，"叽呱呱，叽呱呱，叽叽呱呱"，发出了一阵鸟叫声。这是村里规定的民兵集合暗号。暗号非常细密。人们从不同的叫声中，不仅可以听出是什么人集合，什么时间，在什么地方集合，还可以听出，是为什么集合，需要带什么东西，作什么准备，等等。这一套，与二愣娘虽然没有直接关系，可是由于她听常了，现在也大体能听得出来。二愣从房上下来后，她又问道："你们又去破公路呀？"二愣"嗯"了一声，又自己忙起来。他从炕洞里拿出一条宽宽的皮带，一口砍刀，两颗手榴弹。然后把皮带在上衣外边扎了个绷紧，又把两颗手榴弹斜插在皮带上，把把柄上飘着红绸子的大刀，背在身后。

二愣狼吞虎咽地吃完了饭，把饭碗一推，扛起大铁锨便出门去了，带得桌子、凳子一阵乱响，屋门口儿上，还掀起了一股小风儿。

"不擦干了汗，就往外跑呀！"二愣娘着急地喊着，追到屋门口。二愣已经出了院门。

民兵队部，在村当中。这是一个闲院子。院子里，有几间破屋，屋里放了些锛凿斧锯，门口上，挂着一个小木头牌子。牌子上写着"义合成木作铺"。其实，有好多家什刃子上，已经生了锈，只有锯条特别亮，因为民兵们常用它去锯敌人的电线杆。

一会儿，民兵们都在这院子里集合齐了。都是些青壮年，有的扛着大镐，有的扛着铁锨，也有一部分人，腰里掖着手榴弹，背着大砍刀。二愣利利落落，威威武武地站在队前。

有人问道："二愣，你这回到区委去开会，带来了什么好消息？"

"呵！好消息嘛，可多啦！"

"快跟大家说说！"

"对！先听听好消息，再去破路也有劲头儿！"

"好！"二愣兴冲冲地说，"咱八路军、新四军总部，公布了抗战第六周年一年中的战果，毙伤俘敌伪军，一共二十一万人……"这时，人群沸腾起来，有的说："唔呵！真不少呵！"也有的说："这里边，也有咱们的一份功劳哩！"还有的说："就是嘛！那回咱们干掉的那几个家伙，不也包括在这里边吗？"在人们七嘴八舌、纷纷议论的当儿，有人催道："二愣，接着说，还有啥好消息？"二愣说："没了！再有，就是坏消息了！"

他这一句，使人们都镇静下来。每个人的脸上，都浮起忐忑不安的神情。有人着急地说："二愣，快说！啥坏消息？"二愣带气地说："又一个国民党的头头儿，投降鬼子了！"

"哪个家伙？"

"山东保安第四师师长刘景良！"

人们的心情由不安又变成了气愤；人群中，一片骂街声。二愣加重了语气，接着说：

"还有，在蒋介石的指使下，由美国武装起来的胡宗南，正在策划，积极布防，准备'闪击'延安，还叫嚷要解散共产党，要我们交出边区……"

"他们那是癞蛤蟆要吃天鹅肉——妄想！"

"这小子们，不打鬼子，专打内战！"

"他妈的，坏透了！……"

二愣提一提嗓门儿，压下了嘈杂的人声，又说："大家别嚷啦！下边我讲讲这次破路的意义：据我们得到的情报，临河镇的敌人，要把从各村抢去的碎铜烂铁，运到县城去。这是敌人当前最缺少的战略物资，区委说，一定不能让他们运走。因此，我们这次破路，一定要破得快，破得多，破得彻底！"二愣说到这里，挥动一下拳头，然后又加上一句，"这次破路任务，我们西八村一齐行动，他们还要和我们挑战哩！……"

二愣这一说，人们又嚷嚷起来。有人问道："二愣，这次会上，各村民兵评比没有？"

"评比啦，我们是第三！"二愣说，"下一回，我们非得争个第一不行！"

众人一齐说："对！争第一！"

有人建议说："哎，二愣，咱也捎着锯，一面破路，一面破电线，不更好吗？"

二愣说："会上没布置让破电线呀！"

有人说："我看行！这回没布置，上回可布置过呐！"

二愣想了想说："也行！那就这样吧：一班留在村里保卫村庄，二班破公路，三班破电线，四班担任工地警卫！"

出发间隙，有人哼起了歌：

> 拿起手榴弹，
>
> 瞪大两只眼，
>
> 保卫家乡民兵个个是好汉！
>
> 没事咱就种地，
>
> 有事咱就作战，
>
> 日本鬼子胆敢来打他个脸朝天！
>
> …………

二愣发出命令："大家注意，行军队形这样走法：四班在前边，二班在当中，三班在最后。每班之间，间隔五十步，以防敌人捣乱。出发！"

队伍出了村子东口，进入一条东西道沟，一直向东走去。天上只有星星，没有月亮。按说，夜色还应当明朗一些，可是，由于风刮得很大，尘土漫空飞舞，闹得什么都看不清楚。他们不慌不忙，大步地走着，没人抽烟，没人说话，连咳嗽声也没有。只有轻微的脚步声和呼呼的风声。

二愣带领着队伍来到公路附近，突然悄声命令道：

"站住！"

有人问："怎么？公路上有情况吗？"

"没有。"二愣指着一条向南去的道沟说，"向南走！"

从这里往东，再去不远，就到公路了，为啥不赶紧上公路，又往南去呢？人们不能理解二愣的意思，有些人悄悄嘀咕起来。二愣说：

"不要说话！"

有人还是憋不住，问道："为啥又往南去呐？"

二愣说："这儿不行！"

有人又问："咋不行？"

二愣说："离北边的临河镇太近！"

有人坚持说："这儿行呵！前几回都是在这儿干的呀！"

二愣说："今天南风太大！要再在这里干，临河镇据点上就可能听到动静了！"

人们觉得二愣说得有理，再没人说啥，便都向南走去了。

往南走了一阵，二愣说："行啦！"

人们站住。二愣站在沟崖上，招呼四班长，派两个同志，由此往南，到距此地半里路远的地方，埋伏在公路两旁，监视大王庄方面的敌人；又告诉四班其余的人，由此往北，也在距此地半里路远的地方，在公路两旁埋伏，监视临河镇方面的敌人！

四班的民兵分头走了。二愣遂向其他的同志说："咱们也走！动手呀！"

很快，人们都爬上道沟，一直向东，从半人深的玉米地里，顺着垅背向公路走去。二愣一边走着，还一边提醒大家说："注意脚底下，不要踩了庄稼！"

白唰唰的土公路，像一条血吸虫似的躺在大地上。是它，在帮助日本鬼子的汽车飞奔，运来了屠杀人民的枪炮弹药，运走了老百姓的粮棉猪羊……是它，在帮助日本鬼子的马队横行，追击八路军，糟蹋老百姓……一见了这条公路，人们就都气红了眼！有的说："公路就是敌人的腿！挑断公路，就等于砸断敌人的腿！干！"

与此同时，破电线的人们也动了手。有的两人拽着根锯条，在电线杆的半腰里拉起来。有的竖上梯子爬上电线杆，用钳子去截电线。

"吭噔吭噔"的刨土声，"沙啦沙啦"的锯木声，"咔巴咔巴"的截铁线声，此起彼落，穿插交织，响成一片。

一个民兵一边用锨掘着路面，一边问二愣说："哎，二愣，你不是要求当八路吗？"

"差不多啦！"

"差不多啦？"另一个民兵一听高兴起来，插嘴问道，"那，怎么还不快去？"

二愣说："王班长说要求当八路的人太多，现在枪不够，有了枪，就让我去！"

一个民兵说："你去的时候，可要连我也带去呀！"

另一个民兵说:"千万别忘下我!"

又一个民兵说:"二愣哥,我也跟你去!"

二愣有点扫兴地说:"你们瞎胡嚷啥!我去还没有枪呐!"

二愣在破公路的二班这边干了一阵,又跑到破电线的三班工地上来。

有人说:"二愣,你常和杨队副他们在一起,一定听到不少有趣的抗日故事,就这个机会,给我们讲一个吧!"

"行!我讲一个。我听杨队副讲,在城南,今年麦收发生过这么一回事。那时,八路军为了完成一个更大的战略任务,都暂时转移了。可巧,就在这种情况下,鬼子要下乡抢粮。你猜怎么着?这天,鬼子、汉奸们下乡抢粮的车辆都准备好了,到了晚上,突然据点被围住了。鬼子上到望楼上一看,哈!只见据点四周,人山人海。八路军的大部队都排成几路纵队,有的从东往西过,有的从南往北过,前不见头,后不见尾,枪杆子亚赛高粱棵一般。看来,这些队伍根本就没把这个小小的据点看在眼里,他们一边从容不迫地行军,一边还唱着歌子,歌子唱完了还喊'一、二、三、四'。鬼子一见吓转了向。往县城打电话吧,电话打不通!开枪打吧,又怕惹出祸来!不打吧,还怕攻他的据点!正在这时,听到八路军有人向他们喊话说:'我们是来这里休整的,没有攻据点的任务,你们可以放心。不过,如果你们自不量力,硬要鸡蛋碰石头,可别怪我们不客气!'就这样,敌人没敢动手。此后,三四天没敢出窝!在这个空儿里,各村各户的粮食,都已藏好了……"

有人插嘴问道:"那是八路军的主力来了吧?"

二愣说:"那里边,只有一部分民兵扛着枪,大部分人,都是群众,倒扛着镐把、锨把……"

二愣绘声绘色地讲着,民兵们边听边干,越听越爱听,越干越有劲。正热闹劲儿上,一个在北边放哨的民兵飞跑而来,他气吁吁地向二愣说:

"报告队长!临河镇的敌人出动了!"

二愣停住手,问道:"有多少人?"

那民兵说:"闹不清!只是见到北边远处,有手电光一闪一闪的!"

二愣向正在忙着的人们望了一眼,然后,对周围的人轻声说:

"撤退!"

眨眼间,命令传遍了整个工地。

二愣向跑来报信的民兵说：

"你们后撤八十米！"

那报信民兵跑回去传达命令。二愣又向身边的一个民兵说：

"告诉南边的哨兵：也后撤八十米！"

第三十章 夺枪

雾夜。

荒洼。

公路上。

那民兵把铁锹往肩上一扛，开腿向南跑去，一眨眼，便消逝在夜雾中了。

战斗在电线杆头的人们，都下来以后，撤退便开始了。这时，一闪一闪的手电光，离这儿也不过半里路了。人们并不慌忙，一个一个地扛起镐锹和梯子，离开公路，跃过公路边上的小沟，顺着来时的路线，一直向西，进入道沟。这些动作是那么熟练，那么轻巧，没有一点儿响声。

二愣走在人群的最后边。

当二愣也进入道沟时，先头的敌人，已经来到了他们方才的工地上。一道道的手电光，向着公路两侧乱照。接着，又听到敌人的说话声：

"他妈的！又给挑了个乱七八糟！"

"老弟！别骂啦，挑就挑吧，要是没人挑路了，咱这护路队吃谁去呀？"

"你说怪不？咱们整天出来查路，光能看见这些挑的沟沟壕壕，看到些被弄断了的电杆、电线，总是连个人毛儿也见不着！"

"八路军兔子腿嘛——跑得快哟！"

"亏得他们跑得快！咱要真见到就糟了！凭咱这几个人，就想跟人家较量吗？石黑怎么样？不也是被人家打得丢盔弃甲呀？"

"你这个小子，净长八路的威风！几个穷八路，有什么了不起呀！"

"你甭撑劲！杨龙可厉害啦！"

"厉害个屁！你别听人们嚷得他像个神呀似的，我看也没什么了不起！"

狗日的们太猖狂啦！二愣下定了决心，一定要教训教训他们。便说："你们等着，我去治治他们！"

一个民兵说："我跟你去！"

又有人说："我也去！"

人们争着要去。

二愣犹豫了一阵。忽然想起杨龙夜袭临河镇的事来，于是说：

"不行！人多目标大！不过你们得配合我一下，好不好？"

几个人一齐说："行！怎么配合呀？"

二愣说："我打响以后你们就一齐喊冲，喊杀！怎么样？"

"行！"

"你瞧好吧！"

大家一齐答应着。

二愣爬上沟崖，顺着玉米地的垄背，曲着腿，弓着腰，蹑手蹑脚地向公路靠近。半人高的春玉米，被风一刮，摇摇晃晃，一片片的叶子像刀片似的从他的脸上擦过，他顾不得疼痛，也顾不得痒，只顾往前走。

玉米地的尽头，离公路边，还有七八十米。当时，日本鬼子严禁公路两侧七十米以内，种高秆作物。要是硬种上，绝对砍掉。现在，摆在二愣眼前的，是一片棉花地，棉花棵已经长了齐膝高。二愣蹲在玉米地头上，望着前边的公路暗自思量："打这儿往前，要更隐蔽前进了，否则，棉花太矮，遮不住身；离公路近些，手榴弹能有效地发挥作用。说不准，还能搞到一条枪呢！要是有了枪，当八路还会有问题吗？"二愣越想越高兴，险些笑出声来。二愣下定决心："我决不能把敌人吓跑了算完，一定要让他们给我留下一支枪！"他把身子趴下来，用胳臂肘拄着地，身子一纵一纵的，顺着棉花垄向公路匍匐接近。当距公路还有四十多米时，公路上的情景已能大体看清了：公路上的敌人，一共有十来个。有几个蹲在一堆儿，正谈着什么；有几个在数点公路上的坑壕的个数，和电线杆被锯倒的根数。看来，这是为了回去后，好向主子报告。在那一堆正在谈话的汉奸中，有一个挎匣枪的家伙，看来，他是这一伙儿汉奸的头目。二愣想："我一定要把这颗手榴弹扔到那堆人中。这样，一来可以多炸伤几个汉奸，二来还能让那个家伙给我留下那支匣子枪！"只是那伙儿汉奸在靠公路的东边，这样，加上路面，二愣和他们的距离就有五十来米，远了些。于是，他又向前爬去。

三十多米了。他停了停，心想："不行！再靠近点儿！"

当二愣距离敌人只有二十多米的时候，他停下来了，可是，叫二愣烦恼的是，那一堆儿敌人，正开始走散！二愣不无失望地骂道："他妈的！该着那几个小子多活两天儿！"他把胳臂一抡，把手中的手榴弹向那个背匣枪的家伙甩了过去。

二愣甩出去的这颗手榴弹，冒着烟在那个背匣枪的家伙的眼前落下了。那个背匣枪的家伙，望着手榴弹一怔，随手猛推了他身边的那个伪军一把，就劲儿，他自己趴在了地上。那个被推倒的家伙，实扑扑地趴在了那颗手榴弹上。"轰"的一声巨响，那个倒霉的敌人，粉身碎骨了！其余的敌人，刚从地上蒙头转向地爬起来，已听二愣在那边喊起来：

"我杨龙在此！你们哪里逃走？！"

这喊声未落，又一个手榴弹扔了过去。

与此同时，西边道沟里的民兵，发出了惊天震地的喊声：

"同志们！冲啊！"

"冲呀！"

"杀呀！"

"捉活的呀！"

紧接着，在南北两边的哨兵也喊起来了：

"冲啊！"

"杀呀！"

各处这一喊，敌人以为是八路军从西、南、北三面包围上来了。于是，他们连滚带爬，离开了公路，从漫洼地里，向东跑去。

二愣嗖地登上了公路，拾起那支步枪，向着正向东逃跑的敌人瞄准射击。

"嘎咕！嘎咕！……"

"追腔枪"一响，敌人更慌了，有的跑掉了帽子，有的跑掉了鞋，有的跌倒爬起来……简直是只顾逃命，啥也不顾啦！

二愣望着敌人这种狼狈相，心里好笑，他情不自禁地学着杨龙的口气，蔑视地骂道：

"真他妈的净些笨蛋！饭桶！"

这时，西边道沟里的人们，也都高兴地跑到公路上来了。

这个说："二愣，你真行！"

那个说："咱们的队长是好样儿的！"

还有的民兵，摸着二愣的枪："我看看，我看看！……"

有人问："二愣，咱们还干不干呀？"

二愣说："干！"

接着，二愣又把哨兵的位置重新部署了一下，并加强了力量，随后大家又动手干起来。

有人一面干着一面说："敌人要再来一回多好呀！"有人说："干啥？你还想再看看热闹呀？"那人说："哼！下回，你就看我的吧！我也要夺支枪使使！"又有人说："你就甭盼啦！为啥？叫我看，今晚他们再也不敢来了！"

正干着，一个放哨的民兵，领着区队上的小张走过来。

二愣笑了。他上前抓住小张的手说："小张同志，我们刚把敌人打跑喽！"

小张说："我就是听到枪声赶来的！"看见二愣背在肩上的那支大枪，小张高兴地说："唔呵！还夺了一支大枪呵？还是个大盖儿呐！好枪！好枪！"

二愣美滋滋的。说真的，他觉得夸奖这支枪，比夸奖他还痛快哩！"哎，小张，这回我当八路可行了吧？"

小张说："先别说那个！我还有件要紧的事儿，要你们办哩！"

二愣问："啥事儿？"

小张说："赶快撤出这一带。"

二愣说："不干了？"

"大概敌人还要出来的！……"

二愣开始觉察到自己不对了。他忽闪着大眼不吱声。小张接着说："我方才听那个放哨的民兵说过情况了。叫我看，你所以能两颗手榴弹，就打跑了十来个敌人，并且还得了个大盖儿枪，一来是因为你勇敢，不怕死，敢于和敌人拼，二来，你组织得好，有许多人在三面喊杀，并且行动迅速，而又严密，加上敌人又毫无准备。二愣你说，不是吗？"

二愣摸着后脖颈，有些不好意思。小张接着说："二愣呵，如果现在敌人再来，我们在明处，他们在暗处，弄不好，可要吃亏了！这叫轻敌！二愣你说对不？"

"对！"二愣干脆地说。

跟着，小张又以商量的口吻向二愣说："咱马上收工，今夜不干了！"

"行，就这样办！我没意见。"

小张转向大家说："同志们！时间不能再拖了，马上撤退，离开这个险地！"

一会儿，在小张和二愣的指挥下，民兵们全部撤离了公路。公路上只留下了一道道的坑壕，东倒西歪的电线杆，一根根向下垂着的电线。

当他们进入道沟刚走出还没有半里地的时候，临河镇的大队人马出来了。人喊马嘶，尘烟滚滚，像一群饿狼似的顺着公路向南扑来。

…………

第三十一章　血肉情深

日暮。

宋庄。

近期以来，八路军、新四军在全国各地，一连打了许多胜仗，大大改变了战争形势。随着全国抗战形势的胜利发展，临河区的敌我斗争形势也发生了巨大变化。乡村包围据点的局面已经形成，敌人成了瓮中之鳖，他们一出门就挨揍，吓得黑天白日，缩在乌龟壳里不敢出头。这时，八路军的区队已发展到了六十多人，并且都穿上了军装。白天也开始公开活动了。人心大快，群情振奋，各村的抗日气氛，一天天地活跃起来。

这天晚上，风和气爽，月明如昼，宋庄的农民们吃过晚饭，又都拥到街上来了。有的圈在黑板报下，就着明亮的月光，在看八路军的胜利消息；有的腋下夹着蒲团，手中拿着本子，正要去上夜校；有的拿着大喇叭筒，站在大土堆上，高声大喊，在召集妇女开会；有的拉着小队伍，喊着"一、二、三、四"正要出发，他们要到敌人的据点外面，去搞政治攻势。还有一伙人，围着二愣娘，七言八语，吵吵嚷嚷，正在谈论着二愣。

一个头罩毛巾的小伙子，问二愣娘道："大婶子，二愣哥走了快一个月了吧？"

"哪有这么多天呀？"二愣娘说，"连今天算上，才刚够二十四天哩！"

"他咋一去就不回头了呐？"又一个小伙子说，"俺们都怪想他的！大娘，你准更想他吧？不想？俺不信！"

"唉！甭提啦！前些天，回来过一趟……"

"回来一趟？咋没见他？"

"他说区队上忙，还说有什么战斗任务，来家拿了双鞋，连炕沿都没坐热，又嘿呀嘿地滚蛋啦！"二愣娘说着，高兴地笑了起来。

一位须发皆白的老大爷，惊喜地插嘴问道："他嫂子，咱二愣干上这个啦？"在说话的同时，老汉用手比了个"八"字。

二愣娘用嘴对着那老大爷的耳朵，笑呵呵地大声嚷道："早就干上啦！"说话的当儿，光荣感在二愣娘的脸上表露出来。

"好！好呵！干上好！"老大爷絮絮叨叨地说，"我活了七八十岁，还是共产党好，八路好！我老头子算看透这步棋了！"老大爷又比了个"八"字，"这个，准能成'气候'！……"

这位老大爷说起话来没完没了。他老伴儿在旁边插嘴说："你聋得像个木头，知道个啥呀？净瞎胡叨叨！"

老大爷反驳说："别看我耳朵聋，我那心可不'聋'呐！……"

老两口儿的对话，把人们全给逗笑了。笑声还没落下，老汉的老伴儿又说话了："我说二愣他娘呀，你拉扯二愣这根独苗苗儿，可真是不易呀！现在总算是没有白受累，他当了八路，你成了军属，人人尊，人人敬，多光荣呀！……"

二愣娘笑呵呵地说："唉！什么军属不军属的呀，不军属是抗日，军属了，还是个抗日呗！"

稍停了一会儿，那位白发老大爷又突如其来地向二愣娘说："他嫂子，你大叔我要托付你一件事呀！行呀不行？"

"俺那傻大叔，你这是说到哪里去啦？咱们两家，是一根瓜蔓上结的两个苦瓜，这还有啥说的哩！"二愣娘说，"老叔呵，有啥事儿，你就尽管说吧！"

"等咱二愣回来的时候，我托你个脸，向二愣说说，让他向区上要求要求，叫俺那孙子，也去干这个！"老大爷在说话的同时，又用手指比了个"八"字。

"你那孙子也想当八路？"

"是啊，"当奶奶的在那边插嘴说，"自从他二愣哥走了以后，他就整天吵着要去当八路，闹得饭都吃不下去了⋯⋯"

人们正说着，忽然有人嚷道："哎，你们看，来了八路军的主力部队了！"

另一个人失声地说："哎呀！黄乎乎的，这不是敌人吗？"

又一个人说："别瞎扯啦！你看前头那个黑大个儿，晃呀晃的，那不是杨龙吗？"

"对！是他！——咱的区队又来了！"

有一个小伙子，拉着二愣娘的胳膊，指着远方的队伍，说："婶子，你快看，俺二愣哥也来了！"

二愣娘喜出望外，她用手搭着凉棚，直瞪着两只老花眼，吃力地向东望着。队伍越来越近了，她还是没有望到二愣。她着急地问那个小伙子道："你快说，哪一个是呀？"

那小伙子指着二愣说："那一个！那一个！⋯⋯"

"哎，对！这回我看见啦！"二愣娘说，"俺眼花了，方才只是看到黄压压的一大溜！看不出模样儿来⋯⋯"

区队走过来了。他们都穿着崭新的军装，扎着武装带，有的背着大枪，有的挎着匣枪，摆成两路纵队，迈着整齐的步伐，一边走，一边齐声唱着：

> 八路军呀好比一条鱼呀嗨，
> 老百姓就是河中的水呀嗨；
> 鱼在水中游来游去呀嗨，
> 离水的鱼儿呀难得活吧咿呀嗨；
> ⋯⋯⋯⋯⋯

站在街道两旁的群众，欢呼，跳跃，张望，鼓掌，一片沸腾。还有几个小伙子，望着二愣大声喊：

"二愣！二愣！⋯⋯"

走在队伍行列中的二愣，昂着头，挺着胸，走着，唱着，脚不停，头不歪，目不斜视，严肃认真，神气十足。

"立定！"杨龙一喊，队伍站下了。接着，杨龙又喊道："向左转！⋯⋯向右看齐！⋯⋯向前看！⋯⋯解散！"

队伍唰的一声散开了。很快扎入群众中，仨一伙，俩一帮，全被男男女女的群众包围起来。

军民之间亲亲热热，说说笑笑，一片笑声。

二愣和小张，被一伙青年，围在当中。一个小伙子冲着二愣的前胸，打了一下，笑呵呵地说：

"你这个家伙！方才，我喊你你咋不吭声？装什么蒜？"

二愣一本正经地说："这是军事纪律！队伍正行进间，自由行动能行吗？"

在二愣背后的一个小伙子，打了二愣的后脖颈一下儿，说："你这个家伙！才当了这么几天八路，就向我们摆起老资格来啦！"

人们哄笑起来。

二愣也有点不好意思地笑了。

一个小伙子，拿出两根烟卷儿，先向小张递过一根说："小张，给你！尝尝我这自制的烟卷儿怎么样？"

小张说："不抽啦！"

"为啥？"

"我已经戒烟了！"

二愣说："你们别叫小张啦！为啥？他是我们的班长了！"

人们高兴地问："是吗？小张！"

小张没答，只回手轻打了二愣一拳。

这边，二愣、小张和青年们说笑正热闹，王班长在那边和一伙儿小娃娃们逗起来。他指着一个拿弓箭的娃娃说：

"小家伙！你拿这个干啥呀？"

那小家伙歪着小脑袋说："射传单！"

王班长问："射传单？射什么传单呀？"

小家伙儿从衣袋里抓出一把纸条子，说："叔叔，你看，就是这个！"

王班长接过纸条子，展开一个一看，只见上边写着："日本鬼子快完蛋了！伪军士兵们，快投降吧！"他又展开一张，上边写着："八路军实行宽大政策，放下武器不杀！"王班长一连展开好几张，看了看，都是关于瓦解敌军的宣传口号。接着，他拿过一个孩子手中的箭弓，拉了拉说："你这玩意儿，能射多远？能射到据点里边去吗？"

一个小家伙说："射得可远啦！能射进去！"

王班长问："你们试过吗？"

小家伙说："试过！上一回，我就用这个弓子，一气儿射进了十几张传单去哩！"

另一个小家伙说："叔叔，你试试吧，我的弓，射得最远！"

"好！我试试！"王班长说着，搭箭拉弓，缠着传单的箭，嗖地飞了出去。小家伙儿盯着他问道："你看怎么样？我不哄弄你吧？叔叔。"

王班长笑着说："行！能行！"

小家伙儿高兴地笑着，跑着，跳着，去拾箭头了。

王班长拨拉着另一个小家伙儿的脸蛋儿，指着他手中的风筝说：

"小家伙，你看，人家都搞弓箭作宣传，你光玩风筝呀？"

拿风筝的小家伙儿不服气地说："俺这也是作宣传呀！"

王班长说："怎么？你这风筝也能宣传？"

小家伙从风筝肚子里掏出一个纸沓，递给王班长，说："你看！"

王班长接过纸沓，展开一看，只见上面密密麻麻写满了一行行的字，仔细一瞅，原来都是些八路军的对敌政策。王班长心里高兴，向那小家伙儿说：

"唔哈！你这玩意儿更厉害呀！"

小家伙儿受到表扬，红了脸，低下头去卷衣角了。另一个小家伙儿说：

"俺们这箭是步枪，他这风筝是大炮呀！放进一个去，就够他日本鬼子呛的！"

王班长拉着拿风筝的小家伙儿问道："你的风筝进过据点没有？"

小家伙儿说："已经放进去两个啦！这是第三个！"

王班长说："小家伙儿，你这风筝进去，敌人要不管它，这里边的宣传内容可看不见呀！"

小家伙儿说："俺这风筝上，还要写上字呐！"

王班长问："写字，写啥？"

小家伙儿像突然想起了什么，便说："哎，叔叔，俺们想了三句话，还没定下来用哪一句，你帮着我们，拿个主意好吗？"

王班长说:"好呵!你说吧!"

小家伙儿说:"一句话是:'打倒日本帝国主义!'再一句话是:'打进临河镇,活捉石黑!'还有一句话是:'公审胡江卖国贼!'叔叔,你说,用哪一句好呵?"

王班长想了想,说:"这三句都好!你们可以多糊几个风筝,把它都写上去!"

一个小家伙儿说:"行!我们多糊几个!"

稍停了一会儿,王班长又问:"哎,小家伙儿们,我问问你们:射箭、放风筝,作宣传这一套,是你们自个儿弄的吗?"

小家伙儿们说:"不!是俺老师帮着弄的!"

王班长说:"噢!是你老师的发明创造?不简单!"

小家伙儿们说:"不!是老师从外村学来的先进经验……"

"从哪村学来的?"

"西李庄!"

"西李庄?是西李庄什么人发明的?"

"听说是小李勇和他郑老师想出来的!"

王班长正和这帮小家伙儿们说着,不远处,传来一阵笑声。原来杨龙正和一伙儿群众拉着话呐!

一位架着旱烟袋的大爷说:"老杨呵,你说得真对!我明白了——这就叫,对敌人的政治攻势要以武力作后盾!对不?"

杨龙说:"对!不过还要加上一句:武装斗争,也不能离开政治攻势的配合!"

又一个老大爷问道:"哎,我说老杨呵。你说,敌人的武器,不能说不比我们强吧?可是,他就是打不过我们。从这里边说明什么呢?这事,我想了好久,就是想不出个道道儿来!"

杨龙说:"叫我看,这就是说,决定战争胜败的,是人,而不是武器!"

杨龙说完这句话,见人们还不大明白其意思,又解释道:"论武器,敌人的确比我们强。可是论人,我们又比他们强得多!我们的人,斗志旺盛,杀敌勇敢;而他们的人正相反。你们说,是不?"

"对!叫我看也是这么回事!"

杨龙接着又说:"在战争中,我们大量杀伤敌人,夺取了敌人的武器,武装了我们自己,用它再来打击敌人!就这样,打来打去,我们在斗志方面的长处,越打越长,在武器方面的短处,不断得到改善;而敌人呐?却一天不如一天。大家想想,是不是这样呵?"

"就是!"

"就说那回在你们宋庄打的那一仗吧,"杨龙举例说,"我们只几个人,几支枪。而敌人是上百人,上百条枪,还有机关枪。可是,我们敢于接近敌人,迎头一阵手榴弹,就把他们打得屁滚尿流,弃尸、丢枪而逃!……"

一位老大爷说:"越说越是这么回事儿!甭说正式战斗,就说二愣夺枪吧,只凭两颗手榴弹,就把十来个敌人打了个'燕儿飞',还得了支大枪……"

这时,一个村干部过来催着说:"杨队副,咱们该研究研究部队的食宿问题啦!"

杨龙说:"不用!我们不在你村住下。"

村干部不信,说:"别开玩笑啦!"

杨龙说:"真的!我们只是在这里站站,一来,休息休息,二来,也顺便跟大家说说话……"

"还有任务?"

"对啦!"接着,杨龙向小张说,"小张!集合!"

小张应声跑上一个土堆,用手做了个喇叭筒,而后,高声大嗓地喊起来:

"同志们!集合了!集合了!……"

眨眼间,在一阵急促的脚步声中,两路横队站好了。一阵口令声后,队伍动起来。

杨龙走在队伍的最后头,与乡亲们热情道别。他一边走,一边回身向乡亲们招手致意。庄子上的男男女女,老老少少,不约而同地跟在队伍的后边,恋恋难舍地送到村头,直到自己的子弟兵消失在夜雾中,他们才走回村里。

第三十二章　反攻的前奏

杨龙从县委开会回来，在宋庄二愣的家里，召开了一次区队党员扩大会议，李刚和郑杰也被召集来参加了。人们挤挤擦擦坐了一炕；也有坐在炕下小板床儿上的；屋里实在挤不下了，还有扒着窗棂在窗外听的。他们也算警戒之一。杨龙坐在炕头上，他怀着激动的心情向大家宣布说："我先向大家传达个好消息。"杨龙像故意憋着大伙儿似的，说到这里，收住了话头，忙着去点烟了。会场上，鸦雀无声，一双双满含希望的眼睛，都紧紧地盯着杨龙。过了一会儿，杨龙点着了烟，抽了一口，又接着说下去："我这次到县委去开会，萧华司令员特地赶到会上。他还传达了党中央的指示，和八路军总部的命令。指出：我们全国的抗战形势，当前已经达到了一个新的转折点。全国规模的大反攻，不久就要开始了！……"杨龙说到这里，与会的人们再也抑制不住内心的高兴，会场上，突然活跃起来。

杨龙扫视了会场一眼，提高嗓门儿，压下了议论的人声，接着说："根据上级党组织的指示，县委决定：我们县从现在开始，就进行迎接大反攻的准备工作……"

有人着急地插嘴问道："怎么准备法？"

"准备工作很多。"杨龙说，"其中，有一项，就是要先从一个区开始拔据点。一来，为了摸索拔据点的经验，二来，使这个区，成为全县大反攻的基地！……"

"确定的哪个区？"

杨龙加重语气说："县委确定在我们临河区！"

"太好啦！"

杨龙接着人们的话音，意味深长地说："这项任务，是既光荣又艰巨！"

"我们有信心！"

"保证完成县委交给的任务！"

"对！"杨龙用一个字肯定了众人的说法，然后又转了话题说，"现在咱们讨论讨论拔据点的问题。首先讨论先拔哪一个，再讨论怎么拔法，好不好？"

"我先发言！"二愣说，"我看先拔临河镇！"

话音没落，小张开了口："我看这意见使不得！"

杨龙也觉得二愣的意见使不得。杨龙这回从县委带回来两项任务：一是拔据点，一是送一批战士升到主力上去。升主力的同志一走，区队上的人就不多了，一上来就攻临河镇，显然是不行的。不过，送一批同志去升主力的问题，他现在还没有传达。他所以没把两项任务一同传达，是因为在杨龙看来，这两项工作，是两码事，去人升主力也好，不去人升主力也好，据点，是一定要拔的。决不能因去人升主力，就不拔据点了。

郑杰望了望大家，郑重地说："叫我看，要拔据点，就先拔东李庄！"

"为啥？"

"东李庄据点上的敌人，一来，跟我们有联系；二来，他们受到我们的教育比较多；三来，他们也被我们拿下马来了，已经吓破了胆，叫我看，不论文拿、武打，都不费吹灰之力！"

冯春说："我看郑老师的意见行！"

杨龙启发大家说："还有啥意见，都拿出来，摆在桌面上，然后，咱们再比较比较哪个好！"杨龙说到这儿，两只含笑的眼睛盯住了李刚。李刚知道这是请他发言，便说："我的意见是先拿大王庄！"

杨龙问："为啥哩？"

李刚说："大王庄是临河区的南大门。我们要拿下大王庄，就切断了临河镇和县城的联系，然后再打临河镇时，县城的敌人，来支援也就困难了！"

杨龙说："这又是一个意见。还有别的意见没有？"

没人吱声了。

屋里静下来。

过一会儿，杨龙又说："咱们讨论讨论，来比较比较各个意见的长短？"

小张说："我看先拿东李庄的好处是：第一，像刚才郑杰同志说的，比较省力；第二，先拿下东李庄，再拿下临河镇，叫我看，大王庄不用打，他自己就会跑掉的！"小张发言后，见没人吭声，又补充说："拿下东李庄后，也许临河镇一经吓唬也会跑呐！"

紧接着小张的补充发言，冯春也说："就是嘛！要按李刚说的那样，就等于关上门打狼！那样，伤亡要多，代价要大！"

杨龙说："小张，你说，我们拿下东李庄，敌人要往哪里跑呢？"

小张说："往南边县城附近跑呗！"

杨龙问："敌人跑了又怎么样呢？就算完了吗？"

小张忽闪着大眼答不上话来。

杨龙接着说："打敌人，打跑了不是目的。我们的目的，是要把敌人消灭掉！……"

冯春插嘴争辩说："他跑到县城附近去，到后来，我们还是要把他们消灭呀！"

杨龙问冯春："你说敌人是分散开好打呐，还是集中起来好打呐？"

冯春说："当然是分散开好打喽！"

杨龙问："那我们为什么要把他们赶到一块儿去呐？"

冯春低下头不搭腔了。

杨龙又问："冯春你再想想，比如说，我们家里有一只狼，我们是该把它就地打死呐？还是把它轰到邻居家去拉倒呐？"

杨龙这么一说，小张和冯春的思想都通了。

小张说："我同意李刚的意见，先拔大王庄！"

杨龙说："拿下大王庄，等于关上了敌人逃跑的大门！在敌人想着大量集中之前，就抓紧时机把他各个消灭，这样，将来解放县城就省力了。否则，我们把敌人赶到城关区去，他们到城关区以后，还是要残害人民。这样，就等于我们把自己的包袱卸下来，加到兄弟地区身上，给那里的同志们，增加了压力，给那里的人民群众增加了苦难！"

　　冯春说："杨龙同志说得对。还是关上门打狼好！"

　　杨龙问大家："还有不同的意见吗？"

　　众人一齐回答："没有啦！"

　　"好吧！这个问题。按照李刚同志的意见，就算结起来了。"杨龙稍停一下又说，"下边，咱再讨论第二个问题：欢送一批同志去升主力的问题。"

　　小张惊喜地说："怎么？欢送一批同志去升主力？"

　　"你先别高兴，这次没有你！"杨龙接着说，"县委指示我们：一部分骨干不动，要在战士中挑选四十名同志，到主力部队去。"王班长吃惊地问："多咱去？"杨龙说："后天就走！"

　　王班长沉思了一下，正想张口说话，话头被二愣抢了去。

　　"杨队副，你咋不跟县委说说呢！"

　　杨龙笑着说："二愣，你叫我说啥呀？"

　　二愣说："又要拔据点，又要调人，这不矛盾吗？"

　　冯春插嘴说："就是嘛！要是四十个同志一走，只剩下二十来个人了，还拔据点？怎么拔呀！"

　　杨龙反问冯春："怎么？没有信心了吗？上半年，你们只有三个人，不还在路东顶了好些日子吗？二十来个人不比三个人多好些倍？"

　　冯春还没说话，二愣又插了嘴："打游击行呵，拔据点可不行哩！"

　　杨龙笑着说："怎么？你又不想攻临河镇啦？"

　　人们哄笑起来。

　　笑声落下，杨龙说："扩大主力，迎接反攻，这是关系到全国大局的重大问题，我们必须服从上级的决定，服从整体的利益。大家明白：拿下临河镇，解放了整个临河区，不等于抗战胜利，更不等于革命成功。因此，就是影响我们解放临河镇，也应当愉快地欢送同志们去升主力。"

　　冯春为难地说："剩下这几个人，怎么拔据点呢？"

　　杨龙依然满怀信心："大家想想办法！"

　　王班长经过一段长时间的沉思，说："杨队副，这样行不行——咱向县委要求要求：让升主力的同志晚走几天，怎么样？"

　　杨龙问："为什么？"

　　王班长说："咱利用升主力的同志没走以前，鏖战一下，把据点拿下来！"王班长说罢，信心十足地把拳头砸到膝盖上。

有人插嘴说："对！这是个两全其美的办法！"

杨龙笑着说："升主力的同志走的时间不能推延！"

小张又插进来说："我看这样：是不是要求县委把拔据点的任务往后推推？"

"拔据点的任务，也是不能推的！因为，全县总反攻要有个基地。我们不先拔，就得另有一个兄弟区先拔，我们能把困难推给别人吗？"杨龙说到这里，见人们已不再坚持各自的意见便说："是呵！又要往外调人，又要拔据点，这确实是个矛盾。回避吗？回避不了。要求领导给予帮助，让升主力的同志晚走，要求推迟拔据点，又都行不通。唯一的办法，只能是：靠我们自己积极主动地去想办法，解决困难。"

好长时间没有发言的李刚说："由此看来，拔据点，现在最好的办法只能是智取，不能硬攻。是不是来个将计就计？"

杨龙忙问："啥'将计就计'？"

李刚说："五天前，姜五用了个计，要请你去谈判，说什么他们准备投降！……"

杨龙问："你们怎么办的？"

王班长说："我去了！"

杨龙又问："怎么样？"

王班长说："看样子，他们本来就不是真想投降！他们胡乱扯皮，我把他们教训了一顿，就出来了！"

杨龙问："你们看姜五来这一套，是个啥意思？"

李刚说："他是要来个四面见线：第一，他好些日子没敢出窝了，八路军的虚实闹不清，要通过这一手探探虚实，如果不敢进去谈判，这说明八路军没真力量，他也许要闹个什么妖儿；第二，如果杨龙真去了，他就要把杨龙绑起来，到他的上司那去请功受赏，借此升官发财；第三，这两个目的达不到，和八路军暗中保持个联系，对他也有好处……"

杨龙问："你们看，要是现在让他投降，他投降不投降？"

李刚说："他决不投降！那天王班长进去以前，他都把人准备好了，只是没动手！"

杨龙问："他为啥没动手呢？"

李刚说："他一看去的不是杨龙，扣起来，送上去，他的上司也不准重视，他的上司又没说捉住王班长赏五万元！再说，捉不住杨龙，他就不敢引火烧身！……"

杨龙说："好！我看可以将计就计。李刚同志，你先说说你的想法吧？"

李刚把想法说了一遍，大家又作了修改补充，最后决定下来。

快要散会时，杨龙向李刚说："李刚同志，你赶回大王庄，就按这个计划行事！"

李刚答应着，背上货郎包儿，走了。

杨龙又向小张说："你和二愣同志马上到小王庄去，按照计划去作好准备。"说罢，转向王班长说："你，负责去安排关于四十名同志升主力的问题。"

"行！"王班长问，"挑选什么样的人？"

杨龙说："挑选最可靠、最能干的！"

郑杰询问杨龙对当前宣传工作有何指示，杨龙回答了他的问题，要他继续做瓦解敌军的工作；同时宣传群众，号召青年参军入伍。

众人说说笑笑，走出院门，奔向各自的岗位。

第三十三章　随机应变

杨龙送走了去升主力的同志，便带领区队来到了小王庄。他走进村口时，小张迎面跑上来。

杨龙问："小张，干啥去？"

小张说："来接你呀！"

"来接我？"杨龙说，"你怎么知道我来？"

小张摸着他身边一个娃娃的头说："这个小家伙告诉我的！"

杨龙向那娃娃一望，不认识他。就问：

"是吗？"

那娃娃歪着头说："嗯！"

杨龙笑着又问："哎，你怎么知道的？"

那娃娃说："我看见的！"

"在哪里看见的？"

"在村西北那个破窑上！"

"你上窑上干啥去？"

"放哨嘛！"

杨龙拨拉着娃娃的小脸蛋儿说："小家伙儿，你做得很好，应当受表扬！"

那娃娃说："这是俺儿童团的任务，有啥该受表扬的呀？俺比人家西李庄小李勇，还差得远着哩！"

　　杨龙拨拉一下小家伙儿的脸蛋儿，笑笑，走开了。杨龙和小张向村里走去。小张说："这村的各种抗日组织，都很活跃……"

　　杨龙说："这方面的工作，我们还要再深入一步，造成一个更加有利于我们工作的局面。"

　　他们说着，走着，来到了民兵队长宋振武的家门口。小张留住步子，挥手一指门口，说：

　　"杨龙同志，到啦！"

　　杨龙抬头望了望破烂不堪的门楼，说：

　　"这就是振武家呀？"

　　小张说："对！"

　　杨龙走进院子。一看，西屋里，热气腾腾，肉香扑鼻。北屋里，迎门放了张八仙桌。桌子周围，摆了一圈儿椅子。桌面上，放了几个酒瓶，还摆了几碟子水果和点心。民兵队长宋振武，这时正蹲在西屋的南窗下，弄了一盆热水在褪鸡毛。他见小张领着杨龙走进来，赶忙站起身，迎着杨龙：

　　"杨龙同志。"

　　杨龙笑着说："振武，你怎么这么大闹起来啦？日子不想过啦？"

　　振武笑着说："装啥像啥，卖啥招呼啥嘛！敌人一进门，这是第一张'安民布告'！……"

　　小张望着门口，问杨龙："哎，同志们怎么还没到呀？"

　　杨龙说："他们都干各自的事去了！"

　　急性的小张向来是，问不出个根底来，是不算完的。因此，他又问："干什么事去啦？"

　　杨龙只好解释说："出发时，我向他们交代好：进村后，除了站岗、放哨的几个同志以外，其余同志，都要立即分头深入各户，去做群众工作……"

　　振武说了几句话，又去忙他的了。小张领着杨龙走进北屋，在炕沿上坐下来。杨龙见屋里空荡荡的，没有一个人，就顺口问道：

　　"哎，二愣呐？"

　　小张说："去送信了！"

　　杨龙问："去哪里？"

小张说:"大王庄据点上!"

"噢!"杨龙又问,"信上怎么写的?"

"是这样写的!"小张原原本本地背诵起那封信的文字来,"姜队长:上次,蒙阁下盛情设宴,请我前去,适逢我因事不在,未能相会,深感遗憾!为回报阁下盛意,并答谢阁下对我们王班长的热情款待,我特于今日十二点,在小王庄略设小酌,务请阁下赏脸,届时光临,以叙友情。"

小张一口气儿,背下了信中的原文。他稍缓了一口气儿,又说:"后边的署名是'杨龙'。"

杨龙低着头儿装烟,没有吭声。

小张有点不安地问:"杨龙同志,怎么样?有问题吗?"

杨龙以问作答:"准备工作怎么样?"

小张说:"一切准备好了。姜五一到,先下他的枪,再要他领着我们到据点里,去收伪军的枪!至于内应问题,我已经和李刚同志接过头了。他已经做好了五个伪军的工作。到时,这五个人可以协助我们。李刚同志还传出信来:今天下午一点半,正是这几个人站门岗。进门是没问题的了!另外,我还和李刚同志约定好,在姜五领着我们进据点以前,先在据点门口敲卖豆腐的梆子,他在里边好作准备,以防姜五进了据点又有突变!……"

杨龙一直抽着烟静静地听着,一言不插,让小张丝毫不受干扰地把话说尽,"杨龙同志,你看这个安排怎么样?"杨龙停了一下,没有正面回答,却反问小张道:"姜五要是不来呢?"

小张一怔,说:"我倒没考虑这第二步!"

杨龙说:"不!这应当是第一步!"

小张忽闪着大眼,没有说啥。

杨龙又说:"小张呵,无论做什么事,要先往坏处想想。就说打仗吧,进攻之前,要先想到怎么撤退;开火之前,既要想到打胜了怎么办?更要想到,打败了怎么办?因为只有先把最坏的可能性想尽,即使万一出现了最坏的情况,我们也仍然能够争取主动,这才叫'有把握'!"

小张有点慌了。他透过窗棂望着移到头顶的阳光,有点焦急地说:

"哎呀!现在大概有十一点了,姜五要真的不来,这可怎么办?"

杨龙依然平静如常,笑着向小张说:

"你慌啥？现在，主动权不是掌握在我们手里吗？"

小张又催问，要是敌人不来怎么办呀？杨龙架着小烟袋没有回答。他在炕下很小的一个空间，来回缓慢地走动着。小张两眼凝视着隔墙上的"通天框"出起神来。屋里静，若无人。

正在这时，去送信的二愣一步闯进屋。小张霍地站起来，抓住二愣的一只胳臂，急迫地问道：

"怎么样？那小子来不来？"

二愣说："我哪知道呀！"

小张失望地低下头去没再问。杨龙见二愣身上湿漉漉的，便指着他身上的水，紧跟着问道：

"这是怎么搞的？"

二愣嘿嘿地笑着，说："这是李刚给的礼物。"

杨龙笑问："他泼你干啥？"

"提起这事儿，可有意思啦！"二愣说，"我把信送到，就往外走，路过他那厨房门口时，忽然从门里'哗'地泼出一盆泔水来，正巧泼了我一身。我扭头一看，原来泼水的不是别人，而是我抓的那个'货郎'——李刚。当时，我灵机一动，心想：'他泼我，一定有事儿！'于是，我装作动气的样子，闯进屋去，抓住他的脖领子，要他赔衣服。伪军劝着，拉着，才算散了伙。就在这吵架的当儿，李刚悄悄塞给我一个纸团儿。"说着，从衣袋里掏出一个纸团儿，递给杨龙。

杨龙接过来，展开一看，上面写着："姜不去。去两个班长。"他刚看完纸条儿，王班长进来了。杨龙想了想，向王班长说："一切照原计划进行！我和小张、二愣进敌人巢穴里去，你带着人，留在外边……"

王班长说："杨龙同志，你留在外边，我进去吧？"他唯恐杨龙不答应，又接着说："姜五诡计多端，你进去，太冒险！再说，我上回进去过一次，里边的环境，我比你熟悉！……"

"那也好！"杨龙心里想，"应当让他们好好闯一闯！"接着他又说："你们先商量商量进去以后的具体行动！我去找同志们，研究研究如何在外边配合的问题。"

杨龙说罢，找宋振武安排民兵的任务去了。

十二点过五分，一个在村外放哨的战士走进屋来，向杨龙报告："杨队副，敌人来了！"

杨龙问："来了几个？"

"两个！"

"带没带武器？"

"没带！"

"现在哪里？"

"在村口等着！"

"让他们来！"

"是！"

战士应声跑去。杨龙笑着向王班长说："你们是'熟人'了，到门口去接一下吧！呵？"

王班长笑了笑，走出去了。杨龙向小张吩咐道："你在里间屋里准备好，以防备敌人内身藏有武器！"

小张应声进了里屋，把张着大机头的匣枪握在手里，蹲在靠"灯窑"的隔墙处。

杨龙安排已毕，自己便在冲门的八仙桌边坐下。又掏出他那根小烟袋，抽起烟来。

过了一阵，院门口上传来一阵说话声。一会儿，王班长、二愣同两个伪军班长一齐走进屋来。王班长指着杨龙向两个伪军班长介绍道：

"这就是我们杨队副！"

杨龙一挥手，让他们坐下，然后，又向王班长说："'客人'到了，上席吧！"

王班长应声而去。

不多时，酒菜上齐了。他们吃着，喝着，谈着。杨龙估计快到午后一点半了，便突然转了话题说：

"你看我！咱们说了这大晌，还闹不清你们谁是姜……"

那个矮个儿的伪军班长说："俺们姜队长病了，派俺俩来的，我是一班长，他是二班长……"

"你看！赶得真不巧！"杨龙说，"上回他请客，我不在；这回我请客，又赶上他病了！"

那高个儿的伪军班长说："可不！"

这时，王班长悄悄向杨龙递了个眼色，然后插嘴说："杨龙同志，我想去看看姜队长的病，上回我……"

"好！该去该去！"杨龙说，"我们在这儿喝着等你，你快去快来……"

"好吧！"王班长又向那矮个儿的伪军班长说，"哎，你领我去吧，免得我冒冒失失闯进去，发生误会……"

那伪军班长望着杨龙，欲走又不走。杨龙就势向那伪军说："好！你和我们王班长去一趟吧，我们在这儿等着你俩！"

王班长和那伪军班长走出门时，二愣从那边跑过来，问道：

"王班长，干啥去呀？"

王班长说："到据点上探病去！"

二愣说："我跟你们一块儿去！"

王班长问："你干啥去呀？"

二愣说："我方才去送信，把扇子忘在那里了！"他说着便跟在王班长身后，一同向前走去。

三人刚走到庄口，小张又从背后追上来。他一边跑一边喊道："等等我！等等我！"

王班长扭过头，高声问道："干啥呀？"

小张举着一封信，说道："送信去！"

二愣伸手要夺信，并说："拿过来，我捎去吧！"

"去你的吧！"小张把二愣的手拨开，又说道，"你这人太马虎，我信不着！误了事，算你的？还是算我的？"

他们说笑着，打闹着，走出了村口。这时，有一个担豆腐挑儿的人，从斜道上插过来。王班长、小张和二愣，都看出了是宋振武。可是全充不认识，谁也没有去理睬他。振武担着挑儿，从另一条道上向东走去了。

大王庄据点，出现在眼前了。这个据点的位置，在大王庄的西头上，距离居民的住宅有八九十米，是一所四邻不靠的单独大院儿。院儿周围，是一圈儿高大的土墙。土墙外边，挑了一圈儿深壕。深壕外边，还有一圈儿铁丝网。铁丝网外边，还埋了一些地雷。据点只有一个门，门口朝南。门口上，有个吊桥。现在,吊桥已经拉上去;它像个起重机似的,朝天斜竖着。王班长望着这种情景,心里不由得说:"他妈的!要不采取这个办法,攻占这个家伙还真得费把火头哩!"

他们离据点大门口不远时,只见宋振武担着豆腐挑儿,已经到了据点门口上。他把挑儿放在路旁,敲起梆子来。

"梆梆梆!梆梆!梆梆梆!梆梆!……"

转眼间,李刚从门里走出来。他扎着围裙,站在门口上,隔着壕沟问道:

"卖豆腐的!多少钱一斤?"

振武说:"五百元一斤!要多少呵?"

李刚说:"太贵!不要啦!"

振武说:"豆子又涨钱啦!这还不够本儿呐!"

李刚在和振武说话的当儿,悄悄向西瞟了一眼,然后又向那个站门岗的伪军低语了几句,便回据点去了。振武也把挑儿拾上肩,敲着梆子,向大王庄村里走去。

不一会儿,王班长、小张、二愣和那个伪军班长四个人,来到了据点大门前。没等那伪军班长说话,站岗的伪军就把吊桥落了下来。

伪军班长点点头,转身向王班长说:"请进!请进!……"

王班长口应着,跨前一步,进了据点大门。小张和二愣跟在那伪军班长的身后,也一同走了进去。

第三十四章　巧夺大王庄

阴。

风。

据点大门里，是个大空院儿，很宽敞。是敌人下操、集合的地方。北面，是一溜横腰屋，一共十一间，朝南面只有窗户，没有门。当中那间，是个前后通行的穿堂走廊。

王班长他们和那伪军班长穿过大院儿，走进穿堂走廊。西面有一个朝东开着的门口，就是李刚所在的厨房。这时，厨房里空荡荡的，只有盆碗锅灶，没有人。再进去，又是一个小院儿。小院的北屋便是姜五的住处。过道东边，有一道南北墙，里边又是一个院儿，住着这个据点上的三班伪军。

王班长和那位伪军班长走出了穿堂过道的北口。那位班长向北屋一指，对王班长说："你已经来过了，请自己去吧！我……"他说着，就想溜。可是，王班长紧紧拉住他不放，笑呵呵地说：

"走走走，一块儿去嘛！"

伪军班长无奈，只好和王班长一同向北屋走去。

小张和二愣，一前一后，大摇大摆地走进了东院。他们进院时，伪军们大都没在屋里，有的坐在屋门口洗衣服，有的蹲在屋门口的太阳下逮虱子。北边不远处的大树荫下，放着两张桌子，每个桌子上都围了一圈儿伪军，这边在"推牌九"，那边在"打麻将"。李刚腰里扎着个白围裙，肩上搭着块旧毛巾，正笑眯眯地站在那儿扒眼儿，时而插上一言半语的俏皮话儿，引起一阵阵的笑声。

小张和二愣在走进院门口的当儿，都从腰里把两支匣枪掏了出来，然后，把双手向后一背，将手中的匣枪影在身子后边，一直走了进去。二愣进院后，一闪身，贴墙站住，不动了。小张向院子扫视了一眼，脚步没停，不慌不忙地向大树下走去。

正在这时，忽听李刚在那边嚷道："你们看，他偷一张牌！……扔到桌子底下了，在那里，在那里……"李刚一嚷，伪军们都按李刚手指的方向，向桌子底下瞅去。就在这当儿，小张已在没人注意的情况下，来到了距离那两张桌子六七步远的地方。伪军抬头发现了他，没容开口，小张先打招呼道："弟兄们，我们来接你们啦！"

伪军们惊慌失措地盯住了小张。"接我们？他是干啥的？"一个相同的念头，在每个伪军的头脑中闪过去。

"怎么？你们还不知道？"小张笑哈哈地说，"你们姜队长，已经决定起义反正啦！你们的两个班长，不是才和我们接过头吗？"

在小张说话的当儿，李刚向那边正在屋门口洗衣裳、逮虱子的几个伪军递了个眼色，而后离开了桌子。小张抓紧机会说道："你们不要有顾虑，不论过去如何，反正以后，一律既往不咎！"这句话，很起作用，有些伪军脸上的惊色在开始消退。可是，还有一些比较顽固的坏家伙，并不老实，竟想往屋里跑，看来，是想去拿枪进行抵抗。二愣大喝一声：

"不准动！"

想溜的伪军，向院门口一望，只见院门口的那个石礅上，直挺挺地站着一个黑小伙子，两条弯曲的胳臂紧贴着身子，手中平端着两支匣枪，大机头像个老虎嘴似的大张着，杀气腾腾。与此同时，小张也把身后那两支匣枪平端了出来。伪军们望着小张、二愣不知所措。忽听有人在他们背后说了话：

"姜队长有命令：谁不服从，就地枪毙！"

伪军们回头一看，只见李刚和三个伪军都端着大枪，站在屋门口上。那些妄想瞅个空子窜回屋去拿枪抵抗的家伙们，这时才算死了心。小张严肃地说：

"我们杨队副已经和你们姜队长说好了。我们的队伍就在外院等着呐，你们哪个要是不服从，可别怪我们八路军不讲面子！"

有些伪军颤抖着说："不敢！不敢！服从！一定服从！"

"那好！"小张说，"站队！"

伪军们呼呼啦啦一阵乱跑，不大一会儿，一溜长长的横队便出现在小张面前。随着小张的口令声，伪军们"立正""看齐""报数"忙了起来。在这当儿，李刚指挥着他事先已做好工作的那几个伪军战士，把三个班的枪支，都收敛起来，卸下枪栓，把枪杆打成捆，枪栓装在一个木箱里，像开展览会似的，全摆在伪军的面前。二愣依然一步不离地站在门口旁边的那个石块上，虎视眈眈。伪军们老老实实地站在那里。

再说王班长和那个伪军班长，他们走进姜五的房间时，姜五正在和他的三班长下棋。这间屋子不大，各种设备摆得挺满。靠窗是一张双人大藤床。床头上，有个小茶几，放着大烟灯。靠北山墙，是张八仙桌，两边，有对太师椅。姜五和三班长，正对着棋盘出神。王班长走了进去。他猛抬头，突然吃了一惊，手中的棋子"啪嗒"落在地上。王班长佯装没留意他的表情，笑着说："姜队长，听说你病了，我特地来看看你……"王班长说着，眼睛向屋里瞟了一圈儿。

"哦！哦！"姜五只好顺水推舟，忙将身子闪离开座位，强挤出一丝苦笑说，"请坐，请坐！……"

"不客气，不客气！……"王班长嘴里这么说着，就势占住这个位子。他心里有两个想法：一是，姜五那支匣枪，就挂在这个座位后边的墙上；二是，这个位子和桌对面的椅子，与窗下那张床，正成一个三角形，便于监视每个敌人。

姜五坐在对面的椅子上，那两个班长并肩坐在床沿儿上。王班长坐下身来，关切地问道："姜队长，这回是啥病呵？还是老毛病吧？可不能马虎，得抓紧治疗呀……"王班长一边说，一边注意听着东院里的动静，并注意监视姜五的举动。忽然，他发现姜五在向他那个三班长递眼色，看来是要让他离开。紧接着，那个班长站起身，向姜五说：

"队长，你陪着客人说话吧，我走啦！"

"好好！"姜五说，"你要准备一下，招待客人……"

"是，我知道！"

王班长知道有鬼，他想："无论如何，不能让这个家伙走！他要出去一搞鬼，我们就被动了；再说，也不知小张和二愣那边进行得怎么样，这个家伙一过去，也会给他们增加麻烦。"想到这里，便就着姜五的话音说：

"咱们都是老相识了！不必准备什么。不要走，咱们一块儿谈谈嘛！"

那个班长看了看姜五的眼色，说："不，王班长，我得走，我，我还有事情哩，失陪啦！失陪啦……"说着，就要出门。

"回来！"王班长突然声色俱厉地喝了一声。那个班长闻声一抖，一下子收住了步子，怔在那里。姜五和那一个领王班长来的汉奸班长，也猛地吃了一惊，嘴张得老大，眼睛瞪得滚圆，像猴子似的。王班长本想就劲儿亮出匣枪，跟他们把话交代明白。又一转念："不行！还得等等。谁知小张和二愣那边进行到啥节骨眼了？如果他们还没有把伪军们的枪都统统收过来，我在这边一闹翻，会促使某些伪军拼命抵抗，对他们收枪，将造成严重困难！"在王班长看来，这一仗胜败的关键，不在于姜五如何，而是取决于是否顺利地把伪军们的枪收过来。要能顺利地把伪军的枪都收过来，那时姜五就成了"光杆司令"。即使他想抵抗，也来不及了。"无论如何，还是要千方百计给小张和二愣制造方便，争取那方面的胜利要紧，我得继续跟他们磨下去……"于是，王班长缓和了一下语气，说：

"别见怪，我是个火爆脾气儿！你们也都是军人，总该了解军人的性格。大家难得相见，好好聊聊。如果瞧不起我，我可以走！……"王班长说着站起了身，做出要走的架势。

"哪里哪里，误会，误会……"姜五说着，离开了座位，表面上是要来拉住王班长，不让他走；实际上，是想借此机会，去摘挂在王班长身后墙上的那支匣枪。与此同时，那两个班长，也一面漫不经心地说着挽留的话儿，一面悄悄做好了准备。处境危急！如果不及早动手，就有被动吃亏的危险！

正这时，忽听东院里二愣那一声大喊："不准动！"姜五和他的两个班长，闻声一抖，就知不好了。姜五向前猛赶过一步，一下子抓住了挂在墙上的匣枪。两个伪军班长，也同时向王班长扑过来。一刹那间，王班长嗖地抽出了匣枪，一纵身子，蹿上了桌子。两支匣枪，一支对着姜五，一支对着两个班长，形成一个居高临下之势。王班长厉声喝道：

"不准动！"

两个班长，木鸡似的僵在了那里，目瞪口呆，面色蜡黄。姜五那只刚刚抓住匣枪皮套的手，就像被火烫了一下似的，嗖地缩了回来，扭着脖子，望着王班长，浑身颤抖着说：

"误会，误会，不要误会！……"

"没有什么误会的！现在，我告诉你们：你们手下的人，已经起义反正了，枪，已经交给我们了……"

"哪里哪里，咱们都是友军嘛！"姜五并不相信王班长的说法，甚至企图麻痹王班长，争取反扑的机会，他嬉皮笑脸地说："不必这样，不必这样，好办，好办！一切的一切，都照，照着我姓姜的说……"

"老实点儿！"王班长说，"哪一个不老实，我要就地枪毙！"接着，他又命令姜五和那两个汉奸班长，并排着坐在窗下的床沿上，然后他才跳下桌子，把挂在墙上的匣枪摘下来，背在身上，又向三个敌人说：

"你们放心，我保证你们的生命安全……"

正说着，东院里传来了"一、二、三、四"的报数声，王班长知道，那边的收枪工作，已经完成了。于是，他对姜五说：

"我说你们的战士都起义反正了！你不是不信吗？走，咱们一同去看看吧！"

姜五站起身来向外走，王班长又向那两个班长说："走，你们也去！"

他仨在前，王班长提着两支匣枪跟在后边，走出屋子，来到了东院。伪军们整整齐齐地站着队，二愣端着两支匣枪，把守着院门口；小张持枪威严地讲着话。伪军的枪和栓都已分了家，打成了捆，装上了箱，摆在那里。姜五一见这情景，一下子从头顶凉到了脚后跟，"完啦！我姜五算完蛋啦！"王班长不无讽刺地对姜五说："姜队长，怎么样？是你的弟兄们都起义反正了吧？……"

姜五点头哈腰地说："好好好！……"

王班长指着挂在据点大门房顶上的旗子，向姜五说："那个玩意儿该弄下它来了吧？！"

姜五说："该，该！……"

王班长把手中的匣枪一甩，只听"砰"地一响，接着，又是"咔嚓"一声，那面人人痛恨的汉奸旗子，像燕子投井似的，一头扎下去了。

这时，据点的四周，传来了一阵欢呼声。

不大一会儿，杨龙带领着区队进来了。在区队的后边，宋振武带领着一伙儿民兵也来了。

杨龙来到伪军士兵们近前，讲了一段话，进行了一番教育，最后向他们说：

"根据我们共产党、八路军优待俘虏的政策，对你们一律不杀、不押。一会儿，就放你们走。凡是属于你们私人的东西，都可以拿着。出了这个据点门，你们往哪里去，由你们自己决定。如果你们有的人仍然愿意当汉奸，可以到临河镇去！……"

伪军们说："不干啦，不干啦！……"

杨龙说："我们既然放走你们，就不怕你们再去干！当然，我们不希望你们再去干。希望你们回家为民，一面积极参加抗日工作，立功赎罪，一面好好劳动，改造自己，重做新人！"

伪军们纷纷点头："是，是！一定！一定！……"

杨龙说："你们如果有什么难处和要求的话，可以提出来。"

有的伪军说："我离家路远，怕路上走不开，再被八路捕起来！"

杨龙说："那好办！我们发给通行证！"

又一个伪军说："我想回家，没有路费……"

杨龙说："我们根据你们的路程远近，都发给你们粮票，你们拿着介绍信和粮票，无论走到哪村，都可以吃上饭的！"

"…………"

杨龙一一答复了伪军们提出的问题以后，姜五说话了。他问：

"杨队副，我呐？"

杨龙说："我们把你送到县委去，听候处理！"

姜五惊慌地问："杨队副，咋处理我呀？"

杨龙说："那要看你今后的态度如何喽！"

这时，那几个持枪的士兵，在悄悄捅李刚，"你去问问杨队副，俺们咋办呀？"

杨龙听见了。他笑呵呵地向那边说：

"你们如果愿意回家……"

杨龙没说完，那几个士兵齐声说："我们要当八路！"

杨龙笑着说："好！你们要是愿意当八路，我们欢迎！"

杨龙的话音未落，那几个伪军士兵，几乎同时把头上的西瓜皮帽儿，拽了下来，"啪"的一声摔在地上。

小张走过来，掏出一个纸包儿，向伪军们一举说：

"注意！现在开始发粮票、通行证、介绍信！"

发完了粮票、通行证和介绍信，伪军们都回屋去整理自己的东西。这时，区队上的战士和小王庄的民兵，有的扛枪捆，有的背子弹，有的抬手榴弹箱……大家欢欢乐乐地向外走去。

伪军们被打发走了。

同志们陆陆续续地撤出据点。

杨龙叫住小张："小张，你去找县委。把今天的情况，向县委详细汇报一下，同时，带回县委的指示。"

"好！"小张应声而去。杨龙又一挥手向其余的人说：

"咱们也该走啦！"

杨龙在前，众人在后，说笑着，向外走去。

第三十五章　打草蛇惊

拔除了大王庄据点以后，东李庄据点上的伪军惶惶不安，杨龙抓紧这个时机，发动各种抗日群众组织，对这个据点的敌人，加强了政治攻势和武装袭击。这样一来，贾四沉不住气了，他三番五次地捎信传信，要求和杨龙见个面儿。杨龙见时机已经成熟，请示县委批准以后，又做了一番安排，答复了贾四的要求，并通知他在西李庄学校里见面儿。

这天上午，贾四化装成农民模样，悄悄离开了东李庄据点，提心吊胆地向西李庄学校奔来。按照正常的路线，穿过西李庄，只不过四五里路。然而，他不敢从西李庄村里走，怕遇上群众吃苦头。于是，他绕过西李庄，从南洼里，躲着，在地里干活的群众转了过去。就是这样，那些在地里干活的民兵，也早远远地瞄上了他。

贾四来到学校门口，探头探脑地走进去一看，各屋空空，并无一人。原来杨龙防备这个小子搞鬼，并没有真的在这里等他。贾四怀着又怕又失望的心情，正要离开这里，小张一步闯了进来。原来小张根据杨龙的指示，早就埋伏在学校附近等着他。

"贾队长，还认识我吗？"

"不！不敢当！不敢当！……"贾四惶惑地望着小张，又说，"认识，认识……"

"你来找我们杨龙同志是不是？"小张没有等他回答，又接着说，"走，我送你去！"

他们一同出了校门。小张从衣袋里掏出一把锁，"啪"地把门锁上，又向贾四一挥手说："向西！"

西洼里，庄稼已经成熟。农民们有的在割谷子，有的在拾棉花，到处都是忙碌的人群。自从抗日战争爆发以后，六七年来，还从没有像今年这样秋收如此安稳。收秋的农民们，压抑不住内心的高兴，边忙边说笑，有的在哼抗日小调，也有的放开大嗓喊起了"梆子腔"。

贾四在前，小张在后，顺着秋禾覆盖的羊肠小路，弯弯曲曲地向西走着。小张一边走，一边跟两边干活的农民打招呼。有人大声说："哎，你们看，那是不是贾四那个小子？"有人骂道："是，是那个狗日的！"贾四又羞又恼又害怕，他低着头，一声不吭，不断地加快脚步。小张抿嘴笑着，一边向大家甩头示意，让人们不要骂他，一边也加快了脚步，紧紧跟上贾四。来到一棵柳树下，小张向贾四说："站住吧，到啦！"贾四直挺挺地站在那里，小张便向地里跑去。

地里边，有一群人正在割谷子。人群中有农民，还有区队上的战士们。杨龙也掺杂在里边。小张来到近前，向杨龙说：

"杨龙同志，贾四来啦！"

"来啦？好呵！"杨龙割下一把谷子，直起腰，向柳树下望了一眼，又把镰刀递给小张，说："你这一出唱完啦，下边该我出角儿啦，咱俩换换班儿吧！"

小张笑着接过镰刀，往拳眼里吐了口唾沫，一哈腰，就"唰啦唰啦"地干起来。杨龙放下手中那把谷子，又把谷捆捆好，扯下头上的毛巾，擦着汗，向柳树下走去。贾四见杨龙走来，也赶紧大步夹小步地迎上来。

来到树荫下，杨龙坐在一个土台上，贾四蹲在他对面的洼坡处，两人便谈了起来。杨龙掏出他那个小烟袋，一边装烟，一边说："贾四呵，你左一回信，右一回信，急着要见我，究竟有啥事儿呵？"

"我，我想脱掉这身汉奸皮！……"

杨龙笑了两声，风趣地说："这身汉奸皮你想怎么脱呀！"

贾四涨红着脸："我，一定痛改前非！痛改前非！……"

"哎，我问你——"杨龙说，"你为啥干够了汉奸呢？"

"自从上回队副在西李庄茶馆里，对吾辈教育之后，我就开始醒悟了。

以后，贵方又曾几次城下喊话，再加咱们见面接头，你对我一次又一次的教育，使我分清了利害，懂得了共产党的政策，认清了自己的前途……"

"大概还有一个原因吧？"

"还有啥原因？"

"是不是我们收拾了姜五，你害怕啦？"

"不，不，我为难呀！"

"为啥难？"

"现在，我那些弟兄们，大都心无斗志，都在瞅机会开小差儿，有的甚至跑到你们这里当八路，还有的公开骂石黑，这个闹法儿，要叫石黑知道了，我贾四这个脑袋瓜子，不得搬家呀？"

杨龙说："你不必多虑！石黑在临河镇，你在东李庄，两处相隔十来里，你这里的情况，只要你不向他说，别的伪军又跟他接不上头，他怎么能知道呐？"

"不不，"贾四说，"他有'耳朵'……"

石黑在东李庄据点里安的"耳朵"，杨龙早就知道。不过，现在为了实现一个新的计划，杨龙故意装作毫无所知的样子问道：

"怎么？他有'耳朵'？是谁？"

"关汉三！"

"那好办！枪毙他得啦！"

"那……"

"你舍不得！是不是？"

"不不，"贾四说，"我有一个要求。我要枪毙了他，你得让我干八路，要不石黑……"

"哎呀！你想重新做人，要求参加抗日队伍，我们倒欢迎，不过，你的所作所为，民愤太大，向群众不好交代呀！"杨龙显出为难的样子，只顾抽烟，没再吭声。在贾四一股劲儿的恳求下，他沉吟了片刻，又说："办法嘛，我倒想出一个，怕你不敢干！"

"啥办法？"贾四焦灼地问，"我干！"

"为了给你个机会，我们派兵去佯攻你东李庄据点，你就向石黑打电话告急求援。等他的援兵来到南门外，我们配合你一下，切断他的后路，你们冲出南门，咱来个两面夹击，打他个落花流水⋯⋯"杨龙说，"这样，你算立了个大功，用以将功折罪，求得人民群众的谅解！"

"行！妙计！"贾四说，"啥时候干？"

"你说呢？"

"我看夜长梦多！"贾四说，"依我之见，今晚就动手，行不行？"

杨龙这里早有安排，因此顺口说道："也可以！就照你这个意见办！"

贾四站起身，又说："杨队副，咱们一言为定！我该走了吧？"

"好！"杨龙站在高台上说，"祝你成功！"

贾四走后，王班长、小张、二愣先后凑过来。急性的小张首先问道："杨龙同志，谈得怎么样？"

杨龙笑着说："一切都按咱原来的计划进行！"

二愣高兴地问："他都应下来啦？"

杨龙深思着说："应是都应下来啦！"

王班长插嘴道："这里边会不会有鬼？"

"是呵！我也在考虑这个问题！"杨龙说，"来，都坐下，咱们仔细讨论一番。"

四个人围成一圈儿，坐了下来。二愣不以为然地说："到这步田地啦，敌人都快完蛋了，他还能有啥鬼？"

"敌人快完蛋了不假，可是敌人也是狡猾的。"杨龙说，"我估计他有三个可能——一个是，照我们和他约定的行事；另一个是，他就势把援兵放进去，继续固守；再个是，他趁机跟他的援兵逃回临河镇！"

王班长问："那咱怎么办呐？"

杨龙笑着说："那就看你的了！"

"看我的？"王班长惊奇地问，"按咱原来的安排，我不是负责佯攻据点吗？"

"是呵！"杨龙说，"我想把它稍变一下！咋变？变'佯攻'为'真攻'！"

"真攻？我们改变计划啦？"

"没有。我是想，你攻打越激烈，他固守就越没信心，不过⋯⋯"杨龙又说，"要真攻，光靠你们一个班是不行的⋯⋯"

"我去召集大量民兵，加以配合！"

"对！北八村的民兵，都归你调用！"杨龙又说，"你知道，我们在那据点内部的伪军士兵中，有一定政治工作基础，你在攻城时，要充分利用这方面的有利因素……"

急性的小张又问："我们怎么办？"

杨龙说："给你们加一个任务……

"坚决打掉贾四逃往临河镇的念头！

"敌人只懂得一种语言，那就是枪口发出的声音！"

聪明的小张两只大眼一忽闪，突然喜出望外地说："杨龙同志，我明白啦！"小张比比画画地说："你是说，我们切断敌人援兵的后路以后，要猛打，叫贾四那小子一看根本没有逃往临河镇的可能……"

杨龙笑呵呵地拍一下小张的肩膀，说："小伙子，你真够聪明！"

小张有些不好意思地低下了头。杨龙又说："我们这一手儿，是一举两得：和敌人的援兵进行的，是刀枪实战；和贾四进行的，是政治战，应当大造声势……"

小张说："我们一个班担负这个任务，人少些。"

"那好办！南八村的民兵，统统归你调用！"杨龙说，"要把红缨枪、大砍刀、手榴弹，一切能用的武器，都用上。怎么样？这没问题了吧？"

小张笑着点点头。杨龙又说："不过，要把这些人都组织好；只有组织好，才能发挥更大的作用。"

这一阵，二愣已经主动担负起向四周瞭望情况的任务。杨龙说到这里，又向二愣喊了一声，说："二愣呵，这件事儿，就交给你吧！"

"啥事儿呀？"

"你去组织南八村的民兵！"

"那……"

"干不了，是不是？"

二愣摸着后脖颈笑了。杨龙说："锻炼锻炼！不敢干永远不能会，干吧！"

二愣问："小张呐？他……"

杨龙说："小张还有任务，我们两个到东李庄南门外去，干啥？看看地势……"

　　小张出于一种强烈的责任感，老怕二愣误了事，就说："杨队副，我看不用去看什么地势啦？那儿的地势，都在我们心里装着呐！"

　　"不！还是去看看好。"杨龙说，"麻痹要吃亏的！"

　　小张坚持说："这一点儿，咱心里有底儿……"

　　"小张呵，"杨龙拍一下小张的肩头说，"'麻痹'这个'敌人'，往往就是从'心里有底儿'这个门里钻进来的。"

　　小张点点头，不再坚持了。可是，他稍一停，像突然想起了什么，又另起话题向杨龙说："咱准备得这么细致，可临河镇的敌人，要是不来呢？"

　　杨龙笑呵呵地说："来不来都一样。这回和上回拿大王庄据点不一样！上回，是无论想什么办法，非要把据点拿下来不行，这回，他来了更好，不来拉倒，反正我们赔不了本儿——敌人的援兵不来，我们也要就势把贾四的据点拿下来！"

　　王班长在旁边点了点头，然后说："杨龙同志，我去准备吧？"

　　"好！"杨龙又转向二愣说，"你也开始行动吧！"接着，他又具体向二愣作了交代。

　　王班长和二愣分头走了。杨龙转向小张说："你到地里拿两把镰来，咱也走！"

　　他俩刚走出不远，望见贾四又回来了。他的身边，还跟着两个手持大砍刀的儿童团员，其中一个是小李勇。那两个小家伙，一边走，一边呵斥着贾四：

　　"低下头，不老实砍了你！"

　　贾四一声不吭，俯首帖耳地低下了头。

　　小李勇"嗒嗒"几步跑上来，"啪"地来了个立正，郑重其事地向杨龙说：

　　"报告杨叔叔！我们儿童团提了个大汉奸！"

　　杨龙摸着小李勇的头，笑眯眯地问道："小伙子，你咋知道他是个大汉奸呐？"

　　"他是贾四！他化了装，我们也能认出来！"

　　贾四赶过来，苦笑着，摆出一副为难的样儿，向杨龙说："你看，这些小兄弟们，不让我走！"

小李勇立刻驳斥道："谁是你的小兄弟？我们是儿童团，你是个大汉奸！"

杨龙向小李勇笑着说："你们干得很好！这个任务算你们完成啦，赶快回你们的岗位吧！"

"是！"两个小家伙扭头跑了。

杨龙转向贾四说："看到了吧！你们在人民群众之中，真是寸步难行呵！好吧！"杨龙一挥手说，"我们送你出村去！"

"谢谢，谢谢……"

走过西李庄，杨龙向正东一指，对贾四说："前边只有大树和庄稼了，我们就甭再送了吧？"

贾四道过谢，很快地跑走了。

贾四走后，杨龙和小张顺着通向东南的一条道沟，向东李庄的南洼奔去。来到南洼公路附近时，天已快晌午了。小张指着一条东西道沟说：

"杨龙同志，我们就埋伏在这条道沟里，可太来劲啦！"

杨龙一边沉思着，一边说："怕的是敌人不一定从这里走呀！"

小张说："这是临河镇通向东李庄的必经之路，他们只要来，我看就跳不过这里去！"

杨龙指着东边的一条斜道说："你看，那不也是一条路吗？"

小张说："要是从临河镇上东李庄，走那条路正是个弓背儿，敌人大概不会放着近路不走，走远路吧？"

杨龙说："若叫我看，敌人是很可能走那条路的！"

小张问："为什么？"

杨龙说："敌人不傻！他们不会不防备我们'围城打援'！……"

他们俩在这一带转了个大圈儿，把地形都看好以后，便向回走。跨过公路时，公路旁的电线，适被风刮得嗡嗡山响，小张忽然灵机一动，向杨龙说：

"哎，杨龙同志，咱从大王庄据点上缴获的那部电话机，到夜里该把它背来……"

杨龙问："干啥？"

小张指着电线说："弄段铁丝，弯个钩儿，挂在这电线上，听听贾四这小子倒是和他的上司说些什么呀！"

杨龙说："这个意见很好。这项任务，就交给你吧！"

杨龙回到西李庄，又和同志们研究了一下作战计划，并进行了具体部署以后，便向大家说：

"放好岗哨，都抓紧时间休息，准备夜晚三更天执行任务！"说罢，他又出去了。

晚上，杨龙从外边回来，刚一进门，李大娘就端来一碗热气腾腾的姜汤，对杨龙说：

"我听到你总是咳嗽，准是着点儿风，快喝了它吧！"

杨龙笑着说："我年轻轻的，着点儿风，有啥关系？大娘，你这大岁数了，可别老是为我忙活呀！"

大娘说："净说傻话！大娘不为你们忙，还为谁忙呀？你们又是为谁忙呢？就着热，快喝下去吧！啊？"

杨龙嘿嘿地笑，说："喝，喝！"说着，端起碗，"咕噔咕噔"，一口气儿喝完了。大娘说："快睡觉，发点儿汗，很快就好了！"

杨龙赶紧说："睡，睡，马上就睡！"说罢，"噗"一口气，把灯吹灭了。

睡了一会儿，杨龙醒了，听到对间屋里响起了大娘那香甜的鼾声，于是他悄悄坐起来。正这时，王班长走进屋来。

"呀！你没睡？"

"哪里，才起来！"

"咱集合吧？"

杨龙望望窗子，问："有三更天了吧？"

王班长说："有啦！"

杨龙说："好！集合，出发！"

第三十六章　三纵刁二

仲秋深夜。

据点城下。

杨龙带领着区队和一些民兵，来到东李庄南洼的公路附近时，已经是四更天了。杨龙发出命令：

"按照昨天晚上的部署，各就各位！"

连区队带民兵这支三百多人的队伍，立即分成了若干小股，向各处散去，一会儿人便没了踪影。

杨龙和二愣，还有另外几个战士，在一个居高临下的坟场里蹲下来。这里便是这场即将到来的战斗指挥部。

不一会儿，攻打东李庄据点的枪声响起来了。又过一阵，一个战士来报：

"报告杨队副！小张同志已经听到，贾四第一次向石黑告急了！"

杨龙命令道："好！让他继续监听！"

"是！"报信的战士顺着高粱地的垄背回去了。高粱地里，响起一阵由近而远的"沙啦沙啦"的响声。

这时，东李庄据点内外的枪声响得更密了。

杨龙向一个战士说："哎，你跑步到万老庄去，告诉那村的民兵：埋伏在临河镇以北，等敌人的援军出发后，打他一下！"

二愣建议说："一打他不回去了吗？"

杨龙说："不打，他们倒可能回去的！"他又接着向那战士说："告诉民兵们：打了就走，不要顶！"

"是！"那战士转身要走，杨龙又喊住他说："你别忙，我还没说完呐！再告诉他们：等这边我们和敌人的援军打上以后，让他们再佯攻临河镇！声势可以大一点，一个村的民兵不行。可以多组织几个村。你不用回来啦。就留在那儿组织、指挥！要先准备好撤退路线，防止敌人出来跟我们拼！"

那战士刚走，报信的战士又来了：

"报告杨队副！贾四又向石黑两次告急求援，石黑已经答应：到天亮以前，派刁二带领一支人马来援救贾四！"

杨龙说："好！继续监听！"

"是！"报信战士消失在青纱帐中。

杨龙沉思了一会儿，不知想了些什么，忽然向二愣说：

"来增援的敌人既然是刁二带队，刁二不同于石黑或胡江，他可能没有那种急迫心情。说不定，还可能希望贾四被消灭掉。我想，他唯一注意的是如何保存自己的实力，这是他升官、发财的资本。因此，我估计，他可能格外小心，走得很慢。我看，你带领一部分同志，向南转移，等刁二行进到半路时，突然出现在他的背后，猛追猛打，把这小子赶进我们的'口袋'！"

"是！"二愣领了命令，跑步而去。

杨龙又向另一个战士说：

"你去赶上刚才到万老庄去的那个同志，对我刚才的命令作如下更正：第一，不要民兵截击了。方才所以这样布置，是怕敌人疑惑我们布下'口袋'而缩回去。现在，既然是刁二出来，他不同于石黑或胡江，他就是有疑惑，也不敢缩回去。第二，既然石黑、胡江不出来，等我们和刁二打上以后，他们再次增援的可能性增加了。因此，佯攻临河镇的声势还需要再大一些，刁二过来后，要在公路两旁设埋伏，如果他们不顾死活，出来增援时，就设法减慢他们的前进速度！这样一来，那里的指挥就需要加强，因此，你也留在那里吧！"

那战士领了命令，飞奔而去。

东李庄据点内外的枪声，还在紧一阵、慢一阵地响着。

报信的战士，第三次来报：

"贾四已第四次催石黑快来援兵,他说,援军来晚了,就全完啦!石黑命令贾四继续坚守,并告诉他说,刁二已经带着四十名'精兵'出发了!"

杨龙想了想说:"好啦!你们的任务完成啦!你和小张,都撤离公路吧!"

那报信战士回去不久,小张便背着电话机,来到了杨龙身边。

又过了一阵,一个战士领着伪军三宝,来到杨龙面前。杨龙拍着他的肩膀笑呵呵地说:

"三宝!咱又见面啦!"

三宝笑了笑,然后向杨龙说:

"报告杨队副!我们贾队长派我来,向你报告:刁二带领四十个人,已经向这里进发了!"

杨龙笑着问道:"你们贾队长还说啥?"

三宝说:"他还说,刁二可能迟迟不前进,请求杨队副设法儿,把他引到据点南门上来!"

杨龙又问:"还有啥?"

三宝说:"报告杨队副!没有啦!"

杨龙又拍一下三宝的肩膀,笑眯眯地说:"好啦!你的任务算完成啦!回去告诉你们贾队长,就说我说的,他做得很好!这一场战斗,要看他的本事了!"

"是!"三宝跟着那个战士走了。这时,南边的枪声,已经响了起来。

杨龙望望开始发白的东方,又转过身,冲着响枪的方向,微笑着说:

"二愣已经干上啦!"

随着时间的推移,枪声在迅速地向北边靠近着。不多时,只见东南上尘烟滚滚,枪声、喊声连成了一片。紧接着,就见一队伪军,一边向后打枪,一边向这边散乱地跑着,他们顺着公路东边的那条弓背大道,一直扑过来。二愣和他的战友们,紧跟在伪军的后边,又追,又打,又喊。

眨眼间,便把这股伪军赶进我们的"口袋"里。

敌人只顾拼命跑,一直向东李庄的南门扑去。这当儿,据点内外的枪声,空前猛烈起来。据点四周,喊声震天:

"同志们!冲啊!"

"同志们！攻啊！"

"…………"

埋伏在南门外的同志们，这时却一枪不响，眼瞅着敌人的援兵，向据点的南门扑去。当敌人扑到南门附近时，我们攻打南门的同志，转过身来还了一阵枪，然后，假装顶不住向两边撤去。

敌人援兵的先头部队，来到南门下，却不见据点里边的人给他们开门。这些敌人一边向背后的追兵还击，一边大声疾呼地叫门。门楼上，无人答言。刁二带领着大队人马，一齐赶到，他们在南门外挤成了一大堆，急得乱吵乱叫。刁二破口大骂：

"你们这些草包！全都吓破胆了吗？我们来援救你们了，咋还不敢开门……"

贾四这时正在南门楼上，亲自指挥这次战斗，他可并没有被吓破胆！在这最后时刻，他正紧张地做着盘算：怎么办？是开枪呢？还是开门？正在这时，一个伪军气吁吁地跑来，向他报告说："贾队长，贾队长，不好啦，八路攻进来啦！"贾四吃了一惊："攻进来啦？"那伪军说："对！北门上，西门上，东门上。都进来啦！"贾四问："他们怎么进来的？怎么这么快？""有的是借我们枪朝天上打的机会，爬上围墙来的；有的是他们一喊话，我们的弟兄给他们开了门……"报信伪军正说着，突然南门外枪声大作，喊声遍野。听声势，好像八路军不知啥时调来了千军万马，埋伏在这东李庄据点和临河镇之间。贾四这时，才觉得守城无望了，想逃走，看来也比登天还难！于是，他把心一横，向他的士兵们命令道：

"打！"

顿时，据点围墙上枪声大作，子弹横飞，齐向刁二的队伍打去。这一来，刁二的队伍摸不着头脑了，他们乱跑乱窜，大喊疾呼："不要误会！自己人！自己人！……"

"不要误会！我是刁二！我是刁二！……"

据点里边的枪声越打越密，刁二看出不对头，向他的士兵叫道：

"撤退！撤退！……"

据点的南门突然敞开了，里边的伪军呼啦啦冲了出来。他们紧紧跟在刁二那股散兵的背后，一边射击一边大喊："活捉刁二！活捉刁二！"

杨龙和小张并肩卧在坟地里，张望着，微笑着。小张感慨地说：

"贾四这小子也够猛啊！"

杨龙问："你说他为啥这样猛？"

小张说："他想立功呗！"

杨龙说："这是其一，还有其二呗！啥？他和刁二，早有私仇，要借此机会解解恨呗！"

小张点点头说："对！"杨龙和小张正说着，忽听那边贾四喊道："弟兄们！请大家看在我贾四的面上，冲呀！"

刁二急了。他组织起他那些散兵，掉转头来，向贾四扑过去，两伙伪军，展开了一场决战。

正在这时，忽听四面八方响起了密集的枪声。紧接着，八路军的区队和民兵同志们，一齐冲上来。

刁二的散兵们举目四望，眼见八路军就像从天而降，满洼遍野到处都是，已将他们团团围住。突围无望，于是，自动缴枪。

战斗胜利结束。

贾四带领的四十来名反正的伪军，和杨龙带领的二百多名区队战士、民兵汇合在一起。

接着，在小张的具体指挥下，俘虏们集合在一起。清扫战场，发现刁二不在。一个伪军说："他只身一人，顺着高粱地向东逃走了！"贾四说："去追那个小子！"杨龙说："不用追了，让他回去给石黑和胡江报丧去吧！"人们笑了。

王班长从据点里边赶来，向杨龙说："报告队副，我们的任务完成了！"说罢，他向据点一指，又说："你看！"杨龙一望，只见一面高高升起的红旗，正披着早霞，在半空中飘扬，他微笑了。王班长又问："据点里边的东西怎么办呐？"

杨龙说："一律运走！"

贾四插嘴说："杨队副！我有个拙见！"

杨龙说："好呵！说吧！"

贾四说："我看，今后我们完全可以顶得住石黑那帮子人了！咱们是不是不用打游击了？干脆就把大本营，安在这东李庄据点上！换上共产党、八路军的旗号，和临河镇来个你南我北，分庭抗礼，平分秋色，那样，显得咱八路的气派也大一些呀！……"

杨龙笑着说："不！我们还是打游击！这样我们没有'包袱'，可以打得赢就打，打不赢就走，主动权永远在我们手里。"

贾四说："好的！"

南边远处还响着隐隐约约的枪声。杨龙向一个战士说：

"你去告诉佯攻临河镇的同志们，就说，这边刁二的部队，已经完全报销了，让他们赶快撤退！"

那战士应声开腿向南跑去。

接着，反正的伪军们回到据点，拿上私人的东西，区队战士和民兵押着俘虏，抬着子弹箱，扛着其他军用品，站成了一溜纵队，区队战士在前，民兵紧跟着，反正的伪军在最后，浩浩荡荡，向西开去了。

…………

第三十七章　困临河

拔除了东李庄据点后，一个多月，临河区的敌我斗争形势，发生了巨大变化。

杨龙领导的区队，已发展到一百多人。根据县委的指示，编成了三个排、九个班。王班长和小张分别担任排长，二愣和冯春当了班长。

贾四被县委调去学习了。

敌人那边，连前些天调来的一班日本鬼子兵在内，总共也不过八十来个人。他们固守在临河镇，分住在两个大院里。一伙儿，是石黑的鬼子队，有二十几个人。他们人数少，可是武器好，每人都有一杆大盖儿枪，和一支王八匣子，另外还有四挺机关枪；另一伙儿，是胡江带领的汉奸警备队。他们一共有五十多人。人数比鬼子队多，武器远不如鬼子，每人除了有一支杂牌儿大枪以外，别的什么武器都没有了。现在，这五十多名伪军，不再分什么小队了，都由胡江直接领导。

刁二已被石黑枪毙。

敌人的活动情况是：半月前，他们还有时闪电式地窜出来，在附近的村庄里抢劫一阵，然后赶紧又缩回据点去。现在不行了。我们的区队战士和民兵们，已经把临河镇彻底围困起来。由此向南、向北的公路，都已被彻底破坏，不用说通汽车，就连辆手推车，也推不过来。临河镇据点，和其他据点的交通完全断绝了，就好像汪洋大海中，一个小小的孤岛。这还不算，在临河镇的四周，横七竖八到处都是八路军和民兵挑的交通沟和战壕。有的交通沟，已经挑到了离据点大门口不到一百米远的地方。在这些交通沟和战壕里，经常有我们的区队或民兵出没，敌人一露头就揍他。前几天，敌人曾几次试图出来抢劫，一出据点大门，就被我们硬打回去了。这几天，敌人吓得一直没敢探头儿，黑天白日蹲在据点里边。

这种局面形成以后，我们的各种抗日群众组织，一齐活动起来。有的教师领着儿童团员，来到据点外面，"箭射传单"，"隔城喊话"，宣传共产党的宽大政策，号召伪军投降反正。各村的妇救会，组织伪军家属，到据点墙下，去召唤自己的亲人回家。老太太、老头子喊儿子的；小孩子们叫爹爹的；青壮年妇女呼唤自己丈夫的。声声相连，来往不断，天天都有。有时候，有的伪军正在城墙上站岗，适逢他那白发苍苍的老娘，颠着小脚来到城下，一边哭一边说："日本人快完蛋啦，赶快脱掉你那身汉奸皮，想法儿回家吧！"

随着我们宣传攻势的开展，开小差儿的伪军越来越多了。还发生过这样的笑话：半夜三更，石黑巡墙查岗，发现一个伪军正在抱着大枪哭泣，就骂道："你的又想家了的？八格牙路！"那伪军也急了，愤愤地说："你还骂个屁！我得算顶好顶好的了！"石黑问："你的什么的顶好顶好的？"往前一溜达，只见很大一段城墙，已没人把守了，好几个岗位全空着。原来，这些站岗的伪军都悄悄溜下城去，开小差儿的开小差儿，投八路的投八路了！

对开小差儿跑出来的伪军，各村的抗日组织，积极地教育他们，提高他们的觉悟，然后让他们到临河镇城下去喊话，现身说法，号召所有伪军，设法脱掉汉奸皮，爬出火坑，弃暗投明，回家过日子。这样一来，伪军当中开小差儿的，携枪来降的，更加多了。

有的同志不免乐观起来："看这个样子，临河镇这伙敌人，不用打就快跑光了！"杨龙认为：这是一种麻痹情绪，如不解决，它将直接影响着我军的战斗力。他召开了一次全体会议，要大家记住我们胜利的希望，只能寄托在我们的英勇战斗上，不能寄托在敌人士兵开小差儿上。我们不能盲目乐观，应当时刻准备迎接更加艰巨的战斗任务。同时他指出："被围困的敌人，很可能孤注一掷，狗急跳墙，突围逃走。据此，我们当前的第一个任务，应当是：坚决堵住他，不让他逃掉一个！第二个任务：干净、彻底地把他们消灭在临河镇！"

正说着，一个战士领着两个伪军走进来。

这两个伪军夜里才从临河镇跑出来，是特地来找八路军投诚的。杨龙一见很高兴，会议暂时由王排长主持，他带着两个伪军，到另一间屋里，去谈话了。他问过两个伪军的情况以后，接着说：

"你们出来时，里边的鬼子有啥新动向？"

一个伪军说："我看着他们要逃走！"

另一个伪军补充说："我就是不愿意跟他们逃走才跑出来的！因为我是临河区的人！"

杨龙问："你们从哪儿看出他们要逃走呢？"

一个说："他们把文件都烧了，笨重的东西都砸了，这还不是想跑，是干啥呀？"

另一个说："那天，我给胡江站岗，听到胡江和石黑一边走，一边说：'要走，就及早；晚了，怕是走不了！'……"

杨龙问："你们看，他们为啥要逃走呢？"

一个伪军说："叫我看，他们有三怕：一怕围困长久了，活活饿死在里边；二怕八路军攻进去，把他们消灭在里边；三怕当兵的都开了小差儿，他们成了'光杆儿司令'！"

另一个伪军说："总之，他们看大势已去了，还不快走等死呀？"

杨龙又问："你们看，他们将来要往哪里跑呢？"

一个伪军说："往南跑呗！为啥？县城在南边嘛！他们不奔县城，还能往哪里去逃命呢？"

另一个伪军补充说："对啦！今天白天，我还见到石黑和胡江到南门上去张望了好大晌呢！"

杨龙笑着问："你们看他们跑了跑不了？"

一个说："我看跑不了！满洼遍野都是八路军和民兵了，他们往哪里跑呀？"

另一个说："我这个人，好说实话：叫我看，他们真要跑，也许能跑得了……"

杨龙对这句话，很感兴趣。因为，在他看来，通过敌人内部的看法，来检查一下我们的布防，这是很有用处的。于是，他追问道：

"你说他们怎么能跑得了呢？"

那伪军说："他们有四挺机关枪，要是集中火力，突突一响，打开一条通道，还不容易？再说，你们现在挖的这些战壕，都是准备攻城用的，南北的多，东西的少，要用这战壕打截击，伤亡是小不了的！"那个伪军说到这里，又忙解释说："杨队副，我是个心直口快的人，说这些话，可是出于好心。说错了，你可别见怪呀！"

杨龙笑着说："我们共产党、八路军，欢迎像你这样的人。你就大胆说吧，说对了更好，说错了也没关系！"

接着，那伪军按照自己的看法，对八路军的布防，提了很多意见。这些意见中，有的是指缺点，有的是提建议。最后，杨龙笑着问道："你既然认为能跑得了，为啥还冒着生死危险，跑出来投八路呐？"

那伪军说："我方才不是说过吗？我不愿意跟他们跑！"

杨龙又问："你为啥不愿意跟他们跑呢？"

伪军说："我看透了，日本鬼子早晚要完蛋的！我跟着他们跑到哪里不是死？"

杨龙又问："在你们伪军中，像你这样看法的人占多少呀？"

伪军说："准数说不清，我估计少说也有一半儿！"

杨龙和两个投诚的伪军谈了一阵，把他们暂时安排下以后，便又回到开会的地方，和同志们作了研究，把原来的布防作了如下调整：第一，小张带领的第二排，到临河镇南门外去，第三排到北门外去，王班长带领的第一排，留在万老庄指挥部，作为机动力量。第二，东西两面组织民兵防守，东面由李刚指挥，西面由郑杰指挥。第三，挑选二百名精干民兵，到南面去，归小张指挥，和区队统一安排布防。宋振武带的民兵速移到南面；二愣带领的第一班，放在重要的地方。第四，各个阵地上的交通沟，加以改造，使它们既适用于进攻，又适用于打阻击，这事要马上动手，越快越好。第五，第三排冯春班，调到南边和城关区交界的地方布防，一面防止逃敌南窜，一面提防县城的敌人来援救临河镇。为了完成这项任务，要立即主动和城关区的兄弟部队，取上联系，争取他们的帮助和配合。……

部署完了以后，临河镇四周的各个阵地上，都忙起来。挖战壕的，换阵地的，开小会儿的，镐锹起起落落，人们你来我往，处处是一片紧张、忙碌的气氛。

杨龙派王排长，到东、西、北三面阵地上，去查看情况，他自己带领一名战士，来到临河镇南面的阵地上。

这里，二愣和他的战士们，正就着月光挖战壕。杨龙走过去，见这个班的战士们都噘着大嘴，带着不高兴的样子。又一看二愣，嘴噘得更大，简直像个拴马桩。杨龙走过来，他也一声不吭，只是"吭噌吭噌"地刨土。看他刨土的劲儿，虽然干得很猛，可是不大正常，就像肚子里憋满了气，没处发泄，要通过镐头把它全泄到土里去似的。杨龙望着二愣这股倔强的牛劲儿，心里觉得好笑。他拾起一把闲在旁边的大铁锨，把二愣刨松的土向壕外扔去。他一边扔土一边问道：

"二愣，这就是你班的阵地呀？"

二愣带气地说："这叫啥阵地？费力用不上！"

二愣这一说，杨龙明白了：原来他这儿是堵击逃敌的第三线，二愣对小张把他放在这个位置上不满。杨龙却很同意这个安排，他笑呵呵地向二愣说：

"二愣呵，你这个位置最重要啦！"

二愣说："得啦，俺那队副！俺够窝心的了，你别再来拿俺寻开心啦！"

杨龙说："这怎么是开心呐？我说的是实话呀！"

二愣说："人家打仗，叫俺看着，还说这也算重要！不是开俺的心，这是啥？"

杨龙说："二愣，你先别急，你平心静气地想想：如果一线、二线，把逃窜的敌人打回去了，那咱就甭说了！如果一线、二线，万一挡不住，那就看你的了！如果，你再挡不住，敌人就算跑掉了！不是吗？因此，对一线、二线的要求是：应当挡住！对你这三线，也就是最后一线的要求是：必须挡住！这个要求不是更高吗？再说，在作战的指导思想上，一线、二线应当是：如果让后一道防线挡住敌人，付出的代价更少的话，那就不应当不顾一切地去死拼！你这三线的作战指导思想应当是：为了挡住敌人，必须不惜任何代价！从这儿说，不也是三线更重要吗？"

这一说，二愣乐了。他笑着说："杨龙同志，我通啦！"

杨龙说："你通了，我还不通呐！"

二愣吃惊地问："你，有啥不通的？"

杨龙笑着说："二愣呀，要把革命比作盖房的话，我们每一个革命的人，都是盖房用的材料。一个真正的革命者，要既能当大梁，当基柱，也能当陪檩，当垫楔才行呐！争当大梁，挑重担子，这是好的。可是，你要知道，光用大梁，不用垫楔，是盖不成房的！你想想，要是都和你一样，只作大梁，不当垫楔，这房能盖成吗？因此说，一个革命战士，要无条件地执行党的指示、服从上级领导的命令，一切从整个革命事业的需要出发……"

二愣越听越高兴，最后说："杨龙同志呵，我明白啦，今后一定这样做！"

杨龙离开了二愣的阵地，向北走去。不远处，小张正顺着交通沟在阵地上跑来跑去，望见杨龙，忙问：

"杨队副，你看我们排的布防有什么问题？"

杨龙没有正面回答，反问他道："小张，你这样布防，想怎么打呀？"

小张说："敌人要是冲出来，我们打算第一、二道防线，把他们放过去。当敌人前进到第三道防线时，再一齐发起冲锋！……"

"为啥要这样打呢？"

"这样置敌人于我们的半包围中，使其三面受敌，有利于大量杀伤敌人！"

杨龙笑着又问："给你们的任务，不是堵击敌人不让他们逃掉吗？你怎么又在设法大量杀伤敌人呵？"

小张理直气壮地争辩说："堵击是为了什么？不让敌人跑掉又是为了什么？还不是为了消灭他们？因此，我认为在保证不让敌人跑掉的前提下，通过堵击战，先给敌人以大量杀伤，这样，将来攻打据点，也就省劲了……"

杨龙打趣说："小张呵，咱可先说明白，将来攻打据点的任务，我可并没许给你们排呀！"

小张说："正因为没有许给我们排，我们才决定这样干的！"

杨龙很满意，继而拍了一下小张的肩头，笑呵呵地说：

"很好！就这样干吧！"

第三十八章　攻坚战

临河镇。

据点外。

天欲晓。

人们忙了一夜，不知不觉间黎明来临了。

月亮早已落下去。天空中只有几颗残星，还在不知疲倦地眨着眼睛。四野里腾起了一股灰蒙蒙的雾气，闹得天地之间，朦朦胧胧，啥也看不清楚。小张趴在战壕里，透过晨雾朝据点的方向眺望。前边的远方，有黑黝黝的一大块，从地平线上，高高地凸出来，好像一座小山。显然，那就是临河镇。在这个山顶上，高高地冒出几个尖儿，那当然是敌人据点上的岗楼子了。正看着，临河镇的北门上，突然响起了密集的枪声。小张眺望着鸦雀无声的南门，心里想了一阵，便向他的战友们说："同志们注意，敌人可能要从南门突围。怎见得？你们听不见镇上的枪声吗？对！我听着，也像是在北门上。正是因为北门响枪，才更可能要在南门突围哩！为啥？敌人要来个'声东击西'呗！"

战士们听小张这么一说，都握紧了枪杆，瞪大了眼睛。

过了一会儿，影影绰绰望见临河镇的南门外，出现了一溜小黑点儿，顺着公路两旁的小沟儿，向这边移动。又过了一阵，那些小黑点儿越来越大，渐渐接近了我们的阵地。小张已经看清，摸过来的都是些伪军，不过六七个人。小张一面望着摸过来的伪军那种探头探脑，东张西望的样子，一边在想："看来，敌人还不是真正的突围，是先来个试探，要想侦察我们的布防情况，然后再确定他们的突围路线和方法……"想到这里，小张便告诉身边的一个战士说："你去向一、二线的同志传达命令：我不开枪，谁也不准开枪！"他转身又向另一个战士说："你去告诉三线上的二愣，等敌人接近他的阵地时，才许他们开枪，但不许冲杀！"两个战士，顺着交通沟先后跑走了。小张继续监视靠近着的敌人。一、二线上的同志悄悄向两边撤去，当敌人快要接近第三道防线时，突然响起了枪声。敌人慌了神，他们一面还击，一面往回跑。这时，如果小张一下命令，一、二道防线上的同志们同时开火，来一个三面夹击，这六七个伪军，就根本甭想回去了。小张却偏偏没有下命令，让这几个伪军跑回了据点。

阵地上恢复了平静。几个战士来到小张近前，很不满意地说："排长，你咋搞的？那么好打，怎么你不让打呐？"小张老练地说："别急嘛！你们愿意多消灭几个敌人，还是少消灭几个？"战士们一齐说："当然愿意多消灭了！"小张往前一指，说："瞧，敌人现在不是又送上门来了吗？"

几个战士往前边一看，此刻，南门大开，大批的敌人，冲了出来。一、二道防线上的战士们，根据小张的命令，又都向两边撤去。当敌人接近第三道防线时，二愣突然一声令下：

"打！"

喊声刚出，一阵排子枪打响了。敌人正准备向前冲杀，忽然一、二线上的同志们，又从敌人的左右两侧，同时猛烈地开了枪。敌人钻进了我们的"口袋"，三面受敌，顿时慌作一团，阵脚大乱。死的死，伤的伤，号叫着，到处乱窜。走在后边的，掉转头去，跑回了据点。前边的二十几个伪军，被我们卡住，要回也回不去了。

这一仗，从开第一枪到结束战斗，只用了几分钟的时间。二十几个敌人，死的死，伤的伤，投降的投降，全部报销了。

战场上，又是一片寂静。

半头晌时，杨龙从别的阵地上，又转到小张这一排的阵地上来了。他拍着小张的肩膀说：

"早晨那一仗，打得漂亮！不过叫我看，敌人突围的企图还是有的，你们更艰巨的任务，还在后头！"

小张说："您放心吧！"

这当儿，据点上时而发出一声、两声的冷枪。杨龙听着枪声说：

"敌人打冷枪，对我们的活动，很不方便，应当制止住它！组织几个神枪手，把据点的围墙封锁起来。敌人一露头就揍他，不能让他们这么自由地逛来逛去！"

他们正说着，万大爷担着饭挑儿送饭来了。小张说："万大爷，这是啥时候，怎么又送饭来啦？"万大爷说："管它啥时候哩！就着现在有空儿，先吃得饱饱的好打仗呀！"

杨龙见万大爷的腿上红了一块，吃惊地问道："万大爷，这是怎么啦？"

万大爷笑着说："挨了敌人一冷枪，不碍事，不碍事！"

杨龙扯下腰里的毛巾，给万大爷包扎。

小张掀开饭筐子一看，有鸡肉，又有鸡蛋，不禁一阵激动，为了战争，他们贡献出了自己心爱的一切！

战士们轮班吃饭，小李勇领着一伙儿童团员，顺着弯弯曲曲的交通沟跑来了。他们每个人的手里，都拿着一副"呱嗒板子"，来到近前齐声说：

"叔叔们！我们儿童团员来慰问你们啦！"

娃娃们在小李勇的指挥下，分散在前沿阵地的各个战壕里。不一会儿，随着"呱嗒板子"的响声，各个战壕中，唱起了同样的快板儿词：

打竹板，响连声，

我数快板叔叔听：

叔叔都是英雄汉，

英勇杀敌立战功；

八路军的好战士，

劳动人民的子弟兵；

保卫祖国立壮志，

共产主义记心中；

不怕苦来不怕死，

敢叫刺刀染血红；

我们长大学叔叔，

当个人民子弟兵；

接过叔叔手中枪，

保住江山万年红！

…………

　　战士们一边吃饭一边听，越听越高兴。正这时，据点南门上突然响起了"突突突"的机关枪声。负责监视敌人的战士，向战友们说道："敌人又开始突围啦！"

　　"准备战斗！"小张向战士们发布了命令，然后又回过头去，向正唱上劲儿的小家伙儿们说："谢谢你们！你们快走吧，我们就要打仗啦！"

　　小李勇说："我们不走！也在这里和叔叔们一起打仗！"

　　小张着急地说："听叔叔的话，呵！在这儿枪子儿会打着你们的！……"

　　小李勇说："我们不走！儿童团员不怕死！"

　　小张一看情况紧急，不能再和他们纠缠了，他眼珠儿一转，突然严肃起来：

　　"儿童团员，要执行命令！我命令你们，向后撤！快撤！"

　　小家伙儿们老老实实地向后跑去了。

　　在小张和儿童团员们纠缠的同时，杨龙在那边正和万大爷相持不下。杨龙说："万大爷，你快走吧！快！"万大爷咬着牙说："你给我几个手榴弹吧，我老头子，也和这些狗日的们干一家伙！"杨龙劝他走，万大爷执意不走。杨龙一看，劝说不行了，硬背起万大爷，顺着弯弯曲曲的交通沟，向后跑去。

　　敌人攻上来了。四挺机关枪一齐向这边扫射，打得尘土飞扬，趴在战壕里的战士们，都抬不起头来。大批的敌人，趁着这个当儿，蜂拥而上，一齐扑过来。看样子，敌人已经下了最大的决心，要凭着他们占优势的武器，硬要杀开一条血路来，冲出去。

　　机枪越打越猛烈，敌人越来越近了。端着刺刀的敌人，一边向前冲，一边打枪、扔手榴弹，还一边"杀呀""冲呀"的狼嚎鬼叫着。阵地上，浓烟滚滚，弹片横飞，"吱溜吱溜"的枪子儿，"噗噜噗噜"地钻进土里。有些子弹打到树上，直打得刚刚开始枯黄的树叶子，"唰啦唰啦"地向下飘落。

　　我们的区队战士和民兵，不慌不忙，严阵以待。他们不吭声，不还枪，一个个都把手榴弹握在手中。一双双眼睛，喷着怒火，仿佛在说：讨还血债的时候到了。

　　敌人距离我们的阵地只有十几步远了。小张一声大吼：

　　"同志们！打！"

　　他一边喊，随手把一颗手榴弹扔了出去。紧接着，无数颗手榴弹，一齐向敌群飞去。敌群中立刻爆发出一片隆隆的响声，还掺杂着高高低低的嚎叫声。

　　伴随着一阵地动山摇的冲杀声，几百名无畏的战士和民兵，一齐跃出战壕，端着刺刀，扑进了敌群，敌我掺杂在一起，一场白刃战开始了。霎时间，敌人那威风凛凛的机关枪不响了。被突如其来的手榴弹炸蒙了的鬼子、伪军，面对着一把把雪亮的刺刀，早已吓掉了魂，没命地四处逃窜。

　　走在最后的鬼子兵，一见无机可乘，又跑回据点去了。战场上，留下了敌人十多具尸体和伤员，还有许多枪支弹药；其余的伪军，也都投降了。

　　残敌进了临河镇，没顾得关围子门，便一头钻进据点里去了。我们的区队战士和民兵呼啦一声，追进了临河镇，把石黑的据点，团团围了起来。

　　与此同时，另一批同志，也从北面打了进来，占领了汉奸胡江的据点。

　　清扫战场以后，在敌人的尸体、伤员和俘虏中，检查了好几遍，没有找到胡江。有人说："也许跟着鬼子跑回去了！"有人说："没有！我注意看着来，跑回去的都是戴铁帽子的鬼子！"

　　正在这时，李大娘和另一个老年妇女，扛着扁担押着胡江来了。杨龙问：

　　"大娘，你们是咋捉住他的？"

　　大娘笑着说："这小子，可尿啦！他钻进一个草垛里，露着半截身子，正往里钻，俺俩来给你们送水，路过那里，正看上他，叫我一扁担就把这个杂种砸出来了！……"

　　人们笑起来。

　　就在这天晚上，县委的通讯员送来一封信。信上的意思是，要杨龙在三天内，拿下临河镇，而后准备迎接新的任务。

第三十九章　决战

对石黑据点的攻坚战，已经进入第二天了。在已经过去的一天一夜中，战士们曾经作过多次努力，但始终排除不了前进的障碍，没能攻进去。

早晨。开了一夜会的杨龙，怀着焦急的心情，又来到了前沿阵地上。战士们有的趴在房顶上；有的蹲在矮墙下；也有的卧在临时挖成的战壕里；还有的隐蔽在民房中。

杨龙走进一座民房。这里是小张的排指挥部。王排长和二愣，也在这里。杨龙进屋时，战士们有的蹲在墙下打盹儿，有的趴在枪眼上，监视着敌人。王排长、小张和马二愣他们三个人，蹲在屋角儿上，围成一堆儿，喊喊喳喳，正在说着什么。见杨龙走进去，他们站了起来。王排长首先说：

"杨龙同志，你光让别人轮班休息，怎么你自己不休息休息？又跑出来啦！"

杨龙笑着说："你不了解情况，我已经休息过啦！"

快嘴小张抢着说："杨龙同志，你骗我们！上半夜，你给我们开会；下半夜，我听说，你又开村干部会，你哪个时间休息的呀？"

二愣又插嘴说："方才，我还见你在那边阵地上打转转呐！"

杨龙笑了。

随后，杨龙来到墙边，透过墙上的枪眼，对着石黑的据点，瞭望了起来。

石黑的据点，离着这所房子，只有五十多米。据点外面，还有两层铁丝网。里面，是一道壕沟。沟里，是高大的垣墙。垣墙上，一溜垛口，无数个大大小小的枪眼，露出黑洞洞的枪口。

杨龙目不转睛地张望着，沉思着。他在想："要攻进去，就必须冒着敌人的机枪扫射，砍断铁丝网，爬过壕沟，再登着'云梯'爬上垣墙；在爬到'云梯'的最后一层，登上垣墙之前，还得站在梯子上和敌人展开一场肉搏战……"他想到这里，为难地悄悄自语道："哎呀！这得多大伤亡呀！"

是呵！要让同志们硬冲吧？他又不愿意付出那么大的牺牲！不让同志们冲吧？怎么攻进去呢？三天的时限，已经过去一天多了，县委交给的任务完不成怎么办？作为一个既要对县委负责，又要对战士们负责的领导者，他又怎能不焦急？

正在这时，据点里突然传出来日本鬼子的叫喊声：

"我是石黑，请杨龙先生，出来讲话！我是石黑，请杨龙先生，出来讲话！……"

杨龙正想到枪眼处去答话，被二愣一把拦住了。二愣说："我先看看！是不是这狗日的耍什么花招儿害你呀！"他说着，便贴在枪眼上，向外望了起来。望了一阵，见没有什么可疑的迹象，便大声向石黑说：

"我们杨队副，就在这里！你有啥屁，就放吧！"

石黑接着二愣的话尾说：

"杨龙先生，我们谈判谈判好不好？"

杨龙答话了：

"谈判可以！但要有个条件：你们得先缴枪！"

石黑放出一阵奸笑声，又说："杨先生，你太激动了吧？！一方先缴枪，那怎么还算谈判呐？我看，咱还是无条件地谈谈吧？"

杨龙说：

"你们不缴枪，我们不能跟你谈判！"

石黑说：

"杨先生，你应当明智一些！你们尽管人多势众，可是，我们的人员训练有素，我们的武器占着绝对优势，还有充足的弹药储备，和坚强的防御工事，我们是完全可以坚持几个月的，你们是打不进来的！……"

杨龙说：

"只要你们不放下侵略的武器，我们决不停止战斗！不管你们还能坚持多久，我们决心和你们干到底，直到把你们彻底消灭为止！"

二愣插嘴喊道：

"石黑你这个小子甭吹劲！我们要把你们饿成肉干儿！"

石黑冷笑两声，又说：

"杨先生，你们不要这么强硬吧！再干下去，你们中国的人民要受苦的：比如说，镇上的老百姓出来打水，我们完全可以用机枪扫射的！那样，连你们八路军带老百姓，都会干死的！再说，我们还可以把这临河镇的所有民房，变成一片火海……"

杨龙说：

"我们早就知道，侵略者是什么残暴的事都能干得出来的！可是，我们从没怕过！这一点，你们是完全知道的！你们侵略中国六七年来，干尽了坏事，并没吓住一个真正的中国人！现在，你们只有一条出路：放下武器，缴枪投降！"

石黑插嘴说：

"杨先生，咱不提那些过去的事吧！我们来谈谈现实问题！现在，我先提出十四点建议，供你们考虑：第一，我们的问题，应当和平解决；第二，你们退出临河镇，我们可以不出临河镇，咱们和平共处，互不侵扰……"

石黑的十四条才说了两条，二愣早已憋不住了。他打断石黑的话，大声喊道：

"你少放些闲屁吧！要谈判，就是两个字儿：缴枪！不缴枪，咱就干！"

石黑说：

"你们现在可能太自信了！告诉你们：我们的力量，现在还远远没有用完！城里还要来人增援我们的！……"

石黑正说着，忽然冯春班的一个战士，来到杨龙身边，说：

"杨队副！我们班长要我来向你报告！城里的敌人，已经来救援临河镇了！我们和城关区的兄弟部队、民兵一起，堵住了他们前进的道路！不过，敌人人多枪多，我们的压力很大！城关区的同志们表示：坚决堵住敌人，让我捎信来请杨队副放心！我们班长冯春同志认为，如果咱们这边能尽早地把残敌消灭掉，那边会减少兄弟部队的伤亡。班长派我特来送信，就为这事。"

杨龙问："现在，那边情况怎么样？"

战士说："从黎明到现在，已经拼过三次刺刀了！"

杨龙既焦急又激动，身子在微微颤动着，说话的声音也有些变了：

"眼下，敌人距离这里还有多远？"

"有十二里！"报信战士说，"从五更到现在，他们只前进了一里路！"

杨龙在屋里走动着，久久没有说话。屋里静得如无一人，只有石黑的声音还在继续从枪眼里传进来：

"杨先生，你考虑考虑吧，还是明智些好……"

那前来报信的战士，望着杨龙出了一阵神，然后问道：

"杨队副！还有什么指示吗？"

杨龙站定，对那个战士说：

"你回去告诉城关区的同志们：对他们的全力支援，我们非常感谢。请你告诉他们放心，临河镇的残敌，我们一定尽早把他们全部消灭！"

报信的战士走后，杨龙又向二愣说："你去找三排长，传达我的命令，要他们排立即出发，去支援正在堵击敌人的城关区兄弟部队，还要听从兄弟部队的指挥，和他们并肩作战。"

二愣走了。杨龙又继续在屋里走动起来。王排长见杨龙的表情，心里很焦急。他想了想插嘴说："杨队副，咱们化装成敌人的援兵，叫开据点的大门，硬冲进去，来个内外夹击……"杨龙说："这个法子，前些天，道口区的同志们已经用过了！临河镇的敌人不会不知道。我们要再用这一套，怕不灵了，甚至还会吃亏！"

王排长点了点头，接着又为难地说："那怎么办哩？"杨龙说："咱这是一次攻坚战，我们还缺乏经验。现在关键是如何设法将炸药送上去，炸毁据点。你去告诉所有参战的战士和民兵，让大家再想想办法。"

王排长走了。

杨龙向小张说："你派人去找县委要爆炸管儿，也叫雷管儿！必须在明天天明以前赶回来！"

小张要走时，杨龙又说："要派能干的同志去！让他汇报一下当前的战斗情况，并把县委的指示带回来！"

杨龙布置完毕，出屋去了。

石黑求和的喊话，还在响着。

杨龙一边走一边在心里说："石黑呀石黑！你想争取喘息时间呀？我们不会上当的！"

运送炸药的办法终于想出来了：挖地道！

偏午时分，挖地道的工程便动手了。洞口，就设在小张这个排指挥部的屋里。

由小张担任挖地道的总指挥。李刚任副总指挥。

动工时，杨龙也赶到了现场。

在小张的具体指挥下，参加挖地道的青壮年们，分成了挖掘、提土、运土三支队伍。这个刨，那个掘，镐锹起起落落，发出一片铿铿锵锵的响声。

大家高兴，忽然杨龙皱起了眉头。

"住手！"

小张惊奇地问："为什么？"

杨龙说："声响太大，离据点又太近，敌人听到怎么办？"

二愣说："他们反正不敢出来，听到怕他啥呀？"

杨龙说："那不行！不论啥事儿，只要敌人有准备，那就不易成功！"

小张又愁了，"这咋办呢？"

一个挖坑道的小伙子说："我看，把锣鼓架来，猛敲猛砸，也许能行！"

沉思着的杨龙，猛然说道：

"这法儿能行！咱搞它几十套锣鼓，围着据点四面一齐敲……"

弄来了锣鼓，敲起来后，挖地道的工程又动手了。挖土的，运土的，忙成一片。井口般的地道口挖深了，土扔不上来了，人们又弄了两个大筐往上提土。后来，又安上了两盘辘轳往上拧。

挖下一丈五尺深以后，坑道便向着据点的方向——东边拐了弯儿。

小张站在井口上指挥，杨龙微笑着出去了。出门不远，正巧碰上了万大爷。他见万大爷拄着个棍子走过来，就着急地说：

"你老人家，不好好地在家里养伤，又跑到这里来干啥？"

万大爷说："我听说挖坑道呐，我不放心，来看看！"

杨龙说："那是小伙子们干的活儿，你看啥呀？快回家养伤去吧！"

万大爷说："挖坑道这活儿，我琢磨着跟打井差不多。打井我懂得，我来看看也许能替他们出个主意哩！"

杨龙一听万大爷说得有理，就不再拦挡。万大爷进门去了。

杨龙笑了笑，转身向西走去。西边，有一伙人，正在说笑。杨龙走近一看，原来是秀英和李大娘，分别带领着自己的妇女代表团，到阵地上来慰问。杨龙赶过去，亲热地跟她们说了一会儿话，又向北边的阵地走去。他围着据点四周的阵地，转了一个圈儿，傍黑时分，又回到挖坑道的地方来。这时，坑道已经向东挖出了二十多米。小张对他说："杨队副，照这个进度，半夜前后就能完成啦！"杨龙说："好！我下去看看！"小张也要和他一起去，杨龙阻止说："不！你还是在上边指挥吧！"杨龙说罢，两手抓上辘轳绳，下了坑道。

来到坑道的尽头，杨龙硬夺过别人手中的小镐，拼命地干了起来。宋振武说："杨龙同志，再有四个钟头，就挖到壕沟了！"振武这一说，杨龙倒忽然想起一件事来。他向振武说："哎呀！壕沟那么深，挖到那里，这地道会不会露出来？"杨龙这一说，振武也吃惊起来，他停住手说："凭这坑道的深度，就算露不出来，上边的土，也一定很薄了，很有可能会塌陷的！这怎么办？"杨龙想了想说："现在开始往下挖，让坑道斜度前进，你看怎么样？"振武想了想说："好！就这么办！"

天还不明，去县委取爆炸管的战士回来了。他把爆炸管递给杨龙说：

"杨队副，县委完全同意我们的做法，并预祝我们胜利！县委还说，我们这个做法，对全县也有意义！"

次日清早，坑道完成了。

他们把爆炸管放进去，又在导火线上拴好一根长长的绳子，拉出坑道口儿。杨龙向王排长和小张问道："你们各排的准备工作怎么样了？"

王排长说："万事齐备！"

小张接道："只欠东风啦！"

"好！"杨龙又转向握绳待命的二愣，命令道："拉！"

绳子拉动了。杨龙又向屋里的人们发出命令："走！马上离开这儿！"

人们刚走出屋子，立刻传来"轰隆隆"一声直响。接着，又听"哗啦啦"一声，身后这所房子被震塌了。人们向东一望，只见据点外围那高大的垣墙，被炸开了一道两丈来宽的豁口。原来趴在垣墙头上的鬼子兵，现在不见了。垣墙上的大土块，有的驮着鬼子的一条大腿，腾空而起，像燕子钻天似的飞向天空；有的夹着鬼子的脑袋，垂直而下，像燕子投井似的，跌入深沟。原来那一丈多深的壕沟，现在被墙土和鬼子的尸体垫了个半平。天空被烟雾、尘土和鬼子兵的血染成了灰黄色。滚滚的浓烟，夹带着强烈的火药味儿，向天空升腾，向四处飘散。杨龙挥臂高呼：

"同志们！为人民立功的时候到啦！冲啊！"

早已准备好了的战士们，猛虎一般，向敌人的据点扑去。跑在最前边的一排战士，每个人的手中，都提着一口大铡刀，来到铁丝网近前，挥臂抡刀，把一道道的铁丝网砍了个稀烂。接着，他们纵身一跃，跳下了已被墙土垫得半平的壕沟，顺着被炸开的垣墙豁口，冲进据点。

我们的战士冲进据点时，没有遇到一点抵抗。据点里鸦雀无声，敌人就像已经死净了似的。其实，日本鬼子并没有死净，只是那些还活着的鬼子兵都被震蒙了，吓傻了！

过了一会儿，鬼子们稍清醒些了，他们在半昏迷中号叫着，到处乱窜、乱钻。有的跑着跑着，脑瓜子碰上了枪子儿"吭噔"一声来了个狗啃泥；有的正往草垛里边钻，还没钻进去的那后半截身子，被大铡刀分了家。

完全清醒过来的鬼子开始了抵抗。有一个鬼子兵，猛地窜出屋子，端着刺刀，向杨龙扑来。当杨龙发觉时，那鬼子已经来到他的近前。杨龙提着两支匣枪，手中没有刺刀，开枪射击，也来不及了。那鬼子的刺刀，对着杨龙的胸口，直刺过来。杨龙猛一闪身，鬼子的刺刀，从他的腋下穿了过去。杨龙把匣枪一扔，抱住了那个鬼子。鬼子扔掉大枪，也抱住了杨龙，两人一起在地上滚起来。鬼子卡住了杨龙的脖子，杨龙也卡住了鬼子的脖子。这个鬼子的劲头儿比杨龙大，卡得杨龙面色发青。正在这时，王排长飞也似的跳过来，对准那个鬼子的脑袋横穿一枪，鬼子的头，磕在地上，两只手松开了。杨龙的一只手，仍死死地卡住鬼子的脖子不放。他昏迷过去了。

第四十章　追担架

风吼。

云罩。

天，黑下来了。

王排长一见杨龙这情景，万分焦急。他正想把杨龙抱起来，突然，那边屋里一连打出几枪，一颗子弹，打在他的胳臂上，王排长负伤了！

这当儿，染着满身血迹，正往这边赶来的二愣，正巧走到那间往外打枪的屋门口，他一甩腕子，把一颗手榴弹扔进屋去。屋里的三个鬼子齐声号叫着，你挤我撞，拼命地往屋外跑。

眨眼之际，二愣一头扑上去，用自己的身子堵住了屋门。三个鬼子被他挡在了屋里。

"轰隆"一声，手榴弹响了。三个鬼子"吭噔"倒在了血泊中。二愣直挺挺地站在门口上，望着倒下去的鬼子，笑了。笑着笑着，二愣突然觉得眼前一片黑，啥也看不见了。接着，天旋地转，头重脚轻，身子摇晃起来，跟着倒在地上。二愣腹部受伤，失去了知觉。

不知过了多久，二愣从昏迷中醒来。这时，战斗还没有结束。他睁眼一看，见身旁不远处，小张正和石黑拼刺刀。二愣知道，小张是经常用短枪的，拼刺刀的基本功怕是不如石黑。此刻，面对着石黑这个杀人魔王，小张的心里升起强烈的仇恨的火焰，他毫不胆怯，不示弱，不气馁，一直采取攻势，向石黑一气连刺数枪。石黑显得十分紧张，动作也有点儿慌，所以一直处于守势，忙于招架。不过。由于小张和石黑的刺枪技术相差较大，他一连刺出的几枪，都没有刺中，再纠缠下去，时间一长，小张显然是要吃亏的！节骨眼上，二愣一骨碌从地上爬起来，端起大枪就要去助战。谁知他刚跑了几步，便觉得肚子上有个很重的东西往下堕。低头一瞅，原来是一堆肠子，流到肚子外边来了。二愣一手抓起来塞了进去。而后，一个箭步蹿上去。纵身挺枪，直刺而去，眨眼间，那根雪亮的刺刀，便穿透了石黑的背胸。石黑一个跟头跌倒在地，像个死龟似的，实扑扑地趴在了地上。二愣那支枪杆，在他的脊背上朝天直竖着。二愣的脸上，又一次现出了微笑。笑着笑着，身子便突然向后仰去。

小张一步蹿上来，抱住了二愣。……

战斗胜利结束了。一面鲜红的旗子，在那高高的旗杆上升了起来。它，披着金色的阳光，"哗啦哗啦"地迎风飘扬。

据点内外响起了一片惊天动地的欢呼声。人们情不自禁地欢呼起来：

"我们胜利了！"

"共产党万岁！"

昏迷中的杨龙，被胜利的欢呼声唤醒。睁眼一看，见自己正躺在一张床上，还有许多同志和群众在床边守着他。脑子一闪，一切的一切，都明白了。人们一见杨龙苏醒过来了，脸上的愁容都消失了，不约而同地露出了笑容。小张先凑上去。轻声地问："杨龙同志，你觉得怎么样呵？"

杨龙没有回答，张口就问道："战斗怎么样了？"

小张告诉他说："结束了，鬼子无一漏网！"

杨龙高兴地笑了。接着，他又问：

"我们的人有伤亡没有？"

"二愣腹部受重伤……"

"他现在在哪里？"

小张说："已派人抬着他，上西北一带，去找主力军的随军医院去了！"

杨龙忽地下了床，跌跌撞撞地向屋外冲去。跑了一里多路，终于赶上了二愣的担架。

杨龙站在二愣的担架旁边，两只眼睛直瞪瞪地望着二愣的面孔，一句话也说不出来。过了好一会儿，他终于艰难地张开了口，轻声地对二愣说道：

"二愣呵，你到医院里，好好养伤！过两天。我和同志们，就去看望你。"

二愣睁开眼睛，脸上现出一丝儿强挤出的微笑。随后，他又强力忍住疼痛，用了最大的力气，断断续续地向杨龙说：

"杨龙同志，放，放心吧，我，我会回来的。"

二愣说着，头上的汗珠子一串串地滚下来。杨龙用毛巾给他轻轻地擦了擦，又望了二愣一眼，然后向振武和另一个民兵说：

"走吧！路上要处处留心，越稳越好，越快越好！"

担架走了。杨龙站在那里，一动不动。直到担架拐过村庄没影儿了，他才慢慢转过身，拖着沉重的步子，走回来。小张迎面跑来，把一封信递给他，说：

"县委来信啦！"

杨龙拆开信，上边写着：

"杨龙同志：根据萧华司令员的命令，你区队除留下一名得力干部，继续领导群众，进行斗争以外，你要亲自带领区队上的全体同志，于本月十五日，来县委报到，准备去升主力，接受新任务。"

尾 声

破晓。

晴空。

朝霞，映红了云团；

红云，点缀着蓝天。

天刚蒙蒙亮，万老庄的锣鼓就响上了。伴着这锣鼓声，有些人在忙着排练歌舞；有些人在打扫大街；有些人在张贴标语；有些人在烧水、做饭……总之，男女老少，都在为欢送自己的部队上前方而愉快地忙碌着。这时，区队上的同志们，也都忙着给房东担水、扫院子。

东方发白的时候，四面八方的群众，都陆陆续续从各个村庄里赶来了。一会儿，万老庄的大街小巷，到处都站满了人。

"喂！注意了！我们儿童团跑秧歌了！……"

小李勇高声嚷嚷，人们呼啦一声围了过去。穿军装的战士和老乡们掺杂在一起，围成了一个大大的圈儿。中间是一伙儿儿童团员。他们之中，有男有女，排成两行整齐的队伍，踩着锣鼓点儿，都在尽情地扭。女孩子腰中，一色扎着红绸子，一只手抓着绸子的一个头，两条胳臂一张一张的，活像两个大翅膀。男孩子的腰里，都扎着皮带，手里拿着"呱嗒板子"，一边扭，一边敲。他们扭了一圈儿，突然，锣鼓点儿变了。小李勇首先起了个头儿，接着，儿童团员们便一齐唱了起来：

　　　小口袋，装干粮，

　　　我送大哥上前方；

　　　大哥前方打日本，

　　　千万不要想家乡；

　　　别想爹，别想娘，

　　　别把俺嫂嫂挂心上；

　　　等我们长成大汉子，

　　　去接哥哥的手中枪！

　　　…………

　　秧歌正跑到劲头上，嘀嘀嗒嗒的号声响起来。随后，区队在大街上站成一列双行纵队。

　　人们一见部队要走，呼啦啦围到队伍这边来。

　　杨龙站在队伍的前边，精神抖擞地喊着口令：

　　"立正！……向右看齐！……向前看！向左转！……齐步走！"

　　队伍整齐地向东走去。

　　杨龙高高地举起胳臂，笑呵呵地向群众高声道别。

　　欢呼声中，部队出了村庄，往左一拐，向东南走去。

　　队伍中，有人领头唱起了《义勇军进行曲》：

　　　起来，不愿做奴隶的人们！

　　　把我们的血肉，筑成我们新的长城！

　　　中华民族到了最危险的时候，

　　　每个人被迫着发出最后的吼声。

　　　起来！起来！起来！

　　　我们万众一心，冒着敌人的炮火，前进！

　　　冒着敌人的炮火，前进！前进！前进！进！

　　杨龙十分激动，从主力奉调回到临河区，他是轻哼着这支《义勇军进行曲》，只身一人，星夜孤行，到处寻找战友的。而两年后的今天，他却在大清早，带着二三百人的队伍，唱着这支《义勇军进行曲》奉命去升主力，接受新任务。此刻《义勇军进行曲》的歌声，在他听来，是多么的雄壮！

红色经典小说叙事中的革命群像与情怀（代后记）

尚启元

提起郭澄清先生最具影响力的代表作，估计很多读者都会在第一时间想到他的百万字巨制红色经典长篇小说《大刀记》。其实，郭澄清的长篇小说《决斗》也是一部红色经典之作。

这部长篇小说《决斗》是郭澄清先生重病期间创作的代表作之一。虽然病魔脑血栓使郭澄清先生左手和左腿不能活动（偏瘫了），但先生仍然以顽强的毅力，写作时以嘴代手拔下笔帽，以被子、枕头作靠椅，以窗台当书桌通宵达旦地创作。即使在脚上扎着吊针，脖子上打着封闭的情况下，他仍然不愿搁笔。郭澄清先生在重病偏瘫的 13 个年头里一直像"保尔"那样，在与病魔作斗争的过程中进行创作。就这样，先生带病创作出了这部长篇小说《决斗》。

《决斗》的故事发生在 1942 年抗日战争时期，以杨龙为代表的八路军临河区队怀揣着崇高理想奔赴战场，投身轰轰烈烈的抗日战争中。英雄们以无比坚韧的毅力和英勇顽强的战斗精神，发动人民，建立了武工队、袭汉奸、战日伪……这部红色经典小说《决斗》传递出了积极乐观的革命浪漫主义精神，为了人民的诉求、国家的利益、民族的意志，对于个人生命的牺牲是自愿的和快乐的，更是崇高而神圣的，这部书中的英雄们都在告诉读者，人的崇高最可贵。

《决斗》全书气势磅礴，波澜壮阔，故事发生在冀鲁边区广阔的平原大地上，浓墨重彩地描绘出冀鲁人民反抗日寇外敌侵略、争取民族解放伟大斗争的感人画卷。在以战斗为主的人物故事精细叙述中，虽然战斗故事是整部作品的重头戏，但是作者在写战争故事的同时，也用彩笔描绘了那个时代中国农村的伦理风俗和日常生活，使得整部作品如同山水画卷，错落有致，滚滚而来。

郭澄清先生擅长写革命历史题材的文学作品，而且把写作的背景放到了自己熟悉的家乡鲁北平原上。尽管他当时已任山东省文化厅党组成员、山东省文化局创作办公室主任，但还是选择回到了自己的家乡郭皋村，那里是作家自小成长生活的热土，更是与人民群众血肉相连的故乡，这就是作家坚持回到故乡老家创作《大刀记》和《决斗》的原因。

郭澄清先生在生命的最后一段时间，留下了一份对于他来讲极其重要的文字资料，即他的《业务自传》。在这篇不到 3000 字的文章里，有对过去辉煌的追忆，有反思，有不甘心，有内心的挣扎，也有对病后 1976 年至 1989 年 13 个年头创作的回顾。他写道：

> 新时期以来，我虽瘫痪，生活不能自理成了残疾人，但一直没放下手中笔，坚持不懈地写作，并取得了显著成绩。我在病床上整理出版了 35 万字的中短篇小说集《麦苗返青》（1978 年，山东人民出版社）；后出版了长篇小说：《龙潭记》（1985 年，人民文学出版社），此作受到文学界的重视，谢永旺、屠岸等同志给予了很好的评价；任孚先、王震东等同志著文，称此作为"山东长篇小说的新收获"；《决斗》（1987 年 12 月，中国青年出版社），《山东文学》选载部分章节，《山东青年报》连载。另外，发表《历史悲壮的回声》（《沧州日报》1986 年 11 月开始连载）；《笔》［1986 年，《阿克苏教育（汉文版）》］；一篇长篇叙事诗《黑妻》（1984 年 12 月，《诗人》）。一些诗、词、散文、短论见于报刊。
>
> ……………
>
> 目前，我又脱稿一部百万字的长篇历史小说《纪晓岚演义》，因我担任"联友文学社"的名誉社长，消息传出，引起诗联同行及港澳读者关注，"联友文学社"和"联友书店"准备包销此作。《纪晓岚演义》凝

聚着我十几年的心血，愿她能得到群众的喜爱。也算我在新时期对人民、对党的一个新的奉献，也是对我百病之身和重创之心的抚慰。

郭澄清是一个清醒的作家。他有着不同于那个时代作家的鲜明特性，他用自己的方法和行动进行文学叙事书写。虽然郭澄清力求表达"我们这一时代丰富多彩的生活和这风起云涌的英雄人物"，可是他的这些文字里的英雄事迹和英雄人物却都是那么平凡。他不是一味地讴歌，而是用叙事来书写革命群像，从文学意义上来讲，更具有震撼力。

当我第一次翻阅《决斗》一书，有一种强烈的亲切感，第一章的名字叫"残冬夜行人"，而我创作的长篇小说《大门户》，第一章的名字叫"雪夜归人"。这或许是一种巧合，也或许是冥冥之中注定的缘分。而我相信，这更像是中国文坛的老一辈作家传承给我这个后辈的宝贵文学财富。我定会继承前辈郭澄清先生遗愿，为将中华民族的传统文学发扬光大，再努力奋斗。故此敬上。

郭澄清

别集

麦苗返青

郭澄清 著

中国言实出版社

图书在版编目（CIP）数据

麦苗返青 / 郭澄清著 . -- 北京：中国言实出版社，
2021.12
　（郭澄清别集）
　ISBN 978-7-5171-3895-2

Ⅰ . ①麦… Ⅱ . ①郭… Ⅲ . ①中篇小说—小说集—中
国—当代②短篇小说—小说集—中国—当代 Ⅳ . ① I247.7

中国版本图书馆 CIP 数据核字（2021）第 249178 号

麦苗返青（郭澄清别集）

出 版 人：王昕朋
责任编辑：史会美　崔文婷
责任校对：王建玲

出版发行：中国言实出版社
　　　　地　　址：北京市朝阳区北苑路 180 号加利大厦 5 号楼 105 室
　　　　邮　　编：100101
　　　　编辑部：北京市海淀区花园路 6 号院 B 座 6 层
　　　　邮　　编：100088
　　　　电　　话：64924853（总编室）　64924716（发行部）
　　　　网　　址：www.zgyscbs.cn　E-mail：zgyscbs@263.net

经　　销：新华书店
印　　刷：北京温林源印刷有限公司
版　　次：2022 年 1 月第 1 版　　2022 年 1 月第 1 次印刷
规　　格：710 毫米 ×1000 毫米　1/16　29.75 印张
字　　数：480 千字

定　　价：198.00 元（全三册）
书　　号：ISBN 978-7-5171-3895-2

序一 | 精心营造小说艺术王国

朱德发

　　体察一个作家的文学创作是否按照美的规律营造，可以通过各种渠道。或直接访问作家并与之倾心交谈，或查阅背景材料以了解其创作语境、心境与潜在动机；然而最重要的渠道莫过于走进其文本世界，以自己的艺术灵感去触摸、去发现作品里所蕴含的真善美及其以何种美的形式表现的，随后作出接受主体的或肯定或否定的审美判断。我是通过阅读郭澄清的短篇小说这条途径，走进了作家的心灵，进入他创造的艺术世界，并与小说中一个个鲜活人物进行近距离的对话；以我对农村生活的亲身体验去对照小说所反映出的农村生活经验，既产生了一定的审美对位效应，又生发出一些陌生感。当我从小说艺术世界化出后，对郭澄清其人其文则形成这样一个总体认识：作家富有强烈的人文主义情怀和崇高的真善美理想以及深沉的乡土情结，并能按照美的规律将其人文情怀、理想和情结，物化为小说审美文本；正是通过小说审美形式营构了作家想象的以农村为舞台的艺术王国，描绘出以农民为主体的具有真善美特点的人物谱系，所体现出的"艺术的精神就是力求用词句、色彩、声音把您心中所有的美好东西，把人身上所有的最珍贵的东西——高尚的、自豪的、优美的东西"（高尔基《文学书简》）都刻画出来。这应是郭澄清短篇小说取得的不朽美学价值所在。

1

一

郭澄清并非"风派"作家,东风来了跟着东风走,西风来了随着西风跑,而是有着坚定政治方向、独立思想意识、独特审美取向,故而面对极左思潮的猛烈冲击,依然遵循美的规律创造小说,这是难能可贵的。这并非说郭澄清当时已具有明辨秋毫的政治敏锐和颇具远见的政治卓识,不过可以看出作家富有忠于现实、忠于生活、忠于艺术的良知,不仅敢于坚持对农村生态环境和农民人际关系的独特感知和乐观思考,并且勇于拒斥错误潮流的干扰而遵循"美的规律"去表现对家乡的深情感受和人文关怀,这也许就是作家不同寻常的政治智慧和高明的创作策略。

比如,《马家店》写一个乡村小店,南来北往的旅客汇聚于此,这是窥视农村变化的绝佳窗口,既可以见到农民精神面貌向善向美的特征,又可以发现人与人之间的关系不只是功利的而更重要的是助人为乐、为他人排忧解难,人人各司其职、各得其安,莫算小账谋小利,一言以蔽之,"马家店"虽小,却寄寓着一种源于乡土儒家文化传统的"仁者爱人"的朴素的人道主义精神。《公社书记》所展示的是"公仆"与社员之间的服务与被服务的关系,透射出一种质朴浓厚的诚心诚意为人民服务并与人民心贴心、心连心的人文关爱;《黑掌柜》(1962.8)描绘的人生图画所显示的是一种互尊互信、爱人爱己的人际关系;《茶坊嫂》(1962.11)以茶坊为活动中心,在农民的言谈行为中,揭示出友爱和谐的农村人际关系;《借兵》(1961.12)通过修水渠到邻村"借兵"所引起"误会"的叙说,表现出村帮村、队帮队的相互支持共谋发展的友好关系;《老邮差》(1963.6)通过老邮差与群众百姓广泛接触和深入联系的描写,感受到鲁北农村人与人之间充满了真挚淳朴的感情。总之,郭澄清以简洁精巧的彩笔所描绘的鲁北农村,是一个洋溢着诚与爱的人文精神的和谐的艺术王国。

这个艺术王国既是现实的又是想象的,是生活真实与艺术真实的完美统一。说它是现实的,是因为作家的确以写实的笔触忠诚地描绘出他对家乡农村现实的真实感受和独特认知,也许这就是他深入农村现场所获得的实感真知。正如他所说的:"当时,我正在农村工作,这数不尽的新人新事新气象,时刻感染着我,激励着我,使我精神振奋,心血沸腾,午不能休,夜不能眠，于是我便抓紧工作之余，提笔展纸，学写文章。"读其小说足可印证作家这种创作心态的表述是极其真诚的，而这种真诚的感受反过来又印证了小说艺术王国的构成是有客观真实作为根据的。正是从这个意义说，郭澄清小说具有强烈的现实感和严正的现实风格。说它是想象的，是因为作家在体验现实、感受现实时，揉进了自己的价值理想和审美追求，借助丰富的想象力对现实人生进行了审美选择，将那些吻合创作主体审美理想的生活形象或现实真相纳入艺术构思，这就使作家描绘的农村家园富有鲜明的理想色彩。况且，"'五四'以来写实文学的真精神就在它有一定的政治思想为基础，有一定的政治目标为指针。"因为"写实之中，包含有理想（不是空想、幻想、妄想）的成分"，这就是现代文学的写实主义文本不同于"五四"以前写实作品的"根源"所在（茅盾《浪漫的与写实的》）。诚然，在人生现实里既有真善美也藏有假恶丑，郭澄清所面对的合作化后的农村现实概莫能外。作家有权利根据自己的审美价值取向进行选择，这是创作的起码自由。郭澄清着重选择了前者而舍弃了后者，这是无可非议的；即使郭氏有的小说把两者合起来写也是"把优美的东西和庸俗的东西并列在一起，把高深的东西和卑下的东西并列在一起，把柔和的东西和粗野的东西并列在一起"，并通过两厢对照以前者"嘲笑"或"消灭"后者（高尔基《文学书简》）。这就是郭澄清短篇小说所富有的现实主义艺术精神。

二

在郭澄清以鲁北农村为活动平台所营构的艺术王国里，通过人与社会关系、生产关系、自然关系，乃至与自身的关系，来发掘人性美、人情美和心灵美，塑造了一个个生动鲜活的人物形象谱系。而进入这个谱系的人物既没有浩然小说中那类"高大全"的英雄形象又没有赵树理笔下的"中间人物"，乃是一群扎根于鲁北大地的质朴而平实、诚信而善良的普通人，尽管他们在公社或生产队这种体制里扮演着不同角色，但都处于没有贵贱高低之分的平等地位，都要通过诚实的劳动来获取物质的或精神的生存发展需求，既没有不劳而获的寄生者也没有贪污腐化的蛀虫，在新的生产关系或人际关系中所表现出的"我为人人、人人为我，我为集体、集体为我"则是其共有的精神特征。

作者笔下所刻画出的基层干部都是些脚踏实地、真抓苦干的人民公仆形象，与广大社员在生产劳动中完全打成一片，急社员之所急，想社员之所想，没有丝毫的特权，真正是老百姓信得过的带头人。公社项书记（《公社书记》）就是这样的踏踏实实为百姓服务的公仆形象。小说以"我"的所见所闻所思所感，抓住一些生动细节，由外貌到内心刻画了项书记的感人形象：他忙得连衣服也没有时间洗，成天价与全社百姓吃住在一起，劳动在一起，向实践学习、向百姓学习，在劳动中研究生产、指导生产，深入工作第一线，"南去准扛猎枪，北去准背粪筐"，用猎枪顺手打兔子送给敬老院，拾满粪筐倒进生产队大田里。不仅表现出老项是个勤政廉洁、真抓实干的好干部；论本事，"锄杆""枪杆""笔杆"老项也全能行，既能言传身教地带领社员切切实实地搞生产，又能虚心拜老农为师遵循规律指导农业生产，他走到哪里就劳动到哪里，与百姓从作风到感情交融在一起，群众见他不论大人小孩都直呼"老项"而不称"项书记"。这虽然是个称呼却反映出书记与百姓心连心，均是平等的"人"。《黑掌柜》（1962.8）以巧妙的构思即借用检举黑掌柜贪污而组织派"我"去查实所造成的悬念及"我"在调查中的感受，用丰富的细节塑造了一个令人尊敬的经济困难时期工作在农村供销社的基层财贸干部形象。虽然他的职责范围与公社项书记不同，但同样业务熟练，勤勤恳恳，认真务实，一丝不苟，忠诚坦荡，爱民敬业，廉洁奉公，不计得失；而这些优秀品格完全溶解于典型细节的描写中，活灵活现，亲切感人。这是郭澄清为当代文学人物画廊奉献的至今仍有思想价值和美学意义的动人形象。

老一代农民在郭澄清的精心打造下，闪烁出新的性格光辉，焕发出动人的人性美。从他们身上再也见不到阿Q式的国民劣根性和精神奴役创伤，也见不到《吕梁英雄传》和《新儿女英雄传》中老一代农民面对凶残日寇亮剑出鞘的英雄壮举；所见到的是在和平时期的日常叙事中表现出的人性美。不论是有着火热心肠的马五爷（《马家店》）、凡事爱琢磨的孟琢磨（《孟琢磨》）、面冷腹热的方方爷（《憋拉气》），还是爱社如家的李二叔（《李二叔》）、"社迷"高大（《社迷》），他们都生于这片土地长于这片土地，性格像土地一样的朴素厚实，可见传统文化与现代文化的交融更新了老一代农民的性格风貌。给财主当过雇工的马五爷在农村路边开家小店，不分白天黑夜也不管刮风下雨都是自主经营。为了给旅客服好务，"木匠活、铁匠活、修车子、钉马掌、给牲口治病、摸胳臂拿腿"他都会；凡是出门爱闹的病，如"中暑啦，伤风啦，闹痢疾啦，冰伤啦，肚疼啦，腿上起了血泡啦"等，"他都用偏方给你治"，既不收小费又不额外索取，这是一位好心实意、仔细周到为旅客服务的老店主。开小店本属私人经营，店主没有谋利之心在当下人眼里是不可理解的，但马五爷却以爱人之心抵制或克服了私欲发作，并以爱人利人之心对待广大旅客，使思想境界升华了，心灵崇高了，这正体现了作家特有的审美取向，也让马五爷的形象闪烁出人文之光。"社迷"高大是个"五十挂零"的老农民，用他老伴儿的话来说"是个地地道道的死庄稼汉子"，作家以社迷的"嘴""腿""耳""眼""手"作为章目从不同的角度来刻画"社迷"这个栩栩如生的人物，既展示他朴实厚道、幽默风趣的面貌，又揭示出他一心扑在集体上、爱社如命的思想灵魂，艺术细节的成功运用把"社迷"的性格美与人性善以及鲜明个性烘托得淋漓尽致。

郭澄清小说人物谱系中的女性形象也刻画得相当生动感人。《茶坊嫂》以农村集场为背景把人物的所作所为都聚焦于"茶坊"这一典型环境，使茶坊嫂的性格放射出了耀目的光彩。她在集场开茶坊并非以赢利为目的，是一位众口赞颂的"好心人"。这种特定环境中的典型人物，不论她的外貌美或内心美都极为真切地打上那个地域、那个年代的烙印；不过茶坊嫂那颗金子般的心及其所呈现出的勤劳、善良、热情、好客、开朗、豁达的性格特征，既是对我国农村劳动妇女传统优秀品格的弘扬，又是超越时代、地域限制而散发出的普遍的人性美。也许在女权主义者眼里，她不是个值得称道的真正的现代女性，因为她尚未从男人世界里走出来，没有获得女人的性别意识；但是在我看来，郭澄清笔下的茶坊嫂在自由洒脱的劳动中充分显示出人的本质力量，也体现出一个农村妇女获得政治、经济解放后的自身价值和尊严，见不到"男权"对她的束缚或伤害。女青年燕子（《虎子》）是生产队长，她性格中的真善美的品质是在抗旱、抗洪的实践中锻造并表现的；女青年春儿（《春儿》）是生产队的技术员，她的虚心好学、苦钻技术、不断追求、积极进取的精神，是在农业技术变革实践中刻画并展示出来的。虽然这些女青年形象并不是很丰满，但却是具有新思想风貌的女性形象，是那个年代罕见的只顾埋头苦干、学技术搞生产的优秀女青年。

郭澄清遵循"美的规律"在小说文本中所塑造的人物谱系，表现了在历史的特定时期、特定区域的中国农民对真、善、美的向往和追求，从而反映了中华民族自强不息、勤劳勇敢的优秀传统和锐意进取、务实求新的现代精神，尤其以人性美、人情美为特征的新人文精神在小说中得到较充分的显现。小说刻画的各种普通人所追求的真善美既是"人的一般本性"，也是马克思所说的"人的本质"的深层次的人性，而"人的本质"则是人性的最集中的表现，是人追求真善美的生命活动的本质特征。

郭澄清短篇小说最可贵最有价值的就是：他笔下的主要人物都是乡村农业战线、财贸战线、科技战线的普通劳动者，不论公社书记、生产队长、饲养员、保管员、技术员还是财贸干部、客店店主，男男女女、婶婶嫂嫂甚至少年儿童，无不热爱劳动忠诚劳动，他们身上蕴含的真善美品格及其深层的"本质力量"几乎都是通过诚实的生产劳动体现出来的，使"人的本质是劳动"、劳动创造了真善美的真理在人物形象谱系中得到生动有力的印证。尤其值得重视的是，郭澄清小说王国所有的社会关系都是围绕"劳动生产"展开的，是在劳动中形成了干部与群众、人与生产、人与科技、人与自然、队长与社员、男人与女人、进步的与落后的等错综交叉的关系；而这些社会关系既在劳动中发生冲突，又通过生产劳动实践或科技劳动实践得到解决，每个人物形象身上的真善美特点，几乎都是在这种种关系中得以刻画与突显，所谓的现实中人是"社会关系的总和"也是"人的本质是劳动"这一真理判断的逻辑演绎，同样从劳动实践中呈示出来。正是从这个意义上说，郭澄清的短篇小说是现代"人学"的佳构。

三

郭澄清的短篇小说在中国现代小说史上，虽然缺乏鲁迅短篇小说的人性深度和高超艺术，也缺乏赵树理短篇小说的"政治问题意识"，但他的小说却在语言艺术上承传了鲁迅小说语言的精练简洁风格以及赵树理小说语言的流畅明快。直接对郭澄清短篇小说的美学风格和艺术精神产生深刻影响的是孙犁。孙犁曾说作家"永远是现实生活的真善美的卫道士"，并在《文学与生活的路》中主张文学的政治倾向"溶化在艺术的感染力之中";据此他在小说创作中竭力开掘生活之美与人性美,热心于美的形象和美的境界的创造,追求真实之景与虚拟之景的和谐统一。郭澄清的小说创作不仅弘扬了孙犁追求真善美的文学传统,而且承续了孙犁小说所蕴含的中华民族艺术的乐感精神传统。民族传统文化心理结构中的乐感精神源于道家的"天人合一",主要表现为乐天知命、静虚达观、中庸温和,孔子的"乐而不淫,哀而不伤"的诗教、钟嵘的"滋味说"、司空图的"韵味说"、王士禛的"神韵说"以及王国维的"境界说"等,大都体现了乐感艺术精神。孙犁对传统文化乐感精神的继承,是建立在批判其乐天知命、逃避现实等消极思想因素的基础上,着重汲取其积极因素与革命乐观主义精神相融合,以期达到对现实生活中真善美的发掘与播扬。郭澄清短篇小说所体现出的明朗乐观基调和浓郁乐感精神是与孙犁小说的乐感艺术精神一脉相承的。因此,当下的文学评论者或文学史家,在肯定孙犁小说的美学价值时,切莫忘记山东文坛曾有位小说名家郭澄清;在确立郭澄清小说在中国现代文学史上的应有地位时,切莫忘记回观河北文苑独具风姿的文学家孙犁,两者比较更容易显示出他们独特的文学史地位与艺术风貌。

序二 ┃ 在历史的缝隙中发现诗与美

吴义勤

　　郭澄清先生第一篇引起我注目的小说是发表于 2001 年第 3 期《山东文学》"故文新读"栏目中的《"社迷"续传》，作品以拉家常式的纯朴、生动的口语，把妙笔生花的几个小故事串联在一起，成功塑造了一个栩栩如生的"社迷"形象，小说的魅力深深打动了我。为此，我几经周折借到了郭澄清先生的短篇小说集《麦苗返青》一读为快，《黑掌柜》《公社书记》《篱墙两边》《憋拉气》《茶坊嫂》《助手的助手》等，几十个短篇佳作扑面而来。郭澄清小说质朴、浑厚、凝重、深刻的风格给我留下了深刻的印象。众所周知，20 世纪五六十年代的中国文学，曾经因为意识形态和政治因素的影响而陷入了艺术的低谷，但郭澄清先生的短篇小说创作，却让我看到了作家在历史话语和政治话语的缝隙中开掘文学性的能力，他对生活的诗性和人物的美感的艺术呈现极大地突破了意识形态的桎梏，代表了他生活的那个时代中国短篇小说创作的成就。

　　郭澄清先生 1985 年创作的《黑掌柜》至今作为范文入选复旦大学教材《大学写作》一书。该教材选读范文共二十篇，在小说方面只选了《黑掌柜》和鲁迅的《药》两篇。这足可见郭澄清小说的独特性与不俗魅力。他的小说多取材农村的日常生活，聚焦平凡而普通的农民，描绘他们的言行、气质与精神品格。他致力于在人物的形象中反映、探求生活的真理，概括深厚的历史与社会内容。这种探求既是清醒、严谨的，同时又是丰富多彩、充满激情的。

　　郭澄清先生笔下的农村生活从来不是"江南春色浓于酒"的田园诗，他总是站在时代的制高点上，观察、审视、思考当时的社会，力求从总体上塑造时代人物，概括社会生活风貌，用大手笔艺术地描绘时代。这使每一位读了郭澄清短篇小说系列的人，都会深深对五六十年代的中国有一个抹不去的、烙刻在心中的回忆或记忆。但同时，他又是一个在时代的氛围中能够始终尊重艺术规律的作家，他总是力求在对时代素描中把艺术上的流失降到最低点。为此，他对现实主义倾注了特别的热情。在短篇集《社迷》后记中，他写道："我的家乡是抗日根据地。我参加革命时，还是个十几岁的孩子。党像母亲一般，哺育我成长，并使我有了文化。我正式学习写作，开始于农业合作化的初期。那时节，形势发展一日千里，新人新事层出不穷，祖国的一切，都在发生着深刻的变化。此情此景，使我的心不能平静。我愿把亲眼看见的新人新事写出来，希望曾经教育了自己的事迹，能再感染别人。社迷、虎子、春儿、茶坊嫂、黑掌柜、方方嫂、老队长……众多的意气风发的先进人物形象，在我的脑子里行动着，活跃着。于是，我怀着激动的心情，提笔展纸，在灯光下写，在膝盖上写……"郭澄清忠实于现实，真实地刻画了那个年代的农民和党的血肉联系，展现着那个年代人民群众从不动摇的对社会主义的信心。毋庸置疑，作家是有时代性的，作品是时代的产物，研究和评价一个作家、一部作品必须与所反映的时代相结合。新中国的诞生是中国近现代历史上最光辉的一页，歌颂新中国、歌颂共产党可以说是那一代作家的共同的、必然的选择。

　　郭澄清先生的《黑掌柜》《公社书记》《蹩拉气》《社迷》《高七》《孟琢磨》《老人》等小说都以人物"命名"，塑造了几十个栩栩如生的社会主义新人形象。这些人物都扎根在历史和现实的沃土之中，并成了那个时代的标志。他们不是作家灵感所至的即兴创作，也不是对农村生活的表面现象的描摹，而是郭澄清在对中国农村社会深刻解剖的基础上所结出的硕果。茅盾曾经说过："我们相信一个民族既有了几千年的历史，他们民族性里一定藏着善美的特点；把他发挥光大起来，是该民族义不容辞的神圣职责。中华这么一个民族，其国民岂逐无一美点？"（《新文学研究者的责任与努力》）郭澄清是农民身上优秀品格的有力发掘者，他对农民主人公品格美、精神美以及勤劳、勇敢、正直、诚恳、无私等性格特质的表现，赋予小说积极而温暖的力量。在这方面，《篱墙两边》是一篇值得特别推荐的作品。作家把张大婶灵魂的美升华到了极致，全篇闪耀着诗意的强烈光彩。与那种"莺歌燕舞"式的粉饰爱情截然不同，这篇婚姻小说郭澄清写得别开生面、独具匠心。李三哥和王二嫂相爱并结合的故事，在张大嫂的导演下，细节层层展开，情节环环相扣，一切水到渠成。而张大婶导演这个爱情故事的乐与愁，也得到了充分的揭示。在当代爱情小说中，这篇作品风格独具，在五六十年代的文坛上绽放出了璀璨的艺术光彩。

已故诗人、理论家何其芳曾有一个精辟论断："那些最能激动人的作品常常是不仅描写了残酷的现实，而且同时也放射着诗的光辉。这种诗的光辉或者表现在作品中的正面的人物和行为上，或者是同某些人物和行为结合在一起的作家的理想的闪耀，或者来自从平凡而卑微的生活的深处发现了崇高的事物，或者就是从对于消极的否定的现象的深刻而热情的揭露中也可以透射出……总之，这是生活中本来存在的东西。这也是文学艺术里面不可缺少的因素。这并不是虚伪的美化生活，而是有理想的作家，在心里燃烧着火一样的爱和憎的作家，必然会在生活中发现，感到，并且非把他们表现出来不可的东西。所以，我们说一个作品没有诗，几乎就是没有深刻的内容的同义语。"（《论〈红楼梦〉》）我赞成这样的美学观点。郭澄清正是这样一位有理想，能从平凡的生活深处发现崇高事物，而不给生活廉价的赞美和虚伪的粉饰的作家。他的《黑掌柜》没有一句赞美话，但作品动人的情景和故事，诗情画意的描写，饱含着王秋分（即黑掌柜）灵魂深处的芳香，读后久久难以忘怀。《高七》《孟琢磨》《马家店》《石再仁》《公社书记》等，也都是篇篇栩栩如生，诗情美感触手可见。

郭澄清先生的小说文笔朴素、内容浑厚，没有华丽的铺陈，没有夸张的饰词，能以极为简洁的语言自然生动的故事，刻画人物，很有《聊斋志异》的特点。作为继赵树理、孙犁之后，六十年代中国短篇小说创作的杰出代表，郭澄清的小说提供了认识那个时代中国小说艺术的重要范本，我们理应对他的小说进行认真而系统的研究，以还原文学史的真相。

郭澄清先生已离开我们三十个年头了，但他留给我们的作品，永远不会磨灭。

是为序。

目　录

第一辑

社迷传序　　　　　　　　　　/ 2

社迷传　　　　　　　　　　　/ 11

社迷续传　　　　　　　　　　/ 107

黑掌柜　　　　　　　　　　　/ 117

麦苗返青　　　　　　　　　　/ 125

公社书记　　　　　　　　　　/ 129

第二辑

郭大强　　　　　　　　　　　/ 140

万灵丹　　　　　　　　　　　/ 147

1

女　将 / 151

借　兵 / 156

老队长 / 164

茶坊嫂 / 172

支部书记 / 180

第三辑

红旗飘飘 / 188

麦梢黄了 / 196

助手的助手 / 200

篱墙两边 / 208

男婚女嫁 / 218

共家两代 / 232

第四辑

铁蛋哥 / 242

虎　子 / 247

春　儿 / 262

老邮差 / 268

高　七 / 274

李二叔 / 279

第五辑

马家店　　　　　　　　　／ 288

蹩拉气　　　　　　　　　／ 295

赶车大嫂　　　　　　　　／ 301

嘟嘟奶奶　　　　　　　　／ 308

接　班　　　　　　　　　／ 315

房　东　　　　　　　　　／ 319

第六辑

下乡路上　　　　　　　　／ 328

孟琢磨　　　　　　　　　／ 332

雏鹰之歌　　　　　　　　／ 342

交班之后　　　　　　　　／ 352

社　花　　　　　　　　　／ 358

八亩台子　　　　　　　　／ 366

第七辑

小八将　　　　　　　　　／ 374

铁头和骆驼的故事　　　　／ 383

打　井　　　　　　　　　／ 388

老树新花　　　　　　　　／ 394

送灶王　　　　　　　　　／ 399

借　锥　　　　　　　　　　　　　/ 402

老人和女院长　　　　　　　　　/ 405

第八辑

这不是家务　　　　　　　　　　/ 410

三老斗天记　　　　　　　　　　/ 421

积肥曲　　　　　　　　　　　　/ 430

小哥儿俩　　　　　　　　　　　/ 433

老　人　　　　　　　　　　　　/ 441

三访某大娘　　　　　　　　　　/ 448

郭澄清的文学是文学的经典（代后记）　/ 456

第一辑

社迷传序

开场白

啥事也有"迷"。有"棋迷",有"戏迷",也有"书迷""财迷""媳妇迷"……所有这些"迷",俺村都有。另外,还有一个"社迷"。

除了"社迷"外,别的"迷"都是"老资格"了,甚至有的是"祖传"。"社迷"成"迷"的历史虽短,名气却大。甭说当庄的老少爷们儿,就是周围三里五村,甚至全社、全县,差不多都知道他,真是隔着窗户吹喇叭——名声在外。

因此,村里人们都想给"社迷"作个传。这类问题,当然要找我这"写稿迷"。我能力虽小,胆量却大,便把这个差事一口应下了。

我从未写过传记,只能先在这里把"社迷"的外貌介绍一番。

嘴

"社迷"姓高名大。这高大五十挂零年纪,长得矮矮墩墩,胖胖乎乎,圆头秃顶,黑脸黄胡。他的嘴特别大,嘴唇特别厚(上唇微向外翻),说话有点口吃。但是,此人生来话多,并且说出的话儿还很有风趣。比如:我为了给他作传去访他(并没把原意告诉他),问他解放前有多少产业,他笑吟吟地说:"唔!产,产业么?不算少。不,不过大都是跟人家伙着的!就,就说吧——头顶上的天啦,河里的水啦,白天的日头啦,夜里的星星啦……"他一挥胳臂说,"哪,哪一样儿能说没有我高大的份儿?问,问属于我自个儿的吗?那,那只有三样儿——一是汗;二是泪;三是爹娘给抛下的账!"

我补充说:"四样儿吧——还有你这百十斤响!"

"我,我这百十斤穷骨头嘛!也,也不属于自己,已经租给人家财主喽!"他说完咯咯笑起来。

接着,我又问他那时节几口人,他答得既爽快又干脆:"两,两口人。"我问他是什么人,他笑着说:"你,你猜吧——我们俩,寸步不离……"我说,是老婆呗。他拍了我一下肩膀,哈哈大笑着说:"傻小子!你,你娶了老婆,让她跟你寸步不离呀?"我醒了腔,就势说:"那你该说三口人呀!"

"还,还有谁?"

"灶王爷呐!"

"你,你知道灶王爷是干啥的?"他质问我一句,没等我回答,他又说,"他,他是管看家的。我,我没有宅舍,也没有家——他,他失业后,不知跑到哪一国去啦!"

我们的村子很大,我又常年不在家,对他现在的家境也不大清楚。问他时,他说:"咦!这,这你还不知道——三,三千来亩地,七百多口人,猪羊满圈,骡马成群,有,有菜园,有果林……"

"你说的这是生产队呀!"

"你,你问的什么?"

"我问的你家。"

"社,社不就是家吗?"

公社化后,高庄农业社改成了生产队,可"社迷"管队还是叫"社",并且,这"社"字经常挂在嘴上。他那张嘴的本事可大啦——甭管别人谈论什么事,他张口准扯到"社"上去;甭管别人做什么事,他也总得跟"社"联系起来。有一回,"戏迷"正大谈唱戏,高大插嘴说:"唱,唱戏跟办社一样——非,非得大伙心齐,都往一个点上打才行呐!"又一回,"庄稼迷"们正品评庄稼,高大又答了腔:"咱,咱社的庄稼,跟咱的社一样——正,

3

正在蒸蒸日上，一天好似一天……"还有一回，"戏迷"们冒着刺骨的北风去看夜戏，高大指着人家的脊梁骨嘲笑说："这，这都是些傻瓜！——那，那儿又不讲办社的事，有个啥听头？怪事！"

腿

按高大晚伴的话说，"他是个地地道道的死庄稼汉子"。他活了五十多岁，往北只出去五里路，到过他姥姥家；往南只出去八里路，去过他丈人家；往东出得最远，到过十里开外的县城——那是近几年去参加了两次爱社模范会议；往西走得最近，只到过三里路远的丁庄——解放前给那村财主扛过活。他的活动范围虽然这样小，可他的两条腿并没闲着——一气就给地主蹬了二十多年的"脚蹬罗"；并且为此落了个伤腿。直到如今，他走路稍微快了点，就现出侧着膀子蹬"脚蹬罗"的那种架势。

打从办了社，他那两条腿算是往社里跑熟了。十年来，不论刮风下雨，他没有一天不到社里坐坐。有时候，正赶上干部们开会，他就往门槛上一坐，竖着耳朵听起来，听着听着他总要插上几句，有时兴许还逗个笑谈。可是，干部们让他坐在会议桌边，他却不去，并说："那，那儿没我的位子！"有时候，他进去一看，社里没有人，他就拾拾这儿，摸摸那儿。并且，拾掇一阵，再歪着脖子瞅一阵，直到自己跟自己说："行！这，这样就顺眼了！"然后，这才拍拍身上的土，擦擦头上的汗，慢慢腾腾地回家去吃饭。有时候，他跑到社里一看，门锁了，也并不扭头就走。他先摸摸锁扣好没有，再两手扒着门缝往里瞅一阵，然后就坐到门槛上抽起烟来，把烟抽透，这才回家去。

他闺女家跟生产队部斜对门，他可从来不到闺女家去。有时闺女碰上他，让他到家里去坐坐，他说："不！我，我忙啊！"说着就又走到队部去了。有一回，晚伴收了半竹筐小枣，让他给闺女送去，他答应了。当他提着空筐回来时，晚伴问他道："送去啦？"他笑着说："没，没有。""枣呢？""吃，吃啦。""谁吃啦？""人，人家。"晚伴一听火了，半嗔半笑地给了他一笤帚疙瘩。高大不生气，却笑着说："你，你打屈啦！"

"屈什么？"

"没，没有脊梁的责任——该，该打的是腿！"

"瞎扯！腿不听你支使？"

"说，说良心话——我，我的心是上闺女家去的，可是它三迈两迈拐到社里去了！"

有一回，闺女生了个胖小子，高大乐得一夜没有睡好。天一明，他就一骨碌爬起来，要到闺女家去瞧瞧。可是他那两条腿就像认熟道一样，三迈两迈又迈到队部去了。一进门，两个干部正吵得脸红脖子粗。高大劝劝这个劝不下，说说那个也不听，一跺脚扭头走了。走出门，他一眼瞅见挂在门口上的那块红字大招牌，赌气摘下来扛回家去。一进家，晚伴吃惊地问道："呀！你怎么又扛了它来啦？"

高大不吭声，坐在炕头上吹大气。

晚伴一看这情景，以为又跟那年一样了——那是十年前，村里刚有一点办社的风声，高大就领着一伙人办起社来。但是，由于缺乏经营管理经验，再加社员成分不纯，有人故意捣乱，社没办出百日去就垮台了。"分家"的时候，这个争这东西，那个拣那东西，高大却指着农业社的大招牌说："我，我要它！"他把招牌扛回家，用红绸子包起来。晚伴问他："你还放着它有啥用处？快给我烧了吧！"

"不，总，总有一天，它，它还要挂出去的！"

高大说对了——没有半年，这招牌真的又挂出去了。

今儿个晚伴见他又扛回招牌来了，怎能不吃惊呢！她正想去问个明白，忽然进来两个队干部。干部问高大为啥摘招牌，高大没有回答，却反问道："你，你们的架，吵，吵完没有？"

"完啦。"

"完，完了就再挂上去！"他跳下炕又说，"往，往后你们吵架，先把招牌摘下来再吵！"说罢，他扛起那块红字闪光的大招牌，又向生产队部走去。他晚伴指着他的背影跟干部说："你们瞧！他这两条腿走得这股劲儿！"

耳

一早，晚伴那机枪嘴就冲着高大"突突"上了。先说东院的媳妇怎么怎么精，队上分南瓜尽拣好的；西院的媳妇怎么怎么傻，推粪车子装得愣愣地

5

满，也没多挣分……然后又说房该泥啦，自留地该锄啦……从窗纸发白一直"突突"到太阳老高，还没有住嘴。她这一套，高大听惯了，他只顾低着头修理绳套，不吭声也不插言。后来晚伴有点火了，拽着他的耳朵说："你听见没听见？聋子！"

"听，听见啦！"高大站起身向外走去。老伴喊住他问道："你干啥去？"

"卸，卸车去。"

"卸车？"

"社，社里拉化肥的车回来啦，"高大向窗外一指，"你，你听不见马铃响？"

"这也显着你喽？唉唉！"

"显，显不着我——你，你去！"

高大向外走去。晚伴指着他的背影又嘟囔起来，三嘟囔两嘟囔，竟放声哭了。这也不能怪她小题大做，因为高大的耳朵使她伤心不止一次了。

有一次，晚伴叫他去耪自留地，他满口应得当当响，可一出梢门就拐了弯。晚伴追上来抓住他的脖领子。"我，我的妈！"高大惊叫一声，回头一瞅，又笑了，"不，不去啦？"晚伴指着他鼻子质问："我说的什么来？"高大从容回答："耪，耪自留地去。""自留地在哪里？""在，在家东。""你咋往家西走？""你，你听！社，社里的猪老吱吱叫，准是谁家的孩子又淘气呐——我去看看就走！""没法跟你生气！"晚伴知道硬逼不行，又改了笑脸说，"看看太湿就别耪——先撩地瓜蔓，再打棉花心……听见了没有？"高大又满口应下。傍响时分，晚伴到洼里一看，高大正在耪队上的地，气得她浑身哆嗦，真想给他两巴掌。可又怕别人笑话，便凑近老头子的耳朵小声说："唉唉，你呀你呀，我说的什么来？""你，你不说太湿就别耪吗？""后边呐？""后，后边的我没听清楚……你，你别生气，耪了社的就耪你的。"

又一次，半夜三更，高大隔墙听到驴叫唤，就知是饲养员那个"觉迷"又睡过去了，忘了喂夜草。他披上衣裳跑过去，为此着了夜风闹起病，惹得干部来看，社员来瞧，请医生搬大夫，晚伴还煎汤熬药侍候他五六天。后来病好了，晚伴抱怨他说："倒霉就倒到你这耳朵上了！别人听不见驴叫唤，偏偏你就听得见……你看，叫你闹的，少挣多少工分？耽误多少事？——

往后，耳朵不要这么长！"

"那，那是，那是！"高大一面紧应声，一面推开饭碗往外跑。

"又干啥去？"

"你，你听——'工，工分迷'连搭油都顾不得，研得车轴吱扭吱扭响！"话没落地人没影了。

最让晚伴生气的是：高大的耳朵不光"招灾"，还常常"惹祸"。那天，他隔墙听到"工分迷"跟他老婆说话，抱怨给他记的工分少，他老婆还骂干部不通人情。高大抬腿跑过去，又质问，又摆理，并当面作证工分记得合理，把"工分迷"两口子弄得下不了台。"工分迷"老婆好耍无赖，送走高大便指桑骂槐地闹起来。晚伴听了，气得肚子鼓得像蛤蟆，高大却泰然无事。晚伴赌气拽着他的耳朵质问："你听见没有？"

"听，听不大清楚！"

眼

高大整天耷拉着眼皮，像个睡不醒的样子。但是，他看见的事儿却特别多。比如说：在每次收工的路上，别人说的说，笑的笑，唱的唱，逗的逗；可高大不说也不唱。他这儿瞅瞅，那儿望望，有时还抄起一把谷穗来仔细端详一番。别人回到家，有的往炕上一侧，抱过孩子逗上啦；有的找个树荫一坐，架起腿美上啦……高大却又与众不同——他把大锄往门边一靠，转身就走。来到队部，找上干部，不问人家忙闲，他张口就是建议：不是谷子该追肥啦，就是棉花该整枝啦，兴许最后还要来上这么一句："耳，耳听是虚，眼，眼见为实——你们要亲自去看看，我不怪你信不着我！"干部要说看过啦，他就说："噢，噢！怪不得它们捎信来说谢谢你呐！"

村里有个话把儿："高大过眼，不长就短。"事实还真是这样。无论谁在他的眼前，就是一闪而过，也准有毛病。轰耙的过来了，高大"咚咚"两步凑上去，举起大镐"当当"敲两下。人家问他干什么，他说："这，这根耙齿要单干！"耕地的人回来了，高大拦住人家，抬起脚来搓搓铧头，并且说："你，你因为黑，没对上象，想让铧头跟你做伴呀？"旁边有人插嘴说："人家都快结婚啦！""哦！吃，吃饺子可别忘了我这搓铧头的呀！"他说罢，还要拍一下后生的肩头。久而久之，人们都摸准了高大这脾气。有一回，一个小伙子下地回来，远远望见了高大，就把家什拾掇得一百妥当，心里想："我看他再挑啥毛病！"来到近前，他故意走得很慢，等着高大凑过来。这回高大没有过来，他边走边说："小，小伙子！你，你对诊疗所的那个小妇女，有点意思吗？""别瞎扯！""要，要不你总想跟她打交道呐？""没有的事！""没，没有的事留着头上的汗啥用？"小伙子醒悟了，扯下毛巾擦起汗来，并说："我算服了你！"

他服了，可还有不服的。"车把式"这天从城里拉农药回来，一进村正碰上高大。他抢鞭一吆喝，把个五挂套的骡马车调理得条条是道，道道在行，便主动问高大说："社迷呀！你看我驶车有啥毛病？"

"你，你让我说眼下？还，还是连过去都说着？"

"我从办社就驶车；你都说着吧！""车把式"得意地说。

高大想了想说："没，没啥毛病——我只是希望你长生不老！"

"这是啥意思？"

"十，十年啦！你连个徒弟也没教出来——你，你要老了，死了，这车怎么办呐？"

"车把式"脸红了，光搓脖颈子答不上话来。高大又笑着说："别，别看我这么说——我并不想学！"

手

高大那双手，虽然粗糙得像老柳树皮，可是却巧得出神。他从小没经过师，是铁活，是木活，是泥活，他都能动上手来。他这一套本事，过去人们还不大知道，因为他从没领过徒弟，也没开过作坊。自从办社以后，他一有闲空就跑到社里（现在是队部）去。有时候，拿来一把斧，一把锯，修修桌子，理理凳子，拾掇拾掇门窗。有时候，拿来一把锤子，一把钳子，修修犁耙，理理车辆，拾掇拾掇耘锄。有时候，又拿来一张泥板，一把瓦刀，自己和泥，自己搬砖，悄悄地又砌起墙根来。他干活从来不支使别人，可是有人主动帮忙，他也不拒绝，只是说："你，你要干，得答应我个条件——你，你是徒弟，我是师傅；我指挥你，你，你听我指挥！"接着，他的话就多起来了。一会儿："徒，徒弟听令——领砖上阵哟！"一会儿："徒，徒弟接旨——带泥上殿喽！"就这样，逗得人们直笑，不觉累就把活干完了。

高大的手不光巧，而且闲不着。在地里干活时，别人休息了，他就给人们修理家什。若没有家什可修理，他就拔苗旁边的草，或者找点别的事儿占着手。实在找不着活了，便掏出烟袋来，把烟锅插进烟口袋，挖呀挖，挖呀挖，挖起来没完没了，甚至有时直到又动手干活时，他一袋烟也没装，烟袋一插就干起活来。因此，村里有个话把儿："高大的烟袋——占着手呐！"

高大的手，还有一套特别奇妙的本事。有一天，"牲口迷"牵着一匹马到兽医站去，一出村就碰上高大。高大问他干啥去，他说：马病了，要到兽医站去看看。高大让他站住，上上下下、前前后后把马打量了一遍，然后把手掌放在马后胯的上部，摸了一会儿，笑哈哈地说："它，它有喜啦！"

"怀驹啦？"

"对喽！"

"不对！怀了驹摸大胯能摸出来？"

高大拽着那人的手，按在马的后胯上："怎，怎么样？"

"不怎么样！"

"你，你不懂！"高大一挥手，"牵回去吧……"

"死了呐？"

"我，我偿命！"

后来结果证明——高大说的一点不错。

还有一天，一伙社员正往地里推粪，高大走过来把手往粪堆里一插，嚷道："别推啦！""为什么？"人们都不解其意。他解释说："冷，冷粪果，热粪菜，生，生粪上地果根坏——这粪不熟！"

后来试验结果证明——高大的说法又对了。

结束语

我费了九牛二虎之力，用了足足三个月的工夫，总算把"社迷"的外貌写完了。这天，我趁开社员大会的机会，扬扬得意地读给大家听。人们听后，都哈哈大笑。我问他们笑什么，大家七嘴八舌地说开了。这个说："人家高大的事迹多生动啊，叫你这一写算完啦！"那个说："你写的这玩意儿，是荞麦皮打糨子——连板也不沾（粘）！"……人们这一阵冷水，泼得我凉了多半截。不过，我想：高大本人会支持我。于是，我又去征求他的意见。他听了一遍，却一收笑脸，紧摆双手："这，这个万万使不得！万万使不得！"他没容我张嘴，又说："社，社里正忙，哪有工夫弄这'闲篇'！"他说罢，抬起屁股上"社"里去了。

于是，我只好就此搁笔。

（此篇原名《社迷》）

1963年2月

社迷传

小　段

天津南，济南北，河北、山东交界处，有条排水河，河名四女寺。

这条河，是黄河古道。它水宽堤高，气势雄伟，弯弯曲曲，像条银龙，跨过津浦路，注入渤海湾。

河的两岸，是肥沃的平原。如果在夏秋季节，你来在这里，就像进入了绿色的海洋。各种各样的庄稼，油绿闪光，一望无际，和瓦蓝的天幕连在一起。大大小小的村庄，像一座座的岛屿，星罗棋布，浮沉在波浪滔滔的绿海里。这时，你会情不自禁地说：

"华北平原米粮川，名不虚传！"

在这美丽壮观的原野上，河南不远处，一拉溜摆着三个村子——西边，是刘庄；东边，是李庄；当中，是高庄。

高庄是个小村，总共也不过五六十户人家，它和东边的李庄，是个联村大队。村子不大，村容倒很秀丽。大街小巷，处处干干净净。高墙矮垣，段段整整齐齐。街道两侧，杨柳夹道，绿枝成荫。用白灰刷过的墙面上，写着一些红色的大字标语：

"伟大领袖毛主席万岁！"

"中国共产党万岁！"

"人民公社万岁！"

"…………"

在"人民公社万岁"这条标语旁边，有一个坐北朝南的院落。这个院落，原来是地主的房产。土改时，分给了贫农高大虎。

如今，高大虎有个外号，叫"社迷"。

这位"社迷"高大虎，今年四十七岁，是个普普通通的庄稼人。可是，他的名气很大。甭说当庄的老少爷们儿，就是周围十里八村，甚至全社全县，差不多都知道他。真是隔着窗户吹喇叭——名声在外。

村里人们，想给"社迷"作个传。这类问题，当然要找我这"写稿迷"。

我，能力虽小，胆量却大，一口应下了这个差事。我从没写过传记，也不知该从哪里开头。这里，我先交代交代"社迷"的来历吧。

社迷高大虎，长得膀阔腰圆，五大三粗。他坐下，像个蹲门石狮；站起来，犹如半截铁塔。他说话很有风趣。比如：我这回去访他时，问他说：

"大虎叔，解放前，你有多少产业？"

"唔！产业嘛，不算少呀！"大虎叔笑眯眯地说，"像头顶上的天啦，河里的水啦，白天的日头啦，夜里的星星啦……哪一样能说没有我的份儿呀？"

"属于你自己的呐？"

"哦！那只有三样儿——一是汗，二是泪，三是爹娘抛下的账！"

"那么说得四样吧？"我就势打趣说，"还有你自己呐？"

"你说我这百十斤穷骨头呀？唉！那时也不属于自己，已经'租'给人家财主了！"

大虎叔说罢，咯咯地笑起来。

我因常年不在家，对他当前的家境也不大清楚。问他时，他吃惊地说：

"咦！这你还不知道？——万八千亩地，三几千口人，猪羊满圈，骡马成群，有鱼塘，有果林……"

"你说的这是公社吧？"

"你问的啥？"

"我问你家……"

"家不就是社，社不就是家吗？"

确实，大虎自从入了社，社就成了他的家。社里的一草一木，一砖一瓦，都是他的"心尖子""眼珠子"。他宁可豁上命，也不让它们受损失。

办社初期，在打社的第一眼井时，井下突然冒出了流沙，井盘歪斜了。当时，正在井下挖泥的人们，都吓得面黄失色，赶紧爬上井来。谁都知道，在这种情况下，如果不挖了，任凭流沙上冒，这井就算完了；如果冒着危险挖下去，战胜流沙，井就有可能保住。当时大虎想："社刚办，底子薄，如果劳民伤财井打不成，不光生产计划不能实现，有些人还会借此刮起一股黑风，要把社吹倒！……"他想到这里，脱了衣裳，就要下井。他这种行动，影响了大家。小春上前拉住他说："大叔，让我下！"大虎拨拉着小春的脸蛋儿说："你小小的年纪，干不了这大事！"接着，高大龙又上前抢着下井。大虎指着他的胡子说："这可不是你这胡子兵干的活儿！"此后，又有好几个人要下井。结果，都被大虎以这样或那样的理由阻止了。最后，他硬是挣脱了大家的阻拦，独自一人下去了。大虎下去后，井壁上不断塌土落砖，情况越来越危急。当时，井口上，有些人大声喊叫，让他上来。可是，井下的大虎，却泰然自若，毫无惧色。他笑哈哈地说：

"……如果我死在里边，你们就在井口堆起个坟，说社员高大虎，为打井而牺牲……"

大虎说着话，干得更猛了。这种忘我的革命精神，临危不惧的英雄气概，深深感动了每个人的心。接着又有几个人下了井。就这样，这眼井终于打成了。

事后，有人问他："大虎呵，解放前，干活你是个滑头，土改后，你干活不惜力，现如今，你干活不惜命！这是咋回事？"

大虎说："因为，活虽一样，'字号'变了！"

"咋变了？"

大虎说："解放前的活儿，'字号'是'地'；土改后的活儿，'字号'是'我'；现如今的活儿，'字号'是'社'了！"

"那也不能不要命呵！"

大虎说："有'社'才有'命'；没有'社'，就没有'命'！再说，要是'命'不为'社'，它还有啥用？因此，叫我说，'社'和'命'，是一码事。"

当时，有人说："大虎活是个'社迷'呀！"

其实，早在正式办社前，大虎已经就是"社迷"了。

那是一九五三年初，村里才刚有一点办社的风声。大虎听说办社是毛主席说的，他就领着一伙人，办起社来了。

谁知，办社这件事，并不像大虎想得那么简单。按大虎的想法是：大家把牲口、土地放在社里，把心也放在社里，社就腾云驾雾地起来了！没想到，由于他们缺乏经营管理经验，加之社员成分不纯，有的人总想浑水摸鱼，胡乱捣鬼，结果，社还没办出百日去，就垮台了。闹"分家"时，这个拣这东西，那个挑那东西，大虎啥也不看，却指着农业社的大招牌说：

"我就要它！"

大虎扛着招牌回到家，他老婆问他：

"你分来的啥东西？"

大虎把红字闪光的招牌一举，笑呵呵地说：

"这个！"

他老婆说："社都垮了，留它啥用？快给我烧了吧！"

大虎坚决地说：

"不！总有一天，它还要挂出去的！"

大虎一边说着，就找来一块大红布，把那招牌包了起来。

他老婆见这情景，就说："俺见过'书迷''棋迷'，也见过'戏迷''财迷''媳妇迷'，还从没见过像你这样的'社迷'哩！"

大虎说："你夸奖了！现在我还不够资格，今后我要想法再把社办起来，积极争取当个'社迷'呀！"

大虎说到就办到了。半年后，高庄的农业社重新办了起来——那块大招牌又挂出去了。

到这里，"社迷"的来历就算交代完了。不过，随着形势的发展，时间的推移，农业社变成了人民公社，这"社迷"的含义，也发生了变化。

有一回，半夜三更，大虎一觉醒来，忽然听不见地里的马达声响了，心里就着了急。那时候，正是浇地种麦。开机器的机手，就是大虎的儿子高文华。大虎想："是不是文华贪睡觉，把机器停下了？"于是，他一骨碌爬起来，便向地里走去。

大虎来在地里，一看，原来是机器出了故障，文华正在忙着修理。对修理机器，大虎插不上手。于是，他又回村来了。在回村的路上，可巧又碰上了刘庄的会计刘小兰。小兰正赶着大车，到李庄附近的国库里去送公粮。走到这里，把车陷住了。大虎一见这情况，就帮助她卸车、装车，忙了一阵。结果，他忙了一身汗，着了夜风，回到家，病了一场。他老婆一边煎汤熬药侍候他，一边嘟嘟他：

"我说你呀你呀，你是个大傻人哟！你要是为了咱队上的事，招来这么一场灾，就算也是你的理——你是'社迷'嘛！可刘庄还不同于李庄，跟咱村又不是一个大队，你这是'迷'的啥'社'呀？"

大虎说："我'迷'的是人民公社的'社'！"

老婆说："刘庄跟咱也不是一个公社呀！"

大虎说："我更'迷'那社会主义的'社'！"

…………

以上，算个"小段"。

以下，"书归正传"。

第一章

早上。

大虎两口子，一边穿衣裳，一边唠闲嗑：

"我说文华爹，你瞧，阴天了——咱那架丝瓜，我撒上化肥了，要来场雨儿，那该多好呵！"

文华娘说着，就像雨已经下了似的，乐得"啪"地拍一下巴掌。她这一巴掌，把老头子的两条扫帚眉，给拍到一块儿去了："哎呀，下雨可糟了！咱队里买的化肥，还没运来呐！雨要一沾道，那就麻烦了！"

大虎这些话，就像一瓢水，把老婆脸上的笑容，全给冲净了。她压住火气说：

"不下也好。天不下雨，地就得浇，咱文华开机器，多挣不少工分哩……"

"唔！那么说，还是下雨好——虽然不下也能保收，可要增加不少生产成本哩……"

大虎说着，脑袋摇得像货郎鼓。他这一摇，把老婆强压在肚子的气，给摇出来了，她像机关枪似的说：

"下好，下好，下吧！——咱那房还没泥呐！一下雨，就得漏！……"

这时，大虎忽地下了炕：

"哎呀，你这一说，我倒想起来了……"

老婆一听，有点高兴。她当即总结经验："还是软的不如硬的顶用。"于是，她穿上鞋，下了炕，向东屋走去。她一边走，还一边喊：

"文华，快起来，帮你爹泥房。"

谁知，她来在东屋一看，屋里没有人。原来，文华早已下地走了。这时，文华娘又嘟嘟道：

"这孩子，就是不知道轻重！夜里加了半夜班儿，队长不是叫你歇半天吗？你偏不听话，又走了！累坏了身子咋办哪？……"

文华娘总是这样——她自言自语地嘟嘟，听口气，就像跟谁说话似的。这时，她一边嘟嘟，一边往外走。走到屋门口时，忽见大虎一手拿着泥板，一手拿着瓦刀，正往外走。她一见这光景，显然不是泥家里的房。于是，她急了。只见她，颠着小脚，紧走几步赶上去，拉住大虎问道："你干啥去？"

"泥房顶去！"

"哪个房顶？"

"队上的仓库！"

"哎哟哟我那天哟！"老婆嚷道，"队上，队上，你就知队上——咱这房还要不？"

"这是啥话？咋不要？"

"要你给我泥！"

"你忙啥？泥完了队的，就泥你的！"

大虎说罢，一抡胳臂，冲出门去，直带得门扇叮当山响，门口也掀起一股小风。

大虎来在街上，街上已经满了人。你看吧，拉草的，送粪的，大车小辆，南来北往，人喝马嘶，鞭鸣车响；积肥的，扔圈的，大镐铁锨，七上八下，叮叮作响，嗖嗖闪光……街头巷口，一片繁忙景象。你再听，村外边，嘎啦嘎啦的辘轳声，叮叮当当的水车声，轰轰隆隆的马达声，夹杂着人们的歌声、笑声，一齐传进村来。这时，大虎被这村里、村外的景象、声响迷住了，觉得心里热滚滚的，脸上笑开了花。

"大虎叔，今天不是你的休假日吗？"小春把一锹土扔进粪坑，"你又来转啥呀？"

"转啥？我来'监工'呐！"

"监工拿泥板干啥？"

"干啥？我要见到谁在干活时，不当钢铁汉，偏当稀泥蛋——我就，"大虎笑哈哈地把泥板一晃，"给他一泥板！"

这话，把人们都逗笑了。接着，队长周四成走过来说：

"大叔，你想泥仓库去，对不？"

"你咋知道？"

"昨天我见你在那儿转来嘛！"队长说，"我准备下午就派人去泥——大叔，你歇歇吧！"

"下午泥？你看看天气，要老天爷不等到下午咋办？"

"不准吧？"

"要准了呐？你跟老天爷去打官司？"大虎说，"四成呵，你要怕我累着，就给我派个助手吧！"

队长无可奈何地说："那就叫小春去吧！"

大虎拍了下四成的肩："你真会派呀！"

队长有些不好意思地笑笑："我见你总想培养他呐！"

这时，小春在那边插言说："大虎叔，你头前一步吧——我随后就到！"

"好啦！"大虎说罢，便向库房走去了。

大虎正走着，忽见春海轰着车过来了。他上前一打量，只见牲口肚子没有鼓起来，便说："站住！""干啥大叔？""牲口没吃饱就套车呀？""我也是说不饱，二牛偏说饱啦！"春海怒气冲冲地说，"喂一宿了，他都没喂饱——再等到啥时候套车？这活就甭干了！"大虎一听，心想："对呀！错儿在王二牛身上呐！"

王二牛是个老农，种地很有经验，喂牲口也是把熟手。可是，由于他个人主义太强，不爱护集体的牲口，牲口眼看着减成色。对此，社员们有些意见。大虎也憋了一肚子气，早就想找他谈谈。这时春海这么一说，他觉得这事儿不能再拖了。于是，便一转身向牲口棚走去。

牲口棚在村边上。只有孤零零的几间简陋的敞棚，还没来得及修院墙。因此，大虎老远就看到小牛在棚外乱跑，又听到，休假的大牛在棚里正叫。走近又一看，棚里棚外，又脏又臭，乱七八糟。这时，他的火气更大了，便一头闯进棚去。

他进棚一瞅，二牛正在棚角上纳鞋底，便气愤愤地说："你咋不务正业？这牲口还要不要？"

开头，二牛吓一跳。接着，他一看是大虎，又笑了。

大虎爱社入迷，对人从不客气，二牛为啥不怕大虎哩？因为，大虎是他的亲妹夫。在二牛看来：是亲三分向，是灰热得土——大虎不会让我过不去。谁知，他这一笑，大虎更火了：

"这牲口，是全队的半个家当；大家把它们交给你，这是信得过你！可是，众人拿你当人，你却……"

大虎说到这里，二牛烦了："得啦，得啦，少说闲话吧！"

"这不是闲话！"大虎接着说，"这是如何对待社会主义的态度问题……"

"算啦算啦！干你的活去吧！"二牛以老大哥的口气说，"我用不着你来教育！"

"我早就该教育你，现在我就教育得有点晚了……"

"住口！"二牛急了，"我问你：你是干啥吃的？你还以为你当着队长啦？放明白点吧——现在你连芝麻粒大的'官'都不是！"二牛说出这话后，又觉得不够确切，接着补上一句，"别觉着你是贫协委员！我是中农，你管不着！"

大虎的队长职务，是为了培养接班人，才主动让给四成的。可是，现在大虎并不提这些。他说：

"今天，我是以公社社员的身份，来给你提意见的！"

"你的意见拿回去——我不接受！"

"你越不接受，我越要提！"大虎又指着牲口棚说，"天快下雨了，你该把这牲口棚仔细检查检查……"

"我用不着你操心！"

"我是为集体的牲口操心！"

"我是饲养员，这显不着你！"

"我好说歹说你不听，那我可去找队长……"

二牛心想：别看他这么说，就凭这样的亲戚，他是不会这么办的……二牛想到这里，便说："找去吧！队长是我的表侄子——他吃不了我！"

正在这时，远处传来了小春的喊声：

"大——虎——叔！泥——房——了！……"

大虎顺着喊声一望，只见小春已经站在仓房的房顶上。他想："别打鱼摸虾误了庄稼——先去泥房吧！"于是，便一跺脚走了。

第二章

大虎泥完仓房，回到家时，他老婆正在一筐一筐地背土，准备泥房。说来也怪，大虎没回来的时候，她就干开了，一趟一趟又一趟，干得蛮有劲儿。谁知，她一见老头子的面儿，气又来了。她没好气儿地向大虎说：

"你还家来呀？有能耐甭进俺这个家……"

"这家也有我的一份儿……"

"有你的份儿，泥房你咋不管？"老婆说，"放着你这大汉子，叫俺个老太太背土，也不知道丢人？"

"丢啥人？"大虎说，"我干的那个，比你这个重要得多！"

"好！你那个重要，俺这个不重要。我也不干这营生！"老婆的火气更大了。她说着，把筐一扔老远，吓得院子的鸡咕咕地叫着，四处奔逃。这时，她那心爱的鸡也不顺她的眼了，便拾起一个坷垃，向鸡投去。受了惊的鸡，扑打着翅膀，乱飞乱窜，蹬得各种家具，叮当乱响。这不算，大虎老婆一边投鸡，还一边骂："你这些野种，光吃不下蛋，都给我滚！"

她这一闹，把大虎气火了。他一拳砸在桌子上，震得壶碗乱响。他伸开老粗嗓门儿嚷道："你发啥疯？你不爱社，还不许别人爱社？真少见你这号落后分子！"

老婆毫不示弱。她说："你甭拍打桌子吓唬猫，俺见过这个！"她一边嚷着，一边拍打着炕席，直拍得炕席下边的尘土，从席边上冒出来，满屋飞扬。

正在这时，院子里走进一个人。这人，四十多岁，长得挺魁伟。他的头上，戴着一顶破草帽，褂子搭在肩上，下身卷着裤腿，毛茸茸的两条腿上，布满了大大小小无数个筋疙瘩，脚上没有穿鞋袜，粗糙的两只大脚丫儿，沾满了泥巴。

这个人，是大队支部书记李三刚。

李三刚进院后，听到屋里正吵架，没有直接进屋。他在窗下留住了步子，悄悄听起来。过了一阵，当他把吵架的原因听明白以后，便拿起铁锨，准备和泥。正在这时，大虎老婆突然发现了他，忙喊道：

"支书，你想干啥呀？"

支书笑呵呵地说："泥房呀！"

"可不能叫你受累！"

"你两口子不是忙吗？"

"没啥忙的……"

"这不是正忙着吵架吗？"

支书这一句，逗得大虎老婆哧地笑了。

支书和大虎是老伙计。他们一起扛过活，一起打过游击。解放后，又一起斗地主，一起办社……这时，大虎走过来，向支书的胸脯轻打一拳，笑呵呵地说：

"你这家伙，净要我的难堪！"

接着，三个人都咯咯地笑起来。这场吵架，就这样结束了。

随后，大虎向丝瓜架下一挥手，说："老伙计，来，那边坐。"

"伙计，你别'老'呀'老'的好不好？"

大虎指着支书那黑乎乎的胡楂子说："你看这个，还不让说老？"

"不能看现象，看问题要看实质。"

"实质你也是四十四了呵！"

"那也不是实质！"

"实质是啥？"

"实质是——"支书说，"像我们这干革命的人，是永远不会老的！"

大虎会意地点了点头。

接着，俩人都咯咯地笑起来。

支书和大虎，说着，笑着，来到了丝瓜架下。支书坐在砸布石上，大虎脱下一只鞋，垫在屁股底下，坐在支书的对面。

正在这时，大虎老婆从屋里走出来。只见她，左手提着暖水瓶，手指上还勾着两只茶碗；右手端着小烟簸箩，腋下还夹着个扇子，颠着小脚，一步三扭地走过来。她来在近前，把暖水瓶、茶碗、烟簸箩都放在支书和大虎的中间，把扇子递给支书，转身就走。支书笑呵呵地说：

"老嫂子，坐下，拉拉嘛！"

"不！"大虎老婆说，"你们谈工作吧，俺在这里碍事！"

大虎又喊住她说："哎，你只拿一把扇子，我还没有呐！"

大虎老婆神笑貌不笑地说："没有自个儿拿去！——谁还侍候你？"

大虎举起一只茶碗说："这只碗是给我拿的吧？"

"那是看的支书的面子，也是因为你们要谈工作……咕咕！……"

大虎老婆说着，咕咕地叫着去找那刚被她打跑的老母鸡了。

这时，支书一边装着烟，一边像有所感地说：

"老高，你们两口子，像这样似的，有说有笑的，多好呵！为啥总是三六九儿地吵架呢？"

"谁还愿意吵架？"大虎说，"可她在一些事儿上，是太气人了！"

"净是在一些啥事儿上？——你琢磨过没有？"

支书说罢，吸了一口烟。大虎吐出一口烟说：

"我还没工夫想这些闲事儿！"

"老高，不能把这看作闲事儿！"支书说，"是不是你们不投脾气呐？"

"不是。"大虎说，"在集体化以前，俺们从来没吵过架。"

支书说："那，是不是思想不一致？"

大虎说："嗯，对啦！"

"你们的思想咋不一致法呢？"支书说，"你是爱社入迷的，这我知道——可她呢？"

这时，外边正巧又传来大虎老婆那"咕咕咕"的叫鸡声。大虎苦笑着，向门外一指说：

"听了吧？她就知道这个！"

这时，支书正在点烟，没有当即搭腔。大虎拔出嘴里的烟袋，往石沿上狠磕了两下，又补上一句：

"她呀，就知道闺女、外孙、老母鸡，简直没有一点社会主义味儿！"

"不能这样说！"支书说，"看问题要一分为二，她也有不少优点的……"

大虎拔出嘴里的烟袋："啥优点？"

"首先说，她勤劳俭朴，泼辣能干……"

"可是她这优点没用到正处——都用到家务事上了！"

"家务事不办也不行呀！"支书说，"再说，她对集体劳动，也干了不少呀！"

"反正集体劳动总不如家务劳动积极！"

"这是事实。"

"算不算缺点？"

"当然算！"支书说，"不过，她所以这样，首先是我的责任！"

"你的责任？"

"对啦！——我作为支书，对她的教育、帮助不够呀！"

大虎摇摇头说："不！——要那么说，这主要是我的责任！"

"对！你是有责任的！"支书突然严肃起来了，"大虎同志，你是一个建设社会主义的先进分子。先进分子的责任，就是带领大家一道前进。为此，就必须一面向别人学习，一面帮助别人。可你呐？连自己的老婆都带不动，帮不好，提不高！"

支书为了让大虎仔细思考思考这些话，他说到这里缓了口气，吸了口烟。当他见到大虎在暗暗点头的时候，才又接着说：

"伙计呀，你帮助她，要靠说服教育，做思想工作，吵架不是办法；要有耐心，不能急躁……"

支书说到这里，大虎老婆"咕咕咕"地叫着，回家来了。她进了门，就笑哈哈地向支书说：

"你俩这是谈啥体己话啊？"

大虎接过来说："他在批评我——给你争理哩！"

老婆笑着翻他一眼："俺知道，俺也有错儿！"

"你看！"支书说，"大嫂这话多进步呀！"

"俺进个啥步！"大虎老婆说，"咱反正是有毒的不吃，犯法的不做。"

"大嫂子，你说错了！"支书笑哈哈地说，"'有毒的不吃，犯法的不做'——这是旧社会的好人标准。现在是新社会了，应当是：毫不利己，专门利人！……"

支书说到这里，门外响起队长周四成的歌声：

> ……夜里想起毛泽东，
>
> 半夜三更太阳红；
>
> 走路想起毛泽东，
>
> 千斤担子也轻松……

支书顺着歌声，朝门外一指，问大虎道：

"哎，伙计，你带的徒弟怎么样呵？"

"你说四成？"

"是呵！"

"这小伙子挺能干！他自从接了我的班当上队长以后，才两三个月，各项工作差不多都掌握起来了……"

大虎正说着，门口响起脚步声。接着，四成进来了。他和支书唠了几句闲嗑以后，便问大虎道：

"大叔，二牛的问题，和支书谈了吗？"

"还没谈呐。"大虎说，"你就谈吧！"

四成正要张嘴，大虎又向老婆说：

"你躲开吧——我们谈工作啦！"

"咦！啥事呀，这么保密？"支书说，"我是支书，你是贫协委员，四成是队长，大嫂子是群众——加上她不是正好吗？"

接着，四成把二牛不爱牲口的事实，一件一件，说了一遍。他说完后，大虎又补充了几条。最后，支书问道：

"你们打算咋办？"

四成抢先说："我的意见是撤换他！"

大虎跟上说:"我同意四成的意见!"

支书思索了一下,说道:"你们先让贫下中农们讨论讨论,再征求一下社员们的意见,然后再由支部研究决定吧!"

"好吧!"

"还有,"支书说,"今后还要团结他。"

"我看呀,他那思想太顽固!"四成说,"改造不过来!"

"不!还是完全有可能改造过来的。"支书说,"二牛的爹娘是饿死的!在二牛二十岁以前,他家还很穷。只是后来,他的日子渐渐地抬了头,到土改时,给他定了个中农成分。像他这类的中农,应当说,是比较好教育的……"

支书说到这里,见四成、大虎在点头,又说:"不过,一个人的思想转变,可不是件容易事——一般都需要一段较长的时间,甚至还可能有几次反复……"

支书正说着,突然大虎的儿子文华进来说:

"支书,公社书记找你呐!"

"在哪里?"

"在西洼地里干活呐!"文华说,"他让你到那里去一趟——说有事跟你商量。"

"好啦!"支书顺口应了一声,又急转话题向大虎说:

"今儿晚上,咱开个学习毛主席著作辅导员会,学习一下《中国社会各阶级的分析》那篇文章,你去参加,呵?"

支书说罢,抬起屁股,向外走去。他刚出门,正巧碰见小春扛着大锄从地里回来。支书笑呵呵地说:

"小伙子,天还不晌午就回来啦?你……"

"我家来做饭——下午我有任务,吃饭晚了不行!"小春说,"支书,今晌午再到我家去吃饭吧!"

支书笑哈哈地拍一下小春的肩膀,说:

"小伙子,你相中我这个厨师啦?"

支书这句话,是"灶王爷卷门神——画(话)中有画(话)"。小春就是一口人过日子。有一回,支书到他家去吃饭,他把饭都烧焦了。此后,支书便不断到他家去吃饭，每次都是支书自己动手当厨师，并且一边做，一边教给小春。因此，这时小春憨笑着说：

"现在我已经出师了！这一回呀，既不用你动手，也保证不让你吃焦饭……"

小春正说着，那边一位老奶奶手打着凉棚喊起来：

"那是三刚不？"

"是呵！"支书说，"干啥呀大娘？"

"到我家来——给我干点活儿……"

"哈哈！大娘，又没水吃啦？"

"不！水，大虎给担满了缸啦！"老奶奶说着，走到了支书近前，悄声说，"我给你留着两个粽子呐……"

"哈哈！大娘，我还有点事儿，这个任务我完不成了！"

支书笑哈哈地说着，咚咚咚地走了。

第三章

夜色苍茫，天已小半夜了。稀稀疏疏的星星，在高空眨着眼睛。路，像一条银色的带子，从李庄伸向高庄。

今天晚上，大虎来李庄参加完了学习毛主席著作辅导员会，便走出李庄村口，顺着这条走熟了的小路，一直向着高庄走来。

他进村时，庄里静悄悄的。忽然，他见牲口棚附近，闪出一缕灯光。这时，大虎的心中，不由得高兴起来。他想："二牛转变了？——过去，他常常是早早熄灯睡觉，今天咋还亮着灯？是不是在给牲口添夜草？……"大虎心里想着，腿就拐了弯。并且，他一边走着，还这样决定："如果真是那样，到明天，我一定再把这个新情况反映给支书。"

谁知，事情与大虎的猜想正好相反。他来在牲口棚附近一看，牲口棚里并没有灯光。这灯光，是从牲口棚旁边那两间磨坊里闪出来的。他又一听，磨坊里还在轰隆轰隆地响着——显然是有人在推磨。于是，他拔腿走进去，一看，不是别人，正是饲养员王二牛。

大虎问道："磨的啥呀？"

二牛答道:"牲口饲料。"

二牛说着,忙站起身,迎过来。他把大虎挡在门口上,向天一指,笑吟吟地说:

"你看,万里无云,这雨又不下了!"

"这几天,天气闷热,空气也潮湿——我看这雨还是要下的!"大虎手指着天,在半空划了半个圈儿,"你瞧!四周的天,这不都阴上来了吗?"

二牛顺着大虎的手指望了望,故作吃惊地说:"唔呵!天都阴上来了!我这眼花了,不仔细看,简直看不清楚……"

其实,二牛的眼并不花。同时,被人称为"种地把式"的二牛,和老天爷打了几十年的交道,对于天将降雨的预兆,他也已经察觉到了。方才,他为了赶紧把大虎的视线引出磨坊,在心中着毛的情况下,才冒出了那么一句。这时,他发现"万里无云"的说法,不符合实际情况,便又以"眼花"来掩盖自己着毛的心情。

谁知,他们正在门口说着话,磨突然不响了。二牛回头一瞅,只见老牛扭着脖子,正在舔食磨上的粮食。这时,二牛觉得像舔他的心一样痛。于是,他赶忙转身去吆喝牲口了。

大虎随在二牛身后,也来在了磨跟前。这时,他突然发现:堆在磨上的不是饲料,而是小米。顿时,大虎的心里全明白了。于是,他批评二牛说:

"牛干一天活了,夜里该让它歇歇呀,你咋磨起面来了?"

这时,二牛见大虎已经发现了真相,便指着旁边簸箩里的饲料,忙解释说:"本来是磨饲料的。我顺便加了一点……"

"磨面子没关系。"大虎说,"你应当白天磨呀!"

"你知道个啥!"二牛又露出了老大哥的身份,自作高明地说,"白天用牲口,得往外拿工分!咱当阵子饲养员,别的光沾不上,再不沾这么点光?"

"你这思想不对头!"大虎这时有点火了,"你当饲养员,是为了革命,还是为了沾光?"

"嘿嘿,反正得两头都顾着点。"

二牛这样回答,大虎的火气更大了。他说:

"你这种思想,就该揭发在社员大会上,让大家好好批判批判!"

"揭吧！你没光沾……"

"我从来不想沾光！"

二牛见大虎没理解他的意思，便干脆把话点明了："你揭我，我还要揭你呐——你也用过！"

"我偷用过牲口？"

"回家问问去吧！"

这时，大虎一听，心中便想："哎呀，像我那个老婆，这号事儿是干得出来的！"他心中这样想着，便立即决定："这更要揭发了！"

其实，大虎老婆偷用牲口是这么回事：有一回，大虎老婆来要牲口推磨，正赶牲口都下地了。当时二牛说："当前牲口很忙，队长说，这两天不让社员用牲口推磨，集中牲口力量，先突击把地耩上。"二牛说到这里，又指着牲口棚旁边的磨坊，悄声说："你先把粮食放在这里，夜里来磨点吧！"大虎老婆照办了。事后，大虎老婆问二牛说："哥，我往外拿多少工分啊？"二牛一甩头说："没人知道——算啦！"你看二牛这个人——本来是他给大虎老婆出的主意，可现在，他又把这当作大虎的辫子抓上了！

这当儿，二牛见大虎面色铁青，身子也有些颤抖。作为二牛，他当然不能理解大虎这是气的，他只能认为这是吓的。因此，他心中暗喜，便笑呵呵地又说：

"大虎呵，你想想，像我这个，怎么也好说，顶多撤换我算完事！可你哩？你是有名的'社迷'，把这事儿嚷出去，你的名誉算完啦——你想想，是呀不是？……"

"我爱社，是为了名誉吗？不，是为了革命！"大虎心里这样想着，可嘴里并没有这样说。只听他说：

"你少来这一套，快卸磨吧！"

大虎说着，上前抓住了牲口笼头，接着就要解套。二牛一见火了。他上前抓住牛鼻钳，不让大虎解套。这样，他俩拉拉扯扯，直弄得牛脖子东歪西折，哞哞直叫。大虎想："这样闹牛会吃亏的！"于是，他松了手。接着，他抱起磨棍，猛力一抬，又往旁边一扭，把磨的上扇给掀到一边去了。

"我一定要推！"

二牛说着，扛起磨棍，要再把磨扇抬上去。可是，他用上了所有的力气，磨扇连动也没动。这一来，二牛更觉得气没处出了，便放下磨棍，用头来撞大虎。他一边撞，还一边说："你太欺负我啦。你打死我吧！"大虎见二牛要耍无赖，便赌气走了。

大虎往家走着，路过队长周四成的门口时，见四成的窗户还亮着灯，便推开门走了进去。

这时，四成正在学习毛主席著作。他见大虎满脸挂气地走进来，便问："大叔，干啥呀又生这么大气？"

"真少有这号人！"大虎一屁股坐在炕沿上，又从嘴里拔出烟袋，一边往炕沿上猛力地磕着，一边说，"深更半夜，偷用牲口拉磨……"

大虎这么一说，四成认为是他两口子之间的问题。因为，二牛借给大虎老婆偷用牲口推磨的事，队长周四成早就知道了。不过，四成怕他两口子闹气，并没有跟大虎说，只是悄悄地对二牛和大虎老婆教育批评了一番，最后他兄妹二人也都承认了错误，并表示往后一定改，事情也就这样完了。因此，四成现在以为大虎说的还是那件事，于是便说：

"大叔，你这脾气就是这么暴，干啥呀这么小题大做的……"

"怎么？这是小题？"

大虎瞪起了大眼。可四成还是笑呵呵，不紧不慢地说：

"就是嘛！我看她现在进步了。"

"他进步了？进步了今晚上还偷推磨呀？"

"怎么？今晚上偷推磨？"

"就是嘛！"

"是谁？"

"二牛！"

四成一听，也上了气。他拍着大腿说："真是屡教不改，这还了得！"他说着忽地站起来，就要往外走。大虎喊住他说："你甭去啦，他推不成啦！"接着，他又把今晚上的争吵过程说了一遍。四成越听越气。等大虎说完时，他气得一拳打在桌子上，说道："撤换他！"

"我同意这个意见！"大虎说，"过去的事，我已经和支书讲了。今天晚上的情况，明天你再向支部汇报一下，看看支部的意见怎么样？我们贫协也开个会，商量商量……"

"好吧，就这么办！"

"还有我那个老婆，"大虎说，"也要让她检讨。"

"那一锅，已经了结了。"接着，四成把事情的真相和了结过程说了一遍，又说，"已经了结的事情，不能重算账！"

大虎开头不同意四成的意见，所以四成说着的时候，他总在摇头。可是，他脑子一转，又觉得四成说得有理。当四成把话说完时，他没有公开反对，只是说：

"你和支书研究研究，让支部决定吧！"

…………

大虎走出四成的门口时，见前面有一个黑影，一闪，便不见了。他回到家时，又见王二牛正蹲在他的门口等他。大虎向二牛说："蹲在这里干啥？家里坐吧。"

王二牛没有理睬这话，却带气地质问大虎道：

"你干啥老和我过不去？"

"我咋跟你过不去？"

"装什么好人！"二牛说，"你和四成说的，我都听见了！"

"哈哈，原来是这事儿呀！"大虎笑着说，"你听见好呵。你要没听明白，我可以再说一遍：我建议撤换你这个饲养员！"

二牛更生气了。他以伤心的口吻说："大虎，你就不想想，这些年来，我这当大哥的，那儿对不起你？"

"你没有对不起我的！"大虎说，"可是你处处对不起集体！"

"咱公事说公事，亲戚说亲戚。"二牛说，"从前，咱们一样穷；后来，我的日子比你强了点，那时节，我对你……"

"你帮助过我，是不是？"大虎说，"我没有忘！"

"咱不提那个。我是说，如今，你的地位比我高，你应当帮助我。可是你……"

"我这就是为了帮助你！"

大虎说的本是实话。可叫二牛听来，他觉得这是讽刺，这是气话。因此，他的火气再也压不住了。他又一次提高了嗓门儿，以训斥的口吻说："大虎，你算个什么人？咱高王两家，这么近的亲戚，你这么办，就不怕人家说你六亲不认？"

"说实话吧，"大虎说，"我高大虎就认一门亲！"

"谁？"

"共产党！"

第四章

晚上。

明月当空，村庄如画。

村头上，有个大广场。广场中，有棵大古槐。这棵古槐，两搂多粗，枝长叶密，像个大伞插在地上。因此，多少年来，这古槐下，一直是高庄人们的活动场所——过去，抗日时期，大虎组织的游击队，是在这里宣布成立的；土改时，大虎主持的斗争会，是在这里召开的；合作化时，大虎创办的农业社，也是在这里举行的建社典礼……现在，大虎讲毛主席著作，在这里；队长开社员大会，在这里；文华说故事、做宣传，小春搞挑战、闹竞赛，也都在这里。此外，人们中午歇晌，晚上乘凉，假日练武，节日集会……也都离不开这棵大古槐。

今儿晚上，挂在古槐上的大钟，响着社员大会的号令。你看吧，这边，爷爷领着小孙孙，媳妇扶着老婆婆；那边，姑嫂牵着手，妯娌并着肩；前头，是一帮姑娘和小伙子们，他们一边走，一边歌唱着，说笑着，打闹着；后头，是几个队干部，他们踱着缓慢的步子，边走边谈，仿佛正在商量着什么……总之，男男女女，老老少少，成群结帮，一齐向这古槐下拥来。

古槐下，放着一张单桌，这便是大会的主席台了。社员们，高椅矮杌，长床短凳，一堆堆，一排排，密密麻麻，围桌而坐。会场上，说声混着笑声，寒暄夹杂着议论，七嘴八舌，吵吵嚷嚷。你听吧，说《创业史》的，讲《红旗谱》的，谈时事的，论家常的，评竞赛的，议生产的，形形色色，各有不同。

"同志们！注意了。现在点名啦！"队长周四成，这一声大嗓门儿，把一切的声音都压了下去。紧接着：

"高文华！"

"到！"

"刘小春！"

"有！"

"王二牛！"

"在！"

"高大虎！"

"来了！"

大虎的应声，从会场的东边传来。东边，是辽阔的田野。田里的庄稼，都丰收在望，正秀丽可观。现在，被月光一照，又仿佛镀上了一层薄金。这时，一位彪形大汉，正顺着机耕大道，昂首阔步，直奔会场而来。这就是"社迷"高大虎。

在这个时候，大虎干什么去来呢？原来他在学习毛主席著作中，碰到一些难题，他去李庄找支书研究了一番。现在，他一边走着，一边还在背念着毛主席的一段话："艰苦的工作就像担子，摆在我们的面前，看我们敢不敢承担。担子有轻有重。有的人拣轻怕重，把重担子推给人家，自己拣轻的挑。这就不是好的态度。有的同志不是这样，享受让给人家，担子拣重的挑，吃苦在别人前头，享受在别人后头。这样的同志就是好同志。这种共产主义者的精神，我们都要学习。"同时，他还用毛主席的这段话，来思考支书对"为人民服务"问题的解释。他越想觉得毛主席的教导越对，越想觉得自己的心里越亮堂。因此，他也越走越快，这边点名时，他正好听到，于是，他便高声应道："来了！"

大虎走进会场，队长周四成说："大虎叔，你向来开会到得最早，今儿咋迟到啦？"大虎饱含歉意地笑着说："串了个门子。"说罢，他便在会场的一角，找了个板凳头儿，紧靠着他老婆坐下了。

开会了。因支书不在这村，报告开会意义的当然就是队长周四成了。他一腿蹬着板凳头儿，一手摁着膝盖，向大家说："同志们！我们今天这个会，主要是解决饲养员问题。饲养员王二牛，思想越来越落后，不爱护牲口……"接着，他把二牛不爱护牲口的事实摆了出来，又说："这些问题，由贫协委员高大虎同志，向队管委会反映了意见。管委会经过调查了解，证明完全属实。因此，队委会一致同意，又请示支部批准，决定撤换王二牛这个饲养员……"队长讲到这里，会场上响起一片掌声。队长招手示意，掌声落下了。队长接着说："同意的举手！……不同意的举手！……一致通过！"又是一片掌声。掌声落下后，队长又说："现在，我们大家选一个新饲养员吧！"他简单地讲了一下应注意的问题，最后说先按作业组分组讨论，提候选人。

接着，会场一阵骚动，便很快分成了十来伙，讨论开始了。你看吧，这儿一堆儿，那儿一圈儿，有的蹲着，有的坐着，也有的手扶膝盖弓着腰！你听吧，滔滔不绝的，帮腔接舌的……真是，音音容容，各不相同。不过，他们的目标是一个——都在为挑选个好饲养员而动脑筋。

讨论结束后，第一个站起来发言的是高文华。他说：

"我们组提名刘小春！"

这时，会场上，立刻爆发了一场议论。有的说："这小伙子，身强力壮，爱社如家，能行！"有的说："这大的事，交给一个大头孩子？不行！"……这些说法，都是在悄悄议论，却还没有人站起来正式发言。正在这时，就听东北角上，有人高喊一声："我不同意！"

大家一望，这发言者是高大虎。有人问：

"大虎叔，你为啥不同意？"

"小春太年轻，没有经验。要干，还得先跟着老手锻炼锻炼。"

大虎一说，人们乱点头。接着："对！""有道理！""同意大虎的意见！"……

这东东西西的嚷声还没落尽，小春站起来了。他说："我也同意大虎叔的意见。现在，我代表俺这一组，再提出一个人：大家看看，我们那'直杆炮'赵春海怎么样？"

随后，先是一阵大笑，又是一阵议论——有的说："他口太快，心太直，头脑太简单，我看不大行！"有的说："他是下中农，思想也不坏——就是冒失点，我看没关系！"……后来，第二种意见逐渐占了上风。接着，有几个人同时喊道："同意啦！"

会场上沉静了一下。大虎又站起来说："我不同意！"

许多人几乎一齐问：

"又为啥呀？"

"他雀盲眼呵！"

"那有啥关系？"

"雀盲眼喂夜草不方便。可牲口是不得夜草不能肥的！"

大虎这一说，提醒了大家。随后，又是一片喊声："对！""有理！"在这喊声中，还夹杂着议论："大虎真想得周到呵！""他真是一颗心贴到社上了！""要不就叫'社迷'嘛！"

"别嚷，我们组提一个！""直杆炮"这一声，把数不尽的议论都压了下去，"刘老三行不？"

会议越开越热烈。现在，人们不再悄悄议论了，而是一声接一声地嚷起来："他能行！""我赞成！"小春接上话茬，加重语气说："我也赞成！"

"我不赞成！"

"大虎叔，你又为啥不赞成？"

"刘老三不壮实！"

"这又不是当兵——怕啥的？"

"经管牲口，这可不是养老的差事。"大虎站在那里，把三寸的小烟袋插进烟荷包，一边挖着一边说，"这个活儿，要轻有轻，要重有重，就分谁来干了！从前，像王二牛那号人干，确实是个轻活儿……"大虎说到这里，他老婆偷瞟了瞟二牛那红一阵白一阵的脸，心里便着了毛。她在焦急地埋怨老头子："人有脸，树有皮，你怎么能当着这么多的人，就说到人家的脸上呢！……"她想到这里，便偷偷戳了大虎一把，意思是要他别说这些事儿。大虎看出了老婆的意思。可是，他却故意把这暗事挑明了：

"你戳啥？不让说是不是？这有啥？开展相互批评嘛！"

大虎这一说，众人笑起来，他老婆闹了个大红脸。大虎又接下去说：

"这个活儿，要叫刘老三干，就是重活！大伙儿想想，他这么大年纪了，还是不让他担这个担子吧？"

真是"话不说不明"。大虎这一分析，又把人们说服了。会场沉默了一会儿。接着，急躁的小春站起来了。他说："大虎叔，你干行不行？"

这时，刚刚坐下的大虎，又一次站起来。他笑呵呵地说："大家同意我就干！"

这种少有的场景，把全场人几乎都逗笑了。这笑声中，夹杂着七高八低的喊声："同意！""赞成！""没意见！"……随后，就是一阵雷鸣般的掌声。这掌声，由高渐低，低而又高，持续了好长时间。

这时，大虎的老婆可急了。她想："这怎么能行呢？二牛哥是你告下去的，现在你又自己来干，这在人情面子上多搁不住呀！再说，两家又是这么近的亲戚，就更不像话了！"大虎老婆心里这样想，可并没向大虎说。因为，她知道，大虎不会听她的，说也不顶事。于是，只见她，忽地站起来，绕着圈儿，颠着小脚，去找队长了。她来在队长近前，咬着队长的耳朵，悄声而又坚决地说："四成呵，说啥可也不能叫你大虎叔当呀！"四成有点为难地说："我也不大同意他干！"

大虎老婆一见有门儿，就势攻上去："你想想，俺二牛哥下架，是他告下来的，眼时下，为这事，俺两家亲戚还闹得挺别扭——他要是再自己当上，这在亲戚面子上多搁不住呀！……"大虎老婆这一说，队长倒笑了。

原来，队长所以不真同意，主要考虑到：

（一）大虎的长子，在抗美援朝中牺牲了，如今，他是全村唯一的烈属；

（二）他有个腿痛的病根，一犯上来，走路都困难；

（三）他爱社心切，见活没命，有病不说，咬牙硬干！

因此，队长本心里，不忍心把这个一年四季昼夜不得闲的担子，放在这么一位有病不说、咬牙硬干的烈属肩上。会议开头，社员们分组提名时，所以都没有提到大虎，大概主要也是考虑到这些事。可是，后来人们找不到一个更合适的人，一提大虎，大虎又立即应下了，大家也就鼓掌同意了。

可是，队长总是队长。他向大家说：

"大家再仔细想想，大虎同志能行吗？……"

大虎明白队长的真实含意：是为了爱护他。不过，他为了把这副担子抢到肩上，却故意说："怎么？信不着我是不是？"

队长还是年轻，听大虎这么一说，他以为大虎真的发生了误会。于是，不好再坚持，只好说：

"好吧，大家举手表决吧！同意的举手！……不同意的举手！……只有两票不同意，少数服从多数，通过啦！"

这时，大虎在一旁看得清清楚楚——这不同意的两票，一个是他老婆，另一个是"直杆炮"。他老婆为啥不同意，大虎完全明白。可是，"直杆炮"

为啥不同意，大虎却不清楚。……

　　散会了。人群，由大帮分小帮，四处散去。有些人，一边走，还在一边议论："大虎当上饲养员，咱这牲口算入了保险柜了！""不过，我就怕他把身体劳累坏！""咱们往后得处处注意关心他呀！"……这议论声，和沙沙的脚步声一样，越来越远了。接着，家家户户，又响起了一片开门、关门声。不过，唯有大虎没有回家，他却向"直杆炮"家走去了。他一边走，一边在想："'直杆炮'不同意我当饲养员，他一定知道我的缺点——我得去问个明白，以后好改呀！"

　　大虎走进"直杆炮"的屋。

　　"直杆炮"正在灯下阅读毛主席著作。大虎为了少打搅他，进门便说："春海呵，咱谈个事儿。"

　　"啥事？说吧。"

　　"选我当饲养员，你不同意……"

　　"直杆炮"口直心也直。大虎刚露出个话头，他就想："好家伙呀！我不选你你天明等不到鸡叫，找上门来了！哼，你怎么来的，我叫你怎么回去！"于是，他便说：

　　"是我不同意，这是毛主席给我们社员的权利！"

　　"直杆炮"说的本是气话，可大虎听来觉得那么悦耳中听。他想："这话太对了。'直杆炮'也懂得这个了，太好了！"接着，他又问："可你究竟为啥不同意哩？"

　　"你不够条件！"

　　"我哪儿不够条件？"

　　"你本身，没说的。可你那个老婆，处处为个人打算！你当上饲养员，谁能保险她不会偷用牲口？"

　　"直杆炮"这带气的质问，大虎却越听越高兴。他想："对呀，对呀，提得太对了！"这时，他被春海那颗赤红的心深深感动了，他还为春海的革命见识越来越高心里乐开了花。正在这个当儿，春海又加上了一句：

　　"实话告诉你吧，你老婆不转变，下回我还是不选你！"

　　这时，大虎似乎察觉到"直杆炮"对他的来意有误会。这件事，要放在别人身上，也许要把事情解释清楚。可是，大虎这个人，从来不喜欢空口说空话来洗白自己。这时，他只是说：

"好啦，我明白啦！往后，咱'骑着毛驴看唱本——走着瞧吧！'"说罢，站起身，走了。

大虎这句话的意思是：你瞧着吧，我一定用实际行动接受你的意见。可是，"直杆炮"又想扭了。他觉得这句话中，似乎含有敌意。因此，他心头的火气，又升上来。只见他气冲冲地望着大虎的背影，悄悄自语道：

"走着瞧咋的？这是毛主席领导的天下，你敢报复人？"

"直杆炮"正在生大虎的气，大虎却正在边走边想："'直杆炮'进步了！"

…………

第五章

大虎回到家，躺在炕上，怎么也睡不着。他刚合上眼，马的影子，牛的影子，驴的影子，就都出现了。于是，他翻了个身，谁知，一合眼，一排排的石槽，又出现在眼前。后来，他刚有些蒙眬，在梦中，又被老黄牛舔醒。于是，他干脆坐起来，不睡了。接着，他点上灯，学起毛主席著作来。

大虎正学着，突然有人敲门，接着，又传来二牛的喊声：

"大虎！起来。我交班啦！"

"交班？这是啥时候？"大虎这样想着，就回答道："哪有半夜三更交班的？——我明日一早，就去接班！"

"不行！你插的蜡，你自己坐吧！"二牛带气地说，"班我反正交了，出了问题，你负责任！"

接着，咚咚咚，一阵脚步声，由近而远，二牛走了。

"二牛这是刮的哪场风？"大虎皱着眉头，想着，想着，忽然想起来了。

去年深秋，一天，大虎从县里学习回来，一进村，就见牲口棚附近，围了一圈人。于是，他凑过去，一瞅，只见二牛拿着一把钢刀，正要杀那匹白马。

那白马是刘庄队的。它怎么到高庄队来了呢？事情是这样：因为刘庄队穷，只有这一匹老马，配套有困难。马和牛配套，马快牛慢，马吃力太大，牛则有劲使不上。这样，长期下去，不光浪费牛力，马还非得窜死不可。让马单套吧，刘庄又是些沙碱洼地，土质松，崖坡多，白马一上套，就是通身汗。这样，久而久之，也得累死。后来，大虎知道了这种情况，就提出一个建议：高庄队用两头牛，换刘庄队的那匹马，两队长期换用，产权不变。这个建议，刘庄队当然赞成。因为，他们队穷，牲口少，这样，不仅可以保住白马，还增加一头牲口，用起来，方便多了。同时，高庄的社员们，也同意这个意见。因为，他们有九匹马，正少一个配套的。并且，高庄队富，这富队社员的思想，就不同于穷队：他们用马用惯了，老觉着牛太慢，不顺手。至于多一头或少一头牲口，因为他们牲口多，足够用，所以倒没人在乎。就这样，刘庄队的那匹唯一的老白马，就拴在高庄队的槽上了。

那时候，大虎还当着队长。你想呵，他见二牛要杀那白马，怎能不着急呢？只见他，豁开人，挤进去，一把抓住二牛的手腕子：

"且慢！"

"为啥？"

"为啥杀马？"

"这个倒霉精，来到咱们的槽头上，好草好料吃着，它倒烧病啦。"二牛轻蔑地说，"它呀，真是生就的穷骨头！"

"病了想办法治嘛！"大虎坚持说，"杀可不行！"

这时，四成正站在旁边。在大虎去县学习期间，四成代理队长。杀马，是他同意的。因此，他插嘴说：

"大叔，已经叫兽医看过了——兽医说，病太重，不好治。还说：'要治，恐怕药钱比马钱还多，不合算！……'"

大虎一见四成也说这样的话，更急了。他质问道：

"四成，你把它杀了，咋向刘庄队交代？"

"杀了倒好交代！"四成说，"不杀我倒愁着没法交代！"

"咋的？"

"这不明摆着吗，给它送回去吧，人家牵来时是好马，咱给人家牵回去的是病马，这怎么和人家讲？不送回去吧，治又治不好！"四成说，"因此，几个干部商量一下，把它杀掉，咱那两头牛也不要了……"

"人家要是不要牛呐？"

"那就赔他一匹马!"

"你好大的口气呀!"大虎气愤愤地说,"这做法,你跟贫下中农商量过没有?你征求过社员们的意见没有?"

四成被大虎问了个张口结舌。稍停一下,他又解释说:"我以为没问题,大家会同意的。"

"你根据啥说的?"

"共产主义风格嘛!"

"唉!你这是啥共产主义风格?!"大虎说,"共产主义风格,是牺牲自己的利益,帮助别人为社会主义事业创造更多、更大的利益。你杀了这匹马,社会上就减少了一匹马,你再赔他匹马,也只不过是从这个槽上牵到那个槽上,这给社会主义创造了什么财富?"

四成又被大虎问住了。他涨红着脸,低下头,再不吭声。这时,二牛却上了火。他赌气把刀一扔,"当啷"一声摔在地上,气冲冲地向大虎说:"好啦,不杀啦!咱可先说明白:这马算交给你了;它死在我手里,我可担不了这个责任!"

"好吧,我担这个责任!"大虎说着,牵上白马,回家去了。

四成随后追到大虎家,又以记工员的身份向大虎说:"大叔,你喂养一个时期也好,队上每天给你记二分工!"

大虎一听,风趣地说:"四成呵,你要看到工分眼热,把马牵到你家去吧!"

"不,不是那个意思!"

大虎笑了:"四成,你这是来调动我的积极性,是不是?"四成含笑未答。

大虎又说:"四成呵,注意调动人的积极性,这是对的。不过,调动积极性的方法,要政治挂帅,思想领先,不能光靠物质刺激!"

四成会意地点点头。接着,他又说:"大叔,你说的这道理很对。不过,你为集体照顾牲口,应当给你记工呀!"

"啥叫应当?"大虎说,"党救了我的命,我去给谁记上几分工?"

…………

从此后,大虎一面到处打听偏方儿,给马治病,一面精心喂养。三个月后，马的病彻底好了，并且肥壮起来。于是，他又牵上马，送回了饲养棚。并向二牛说：

"这马正发情，给它配上种吧！"

二牛一听，烦了。他说："得啦得啦！你少来给我添事吧，我够累的了！"

"为了社会主义嘛，受点累……"

"你这是哪号的社会主义？"二牛说，"这马又不是咱队的……"

"我这是正字号的社会主义！"大虎说，"刘庄队现在只有这一匹马，要是我们给它配上种，多繁殖几匹，不就配起套来了吗？这对社会主义，大有好处！"

二牛说："马生马，是头蜡！要侍弄不好，这马有个三长两短，咋和刘庄交代？那不是自找蜡坐！"

大虎还想和二牛解释，可是二牛已经走开，根本不想再听了。大虎无奈，只好走了。

此后，大虎又和干部们商量。干部们有同意的，也有不同意的。不同意的人皱着眉头说："哎呀，往前活儿正忙，要是牲口占怀的多了，可影响生产呐！"

"咱队当前的生产，可能受点影响，这没问题！"大虎解释说，"可是，从社会主义的大家庭来说，从共产主义的长远目标来看，对生产是大大有利的。"

"可是，远水解不了近渴呀！眼时下，咱队正和刘庄队闹竞赛，全仗凭这些牲口呢！现在，咱自己的牲口，已经有好几头占怀了，要是它再占上怀，顶着班儿干活的就更少了！"

"竞赛为了啥？"大虎说，"我们不能为争夺优胜红旗而竞赛，我们要争的，是那杆社会主义、共产主义的大红旗！"

这时，有的人被竞赛红旗迷住了心窍。大虎甭管咋说，有的人总是不大同意。最后，会议也没有取得一致意见。

事后，有一天大虎去耕地，见那白马又发了情，便把犁卸在地里，牵上马，上了配种站。配完种，他掏出一块钱，交上配种费，一边往回走，一边乐呵呵地想："一块钱买匹马，真便宜！"回到地里，天已黑了。他套上犁，便回了家。

晚上，记工时，大虎说："给我记上三分。"

因为耕地一天大都是六分工，所以记工员周四成吃了一惊："大叔，你这是咋的啦？"

"不是耕一亩三分工吗？"大虎说，"我就耕了一亩，不记三分记多少呵？"

"你咋耕了一亩？"

"你要检查检查我呀？"大虎笑哈哈地说，"放心吧小伙子，你大叔不偷懒的！"

这时大虎的想法是：种也不一定配上配不上，我要如实说了，还要给我多记工，又要还我配种费，那就麻烦了！因此，他就这样搪塞过去了。

可是，从这以后，他就经常去观察这白马的情况。后来，他发现种果然配上了，这才向饲养员王二牛说：

"往后，你要注意照顾这匹白马……"

"为啥？"

"它怀孕了。"

二牛一听，哈哈笑起来："笑话！没配种，会怀孕？"

"配上啦！"接着，大虎把配种经过说了一遍。

二牛一听，火了。他说："你还是把这头蜡插上了！咱先说清楚：到老马生马时，这蜡可得你自己坐，我是不负这份责任的！"

…………

现在，大虎想到这里，一下子乐了。他自言自语地说："准是那白马生驹了！"

于是，他翻身爬起，披衣下床，直奔牲口棚而去。

大虎来在牲口棚，一看，不错！果然是那白马生马了。说来也怪，这还真是一头蜡：白马偏偏是个难产。大虎这么顺，那么摸，一直侍弄到东方发亮，小马才落地。

这时，大虎一看是个母马，更喜坏了。他一边在给小马擦洗，一边望着牲口棚里的红马群，心里高兴地想："等不上十年八载，刘庄队也能有这么一群了！"

第六章

天还不大明，饲养棚里就满了人。人们围着这赛过老虎似的小马，都喜笑颜开，议论纷纷。有的说："好呵，我们社会主义的大花园里，又添上了一朵花！"有的说："这也是我们队对刘庄队的一点贡献呵！"还有的说："这件事亏了大虎叔，应当记到他的功劳簿上！"

人们这七嘴八舌的议论，大虎都没听见。这时，他正在聚精会神地帮助小马吃奶。从小马落地以后，他这是第三次帮它吃奶了，结果是和上两次一样，又失败了：老白马始终没有奶。这时，小马唉唉直叫，叫得大虎很焦心。

正在这个节骨眼上，队长周四成说："大叔，你一夜没睡了，快回去歇歇吧。我来看着它！"

大虎没吭声。

大虎老婆又说："饭早就熟啦，你快去吃点吧，要不就凉啦！"

"我顾不得那个！"大虎指着小马说，"这小家伙还没'吃饭'呐！"

有人问："咋的呀？"

大虎说："老马没奶！"

"那没关系！"一个人说，"催奶的法儿多着呐！"

接着，你一言，我一语，都介绍起催奶的办法来。一会儿，催奶法儿便说了一大堆。这时，有人说："那是以后的事！眼下咋办呐？"

这一句，大家都闷了宫。只见，一张张的脸上，都皱起了眉头，现出了愁容。过了一阵，好开玩笑的"直杆炮"指着一位抱孩子的妇女说："喂！你给奶奶不行？"这一句，把人们都逗笑了。那妇女笑着说："我这奶已经断了！要是有奶呀，我真奶奶它！"接着，又是一片笑声。

这当儿，大虎也满脸笑开了花。不过，他没有笑出声。因为，他的笑，跟别人不同。原来，人们这玩笑话，使他想起一件事来——前几天，他那教书的闺女，生了一个胖娃娃。现在，娃娃已经被奶母抱走了。大虎想到这里，便笑眯眯地跟老婆商量：

"哎哎，你到咱丫头那里走一趟好不？"

闺女刚报了喜来的时候，老婆曾几次催大虎去看看，大虎总说队上活忙，没有去。后来，老婆决定自己去，大虎还一再嘱咐："快去快来，可别为这小事耽误队上的活儿！"因此，现在大虎这么一说，老婆又惊又喜，便问：

"干啥去？"

"向她要点奶来，"大虎指着小马说，"救救咱这小宝贝……"

大虎这个主意，有人支持，有人发笑，他老婆是又笑又气：

"去你的吧，俺才不去哩！"

"你不去我去！"大虎又指着小马，转向队长说，"你看着它！"

队长高声应下了。

大虎真要走，他老婆更急了："你真去？你这当爹的，咋跟孩子说呀……"

大虎笑呵呵地说："不用你担心，我张嘴就说！"

大虎说着，走出门去。大虎老婆追到门口，只见大虎往南一拐，人没影儿了。

这高庄南边，就是冯庄。大虎的闺女高文清，就在这冯庄教书。这冯庄，距高庄五里路。

此刻，刚刚露头的太阳，被饱含着水分的空气包围着，显得有些朦胧。天空，是银色的，透明的，匀静的，这是一种将要下雨的预兆。大虎顺着大街，走出村庄，穿过果林，绕过鱼塘，踩着露水，披着曙光，踏上了机耕大道。接着，又跨公路，过小桥，健步如飞，一直向着冯庄奔去。

今日，正是冯庄大集。自从集体化后，每逢农忙季节，人们怕耽误队上的活儿，买的卖的，大都是起早赶早市。这时，尽管太阳才刚刚升起，集上已经满了人。你看吧，各式各样的帐篷，高高低低，架架相接，势如岸边的船帆。形形色色的农具，大大小小，成罗打垛，犹如一座座的小山。菜市里，大车小辆，葱绿一片。布市里，长台短案，万紫千红……在这数不清的车辆、帐篷和摊案之间，是一片人的海洋。男男女女，老老少少，肩撞着肩，头挨着头，背磨着背，胸擦着胸，拥拥挤挤，吵吵嚷嚷，一片嗡嗡的人语，就好像那深夜之中的涛声。总之，这个小小的乡村集镇，充满一片繁荣的景象。大虎来在集上，他顾不得细看这一切，只是挤呀挤，挤呀挤，一直奔着学校的方向挤去。

大虎来到学校。他闺女正在休假。她一见爹来了，先找座，后泡茶，空儿里又递过一把扇子。她一边忙着，一边问：

"爹，你这忙人，咋也有工夫来玩玩呀？"

"我可没有工夫玩儿……"

"噢！来赶集的？"

"不是。"

闺女纳闷了，有些不安地问："爹，咱家有事呀？"

大虎把那三寸的小烟袋插进烟荷包，一边挖着烟，一边应道："对啦。"

"啥事儿？"闺女惊慌起来。

"刘庄队的白马生驹啦！"

闺女一听，心里好笑：原来是这事呀！可她又想："老马生崽，找我干啥？"可她还没问，又听爹说："可是，老马没有奶奶。"

大虎的话，闺女听得倒挺明白。不过，她怎么也琢磨不出爹是个啥意思。因此，她只好顺口"呵"了一声，眼望着爹的面孔，期望他再说下去。谁知，这时大虎只是挖烟，再也不说什么了。说实话，大虎来时，觉着"张嘴就说"，可是，现在闺女已经站在面前了，他却又觉得这话不知该怎么说好了！他想呀想，想了半天，还是这样开了腔：

"文清呵，你爱不爱社会主义？"

文清觉得又奇怪，又好笑。笑答："当然爱了！"

"真的假的？"

"真的！"

"那你就为社会主义出点力吧——你挤出些奶子来……"

"喂小马？"

"对啦！"

文清笑着，脸似红非红，说道："好吧！爹，你等一等，我去找个瓶子来。"她说罢，闪身走了。

过了一阵，文清回来了。她把手中的瓶子向爹一举，涨红着脸，笑着说："爹，给你！"

大虎接过瓶子，见瓶子里装了一些奶汁，心里高兴极了。只见他，两眼瞅着白花花的奶汁，满脸笑成了一朵花。并且，他的嘴里还在不住地自语：

"这就好了，这就好了……"

突然，大虎嘴里的话儿塞住了，他脸上的笑容也消失了。这时，他目不转睛地瞅了一阵瓶中的奶汁，又抬头望了望文清瘦而黄的脸，不由得长叹了一口气。文清见这情景，忙问道："爹，你嫌少？我……"

大虎摇摇头，没有吭声。这时，他的心里想："我要把这件事告诉孩子，好让她更好地为人民服务……"大虎心里想着，装上了一袋烟。又抬头望了望文清，文清正以惊奇的目光望着爹，在期望着爹说话。于是，大虎便开了腔：

"孩子呵，你的体质这么弱，你可知道是什么原因吗？"

"当然知道！"文清说，"从小跟着穷爹穷娘，吃糠咽菜……"

"孩子呵，"大虎叹了口气说，"不光是因为这个呀！

"还有啥？"

"还有你在吃奶期，没有吃上奶！"

"我娘没奶？"

"不！你娘的奶，全喂了狗了！"

"喂狗？"

"是呵！"大虎说，"你娘用奶换了红高粱。你娘那奶，都喂了大地主刘三孬那条'老狗'了！"

这时，文清的眼圈儿红了。接着，两颗亮晶晶的泪水，顺着她那消瘦的脸板滚下来。与此同时，大虎的眼睛也湿润了。他努力抑制住自己，才没让那泪水流出来。于是，他镇静了一下，接着说：

"孩子呵，爹娘不是不疼你呀，是因为一家老小都饿着肚子，被逼无法啦……你甭恨爹，也甭恨娘，要恨那人吃人的旧社会！"

"爹，我明白！"

"明白就要更积极地干革命，多为人民服些务！"

"爹，你老人家放心吧！"文清说，"我一定对得起解救了我们的毛主席……"

"那好呵！我走啦！"大虎说着站起身。接着，他回手拿起桌子上的奶汁瓶子，又向闺女说：

"文清同志，我代表高庄的——不，农业战线上的社员们，向你这位人民教师表示感谢！"

大虎说着，把那只粗大的手向闺女伸过去。这时，文清的两只手紧紧抓住了爹的手。只见，她的眼里，又有一颗激动的泪珠滚下来。

此刻，鲜红的太阳已经升起了三竿高。文清觉得心里暖和和的，身上也增加了力量。她陪同爹走到门口，目送着爹的身影，在久久地沉思着，沉思着。

宽阔的大道，静静躺在早晨的阳光下，愈显得恬静、开朗。大虎顺着大道，向高庄走去。

第七章

早饭后。

大虎打发"出勤"的牲口下了地，又把"休假"的牲口牵出来，拴在棚前木桩上。接着，他又拿来了梳子、扫帚、脸盆，给牲口梳洗打扮起来。你看吧，他先用扫帚扫，后用梳子拢，然后又用水洗，用布擦，就像旧社会的老太太打发闺女上轿似的那么认真。

大虎正忙着，他老婆来了。只见她，肩上背着粮食，手里拿着箩，腋下还夹着个簸箕，颠着小脚，一步三扭，劲呀劲地走着。她腿在走，嘴还在嘟嘟：

"唉！咱这个命呀，活像个守寡的：做饭没人抱柴火，推磨没人抬簸箩……"

大虎老婆正嘟嘟着，一抬头，看见了老头子。这时，她的火气更大了：

"唉，唉！你呀你呀！你正事一点不管，整天忙这'闲篇儿'……"

"唔！你不懂，这可不是'闲篇儿'！……"

"还不是'闲篇儿'？牲口是畜类，用你给它这么梳洗打扮的？"老婆说，"你干脆给它买两盒子粉擦上吧！"

"你知道个啥！这不是为了好看，牲口身上不干净，要生病的！"大虎说，"咱俩这活儿相比，我这是'正业'，你那是'副业'……"

"怎么？我这是'副业'？"老婆质问道，"你吃饭不？"

"当然吃了！"大虎说，"不过，吃饭是为了革命，可不是革命为了吃饭。革命是目的，吃饭是手段。手段要服从目的……"

"甭管'手短（段）''手长'，你只要说吃饭，那你就得帮我推磨！"

"那你呐？你给牲口洗澡呵？"

"俺没这闲工夫！"

"那我哪有工夫推磨呀！"

"这要啥紧哩？你不用弄这玩意儿……"

"这个比你那个要紧！没牲口咋种地？种不好地，哪来的粮食？没粮食，你推个啥？"大虎一边忙着，一边不紧不慢地说，"老伙计呀，还是我这个重要……"

这时，老婆觉得没法跟他生气，便走进磨坊，去收拾绳套了。她一边忙着，又和老头子嚷道：

"你不推也罢！可得给头牲口呀？"

"牲口？没有喽！"

"没有？"老婆指着棚外的牲口说，"这是啥？"

"它们是'休假'的，今儿不'上班'！"

"那怕啥的！人家二牛哥……"

"怎么？你还没有改呀？上一回……"

大虎一提"上一回"，老婆沉不住气了。她忙打话巴说："得啦得啦，不叫使拉倒，那你就和我抱着棍子推呗！反正不能吃囫囵粮食……"老婆一边嘟嘟着，一边往外走。她走到门口，又指着粮食向老头子说："我回去拿簸箩，你看着这粮食，听见了不？聋子！"

大虎顺口应道："听见啦！"

大虎老婆走后，大虎一边忙着，一边在盘算牲口棚里的活儿。他觉得：槽该刷洗，栏该打扫，墙根该砌，棚顶该泥……他越想活儿越多，不由得自言自语说："哎呀！这些活儿，今天怕干不完呀！"正在这时，他突然想起小春来了："今天是小春的休假日，我叫他来帮帮忙吧……"他想到这里，便抬腿走出门，去找小春了。

小春家离牲口棚不远。大虎三迈两迈就来到了。他进门时，小春正在烧火做饭。只见，褐黄色的浓烟，夹杂着白蒙蒙的热气，一团团，一缕缕，从门口里，从窗棂间，腾腾地冒出来。又见，屋里边，黄烟触地，白气顶梁，就像大雾的早晨，啥也看不清楚。只是听见灶门前，在响着小春那被浓烟熏呛的咳嗽声。这时，站在屋门外边的大虎，不由得闻声泪下，心如刀绞，一种阶级同情感，在猛烈地撞击着他的心，弄得他那颗饱经风霜的心，在剧烈地跳动着。就在这当儿，一段往事在他的脑海里闪过去：那是二十多年前，小春才三岁，小春爹就饿死了。他在临死前，抓住大虎的手说："我那穷兄弟呀，我不行啦，小春这孩子，交给你吧。你去要饭，带着他……"

大虎回忆着这些往事，又想到小春现在还没有结婚，一个人过日子，既当男又当女，顾里顾不了外，顾外顾不了里。因此，他把吃饭当成了"兼差外带"，经常是凉一口、热一口，早一顿、晚一顿。这时，大虎觉得这几年来，自己对小春关心得太不够了。

大虎想到这里，便迈步进了屋。他进屋后，嗅到一股野菜味，便问道：

"小春，锅里煮的啥呀？"

"饭。"

"啥饭？"

"家常便饭。"

大虎不信，一伸手便掀开了锅盖。一看，锅里是半米半菜，正在咕嘟嘟地翻滚着。他嘭地盖上了锅，回手揭开了粮缸。一看，缸里的粮食，已经不多了。这时，大虎想："小春分的粮食不少呵！应当有剩余才对，怎么吃得这么快呢？一定是这孩子不会过日子，有米一锅，有柴一灶……"大虎想到这里，便教育小春说：

"小春呵，你不要认为粮食分到自己手里，就是自己的了，可以爱怎么糟蹋就怎么糟蹋，这不关别人的事！你要知道，在我们的社会主义制度下，国家的、集体的、个人的，都是互相连着的——国家的和集体的，都有个人的一份儿；我们个人的财产，也是来自集体、来自国家，所以，应当用于集体、用于国家……随便浪费粮食，不管这粮食贴着什么字号的标签，都是不对的！……"

大虎这种说法，可屈枉了小春。因为，小春的口粮并没浪费，都叫牲口吃了。过去，二牛喂牲口时，牲口常常喂不饱。因此，小春怕把牲口累坏，每逢使着牲口下地时，怀里总要揣上两个干粮，等牲口干累了，他就把这干粮填在牲口嘴里。有时候，就是干粮不多了，他宁可自己少吃点，也从没在牲口身上打过算盘。可是，这么喂来喂去，就把自己的口粮喂光了。小春也真称得起是"社迷"的"徒弟"，他用干粮喂牲口的事，只有牛知道，他知道，从没跟谁说过。现在，尽管大虎已经批评他"浪费"了，他憨厚地笑着，只是说：

"大叔，饭做熟了，咱院子里说吧，屋里太烟了！"

他们来在院子里，坐在石榴树下，大虎接着说：

"小春呵，你要知道，勤是摇钱树，俭是聚宝盆，勤俭是咱贫下中农的优良传统。你还要记住：你的爹娘和爷爷奶奶，都是因为没有粮食吃而饿死的……"

大虎说到这里，见小春一直低着头，不吭声，便又说：

"你吃了饭，到牲口棚里忙活忙活，咱爷儿俩一边干着活儿，再仔细拉拉……我走啦。"

大虎来到牲口棚，一眼望见了他老婆背来的粮食，就想：

"小春的粮食不够吃，把这粮食先借给他吧！"于是，他哈腰背起粮食，又向小春家走去。

可巧，大虎正要出门，跟他老婆撞了个满怀。他老婆一见大虎背着粮食要往外走，一下子就火了。她拉住大虎问道：

"你又往哪里背？"

"小春家。"

"干啥？"

"他的粮食不够吃了！"

"他分了那么多粮食，还不够吃？"老婆说，"我不信！"

"是呵！他分的粮食是不少，这孩子一定是不知道节约！"大虎说，"我还要去教育教育他呢！"

这时，大虎老婆虽然见老头子把粮食背走心疼，可是，她听说是借给小春的，火气又消了。因为，小春是在大虎两口子的手下长大的。在大虎老婆的心里，小春比文华差不了多少。因此，她没有再说啥，便让大虎把粮食背走了。

大虎刚走了不远，迎面又来了周四成。四成问道：

"大叔，背的啥呀？"

"粮食。"

"往哪里背？"

"小春家。"大虎说，"这孩子，不知道节约，粮吃完了……"

"大叔，小春的粮食没有浪费，他都偷喂了队上的牲口了……"

"哦？"大虎惊喜地问道，"你咋知道？"

"大叔，你不是让我注意调查研究吗？我是调查了解出来的。"四成说，"有一回，小春赶着牲口下地回来，我见牲口嘴上沾着粮食末儿，就以为是小春没有把牲口看管好，让牲口偷啃了庄稼。于是，我便把小春批评了几句。当时，他虽然没有说啥，可是我从他的表情上，已经看出了我批评得不对头。事后，我到地里看了看，庄稼毫无损伤，觉得这里边更有文章了！接着，我就向在附近干活的人们调查了解，有人告诉我说：小春用干粮喂过牲口，他是在旁边偷看到的……"

这时，大虎一听，觉得有一股热流通过了周身，感到格外舒服。他觉得小春在革命化的道路上，又前进了一步，他为多了一个全心全意为了社会主义的社员，而感到高兴。他还发觉，在调查研究问题上，这回四成超过了自己，他在为自己的接班人，正在从各方面一点一点地超过自己，而感到宽慰和幸福。这时，他觉得心里热滚滚的，真想说："四成呵，你又进了一步！"可是，这话并没说出口来。因为，大虎这个人，从来是不喜欢说这类话的。大虎正想着，四成又说话了：

"大叔，你把粮食背回去吧！"

"为啥？"

"我这就回家给他弄粮食！"

"你那粮食有蜜？"

"我的粮食余剩多！"

"我也吃不了！"

大虎说罢，又继续向小春家走去。大虎刚走了几步，见有一条长虫在道上爬着。于是，他又回过头，向四成说："四成呵，天要下雨了。你先考虑考虑，下了雨，农活怎么安排……""好啦！"四成应声而去。

大虎进门时，小春正掀锅。只见他，一手拿着勺子，一手端着碗，一边在盛着那半米半菜的饭，一边在轻哼着小曲：

>……干活想起毛主席，
>
>汗如河水不觉累；
>
>吃饭想起毛主席，
>
>粗茶淡饭甜如蜜……

小春见大虎走进屋，就问："大叔，背的啥呀？"

"粮食。"

"粮食？"

"是呵。"

"干啥？"

"你不是粮食不够吃吗！"

"谁的？"

"管谁的干啥？治饿就行呗！"

"大叔，你的？"

"我的！咋的？你吃了闹肚子？"

"大叔，我……"

这时，小春的心里想："我是一个年轻力壮的小伙子了，怎么能再吃大叔的粮食呐！"大虎了解小春的为人，因此他猜出了他的心情。在这种情况下，要让别人也许这样说："小春呵，你把口粮喂了集体的牲口，我借给你粮食吃是应当的。"兴许还会再加上一句："方才我不该批评你，我错了！"可是，大虎没有这样说。他说：

"小春呵，咱们虽然一不沾亲，二不带故，既不同宗，也不同姓，可是，咱都是一条苦根上的人，这比啥都亲近呵！"

此刻，小春觉得一股暖流传遍全身，他仿佛透过这一颗颗的粮食，看到了阶级弟兄们那真诚的心。只见他，一头扑在大虎的怀里，久久地说不出话来。接着，一颗激动的泪珠滚了下来。

大虎这个人，在地主的皮鞭下，在蒋匪军的刺刀面前，在那饥寒交迫将要夺去他的生命的时刻，他从来没有掉过泪。可是现在，他眼睛望着小春那绿乎乎的饭碗，心里想着他用自己的干粮喂集体的牲口的事情，觉得心颤抖了一下，一颗泪珠也滚了下来。在这种情况下，他这个向来不肯空口夸奖人的人，也口不由主地说出了这样的话：

"小春呵，好！你不愧为贫农的后代！"

这难得的赞扬，使小春这很少红脸的人，脸色也变红了。他有些不好意思地说：

"大叔，这算了啥呀！我们的革命老前辈，为了社会主义，不怕流血牺牲，难道我们还怕吃苦吗！"

"对！要做一个这样的人！"大虎说着，突然察觉小春的脸庞似乎瘦了些，一种父辈的感情又笼罩了他的心头，于是他又接着说，"我们革命人的身体，不是属于自己的私有财产，而是革命的本钱！因此，我们对它的态度应当是：当革命需要的时候，应当毫不犹豫，挺身而出；可是，在一般情况下，必须爱护它。"

这时，小春微笑着点点头说：

"大叔，这粮食我收下！"

第八章

晌午。

久旱不雨，天气闷热。狗，伸着长舌，到处乱窜。蚂蚁，成群结帮，在洞口爬进爬出。村头河边，杨柳树下，满是歇晌人。他们，正在养精蓄锐，准备起晌后，大干一场。你听，幸福的鼾声，此起彼落，震撼了这宁静的小村。

此刻，新上任的饲养员——高大虎，没有歇晌。他正为集体的牲口，精心地操劳着。你看，这个五大三粗，貌似张飞的黑大个儿，当上了饲养员，就突然变得像绣花姑娘那样细心了。只见他，把一筛子草端在手中，筛了又筛，拣了又拣，然后这才倒进槽去；当各个石槽都添好草以后，他又悄悄站在一边，笑眯着眼睛，半侧着耳朵，观察着牲口吃草的动作，倾听着牲口咬草的声音。这时，他觉得，这些动作比舞蹈还好看，各种不同的声响，比音乐还好听。不过，他站在这儿可并不是为了享受，他要找出每头牲口吃草的特点，以便分别不同情况，因畜饲养，好更快地把它们喂肥养壮。这时，大虎的视线，由左到右，又由右到左，在这十八头牲口身上，一遍又一遍地巡视着，巡视着。突然，他的视线在一匹桃红马身上停住了。

这匹老马，原来是地主刘三孬的。土改时，分给了贫农高大龙。后来，大龙带着这匹马，加入了农业社。那时节，农业社既小又穷，牲口少而且弱，只有这匹大马，撑持着农业社的半边天。因此，一天夜晚，刘三孬瞅了个空子，持刀闯入牲口棚，想偷偷捅死这匹马。正在这时，高大龙一步赶到，赤手空拳与他展开了搏斗。结果，把马保住了，大龙却身受重伤。事后，刘三孬伏法了，高大龙也因伤重而死了。大龙临死前，把贫下中农们叫到床前说："穷爷们儿呵，我本想为建设社会主义多出点力，看来不行了！希望你们，把我救下来的这匹马，喂养好，保护好，让它为社会主义多出点力……"从那至今，这匹马已经繁殖了五代，为集体生产立下了"汗马功劳"。

大虎想到这里，他接任时支书讲的几句话，又在他的耳边响起来："伙计呀，这些牲口，是咱队上的半边家当，这些马匹，是我们死去的大龙同志用鲜血染红的呀！现在把它们交给你，我相信你一定能对得起广大社员，一定能对得起死去的大龙同志……"这时，大虎觉得肩上的担子，更加沉重了。同时，他也觉得自己的工作，更加光荣了。于是，他在想："今后，我怎样干法，才能把这个工作完成得更好呢？……"

按照大虎的生活规律，每到这个时候，他就要向毛主席请教。于是，他又给牲口添上一次草，便从衣袋里掏出了《为人民服务》，坐在槽边学起来。《为人民服务》这篇文章，大虎已经学过好几次了。不过，今天他才第一次把张思德和高大龙联系起来。他从张思德想到高大龙，又从高大龙想到张思德。接着，他又以毛主席对张思德之死的评语，来对比高大龙之死，这时，他觉得大龙的形象更高大了，也更可爱，更可敬，更值得学习了。

大虎正在沉思，棚外风声大作。于是，他咚咚两步，跑出棚去。朝天一望，呀！老天爷要变脸了。只见，黑乎乎的老云头，好像千山万岭，出现在西北天角。云端里，电在闪，雷在鸣。风，越刮越紧，越刮越猛，直刮得尘土漫天，草叶飞舞。云乘风势，扑头盖顶，压将过来。天空中，先昏黄，后晦暗。不多时，就像一口大锅，扣在了头顶上。紧接着，一道电闪，一声炸雷，铜钱般的雨点，稀稀拉拉，落了下来。这雨点，敲打着地皮，敲打着棚顶，敲打着大虎的心。

这时，大虎的心里，似喜非喜，似忧非忧，忧中有喜，喜中有忧，忧喜交加，纷乱如麻。论庄稼，早就该下雨了。尽管水车响，辘轳转，马达彻夜不停，在久旱不雨的情况下，庄稼依然色黑苗肥，没有停止生长。可是，来上一场适量雨，毕竟还是庄稼的需要，农民的愿望。作为被称为"社迷"的高大虎，怎能不喜哩？可是，他一想到牲口棚，又产生了无数的忧虑：棚顶没有泥，雨大了，会不会漏？墙根还没砌，风一吹，雨一打，会不会倒？……这些问题，大虎一上任就发觉了。可是，因为他接的是个烂摊子，需要干的事很多，如牲口的身上很脏，槽里恶臭，棚里的粪尿乱滚乱流……因此，他一上午就忙于扫牛背，刷石槽，除粪尿，垫栏底。这些事刚忙完，下地的牲口又回来了。因此，泥棚顶，砌墙根，还没顾得搞。像这类事，原来的饲养员王二牛，根本就没有看见。要放在别人身上，也许看见后，要让队长派人来干。可是，大虎不会这样。他想："如今正是大忙季节，劳动力很紧张，这点活儿用不着给队长添事！"于是，他决定：起响后，打发牲口下了地，紧紧忙上一下午，就能干个差不多。谁知，老天爷没有给他留空儿，现在雨已经下起来了！他又怎么能不忧虑呢？

这时，只见大虎，像屁股上长了刺，脚下着起了火，坐也不是，站也不是。一会儿，他猫下腰，瞅瞅墙根；一会儿，他仰起脸，望望棚顶；一会儿，他跑到棚口，看看雨情；一会儿，他又扭过头来，瞧瞧牲口……好像一只老虎乱撞笼子。

这当儿，大虎越来越急，雨也越下越大。先是如瓢泼，继而如盆倾，后来，就像天河脱了底，千万条雨线连起来，天地之间一片白。风，也越刮越暴了。牲口棚外的树木，有的被风折去枝丫，有的拦腰而断，有的连根拔起。这个孤孤零零的牲口棚，就像一只破船，飘摇在狂风暴雨之中。不多时，牲口棚漏水了。深褐色的水点，滴滴答答，落在马背上，落在石槽中。在给地主扛活时，和牲口打过不少交道的高大虎，是知道牲口吃了漏房水要得病的。可是，不知好歹的牲口，还是在舔着，吃着。于是，大虎赶紧把槽中的草收出来，又把牲口牵到不漏的地方。谁知，这棚顶是越漏越厉害。开头还是滴滴答答，接着便是稀里哗啦，后来，简直是没有不漏的地方了。原来，大虎把牲口从南边挪到北边，从东边挪到西边，现在，处处一个样，再也没处挪了。于是，他便把自己的被子、褥子，搭在马背上。接着，又脱下了自己的褂子、汗襟，盖在牛脊上。可是，这怎么能解决问题呢？还有更多的牲口，赤裸裸地被水浇着，已经成了落水鸡。这时，大虎直疼得头似针扎，心如刀绞，两眼冒火，双耳钻烟，肺，也快炸开了！

正在这时，大虎的老婆，蒙着雨布，踏着泥水，踉踉跄跄跑了来。只见她的脸上，三分惊色，七分怒气，黑中套黄，黄中套青，比外边的天还阴森可怕。她一进棚，就大声小气地吵嚷道："走，快跟我走！""哪儿去？""家去呗！""干啥？""咱那房塌了一个窟窿，水哗哗地往里灌……""先不用管它！""你说啥？""你看我这里，顾得过来吗？""哎呀，我那天哟！"老婆急得一拍巴掌说，"你儿守在机器房里不管家，你守在牲口棚里不管家，咱这家还要不要呀？""咋不要呀！""你要，你要！你再去晚了，房就要泡倒了！""那也没办法！总得先要社后要家呀！"要在过去，大虎还要狠狠顶撞老婆几句。可是，自从支书教育他以后，他知道那种粗暴的方式不对头了，所以，今儿他压住心中的火气，又解释说："文华娘，你想想，咱那几间房子，就算倒了，能值几何？这些牲口，要是出了危险，那是多大的损失？你咋连这个账也算不过来呢？"这时，老婆觉得老头子说得有理，没有插嘴争辩。大虎又接着说："再说，咱那房子受了损失，是一家一户的事，这牲口要受了损失，是全队集体的事。集体的事和个人的事放在一块儿，集体的事再小也是大事，个人的事再大也是小事……"大虎一边说着，一边揭下老婆身上的雨布，披在马身上。"怎么？我还不如你那马值钱？"老婆有点急了。大虎笑着说："你急啥？你听我说呀，这匹马怀驹了。要有个好歹，就是两条命。你忘啦，当你生孩子的时候，我不是比这个还关心吗？"大虎说着，摘下自己头上的草帽，扣在老婆的脑袋上。这一来，倒引出了老婆的几丝笑容："看你！到啥节骨眼啦，还有心逗笑谈！""你瞧，又一匹马淋不着了，我怎么不高兴呢……"

"哗啦啦！——"这突如其来的一声响，打断了他两口子的话弦。大虎猛抬头，往响处一望："哎呀，不好了！"原来，大虎最担心的那堵墙，正在张砖落土。牲口棚的顶盖，随着墙壁的渐渐歪斜，正在徐徐下沉着。这时，大虎老婆吓得叫起来，一把拉上大虎："快跑！"此刻，大虎正在紧张地考虑：如何挽救这棚牲口？他根本就没有逃跑的念头。可是，情况紧急，不容他多说。于是，他就着劲儿，猛力一推，把老婆推出了棚外。只见老婆侧侧晃晃倒退了几步，扑通！摔倒了。砸得泥水四处飞溅。

回头来再说大虎。他把老婆推出以后，根本没睬老婆一眼。只见他，一个箭步蹿过去，跃身登上石槽，一侧肩，一挺腰，把正在下沉的梁头扛住了。要在平日，就凭这个棚顶的重量，有两个大虎也扛不住。可是，今儿个，他浑身上下添了无限的力气。他在登上石槽以前，啥也没顾得想，只是想道："我一定要扛住它！"真是决心就是力量，现在他果然真的扛住了！这时，他本想一面扛住梁，一面让他老婆去叫人。谁知，由于肩上的压力太重，不用说张口说话，就连换气也困难了。因此，他只得上牙咬住下唇，屏住气，坚持着，坚持着！这时，支书在贫下中农会上讲过的话，突然在大虎的耳边响起来："我们贫下中农，是革命的硬骨头，就是天塌下个角子，也能顶住它！"过一阵，大虎的头，渐渐有些晕了。但是，只有一点，他始终是清醒的，那就是：扛住它！坚决扛住它！

再说大虎的老婆。她从泥水中挣扎着爬起来，浑身上下，已经成了一个泥猴。这时，她也忘了害怕，忘了一切，一头冲进牲口棚去找丈夫。当她发觉大虎正在扛梁的时候，吓了一身冷汗。接着，她伸开那已经转了韵的大嗓门儿，拼命喊起来："救人哟！救人哟！……"她一边喊着，一边跑，跑得那小发髻已经朝天了。

正在这危急关头，队长周四成一步赶到。因为这是联村队，支书不在这村，队长的责任就更加大了。每次下大雨，他总要看看地里，瞧瞧场里，检查检查仓房，访问访问困难户。今儿个，他照例跑了一个圈儿，这才带着两腿泥水，直奔牲口棚而来。当他闯进牲口棚时，一见这情景，倒吸了一口气，惊得手脚无措了。他蹿上石槽，要把大虎换下来，可是个子太矮，扛不着。他跳下石槽，要找个东西，想把梁顶住，可是环顾四周，只觉得眼花缭乱，又找不着一个合适的东西。正在这时，刘小春来了，"直杆炮"来了，接着又拥进了许多人。他们，有的登上石槽，帮助大虎扛梁头；有的搬石头，扛木头，顶墙壁，顶梁头，七手八脚，乱忙一阵，梁和墙，都顶住了。可是，这时的大虎，还是直挺挺地站在那里，纹丝不动。原来，他已经昏过去了！

人们望着大虎那坚强的样子，都不由得流下了眼泪。这眼泪中，有激动，有感激，还有敬佩。队长周四成，一边流泪，还一边捶脑袋。因为他感到，大虎经受了这么大的风险，他有着严重的责任！

人们把大虎抬回家以后，他渐渐清醒过来。接着，他问人们："牲口怎么样？"人们告诉他："安然无事！"他微微地笑了。

窗外，风还在刮，雨还在下，电还在闪，雷还在响。不过，这一切，在大虎的微笑时，显得是那么渺小，渺小得简直没有一点力量。

第九章

一场大雨过后，天又放了晴。地里不干不湿，这真是一场好雨。

雨后的庄稼，油绿一片，愈显得清新可爱了。你看，高粱深得没了人，谷子正齐腰，花生罩住了地，棉花搭着梢……高高低低，绿绿葱葱，风吹禾摇，碧浪滔滔，层层相推，滚滚而去，一片喜人的丰收景象。

这丰收在望的美景，喜得人们合不上嘴，闭不上眼，手脚也更加勤快了。

今儿个，天还不大明，人们就下了地。你听，一直响了几十天的辘轳声，水车声，马达声，现在都无声无息了。你看，西一群，东一帮，群群帮帮，到处都是耪地的人了。

在高庄北洼，四女寺河边，有一伙耪地的人，正在休息。他们，有的脱下鞋，垫在腚下，俩人脊梁对脊梁，相背而坐，这边读报纸，那边看小说，有的屈腿一蹲，四人一围，在打扑克，有的坐着草帽边儿，二人相对，低头不语，正在下象棋，有的端枪瞄准，练习射击，也有的人，把两个锄杠一并，仰面一躺，胳臂垫在头下，朝天喊起了"梆子腔"。这时，高文华触景生情，诗兴大作，他站在那儿吟起诗来了：

> 千人心血万人汗，
> 换来绿海浪无边。
> 高庄好比一座岛，
> 缕缕炊烟触青天。
> 天青地绿人心红，
> 破浪游来一壮年！

　　这来人你猜是谁？正是文华他爹——高大虎。大虎自从昨天抢救牲口，腿受了伤，新伤旧疾加在一起，他的腿痛得更厉害了。因此，队长便派了社员刘老三，临时代替大虎的工作，好让大虎好好养几天。可是，在这大忙季节，大虎怎么能养得住呢？所以，现在他扛着大锄，还拿了把锤子，夹着块石头，一瘸一拐地也下地来了。

　　当大虎走近些，人们都看清了他的时候，四成首先嚷道：

　　"大虎叔，你不好好养伤，咋又来啦！"

　　"哈哈，我是来……"

　　大虎的话没说完，小春就抢过了话头，接上去说："'我是来监工的'，对不大叔？"

　　人们都哈哈地笑起来。大虎也笑呵呵的。他说：

　　"不！我是'见缝插针，无利不取'——我是来找点儿买卖干的！"

　　大虎说着，把石头、锤子往地上一放，接着喊道：

　　"我这作坊开市啦，请众位捧捧场。谁的锄头不好使就送来吧！"

　　接着，这个要磨锄刃，那个要搋锄杠，都把大虎围了起来。

　　天空，一只老鹰，抓着一只小鸡，从头顶飞过。练武的人们，拉栓顶火，举枪瞄准，正要打去，忽听那边，"乓！"一声枪响，老鹰应声落下来。

　　正巧，鸡和鹰，一齐落在河水里。这时，文华把衣裳一闪，"嘭"的一声，跳下河去。只见，河水激起了一片波纹，文华便没了影儿。一会儿，波纹消逝了，河水又回复了原有样儿。正在这时，文华又在老鹰的附近钻出了头。只见他一伸胳臂，把老鹰抓在了手里，然后，他身子往下一蹲，连人带鹰，又都没影儿了。过一阵，他又在鸡的附近钻出来，又把鸡抓在了手里。接着，他一手举着鸡和鹰，一手游水，很快便来在了河边。

　　方才那一枪，是谁打的呢？人们正向四方张望着，忽见西边高粱地边上，闪出一位背枪的大汉。他一边走，一边向这边挥手打招呼。人们仔细一看，原来是支部书记李三刚。

　　李三刚走过来，小春问他：

　　"支书，这鹰是你打的吧？"

　　"是呵！"支书笑哈哈地说，"班长同志，我这个老民兵够格吗？"

　　"你看——鹰被打死了，鸡没受伤！"文华举着鸡说，"你真有两下子！"

"我这两下子还是不如你们呐！"支书拍一下文华的肩膀说，"上一回民兵比武，不是叫你这小八将们赢了吗？"

支书正说着，一下子望见了正在那边修理锄头的大虎。他大步走过去，有些着急地说：

"你，你咋的啦？"

"我咋的啦？"

"你那腿还不好，我正想去看你呐！不好好养养，又……"

"你咋知我腿不好？"

"你还想保密吗？队长昨天晚上就跟我说了！"

"那是昨天晚上的旧情报了。今天早上已经好了！"大虎说着，站起身，走了几步，又说，"你看，这不是好了吗？"

这时，人们都哈哈地笑起来。因为，他尽管作上最大努力，想让它不瘸，可是，人们还是看出瘸来了。人们一笑，大概大虎也意识到了这一点，又笑着解释说：

"没关系。病这个东西，就是软的欺、硬的怕！你越敬奉它，它就越长脸。你干脆来个不理它，它也就傻眼了！"

"甭管咋巧说，今天你给我回去！"

支书说得斩钉截铁。这时大虎可真傻了眼，他忙说："好好，我回去！"支书一见大虎那劲儿，扑哧笑了，又跟上一句说我谅你也不敢不回去！这时大虎也缓和下来，笑着说："我说老李，你干啥呀？先装腔作势，又得寸进尺，我非要待一会儿不行，你咋的我呀？"支书接着说："那，那我要取消你干活的资格，让你光蹲在家里抱娃子，活活憋死你这个老家伙！"支书这边说着，好开玩笑的"直杆炮"赵春海在那边摸着文华的头说："唔哈哈！这么大的娃子还用抱呀！"他这一句，把人们的笑声推向了高潮。"抱娃子"是支书的口头语，这时支书已察觉说走了嘴，安错了地方，便改嘴说："那，那就等着抱孙子吧！"

起起伏伏的笑声落下了。文华问支书道：

"支书，你上刘庄去来吧？"

支书笑着说："是呵！小伙子，有心事吗？"

文华红脸了，光笑未答。四成接着又问：

"到刘庄干啥去来？又是传经去来吧？"

"不！取了点经，搞了个调查……"

急性的小春追问道："调查啥？"

支书还没答，四成抢过来说："那还用问，调查调查他们干得怎么样，好想法儿赛过他们呗！"

这时，"直杆炮"紧跟着插了一句："对！知己知彼，百战百胜嘛！"

支书走到四成跟前，拍着他的肩膀，笑呵呵地说："小伙子，你这个队长，满脑袋里啥也没有，只有两个大字——竞赛！对不对？"

人们都笑了。笑声一落，支书转了话题，接着说：

"我是去看看他们还缺少什么，今后咱好安排从哪里帮助他们……"

这时，"直杆炮"又插了一句："着哇！富队帮助穷队嘛！"

接着，大虎又问支书："哎，伙计，文华给刘庄修理的机器怎么样？是不是需要再去？"

支书笑着说："哈哈！我的老伙计，还觉着不够本儿啦？又要打什么算盘？"

大虎怔了："'不够本儿'？你这是啥意思？"

"啥意思？事情不明摆着了吗？"支书把手一摊说，"你想想，文华去帮助人家修理了几天机器，把人家刚培养好的一个会计刘小兰，一下子给'恋'来了，这就等于拆了人家一根台柱子！是呀不是？"

支书说到这里，收住了话头。他望了望对面的大虎，又瞟了瞟侧面的文华，只见他爷儿俩，都紧张地思索什么。于是，他又接着说：

"这不算，还给人家压上一个包袱呐！"

大虎又问："包袱？啥包袱？"

"老伙计，你再想想，"支书说，"小兰娘已经六十多岁了，又没有儿子，就是小兰这么一个宝贝闺女；小兰要是一出嫁，小兰娘怎么办？……"

"'五保'呗！""直杆炮"加了一炮。

支书巧借他的话尾巴说："着哇！这不等于给人家那穷队增加一个包袱吗？"

这时，人们都纷纷议论起来。有的说："真是'话不说不明，木不钻不透'，是这么个理儿！"也有的说："这就是古语说的，草灰打不成墙，闺女养不了娘嘛！"还有的说："闺女养娘是小事，富队如何支援穷队是个大问题！"四成接着说："我早就想过这个问题，老一套的'男娶女嫁'就是不合理……""直杆炮"抢过去说："对！我是结婚太早了！要不价呀，我他妈的来个'女娶男嫁'！"小春打他一拳说："你那孩子都快结婚了，说这废话有啥用？！"这时，又掀起了一阵笑声。

此刻，只有两个人没有笑。一个是大虎，另一个是文华。这时大虎皱着眉头正在想："是呵！这确实是个大问题呀！我们应当千方百计支援穷队呀，怎么能做对贫困的兄弟队不利的事呢？可是，又怎么办呢？……对！'直杆炮'这一炮放得好，来个'女娶男嫁'——倒过门！……"

大虎想到这里，不由得用眼角儿瞟了瞟文华。谁知，这时文华正巧也在瞅他。他爷儿俩的四条视线，一下子碰在一块儿。因为文华也正在想这个问题。文华的想法是："来个倒过门多好呵，既可以解决了富队支援穷队的问题，我还可以到艰苦的地方去锻炼锻炼……哎呀，我爹有个腿痛的老病根儿，有时犯上来，连水都担不了，我要一走，他老人家……"文华想到这里，脸上现出了愁容，这才不由得向爹看了一眼。

支书见他爷儿俩都脸带愁容，对他们各自的思想情况，就猜出了个八九。因为，支书太了解他们了。不过，支书却故意打趣说：

"怎么？你爷儿俩都愁了吗？甭愁，媳妇是少不了你的！他要是不给的话，"支书向众人一指又说，"我就带领这班人马去抢亲哩！"

人们又都笑了。大虎和文华也笑了。在笑的同时，爷儿俩还有一个共同的想法："何不在这里把倒过门的问题提出来，让支书和大伙儿给拿拿主意多好！"可是，结果这话谁也没有说。因为大虎在想："这是儿子的事，我怎么能不先征求儿子的意见就乱说呢！"文华在想："哎呀，还是先跟爹商量商量再说吧！"这时，他爷儿俩又相互看了一眼，不过谁也没说啥。支书见这情景，心中乐呵呵地想着："这颗种子算点上啦！"

"四成，你在那儿低着头想啥呀？"支书故意扭转了话题，结束了上一场戏，又揭开了新的一幕。队长周四成抬起头，笑笑说：

"我正想往前的工作……"

"好呵！这满是个当队长的来头！"支书说，"想些啥？可以说说嘛！"

四成听了支书一句表扬，脸略微有点红，接着说："我想，耪完这三遍地，追上一茬肥，再超出计划之外，耪上它两遍……这样，增产计划能大大超额！"

"四成，你不要光想那好事儿！"大虎插话说，"老天爷这个东西，可不是好惹的！……"

小春一挥胳臂插进来："它不好惹管淡事儿！它大旱五十天，我们丰收十二成！"

"小春，你那'十二成'在哪里？"

大虎追问了这么一句。小春一挥臂，指向大洼里的庄稼：

"你看！这是啥？"

"这是庄稼！"大虎说，"收到库里才叫粮食呐！"

支书插话说："老伙计，你想些啥？也掏出来嘛！"

"我觉得，旱不怕了，今后不下雨，也能红粮到家了！"大虎说，"可是，老天爷要硬下，咱怎么对付？我正在琢磨这个事儿！"

"没关系！再下上三十厘米也没问题！"

队长周四成信心十足地接了这么一句。大虎问道：

"要是下三百厘米呐？有'问题'了吧？"

"不可能！"四成像有什么把握似的说。

"可麻痹不得！"大虎指着天空说，"我看，这雨还是要下的！"

人们知道大虎对气象有经验，都在点着头。支书就着大虎的话音，满有风趣地说：

"没关系！人家四成已经跟老天爷订了牛皮合同了！对不四成？"

大家笑了。四成也红着脸笑了。接着，支书以教育的口吻说：

"四成呵，干革命，首先要有取得胜利的信心。你信心十足，这没有错。不过，还要随时有迎接困难的准备。如果，光有信心，没有准备，这信心，就没有'保驾'的！"

这时，支书见四成在点头，稍一停，又接着说："春天，大虎同志建议挑开土龙头，修道排水沟，这意见很好，可惜没能实现，这我也有责任……"

"你有啥责任？"四成说，"那时你正在上党校，这主要是我……"

"责任是有的！"支书说，"上党校就能把责任上交了吗？……"

"不用谈那些过去的事了！"大虎说，"问题是今后……"

"对！"支书说，"今后怎么干？我看，把你俩的计划合起来就蛮行——既有争取胜利的办法，又有迎接困难的准备，这就全面了……"

"哎呀！这玩意儿还好复杂呐！""直杆炮"感叹地说。支书说："革命就是要'斗'，与天'斗'，与人'斗'，与地'斗'，反正离了'斗'不能革命！"支书说着，用烟袋在地上写了一个大大的"斗"字，又说："你们看，这个'斗'字简单吧？这是简化了，原来可复杂哩！不过，字能简化，它的含意是不能'简化'的！谁要把它'简化'，谁就要吃亏！"支书拍一下四成的肩膀说："你这当队长的要把它'简化'了，咱们全队就要吃大亏！……"

支书说到这里，他望了望已经升起一竿多高的太阳，忽地站起来，伸手拿过大虎的锄说：

"来呀，干呐！有骨头的说话，跟我赛一赛吧！"

"来，一定跟你赛赛！"大家一齐响应着。这时，大虎走上前，向支书说："哎，你'霸占'了我的锄，我用啥？"支书把锄扔出去，又拉回来，笑呵呵地说："我赛胜了分给你一半儿。你回家等着去吧！"

随后，你追我赶，一场火热的劳动竞赛，开始了！……

第十章

上午，又下了一场雨。下午，雨虽然住了点，可是地里太湿，社员们不能下地干活了。因此，队委会决定休假半天，让大家养养锐气，好迎接以后的新任务。

刘庄知道这个情况后，便派了一个业余文娱小组，来到高庄，作答谢演出。

这个消息，像电流一般，立刻传遍了全村。不大一会儿，村头古槐下，便聚满了人。

演出开始了。

第一个节目是大鼓书《红岩》。

说书人是刘小兰。

　　开头，她先来了几句"开场白"："高庄的社员同志们！几年来，你们对我们刘庄队帮助很大，我们非常感激。今天，我代表刘庄的全体社员，赠送大鼓书一段，以表谢意。"接着，她把鼓子一敲，便伴随着弦声开了腔。

　　这位小兰姑娘，说书的技术可真不低。她不仅做到了语调优美，字正腔圆，而且，还不时地走步子，溜扇子，拍桌子，拉架子，绘声绘色……蛮像一个职业演员的样儿！

　　你看吧，说书场上的所有听众，都已经被她吸住了。一个个的人头，都直直地竖着，侧耳静听，一动不动。一双双的视线，都像被小兰牵在手里，她指向哪里，这些眼珠子就转向哪里。整个说书场，鸦雀无声，仿佛人们连呼吸都已经停止了，静得掉根钢针都能听得见。大虎两口子，听得更入迷。大虎划着了火柴，擎在手中，只顾听书，忘了点烟，直到火苗烧着手了，这才把它扔掉。大虎老婆尽管满脸是汗，褂子已贴在身上，可是，她架在手中的扇子，一动也不动了。四成把手伸进脖里去挠痒，可是忘了把手收回来，仿佛他已经僵住了！……

　　小兰宣布休息了，整个场子骚动起来。你看吧，伸懒腰的，挪座位的，上厕所的，拥拥挤挤，进进出出；你听吧，说感想的，发议论的，开玩笑的，七嘴八舌，吵吵嚷嚷，一片人声。

　　东边，四成向大虎说："小兰这宣传员太棒啦，我们队里正少这么一个人！"大虎笑眯着眼说："是呵，咱也得赶快培养呵！"……

　　西边，一位老太太正咬着大虎老婆的耳朵说："他婶子，小兰不是你那没过门的媳妇吗？孩子来到你那门口上了，等她说完了书，可该把她叫到你那炕头上坐坐呀！……"大虎老婆笑着说："唉，咱屋里屋外都那么脏，叫那媳妇不笑话呀？俺可不往家叫！"她嘴虽这样说，可心早就动了。

　　休息过后，说书又开始了。小兰说："众位肃静，听我书接上回！"接着，就响起了清脆的鼓子声。这鼓子声，把各种各样的人声都压了下去，全场寂静下来。这时，大虎老婆再也听不下书去了。她趁大家不注意的当儿，悄悄离开了座位，溜走了。

　　大虎老婆来到家，突然觉得院子也乱，屋里也脏，各处都不顺眼了。于是，她便从里到外，拾掇起来。只见她，先把一床床的花被折好，放正，又打开箱，拿出一床新炕单，铺在炕上。随后，又把桌上的座钟、茶壶、茶碗……一件一件地擦亮，摆好。接着，又把挂在北墙上的那块装着毛主席像的大镜框摘下来，先用湿布擦，又用干布揩，直擦得镜面铮明耀眼，镜框油红闪光了，她这才又端端正正地挂上去。此后，她又把屋里的各种家具，这儿搬，那儿挪，这么放，那么摆，把它们都放在了最合适的位置上……总之，他颠着小脚，忙了个团团转。

花开两朵，各表一枝。回头来，再说高大虎。他听着听着说书的，忽然想起了"倒过门"的事来。他想："小兰已经来了，应当借这个机会，把这件事定下来……"他想到这里，忽然一转念又想："呀！像这类事，当老人的怎么好说话呀？还是先让他们两个人商量商量吧……"大虎心里这样想着，不由得离开了座位，便向机房走去了。因为文华正在机房里擦修机器，没有在这说书场上。这时，大虎是想去替文华看着机器，把他换回来。

谁知，大虎走到庄头上，正巧碰见二牛的山羊跑了出来，正在糟蹋队上的庄稼。于是，他脚不由主地拐了弯儿，去轰羊了。

大虎把羊轰出地，又牵着送回二牛的羊栏，这才继续向机器房走去。

机器房附近，有一棵大粗柳树。大虎来在这柳树下，透过高粱的孔隙，忽然望见机器房旁，文华正在和一位姑娘谈话。大虎仔细一瞅，这姑娘不是别人，正是刘小兰。

原来，在大虎轰羊的当儿，小兰的大鼓已经演唱完了。她利用别人演唱的机会，便跑到机器房来找文华了。

这时，大虎见他俩谈得挺热，觉得进也不是，退也不是，便不由得在大树这边站住了。说来也巧，大虎并没有故意躲藏，可这棵大树，正好挡住了文华和小兰的视线。

只听得小兰说："倒过门我当然同意。不过，我就怕爹的腿有毛病，你一离开他，就不能照顾他了！"又听文华说："我也有这个顾虑。可是，我又想：咱这么办，对社会主义有利。为了社会主义，老人暂时受点委屈，这是应当的！"下边，小兰接着说："那就这样吧，你回去跟老人商量商量，我听个信吧。我们队上很忙……"

大虎听到这里，忽然意识到：孩子们谈体己话，我当老人的在这里偷听，这多不像话呀！于是，他赶紧转身，回村来了。

大虎来到村边时，听到后边传来了歌声：

糖甜不如蜜，

棉暖不如皮；

爹娘恩情重，

比不上毛主席……

大虎回头一望，只见小兰出现在黄土岗上。她一边唱，一边走，回刘庄去了。

大虎走进家时，他老婆还没拾掇完。他见老头子兴冲冲地走进来，心里却着了毛，忙悄声问道：

"小兰在后边？"

大虎说："没有。"

文华娘这才放了心，说道："可好！我还没拾掇完呐……"

大虎说："她走了。"

文华娘又急了。她责备老头子说："你咋这么不懂事儿！不留那孩子家来坐坐，就放她走了……"

"人家队上太忙呵！"大虎说，"你急啥呀！以后，她到咱家还能少来吗？"

文华娘又笑了，说道："是呵，以后就是咱家的人了！"她说到这里，像忽然想起了什么，又以商量的口吻，向老头子说："我说文华爹，我想等秋后收了粮食，分了钱，给孩子们把这喜事儿办了……"

老婆说到这里，大虎就想："我何不就这个机会跟她商量商量呢？"于是，他便以话引话地说：

"是呵，文华已经二十五岁了，小兰也二十三了，该考虑考虑这个问题了——哎，这桩喜事，你想着咋办哩？"

"你是进步的，你儿是进步的，听说媳妇也是个进步的，你放心吧，我也不当那老顽固！"文华娘喜笑颜开地说，"这桩事儿，一定让孩子们舒心。他们要骑马就骑马，要坐轿就坐轿，愿意两个人手拉手地跑来，我也没意见……"

"不是这个！"大虎说，"我是说，人家刘庄，土质不好，是个穷队……"

"华儿他爹呀，你又担心我自私自利，是不？你放心吧！"文华娘说，

"她陪送多咱就要多，陪送少咱就要少，她啥也不陪送，咱也不能缺她穿、缺她用……"

"唉唉，你又说到哪里去了！"大虎打断老婆的话说，"我是说，小兰是人家刘庄队的会计……"

"那有啥关系？"文华娘又抢过了老头子的话头，"这样，你当饲养员，文华当机手，小兰再来当会计……"

原来，大虎想慢慢地把话引上去。谁知，现在文华娘心里特别高兴，话也格外多，总是插言截语的，闹得一直说不到正题上去。这时，老婆三句话不离本行，扯着扯着又要扯到工分上去，大虎心里更加烦了。于是，大虎便又一次打断了老婆的话，来了个单刀直入：

"我想让文华'倒过门'！"

"怎么？让他去招婿？"

"对啦！按老话说也叫招婿。"

这时，文华娘就像当头挨了一棒。她觉得天也转，地也转，眼也花，耳也鸣，头也嗡嗡响……只见她，浑身颤抖，面色铁青，一句话也说不上来。这当儿，大虎向她解释了几句，可她一句也没听进去。过了一阵，她的脑子清醒些了，她又像要和老头子拼命似的，大声吵嚷道：

"儿子是我的，你主不得！"

要在过去，大虎又得一拍桌子和她吵起来。可是，今天大虎却没有那样。因为，自从支书跟他谈话后，他知道那样做不对了。这时，大虎面对着老婆那急劲儿，他一点也不着急，只是说：

"你着啥急呀？咱慢慢商量嘛！"

"甭商量！商量不成！……大儿子被你弄出去，牺牲了，小儿子你又想给我弄走，你呀，你万不能！"

大虎老婆说着说着，两眼泪纷纷了。这时，大虎皱着眉头，光抽烟，不吭声。不过，他那"倒过门"的主意，并没有丝毫动摇。此刻，他的脑子里考虑的是——用什么办法来解决老婆的思想问题。可是，大虎老婆是不能理解老头子的心情的。她以为大虎皱着眉不吭声，可能在开始回心转意了。于是，她的气也消了一半，又以劝解的口吻向老头子说：

"你就不想想吗？你带着个伤腿，要文华走了，咱可咋的过呢？再说，刘庄是个穷队，论哪一方面，也比不上咱高庄，你这不是往火坑里送那孩子吗？你这当爹的，心是铁打的？莫非说就不心疼？……"

大虎听老婆一说，觉得她的错误看法不少。大虎想："这些思想问题，光就事论事地说些'小道理'是解决不了的。必须找个更好的机会，很好地谈一谈，从根儿上解决问题才行。"于是，他便向老婆说：

"像这号事儿，现在是不兴咱当爹娘的包办的，以后咱和文华商量商量再说吧。"

大虎这是为了好暂时收场，用了个"缓兵之计"。谁知，他老婆却着了真，当即去找文华了。她的想法是："我先把文华说服了，看你还能怎么办！"

大虎老婆走到门口，正巧跟四成碰了个对面。四成见她满脸是气，就问："大婶子，又为啥生这么大气呀？"大虎老婆说："你说俺那个老东西傻不傻？他要让文华倒过门……"她边说边走，话未说完，人走远了。

这时，四成心里想："要是文华一倒过门，一男一女两员干将，就都归了刘庄了，这对全队的生产可大大不利呀！"于是，他抬脚走进家，向大虎说："大叔，是想让文华倒过门吗？"大虎说："我有这么个想法，你看怎么样？"四成想说："那样，对咱队的生产、工作可不利呀！"可是，他又觉得这个说法会挨批评，于是改口说："大婶子既然不同意，我看不必为这小事惹她不痛快了！"

"四成，这可不是小事！"大虎说，"这是两种思想的斗争！"

"我看，"四成还要说什么，可他刚一张嘴，大虎老婆回来了，他怕为这事闹得他两口子再吵起来，便急转话题说，"大婶子，找到文华了吗？"

"没有！"大虎老婆说，"他跑了和尚跑不了寺，我早晚要找到他的！"

接着，是一阵长时间的沉默。这时，每个人的心上，都像压上了一块坯。

第十一章

天黑下来了。

天空中，一片片的黑云，夹杂着一块块的蓝天。弯弯的月亮，在黑云中钻进钻出。大地上，时而明亮，时而黑暗。

这时，大虎家那宽敞的院子里，放着一张小小的饭桌。桌角上，有一盏三号泡子灯。大虎一家，围灯而坐，正在吃晚饭。

忽然起风了。灯被风一刮，火苗摇摇晃晃，仿佛随时都有熄灭的危险。大虎指着灯，像是对别人，又像自言自语地说：

"这玩意儿，就像单干过小日子一样，连一点小风也经不住……"

"将来安上电灯就好了！"文华像突然想起了什么，他急转话题问大虎道，"爹，咱家安几盏电灯呵，今儿下午，公社来了通知，让统计数哩！"

"怎么？公社的发电站建成啦？"

"建成啦！"文华说，"据说再等五天就送电了……"

文华这话没说完，大虎两口子同时插了嘴。大虎说："真是个人力量不如鼠，集体力量万头牛呵！"大虎老婆说："咱得安两盏：我那屋里安一盏，准备作新房的屋里，也安一盏！"

这时，文华想说什么。大虎向儿子使了个眼色，没让他张口。接着，大虎引了个头儿，他爷儿俩便谈起了集体化的优越性来。他们爹一句，儿一句，越谈越多，越谈越远，从集体化的优越性，又扯到社会主义的美好前景上去了。这当儿，文华娘在一旁也听入了神。她插嘴问道：

"你们说得这么好，可多咱能办到呵？"

"说远也远，说近也近！"大虎接过来说，"只要大伙儿抱起膀来，万众一心，那一天是一定能来到的。"大虎说到这里，文华插嘴又问："爹，你不是去五公公社参观过吗？人家那里，比我们这里好多了吧？"

"敢是！"大虎应了一句。接着，便把五公公社的情况讲了一遍。直讲得文华和他娘，都眉开眼笑时，他这才转了话题又说："甭说社会主义前景，就是人家五公公社那个样子，也非依靠集体力量不行！你说对不，文华娘？"

大虎这一问，文华娘心里猛一跳。她想："你瞧吧，又要批评我不爱集体了！"谁知，文华娘这一回想错了。大虎顺口问了这么一句，并没等她回答，就又把话扯到别处去了。你看吧，他和文华就像演戏似的，有说有笑，对答如流，从农业扯到工业，从乡村扯到城市，从关里又扯到关外，闹得文华娘，光扑闪着两眼静听着，一言也插不上。后来，他们把话头落到"吉林"上了，这时文华娘可来了精神。她插嘴说：

"吉林那个地方呀，多山多宝，处处都好，就是冷受不了！"

"娘，你和俺爹，不是都到过吉林吗？"文华问道，"你们是怎么去的呐？"

"都是那年闹涝灾，被水灌出去的！"

"那涝灾有多么大？"

"嘻！可大啦！"文华娘说，"那年我九岁，你姥姥和你姥爷，领着我和你舅，向外逃难的时候，咱这村外平地里的水，把我的小腿全没了，我都迈不开步直哭，你姥爷就气得把我一顿好打……"

"呀！那你们到外边怎么过活呢？"

"要饭呗！"文华娘说，"那时节，一条破被子盖八年，一个糠蛋子饱三天，受的那洋罪呀，简直不能提了……我记得，我十六岁那一年，你姥姥和你姥爷，都饿得爬不动，躺在破庙里，全靠我和你二牛舅，出去东一家、西一家地要口干粮来给他们吃。就在这步难棋上，你舅又被抓了兵……"

"哎呀，以后怎么办呐？"

"唉！以后就多亏了你爹了！"

"俺爹？那时他干啥？"

文华娘去弄水刷碗了，没有回答。大虎接过来说：

"我也是个要饭的！"

"那时你俩认识吗？"

"不认识！"

"那你咋能帮助她呢？"

"事情是这样的——"大虎把饭碗一推说，"有一天，我正在街上要饭，见一个要饭的姑娘，被财主的狗扑在地上，咬得浑身是血，姑娘狼嚎鬼叫。这时，财主那老杂种，站在一边，哈哈地笑着看热闹。当时，我一看就急了，忽地跑上去，一脚把狗踢翻了。这一下子，可惹恼了财主。他赶上前来，就要抓我。我转身又是一脚，把那老小子踢了个嘴啃泥。接着，我拉起那姑娘，一溜烟儿地逃跑了——那个姑娘，就是你娘！"

"以后呐？"

"以后，你爹把我送到庙里，"文华娘接过去说，"他见我的两位老人病饿得要死，不忍心走开，便和我一同要给他俩吃，就这样，一直过了一个多月！"

"再以后呐？"

"再以后，你姥姥上吊死了！"大虎又把话接过来，"不几天，你姥爷也饿死了！他在临死前，还指着嘴，向我们要东西吃。可是，外边下着大雪，我们啥也没有，并且，我和你娘，也已经两三天没吃一点东西了。在那人吃人的社会，有啥办法哩？我和你娘，见老人饿得那种可怜样子，只有趴在一边呜呜地哭。可巧，正在这时，又有一个要饭人进庙来了。那人把仅有的一口干粮，塞在你姥爷的嘴里。可是，他自己已经站不起来了。他这一口干粮，是不到危急时舍不得吃的……"

"那人可太好啦！"

"是呵！这就是古语说的：只有穷人才疼穷人！"

"那人是谁？"

"他就是刘庄你那死去的老丈人！"

大虎和文华说话的当儿，文华娘坐在那边，早就左一把泪、右一把泪地哭开了。当大虎说到这儿时，她情不由主地插进来说：

"华儿啦！咱可不是那忘恩负义的人。往后要好好孝顺你那老丈母……"

"还孝顺呐？我要倒过门你都不同意！"

文华就劲儿插上这么一句。文华娘接过去说：

"看你这傻孩子！我是认为你爹腿有伤，你走了，就没人替他了……"

"俺爹他同意！"文华迫不及待地说，"娘，你同意不？"

可是，看来大虎倒不急于让老婆点头"批准"。他没等老婆表示态度，却插嘴说：

"我们要倒过门，可不是为了去'报恩'！"

文华娘问："那么是为啥哩？"

大虎说："为的是更早地建成社会主义和共产主义！"

"在咱自己村里，不是一样吗？"

"大不一样！"大虎说，"要建成共产主义，就必须消灭富队和穷队之间的差别。不然，富队越来越富，穷队越来越穷，是永远建不成共产主义的！"

这时，大虎见老婆没有吭声，又接着说：

"文华娘呵，实现不了社会主义和共产主义，社会就要开倒车，我们的子子孙孙，还有可能和我们过去一样，流落街头，受穷受罪。甚至，就连我们到老年的时候，也许还会落得和我们老人的下场一样：冻饿而死！"

"那可了不得！"文华娘说，"无论如何，也不能叫那好人不能活的社会再回来！"

"是呵！咱那大小子流血牺牲，是为了这个；我这些年来艰苦斗争，是为了这个；文华去倒过门，也是为了这个。全国人民，在党和毛主席的领导下，文斗武斗几十年，也都是为了这个！"大虎说到这儿稍一停，抽了口烟，又语重心长地说，"不过，我们可不仅仅是为了这个！要是那样，将来在全国建成了共产主义，就可以不革命了！不！不行，绝对不行！我们不能忘了还在帝国主义压迫下的穷苦人，我们的最终目的，是解放全人类，把共产主义这面大红旗，插遍全世界！……"

大虎正说着，天忽然又下起雨来了。雨点砸得桌子和碗乒乓作响。灯也灭了。这时，文华娘赶紧忙着收拾桌子。文华也站起来说："爹，我得到机房里去。"说罢走了。大虎也站起身，朝天望了望，凭着他和老天爷打了几十年交道的经验，就知这雨要越下越大。他不由得皱起眉头，对天骂了一句：

"你他妈的成心和我们作对呀！"

然后，他慢踱着步子，走回屋去。可是，这时他那颗心，却早已飞到地里去了！

第十二章

暴雨一夜没住点。

大虎一夜没合眼。

天放亮了，雨还下着，大虎再也沉不住气了。他冒着风雨，钻出屋子，拖着两条伤腿，踏着满街泥水，一瘸一拐，踉踉跄跄，一直向村头走去。

大虎正在街上走着，忽见小春迎面走来。这个小伙子，向来是乐呵呵的。可是今儿，他变了样子。只见他的脸上，泪水横流，阴森可怕。又见他的脚上、腿上，沾满了泥浆。大虎问道："小春，你到地里去看了吧？怎么样？"

"全，全，全完啦！"小春极力抑制着自己，没有让哭声放出来，勉强把这句简单的话说完整，便一溜燕儿飞，跑回家去了。

这时，大虎觉得仿佛有一场已经预见到的灾难即将来临似的，心，跳得愈加剧烈了，就像它要冲破胸膛蹦出来似的。于是，他的步伐加快了。

他来在村头上，放眼一望，倒吸了一口大气，惊得目瞪口呆了。只见，村外的坑塘、水渠、崖坡、道路，都不见了。满洼遍野，平荡荡，白茫茫，汪洋一片。庄稼，矮的刚露着个头，高的水齐了腰。花生、豆子，已经没了影子。那长长的地瓜蔓子，浮在水面，游游荡荡，好像无数个落水的孩子，正在挣扎求救。与此同时，千万只蛤蟆，就像从天而降，东东西西，起起落落，一片神哭鬼嚎般的惨叫！

大虎面对着这严峻的景象，脑袋里千头万绪，乱乱纷纷。这时，许许多多的往事，一齐拥上心来。

一会儿，支书那久久深思的面容，社员那汗流浃背的影子，一个一个，时隐时现，在他的眼前晃动着。他痛心地想："多少人的心血？多少人的汗水？就要随水流走了！……"

一会儿，公社书记在贫下中农代表会上讲过的两句话，又在他的耳边响着："同志们！你们是党的贴心人。有了你们，就能战胜一切困难……"这时，大虎又惭愧地想："党是多么信任我们呵！可我们又怎样向党回答？"

一会儿，他又想起了自己向县委表示态度时说过的话："我们一定要实现超产计划，多卖余粮支援国家，提高社员生活水平……"他想到这里，不由得自言自语说："拿什么交给国家？拿什么分给社员？"……

时间，一分一秒地过去了。只见，大虎的眼角上，渐渐地渗出一颗小小的泪珠儿，在久久地闪动着，久久地闪动着……

突然间，他一转念，又想起了伟大领袖毛主席的一段教导："我们的同志在困难的时候，要看到成绩，要看到光明，要提高我们的勇气。"大虎觉得心里点起了一盏明灯，立刻亮堂了。他眼角上那颗泪珠儿没有了，一双眼睛又瞪大了。他那两只粗大的手，慢慢地握起来，攥紧了。接着，他向那水茫茫的田野，投去蔑视的一瞥，把脚一跺，扭头走了。

说来也怪，大虎从家里出来时，两条腿还一瘸一拐的，可是，相隔还不到抽袋烟的工夫，他那腿仿佛已经彻底好了！你看，他昂首阔步，踩得泥水四处飞溅，哪还有一点儿瘸拐的影子呀？

是的！这时大虎的全身都已经麻木了，只有他那永远不会停息的脑子，还在紧张而又清醒地活动着。

雨，依然哗啦哗啦地下着。

大虎走进小春的家门。

只见，小春趴在炕上，正在呜呜地哭。

这时，大虎透过小春的哭声，仿佛看到了他那颗红嫩的心。大虎想："在这种情况下，大道理讲一火车，怕也不顶用！好，就让他痛痛快快地哭个够吧！"于是，他悄悄坐下来。然后，又掏出他那杆三寸长的小烟袋，一声不响地抽着烟。他一边抽烟，一边在考虑着应付当前局面的办法。

过了一阵，小春不哭了。他抬起头来，直瞪着两眼盯着大虎，就像突然变傻了似的，一声不响。大虎问他说：

"怎么，哭够啦？"

"不哭咋办？"

"哭是个办法吗？"大虎说，"要哭能行，咱就发动群众，大哭一场……"

大虎这一说，小春苦笑了。大虎接着说："小春呵，我们干革命，需要的是血和汗，不需要泪水！"

小春瞪大了眼睛，在点着头。大虎又说："老天爷这个敌人，和我们的阶级敌人一样，它所怕的，是我们那永远流不尽的血和汗，它并不怕我们的泪水！"

几句话，提起了小春的精神。他忽闪着那满含希望的两只大眼，迫不及待地问道：

"大叔，你说该怎么办呐？"

大虎还没回答，文华一步闯进来。他进屋啥也没说，忙拉开雨布，拿出一张纸，向大虎递过来说：

"爹！你看行吗？"

大虎接过那张纸，只见纸上半边画着地图，半边写着密密麻麻的小字，左上角还写着四个大字：排水计划。大虎一看乐了，便顺口问道：

"你啥时弄的这一套？"

"夜里。"文华说，"我躺在机器房里，被雨搅得怎么也睡不着。后来，我跑出机器房，借着闪光一望，只见满洼都是水了，所以我就……"

文华在这边说着说着，忽见他爹那边看着看着变了脸色。于是，他赶紧把话收住了。只见大虎慢慢地抬起头来，有些生气地问文华道：

"你想往东排水？"

聪明的文华，从爹的口气中，领会了爹的意思。他没有正面回答，忙解释说：

"我知道——这会淹李庄一些庄稼，可是我已经算计过：淹他们三百亩，就能救出我们八百亩！这样，将来我们再还他三百亩，就等于他队一点不受损失，还帮助他们救出五百亩庄稼。"文华说到这里，又指着纸上那密密麻麻的小字说，"爹，你看，这是两边土地的高度、宽度、容水量……"

"我早看到啦！"大虎指着地图的右下角说，"我问你，这儿是啥？"

"国家的粮库呵！"

"咋没画上？"

"忘啦！"

"忘了还了得！无论在啥时候，总要先想到国家！"大虎说，"你再算算，水放过去，是光淹三百亩的问题吗？这粮库会怎样？"

这时，文华恍然大悟了。他涨红着脸说：

"爹，我算错了！"

"不！错儿不在'算'上！"大虎掂着那张纸说，"作为算术'卷'，它值一百分；作为政治'卷'，这个不够格！"

"大虎叔，你快说咋办吧！"

急躁的小春耐不住了，又插进这么一句催促大虎。可是大虎看来并不着急，他依然不紧不慢地说：

"不！首先必须解决好思想问题，然后才能谈得上方法问题！"

大虎说着，一伸手，拿起小春桌上的《毛泽东选集》第三卷，翻到第一〇〇四页，然后递给小春说：

"你好好学习学习这一段！"

小春双手把书接过去了。大虎回手又拿起《毛泽东选集》第一卷，两手一掰，递给文华，指着三〇〇页说：

"你从这儿，学到三〇二页！"

大虎布置完，小春、文华都聚精会神地开始学习了，他便冲出屋子，走了。

大虎一出门，正和二牛撞了个满怀。大虎问他：

"干啥去？"

"找队长。"

"他不在这里。"

"哪儿去了？"

"说不清。"

"那我就和你这个贫协委员说说吧……"

"啥事儿？"

"我有个建议……"

"说吧！"

二牛走近大虎一步，问道：

"咱这灾情报上去没有？"

"往哪里报？"

"公社呀！"

"干啥？"

二牛又赶前一步，悄声说："上边发放救灾物资，别落下咱呀！"

大虎听了，有些生气。不过，他并没表露出来，只是说：

"国家要发放救济，这是肯定的！不过，我们现在的问题是……"

"还是赶快把灾情报上去！要报晚了，咱会吃亏的！"

"不！"大虎说，"现在的问题是排水救灾，如何想法儿减轻国家的负担！"

"如今到了这步田地，咱自己都顾不了自己了，还能……"

"越是到这步田地，越要先想到国家！"

二牛见这件事和大虎说不成，叹了口气，又转了话题说：

75

"你早就建议挑排水沟；要是听了你的话，哪能到这步田地！"

没等二牛说完，大虎早已听得不耐烦了，便说：

"你少说这些废话吧！"

"我这是废话？"

"在这个节骨眼上，你说这话有啥用？"大虎见二牛不服，没容他分辩，又接着说，"春天，对挑沟的问题，你并不同意，对不？你还去找队长周四成……"

二牛见大虎毫不留情面，越说越多，越砍越深，便说："得啦得啦，不对都是我的！"他说罢，就一转身溜走了。

这时，大虎望着二牛的背影，狠狠地瞪了他一眼，然后，便扭头向队部办公室走去了。

第十三章

队部办公室里，充满了水蒙蒙的雾气。顶上，滴滴答答，漏个不停；地下，湿湿漉漉，满是泥水；空气中，烟味、汗味混合着泥水的潮湿味，好像人也要发霉了！

高大虎进屋时，屋里只有队长周四成一个人。只见他，两手搓着腚，正在团团转。这时，他的表情，时而紧锁起双眉，直瞪着两眼，像是在思索着什么，时而面色铁青，上牙狠咬住下唇，用拳捶打脑袋，又像在悔恨自己！再低头下看，从他那满是泥浆的两条腿上，大虎看得出，他也已到地里看过了。

大虎见此情景，心中暗想："四成这孩子，人年轻，经验少，上任才两三个月，就碰到了这么大的事情，可能是把头冲蒙了！"接着，他又想到在四成上任时，支书嘱咐自己的那句话："老伙计呵，现在四成当上队长了，你要好好'保'住他呀！"想到这里，便悄悄决定：我要冷静、沉着，先从精神上给他撑撑腰、壮壮胆。于是，他大摇大摆地走过去，一手抢着烟袋荷包，一手轻拍一下四成的肩膀，笑呵呵地说：

"小伙子！怎么啦？被老天爷吓住了吗？"

四成的思想太集中了，原来大虎站在门口他都没发觉。这时，大虎一说话，他像是大梦方醒，猛地抬起头来。只见他，直瞪瞪的两眼，望了大虎一阵，然后，一下子扑过来，两手抓住了大虎的一只手，喊了一声"大虎叔！"便一头扎了大虎的怀里。

"四成，抬起头来！"大虎有力地说，"你是贫农的孩子，要做革命的硬骨头，就像支书说的那样：就是天塌下个角子，也要顶住它！"

四成抬起头："不！大叔，我当初要是听了你的话，及早修好排水沟，哪会有今天呢！我对不起党，对不起乡亲们……"四成越说声音越低，后来，话被哽噎住了。这时，只见他的眼里，有两颗亮晶晶的泪珠，夺眶而出，顺着那黑红的脸膛，慢慢地流到了嘴角。

原来，大虎对四成这时的想法估计得还简单，只是认为他，一方面心疼被水淹没的庄稼，一方面愁着没有办法救庄稼。现在听四成一说，才发觉他这个泪水中，还有另外一种因素。大虎却觉得一阵高兴。他高兴的，并不是因为这场涝灾，证明了他原来的建议是正确的，而是因为，他发觉这场涝灾又把四成这个接班人的思想认识水平提高了一步。于是，大虎笑嘻嘻地说：

"好啊，能总结过去，得出结论，这说明毛主席的著作你没有白学——不过，眼下咱不说那个……"

这一句，提醒了四成。他说：

"大叔，我明白啦，现在该咋办呐？"

"排水！"

"咋排？"

"水有三条出路：一是，挑断沙土岭，往东排；这个工程量最小，能救出全部庄稼；不过，那会影响国家粮库的安全，万万使不得！……"

"对！"

"二是，挑断黄土岗，往西排。这个工程量也不大，能基本上救出全部庄稼。不过，那会大大加重穷队刘庄的灾情，我们能那么办吗？……"

"不能！"

"对，绝不能那么办！"大虎用烟袋在地上划着说，"现在只有一条路了——挑断土龙头，往北排！……"

"哎呀，那个工程可太大呀！"

"对啦，工程量大，困难也多……"

"是呀！"

"不过，我们现在是被'逼上梁山'了，只有这一条出路。"

"我倒想过这个问题。"四成说，"我怕不等沟挑通，庄稼都淹死了，结果是劳民伤财，一场空！"

"我也想过这个问题。"大虎说，"我算计着沟挑一米深，庄稼能救出百分之二十；沟挑一米半，能救出百分之三十；挑两米，能救出百分之四十；三米，能救出百分之四十五；四米，能救出一半……"

"好！就按这个办法。"

"那咱说干就干！"

"好，我去召集会议。"

四成说罢，起身就走。正在这时，桌上的电话铃"当嘟嘟嘟"地响起来。

四成忙回身，拿起听筒："哪里？……呵，呵……好……好……是！"

四成放下听筒，把手一摊说：

"你看！这咋办？"

"啥？"

"公社党委说：一夜大雨，河水暴涨；要我带领二十名青壮劳力，立即上河护堤……"

"是呵，这关系到国家大局。"大虎说，"你快去吧！"

四成一拍大腿："咱家里这一摊呐？"

大虎一拍胸脯："都交给我！"

四成喜出望外，一把抓住大虎的手：

"太好啦！"

大虎笑眯着眼，另一只手拍着四成的肩：

"你放心吧！"

四成又突然皱起眉，慢慢松开手，指着大虎的腿说：

"大叔，你这腿……"

大虎放声大笑，挥手一指门外：

"叫这风雨给吓得它不敢痛啦！"

四成犹豫了半晌：

"也只好这样了！"

大虎立刻回答：

"是理应这样的！"

四成说："大叔呵，我走啦，这副千斤重担，就算交给你了！"他说罢，两只满含希望的眼睛，直盯着大虎。

大虎说："四成呵，你放心，只要有我大虎在，庄稼一定救出来！"他说着，一只紧紧握实了的拳头，落在桌面上。

"大叔，你说上河民工都让谁去？"

"谁强让谁去！"

"好啦，挑身强力壮的！"

"还有，挑政治可靠的！"

"好！我就准备上河啦！"

"对！我准备召开群众会！"

他俩说罢，队长一溜风烟，蹿出屋子，消失在雨雾中。紧接着，又一个人闯进屋来。这个人，浑身上下，湿漉漉的，头发打成缕，衣裳贴在身上。他是李庄的队长李五水。五水和大虎，是一起要过饭的老熟人。大虎一见五水，便笑哈哈地说：

"你这个家伙！在这个节骨眼，咋有空到我们这来串门啦？"

五水风趣地说："我特为你道喜来了！"

"道啥喜？"

"祝贺你荣任代理队长嘛！"

"你咋知道？"

"这不明摆着。队长上河，这是统一指示。队长一走，在这个节骨眼上，队长这个差事，谁能抢得过你呀？"

"你这个家伙！"大虎一拳轻打在五水的胸膛上，"快说正经的吧，我还忙呐！"

"说正经的，我是'下圣旨'来啦！"五水说，"李庄那边，水势很大。支书为了保卫国家粮库，不能到你高庄队来了。支书让我告诉你们：在困难面前，要记住毛主席的教导，要看到光明，要有勇气。在战略上要蔑视困难，在战术上要重视困难。排水时，要按照县委的指示办事，要识大体，顾全局，先国家，后集体，再个人。他相信你们：一定会敢于斗争，敢于胜利，排除万难，救出庄稼！……"

五水滔滔不绝地说着，大虎觉得肩上的担子更加重了。根据大虎的经验，每到困难的时候，支书总要来的。因此，原来他正在盼望支书来到，帮他出出主意，想想办法。这时，听五水这么一说，他觉得没有依靠了，可是，他明白支书的做法是对的。所以，他的失望，并没流露出来。他向五水说：

"好啦！请你回去告诉支书：我们一定完全照办……"

"我不能代劳了！"

"咋的？"

"我从这里就上河了！"

五水说罢，扬长而去。

大虎正要出门，小春和文华又闯进屋来。大虎说：

"你们快去找队长，准备上河吧！"

小春抢先说："队长留下俺俩了！"

文华接上说："让俺给你当助手。"

大虎思索了一下："也好——那我先把排水计划跟你们谈一谈……"

小春说："我们都知道了！"

文华说："队长告诉我们了。"

"那就行啦！"大虎一手拍着一个人的肩膀说，"小伙子们啊，你们今天说要为社会主义出力，明天说要当个红色接班人，这些话，是真的，是假的，现在到了考验你们的时候了！"

鲁莽的小春说："大叔，决策大计由你定，冲锋陷阵有我们。你下令吧！为了社会主义，是火坑我们敢跳，是刀山我们敢上！"

细心的文华说："爹，在这种情况下，你应当派个人，去向支书汇报汇报我们的计划呀！"

"对！我有这个想法。"大虎说，"文华呀，你就去完成这个任务吧！"

"我，我……"

大虎见文华犹豫，火了！他倒背着手，用目光逼着文华："怎么？你怕死？"

"不，不……"文华正要解释。小春抢过去说："大叔，我去吧！"

"不行！"大虎说，"到李庄去，要泅渡一段深水，你的游水技术不如他……"

小春说："他有任务！"

大虎问："啥任务？"

"队长说他心细，要他不能离开你！"小春说，"队长还说，你要是出了问题，他回来要拿文华问罪哩！"

大虎听罢，哈哈笑了两声，又严肃起来向文华说：

"文华呵，你要知道，这是向党去汇报。爹和党比，党是个天，爹是块砖！明白吗？"

"明白啦！"

"明白了就快去！"大虎说着一挥手。大虎的手还没落下，文华已经冲出门去了。接着，大虎转向小春：

"小春……"

"有！"

"你去集合群众开会。"

"是！"

小春一溜燕飞，走了。这时，大虎也走出了队部。只见他，昂着头，挺着胸，迈着坚定的步子，向前街走去。

风在刮，雨在下，电在闪，雷在鸣。前街上，响起了社员群众紧急集合的钟声：

"当当当，当当当……"

第十四章

风未停。雨未住。

群众大会开始了。

会场就在古槐下。

只见，男的，女的，老的，少的，都来了。有的人披着蓑衣，有的人蒙着雨布，有的人戴着草帽，有的人撑着雨伞，形形色色，各有不同。再看人们的表情，有的精神抖擞，斗志昂扬，正在摩拳擦掌，准备迎接战斗任务。也有的人，嘴闭紧，眼发直，弓着腰，缩着脖，面色铁青，站在泥水中，不时地唉声叹气。只有那些不懂事的"光腚猴子"们，不顾大人的责骂，都戴着柳条儿编的帽圈儿，在风雨之中跑呀，跳呀，唱呀，闹呀，玩得很美。

回头来，再说高大虎。这时，他没戴草帽，没披雨衣，也没撑伞。只见他，裤腿卷过膝，袖筒挽过肘，两手叉腰，昂首挺胸，就像半截铁塔似的，直挺挺地站在古槐下的土岗上。这时，尽管雨在向他洒，风在向他刮，大虎仿佛根本没把它们看在眼里。只见他的脸上，怒气冲冲，红得像个"关公"，就像正在跟谁对阵，马上就要打仗似的。接着，就见他挥舞着拳头，大吼一声：

"社员同志们！挺起腰来！我们有党的领导，有人民公社，没有攻不破的八卦阵，也没有过不去的火焰山！"

大虎这吼声，超过了雨声，盖住了风声，压倒了雷声，震撼了人们的心。

希望就是力量。人们听了大虎这几句话，立刻长了精神。这时，所有的人，都抬起了头，挺起了腰，几百双满含希望的眼珠子，都在盯着大虎。

接着，又听大虎说：

"同志们！乡亲们！现在所怕的，不是雨涝成灾，而是人无斗志！——乡亲们！同志们！擦干泪水，扛起镐锨，排水去！"

大虎讲到这里，人群乱了。有的，高声应"对"；有的，在轻轻地摇头，不言语；还有的，在交头接耳，悄悄议论。有人说："东有沙土岭，西有黄土岗，北是土龙头，南是高坡地，水往哪儿排呀？"有人说："不往东排，就往西排！"有人说："那可不行！往东排要冲毁国库，往西排要加重刘庄队的灾情……"

"到了啥地步了？我们自己顾自己都顾不过来了，还能顾别人？"二牛紧接着上边的话尾，开口说了这么一句。接着，他瞟了瞟大伙的表情，见多数人似乎不赞成他的说法，他又说："自从刘庄修上了黄土岗，他们旱涝保收了，我们成了水罐子……"二牛相信他这一套，准能说服大家，因此，越说嗓音越高。他正说着，"直杆炮"又突然冒出一炮："对！挑黄土岗去！"他这一炮，更增强了二牛的信心。他又舞动起胳臂来，接着说："有些人还能记得，四十年前，为挑黄土岗，刘庄打死过我们的人，这一回，我们一定要……"

"你住口！"二牛正说着，小春大喝一声，飞步闯到二牛的脸前头，一手叉着腰，一手指着二牛的鼻子，质问道："你想干啥？你安的啥心？"

"我给大家出主意呀！"二牛理直气壮地说，"你不许我发言吗？"

"你这不叫发言！"

"叫啥？"

"叫泼冷水！"

小春一边说着，一边挥舞着拳头。二牛满不在乎地说："唔哈！你干啥？你还敢打人吗？你懂不懂？压制民主是犯法的！"这时，"直杆炮"又觉得二牛占理，他一步闯上来，一边挽袖子，一边气呼呼地向小春说："你敢压制民主？还了得！"这当儿，人群骚动起来。有些人，一边往前挤，一边嚷："小春！不许他们破坏！他动手就揍他！"随着一些人的喊声，小春不由得把握紧的拳头举了起来。

大虎眼睁睁地望着这种情况，心里有两股力量在翻腾：一股力量是已经压抑不住的怒气，使大虎不说话，让小春的拳头落在二牛的身上；另一股力量是党的教导，党的政策，要他挺身而出，立刻加以制止，不能让他们打起来。最后，还是后一股力量战胜了。当小春的拳头正要往下落的时候，大虎大吼一声：

"住手！"

他这一声吼，把小春的拳头吼了回去，把"直杆炮"的袖子吼了下来，把二牛那已经伸长了的手吼短了，把一个你拥我挤、你吵我嚷的会场，也吼平静下来了。接着，大虎挥臂讲道：

"乡亲们！同志们！刘庄修上黄土岗，挡住了我们的水，这一点不错！不过，大家知道这黄土岗是刘庄的什么人修的吗？"

"地主！"

"对！"大虎接着说，"为挑黄土岗，我们村被打死过人，这也不错！大家可知道那人是被刘庄的什么人打死的吗？"

"地主！"

"对！"大虎说，"乡亲们！同志们！毛主席教导我们，要用阶级分析的眼光看问题，现在不是旧社会了，刘庄的主人换了，我们不能……"

"我错啦！""直杆炮"打断大虎的话，插嘴嚷道，"大虎说得对！"

接着，人群中哄地爆发了一阵喊声：

"对！不能往西排！"

"往东排行不行？"大虎紧跟着问道。人群中又是一声吼："更不行！"

"对！"大虎说，"现在，我们只有一条路：挑断土龙头，水泄四女寺，往北排！"

"我不同意！"二牛在远处大喊一声，接着往前走了两步，又向大虎说，"无论啥事儿，你总要想周到一点呀。现在风大雨又急，怎么排呀？"

这时，有人插嘴说："风再大，雨再急，吓不倒公社的人们！"

还有人说："我们要和庄稼同生死！"

二牛没有真正理解这句话的意思。他也不可能正确理解这样一句话。于是，他又自作高明地接着说："你们咋死心眼儿！地里淹了，国家还能饿着咱？叫我看，统销粮加上救灾粮也许更不错哩！"

这回，二牛说得太露骨了，就连"直杆炮"也听出了他这话的真正含意，只听他大喊一声："胡扯淡！"

自觉着有十八个心眼儿的王二牛，当然不会把只有"一个心眼儿"的"直杆炮"放在眼里。这时，他轻蔑地一笑，向"直杆炮"说："你知道个啥？这大的风雨去挑沟，那不是玩命？你问问大伙儿，谁愿意去？"在二牛看来，这句话一定会取得大家的同情的。因此，他一边说着，一边伸开胳臂摊开手，在半空中划了个半边圈儿。谁知，事情的发展出乎他的想象，回答他的是：

"我愿意去！"

"我也愿意去！"

"…………"

人们这满含激情的回答，使二牛低下了头，使大虎更增加了力量，增强了信心。他变得更坚强了，更勇猛了。随后，他接着说：

"同志们！乡亲们！国家是我们的。在任何情况下，我们也要推着我们的国家向前进，绝不能给我们的国家压包袱！"

"对！"

"拥护社会主义的人们，站出来，跟我排水去！"

大虎越讲越上劲。这时，他猛力一挥胳臂，拳头正巧打在一根树股上。只听，"咔叭"一声，那根一把粗的树股子，飘飘摇摇落下来。树股上、树叶上的水点，稀里哗啦，向大虎的头上、脸上、身上洒落着。这时，只见大虎的脚不动，眼不眨，依然像座铁塔般屹立在那里。

此情此景，使所有的人心，为之一震。尽管风在刮，雨在下，电在闪，雷在鸣，人们仿佛都不知道了。大家只觉得：心头有一团火在燃烧，身上有一股力量在扩张，自己已成了顶天立地的巨人，世间之事，没有不敢做的，也没有做不到的。接着，就听人群中掀起了一阵炸雷般的吼声：

"我们一定跟你排水去！"

"好呵！我们是干革命的——说干就干！"大虎把手向大家一挥说，"都回家拿家什去吧！"

大虎这话音未落，人群轰散了。你看吧，这时人们的眼睛都长了精神，脸上也出现了笑容。还有的人，一边踏着泥水疾步走着，一边放开喉咙歌唱起来：

　　　　跟着共产党，
　　　　跟着毛泽东，
　　　　前进再前进，
　　　　不怕雨和风……

你听吧，歌声、笑声，伴随着急促的脚步声，在大街小巷，响成了一片。

不一会儿，人群如潮，镐锹如林，一齐向土龙头拥去。

走在最前头的，是高大虎。

走在最后头的，是王二牛。

第十五章

风刮着，雨下着，挖沟动工了。

英雄的社员们，冒着风雨，踏着泥水，来到工地上。

工地上，人山歌海，气壮山河。镐镐锨锨，起起落落，和天空的电光同时闪着光亮。

由于人太多，工具不够用，有些人就用铲子铲，用刀子挖。有的人因为干得太猛，工具坏了，就急得用手扒土。手被磨破了，鲜血直流，他们毫不在乎，还是边干边唱：

> 风儿暴，雨儿狂，
> 我们心中有太阳；
> 太阳就是毛主席，
> 主席的思想放红光；
> 跟着主席闹革命，
> 暴风雨中炼成钢……

> 风挠痒，雨擦汗，
> 钢镐一抡地打战；
> 风暴雨急人更红，
> 公社遍地英雄汉；
> 紧紧跟着毛泽东，
> 社会主义早实现……

豪迈的歌声，此起彼落，愈扬愈高，把风声压倒了，把雨声淹没了，迎着雷声升上了天空。

在这战斗的人群中间，有一个高出别人半头的彪形大汉，这当然就是"社迷"高大虎了。这位高大虎，就像跟谁赌气似的，裤腿卷得高高的，还脱了个光脊梁，他那紫红色的脊背宽得像张案板，被雨水一淋，又仿佛涂上了一层油，铮明崭亮，闪闪发光。这时，别人掘土虽然都比平日快多了，可架势还是老样子：先用脚蹬一下锨，然后把土端出来。可是高大虎与众不同：他来了个"骑马蹲裆式"，那毛茸茸的两条腿，铁柱般地钉到地上，两臂用足力气猛力一挥，把锨插进土去！接着，左手一压，右手一端，双臂一抡，一块狗头大的泥土嗖地飞出了锨。眼瞅着，他的速度比别人快着一半。

　　大虎这英武、魁伟的架势，这勇猛、顽强的干劲，映出了他那人定胜天的决心和信心。因此，他的实际行动在鼓舞着人们的勇气，在激动着人们的心，比说话更有实效，更有力量。这时，人们都在瞅着大虎，暗暗地加油再加油。你看，有些人，汗水渗进眼里，他挤挤眼皮，汗水流进嘴里，他吐口唾沫，谁也顾不得用手擦一把。你听，"铿锵铿锵"的工具声，"稀里哗啦"的泥水声，此起彼落，连成一片，一阵更比一阵高，一阵更比一阵紧。人们这种干劲，反转来又给大虎撑了腰、壮了胆，进一步增强了他的意志，坚定了他的信心。于是，他干得更猛了。他一边干一边向工地巡视，心中暗暗核计："照这个进度，到小半夜时，沟就能挑通了！"

　　正在这时，大虎忽然发现小春正在用手扒土。只见他把两条手臂当成了钻头，拧着圈儿扎进地里，然后，两臂一夹，猛力一提，把一块土坯般的泥土抱了出来。他的手指已经磨破，鲜血冒出来，被雨冲掉，又冒出来，又被冲掉。小春就像毫无知觉，一边忙着一边唱。可是大虎一见这情景，就像一根钢针扎在心上。他想起了毛主席的教导：群众干劲越足，越要关心群众，于是，他把家什一放，"咚咚咚"走过去，拍一下小春的肩膀："小春！又玩命啦？嗯？"

　　小春带气地说："他妈的，家什坏啦！"

　　"家什坏了，就用手吗？"大虎说，"你这手是铁的吗？"

　　"我这手不是铁的。"小春说，"可我那心比铁还硬！"

　　"小春啊，是要有这样一颗心，才能战胜自然，取得胜利。不过，你没有工具……"

　　"毛主席说过，战胜敌人的决定因素，是人，而不是武器……"

　　"这不错！你还记得毛主席说过这样的话吗？在战略上要藐视敌人，在战术上要重视敌人。"

　　论文化，小春是大虎的老师。论学习毛主席著作，大虎又是小春的老师。小春早就知道，比读毛主席的书，比听毛主席的话，比按毛主席的指示办事，他哪方面也比不过大虎。不过，方才他由于一时激动，为了千方百计不让大虎干涉他，竟也引出了毛主席的话来和他辩理。可是，大虎又以毛主席的话一驳他，他又觉得方才自己太莽撞了。于是，他低下头，不吭声了。大虎接着说："小春呀，和别人轮着干，先歇一会儿吧！"

小春想："多扒一把土不就少一把吗？歇歇怎么行啊？"于是，他把脑袋一横说："不！"

"你说啥？"

"不！"

多少年来，小春一直把大虎看作父辈，并且，还当作自己学习的榜样。因此，对大虎的话他还从来没有直接顶撞过。不过，今天他对老天爷憋着一口气，所以，对他大虎叔也一再表现了鲁莽。至于大虎，是了解小春的心情的。大虎知道要强行制止他，会刺伤他的心，这比土磨破他的手指更痛！那么，怎么办呢？就让他流着血干下去吗？大虎正在为难，突然，一个新的情况出现了，脚下的积水似乎正在缓缓地向东流动。是不是沙土岭被水冲开了？要真是那样，国家仓库、公粮可就……想到这里，心猛然一颤，简直不敢再想下去了。大虎忙抬起头，向小春："你看，水在向东流。你快去打探打探，是不是沙土岭被冲开了……"

小春低头一瞅，应声便跑。大虎又喊住他：

"如果冲开，你快回来！"

小春说了声"知道啦"，便踏着泥水飞奔而去。转眼间，他那矮墩墩的身影，就淹没在雨雾中，不见了。

事情果然不出大虎所料——小春回来说："沙土岭被水冲开了半丈多！"

"沙土岭冲开啦！"这消息像长了翅膀，一眨眼便传遍了工地。

大虎觉得头发胀。这时，他就像看见支书李三刚正带领着李庄的社员们，抢筑堤堰，与水决战。又像看见大水已经冲进了国家粮库，那一排排像小山般的粮垛，变成了一座座小岛，漂摇在大水中……过一阵，大虎镇静了一下，觉得头脑清醒了。他心里想：走！带领全班人马，去堵住它！可是，他抬头向工地一望，群众已经乱了。只见，大家都住了手，仨一伙，俩一帮，凑在一起，议论纷纷。有的说"糟透了"。有的说"好极了"。有的唉声叹气，搓腚跺脚，也有的欢欣若狂。

大虎想："作为一个指挥员，在这种情况下，我要沉着，要冷静，要设法说服群众，不能急躁……"于是，他飞步登上高岗，大喊一声，压下了风声雨声，压下了吵嚷的人声，大家都集中到了他的周围。大虎说："同志们！乡亲们！沙土岭冲开了，大家说怎么办？"

"去堵住它！"一些人在接应。有一部分人不吭声。还有少数人说："这一开我们就省劲了！"大虎一见这情景，觉得需要把道理和群众讲清，便说："对！我们一定要去堵住它！……"

这时，王二牛走上来，打断大虎的话说："我说大虎呀，你还是'社迷'呢，怎么糊涂啦！……"

"我糊涂啥？"

"咱这满洼庄稼，是大伙用汗水换来的，长得这么好，又淹得这么苦，你就不心痛？"二牛说到这里，见有的人似乎在同情他的说法，于是他又补充说，"再说，这又不是咱们扒的，咱何必……"

"对！我同意这个意见！"那位"直杆炮"当啷插上这么一句。

"二牛，我问你，"大虎抓住了二牛这领头人，"我们挑沟是为了排水不？"

"是啊！"

"排水是为了救庄稼不？"

"是啊！"

"救庄稼是为了打粮食不？"

"是啊！"

"那国库里是啥？"

"粮食呀！"

"我们能为了救这还没拿到手的粮食，眼瞅着让那已经打到囤的粮食被水冲走吗？"

"那是两码事！"

"咋的两码事？"

"这是咱队的……"

"那是谁的？"

"国家的！"

"国家的重要？集体的重要？"

"那，都重要！"

"不对！"大虎觉得是火候了，便把胳膊一挥，大声说道，"同志们！个人比集体，集体是大天！集体比国家，国家是天上天，更重要！没有党和毛主席，就没有社会主义！没有我们的社会主义的国家，就没有人民公社！同志们，干革命不是为了个人发财，也不是为了一个小集体发财，而是为了建成社会主义祖国，为了解放全人类！因此说，我们仅仅不做损害国家利益的事情，是大大不够的！我们还必须积极去做有利于国家的事情！就是和集体利益有矛盾的时候，也必须这样！……"

大虎讲到这里，"直杆炮"冒出了一句："我通啦！"接着，人群中响起暴雷般的吼声："讲得对！"喊得最响的是小春。二牛也跟着喊了一声。不过，他喊完，望了望周围的人们，又自言自语地说："咱就是看得近呀！"

接着，大虎一声高喊："拥护社会主义的人们跟我堵口子去！"

这时，人群中一阵骚动。随后，海潮般的人流一直向东，蜂拥而去。大虎、小春，一高一矮，一前一后，走在人流的最前头。

他们刚走出不远，只见泅渡深水去向支书汇报的文华迎面奔来。他气喘吁吁地向大虎说："爹！支书完全同意我们的做法。现在沙土岭冲开了，支书正带领李庄社员保卫粮库，让你暂停挑沟，带领全班人马，坚决把决口堵住！"

"对！"

话音未落，脚步更加快了。

风在刮，雨在下，水在流，人在奔！

第十六章

沙土岭，位于高庄和李庄之间。它的形状，很像一条土龙，弯弯曲曲趴在地上。不过，它的厚度，并不相同。有的地方，宽达几十丈，有的地方，只有一丈多。现在，积水就从这最薄处，冲开了一道决口。

大虎带领百十号人，来到决口处，一下子惊住了。只见，浑黄的积水，正顺着一丈多的决口，滚滚向东，直冲而去。又见，李庄南边，人山人海，喊声震天。这是国库职工和李庄的社员们一起，为了保卫国库，正在与水决战。看他们的活动情况，可以知道：随着积水的急速上涨，新筑起的护库堤，已到了危急关头！

说来也怪，原来大虎望着村庄周围的这片积水，恨不能一拳把地球打个透眼儿，让它立刻漏净。可是，现在他眼瞅着这积水正往外流，又恨不能搬座山来，把它堵住。他觉得心里一阵透凉，木然站在那里。只见他胸脯上的疙瘩肉，一块块地鼓起来，脖子上的青筋，也一条条地涨得棱粗。这时，他真想呼口气，把憋在肚子里的气倒出来。可是，他又见大家都在屏住呼吸，盯住他，从而使他感到：在这时，一个指挥者的举动，对大家的心理，将产生巨大的影响作用。于是，他把搭在肩头的褂子摔到地上，大吼一声：

"同志们！垫土！"

"对！垫土！"

紧接着，上百张镐锹，一齐飞舞起来。

谁知，猛垫了一阵，根本没顶事。扔下去的土，都被水流冲跑了。细心的文华，建议道："爹，这个搞法不行。你看！"其实，大虎已经啥也看不见了。因为他一边干，一边在想着国库，心灵完全被可怕的阴影罩住了。他只觉得气攻头皮，热油煎心，眼前有一团旋转的黑雾。文华一喊，他才用力使自己镇静下来。他凝神观察了一阵，向大家喊道：

"停一停！停一停！"

人们都停住了。所有的人，都像战士等待命令似的，用眼睛注视着大虎。大虎指着滚滚东流的水面，向大家说：

"这个干法，白费劲！土都被水冲跑了……"

"就是嘛！叫我看，堵不住了，干脆算了吧！"

二牛接着大虎的话音，就劲儿插上这么几句。他这几句话，使大虎满肚子的火气爆发了。只见大虎两手叉腰，虎视眈眈地盯住了二牛。接着，他跨着坚定而又缓慢的步子，走下高岗，一步，一步，向二牛逼近。这时，小春和文华，活像两个"保镖"的，一左一右，随在大虎的身旁，和大虎一同前进着。

当大虎走近时，二牛胆怯地盯着大虎，仿佛突然被谁推了一把，身子摇摇晃晃，脚不由主地向后倒退着，倒退着。看他那可笑的架势，就像怕大虎一口吞了他似的。

此刻，二牛那些消极落后的往事，也在大虎的脑海里出现了。这些往事，一件接着一件，越来越多，渐渐充满了大虎的脑海。这些往事在大虎心里注满了愤怒，驱使大虎，要狠狠制裁二牛。他上牙咬住下唇，眉头一皱，拳头握紧了，慢慢地离开了腰……

正在这关键时刻，伟大领袖毛主席的一段教导，在大虎的脑海中一个巨浪打上来：在改造落后分子的工作中，主要的应采取耐心感化的方法，禁用单纯惩办的方法。对于逃兵也不是单纯惩办的方法所能解决问题的，必须采取教育感化方法，更要绝对禁止枪毙逃兵。单纯的惩办，甚至打骂的方法，只是一种脱离群众而毫无效果的方法。

毛主席的这些教导，具有一种无比强大的力量，震撼着大虎，把大虎一时激动的感情压了下去，并迫使大虎把刚要举起的拳头收回来了。

不过，大虎那股被压抑的感情，还不肯服输，它从头脑转入胸膛，在猛烈地撞击着大虎的胸膛，使得大虎的呼吸急促起来。大虎伸出两根手指，像剑头一般指向二牛：

"你这个逃兵！"

大虎这突然爆发的吼声，就像一声炸雷，吓得二牛身子一抖，仓皇地向后倒退了几步。这当儿，他脚一滑，"扑通！"坐在泥窝里，砸得泥水四处飞溅，弄了周围人们一身泥点点。

人们见他这副洋相，都哭笑不得。接着，人群中，有些人在愤怒高喊：

"二牛，你不愿干就滚吧！"

"我们要革命到底，不当逃兵！"

在人们乱喊的同时，大虎转身疾走，又回到原来讲话的地方。

"大家说得对！我们要革命到底，不当逃兵！"大虎扯开他那粗大而又洪亮的嗓门儿，重复着群众说出的一句话。这句有力的话，把嘈杂的人声，通通压了下去。剩下的，只有那不听指挥的风雨声了。就在这当儿，一道电闪，在大虎的身边闪耀着。只见，大虎那紫红色的肌肉，反射出蓝光，他仿佛一尊钢铁铸成的塑像，直挺挺地站在高岗上。

人们沉静了片刻，大虎像位临阵的指挥员似的，当机立断，发布了命令：

"小春！"

"有！"

"你带领二十个人，回村去扛木头，抱麻袋，准备打桩、装土！"

"是！"小春应了一声，又说，"麻袋怕不够！"

"麻袋不够用被顶替！"大虎说，"先去抱我的！"

大虎的话音未落，人群中一片喊声：

"先去抱我的！"

"我的家近，先抱我的！"

"我的被多，先抱我的！"

"把我那被都抱来！"

"…………"

小春领着一伙人，飞驰而去。大虎和大家一起，怀着期待的心情，目送着回村的人们。当他们那一个个身影，都消失在雨雾中以后，大虎又向大家说：

"我们这些人，要一边干着一边等着！"

"对！""直杆炮"说，"你出法子吧！"

"好！"大虎喊，"文华！"

"有！"

"你带领五个会游水的青年小伙子，下水筑起'人墙'，挡住水流！"

"是！"

"其余的人，听我指挥，准备往里垫土！"

"好啦！"一片应声未落，人们都拿起了家什，拉开了架势在等待大虎新的命令。

这时，文华也已经把准备下水的人挑好了。接着，文华两手抓住两扇衣襟，往两边猛力一扯，只见五个纽扣向四处飞去，有的落在水里，有的碰在镐锨上，发着不同的响声。随后，他便"嘭"地跳下水去。这时，其余的四位小伙子，也都脱了上衣，准备下水。可是，都被大虎那条胳臂拦住了。

原来，文华跳入激流以后，根本没有站住脚。只见他，拼命地挣扎一阵，便被水冲走了！又见他，挣扎在湍湍的流水中，忽而浮上来，忽而沉下去，忽而在漩涡中打转转，忽而又像脱弓之箭，破浪而去……这时，站在岭上的人们，都吓傻了。有的人，状若木鸡，痴痴呆呆，面色铁青；有的人，咬住嘴唇，两泪汪汪，面色蜡黄；有的人，手举到半空，不动了，僵住了；有的人，脸像"关公"，眼像"张飞"，嘴像"八万"。这时节，要不是大虎大喝一声"不准下"，下边就是口热油锅，也早有许多人跳下去救文华了。

这时，大虎的心情，和大家一样焦急。不过，他的注意力，却与众不同。只见他，双手叉腰，面水而立，两只直瞪瞪的大眼，向村子的方向眺望着，久久地眺望着。说实情，回村的人们，走了也只不过抽两袋烟的工夫。可是，大虎觉得他们走了已有半年，早就该回来了！

客观事实对人是无情的。大虎盼了一阵，仍然见不到一个人影儿！在这种情况下，他急中生智，忽然想起了一个办法。于是，他一挥手，向大家喊道："同志们！现在头等重要的大问题，不是文华，而是国库！同志们！我又想出一个办法：我们先从上游，拉起'人绳'来，一齐往前走，可能水就冲不走了！大家看看怎么样？"

"你看！在这个节骨眼上，他又考虑出新办法来了！"人们不约而同地都这样想着。接着，又不约而同地回答大虎："行！试试看！"

正在这时，文华从人们的背后跑上来。原来他终于摆脱了水的主流，又游回来了。

大虎挣脱了人们的阻拦，一手抓住文华，一手抓住"直杆炮"，一边又接上了一个人，五个人形成一条"人绳"，从决口的上游，迎着决口，顺水走来。只见，越走水越深：先齐膝，后排叉，继而没了腰，接着便齐了肩膀，并且，越走水流越急，先是"一"字形，后来变成了弧形，这弧形越来越大，越来越大……最后，大虎竟把文华的手腕抓去了一层皮，文华的手腕还是溜了出去，"人绳"断了！幸亏边上的人们早有准备，用力把中流的大虎、文华、"直杆炮"，分别拉到了两边去，才没有被水冲走。

又一次试验失败了！

大虎向大家喊道：

"同志们！毛主席说：斗争，失败，再斗争，再失败，再斗争，直至胜利——这就是人民的逻辑……"

"对！我们要按主席的指示办事：再斗争！"大家一齐回答。

接着，"直杆炮"说："大虎，你再拿法子吧！"

这时，大虎想起了毛主席关于有困难找群众商量的教导，便说：

"毛主席说过，群众才是真正的英雄，法子还得大家来想呵！"

随后，人们就近而聚，自由结合，分成了若干小帮，你一言，我一语，都为战胜水流动起了脑筋。

正如俗话说的："困难见了群众，就像瓦霜见了太阳。"经过一阵唧噜，办法想出来了：把"人绳"排成若干层，一齐往前走，形成一道厚厚的"人墙"，水就冲不动了。

实验结果，真是"人多力量大"，水算认输了，"人墙"筑起来了！

岸上的人们就一齐往"人墙"的上游扔开土了。谁知，实际斗争中的困难，往往比人们预料到的要多：扔下去的土，大都顺着人腿的空间，顺水溜走了！这时，有人向水中的人们建议说：

"我看不顶事，你们快出来吧，别受这份罪了！"

"不！受点罪有价值！"水中的大虎说，"这能大大减慢水的速度，能少流过一些水去也是好的！"

"对！我们坚决不出去！"水中的人们一齐响应。文华接着说："我这个宣传员教歌了，大家学不学？"

"学！"

接着，文华一边编，一边唱；他唱一句，大家随一句：

"革命的时代革命的人，"

"革命的时代革命的人，"

"钢铁的意志火红的心；"

"钢铁的意志火红的心；"

"天大的困难我们不怕，"

"天大的困难我们不怕，"

"敢叫老天服我们；"

"敢叫老天服我们；"

"为祖国，"

"为祖国，"

"为人民，"

"为人民，"

"誓与国库共生存！"

"誓与国库共生存！"

"…………"

他们正唱着，回村的人们，扛着木头、麻袋，赶来了。接着，七手八脚，一阵乱忙，上边忙，下边唱，决口很快便堵住了。

"我们胜利了！"整个工地，一片欢呼。

大虎站在高处，他的左边是小春，右边是文华。只见，大虎挥臂喊道：

"同志们！乡亲们！决口虽然堵住了，可水还没排出去，最后的胜利，还在前面等着我们！……"

大虎正讲着，文华突然指着水说：

"水，你们看！"

文华的话音未落，所有的眼珠子，都盯住了水面。只见，浑浊的积水，正在缓缓向西流动。此刻，大虎的心里，又起了火，他忙向大家说：

"一定是黄土岗又被冲开了，同志们，我们再去堵住它！"

"对！去堵住它！"

人群又拉成了一溜长蛇阵，顶风冒雨，向西前进了。

第十七章

大虎带领人群，一直向西走着。风雨越来越小了。可是，水的流势越来越大。这时，急得他心如油煎，恨不能两臂变成翅膀，一下子飞到黄土岗。因此，他不断地向后挥臂高喊：

"同志们！走快一点呀！"

大虎喊一次，人们的脚步加快一点。现在，人们已经不再是走，而是跑起来了，可是听到大虎还在前头喊：

"同志们！再快一点呀！"

从沙土岭，到黄土岗，正路过高庄村里。当人们一溜飞跑，来到高庄村头时，只见那些没去挑沟、堵口的老年人和孩子们，也冒着风雨向西跑着。

他们干啥去呢？大虎怀着惊奇的心情，追上了文华娘，问道：

"你往哪里跑呀？"

"黄土岗。"

"干啥去？"

"说是人家刘庄把黄土岗挑开了……"

"谁说的？"

"据说，方才刘庄派人送信来了，让我们停止挑排水沟……"

"他们为啥挑开？""直杆炮"一步赶上来，拦腰问了这么一句。文华娘一拍巴掌说："我也不知道呀！这不正想去看看吗？莫非天底下真有这样的稀罕事儿？"

"刘庄把黄土岗挑开了！"这个消息就像电流一般，从队伍的这一头，刷地传到了那一头。接着，人群中七言八语，议论纷纷。"直杆炮"伸着大拇指说："人家刘庄的风格高呵！"二牛摇得头像货郎鼓："怕不是真的！"……这议论声中，有相信的，也有怀疑的。这时，并没有人说继续前进，可是人群却一齐向黄土岗拥去。只有"直杆炮"没有去，他向牲口棚跑去了。

黄土岗像一座小山，蹲在了高庄和刘庄之间。据传，从前这黄土岗下，是一片洼地。按照水的自然流势，正是高庄的出水口。后来，刘庄的三家大地主联合起来，以改造"风水"为名，硬筑起了这个黄土岗，挡住了高庄的泄水之路。

现在，高庄的人们来到了黄土岗下，一看，果然是挑开了一道沟。岗东的积水，正顺着那条沟，哗哗地向岗西流着。这时，刘庄那些挑沟的社员们，正站在黄土岗上，望着这滚滚的流水，喜在心里，笑在面上。当高庄的人们赶到时，刘小兰笑呵呵地说：

"你们想来帮忙呵？来晚啦！"

"不！"小春说，"我们是来堵口子的！"

"堵？"刘庄的一位小伙子说，"我们怕你们来堵，才在这里守卫它呐！"

刘庄的另一位小伙子，虎势势地端起了大铁锨，风趣地说："你们硬要堵，我们就和你们动这个！"

"用不着动武！不过，你们得讲道理！"文华说，"你们支书呐？"

"去帮助兄弟队啦！"

"队长呢？"

"上河啦！"

"你们哪位是负责人？"

"我是负责人！"小兰赶前一步，站在文华的面前，"道理很简单——"

她向岗东高庄的庄稼一指说，"你来看——你们这一片，整整八百亩，亩产四百没问题！"她一转身，又指着岗西刘庄的庄稼说，"你再看，我们这一片，也是八百亩，亩产三百不保险！"然后，小兰又转向文华，"因此，为了给咱们的社会主义祖国多增加一点财富，我们的支部和社员们一致决定，挑开了这条顺水沟！"小兰说到这里，又暗含着笑意加上一句，"文华同志，如果你真正拥护社会主义，我想你是不会有意见的！"

这时，文华张了张嘴，没有答上话去。站在旁边的文华娘，听小兰这么一说，心里激动起来。她抢前几步，一下子抱住了刘小兰。这未来的婆媳俩，胸挨着胸，脸贴着脸，都激动得说不出话来。只见，文华娘的眼里，滚出了两颗兴奋的泪珠，淌在小兰的脸上。

与此同时，那边的一帮小伙子把刘庄的人们抬了起来，一边往上举，一边欢呼。周围的人们，乐得又蹦又跳。他们一边蹦着，跳着，一边向被举在半空的人们挥手道谢：

"同志们，我们感谢你们！……"

这当儿，雨住了，风停了。大虎正站在一棵枯树下，望着它，久久地出神。这棵枯树，已经彻底死了。如今，枝丫已被折去，树皮也被剥光，只剩下了树身子，光秃秃，白嗤嗤，没有一点儿生气。

"爹，你在想啥呀？"

文华这一句，打破了大虎的沉思。大虎叹了口气，指着枯树问文华道：

"文华呀，你知道这棵树的故事吗？来，我讲给你听。"

这时，人们也都围上来了。接着，大虎便讲了这样一个故事：

三十七年前，也是下了这样一场暴雨，岗东的庄稼都淹没了。那时节，岗东的地，都是高庄的，高庄都是些穷苦农民。岗西的地，都是刘庄三家大地主的。一天晚上，文华爷爷领着高庄的穷人们，来到黄土岗，要偷扒口子。当时，给地主扛活的小兰爷爷，正在这儿守护着。当高庄人们来到时，小兰爷爷不但不阻挡，反而帮着大家一起干起来。当时，有人替小兰爷爷担心，问他说："要让地主知道了，他能轻饶你？"小兰爷爷说："我豁上这条命顶住他了！要不，岗东的庄稼救不出来，还不知要饿死多少穷人呢！"就这样，口子便很快扒开了，水全放了过去。

次日清早，地主一看急了。他把小兰爷爷吊在这棵树上，边打边问，要他说出扒口子的人来。英雄的小兰爷爷，他有着穷人的骨气，地主把他打得死去活来，他仍是宁死不肯说。正在这时，文华爷爷赶了去。他把胸脯一挺，向地主说："你不要打他啦，口子是我扒的！"……当时，文华爷爷是想用自己的生命，把小兰爷爷救出来。谁知，地主的心比狼还狠毒。结果，他把文华爷爷和小兰爷爷一起吊在了这棵树上，都给活活打死了！……

大虎讲到这里，文华和小兰，都一下子抱上了这棵枯树，同时喊了一声"爷爷"。接着，他两个人的四只眼睛，都淌出了仇恨的泪水。这时，周围的人们，眼圈儿也都湿润了。于是，大虎向大家说：

"乡亲们，同志们，擦干眼泪吧！罪恶的旧社会，就像这棵枯树一样，已经彻底死去，它永远不能复活了！不过，我们不要忘了过去。只有记住过去的苦，才知今天的甜！大家想想看，同是一个地方，同是一件事，为啥情况完全不同？"

"时代变了！"

"亏了谁？"

"亏了毛主席！"

"亏了共产党！"

群众的呼声落下后，大虎又一挥胳臂说：

"对！同志们，乡亲们，让我们感谢共产党，感谢毛主席吧！没有党和毛主席的英明领导，就没有新社会，就没有这样的共产主义风格！……"

大虎讲到这里，人群中响起了一片雷鸣般的欢呼声：

"共产党万岁！"

"毛主席万岁！"

"万岁！"

"万岁！"

"万万岁！"

欢呼声落下了。大虎接着又说：

"同志们！乡亲们！今后，我们更要读毛主席的书，听毛主席的话，按毛主席的指示办事，要站在家门口，眼观全中国，胸怀全世界！……"

大虎讲完，走到小兰面前，紧紧握住他那未过门的儿媳的手说：

"小兰同志，请你告诉刘庄支部的同志们，告诉刘庄的全体社员们——

今后，无论风里雨里，高庄的全体社员，将和你们永远在一起，紧紧跟着党的红旗，并肩前进！"

"是！大虎同志。"小兰认真地说，"我一定向我们的支部，向刘庄的全体社员，转达您的意思！"

"不！"大虎说，"这是高庄全体社员的意思！"

正在这时，"直杆炮"赶着大白马和小马驹跑来了。

文华问他："'直杆炮'，你赶它们来干啥？"

"直杆炮"说："我觉得实在没法儿向刘庄的同志们表表咱的心了！"

刘庄人们一见自己的白马，忽地围上来。有人问："这小马驹是哪里的？""老白马生的！"这时，刘庄的人们，都乐得跳起来。

大虎向刘庄的人们说："同志们！这匹白马，是因为配不上套，才从刘庄到高庄去的。今后，再过几个月，它就可以配套了。这是高庄社员们的一点小意思，请同志们收下吧！"

人群中，又是一阵欢呼。在这欢呼声中，小兰眉飞色舞地抓住大虎的手说：

"大虎同志，我代表我们队的全体社员，感谢你们……"

大虎笑吟吟地打断小兰的话说："不要你们我们的，咱们都是社会主义大家庭的一员！……"

正在这时，那边"直杆炮"摸着文华的头向小兰嚷道："喂！小兰，连这个大活人也留下吧！"

文华涨红着脸，向"直杆炮"扑打着。

小兰似笑非笑，用眼角儿轻瞟着文华，不搭腔。

大虎老婆笑哈哈地说："文华是一定要来的。不过得要另选个日子！"

人群中又是一阵欢呼。在这欢呼声中，刘庄的人们又把高庄的人们举起来……

高庄和刘庄的人们，各自回村了。他们，虽然一东一西地走着，可是，都在唱着同一支歌曲：

东方红，太阳升，

中国出了个毛泽东；

他为人民谋幸福，呼儿咳哟！

他是人民大救星……

这歌声，把天空中的乌云唱散了。一轮红日，从云缝里钻出来，把金色的阳光，洒在原野上，洒在人们的心里。

二牛和"直杆炮"并肩走着。"直杆炮"问二牛说：

"哎，二牛，还怀疑不？"

二牛没有正面回答。他说：

"人家刘庄的风格是高呵！"

第十八章

次日一早。

雨住了。风停了。天晴了。

天空，蓝洁如洗。地上，积水已退。被水浸泡过的泥土，还饱含着水分，散发着香味。

昨天，社员们又是排积水，又是堵决口，苦战了一天，都已经累了。因此，队委会决定：今儿休假一天——让大家养养锐气，好迎接新的任务。可是，勤劳有素、早起成习的社员们，尽管在这假日，还是起得很早。

你听！随着雄鸡的啼叫，家家响起了开门声。接着，又是脚步声，说笑声，歌唱声，近近远远，起起落落，越来越多。你看！他们仁一伙，俩一帮，过大街，入小巷，你南我北，东奔西走。他们干啥去呐？目的各有不同。那些学习毛主席著作的辅导员们，要找一个安静的地方去学习，好争取比别人先行一步。那些"文艺家"们，都奔向俱乐部，要把昨天的斗争编成文艺节目，演给社员看，说给社员听。那些姑娘们，是由于压不住兴奋的感情，歌喉找弦手，要来个你弦我歌，唱上一段。那些老人们，都觉得年轻了十岁，在家里坐不住了，要去找个投情知己人，把昨天的胜利痛痛快快地议论一番……总之，男男女女，老老少少，都满怀着斗倒天公的喜悦心情。街街巷巷，家家户户，都笼罩着丰收在望的欢乐气氛。

这时候，"社迷"高大虎，坐在炕头上，倚着被窝卷，正在学毛主席著作。只见他，把书伸在膝盖上，微微颤动着身子，两眼直盯着字面。有时候，眉头紧皱，嘴角撬动，仿佛被什么问题难住了，有时候，眉笑颜开，轻轻点头，接着又用铅笔在书上画一下，看来又一个什么新的收获装入了他的脑海。

"你看乐得你！又学了个啥呀？"正在地下洗衣服的大虎老婆问道。可是，由于大虎的思想太集中了，他根本没有听见。直到他老婆又重复一句，他这才像大梦方醒，抬起头来，笑呵呵地说：

"哈哈，收获大啦！你要听吗？我可以给你讲讲……"

"我倒很想听。不过，还是以后再讲吧！"老婆说，"叫我看，你还是先琢磨琢磨咱队上往前的工作吧。要不，一会儿干部还要来找你这个参谋！"

这些话，本很平常，可是，现在突然从他老婆嘴里说出来，大虎听了，觉得心里就像糖里拌蜜，蜜里调油，又香又甜。大虎高兴地意识到：她确实进步了！因此，尽管他现在正是对照毛主席的指示，在考虑今后的工作，并且，已经想出了一些眉目，可是，他并没有这样说，他只是鼓励老婆说：

"对！你说得太对了，太对了！"

大虎老婆得到老头子这样的回答，也还是头一次。当然她也高兴。可是，她不愿把心中的高兴在这种情况下表露出来。于是，她装作不爱听的样子说："俺不是小孩子，谁用你表扬！……"谁知，真正的情感是压不住的，她说着说着，还是笑了出来。

正在这时，支书一步闯进屋来。他手中抢着烟袋，笑哈哈地说："嫂子，谈恋爱啦？"大虎老婆嬉笑着："看你这支书，也不怕失官体！"大虎紧接着说："是呵，喜旺说的：我们也是先结婚后恋爱呀！"随后，都笑起来。

支书笑着，见大虎手摁着腿，嘴咧了一下，就说："伙计，听说你这腿又痛上啦？"

"就是嘛！说来也怪——"大虎笑着说，"这场大雨一来，把痛吓回去了；现在水排出去了，它又上来了！……"

"水灾能治腿痛？你这个发明该登登报啦！"

俩人又是一阵笑。支书收住笑说：

"我想帮助你们队开个干部会，安排安排往前的工作。"

"那太好啦！"

"就在你这炕头上开。"

"行！"大虎又向老婆喊道："哎哎，你当个通讯员吧！去……"

"不用啦！"支书把手一摆，又说，"我知道你腿不能走，又怕少你这个贫协代表是损失，所以已经把地点通知他们了……"

他们正说着，门外响起了歌声：

> 太阳红，太阳亮。
> 太阳的光芒万万丈；
> 我们中国俩太阳，
> 两个太阳不一样：
> 一个太阳住北京，
> 一个太阳挂天上；
> 天上的太阳暖皮肤，
> 北京的太阳暖心房……

接着，开会的人便陆陆续续上来了。他们中，除了以队长周四成为首的干部以外，还照例吸收了老农王二牛。

人到全了。支书说："借社员休假的日子，咱们加加班儿，开个小会儿，商量商量往前的工作。"支书李三刚简单地说了这么几句，大家就习惯地发开了言。

"刘庄队，挑沟引水，淹了自己，救了我们，我考虑着：往前，头等重要的任务，是从人力上，物力上，千方百计，帮助刘庄队，开展生产救灾……"

队长周四成一说，"社迷"高大虎乐了。他所以乐，并不只是因为四成正好说出了他想说的话；更重要的是，他觉得四成这孩子，在看问题上又进了一步。你想呵，当发觉接班人有了进步时，谁能不高兴呢？不过，他并不满足于四成的这一进步，他觉得四成说的还少点东西。于是便说：

"四成呵，你说得不错。富队对穷队，应当从人力、物力上进行必要的帮助。不过，更重要的，首先是从政治上帮助他们……"

"对！精神变物质。"支书接过来说，"帮助穷队，是为了激发他们同咱们一起奋发图强，多为国家增加财富，建成社会主义；如果，光是把东西从这边搬到那边，意义就小了。"支书稍一停，又补上说，"当然，大虎同志说得对：必要的物质援助，是不可少的。"

队长点点头。大家也表示同意支书和大虎的意见。接着，支书指着二牛说："你这老农该出个点子呵！"二牛说："叫我看，抓紧给庄稼追肥是个大问题。"他说着，回手推开了后窗，让一幅美丽的画面照进屋来。只见，刚被大水洗过的庄稼，绿绿葱葱，一尘不染，更加鲜艳可爱了。这时，人们都眼望着窗外的盛景，回忆着昨天的水情，笑在面上，喜在心里。二牛指着窗外的庄稼，又说："现在是好看！可要不追肥，就越长越黄。地太湿了！"

"是呵！"队长说，"我想赶快买化肥，每亩追上它七八十斤……"

"对！就得那么办！"二牛接应着。大虎接着问："买那么多化肥？钱呐？"

"我想跟公社党委请示一下，从农业银行里贷一部分款……"队长一面说着，一面瞅着支书。他的意思是，想从支书那里得到赞同和支持。作为富有经验的李三刚，对这件事当然是胸有成竹的。不过，他并没有当即表示态度，只是笑呵呵地说："大家看看，这法儿怎么样？"他嘴里说的是大家说，可视线却落在了大虎身上。这时，大虎磕去烟灰，又狠狠地吹了两口，说道：

"这法儿使不得！"

"为啥？"

"我们要自力更生嘛！"

"自力更生也得实事求是呀！庄稼不追肥不行；买肥钱又不够，不贷款咋办？"二牛在为队长帮腔，反驳大虎的意见。大虎没有正面回答，反问二牛说：

"要都像咱队这样有点困难就向上伸手，叫国家咋办？"

这一问，把二牛问住了。这时，有些人点头。大虎接着说：

"不论啥事，在为小集体着想以前，要先为国家想想……"

甭管咋说二牛又琢磨出理儿来了："别的是假的，没本钱反正不行！"

大虎说："干劲就是本钱！"

二牛说："干劲能顶肥用？"

大虎指着窗外被雨淋倒的一些破墙说：

"你来看！"

人们向窗外瞅着。脑筋灵活的队长首先说话了："大虎叔，我明白了！"

"你明白啥？"

"你是说，发动社员砸房土上地！对不？大叔？"

大虎笑着，点点头。这时，爆发了一阵议论声："这法比买化肥还来得爽呐！""俗话说得好，涝洼地，上房土，没有走！""这不光少给国家添负担，还能减少生产成本呐！""再说，旧房土上地，重修新房，一举两得！"

人们议论着。善于发扬民主的支书，原来坐在一旁，笑呵呵地听着，一言不插。后来，他见人们的意见一致起来了，这才抢着烟袋，慢悠悠地说："地这么湿，道不能行车，咋往地里运呐？"支书这一句，使人们紧张起来。有的低着头，有的瞪着眼，都不能回答。

"我倒想过这个问题。"支书向窗外的水沟一指，接着说："顺着沟，用船运，大家看怎么样？"

"哪有船呐？"

"对！"二牛说，"你向公社要求要求，给咱弄几只船来……"

"又向上伸手，是不是？"支书虽是质问的口气，可是笑呵呵的。他接着又说："咱们用门板、木头，自己做'船'不行吗？"

"行！太行啦！"大家一齐响应着。年轻的队长高兴地说："这一下问题全解决了！"

"不！才解决了一半。还要解决个理论问题！"支书说，"这就是毛主席说的：在战略上我们要藐视一切敌人，在战术上我们要重视一切敌人。……"

大虎接过去说："支书，我明白啦！"

支书笑笑说："老伙计，你又明白啥啦？"

"我的毛病就在这里！"大虎说，"我对自力更生解决追肥问题的决心是有的，可是，对这当中的问题还考虑得不细……"

队长说："我原来想向上伸手，这说明决心不大，也就是不敢在战略上……"

"行啦行啦！"支书说，"今天咱不是开的检讨会……"

大家哈哈笑起来。

快散会时，支书突然问队长："哎，大虎腿痛，那牲口交给谁啦？"

"刘老三替他呐！"

"他体格不好呵！"

队长周四成风趣地说："以后想让文华代父喂牛呐！"

大虎老婆就劲硬插进来："俺文华可要办喜事啦……"

"办喜事还妨碍喂牛呀？"

"他要'倒过门'哩！"

"大虎婶，你通啦？"

"俺早就通啦！"

众人又笑起来。

…………

社迷续传

引　子

"社迷"是个有风趣的人。我来举几个例子。

第一个例子：他说话很有意思。比如有一回，我问他："大爷，多大年纪啦？"他说："你猜一猜？"我见他体格健壮，精神旺盛，满面红光，就说："有四十了吧？"他眯笑着说："'逢人减岁、遇货加钱'——这个要诀你算掌握了！"接着他告诉我，他已经四十八岁了。我又问他解放前的产业，他说："只有三样，一是汗，二是泪，三是爹娘抛下的账！"我说："再也没别的了吗？"他说："再有就是跟人家伙着的了——像头上顶的天，脚下走的路，还有日光、空气、风、雨、霜、雪……哪样没有我的份儿？"我打趣说："还有呐——你这百十斤……"他抢过话头说："我这百十斤穷骨头吗？那时节，也租给人家财主喽！"随后，他对我说，他从十岁死了爹，十一就扛小活，一扛扛到解放。

第二个例子：他处理问题也有意思。有一天，邻家两口子打吵子，四邻八家，男女老少，都来劝架。你听吧，说情的，讲理的，高声大嗓的，慢言细语的……七嘴八舌，嚷成一锅粥。这时候，"社迷"也来了。他与众不同——只见他，站在人群中，吧嗒着旱烟袋，一言不发。看他那悠闲劲头，仿佛是专为看热闹来的。可是，他听了一阵，知道他们是为推粪吵架以后，就不声不响地溜进磨棚，装上一车子粪，一边往外推，一边喝道："借

107

光——闪开——碰着了！"吵架的两口子，一看毛了神。女的说："大叔，可不能叫你受累！"男的就抓住车子把："大叔，我推吧！""社迷"说："我行呵——你们忙呀！""没啥忙的。""你们不是忙着吵架吗？""社迷"这一句，引起一阵哄笑。吵架的两口子，对视一眼，也都笑了。

第三个例子：他的为人更有意思。最大的特点——好管"闲事"。队部就在他的东屋里，他自告奋勇担任"通讯员""公务员""警卫员"……开会，他打集合钟，谁要没到，他还上门去叫。分东西，他挨户送信，没劳力的户，他就送上门。白天，他抽空摸空，拾拾放放。夜晚，他和衣而睡，负责保卫粮仓、账房。还常有这样的时候：队干部们去开会的开会，干活的干活，有人来找队长，如果碰上他，他就说："队长不在我就是队长，有啥事跟我说就行！"人家说了，事小，他就办了；事大，他就说："你'打轿回府'吧！队长回'朝'来，我替你'奏本'！"还有这样的时候：干部们在屋里开会，他端着饭碗坐在门槛上，一边吃一边听。听到节骨眼处，还要插上几句。如果干部们说："来，你也列席我们的会吧！"他却说："你们开你们的会，我是吃饭的；咱们是'鸡市、鸭子市，鸽子另一市'！"一到街上，他又活像个警察，不是截住这个的车，让人家搭搭油；就是拦住那个的犁，说人家的铧头没擦干净。下地干活时，他也多一套——不是捎着磨镰石，就是捎着锤子什么的。间歇时，有的打扑克，有的讲故事，有的看书报，有的逮蝈蝈。他却什么也不参与，把修理工具一摆，大声招揽道："开张啦，开张啦，有活的送来喽！新开市的买卖，用俺就是捧场！"有时把大家逗笑了，他却从来不笑。

像这类的事儿，《社迷传》上还有许多。我是要写"续传"的，当然不能照录"本传"。这里我只是抄下这么几个例子，以证明"社迷"是个有风趣的人而已。

以上算个"引子"。下边"书归正传"。

春播时节

春播时节。

这天，队上的饲养员病了，"社迷"代理他的工作。"社迷"上任的头一天，就赶上队长来要牲口去砘地。"社迷"说："来得不巧——牲口都派出去了！"队长见槽上还拴着一匹驴，他以为"社迷"是在开玩笑，上前解下来，牵上就想走。"社迷"上前拦住说：

"它不能使！"

"为啥？"

"病啦！"

"啥病？"

"还是老毛病呗！这个家伙可娇气啦——干几天，总得歇半晌；这几天太忙，没让它'休假'，今儿个晌午，闹开情绪啦——赌气连饭都没吃！"

队长认为活太忙了，牲口只是一顿没吃草，又没有什么正式的病，就说："先让它砘半天地去吧？没啥关系！"

"没啥关系像话嘛！""社迷"有点上火，"你不吃饭行不？"

队长忍住性子，耐心地解释说："哎呀，你不知道吗——春播急如火，一晚三分薄！要种不及时，就会影响全年的增产计划。再说，如今种子已经耩上了，再不砘就得'落干'……"

"种地要紧，我明白，可累坏牲口，谁负责？"

队长终究是个急性人，被"社迷"一质问，再也忍不住了，一急就说：

"我负责！"

"这个责你负不了！"

"我是队长，咋负不了？"

"牲口的使役，由饲养员负责，这个早有规定！"

"饲养员就不服从队长领导？"

"我好好经管牲口，就是最大的服从领导！""社迷"又犯了犟脾气，一把夺过缰绳，又说："说一千，道一万，我说不行就不行！"

"社迷"爱护牲口，队长心里明白。他没代理饲养员的时候，就把牲口看成队上的宝贝疙瘩。这时，知道扭不过他，只好说了声"罢罢罢"，回头就走了。

"社迷"是个明白人。队长走后，他又为起难来：队长说得对呀！庄稼种得不及时，秋后减了产，怎么保证国家的征购任务？怎么提高社员的生活水平？再说，到那时候，那些跟社两条心的人，又不知要吹什么风了……

他想来想去，急中生智，终于想出了办法。于是，他紧忙一阵，把牲口棚的活儿干完，就抽空先把砘子拴好了。

晚上，月明如昼。"社迷"吃罢晚饭，喂好牲口，又拍了牲口的屁股说："你们累一天了，好好歇着吧，我要告辞了！"说罢，拉起砘子去砘地了。

"社迷"出了村子，远远望见地里有两个人。走近一看，他们正在拉着砘子砘地，北头这个是队长，南头那个看不清。"社迷"问队长："南头那是谁呀？"

"那不是文阁吗！"

"是他？"

"哎呀，你怎么连自己的徒弟都不认识啦！"

接着，两个人都咯咯地笑起来。这有啥可笑的呢？原来这句话里包含着一段故事。

文阁借粮

"社迷"是个巧人，虽然什么师也没拜过，可是木匠、铁匠、瓦匠的活儿都会两下子。

这天是社员们的公休日。"戏迷"们冒着腊月的寒风，进城去看戏了；"棋迷"们找了个暖和屋子，聚在一块儿下棋了；"书迷"们踏雪上了公社图书馆；"写稿迷"们趁这机会当然要埋头书案；"社迷"呢？他把队上的破犁烂耙找来，又抢斧子又拉锯，叮叮当当开起了木作铺。

"社迷"正干得有劲，文阁来了。他是来找队长的，可队长不在。"社迷"说："还是那句话——队长不在我就是队长，有啥事说吧！"

"我想借，借点粮食。"文阁说，"队长回来时，你替我……"

"粮食好办，但有一件——"

"哪一件？"

"你得听我一段'政治课'。""社迷"不管人家同意不同意听，就一边拉着锯一边说上了，"现在没粮食吃，知道来找队长了；干活的时候，队长找你都找不着！整天价，不是钻到自留地里穷捣鼓，就是赶集上店去想红！到队上干活，三日打鱼、两日晒网，这是啥思想？要知道，队上是按劳分配……"

文阁知道"社迷"说人口冷，对谁也不留情面。这时听他越说越多，越说越深，就想借口"溜之乎也"。"社迷"喊住他说：

"你走干啥？我一不撒筷子二不收票，你怕什么？……今儿反正是休假的日子，你既然来了，我就抓你个差吧——来，帮我拉下锯吧！"

文阁还是光支吾，不想干。"社迷"说："那都是假的！我知道你是怕白搭工，放心吧，少不了你的工分！"

"你主得？"

"我咋主不得？队长批不准，我有工分嘛！"

这时，文阁一来出于无奈，二来也知道"社迷"亏不了他，就把拉下锯的差使应下了。

他们拉着锯，"社迷"接着上边的茬口，又讲起他的"政治课"："因你工分少，全队数你分的粮食少，这不假。可我替你算计过，若省吃俭用，也差不多。可你哩，有柴一灶、有米一锅，整天巧吃、细吃，哪像个过日子的来头！你呀，你给你祖上丢了人——你爷爷那时节……"

"社迷"说着说着，又挖苦上了。文阁实在压不住心中的火气，愤愤地说："你放明白点！我是找队长的，没有来找你！你抓了我的差不算，还挖苦人，你是干什么吃的？管得着吗？"说罢，一甩袖子就走。

"社迷"没着急，他喊文阁道：

"别走！"

"干啥？"

"捎着点东西！"

"捎啥？"

"你先等等。"

"社迷"说罢回屋去了。文阁只好在院中等着，想看看他究竟又出了什么点子。过一阵，"社迷"背着一斗粮食出来了。文阁一见，吃惊地说：

"粮食？这是你的吗？"

"我的你吃了闹肚子？我不像你一样，我分的粮食吃不了！"

"社迷"这一举动，又是在这么个节骨眼上，直羞得文阁无地容身，感动得他流下眼泪。只见他傻呆呆地站在那里，像捆卖不了的秫秸，手脚无措了。"社迷"拍他一下肩膀说：

"愣着干啥？不愿走就再拉一会儿锯吧！"

锯又继续响起来了。"社迷"真是个一斧砍到底的脾气，他拉着拉着，"政治课"又接上了。这回，他尽管说得更具体，更严厉，可文阁再也没有顶撞他。后来，他的"政治课"讲完了，文阁才说：

"大叔，你收我这个徒弟不？"

"你想学木匠？那你去找……"

"不。我想学着当'社迷'！"

正在这个节骨眼，青池一步闯进来。他笑哈哈地向文阁说："怎么？你也想当'社迷'？你不怕被骂呀？"他这一问，把仨人都逗笑了。

又笑什么？原来这话中也有个故事。

推粪风波

那是头年夏天，正在灭荒的紧要关头上，作业组长突然中了暑。

"人无头不走，鸟无头不飞"。在全组社员会上，有人提议让青池代理组长。"社迷"说他没生产经验，不同意。又有人提议让连山代理几天。"社迷"说他年岁大了，不该给他加这负担。青池不耐烦地质问道："'社迷'，这个不行，那个不行，你说谁行？""社迷"把全组人挨个地打量一遍，最后说："我吧！你们赞成不？"

说真的，"社迷"从各方面都够条件。人们所以没有推选他，是出于一种错觉——刚办社的时候，在选干建组大会上，人们都推选他当社长。他说："王中不是昨晚复员回来了吗？他比我哪儿不强？你们是有眼不识泰山！"他一说把人们提醒了，便一致推选王中当了社长。接着又选保管员，人们又提名"社迷"来当。"社迷"又说："这角色我倒是干得了，可王海比我也不差。并且，他有两点比我强：一来，他年纪大了，他干只占个半劳力，我干就占个整劳力，对生产不利；二来，他爱社，他的老婆也爱社，我老婆比不上他老婆……笑啥？我不是说的人样子！我是说，保管员是当家掌钥匙的，要跟有问题的人睡伙炕，那还了得！"人们觉得有理，又依了他。下边在选别的干部时，还是有人提"社迷"。但是，都被他用这样或者那样的理由拒绝了。从此，人们似乎得出了这样的结论："社迷"虽然好管"闲事"，可就是不愿当"官"。今儿他既然自报要代理组长，大家当然高兴，便异口同声地通过了。

"社迷"上任的头一天，就被青池骂了。原因是：青池推粪时，装的车子太小，大家有意见（因是小组集体包工），"社迷"批评了他；青池脸皮薄，再加累得够呛，一听就火了，把车子咣啷一放，愤愤地说：

"我就这两下子，不用拉倒！"

"社迷"意识到自己是组长了，所以开头没有着急，只是慢言细语地跟他摆道理。可是，像他这口冷的人，有时还是抑制不住，三说两说上了火，又挖苦上了："我看你是工分脑袋瓜子！你往自留地里推粪我见过，比这载还大呢，你推得赛小跑一样！你是啥思想？你对集体……"

青池是个粗鲁人，哪能受得了这一套！他放开大粗嗓子说："你芝麻粒大的个官，管的事可不少！老子就是这个样子，有法使去吧！"

"法当然有。""社迷"说，"晚上见！"

"晚上你吞了我？"

"我没那么大的嘴；可主得减你的工分！"

"减分吓唬谁？没分也一样吃饭！"青池说着，推起车子来走了。大家上前劝说，结果也没留下。

青池走后，"社迷"想：他推得少是不是还有别的原因呢？是不是车子不好使呢？……于是，他又懊悔自己太冒失，用拳头捶着自己的脑袋说："你呀你呀！怎么忘了自己是个干部？"

"社迷"跟青池是隔墙邻。收工后，"社迷"来到青池家。青池不在家。他跟青池老婆打了个招呼，就把车子推走了。来到家，试了试，车子果然有毛病。于是，拿出工具，叮叮当当地修理起来。

"社迷"正然忙着，隔墙听到青池回来了。他问老婆："车子呢？"老婆答："'社迷'推去啦。""怎么？真欺负人哪！减工分不算，还没收车子吗？"老婆问他怎么回事，青池从头至尾跟老婆学说了一遍。青池老婆是个刁泼女人，一听就火了，骂天吵地地闹开了。她一边指桑骂槐地骂"社迷"，一边说青池是个"孙蛋""大头""受气的布袋"……青池本来气就够粗了，又让老婆这么一浇油，火气更大了，把脚一跺，骂骂咧咧地找"社迷"来了。

青池进门时，还骂不绝口。"社迷"像个聋子，根本不理睬那些事，只顾忙着修车子。青池来到近前，一瞅，愣住了，明知故问地说："你，你这是干啥呀？"

"社迷"答非所问："你推得少，不光怨人，这车子也有毛病；我批了你，我错了！"

"我错了！我骂了你……"

"骂没关系！""社迷"一本正经地说，"我可预先声明：你就算骂到天明，我也不去给你说媳妇！"

青池拍打着眼皮愣了一下，突然又咯咯地笑起来。又笑啥？原来"社迷"那句话，是"灶王卷门神——画（话）中有画（话）"。

选模会后

有一天，散了选模会，已是小半夜了。社员们三个一伙，五个一帮，一边往家走，一边议论：

"秋华这就不对——他不该把私事跟公事混淆起来……"

"就是嘛！我看他就是报复人家！"

"人家'社迷'办的那手并没不对！他报复人家可不该……"

人们这些议论的根据，有两件事。一件是：今天晚上，选爱社模范，大家都赞成"社迷"，只有秋华一票反对；另一件是：半年前，有人给秋华说了个媳妇，这姑娘是"社迷"的外甥闺女，她娘来向"社迷"打听秋华的情况，"社迷"是"灶王爷上西天——有啥说啥"，把秋华自私自利、不爱集体的事全端上了。这一来，正热在劲头上的亲事吹了！

"社迷"并没想到人家是报复他，可为啥不选他呢？他自己也闹不清。为了弄清秋华不选他的原因，以便找着自己的毛病好以后改正，"社迷"散了会没有回家，而是直接找到秋华家来。

"社迷"进门时，秋华还没睡。他一见"社迷"来了，心里就有了气。他想：好家伙呀！我没选你当模范，你天明等不到鸡叫地找上门来了。好吧，为人敢做敢当，你有来言我有去语，你怎么来的叫你怎么回去！秋华的主意拿好，把"社迷"迎进来，冷冷地打了句招呼，就低头而坐，一言不发，等待"社迷"说话。

"秋华呀，我无事不登三宝殿——""社迷"先开腔了，"我要来跟你谈个事儿……"

"说吧！"

"选我模范你不同意……"

"是呵！怎么样？"

"你为啥不同意？"

"因为你不够条件！"

"哪儿不够条件！"

"当然有——你老婆就不爱集体，你知道不？分东西她挑肥拣瘦，干活她尽找上算……你既然连自己的老婆都教育不好，你算得上什么爱社模范？别人的事，只要沾上个'社'字，你没有不干涉的，可你老婆总该管好呀？而且选谁不选谁，那是我的民主权利，你还想来找我的岔子吗？告诉你，这一条改不了，下回我还是不选你，有法使去吧，我就是这样！"

"社迷"心里想：对呀，对呀，提得太对啦！从秋华后边那句话里，他也听出了对他有误会。放在别人身上，也许要当即解释清楚。可是，"社迷"从来不喜欢空口说空话来洗白自己，所以就说：

"我明白啦，以后咱们'骑着驴看唱本——走着瞧'吧！"说罢，爬起来走了。

秋华终究还是年轻，他不能理解"社迷"的心理，误认为这句话含有敌意，因而心里的火气升上来，望着"社迷"的背影气冲冲地失口道：

"走着瞧怎么样？人民公社的社员，走得正，坐得正，我还怕你这老家伙？"

秋华在骂他，"社迷"却觉得心里挺痛快。因为这证明了一件事：半年来，秋华在支部的教育下，经过社员们的影响、帮助，真的进步了。

"社迷"挨骂这并不是第一次。他对处理挨骂也很有办法。有一回，"骂破天"剥玉米剥得不净，"社迷"向队长反映了情况，队长决定让她返工；"骂破天"一边返着工，一边破口大骂那"贱嘴子"。"社迷"听见后，凑过去说："大婶子呀，'贱嘴子'就是我。你不用使这么大嗓门啦，累坏了嗓子怎么办哪？我凑在你近前，让你骂个够吧！"他说着，蹲下身子跟她复查起玉米秸来。"骂破天"不骂了。"社迷"又说："怎么？骂够啦？你骂够了可该着俺说说了吧？"接着，他又举例子又讲理，扯东拉西地上起"政治课"来。"社迷"处理"挨骂问题"的办法很多，不再多举。这里要介绍的，是他如何处理秋华骂了他的问题。

要说也很简单：次日清晨，他走了一趟亲戚，把秋华的进步情况，向他的外甥闺女作了介绍，并自告奋勇当媒人，把他们两家的婚姻成全起来。说来也快，经他这亲上保亲，两头一通说，亲就成了。从此，村里传开这样一个话把：

"秋华的媳妇——骂来的！"

说　明

根据我掌握的材料，写到这里就写完了。自然文章也就只好结束了。不过，还有这么几点，应当向读者说明一下：

第一，关于文章的题目，头里已经说过，已经写过《社迷传》了。我写的这些零碎材料，只能是《社迷传》的补充，故而创了个名词，叫作《社迷续传》。

第二，关于文章的内容。这篇文章，是故事套故事，故事连故事，这些故事都是"本传"上拉下的"小零碎"。凡是"本传"上写过的，这"续传"就没有再去重复。

第三，关于文中的主人公。这是一个真实的人。他是河北省宁津县大柳公社的社员。到这个公社，一提"社迷"谁都知道。他这个绰号比他的姓名要响得多，况且他的姓名"本传"上已经有了，因而我觉得没必要再作交代。

1963 年春

黑掌柜

这天，县供销社接到一封群众来信，上写：

负责同志：

六月五日，我老婆到你社刘集分销店买酒，店里收下一斤的钱，只给八两酒。像这不足斤两的事，似乎有过好多次。过去我没大注意，现在记不清了。

丁庄社员 丁芒种

供销社刘集分销店是个一人店，经理、会计、售货员、炊事员……都是王秋分一个人。县供销社讨论这个问题时，人们有两种意见：一些人认为王秋分有贪污嫌疑，最少是工作不认真；另一些人不同意这个看法，他们说王秋分不是那号人。

既然看法不同，当然各有理由。认为王秋分有问题的理由是：

第一，他虽是店员出身，但解放前他曾随店老板出外做生意，赶五集。那时他常说：做生意的是"巧嘴行艺，黑手经商"。现在看来，一定是沾染了旧习。

第二，从前，这个分销店是两个人。后来，因为工作需要调走一个。那时，本打算再给他配上一个，可是他说："给国家省个人吧，我误不了差事。"当时，别人都是要求增人，闹得人事部门挺伤脑筋，他却主动要求少配人，当时认为这是他的一种好表现。现在看来，他也许有着不可告人的目的。

第三，据说，他还不断贩卖东西，大概他是借着公家的名义，在"公私兼顾"地做黑买卖。

反对这些意见的人，也有三条理由：

第一，王秋分是穷人出身。年轻时，他曾给地主扛过两年活。后来，因为受不了地主的气，辞活不干了。回到家，种庄稼没有地，为了顾嘴，才求亲告友凑了点钱，买了份礼，到城里一家杂货店当上学徒。当然，在那人吃人的社会里，他为了活下去，难免沾染上旧商人习气，这都是可以理解的。

第二，解放后，尤其是他参加工作以后，他的进步很快。在"三反""五反"中，他卖过力气，立过功。近几年来，几次评比竞赛，他都被选为红旗手。最近，他又写了入党申请书。这一切，都说明他在不断地进步。

第三，许多群众这样反映：他工作中勤勤恳恳，处处为群众着想；大公无私，办事毫不马虎，人称王包公，又因为他长得黑，称他黑掌柜。再从月报表上看，他的成绩也是突出的。总之，像他这样的人，不会做出见不得人的事……

两种意见，截然相反。谁是谁非，一时难辨。于是，确定先派人深入下去调查研究一番，然后再作决定。

由于种种原因，这项调查任务落到我的身上。我来县供销社工作，时间还不长，还不认识这位黑掌柜。据说，这也能算个有利条件，事先没成见，不容易有偏见。这说法，有理没理咱先不去管它，反正这项任务非得我去完成不行。于是，我起个大早出发了，打算在日出之前赶到刘集，免受日晒之苦。

我走在路上，远处的景物还看不清楚，只有眼前的麦田被黎明的曙光一映，金黄一片，荡漾着水一样的光波。在麦田边上，时而出现一堆堆的黑丘，那是人们为夏播备下的肥料。

我赶到刘集时，天已大亮，分销店已经开门营业，门前站满顾客。售货员五十来岁，身材高大壮实，黑脸盘，高颧骨，妈妈嘴，当然这就是黑掌柜了。他总是满面带笑地站在柜台边，热情地招迎着盈门的顾客。

"黑掌柜，我来点斜纹布。"

"有。"黑掌柜回手拿过一匹黑斜纹布，又向那位留八字胡的顾客说，"来得早不如来得巧，这是头等好货，今天早晨才取来的……"

"你怎么知道我买黑色的？"

"嘿！老哥，你老两口子没有儿女，买别的颜色去给谁穿？"黑掌柜说着把布匹打开，"要多少？老哥！"

"七尺半！……"老汉话刚落地，只见黑掌柜一手抓住布头，一手拿尺量布，胳臂伸了几伸，嘶啦一声，布撕开了。那个快劲儿，就像变魔术一样。

老汉刚离柜台，另一个顾客还没来得及说话，黑掌柜一伸手接过那人的竹篮说："老弟，要多少？"

"二斤。"

"点钱！"黑掌柜说着，伸手从缸里挖了两碗食盐，一过秤半点不差，便倒在篮里，真是麻利神速，一手递篮一手把钱接过来。接着用指头一捻手中的钱票，大小三张票成了一个扇子面，说："对啦。"

"不对，我不买盐……"

"少说笑话，别人还等着下地呢！"黑掌柜说着，又把另一个顾客手中的瓶子接过来。

"你要是提篮不买盐，那得太阳从西出！"一位顾客插嘴说。买盐人一缩脖子，笑咧咧地走了。

我惊讶地望着这些情景，心里暗暗佩服起黑掌柜来。我佩服他对消费者的情况了解得那样透彻，也佩服他这种熟练劲儿，给顾客节省了许多时间。奇怪的是：尽管他量布称盐飞快……顾客们对斤两、尺码却都没有怀疑的意思。

不大一会儿，几十位顾客都称心满意地走了，门市上冷落下来。黑掌柜扯过一块毛巾，一边擦着头上的汗，一边向我问道："什么时候来的？屋里坐坐吧！"我应声走进去，他一拍板凳让我坐下，又回手拿过暖壶，一边沏着水，一边问：

"到村里有事？"

"嗯。"我顺口应了一声。

"住在谁家啦？"

"刚到——还没住下。"

"那就住在我这儿吧，公社祁书记、县委刘部长……都在这儿住过。"黑掌柜说着递过一把钥匙，又说，"你一把，我一把，咱互不干涉。但有一件，你得帮我照顾照顾买卖。要不，就要收你的钥匙，嘿嘿。"

他这一阵，闹得我蒙头转向，这人怎么这样实在？还是他对国家财产太不负责任呢？我住在他这儿，当然对我的工作是有利的，于是我便把钥匙接过来。

我和他打趣地说："你把大权都交给我，信得着哇？"他笑笑说："老弟，我信不着副主任还信着谁？"我惊奇地问道："过去咱们没见过面，你怎么知道我是副主任？"他说："没见过面？你忘啦，半个月前，你刚到县社上任不久，在路上碰上了我，那时我正挑粪，你问：'你们挑粪是计件，还是日工呢？'我说：'工拨工。'你问：'怎么工拨工？'我说：'生产队进城拉化肥的大车给我捎货，我给他们往地里挑粪。'这时，正巧县商业局赵局长迎面走过来，热情地和你打招呼、握手。事后我问了问赵局长，她说你是新来的县供销社副主任，她还当我们已经认识了呢，其实，那才是我们头一面……"

"噢！你的眼力真好，只见过那一次面，你还记得这样清楚……"我的话没说完，黑掌柜抢过去说："工人靠手艺，买卖凭眼力，要没有点起码的本事，这饭碗恐怕老百姓早不让咱端喽！"说着说着，他咯咯地笑起来，笑得那个响劲儿赛铜钟一般，要不是他鬓尖上那几根白头发，谁敢说他是个年近五十岁的人了呢！

我们说着话，黑掌柜已把货郎挑装好。他拿起两个大窝头往怀里一揣，向我说："老弟呀，要吃饭自己做，这儿是米，那儿是面……"他指指点点地说了一阵，挑起货郎挑就往外走。我忙问道："你干什么去？"他说："我去串乡送货。"我说："你吃过饭再去多好！"他说："那时人们就都下地啦，串乡送货非堵饭时不行。"

黑掌柜走后，又来了几位顾客。我本着他让我帮着照顾照顾买卖的嘱托，便按着黑板上写的牌价售了货。

早饭后，随着吱呀吱呀的竹扁担的响声，黑掌柜串乡回来了。他那两只货筐里的货物都卖光了。可是筐并没空着，里边又装了些破破烂烂——耧脚呀，犁钩呀，耙齿呀……简直什么都有。我想：也许这就是他自己经营的小买卖吧，因此，我故意装作不注意的样子，没问什么。

黑掌柜向货架子上扫了一眼，坐到账桌边，戴上老花眼镜，提起笔，向我说："来呀，事忙先落账，免得后思想，报吧！"

"咦！你怎么知道我卖货啦？"我好奇地问。

"货少了嘛！我怎么会不知道呢？"

"少了什么？"

"哈哈，要考考我！好吧——"黑掌柜说着走到货架子近前，拿起一匹布掂了两掂："这样少了一丈多！"又拿起一匹掂了两掂："这样少了七八尺！"他弯腰又提了提酒篓："酒少了五六斤！"

我听了觉得真神，抱着好奇的心理又逼问道："五斤，还是六斤？"

"呀！你真想要我的好看哪？"黑掌柜笑哈哈地说着，又重新提起酒篓用心地掂了一阵："五斤半。"

"你猜错了，四斤半！"我故意这样说。黑掌柜又用另一只手提起酒篓，掂了一阵说："那是你看错了秤，我说的错不了！"

我连连赞叹他的本事。他说："买卖人嘛，手是戥子眼是秤，心眼儿就是定盘星，没有这点本事，算得上什么买卖人呀？"

接着，他还是要我报账。我递给他一张纸说："都记在这上边，你誊到账本上就行了。"他接过纸去，一瞅就皱起眉来，问我道："这五斤半酒都是谁打去的？"我说不知道。他又问："这一丈二尺蓝布是谁扯去的？"我还是不知道。我问他说："账上还要写上买主？"他说："要写。"我说："写这个有什么用呀？"他说："这有三个用处：第一，能知道谁家买了什么，还缺什么；第二，能知道各家对各种物品的消耗量，我们好安排进货量，第三……"

我们说话间，门外忽然响起脚步声，接着是一阵叫喊："黑掌柜！黑掌柜……"

一个小伙子闯进屋来，黑掌柜笑哈哈地责备道："我说二楞呀二楞！你有啥急事等不到屋里再说？号什么呀？"

二楞摸着脖子，憨笑着说："俺们队长派我来拿犁钩的。"

"犁钩？买不到。"黑掌柜说，"求你给买个大耧脚你当耳旁风，知道要犁钩啦，天底下哪有这么便宜的事？"

"哎呀，黑掌柜呀黑掌柜，你真屈枉人！我为给你买大耧脚，三姨家、二姑家都跑到啦，有的人家是确实没有，有的人家有，可是自己要用……"

又一个小伙子一头钻进来，插嘴说："黑掌柜，给我们买的耙齿怎么样了？"

"耙齿嘛，嘿嘿……"黑掌柜还没说完，忽然外间屋里有人喊了一声："黑掌柜，这是给我们买的大耧脚吧？"这一声喊，把这两个小伙子也引了过去。他们凑在货筐近前，一个挑出犁钩，一个挑出耙齿，都乐得蹦起来。

"喂！账怎么算呀？"临走，他们问黑掌柜。

"还是老规矩。"黑掌柜指点着说，"这犁钩是王庄生产队的，一块八毛三；这耙齿是王庄刘前山的，每根一毛二……"

他们走后，我指着筐里剩下的那些"破烂"说："这些玩意儿销路好快呀！"

黑掌柜说："这么余缺一调剂，一方面把无用死物变成活钱，一方面花钱不多，满足了生产需要，这如意买卖两全其美……"

午饭前，黑掌柜又出发送货了。临走前，他把账本交给我，要我售出货以后照他写的样儿往上写。等到黑掌柜出了门，我揭开账本，越看越笑。他这账，既不是新式的簿记账，也不是老式的条条账，而像一本日记。比如，一开头写着这样一笔：

> 4月1日，狗他娘买花布一丈，收洋三元五角。这老太太省吃俭用，听说她买布是送给她未过门的儿媳的。

掀过一页，还有这样一笔：

> 4月2日，庞庄生产队长买大镜子两块，收洋七元八角。这是非生产性开支，可以不买，我劝他，他不听，决定见面时再同他说说……

我正低着头看账，忽听进来一个人，就问道：

"说吧——买什么呀？"

"副主任！我……"

我一听声音很熟，猛地抬起头来，一看，原来是信用社主任来了。

他说："我听说你住在这儿，特地就近来跟你商量一件事情。"事情商量定了，我说："我问你件事情，听说你和丁芒种是老表亲，可以把他的情况给我介绍介绍吗？"他说："当然可以喽，他那人是个有柴一灶有米一锅的手。因为他不会过日子，两口子断不了吵吵。后来，他老婆想了个办法：每次买东西就从中扣几个钱，存到信用社，现在已经存了三十多元了，他还不知道呢……哈哈，你看我三句话不离本行，说来说去，说到我的业务上来了！"

晚上，我去找生产队干部研究了一番供销社如何支援农业生产的问题，又串了几家门子，回来时已经半夜了。分销店还没上门，灯还亮着。黑掌柜还在两手忙个不停，只见他把钱都分成把，把糖都包成包……

我问："这些事，用得着打夜作忙吗？睡吧！"他说："明天是集日了，不早准备好，顾客们又得站在烈日下排成长队等着！"我一听有理，便说："我也帮你的忙。"他说："不行。把式要个架儿，商品要个样儿，这活我干惯了，你累啦，你去睡吧！"

夜间，我一觉醒来，见柜台上还亮着灯，坐起来一瞅，黑掌柜正在摆弄盐。只见他挖起一碗在手里掂掂，然后又倒在秤盘里称称；再挖起一碗掂掂，又倒到秤盘里称称，这样一次又一次，无数次地倒腾着。我问："现在又没人买盐，你这是干什么呀？"他说："练习练习。"我说："你熟得都神啦，还想练到什么程度？"他说："熟是练出来的，把式要常踢打，算盘要常拨拉，这一着一天不练也就摸不准！"

我不知黑掌柜是什么时候睡的。我早晨睁开眼的时候，窗纸刚发白，黑掌柜已经起来打扫门市前边的街道了。这时街上已经有了人，接着窗下传来这样的对话：

"黑掌柜，有黑线不？"一个女人的声音。

"有。"

"黑掌柜，有缰绳不？"一个男人的声音。

"有。"

又听黑掌柜问:"丁芒种,怎么不派你老婆来打酒,自己来啦?"

"我不是来打酒的。"

"你提瓶子不打酒,我不信!"

"真的!我给别人捎醋……"

"你还要买点什么呀?"

"什么也不买,我来向你道歉的!"看来,丁芒种是个拾得起放得下的人,他张开大嗓门,"黑掌柜呀,我对不起你呀!咱就当着大伙说说吧,从前我老婆给我打酒,她每次打八两向我报一斤,那二两的钱她攒着,攒多了就存信用社,这事我一直不知道。后来我自己打了一回酒,才发觉她每次打的酒都不够秤,就以为是你欺负她,给县供销社写了封信,告了你。后来我老婆知道了这事,说我屈枉了好人,才向我说了实情……黑掌柜呀,也许你为这事挨了批评。这都怪我,我向你道个歉,然后我再去县供销社找社主任检讨……"

"你甭去县社啦,县社副主任就在这屋里。"

"真的?"丁芒种一头闯进屋里,向我说:"副主任,我来作检讨……"

"你不用检讨啦,你刚才说的,我都听到啦!"我说,"你今后学着勤俭一点,比检讨还要好!再跟你老婆说说,往后存钱,两人先商量,别再这么办,免得让人误以为供销社少给了分量!"

"副主任放心!我一定办到。"丁芒种又转过身去说,"黑掌柜,我请你当个检查员,行不行?"

"行啊!"黑掌柜说,"咱这叫'仇人'变朋友啊!"

人们又笑了一阵。这笑声,掀起了又一个繁忙集日的序幕。

1962 年 8 月

麦苗返青

……俺村的工作，别的困难都不大，就是"破案"工作，叫人伤脑筋。

你问发生过什么"案件"？哈哈，多啦！从麦苗开始返青，党委发出了过好小麦返青关的号召，"案件"就一起一起出开啦！就说前天晚上吧，一夜之间，圈崖上的粪堆，搬到麦子地里去啦，麦田里的粪堆，都分散开啦；南洼丰产方里的井，不知谁给打干啦；北洼的丰产麦，不知谁给耪起来啦……不光这，蹊跷"案"还多着呢！单身汉张大春清早一开门，门口放着一双新鞋。他拿起一看，鞋里塞着一张纸条儿，上写着：

> 张大春，老模范，
> 劳动干劲人人赞；
> 人们见你鞋子破，
> 个个觉得心不安；
> 她纳底，我做帮，
> 一夜便成鞋一双；
> 这双新鞋赠模范，
> 粗针大线请原谅。
>
> ——刘庄公社的一伙女社员

你笑什么？这些"案"不用破？那可不行。再说，有些"案"不追查，人家"原告"还不干哩！就说给小麦浇返青水吧，第一次竞赛，二组胜啦，可是，四组却不认输，并且告了二组一"状"，说二组偷加夜班，违反了劳逸制度。根据是：

第一，二组组长张大春的邻居反映：夜间，时常听到张大春的门响。并且，最近他的眼里扯起红丝。这显然证明他夜里没有好好睡觉。

第二，成立公社后，二组社员们一贯出勤早。可是，最近早晨上班总是拖拉。奇怪的是：他组的浇麦进度，反而比别的组快！

第三，组长张大春，对支部决定的"劳逸制度"认识不全面。他曾说："党关心咱，咱感激党。不过，心里痛快，浑身是劲，'强迫'睡觉，真不如干点儿活舒坦！"

第四，那天，他收到那双新鞋，跟邻居说："叫我看，做鞋的净是些傻人。当前，小麦正过返青关，管理必须细上加细，紧上加紧。叫我说，偷着给小麦浇浇水，追追肥，总比偷着给我做鞋要紧吧？等支部找出这些傻人来，我非批评批评她们不可！"

张大春虽然五十来岁了，可是身强力壮。尤其是成立公社以后，他不用自己烧火忙饭了，穿得利利落落，胡子刮得光光的，显得更年轻了。抬腿就是"把式架"，张口就是"梆子腔"，走路碰上块砖头，抬脚一踢老远，看来就像有多少力气使不出来似的。不论干什么活，从没输给过二三十岁的小伙子。同时，他是贫农出身，共产党员，生产、工作一贯积极。尤其是对公社的事，他豁上命也要把它干好。因此，支部认为：为了夺取小麦大丰收，像偷加夜班这样的事，张大春是干得出来的。但几次问他，他都坚决不承认，并且说：

"别给我扣这'违反劳逸制度'的帽子！"

怎么办哪？为了坚持"劳逸制度"，保证社员的健康，搞好常年生产，支部同时采取了两项措施：

第一，支部重点帮助四组，改进劳动管理，大搞工具改革，提高劳动效率，树立方向。

第二，开展工作，进行教育。

你问我们怎样进行工作吗？那说起来又得扯远啦。

昨天夜里，我在张大春的门口附近，找了个蔽身处，藏了起来。蹲了多半天，却没发现一点儿情况，心里不由得懊悔起来。

　　这天，是二组和四组第二次竞赛的第五天，后天又要评比了。因此，这天白天两组都干得特别猛。张大春清早一上班就脱了棉袄，一气就顶两班。据说，他拧水车比别人快，一个钟头一班，别人浇五畦，他浇八畦。他就这么一股劲干了一天，直到走进食堂吃晚饭时，浑身还像蒸笼一样，热气腾腾的。……我想到这里，不由自言自语："今天他可真累得够呛，夜里准不会偷着加班加点了！"我正想站起来回家睡觉，突然传来轻轻的门响声，仔细一望，嘿，张大春正从门缝里伸出头来四处张望呢！他望了一会儿，见无人影，便悄悄走出门来。拉了一个"把式架"。闹得我肚子一鼓一鼓地老想笑出来。心想："怪不得都叫他'张飞'，真是个从不觉累的铁汉子！"

　　张大春挨门挨户把他组社员的门拍了一遍。一会儿，全组社员都集合在庄头上了。张大春对大伙说："今夜，咱们去帮四组浇麦，大家通不通？"他这愣头愣脑的发问，闹得大伙不知怎么才好，你看我，我看你，沉默起来。

　　等了一会儿，爱说话的王青发言了：

　　"帮四组浇麦，那为什么呀？"

　　"我白天听四组社员们说，'完啦，这回又完啦！再铆劲也夺不到红旗啦！'……"

　　"他们'完了'才好呀！我们争的什么？"愣小伙子王青固执地打断了组长的话。

　　"你说吧，我们争的什么？"组长反问王青。

　　"那还用说，争的红旗呗！"

　　"不对。我们争的是丰收！大家想想，要是丰收不了，争一万面红旗又有啥用？"张大春稍停了一下，见没人搭腔，接着说，"要是别的组都泄了气，光靠我们能浇完这些麦地吗？我们帮他们干一些，让他们少落后我们一点儿，他们赛着也有劲头啊！不是吗？"

　　"对，太对啦！"

　　"嗬！这位'张飞'，粗中还真有细哩！"

　　于是，大伙儿向着四组的麦田走去了。

　　你问我当时怎么办的呀？我急了呗！我几步蹿上去，给他们上了一堂"政治课"，没容他们分辩，就用强迫命令的办法，把他们都撵回家去睡觉了。……

你问这次竞赛谁胜谁败吗？那还不敢肯定。反正从当前情况看，二组由胜势一转而为败势啦！昨天，二组还比四组多浇十一亩，可今天一天，四组突然追上来，并且超过了二组一亩半。质量也比以前更好了。什么原因？我前边不是说过吗，支部在了解张大春的同时，具体帮助四组进行了工具改革，改进了劳动管理。比如说，把原来的"手摇水车"安上了一对大车轮，两人拧改成了一人拧，节省了一半劳力；把原来光管看畦口的半劳力换去耕地，把耕地的壮劳力换来浇麦，这样，两个壮劳力包一架水车，一人拧水车，一人看畦口，拧累了就换换班，又节省了一个看畦口的半劳力。你想想，这么一来，怎能不把二组落下呢！

吃晚饭时，四组组长主动找到张大春，介绍了他们提高劳动效率的经验，把大春一下子给提醒了。刚才，我去找张大春，想批评他昨夜领着社员偷加夜班的事。进门一看，他正和全组社员围在灯下开会，原来是讨论找窍门提高劳动效率的事。还没等我开口，张大春就赶着我说：

"支书，过去我领头加夜班，违反劳逸制度，应该受批评！"

"你们的精神是可贵的。"我说，"不过，光有'苦干'，没有'巧干'，也不能干得更快，更好！"

张大春说："支书，你瞧好吧，我们一定想个好法子，来提高劳动效率！"

你等着瞧吧，他们一定会研究出个名堂来的！……

1959 年 3 月

公社书记

我从城市下放到农村，分配在公社里做宣传干事。今天上任。

公社办公室里冷清清的，只有秘书一个人，正在洗衣裳。他待人很热情，一面给我倒水，一面向我介绍书记是谁，社长是谁，谁管组织，谁管民政……

我问他："他们都干什么去啦？"

"全下队啦。"秘书指着电话机说，"算叫它把我的后腿扯住啦！"

我一见秘书很风趣，便指着盆中的衣裳半开玩笑地说：

"它可感激你哩！要不，哪有时间……"

"感激？唉，你把衣裳洗了，还得顶着挨顿批评！"

"挨批评？谁批评？"

"项书记呗！"

"呀！洗个衣裳也批评？"

他已察觉我们说到两岔去，笑了两声，解释说："这衣裳是老项的，忙得他半个夏天也没顾上洗一回！不，老天爷给他洗过几次！"秘书说着，嘎嘎地笑起来。

"项书记什么时候下去的？"

"今天早上，"秘书一边洗着衣裳，一边回答说，"昨天晚上赶回来，向县委作了个电话汇报，今天起早学了一阵《实践论》，又下去了。"

"他到哪儿去啦？"

"那我得看看，"秘书走到屋门口，往东南墙角一望，回头说："上南部去啦。"

东南墙角上只有一间破草棚子，他望望那儿，怎么就能知道书记的去向？精明的秘书大概看出我正为此纳闷，主动解释道：

"老项有个习惯，南去准扛猎枪，北去准背粪筐。现在猎枪不在粪筐在，准是往南去了！"

"这是为什么？"

"你听我说啊，北部有条公路，车马多，粪多，背上筐，走一趟，准能闹个满载；南部有片黄土岗，草多，洞多，野物多，扛上枪，走一趟，保险不空手。"

"那咱们可以经常吃上肉了？"

"哪里！都送到敬老院里去了。"

我是个打猎迷，又乘兴问道：

"书记的枪法怎么样？"

"百发百中，全社第一。"

"他什么时候练的这一套？"

"那我也说不清，"秘书从盆中抄起衣裳，一边拧着一边说，"我来这社，才刚出满月几天！再说，总是他在下，我在上，见面的机会不多。"

这时，我恨不能一下子见到项书记，一来让他布置工作任务，二来也见识一下他打猎的本领。可是，秘书说："项书记什么时候回来说不定。"又向我建议说："他不来，你也没事干；我看，你干脆去找他吧！"

"到哪儿去找呀？"

"南部村子不多，大小只有六个……"

"我不认识项书记呀！"

秘书指指自己的嘴："不有它吗？只要你一问，庄庄村村，不论大人孩子，没有不认识他的！"

我离开公社，走出村子，顺着杨柳成荫的机耕道，一直向南走去。大道两旁的庄稼，高高低低，墨绿一片！高粱没了人，谷子正齐腰，花生罩住地，棉花搭着梢……天晴地湿，风吹禾摇，一洼一洼都是丰收景象。我听见一伙干活的社员们，好像是在议论项书记，就势问道："喂！借光，你们见到项书记没有？"

"见到啦！刚过去，到方庄去啦，"一位快嘴姑娘指手画脚地说，"你顺着机耕道，一直往前走；过了扬水站，向右拐；到菜园西头，再向左拐；登上黄土岗，就望见方庄的果树园子了。你要走快点，也许半路能撵上他……"

在姑娘说话的同时，还有几位老汉插言插语，热情地向我介绍书记的长相和衣着。不过，我都没有用心听，一个公社书记的模样，我是可以想象出来的！

于是，我谢过众位，按照姑娘指点的路线，加快了步伐。

又走了一里多路，见路边蹲着一个人。这人三十多岁，农村干部打扮；鞋帮上、裤腿上沾了些泥土，显然是刚刚干完了活；他怀里竖着一支长筒猎枪，蹲在那儿正对着一棵棉花出神，像是在研究棉花的生长情况。看样子，这人就是项书记了。我暗自赞叹："项书记可真朴素啊，不愧为劳动农民出身的干部！"

"项，项……同志，你是项书记吧？"

那人见我打招呼，歪过头来，打量我一眼，眯笑着说："对了一半儿！"

"这是什么意思？"

"我姓项，可不是书记！"

接着，他问我是哪里的，为啥找项书记。我告诉他以后，他热情地握住我的手，并自我介绍说："我是这社的副社长。"他又告诉我：方才，项书记在那边和社员们锄了一阵地，又来这边和他研究了一番棉花生长情况，对棉花的中期管理提出一些指导意见，然后才往方庄去。副社长说到这儿，向南一指："现在他过不去黄土岗，你赶快追吧，他……"副社长还想说些什么，我顾不得再听下去了。

来到黄土岗，并不见项书记的影儿。前面只有一位推车的老汉。这老汉，标准的老农打扮，头上戴着一顶破草帽，露在帽圈外边的头发已经斑白了。肩上搭着一件灰不灰黄不黄的褂子，整个脊背一个色，又黑又亮，闪闪发光，好像涂上了一层油。下边的裤脚卷过膝盖，毛茸茸的小腿上，布满大大小小无数个筋疙瘩，被一条条高高鼓起的血管串联着。脚上没有穿鞋，脚板上的老皮怕有一指厚，有时扎上点什么，只见他稍一停，脚板在地上搓一下，又走开了。后腰上插着旱烟袋，烟荷包耷拉在屁股上，像钟摆似的两边摆动着。我想向他打听一下项书记，便紧走几步赶到他的侧面去。正想开口，可对他的称呼使我为了难：他那四四方方的大脸尽管又黑又粗糙，他那络腮胡子尽管已经很长了，但我分明可以看出他并不是一位什么老汉，岁数至多也不过四十七八，叫他什么呢？叫大爷吧，凭我这年龄他还不大够资格！叫大哥吧，据说这一带的乡俗不喜欢这个称道！于是，我只好这样决定了：

"老乡，到哪儿去呀？"

"上方庄。"他把满脸的汗水擦了一把，又问我，"小伙子，你上哪里？"

"也到方庄去。"

"那好，我抓你个差吧。"说着，他放下车子，在车子上拴了一条绳子，向我一举，笑哈哈地说，"来，小伙子，帮帮忙吧，前边这段路不大好走！"

我有什么办法，只好接过绳子，拉起车子来。车子一走开，他就问上了：多大年纪了？家在哪？念过几年书？……我气喘吁吁地跟他说了。他除了问，便是"哼"，啥也没说。

他问过了我，我便问他：

"老乡，这口袋里装的是粮食吧？"

"粮食的粮食。"

"大粪？"

"洋大粪。"

"从哪儿推来的？"

"从那边十字道口上。"

"是买的？"

"反正不是偷的！"

"给人家推的，还是给自己推的？"

"也算给人家，也算给自己。"

这人怎么一句正话没有？我正惊奇，使我更惊奇的事又发生了，他抓了我这个义务差，不感激我也罢，还一股劲地挑三拣四：

"小伙子，你缺'基本功'啊——不带劲！……不懂？我告诉你——塌下腰，挺起胸来，再挺挺。把头抬起来，眼向前看。瞅脚尖干啥呀？没人偷你的！……还不行，再把膀子晃开，把胳臂甩开，甩上点劲儿……练'基本功'嘛，姿势不对头就练不到好处！"

走进方庄，天已傍晌，社员们刚刚收工。一进村，几个男社员从各个角落凑过来，热情地打招呼。一位抢先跑到近前的小伙子，向推车人说：

"老项，来，让我推，你替我扛着它！"说着便把自己肩膀上的大锄卸下递了过来。

老项没有推辞，接过大锄，瞅了瞅锄板说：

"铁蛋儿，看你使的这锄，除了锈就是泥，哪像个正经八道干活的样子。要是你爹活着呀，又该骂你'四不像'了！"

铁蛋儿憨笑着，没说什么。老项说："笑啥？你要记着：你是劳动人民的儿子，要是学不会劳动这套本领，就是忘本，就是叛变！"这时，铁蛋儿收敛了笑容，脸红了，说："老项，我记住了！"过一阵儿，铁蛋儿又问道："哎！老项，又给我们推来的啥呀？"他说着，把车绳往肩上一搭，哈腰架起了车子。

"你们现在正需要啥，它就是啥！"老项在背后向铁蛋儿望了一眼，又喊，"铁蛋儿，站住！"

"干啥？"

"你站住啊！"

车子站住了。老项凑过去说："又露馅子啦！这手活你也没'基本功'，不要抓住把当腰；越抓着把头越稳当，越轻松……"他说罢，抬一下小伙子的黑光脊梁，"怪不得你总是对不上象，就凭你这一手，若我是个女的也不嫁给你！"这一句，逗得人们哄笑起来。

这时，一位老奶奶凑过来，对老项说：

"看你这孩子，又热得像个水鸡，走吧，跟大娘吃饭去！"

东边远处，一个大嫂也嚷起来：

"老项，到我家去吃饭吧！"

西边，一位大娘大概是听到了喊声，急急忙忙走出门，手扶门框开了腔：

"老项！谁家也不能去，到我家来，我还有活叫你干哩！"

老项摘下草帽扇着风，向那位站在门口的大娘一招手，笑哈哈地说：

"好吧，王大娘，我今天中午就吃你的啦，你多做一个人的饭吧，我先到队部里。"

"不行，得上俺家去！"

"得上我家去！"

"老大娘，我吃一顿饭能饱一辈子？你急个啥！"老项说着，笑哈哈地向前走去。

一会儿，又一伙"光棍猴子"围上来，这个扯住腰带，那个抱住大腿，七嘴八舌地吵嚷着：

"项伯伯，你给我们讲故事呀！"

"不讲不叫伯伯走！"

老项眯笑着，摸着小家伙们的头说：

"讲，到晚上讲……"

"不行，这就得讲！"

"行，咱这就讲。"老项说着蹲在孩子群中，大手一摆晃，讲开了：

"有个小孩名叫小三，馋得出奇，懒得冒尖。有一天，他做了个梦，身上的泥呀都变成红糖啦。变成红糖就吃呗，一搓一把，一搓一把……"

他一边说着，一边用手掌在小家伙们的身上搓。他那只大手跟木锉一样，谁受得住呀！三搓两搓把小家伙们全搓跑了。趁这机会，他嘎嘎地笑着钻进胡同去。

方才我被这情景迷住了。现在老项一走，我倒忽地想起一件事来，便向身边的一位中年人问道："同志，项书记在哪里？"

"项书记？"那人沉吟一下，"哦，你找我吗？"

"你是项书记？"

"有啥事说吧！"

我就自我介绍起来。我说着说着，他嘎嘎地笑了："同志，你弄错了。我们这一带姓项的多，你是找公社书记吧？我是支部书记！"

"公社书记呢？"

"方才你给谁拉的车子？他就是公社书记呀！你俩不认识？"

"他就是公社书记？"

"啊，走，我领你去找他。"

这时，我不相信支书的话似的，我们一边走着，我又一次问他："那位推车的，就是咱公社的项书记吗？"

"对，就是他。"支书大概猜出了我的心思，又补充说，"你别看我们老项这个样儿，论本事可不简单啦，是锄杆，是枪杆，是笔杆……"

"他全能行？"

"敢是！"支书说，"他从十四岁就扛小活，二十多点就成了种地的能手！可有一件：就是不好好干，后来被地主撵跑了……打鬼子的时候，他在这一带打游击，外号'金刚钻'，枪法特别好，三颗子弹打死过六个敌人，可有名啦。解放后，笔杆子用处多了，他就拼命学文化，如今，他不光能写会算，还经常给报纸写稿哩……"

他一说到"给报纸写稿"，我忽然想起一件事来：前几天的省报上，曾发表过他的一篇稿子。他在这篇稿子里，用自己的工作实践，论证了学习毛主席著作、研究党的政策的重要性。这篇稿子发表后，影响很大，广受好评。同时，从这篇稿子中还可以看出：项书记对革命理论和党的政策，学习得既多又熟，并且领会得既正确又深刻。当时，我曾这样想："项书记一定是个知识分子干部，也一定是整天埋头书案……"谁知，今天我亲眼见到的项书记，却与我原来想象的完全相反，于是，我便情不自禁地说：

"真不简单！"

"敢是！人家笔杆子练好了，锄杆子、枪杆子还都没撂下！"支书越说越有劲，他干咳了一声，又接着说，"老项常跟俺们讲，建设社会主义，'三个杆子'缺一不可。对于咱们这些领导农业生产的人来说，尤其是不要跟锄杆子闹不团结！"

到了队部，屋里没有人。"一眨眼的工夫，他又到哪里去了呢？"支书正瞪着眼自言自语，突然隔壁传来嘎嘎的笑声。支书向笑声一指，说："你看，又拜望他老师去了！"

"老师？什么老师？"

"种庄稼的老师呀！"支书说，"这位许老爷子，过去家贫如洗，如今爱社如家，庄稼地里的活儿，人家是样样精通……喂！老项，有人找你呀！"

支书隔墙一喊，笑声打住了，接着响起咚咚的脚步声。听这脚步声，谁敢说他竟是一个年近半百的人呢！

转眼间，项书记出现在我们的眼前。这时，他的打扮和在路上一样；不过，我觉得他似乎比那时高了许多。我走上前去，恭而敬之地喊了一声"项书记"，接着就自我介绍。可是，我刚说了两句，他截住我的话说：

"这些事，在路上你不都和我讲了吗？"

"哦！对啦，我忘啦，项书记。"

"没关系，请坐吧，崔干事。"

"项书记，我不累，你坐吧！"

"崔干事，我也不累，还是你坐吧！"

他一口一个"崔干事"，闹得我怪不好受，便说："项书记，你叫我老崔吧！"

"崔干事，兴你叫我的'官衔'，为啥不兴我称你的'官衔'呢？"项书记扑哧笑了，"不行，我是暴利不取，赔本不干！"

"我叫你什么呢？"

"你在路上叫我什么？"

"老乡。"我涨红着脸，低下头。

项书记赶前一步，拍我一下肩头，笑哈哈地说：

"你就把'老乡'的尾音加重，'老乡'改成'老项'，这多省劲！不行吗？老崔！"

我高兴地笑了。

这时，街上传来老大娘的喊声：

"老项哟！吃饭了！"

于是，我随在老项的身后，向王大娘家走去。

我们在王大娘家吃着饭，饭没吃完，屋子里就满了人，男女老少一大群，有干部，也有社员；有的谈工作，有的叙家常。你一言，他一语，七嘴八舌，说得快要把屋子顶起来。直到王大娘说："你们还让老项歇歇晌不？都快走吧！"人们这才散去。

人们走后，老项拍一下靠山墙的一扇门板，向我说："老崔呀，你就在这里休息！"说着，他拿起一个木墩，向我一递又说："这就是枕头，不高不矮正合适。"临走时，他又回手从荆囤上拿下一把大蒲扇递给我，就像这家的主人一样。

"你干什么去？"我问。

"我到外边，你先睡吧！咱们另外抽时间谈谈你的工作……"

这时，王大娘一面往袖子里伸着胳臂，一面急急忙忙地从里屋走出来："老项！你又串门子去呀？不行，今儿天这么热，不歇歇晌，找死呀。"老项像没听见，嘿嘿地笑着向外走，老大娘嘟噜着就在背后赶，一直赶到门口，这才嘟嘟噜噜地回到屋来："这孩子，活像个兔子，一出门就不见影了！"她走进屋，见我躺在光滑滑的门板上，头下枕着小木墩，就一拍巴掌笑哈哈地说："同志呀同志呀，你活是个老项的徒弟！"她说着回屋抱来了褥子、枕头、凉席子。老大娘一边铺着席，一边自言自语地说："老项这孩子，可真是毛主席的好干部，他只要来一趟，那些穷苦人家他非得挨门挨户串一遍不行……"

我实在跑累了，身子一躺就入了梦乡。一觉醒来时，天已半过晌。我一骨碌爬起来就去找老项，社员们说他早就下地了。我赶到地里时，人们大概已经干了一阵子活，老项正坐在柳树下和社员们聊天。他们的话头是怎样引起的我不知道，只是听到老项指着一位学生模样的青年说：

"你这病呀，我有个偏方，一治一个准！"

"啥偏方？"

"嘿！这偏方不光能治你病，还能治食欲不振，夜晚失眠，内心空虚，四肢酸软……"

"老项，给我开下来。"那青年说着把钢笔和纸递过去。

"不用这么讲究，很简单！"老项说着用烟袋在地上写了两个大字：劳动。大家都哈哈地笑起来。随着这笑声的低落，人群分成好几伙，七嘴八舌议论起来：

"真是实话，你要有些日子不干活，身子底下有根草刺也扎得慌；要是一干起活来，休息时往棒子秸上一躺，觉得再舒服没有了……"

"这就是俗话说的：干上一身汗，柳树下一站，亚赛金銮殿！"

"不还有这么个古语吗：睡觉起来肉面不觉香，干活回来白水比蜜甜！"

"要说这个老项有经验。有一回，他到县开了半个月的会。回社后，又忙着研究，传达，半月多没能下地劳动。我爹是公社的炊事员，见他食量比从前大大减少，就以为他有病了，做了一碗面条送了去，老项哈哈笑了两声，把碗一推说:'吃得是不多，病也确实有，只是面条治不好!''什么能治好?'老项从屋角上把锄拿在手:'还是俺这个老伙计知道，我这病你交给它好了。'说罢，他大锄一扛，走了。他下地回来以后，果然饭量增加了!"

就人们谈论的机会，我问老项:

"我干什么活呀?"

"这个权力属于队长!"老项指着队长笑哈哈地说，"喏! 问他去吧。"

没等我开口，队长主动答话了:"老崔，你第一次出勤，派你个轻松活吧!"他指着那辆推车子说，"你把它送到何庄去吧。"

"这不是上午我们推化肥的车子吗?"我问，"送到何庄干什么去?"

"是这么回事，"队长解释说，"我们队让何庄的大车从城里给捎来化肥。今儿上午，何庄队长正推着给送来，在半路碰上老项了，老项说:'我正到方庄去，给你捎个脚用不用?''这车子呢?''晚上我要到你村去，就手再捎回去。'可是老项来到以后，发现俺的劳动管理有些问题，我们要求他晚上住下，帮我们仔细地研究研究。为了不耽误兄弟队用车子，你辛苦一趟吧!"

"好呵，老崔就当当这个交通员吧，这是你做宣传工作的'基本功'哩!"老项笑哈哈地说罢，又一挥手向大家说，"干呵，日头催咱们呢!"

这时，队长在旁边说:"老项活像个长工头!"

老项说:"本来就是个长工头嘛! 不过，眼下的东家和过去的东家不一样了，不打咱，不骂咱，也不算计咱，咱们可得自觉呵!"

我架起车子，就要上路了，项书记又喊住我，嘱咐说:"你到了那里，要利用今天晚上的时间，帮助队干部们，讨论讨论阶级路线和群众路线的关系问题……"

我推着车子，走在路上，耳边还在响着老项那朗朗的笑声，眼前晃动着他那粗大的身影，不由得想起前天报上登的一篇通讯来，题目是:《永不褪色的项书记》。这时我在想:"项书记为什么能够一直保持着劳动人民的本色呢?"

1963 年 11 月

第二辑

郭大强

这些日子以来，支书郭大强心里有件别扭事，就是副支书郭营和组织委员小马老跟他的意见不一致。这事说起来，话又长了。

一

办公室里，挂着一盏大汽灯。郭大强又照例早早地坐在屋里等着开会。他两只眼睛凝视着一根桌子腿，大概是正在考虑他在群众会上的讲话词。

第一个来开会的走进屋子，这人四十上下年纪，鼻子趴趴着，还长了一脸大黑麻子，脸上简直像片丘陵地，没点平的意思。他头上罩了块破毛巾，怀里还抱着个三四岁的孩子。这就是"鬼蛋"三海。他一进门就说：

"哈！大叔真比不了，还是你来得最早啊。"

"啊！来啦，坐下，坐下。"

鬼蛋把孩子放在桌子上，掏出一盒大前门的烟卷："王庄女婿说今天来，我特意买了盒最好的烟预备着，直等了一天，他也没来，活该着咱爷儿俩有个口福。"说着把一支烟卷递给了大强。

大强接过烟，在桌上戳了两下，说："在八区工作的那个女婿吗？"

"是嘛，现在他调到县委会去啦。"鬼蛋说，"我觉着他成天为了国家东跑西颠的，我好好招待招待他，别人我怎么舍得买这烟呢！"他说完咯咯地笑了两声。

"你的地锄得怎样了？"大强问。

"完了。"鬼蛋说，"大叔！今天晚上的会，还是为了夏锄的事吗？"

"不，"大强说，"打算谈谈认购建设公债的事。"

鬼蛋紧抽了口烟没有说话。

"你打算怎么样，三海？"大强问。

"大叔！你放心吧，这为国家建设的事，人人都有份，咱能落后？——我买七十元，你看怎样，大叔？"

"行，行。"大强说，"都像你这样还有问题！"

"嗯？！大叔你错了，我往那摆？像我这样的，为国家干不了旁的，紧紧腰带，穿件子破衣裳，省个钱多买两块公债还不是应该的！像大叔你，成天为了工作，跑细了腿，磨破了嘴，还不是为了大家！我常跟别人说，咱郭皋庄有大叔你这样的干部，真是老的少的的福啊！"鬼蛋说了一阵，大强嗓子里哼哼了两声，也没听清是说的什么。

副支书郭营走进来，打断了他俩的话弦。郭营坐在灯下看起报来，大强吧嗒吧嗒地抽烟，屋里沉静了一会儿。

"月！月！！"鬼蛋叫着孩子的名，指着墙上的毛主席像问，"你看！那是谁呀？"

孩子扭过头来，光看不答。

鬼蛋着急地说："我在家里不教给你来吗？怎么守着你这爷爷们不敢说哩！你说，你说上来——我给你买糖吃，那是谁呀？"

"毛——主——席。"

还有什么话，再说。

"万——万——岁。"

大强和鬼蛋都咯咯地笑起来，笑得孩子老往鬼蛋的怀里钻。郭营仍旧看他的报，不动也不笑，就好像没听见一样。

鬼蛋偷偷地瞟了郭营一眼，抽起烟来。

大强看了看郭营，低下头去，也抽起烟来。他心里想：鬼蛋真进步了，去年缴公粮，他缴得又早又好，连粮库的同志们都说，"顶数这份粮食干净"，现在买公债，一说就是七十块。你看他把三四岁的孩子，都教会了"毛主席万万岁"了。人家多咱也没放着"二板子"，出"幺蛾子"……郭营和小马还老说人家的进步是假的，真的再怎么样？！……

开会的人们，越来越多，眼看就要满了屋子。

二

支部办公室里，点着一盏三号泡子灯。副支书郭营，正在聚精会神地看报。还有四五个支委在另一张桌子上打着扑克。忽然大强闯进屋来，进门就喊："郭营！会你领导开吧，社的抗旱计划还未搞完，我还得去。"说完回头就走。

郭营还未开口，小马把扑克一摔愤愤地说：

"支书！我问你句，支委会你几次没参加了？数着来吗！"

"我不参加支委会也是为的办社啊！这还算什么错误吗！"大强把"错"字说得特重。

支委们一看他俩又要吵起来，都插上了嘴：

"办社！船快翻了，你还尽管摸大鱼呢！"

"别胡说，有毛主席给我们掌舵，船是万年不会翻的。"

"光办社不问政治也不行啊！"

"我们今天晚上开支委会，也是讨论社的事啦！"

"支书，咱快开快散，散了会咱们一块儿去，你先晚去一会儿，我去告诉社里一声。"一个支委说着跑出去。

这时大强心里想：开就开，就着也讨论讨论昨天鬼蛋找我谈的那个事……

支委会开始了，大强首先宣布说：

"咱们先讨论鬼蛋入社的事吧，他跟我要求好几回了。"他说完特别瞟了瞟郭营和小马。

"地主能入社吗？"郭营说。

大强紧接着说："我看他可以改成中农了，你看他多进步啊！这样也给别的地主树立个方向。"

"装蒜！进步？！"小马说，"我分的他那棵枣树，今年没长枣，他当着我娘说'树也知道闹情绪呀！'——你看这小子多阴险哪！"

"那不过是个玩笑话呵！吐口唾沫是个钉还行？！"大强说，"我们是共产党员，眼要看远点，心要放正些，不论对谁，要实事求是，不能不论什么病，就想把一张老膏药贴在地主身上。"

"你不要包庇他——"郭营刚一开口，就被大强把话截过去：

"我包庇他！他那大旗谁领着拔的？咱庄这些地主都是谁领头斗争的……"

"又是你那'过五关'！你是郭皋庄的'开国元勋'，谁不知道啊！你说这些都是灶王爷打跟斗——离板啦。"小马这武断的批评，直气得大强的眼珠子快要掉出来了。

"离板？"大强提高腔子说，"我是说，私仇是私仇，工作是工作，人家接受改造，表现好，就应当给人家改成分。"

"他的成分可以改。"小马说，"改成反革命分子还差不多。"

大强气得嘴唇有些颤抖了。他直盯着小马。

"有事得慢慢商量，光嚷不能办事。"

"其实都是为了工作，用不着生这么大的气。"

"给他改成分，在群众中也通不过去呀。"

"再讨论讨论别的问题！这个问题请示上级吧！"

其他支委们，你一言我一语，看样子，都是在谋求这僵局缓和的办法。

会场上一时沉静。大强瞪着大眼喘长气，小马低着头儿噘着嘴。

"我看这个问题先搁下。"郭营说，"咱把保卫麦收的事讨论下吧！——这是我原来的计划。"

"咱庄现在只有八户不是社员，还有什么保卫头。"大强说，"再说他们除了地主就是富农，人家成天躲事还躲不迭呢！还敢偷麦子？！"

郭营说："你不要光看这小子们像'醉汉'①似的装死装得那么挺，嘴甜，心可辣呢！我们一时也不能不提防他们……"

郭营说着，大强心里想：不怪都管郭营叫"假娘们"，你看他心窄得像柳叶，胆小的像豆粒。

"没有什么了不起，豺狼虎豹都打死了，小小的山狸猫子还能吃了

---

① "醉汉"是当地群众对一种小昆虫的称呼。这种虫子的特点是最爱用装死的办法来麻痹人。

人？！"大强爽朗地说。

"大强！""大强！"门外有人嘭嘭地敲门。

"会计来叫我了，我走——"大强忽地站起来。

"你走还行？咱问题没讨论完！"郭营说。

"社办不好，光讨论这些问题，就能建成社会主义？"大强说完，拔腿走了。

屋里沉默了，大家的眼睛都盯着郭营的一举一动。小马噘着大嘴，眼里闪耀着泪珠。

郭营说："大家都愁了吧！不用愁，我打算明天给区委写信，把情况反映给区委，要求区委帮助我们解决。小马跟我去睡吧，咱好好拉拉。"

三

大强躺在床上，一夜没合眼。翻来覆去的，像烙饼一样。这晚上，他心里跟滚锅一样，老是来回来去地琢磨白天区委书记跟他谈话的事情。他觉得郭营和小马不该反映他，他觉得最不该的还是区委书记对他的那顿严厉批评。使他最苦恼的是：他觉得区委书记给他往头上扣了一些帽子。说他什么"思想解除武装"啦，什么"暴露了农民的本质——革命不彻底性"啦，什么"温情主义""麻痹思想"啦……

他直想了半夜，最后的结论是：谁爱反映谁反映，爱怎么批就怎么批，我只要把社办好，终究会有一天，能证明我的意见是正确的。忽然，他又想起了社里的母牛，在最近一两天生小牛。他想：要万一在今夜生下来，虽然饲养员在那守着，但他一个人怎么能忙得过来呢？！他忽地爬起来，满床上摸衣裳，睡在他身旁的老婆，又被他惊醒了，她没好气地说："你成天起这夜猫子五更，天这才——"她坐起来，扯开窗上的幔布，往外瞅了瞅说，"也不过四更天哪！"

大强不吭声，他已经披上了袄，穿上了裤，穿上了鞋，拖跶拖跶地走了。

走到外边，看见三星已经落下去了，一阵西风迎面吹过来，有些冷意。月亮挂在屋角上，天上的星星更显得灰暗，四面黑黢黢的，路一点也看不清楚。幸亏大强路熟，拐过墙角来，他就向那合作社大院子一直走去。

　　走出来约有百十来步，他忽然顺着胡同看见南边红乎乎地发亮——那是什么？他站住一迟疑，马上明白了，那正是南洼那九亩半麦子地里起了火。他再也没想别的，转身就向那麦地跑去，他跑得像飞一样，一面跑，还一面喊：

　　"火——火——麦子地里起火了——快救啊！"

　　他跑到那麦子地跟前的时候，只见那熊熊的火光，照得天红地亮，烧得麦子"乒乒"山响。那忽而高上去忽而低下来的火头，就像黄河的巨浪，顺着麦垄，滚滚东下。他一时慌了，不知怎么办才好，忽然他灵机一动，挡着火头躺下去，在麦子地里横滚起来。可是麦子地太宽了，他滚到边回头看时，麦子地里只出现了一道横沟，有的地方，火已经越沟而过了。他站起来猛跑了一阵，在离火头二十来步远的地方，又躺下滚轧起来。他一气滚了三个来回，把麦子地里轧出了一个六七尺宽的横沟。火来到沟边上，怔住了，可是它并没有死心，它顺着躺在地下的麦秸，还想偷偷爬过去。眼看着倒在地上的麦秸，有的冒着浓烟，有的闪闪发火。大强嘭地又躺下去，在那红乎乎的火上，又一趟一趟地滚轧起来，不知是因为麦子倒了减轻了阻力，还是烧得痛不能站下，他比刚才滚得更快了。

　　谁也不知他滚了多少趟，火终于被他轧灭了。可是大强还是在那里躺着。身上突突地冒着烟，后来他一动也不动了。

　　村里的人们赶到地里，赶紧把他架出火场，拽下正在他身上冒火的烂布，看到他浑身都是水泡，有的像鸡蛋，有的像馒头，有的像碗口，有的鼓得浑圆透亮，有的已经搓去了皮，露着鲜红的烂肉，流着血水。他的脸上，黑乎乎的，看不出一点模样。人们望着那被火烧过的麦子，一片焦黑，各处还冒着浓烟，草灰被风刮得漫空飞舞；被留下来的麦子，被风刮得摇摇晃晃，翻滚着金黄色的麦浪。又低头看大强的脸上、身上，每个人的眼里都涌出了热泪，咬得牙发出咯咯的响声。

　　大强睡足了四五个钟头，等他完全醒来时，已经是大白天了。他已经躺在自己的床上，副支书郭营和组织委员小马，还有村里、社里的许多干部都守在他的身旁。旁边还站着他的老婆跟两个医生。他觉得刚才的事情，好像是做了场大梦。他看到自己浑身缠着白布，觉得各处都疼。但他似乎没有把这些放在心上，睁开眼第一句话就问：

"谁放的火？"

"鬼蛋。已被我们逮住了。"郭营对他说。

"鬼蛋？"大强惊奇地说，"怎么逮住的？"

"这些日子，我和小马每天夜里在洼里暗哨着。"郭营说，"昨天晚上我们刚溜过去，忽然麦子地里起了火，我们回头就追。……直追了八里地，才抓住这小子。"

"这小子还带着刀子呢！差一指没削上我，你看这小子有多狠！"小马插嘴说。

"叫过这小子来，我问问他！"

"你好好养着吧！我们已经派民兵把他送到城里法院去了。"郭营和小马一齐说。

大强闭上了眼睛，屋子里又寂静下来。

忽然，大强一骨碌坐了起来，瞪着大眼说："郭营同志！——你给我写信！"

"写信！"郭营摸不透大强的意思。

"是的！给区委写，用我的名义。"

"你想着写报告吧？我们已经把情况报给区委了。"郭营给他解释着。

"不！我要给区委写信，要求区委处分我！"

"你养好了伤再说吧，支书！"大家说。

"不能，一定要写！"大强的话像一块大石头落在地上。他用手擦了下快流到嘴里的眼泪，接着说：

你写上"我好了疮疤忘了疼！"

再写上"我拿着恶狼当绵羊！"

郭营那粗大的手里，不很自然地捏着管自来水笔，就在纸上挥动着写了起来。

1955 年 8 月

万灵丹

……噢噢，你问"万灵丹"是怎回事？这事说起来就啰嗦啦。有耐心听的话，我就从头至尾跟你说个明白。

万灵丹的效力嘛，可大啦。我儿长清的病，一服就去了根。嘿嘿，其实倒不是值钱的"药"，只用了二升棒子……

谁发明的，俺那媳妇秋香呗！说起秋香来，你别看她瘦脸寡腮不起眼，可就是有心有嘴。嘿，真是不可以貌断人。

就是去年，棒子蹿缨的时候，秋香从县开会回来啦。正赶上社务委员和生产队长开联席会。她一进门，大伙就说："嗬，咱们技术员来啦，办得什么'货'，就着这个场卖卖吧！"

秋香是个办什么事一斧砍到底的脾气。汗没擦，就说开啦：

"这次会上主要是各社交流新的生产经验……我觉得咱当前急要搞的，就是玉米的人工授粉。"秋香可能察觉有人皱起眉头来了，她解释说，"其实这法也很简单：用一根小棍敲敲棒秸，让穗上的花粉落进漏斗，然后……"她越说会场上越乱了。最初是几个人小声嘀咕，后来就乱吵吵地呛咕起来。我干脆打断她的话插嘴说："收起你这套来吧，这个法子使不得！"秋香可不那么听话，反问道："爹，你试过吗？使不得！""秃子头上的虱子——明摆着的事。还用试？！棒秸给棍子一敲，敲不断也得三天不长。"接着我的话尾，人们都插上了嘴。有的说："这是'给秃子剃头'找活干。"还有的说："庄稼长好长坏全在粪，弄这花招干么？！"

这时，秋香把辫子往后一甩，站起来说："我并没说用了人工授粉就可以不上粪！……是因为棒子经过人工授粉后，可以使籽粒饱满，多打粮食。花粉必须落在花线上，经过雌雄交配以后才能长粒哩。如果……"

"这是棒子，不是人呀！"不知是谁冒出这么一句，惹得哄堂大笑。但秋香可不封建，笑声一稀，她还是一本正经地说："可是，庄稼和人是一样的。"这时长清插嘴说："得啦，得啦！有一年，咱西洼棒子地头上，有六七棵棒子花穗叫牛吃了个秃光光，后来也都长粒啦，这是怎么回事？"秋香张口结舌，脸上立刻滚开了汗珠子。大伙都瞅着她那副窘相，丢眉使眼地讪笑着。长清还一股劲地顶："说啊！你倒是说啊！……"秋香到底是学得不透，怔了半晌，强词夺理地说："你这是扯泡……"她还是一口咬定，坚持要搞。社长使劲地压着嗓子，叫大家安静下来，用调解的口吻说："这样吧，咱先弄一块地试试，试好了，明年再来这一手也不迟，弄不好哩，也不至于影响生产计划。"叫我看秋香该就着梯子下房了。可她不同意，她说："还试什么？人家旁的社都试过了，在县里会上人家还作了报告哩！明年搞，今年呢？一亩地最少要少产十五斤，全社不是少产好几千斤？"长清仍不同意，他说："我先说在头里，你们爱怎么试就怎么试，可别想在我第二生产队的田里动这份脑筋，产量指标早订好了，减了产谁负责任？""我负责任。"秋香说，"保证能增产。""你负责任？你负责任用我当队长的干什么？"

大家嚷了一顿，结果是没有被通过。

晚上，我躺在被窝里，听到秋香的房里叽叽咕咕的，最初我没拿着当事，可等我一觉醒来时，他们更嚷大了，听长清说："人工授粉？我看你是成心破坏！"又听秋香说："不错，我是成心破坏，我是成心破坏你那老保守思想！""你甭巧说，你知道你是个团员，照这样不听领导，胡作，我非建议团支部处分你不行。""你就是开除我，我也得搞，领导社员改进生产技术是我的责任，再说团支部也不一定同意处分我，别看你是团支书。我做的是好事，不是坏事……"最后还是被我嚷了几句，才算压了下去。

天明早起，秋香做熟了饭，没顾得吃，骑上车子就去找区长，后来又跑到县里，可他们的说法都差不多，说："这主要是因人们有保守思想。这是个教育过程，不能用下命令的办法……"秋香赌气说："哼！不等教育过来，棒子早干缨了！"她噘着嘴回来，又去找社长商量，社长还是老主张：先弄一块地试试。

隔了几天，长清到县里去参加团支书会议。有天傍黑，我忽然听到房后棒子地里有动静。我赶忙走了去，一看，原来秋香正在给玉米授粉哩。远处，还有几个女的在钻出钻进。我这老花眼也没辨认出是谁来。我催秋香回家，她说："爹，你先回吧，外面风挺凉，当心冻坏你的身体。——只剩下两垄了，我再弄完一垄就回去，留下那一垄做'药材'。"

"做'药材'？"嘿嘿，我一时解不开、猜不透倒是治什么病的药，可也没在心。我说："别侍弄了，留下那两垄吧！"她说："一垄就够啦！"她边说边弄起来，啪啪地敲棒秸，真像敲打我的心那样痛。她要是我亲生儿，我非给她两鞋底不可；可是，我怎能跟儿媳妇闹脾气呀！

回到家，我一屁股坐在炕头上，气得出长气，心想：糟啦，这五十亩棒子非被伤不行啦。越想越悔恨，赌气用拳头打自己的脑袋："老没用的，老没用的。"

第二天，长清开会回来了。眉间皱起了个大疙瘩，嘴噘得像个棉花桃，一进门就丧声丧气地问："谁上棒子地去来，怎么弄上那么些脚印子？"这五十亩玉米地，是第二队的丰产田，他拿着当眼珠子。他从县回来，没顾得来家，就先跑到地里看过了。这时可真叫我为了难：有心照实说给他吧，准惹得他和秋香闹个天昏地暗。再说，棒子反正已经被糟蹋了，吵闹又能当了什么？！有心不说给他吧，脚印被他看出来了……我左右为难，便紧抽烟装作没听见。秋香从屋里走出来，笑嘻嘻地说："你是问棒子地里的脚印吗？那是昨天胜利社的一帮人路过咱队参观时踩的。""明明有你那双球鞋印，我还不认的？！""是呀，我领着到地里去的，怎么会没我的脚印呢？我又不会飞！"这时长清瞪着直眼答不上去了。我的主张是：不论谁是谁非，想法别让他们吵闹就好。所以赶快打圆场说："是啊，是啊，来了好几个女的，还有一个和我这大年纪的老头子。你没见到那双大脚印吗？"就这样，这场气算没闹起来。

长清的气消了，秋香也欢了，两个人有说有笑，白天一块下地，晚上一块上民校，有时还到俱乐部去排戏。我可犯愁了，饭量也减了，觉也睡不好，成天愁眉苦脸，不知往棒子地里看多少回。秋香是知道我的心思的，不断背着长清向我解释。我这个劲头，长清大概也看出来了，他几次问我：

"爹，咱现在又转成高级社了，往后的日子更好了，你还有啥愁的？你看，咱社的棒子长得多好！"他一提起棒子，我觉得更心烦。但我始终是支支吾吾，没把我的心思实告诉他。这事我就是跟社长商量过，社长也同意我的主张，他说："你做对了。现在大伙还通，她又已经弄了，扯旗放炮的没好处。看看吧，如果真增了产哩，秋后说也不晚，减了产哩，秋香也就死心啦……"事情就这样无声无息地过去了。

到了秋八月，棒子熟了，嘿，个个像牛角似的，朝外撇撇着，扁鼓鼓黄澄澄的籽粒，排得又密又齐。收棒子的那天，全队的社员都去了。长清剥着棒子，不断地偷瞟瞟秋香，接着得意地喊着说："秋香，你看，这棒子多喜人！个大倒不稀罕，粒子装得多饱满！嘿嘿。"秋香只是笑，没有说话。长清更单刀直入地说："这该服了吧？这可没用你那人工授粉哪！难道说再用上人工授粉，棒粒还能长两层？嘿嘿。"他大概觉着还不够劲，又加上一句："认输吧！勇敢地承认错误是光荣的。"

"别在这儿出傻气啦，还让人家承认错误？哼！"我这一句把他说怔了。我刚一进地，就在没授粉的那一垄上掰了几个棒子，偷偷地和这授粉的比了比。光嘴硬不服不行，棒子虽然一样大，可粒子又松又稀，最烦人的是每个上边差不多都有个大白尖子。我心里的石头落了地，就把秋香进行人工授粉的事，一字一板地对他说了。长清大概还不相信，站起来就跑到没授粉的那垄上去了。一会儿，耷拉着脑袋回来了，秋香笑着说："怎么样？团支书同志！我应当受什么处分？"长清涨红着脸，很不自然地说："哼！你真该受处分。"他一手举着一个棒锤子说："你看，你留下这一垄不要紧，至少得少收二升，搞就该搞彻底……"

"队长同志！我接受你的批评。"秋香说，"不过，我留下这一垄，是为了治你那病的！今年虽然少收二升，只要队长的病治好了，明年多收两石也不止啊！"长清笑着说："行。你这服药还真是'万灵丹'哩！"随后，地里响起了一片咯咯的笑声，笑得蝈蝈都不敢叫唤了……

1956 年 7 月

女　将

一

　　入夜了。银色的月光笼罩了大地。辽阔的原野，显得很恬静。只有新近挖成的、弯弯曲曲的、错综交织的渠道，响着轻轻的流水声。

　　初春的夜风飕飕地刮着，有些凉意。公路两旁的柳树，舞动着枝条。一个长长的人影，忽明忽暗地闪动在一条干渠的堤岸上。这是万家寨生产队的妇女队长、十九岁的姑娘、共产党员万桂兰。

　　桂兰长得粗手大脚，黑黝黝的面皮里潜伏着红色；穿着一身褪了色的蓝制服，头上罩着半新的白毛巾。在这月光下，如果你不留心她那垂在两腮上的头发，你会喊她一声"老弟"。这类笑话，已经发生过不止一次了。

　　桂兰一边匆匆地走着，一边想着公社党委书记在召开的妇女队长会议上说的话。"希望你们这些女将们，大显身手，把浇麦工作做好——等待着你们的喜讯！"书记最后的这句话，始终在桂兰的脑海里翻滚着，她觉得心里热乎乎的。她想："各队的姊妹们，一定会搞出些想不到的新鲜玩意儿来——我们是有名的红旗队，可不能丢人，一定要争上游！——呀，搞个什么名堂呢？"桂兰正想着，突然一阵风沙迷了她的眼睛。她一边揉着眼一边往前走，揉着揉着，灵机一动，眼睛一亮，想起了一个主意，不由得自言自语地说："哎！对，对——就在它身上作文章！"

二

桂兰回到村，把开会的情况向支书汇报后，又把自己的主意提出来和支书研究，支书完全赞同。于是，桂兰通知春梅，要她立刻召集妇女干部到办公室开会。她自己借这个当儿到厨房里去吃饭。

桂兰一边吃着饭，一边继续琢磨心事。只见她两眼直直的，盯着一个目标不转睛；饭碗擎在手里，却不往嘴上凑。潘大娘是个很负责任的炊事员，一见这种情况，忙问道：

"桂兰，你不舒服吗？——我去给你做病号饭。"

桂兰忙说："大娘，不用，不用……"

潘大娘说："那怕什么？这是咱食堂的章程呀！是俺炊事员的责任……"

桂兰抢去潘大娘的话头："大娘，我没病。"

"没病？怎么精神不振，不想吃饭呢——孩子，跟大娘说实话！"

桂兰说："我有心事。"

潘大娘问："有心事！有什么心事呀？"

桂兰说："大娘，这是大事，我告诉你也没用……"

桂兰和潘大娘正说话间，春梅一步闯进屋来，说："队长，人集合齐了。""齐啦，好——开会去！"桂兰说着就往外走。潘大娘着急地说："开会去？你还没吃饭呢！"桂兰说："先去开会，开完会再说！"

桂兰走后，潘大娘翻来覆去地想："桂兰这孩子，平日里赛欢虎一样，怎么今天会这样呢？到底有什么心事呢？……"潘大娘想着想着，突然明白了——今天中午，大虎不是给桂兰寄来一封信吗？对啦，一定与这封信有关系！潘大娘想到这里，不由得皱起了眉头。当婆婆的对还未过门的媳妇怎么能不关心呢！于是，她决定抽空找桂兰妈谈谈，让她打探打探大虎在信里说了些什么不受听的话。

三

妇女干部会议开始了。

桂兰首先向大家传达了公社党委召开的会议，号召妇女在浇麦工作中要大闹技术革命，大干一场，还说书记等着大家捷报呢。

大家经过讨论，一致表示：坚决响应党的号召。于是，全屋人都开始想主意了。可能是由于大家的要求高，也可能是因为事先的思想准备不够，想呀想，想呀想，一直想了两袋烟的工夫，谁也没拿出一套成熟的方案来。桂兰先让大家动动脑筋，是想发挥一下大伙的智慧，她见大家一时拿不出主意来，就把自己在路上想的主意掏出来了：

"我们苦战一冬，实现了河网化，水的问题解决了。可是，在灌溉方面，动力机械和人力、畜力都感到不足。因此，我想让风来替咱车水抗旱！……"

桂兰的话还没说完，大家就拍起掌来，都说这法太妙啦。玉芬说："让风给咱拉水车，一不吃饭，二不喂草，三不用燃料，这真是多快好省！"玉青补充说："遍地安上风力水车，就把风变成雨啦，向来是春天风多雨少，这一下子就翻过来啦！"春芳拍着手又补充说："我们和东店生产队不是正展开抗旱竞赛吗？这一下子，红旗一定是我们的了！"……

大家七言八语地议论着，桂兰见妈坐在那儿一言不发，就说："妈，你这缝纫组长也该表示表示态度呀！"

桂兰妈说："叫我看，你们像做梦一样——风就那么听你们说？当前，活堆成山，你们不起早贪黑地多干点活，偏偏想这种没根的事，万一弄不成，误了生产，社员不埋怨你们？……"

桂兰妈这套话，引起了年轻人的反对，你一言，我一语，都冲着她来了。桂兰妈生气了，赌气说："好啦，你们愿意咋搞就咋搞吧，我是不能跟着你们胡闹的！"说罢，站起来走了。

桂兰知道妈的思想不是三言两语能够打通的，没有留她，于是向大家说："让她走吧——来，咱们具体讨论讨论'风力水车'的制造吧！"

四

大清早。蛋青色的东方天边，吐出一片嫩红。

桂兰昨夜没有回家睡觉，桂兰妈正在生气，潘大娘来了。她进门便问："桂兰不在家呀？"

桂兰妈生气地说："一夜没家来啦！"

"呀，她干什么去啦？"

"咱不知道——反正不干正事！"

潘大娘一听心里更长了草。于是把大虎给桂兰来信，桂兰接到信后有了心事，说了一遍，又说："我想，也许是大虎在信上说了些不受听的话……"

桂兰妈正在火头上，那有心细听这一套，打断潘大娘的话，愤愤地说："人家大虎不要她了呗！"

潘大娘一听更沉不住气了，紧跟着问。

桂兰妈说："甭说了，你以后自然会明白！"说着，向缝纫组走去了。

潘大娘从桂兰家出来，路过春梅家的门口，只听院里叮叮当当的一片响声，她不由得走进去，一看，怔住了。整个院子，就像个小工厂。一大帮姑娘、媳妇，正七手八脚地忙个不停。有的拽着大锯锯木头，有的抢着锤子砸铁条。还有几位老大娘，坐在一张苇席上，戴着老花眼镜，弯着腰，低着头，在缝一片一片的白布。潘大娘凑到这伙老大娘跟前，悄悄地问："你们这是干什么呀？"

"哦，说是搞什么风，风……"一位老大娘说，"脚下这新事咱也说不上来，你去问队长吧！"

又一位老大娘接过来说："还问什么呀，队长叫做什么就做什么，叫怎么做就怎么做，错不了，不是好事领导不会叫干的！"

又一位老大娘插上嘴向潘大娘说："咱那队长可真好，你看，人家多能干，昨天晚上开会，散了会又画图，这不又跟大伙一块儿干上了！你家大虎真有洪福呀！"说得大家都笑了。这时，潘大娘觉得心里有一股似苦非苦、似甜非甜的滋味。她偷偷地瞅起桂兰来，只见她正在锯木板，真带劲！心里想："她和大虎不正好是一对吗！怎么两人闹起别扭来了？唉，年轻人……"

这时，支书走了进来，问桂兰："你们行吗？不然请几个木匠师傅帮帮忙吧！"桂兰说："我们这一套还挺复杂呢，需要木匠，需要铁匠，还需要裁缝呢！我们不能请这么一堆师傅来陪着我们呀！干脆！我们自己来，什么东西不是人创出来的呀！"春梅插嘴说："支书，我们都已经出师了！"支书笑着说："你这个丫头就好开玩笑！"春梅说："怎么开玩笑呀？昨天夜里，桂兰姐画着图样，我们请来木匠张海，请来铁匠李青，就学起艺来啦，一学学到半夜——现在会干活了，不算出师了吗？"逗得大家又是一阵笑。

支书鼓励了她们一番，并且说："你们有什么困难，随时可以提出来，支部一定大力支持你们。"桂兰说："支书，你放心吧，今天就要让你听到'风力水车'制成功的捷报！"支书微笑着说："好吧，我去准备为你们庆功！"

潘大娘听说桂兰领导女将们正创造"风力水车"，高兴极了。忽然她想到桂兰昨天晚上没吃好饭，便赶紧回食堂替她打饭去了。

女将

五

"风力水车"快要出世的消息在全村传开了。桂兰妈去问支书，"支书，你说她们弄的这玩意儿真能成功吗？"支书斩钉截铁地说："我相信一定能成功！"桂兰妈又问："怎见得？"支书说："她们决心大，干劲足，有了这两条就有把握。"桂兰妈向来信任支书的话。她想："我已经责备了她们，我该怎么办呢？"她眼珠一转，想出了一个主意。回到家，翻箱倒柜找出收了多年的一块红绸，拿到缝纫组里去了。

傍黑。"风力水车"制造成功了。经过试验，三架"风力水车"能抵一架十马力的锅驼机。这消息轰动了全村。黑板报、壁报立刻写满了赞扬的诗句。支书用电话向公社党委报了喜，公社党委立即派人送来了贺信。以潘大娘为首的食堂的炊事员们，根据支部的意见，特地准备了一桌好饭，慰问这些敢想敢干的女将。

缝纫组的人来了，桂兰妈有些不大自然，但一见大伙这么高兴，也就不禁兴奋起来，她从怀里掏出自己做的锦旗，说："我们缝纫组给这些女将们做了一面锦旗，表表我们老婆子的心！"忽然一阵掌声响了起来。爱逗笑的春梅说："这'风力水车'的成功还有潘大娘的一份功劳。第一，她在生活上对我们的照顾无微不至；第二，她的儿子大虎从天津往家来信，鼓励我们的队长桂兰，要她立大志，创奇迹……"

"这是什么场合呀，你还开玩笑！"桂兰涨红着脸拽了春梅一把，于是又响起一片欢笑声。笑得最响亮的是潘大娘。

1960 年 3 月

借 兵

一

"得啦！走着瞧——你看人们离了你们行不行！"

杨大海正在梦中跟刘小兰发脾气，突然被自己的呓语惊醒了，心里又乱纷纷地胡思乱想起来。慢慢地，前庄生产队副队长刘小兰——那位青年姑娘的影子，在大海那热滚滚的脑海里又浮上来。他觉得热辣辣、苦溜溜，一阵心酸。

大海在各种竞赛中，是鼎鼎大名的一员"常胜将军"。但是，近来人们却送给他一个不符合实际情况的绰号，叫"杨宗保"。这并不是因为他姓"杨"，姓"杨"的人多着呢！其主要原因，是发生在外号叫"穆桂英"的刘小兰身上。小兰偷偷地爱上大海，已经有半年多了。其实，大海的心里，早在一年前就装上了刘小兰。

在大海看来，小兰的优点一火车也装不了——思想先进，工作积极，心灵嘴巧，泼辣能干……特别是她那大大方方的作风，从来不计较小事，更使大海从心眼里佩服。他觉得自己虽然是个男子汉，在这方面，却远远不如这位小兰姑娘。

小兰凭仗心眼活，嘴头巧，经常好开大海个玩笑，并且每次开玩笑，大海准得吃亏。但是，就连大海自己也不知道为什么，他从心眼里愿意跟小兰在一起。半年来，大海总觉得小兰一举一动都别有风度，说话也特别好听。平日里，他一想到"刘小兰"或"穆桂英"这些字眼，心里就觉得热乎乎的、甜滋滋的。若是有人喊他"杨宗保"，他虽然明明知道这是个"败将"的代号，却心里并不烦。

可是，今天夜里，他一想到刘小兰，心里却难过起来。

这是什么原因呢？

二

昨天下午，社员大会上讨论、研究了水利建设的问题。大家决定：为了在明年实现小麦大丰收，必须解决麦田的水源问题。首先要抓紧时间，挖成一道三华里长的水渠，以便保证、那一百亩没有水源的麦田，及时浇上"盘墩水"①。可是，把本队的劳力、农活计算了一下，就是全体发动，作上最大努力，在浇"盘墩水"前，怎么也完不成这个任务。为解决这个困难，支书号召大伙儿动脑筋，想主意。

沉静了一会儿，大海站起来说："上级不是号召我们开展协作吗？我看，咱去'借兵'求援吧！"

支书说："这倒是条路——到哪儿去'借兵'呢？"

"快嘴姑娘"兰英说："我看哪——上'穆家寨'。"

这"穆家寨"，显然指的是前庄生产队；因为在全公社大有其名的"穆桂英"——刘小兰就在那个队里。

"派谁去联系呢？"

这时，全屋人的视线都集中在大海身上。大海呢，低着头，拼命地抽烟，不吭声。

老支书慢慢悠悠地凑过去，微笑着，拍了大海一下膀头，说："大海，发言哪！"

大海涨红着脸，说："我'发'什么呀？"

支书说："你就说——'我去吧，这条道我是熟悉的！'……"逗得大

---

① 麦苗分叉时要浇一次水，叫作"盘墩水"。

伙儿哄地笑起来。

笑声一稀，"快嘴姑娘"兰英又抢着发言了，她说：

"对！还是'宗保将军'走一趟吧！"

"对呀，'杨宗保'一去，'穆桂英'一定要下山的！"

"就是嘛，'没有梧桐树，引不了凤凰来'！"

这时，满屋人都大笑不止，那两个好笑的姑娘，更笑得直不起腰来。大海呢，虽然涨红着脸一再说："咱这是开会呀，你们怎么胡闹起来啦！"但是，他的心里，早已同意了。

三

散了会，大海把腚一抬就出了庄。一路上，两只大脚倒换得挺快，就像前庄上有个什么东西在吸引着他。

大海走着走着，不知不觉来到了四女寺河边。忽然一眼瞅见了前庄生产队修的那座水闸，心里猛地一翻，一件懊悔不及的往事浮上心来……

那是今年春天。支书、队长都到寨子公社去参观了，身为党支委兼团支书的大海，受支书的委托，成了全队暂时的主要领导人。

那时候，春播季节眼看就到，可是，天旱不雨，土干如炒。于是，大海和在家的干部们研究了一下，便组织起所有的木匠、铁匠，赶修汲水工具；组织起所有的瓦匠，赶修旧井。准备全民发动，开展一个抗旱播种突击运动，保证适时种上稚庄稼①。杨大海这个小伙子，过去支书在家时，总是当"先行"，如今迫不得已当了"元帅"，又赶上这么一个紧急情况，觉着有点"上晃"，所以老怕工作赶不上去，误了大事，整天跑到这儿看看说说，跑到那儿忙活忙活，忙得常常饭都顾不得吃，觉也睡不下去，两只眼都熬红了。正在这个节骨眼儿，突然前庄生产队副队长刘小兰来了，向大海提出了借几个瓦匠、木匠去帮她们队修水闸的事。这一下，急得大海可抓了脑皮！不借给吧，人家准得说对兄弟队不支持，缺乏共产主义的协作精神，同时，更叫大海为难的，又偏偏是他那心上人小兰亲自来的；借给吧，工具、水井就不

---

① 春播作物叫"稚庄稼"。

能如期修好，影响了抗旱播种，全年的增产计划怎么实现？说不定还有人说我是感情用事哩！大海想到这里，决定：工作第一，群众利益高于一切，小兰怪着是她的不是！于是，大海带着非常为难的表情向小兰说：

"小兰，真对不起——换换时候，你借什么都行。眼下，我们队正在全力以赴，准备迎接抗旱播种，我们自己还感到劳力不足，要是再往外抽人，实在是……"

小兰说："实在是不行——对不？"

大海把两手一分："唉！你叫我说什么呢？"

小兰说："我反正不会客气——那么，你详详细细地把你队的情况说给我听听吧！"

大海一听这话头有了活门，便把全队有多少个木匠、铁匠、瓦匠，有多少水井、工具需要修理，需要在多少天完成，现在人们怎样忙法……从头到尾说了一遍。小兰是个精明姑娘，"全国一盘棋"的思想也很明确，这时听了大海介绍的情况，又见大海已经熬得红通通的两只眼睛，就知他们的情况也非常紧张，再抽人生产会受损失，她当即决定不再向他们借人，回队去另想办法。但是，她觉得大海的想法多少是有点问题，同时，她也总愿和大海开两句玩笑，于是装作一本正经地说：

"大海呀，我真没想到你是这样一个人——现在来求你帮助啦，这困难，那困难，都上来啦！"

"这真不能怨我，我讲的都是实情话，并无半句虚夸——只能怪你来的不是个节骨眼！"

"什么'节骨眼'不'节骨眼'的！我看哪，都是你自私自利、本位主义，缺乏集体观念，缺乏'全国一盘棋'的思想，缺乏共产主义的协作精神……"

大海一听急了，拦上去说："小兰哪！你无论怎么讲，我们不能误了本队的生产去支援你——你就是给我扣八万'帽子'，我也不能答应你！"

这时，小兰见大海那股急劲儿，肚子鼓了好几鼓，假装咳嗽两声，把笑遮了过去。然后，装作严肃地说：

"大海呀，好吧！走着瞧——你看我们离了你们行不行！"

说完，扬长而去。

此后，大海每当见到小兰时，心里总像有个事似的，说话、表情都不大自然。可是，小兰就像没这回事一样，一切都是照常。日子长了，大海也就把这件事搁下了，两人还是照常来往。只是小兰在故意开大海的玩笑时，有时还提到这件事。每当这时，大海就作揖拱手地说："同志，原谅吧——已经错啦，怎么办哪！"小兰说："怎么办？你们求着我们的时候再见高低吧！"当时，他俩都只把这些当作玩笑话，谁也没有放到心上……

现在，大海一边走，一边想着这桩往事，腿有些发软了。心想：见了小兰怎么说呢？于是，他决定先去找党支部书记谈谈。正在这当儿，从前庄村东正在修水库的人群里，蹿出一位细身条的姑娘，一直向他跑来。大海一看是小兰，便停住脚步等着她。

小兰把裤腿、衣袖都卷得高高的，红扑扑的脸上闪动着千万个露水般的汗珠，显得更可爱了。她来在近前，伸出沾满泥污的手，热情地抓起大海的手说："大海，你是到公社汇报去吧——给我们带个信去，告诉公社党委：我们的大水库，再有三天就完成任务了！"

大海一听，心里有些抓瞎，不大自然地说："不，我是来找你……"

"找我？有什么事吗？"

"嗯！有点事。"大海只好就劲说，"咱找个地方仔细拉拉吧！"

"好啊！"

四

大海和小兰在一个荷花塘边的垂柳树下坐下来。

大海点着一支烟，狠狠地吸了两口，又咳嗽了两声，不大自然地说："小兰哪，这个你知道——我们村东那一百亩麦田，你不是去参观过吗？你曾给我们提出了没有水源的致命缺点，并建议我们从四女寺河，修一道三华里的水渠，直通这块麦田。现在，我们支部决定按照你的意见办，马上就动手。可是，浇'盘墩水'的季节就在眼前了，我们打算在浇'盘墩水'以前完成这项工程，保证那百亩小麦及时浇上第一次水。可是，可是，我们翻来覆去地合计了好几回，觉得怎么也不能如期完成这项任务……"

这时，聪明的小兰，早就听出了大海的来意。但是她故意逼他说："哎呀！那你们怎么办哪？"

"我们想着，想着……"

"想着怎么样呢？"小兰逼得很紧。

"想着向你们借，借……"

"借什么呀？"

"借人。"

小兰扑哧笑了，说："你一来就说——我们有项紧急任务完不成，需要你们去人帮帮忙——不就得啦！咱们都是一个公社的，还用得着这么啰嗦！"小兰说到这里，眼珠一转，像是又想起了什么，马上又转了话题说，"不过，'你来的不是个节骨眼'！"

"怎么样？"大海这时就怕小兰不答应他的要求，于是又赶紧补充说，"我们已经研究好啦——不能白使你们的劳动力；你们队种的花生不是特别多吗？到你收花生的时候，我们一定来人帮忙……"

其实，小兰已经想和支部研究一下，暂停修水库，去帮助他们，因为她队的水库是修下准备明年用的。这时，她一听大海说要派人来帮忙收花生，心里非常高兴，因为她队的干部、社员们，正在为收花生时劳力不足犯难哩！可是，她见大海那心急的样子，却故意挥手向水库一指，说："你看不见吗？'我们自己还感到劳力不足呢！要是再往外抽人，实在是……'"小兰说到这儿，故意低下头再不说下去，并且赶紧扯下头上的毛巾，假装擦汗，遮住了自己的笑脸。

大海这时也听出了小兰是在故意重复自己过去说过的话；可是，在这个节骨眼，有什么办法呢！只好装作没听出来，继续苦苦要求。

小兰板着脸说："这可不同旁的！你就是说下大天来，'我们也不能耽误了本队的生产去支援你'！"

大海一听没了节骨眼，火也上来了，心想：既然小兰不同意，再去和支书说，也是叫支书为难，得啦！于是愤愤地说：

"你的话——好吧！走着瞧——看我们离了你们行不行！"说完，站起来把脚一跺，扬长而去。

这时，小兰本想把大海喊住，把事情和他说破！但又想：在这个节骨眼，让他多用用脑子，对一些问题前前后后、反反正正多方面地想想，也许对他有些好处。故没吭声。她站在那儿，静静地望着大海那怒气冲冲的背影，禁不住地笑了。

五

大海回到家，天已经黑下来。他一头扎在炕上，心乱如麻，头似火烧，扯了床被盖在身上，胡思乱想了一阵，不知不觉地昏昏沉沉睡过去了。

现在，他从梦中醒来，窗户已经发白了。他一边穿着衣裳，一边想着这些伤心的事情，心里觉得既懊悔又恼火。他懊悔自己春天在处理小兰借人修闸的问题上，有许多缺点；他恼火的是小兰不该报复他。他不由得自言自语说："原来我一直认为小兰是个大大方方的姑娘，却没想到她竟是一个小小气气的女人——我的眼睛太不亮了！……"

"砰砰砰！砰砰砰！"突然，门外传来紧急的敲门声。大海一骨碌跳下炕，开门一看，原来是老支书。大海还没来得及问敲门干什么，支书迎头批评上了：

"大海，你简直是办不了事！"

"我能有什么办法？人家……"

老支书现在是真急了："什么'人家'自家的！你怎么来到家一声不吭，躺在炕上睡起安稳觉来啦？"

"我吭声管个屁事！"

"你怎么越说越不像话呀——现在人家前庄的援兵已经干上啦，我们一点也没有准备，这像个什么样子！你回来为什么不说一声？"

大海一听，惊喜得跳起来，忙问："怎么？前庄的援兵干上啦？"

"我这大老头子，什么时候说过谎？"支书说着，一把拉上大海的胳臂，"走！不信我领你去看看！"

大海跟着支书来在村头，站在高岗上向东一望——呵！从四女寺河边直到百亩麦田，断断续续地接成了一条长长的人龙。大镐、铁锨上下翻飞，忙个不停。大海正看得出神，又听传来了小兰姑娘的喊声："同志们！加油干！我们要保证兄弟队的麦田及时浇上水！""瞧好吧！你指到哪里，我们就打到哪里！"大海听了这些话，觉得心里热滚滚的，自己也说不上是一股什么滋味。

支书说:"大海,你看咱怎么办?"

大海没顾得答复支书的话,回身跑到大槐树下,抄起油锤,一晃膀臂,敲起了全体社员紧急集合的号令:

"当当当——当——当当当!"

伴随着这大钟的响声,前宅后院,大街小巷,到处传来了嘈杂的人声和急促的脚步声。

大海放下油锤,向支书说了声:"你集合人吧!我头前下去啦!"说着,他大踏步地向东洼走去,他一边走着,一边望着小兰的身影,心中不由得在想:"这么一位大大方方的姑娘,多么叫人可爱呀!"……

1960 年 12 月

老队长

开　头

老队长，可不老，过了年，才小四十。

这一说，你许想：准是长得像个小老头儿。错了。

论长相，他得算个少相人。中等个子，细身条儿，长弦脸，尖下颏，浓眉，大眼……若硬要在他的身上，找一个老相特点的话，那就是他那红润润的脸上，长着一圈络腮胡子。

论脾气，更不像老头儿。村里不分男女老少，不论什么脾气儿，他都能说得上话。并且，一说话，还爱逗个笑谈。因为这，他冬天像盆火，夏天像池水，身旁总是围着一伙人。

他思想老？又错了。你给他扣这帽子，他不怪你。可是，他们队的社员们，要知道了，非和你打"官司"不可。

"老"从何来？这问题，先不说。我是他铁心的宣传员，先向你讲几个故事，宣传宣传他，然后再告诉你。

一　挑对象

老队长挑对象，说起来，这是八年前的事了。

那时节，他刚从部队转业回来。乡邻们，亲友们，见他有力气，有文化，又有功劳，都张张罗罗地给他说媳妇。

头一个，说的东庄的。这人，长得像荷花，清秀、苗壮。可是跟他一提，他不要。

第二个，说的西庄的。这人，是个小寡妇。据说，箱箱柜柜，铺铺盖盖，三辆"胶皮"拉不了。可是，跟他一说，他还是不要。

第三个，又说的前庄的。这人，有文化，有口才，号称"女秀才"。这回，人们认为准行了。可是，和他一提，你猜怎么样？又碰了一鼻子灰。

此后，连三并四，又说了好几个，他都不应。后来，媒人有点火了，问他：

"大群，这不要，那不要，想配天仙？"

大群说：

"我虽有学董永的心，但没有配天仙的命！"

媒人说：

"为啥老是不要呢？"

"因为对不上我的点子。"

"啥点子？"

"五条：一是人；二是女人；三是活人；四是庄稼人；五是种地有本事的人。"

媒人一拍巴掌说：

"好办！石寡妇够这五条——耕三耙四，驾车赶驮，提耧下种，扬场摆簸箕……样样通，门门精，要不？"

大群憨笑着说：

"你先去问人家吧！"

媒人的原意，是跟他开玩笑。他真有意，可乐坏了媒人。

大群说："老嫂子，你笑她丑，是不？我不嫌。"

媒人说："大群，我纳闷，凭你，配她，为了啥？"

大群说："喝酒不吃菜，自己心里爱——老嫂子，说成了，少不了你一顿饺子！"

…………

165

二 谈恋爱

这天，媒人把大群和石寡妇聚在一起，让他们谈谈恋爱。按说，都是本村人，又是小叔嫂子辈儿，整天价，碰头磕脑，有时还逗句笑话，不该害羞吧？可是不。你看，男的摸指甲，女的卷衣角，坐着，坐着，总是坐着，谁也不说话。

就说大群吧，平日好说好笑，仿佛他自己能唱半台戏；可是，这一刻，他这"老童子"，却不如石寡妇大方些。她，似笑非笑，待理不理，望着大群。可是，大群呢？肚子里虽有千言万语，左想右想，觉得从哪儿说都不合适。急得他，满头大汗，像蒸笼一般。只见他，抓下头上的帽子，擦起汗来。女方一笑，他才发觉，是帽子，不是毛巾。

女方递过一条毛巾，大群就势说："立秋啦，还是闷热！"

女的说：

"可不是，还是闷热。"

过一阵，大群又说：

"热点也好，晚庄稼落个好粮食。"

女的说：

"对啦，晚庄稼落个好粮食。"

又过了一阵，大群说：

"你有意见吗？"

女的说：

"我有啥意见！"

"那，就这样吧！"

大群说罢，冲出屋，出了一口大气，就像刚干过重活似的。

三 说家务

"家家有本难念的经。"

村东大成家，两口子过日子，可是家务不少。

这天，为砌墙根的事，又吵吵起来。闹得四邻八家都来了，男的，女的，老的，少的，满院都是劝架的。

同是一个问题，处理方法却各有不同。你听吧，劝慰的，训斥的；讲情的，评理的；软的，硬的；高声大嗓的，慢言细语的；夸夸其谈的，帮腔接语的……什么样的都有。本来事不大，可扯旗又放炮，这么一闹，显得事更大了。

这时，大群也在场。他总是那样——对待问题，与众不同。只见他站在一角，摸着胡楂儿，一言不发。给人的感觉是：他对这事不关心，是专为看热闹来的。

可是，过一阵，他闹清了吵架原因，便溜到墙边，一挽袖子，砌起墙根来。

大成两口子，一见，慌了，都凑过去。女的说："可不能叫你受累！"男的说："让我来吧！"

大群说："还是我帮忙吧，你们太忙呀！"

大成两口子说：

"没啥忙的！"

大群说：

"不是忙着吵架吗？！"

人们都笑了。

大成两口子，你看我，我看你，脸都红了。接着，搬砖的搬砖，和泥的和泥，都成了小工。架，不吵了；劝架人，也走散了。

墙根砌完了。大成两口子说了些感激的话。

大群说：

"甭谢啦！以后，你家有了活儿，用着我的话，可以再吵架！"

大成两口子互递着埋怨的眼光，笑了。

四　交朋友

大群朋友多，最好的是"庄稼通"。

说起他俩交朋友，有一段故事。

农业合作社时期，有一回，社里选队长。大家伙，一致同意选大群，只有一票反对，投反对票的人是"庄稼通"。

散了会，"庄稼通"刚进家，大群来了。"庄稼通"想："好小子呀！我不选你，你就找上门来了？！"这时，他含着烟袋，抽得吱吱响，等着大群说话。

大群说：

"大伯，你为啥不选我？提提意见……"

"庄稼通"把烟锅一磕，愤愤地说：

"少来这套！这是我的民主权利，要选就选，要不选就不选——你有啥法，使去吧！"

大群一见他发生了误会，心中很难过。但是，大群觉得，在火头上，空口说白话来解释，是不中用的。于是，他只好找了个台阶，悄悄地走了。

次日，张大伯正做饭，大群媳妇来了。她说：

"大伯，据电台广播，今夜有霜冻。队上的薯秧，不盖好，会受害。盖吧，没棉被。买吧，又得花钱……"

张大伯说：

"打住——是借被不？"

大群媳妇微笑着，点点头。

张大伯知道她是育秧员，就说：

"这点事，这么啰嗦干啥？我占着手，自己拿吧！"

大群媳妇，扛着被，回到家，进门就喊：

"还不出来接着！"

大群一见被，高兴极了，笑着说：

"哎呀！干了这么点事，就像那'夸官'的！"

大群媳妇说：

"怎么？这事不重要？"

大群接过被，又说：

"天胆俺也不敢这么说！你用我接着，我觉着非常光荣哩！"

一天，大群来送被了。张大伯一看，被，新了，干净了；一摸，厚了，松软了。觉着有股暖流，立刻串遍全身，他抓住大群的手，激动得说不出话来。原来，大伯中了计：他是个光棍汉，社里曾几次派人替他拆做棉被，他怕耽误农活，都拒绝了。

这时，大群还是那样直爽，说道：

"大伯，我求求你！"

张大伯说：

"说吧！"

大群说：

"你告诉我——为啥不选我？"

张大伯说：

"傻孩子，我对你啥意见没有。就有一手不放心！"

大群说：

"哪一手？"

张大伯说：

"你的农活不大行！"

大群一听，乐得跳起来，说：

"大伯，走着瞧吧！"

从那以后，大群到处拜师傅，决心学农活。不到一年，他成了种地的好把式。同时，他和张大伯，也交成了好朋友。

五　搞定额

这天，队部里，干部们围灯而坐，讨论送粪定额问题。

有的说："道不远，日运十五趟，满能完成。"

有的说："路难走，日运十趟也够呛！"

有的说："先确定十三趟，试试，不行再改。"

有的说："朝定夕改，纠纷准多，我不同意！"

…………

开会的人不多，分歧意见不少。

大群坐在那儿，手摸胡楂儿，眼笑眯眯，一言不发。争吵的高潮落下了，他才站起身来。这时节，人们都期待着，希望着：他一定支持我的意见。

"我还没想出意见来。只得说,你们的意见,都有理。天不早啦,散会吧。明晚接着来。"

次日,大群运了一天粪。

晚饭时,他又是老毛病——端着饭碗串门子。

接着,大群那粗嗓门儿,在各家响着:

"大伯,往窑洼地运粪,定额十一车行不?"

"少点。头天差不多;轧开路,运十二车不算紧班……"

过一阵。

"三叔,往窑洼地运粪,定额十一车行不?"

"那得说走哪里。要是在西门外道沟上,搭上个板,少拐两个弯儿,省下一段路,能运十八车;要是走原路……"

过一阵。

"五爷爷,往窑洼地运粪,一天,能运几趟?"

"要是西门外道上,搭个桥,能运十八九车;不,这儿走,多爬一个崖子,十六车差不多……"

…………

晚上,队干部们又开会了。大群把自己的体验和群众的意见,说了一遍。经过一阵讨论,很快统一了意见:搭桥;定额十六车。最后,大群说:

"明天干部试验一天。后天实行。"

"今夜试验,明天实行!"

"楞五子,不准偷加夜班!"大群说,"你要不听话,我去对你老婆说——叫她到晚上……"

"别撑啦——人家会听你的?"

"当然听喽——我们是亲戚嘛!"

"啥亲戚?我咋不知道?"

"我一说你就知道了——她娘家三表姑的外孙女婿的四表姨,是俺六表姨的叔伯外甥媳妇的姑婆婆。"

大群一句,又逗得大家笑起来。

结　尾

　　总起来，一句话：我们的老队长，是个实干家。他对待问题的态度，处理问题的方法，都是"大群式"的。

　　这队的社员，欢迎"大群式"。从农业社时期选上他当队长，这些年来，一直连选连任。

　　因此，都称他"老队长"。

1962 年 4 月

茶坊嫂

六月。

晴空万里，烈日当头，辽阔的原野，一片火海。我为完成一项调查任务，到小刘集去，热得我口干舌燥，汗流如水，衬衣贴在身上。进村时，正有一位担水的大嫂，迎面走来，我忙向她打招呼：

"喂！大嫂，我喝喝行不？"

"喝喝？不行，不行，可不行！"

大嫂说着，擦身而过，带起一阵小风。可是，她走过两步，又扭过头说：

"同志，跟我来！"

不让喝就算了，跟你去干什么？真是"岂有此理"！我正踌躇间，她把井绳一扔，又说：

"同志啊，抓你个差吧——捎着它！"

你看，倒霉不倒霉？水没喝到嘴，又被抓了差！有什么办法？只有拿起井绳，跟她走下去。

大嫂真不简单。她担着水桶，穿大街，越小巷，拐弯抹角，飞快地走着。一路上，她总是一股劲——背挺得很直，气喘得不粗，用力地甩着手臂，大摇大摆，跨着均匀的步子；她那对大脚片儿——长有七八寸，宽有五六指，就像两只大铁锤，蹬得大地咚咚响；那个小发髻，垂在脑后勺上，随着她这大脚女人特有的脚步，有规律地颠动着。我称赞她说：

"大嫂，你真有本事呀！"

"唉，有啥本事——就是有点笨力气！"大嫂一扳扁担换过肩来，又说，"像俺这样儿的，一没文化，二没技术，要再没点笨力气，凭啥吃饭呀！对不，同志？"

沉默了一会儿，我又问：

"你叫什么名字，大嫂？"

"唉，俺从小跟着穷爹穷娘的，整天拾柴火拔菜，一天学堂门也没进，哪有啥名字呀！"

大嫂吐了口唾沫，接着说：

"打从十六岁，被一头小毛驴驮进他周家门，四邻八家的，就管俺叫'周小二家'；后来，生了俺丑儿，又叫俺'丑他娘'；村里填户口册子，就写什么'周王氏'；还有，那些好闹玩的小叔子们，不是喊俺'王大脚'呀，就是喊俺'大脚嫂'——你看，多难听呀！"

大嫂说着说着，咯咯地笑起来，笑得木桶摆动了一阵。我说：

"应当起个大号呀！"

"大号倒是起过的。"大嫂把垂在眼边的一缕头发撩上去，干咳了一声，又打开了话匣子，"解放以后，干部们给我起了个大号，叫啥？哦，叫王，王，王桂香。唉，像咱这摸了半辈子大粪的手，有啥香的？俺不愿叫这个；别人也都叫不惯，年头一多，知道的人越来越少，就连俺自个儿也快忘了。从前，俺给社里喂猪，喂的好点，就都管俺叫'猪菩萨'；后来，改了行，又管仓库，又叫俺'保险柜'；今年以来，队长说俺适合开茶坊，咱有力气，叫干就干呗！从那，'茶坊嫂'又成了俺的名儿了。唉，爱叫啥就叫啥呗，叫啥也是个傻老婆！"

大嫂说着说着，又笑起来。她一边说一边走，时而有些砖头瓦片，在她的脚下骨碌碌地翻滚着。

拐过一个墙角，一片集场出现在村口上。这集场不算大，可正是热闹时候。各式各样的帐棚，架架相接，势如岸边的船帆；形形色色的农具，成摞打垛，犹如一座座小山；菜市里，大车小辆，葱绿一片；布市里，长台短案，万紫千红……在那数不清的车辆、帐棚和摊案之间，是一片人的海洋。男男女女，老老少少，肩撞着肩，头挨着头，胸擦着胸，背磨着背，拥挤着，吵嚷着，一片嗡隆嗡隆的人语，就仿佛那深夜之中低沉的涛声。我一见这情景，问大嫂道：

"这水往集场里边担吗？"

"对啦，要穿过半个集场哩！"

我一听，心里替她发愁：像这样的闹市，人山人海，杂乱无绪，要喝开一条通道，怕比登天还难。于是，我紧跑几步赶到前边去，替大嫂开起道来：

"借光！碰着啦——借光！碰着啦……"

我喊了一阵，有的回头瞅我一眼，有的像没听见，根本不理睬我，结果，连一指宽的道也没喊开！

大嫂来到了。她走着喊着：

"借光了，王大爷……碰着了，刘大娘……闪一步吧，李大哥……湿衣裳了，春祥嫂子……"

你说怪不？赶集的人这么多，看来几乎她都认得。这不算，更奇怪的是：她的嗓音比我并不大，可是效率高多了，不论男女老少，一听到她的声音，都急速地往两边闪着。并且，还有些热心人，主动帮她开道：

"闪开，闪开！"

"快，快闪开！"

"茶坊嫂来啦，还不让路！"

"…………"

转眼间，集场上闪出了一条通道。茶坊嫂一边走着，一边向人们打招呼：

"邱大爷，大娘的病好了吗？"

"雒大娘，恭喜你抱上孙孙啦！"

"…………"

这时，有些赶集的人，在指手画脚地议论：

"茶坊嫂心眼才好哪，处处为大伙……"

"人能没良心？人家待咱好，咱还能……"

"……噢，她入党啦？可好，可好。"

"…………"

茶坊嫂走过去了。人群像刚开过一只大船的河水，又迅速合拢过来，恢复了原来的样儿。

这时，我见茶坊嫂汗流满面，褂子湿了半截，就说：

"大嫂，让我担一阵！"

"不用。我担惯了，你不行！"

这时我想：在茶坊附近打眼井就好了，出来这么远担水，多累呀！我把这想法跟大嫂说了，大嫂说：

"茶坊门口，倒有一眼井。"

"那为什么舍近求远呢？"

"那井的水硬，本村人们喝惯了，倒没什么；今儿是集日，外村的茶客多，喝了肯闹肚子哩！"

说话间，来到了茶坊。茶坊嫂喊道：

"小英子，快给这位叔叔看座儿。"

"来了。"

一位小姑娘应声跑出茶棚，把我迎进去。她在比肩接踵的茶客中，转了一个圈儿，才好容易找到一个空位儿，向我挥手道：

"叔叔，这儿坐吧！"

我坐下了。她又问我：

"叔叔，喝茶水？喝白水？"

"都行。"

"喝茶水吧——尝尝，也好提个意见。"小姑娘说罢，转身走了。

提个意见？提什么意见？我虽不明白，可也没有问。这时，趁小姑娘去泡茶的当儿，我打量起这个乡村茶坊来。

这茶坊不算大，也很简陋，只有一间土房。房门前，新栽下四棵杨柳树。就树当立柱，搭起一个席棚。棚下摆着许多桌凳。桌凳都是旧的，七长八短，高低不一，可是擦抹得很干净。桌面上，除了茶具而外，还有象棋、扑克，都是自做的。茶客们的手中，还拿着一些小画册……

小英子提着茶壶走过来了。我指着象棋问她：

"这是你做的吧？"

"不，俺跟妈两个人做的。"

"这扑克呢？"

"也是。"

"你十几啦？"

"十三。"

"念书了吗？"

"念啦。"

"当服务员不误课吗？"

"今日是星期。"

"你父亲哩？"

"当解放军去啦。"

我和小英子谈话的同时，茶坊嫂那粗大嗓门儿，也在各个桌边响着：

"周大爷，光顾说话，茶凉啦，倒它吧！……凑合着喝可不行，倒它！"

"陈大嫂，别把茶碗放在桌边上……不要紧？要碰倾了，不烫了孩子吗？！"

"刘队长，你队不是缺夏薯秧吗……我怎么不知道，上个集，你在这儿闲唠嗑说的嘛！我给你拉一个关系，用玉米到黄庄队去换吧，他们还缺夏玉米种哩！"

这时节，满棚茶客，一片赞扬声：

"茶坊嫂就是这样，那个集上，我在茶坊闲唠嗑，不知不觉扯起长癣来了。谁知她却记在心里；下个集，给我捎去了治癣的偏方。"

"不光这，人家处处关心人。有一回，我出了茶坊往家走，出庄不远，来了急雨，正淋得我这个老婆子要死，茶坊嫂赶来了。她说：'我就知你正淋在洼里。'说着背起我来就走。"

"她什么都管，有一天，我来茶坊喝水，她把我好一顿批评。为什么？我跟老婆打架来呗！她怎么知道的？我也不知道……"

"有一回，我到城里去买煤，茶坊嫂也去了。她说我老了，帮我办好手续还不算，硬架起车子送我三四里。那时节，咱还不认识人家哩！……"

"有一回，我也亏了人家茶坊嫂，那一天……"一位老年妇女刚说个话头，茶坊嫂截住她说：

"看俺老婶子，怎么净说傻话呀！你们都亏了我，我又亏了谁呀？要不是共产党、毛主席，我要吃没吃、要喝没喝，想侍候你们也不行啊……对喽！咱们都亏了党！"

茶坊嫂正说着，一位茶客走进来。那人向茶棚环顾一阵，皱着眉头正要走开，茶坊嫂忙收住话头喊住他：

"同志，你想喝茶吗？"

那人操着南方口音，说道：

"没有座位怎么喝呀！"

"怎么？"茶坊嫂没听明白。旁边一位茶客给她"翻译"了一下，茶坊嫂又忙向那位同志说：

"有座儿，有座儿，你稍等一下。"

她说着，放下手中壶，咚咚几步跑回屋，搬来一个小饭桌，腋下还夹着一个小板凳，往地上一放，又笑哈哈地说：

"同志，你就自个儿坐独席吧！"

紧接着，又有五六个茶客拥进来了。领头的那个小胖子问：

"茶坊嫂，还有俺弟兄们的座儿吗？"

"有。谁的都有，像你这模范饲养员，俺更不敢慢待啦！"茶坊嫂说着，用手抹一把脸上的汗，向南一指又说，"你们看！那水池边，柳树下，多么美呀！我给你们泡上茶，提到那天然茶棚下去喝，行不行？啊？"

刚把他们打发走，茶坊嫂还没顾得喘口气，那边有茶客在喊：

"来水呀！"

"来啦，来啦！"

茶坊嫂高声答应着，提起大铁壶走过去。这时，只见她额上的汗水，顺着两腮又淌下来。

茶坊嫂的汗珠，给满棚茶客换来了安逸和舒适。只见：一个个，一手摇着扇子，一手举着茶杯，喝一口，吹一口，一边喝，一边谈，时而发出一阵阵的欢笑声。

天是起晌时分了，集上的人已渐渐稀少，茶棚的茶客已散去大半。我为了借喝茶的方便了解情况走得晚。这时，又一个小伙子匆匆走进茶棚，他向茶坊嫂说：

"我又回来啦！"

茶坊嫂似笑非笑地说：

"我早知道你还回来！"

那小伙子摸着脖颈说：

"我那褂子忘……"

茶坊嫂向树上一指说：

"你那褂子，在那儿搭着呢！"

小伙子把褂子拿下来，一瞅，原来茶坊嫂给洗干净了，感激地说：

"这叫我怎么开你工钱哩？"

茶坊嫂说："快滚吧！俺开的是茶坊，不是洗衣房！"

小伙子笑咧咧地说：

"那，哎呀，我谢谢嫂子吧！"

茶坊嫂说：

"'老嫂比母'嘛，还用你谢！"

这时，茶棚里掀起一阵笑声。

当那小伙子转身要走时，茶坊嫂又喊住他说：

"冒失五，我告诉你，眼前你就快娶媳妇了，要再这么拾仨忘俩的，丢了褂子，媳妇可拧屁股！"

"哦！怪不得俺茶坊哥的屁股特别大呢！"冒失五说罢，一伸舌头蹿出去。

茶棚里又是一阵欢笑。

时间已经不早，我要走了。可是刚一出茶棚，就听茶坊嫂喊道：

"同志，回来！"

我赶紧解说：

"大嫂，水钱留在桌子上。"

"不是那个，擦干了汗再走！要不，着了风怎么办？"茶坊嫂说着，从水盆里抄起一块毛巾，拧了拧递给我。我擦汗的当儿，她拿起桌上的钱，点了点，又向我说：

"这钱不对！"

"还差多少？我是照你墙上写的付的呀！"我说着又去掏钱。

"不少；多啦，二分就够。"

"还有八分茶叶钱哩？"

"墙上写的，那是'陈皇历——看不得'啦！"茶坊嫂说，"现在用的茶叶，是自己采的野茶，自己制作的，没有成本，不收费。"

"…………"

1962 年 11 月

支部书记

一个雨后的早晨。

东方，天地相连的地方，张开一柄七彩斑斓的金扇——这是艳阳天的预报。

不！真正的"艳阳天"，潜藏在人们的心里。

这时，一辆漆黍一新的胶轮大车，驶出绿林裹绕的高庄村口。

驶车人叫杨春野，他虽然年过花甲，但成天价乐呵呵的，仿佛阖天底下的愁事、烦事，统统跟他无缘。

杨春野傍车而行出了村口。他将颤颤巍巍的长鞭高高举起，擎在半空，腕子一抖，叭叭叭，接二连三发出了一溜脆响。两匹骏马闻鞭提神，颠着碎步，快一阵，慢一阵，顺着曙光粼粼的大道向前奔去。

车把式一路赶车一路唱，轰着马车来到桥头上。桥下，浅草茸茸的渠水边，蹲踞着一位老汉，正在洗脚丫子。这位须发半白的老汉，叫高秋荣，是高庄大队党支部的委员。

杨春野和高秋荣是老伙计了。他俩从穿着开裆裤的时候，就整天在一块儿。他们一起剜过菜，一起要过饭，一起扛过活。烽火连天的抗日战争，把他们从农民锻炼成了革命战士。复员后，他们又一同在村里当干部。公社化后，秋荣一直担任大队长，春野当支部书记。多少年来，他俩总是齐着肩膀干，挽着胳膊走，带领全村的阶级弟兄，沿着毛主席指引的道路阔步向前。因此，他们凑到一块儿，办事不隔手，说话不截口，并且，还总爱先彼此挖苦几句，逗个闷子。今儿个，仍跟素常一样——一见面儿，就相互打诨地说笑起来。

朗朗笑声，惊动了停落在路旁树枝上的小鸟。它们紧张地拍打着翅膀，向那村边的鱼塘飞去了。这时节，高秋荣那刚刚勾引起来的思绪，也被带到了一个碧水溶溶的鱼塘边——

那是一个明月当空的晚上。杨春野和高秋荣老伙计俩，在那个塘边进行了彻夜长谈。

杨春野在战争年代挂过花。是那年解放德州时，一颗子弹钻进他的肩膀里，当时由战友把他从阵地上背下来，没住几天医院，也没等把子弹挖出来，他就重返前线。复员后十几年，这颗子弹一直在身上带着。老伴和秋荣几次催他上医院动手术，他都没拿当回事。这年，忙活一天到了晚上，肩膀头子像压上千斤载，又疼又麻，再加上腿有风湿性关节炎，有时几夜睡不好觉。身为党支部书记的杨春野深知自己责任重大，常常抱怨自己的身子骨不争气。

为了党的事业和工作的需要，也为了照顾杨春野的健康，党支部同意了杨春野的建议，决定由柳夏恒接任支部书记的职务，春野改任副支书。于是，向公社党委提出了请示报告。

在这个节骨眼上，杨春野利用夜深人静的时间，又把他的老伙计叫到鱼塘边，借着明亮的月光，一遍一遍地又学起伟大领袖毛主席关于培养无产阶级革命事业接班人的教导：

"……总之，这是关系我们党和国家命运的生死存亡的极其重大的问题。这是无产阶级革命事业的百年大计，千年大计，万年大计。……"

在他们一道学习的过程中，杨春野深有体会地说：

"老高啊，我学习了毛主席的这些谆谆教导，产生了这样一种认识——一个人的生命，总是有限的，可我们的革命事业的发展，却是无限的；并且，革命事业，又必须要革命者来干，要活着的革命者来干；那么，要用有限的生命来完成无限发展的革命事业，这里边有个矛盾。这个矛盾怎么解决呢？就只有把我们革命者前代人和后代人的生命接起来。因此说，每当一个新的革命接班人成长起来，成熟起来，接过班去的时候，这标志着我们的革命事业又增加了新的更加强大的生命力。"春野说到这里，伸出他那只活像小蒲扇似的大巴掌，拍着秋荣的肩头哈哈大笑起来。

多少年来，秋荣对春野，逗归逗，闹归闹，只要一谈到正题上，他打心眼里是佩服春野的。在他看来，杨春野千长处，万长处，最大的长处是对毛主席的著作学得多，吃得透，领会得深刻。所以他进步快，觉悟高，对一些事情抓得准，看得远，确实比自己高出一筹。可是这次在研究杨春野让夏恒接任党支部书记的建议时，秋荣却有些犹豫。学习了毛主席这段教导，春野又谈了自己的体会，他才大为开窍了。这时，他干巴利脆地向春野说："伙计呀，我们是共产党员，一定要给青年人当好参谋——咱靶上看箭吧！"……

"春——野——叔——"

这突如其来的喊声，打断了秋荣和春野的说笑。他们翘首一望，只见民兵连长柳夏恒，顺着绿禾镶边的阡陌小路飞奔而来。这位虎虎势势的小伙子，上身穿着白汗襟儿，裤腿卷到大腿根儿，旧军装褂子搭在肩膀上，大檐草帽背在身后头，显得愣愣的精神。可是，他那一副长途赛跑的架势，使秋荣触景生情地想起运动会上的事来了——这事，就发生在前些日子。在以民兵连为主举办的春季运动会上，柳夏恒参加了一项"接力赛跑"。在他前边的那个运动员，落下了一截的情况下，接过接力棒，夺取了胜利。他这一手，博得了热烈的掌声。事后，杨春野语重心长地向他说："夏恒呀，你只要能拿出今天接力赛的劲头来干工作，支部就算放心了！"当时在场的秋荣听了这话，头脑中立刻演开了电影——二十多年来，老支书杨春野，踩着蒺藜走，顶着风浪行，团结全体干部，带领广大群众，在社会主义革命和建设中，打了一个又一个的胜仗；他热天一身汗，冷天一身冰，风天一身土，雨天一身泥；寒霜打白了他的头发，狂风吹皲了他的脸面，可是，那数不尽的严寒盛暑，却始终未能战胜他这股顽强的革命精神……

在高秋荣回想这些往事的当儿，柳夏恒风风火火地来到近前。他从衣袋里掏出一封信，递给杨春野：

"春野叔，公社党委捎来一封信。"

夏恒是到公社去参加民兵干部训练的，这才回来。春野一边拆着信，一边顺口问道："这期训练结束了吗？"夏恒说："结束了。支书，我什么时候向你汇报呀？"春野没搭腔，因为他的注意力被那张信瓤儿吸引住了。只见他越看越喜，最后，他那张大手掌，轻轻地落在了夏恒的肩上，笑哈哈地说：

"夏恒啊，批准啦！"

平日赛只欢老虎似的柳夏恒，这时啥也没说。他那红扑扑的脸上，几乎没有任何表情，只是用那双会说话的大眼睛瞟着支书。他只觉得老支书搭在他肩上的那只手掌像有千斤重，又仿佛有一股暖流通过老支书的手臂正在串导他的全身。

这位风华正茂的柳夏恒，就是大队党支部多年来精心培养的苗子。夏恒七岁的时候，就失去了爹娘。那时，高秋荣刚从部队转业回来不久，当时，支部商定把夏恒这个烈士的遗孤由高秋荣抚养。从那以后，秋荣就像对待自己的儿子一样，关心他的冷热，照料他的吃穿，并送他去上小学，念初中，眼瞅着他一天天长大成人。夏恒的全套庄稼活，都是庄上的贫下中农和春野、秋荣亲手教会的。为了把夏恒培养成合格的革命接班人，支部里的同志们可真是煞费了苦心。有一回，队里搓线，春野扔给他一个乱线蛋子，要他倒开。夏恒倒了好长时间，急了一身躁汗，也没倒出个头来。春野开导他说："社会上的事，比这还要复杂。不论啥事，要细心，有耐性，急躁不行。你，就是缺乏这一点。"又一回，夏恒在外头碰到了不顺心的事，气得不吃饭，春野开导他说："甭管啥事，原则要坚持，方法要灵活；大事不让寸，小事不争尺——你这个犟脾气，往后得改呀！"后来，夏恒被选成了支委，又当民兵连长，工作忙了些，曾有几天对劳动有点疏忽，春野和秋荣在一次支部会上，对他提出了严肃的批评。他们说：干部脱离了劳动，就会脱离群众，脱离实际，就会改变颜色……夏恒同志对这个问题要高度重视。

经过党支部的精心培育，柳夏恒这棵小苗长得很快。

有一天，一个地主婆见了夏恒先甜言蜜语地奉承了一顿，接着又说："俺那个死鬼，一辈子没干好事，对不起庄乡爷们儿。眼下他死了，撒下了一辆车子，放在家里也是闲着，你成年价短不了出去开会，就推去骑吧！"夏恒翻她一个白眼，冷冷地说："哼！放着你那'好意'吧！"说罢，扬长而去。对这桩事，春野很感兴趣。他把夏恒叫到跟前问道：

"地主婆子赶着借给你车子，你为啥不骑哪？"

"因为她是地主！"

"地主又咋的？"

"狗必吃屎，狼必伤人——地主对咱能出好心？"

"她还敢讹着你？"

"她是不敢——怕是有讹着我的！"

"谁？"

夏恒拍一下大腿说：

"它呗！我要是骑车子骑惯了，再让两条腿给我走路，它就抱屈了！抱屈了会想啥？买车子没钱又会想啥？……"

春野对夏恒的回答很满意。他拍着夏恒的肩膀说：

"小伙子，你懂得这个我很高兴！"

随着夏恒的进步，社员群众对他的赞扬越来越多。每当别人夸奖夏恒的时候，春野和秋荣也随着说："行！这小伙子是好样儿的！"前些日子，在支部改选的时候，春野提出让夏恒担任支书。可是有人说："你的身板骨虽然不好，但你是老革命，当支书是'轻车熟路'，再驾二年辕吧。"他说："就着我还跑磕得动，给他拉二年偏套不是更好吗？"大家被他说服了。这不，今天公社党委又捎来了信，批准了他们的选举结果——柳夏恒接任支书，杨春野改任副支书。你想啊，当多年来的愿望马上就要实现的时候，叫谁能不高兴呢？因此，他看完了信，向柳夏恒说：

"先开个支委会。"

"多咱？"

"马上。"

"好。我去召集人。"

夏恒说罢，回村去了。春野和秋荣轰着马车继续向前。

支委扩大会在园林边开始了。

这时节，杨春野觉着自己肩上的担子不是轻些了，而是更重了。因此，他在宣读了公社党委的信以后，拍着柳夏恒的肩膀激情满怀、语重心长地说：

"夏恒同志，希望你这任支书一定要记住：咱们这个支部跟着毛主席干革命干了这些年，是革命前辈的血汗，保住了这个战斗堡垒啊！"

秋荣噙着泪花也深沉地说：

"我们的第一任支书，为了保住用鲜血染红的阶级大印，为建立咱们这个党支部，被国民党反动派抓进大狱，他在敌人毒刑面前，宁死不屈，英勇就义；是他，用自己的生命保住了高庄革命的种子！是他，为我们高庄所有的党员，作出了誓死不离毛主席革命路线的模范……"

"我们的杨春野同志，是解放后接班上任的。那时节，这里是一片盐碱荒洼。可是，现在，农业社变成了人民公社；碱洼变成了良田……"

高秋荣正说着，杨春野突然插嘴道：

"我当的那任支书，没啥成绩，拖拖拉拉二十多年，要说这片土地有点变化的话，那是走上了毛主席指引的公社化大道。"这时，杨春野深情地指着他身边水车上的链条，又向正注视着链条出神的夏恒说：

"这条链子，是由一个个的铁环连接起来的。我们一代一代的革命者，也要结成一条很长很长的铁链，通向共产主义。无论碰到啥情况，可万万不能松劲呀！一个环子，看来很小，可是他的好坏，关系着整个的链条……"

散会前，新任支书讲了这样几句话：

"我代表新支部保证：今后无论发生什么情况，我们一定保住前任支委们用血汗换来的一切；同志们已经想到还没做到的事，我们也保证去努力完成。"

夏恒的表态发言，赢得了人们的掌声。可是，最引人注目的，是杨春野没有鼓掌。他凝视着正巧在会场中央的一棵刚刚接活的桃树，严肃而又激动地说："你们应当比我们有更高的理想，更好的规划，更大的气派，更快的行动；不应当以完成前任所想到的来要求自己——也就像这棵桃树——你这棵接在我们老墩子上的嫩芽儿，应当结出'更大、更肥、更好吃'的果子来……"

柳夏恒扑闪着那对深思的大眼睛，一边深深地点着头，一边暗暗地想道："我这棵嫩芽，和老树一比，差距可真大呀！往后，还得再加一把劲儿，好好地向革命老前辈学习！"

火红的太阳正在冉冉升起。

和煦的东风又在徐徐吹来。

满洼春苗，正迎着旭日拔节上长。柳夏恒的五根手指，就像桃树扎根一样，深深地抠进湿润的泥土里。他的额角上，鼻尖上，渗出一层像挂在桃树叶上的露珠般的汗粒。夏恒这种神态告诉人们：他正在开动脑筋想着什么。

支委扩大会议结束了。

杨春野爱抚地牵过啃食嫩草的马驹子套在车辕里。高秋荣拉过拉串领套的老马安上夹棍。柳夏恒手执长鞭坐在前车盘上，拉着新、老支委们朝村里奔去。

马车跑在大路上。杨春野的两条视线，注视着夏恒。谁能知道他正想什么？只听笑声一落，他放开铜嗓唱起来了……

> 毛主席，
> 爱人民，
> 他是我们的带路人，
> …………

车上的人们，全都随着唱起来。这发自肺腑的声韵，伴随着飞奔的马车，在这光照大地、春满人间的鲁北平原上，滚滚向前，滚滚向前……

1972 年 10 月

第
三
辑

红旗飘飘

"……清明早，立夏迟，谷雨种棉正当时——目下，清明过去，谷雨就到，棉花下种该动手了。"主持会议的村支书，刚毅的眼光环视着会议室的人们，又慢条斯理地说下去，"在一九五八年，曾被我们几次打败的老天爷，现在又来和我们挑战了——我们种棉急着用雨，它，偏偏不下雨！"

支书讲到这儿，台下，乱纷纷地议论起来：

"有了党的领导，用不着老天爷了！"

"我们有人民公社，还怕它不下雨？！"

"哼！下雨不下雨算个屁事？我们有水井，有水渠，有水库……浇那个龟孙！"这是外号叫"小霸王"的老粗嗓音。

"现在，支部已作好战斗计划！"支书为了压一压嘈杂的声音，他说这句话时努力提高了嗓门；然后，又把嗓音转入正常，接着说："决定动员一切力量，来它一个湮地大突击，保证棉花适时下种——大伙儿发表发表意见，行不行？"

会场里一声吼："行！——"喊得最响的是"小霸王"。

"小霸王"二十五岁，共产党员，青年突击队的队长。他，黑红面皮圆盘脸，扫帚眉毛大眼睛，膀宽腰硬高个子，浑身净些疙瘩肉；坐下像个蹲门石狮，站着就像半截黑塔；说起话来，高声大嗓，瓮声瓮气。一看就知道他是能吃能干的一员"虎将"。"小霸王"一听到"突击"二字，活像解放军战士听到"打仗"一样，立刻就长精神。支书在那儿讲着话，他这儿早就沉不住气了，板凳就像长了刺，脚下好像起了火，忽而站起，忽而坐下，站不住，坐不稳，总想瞅个空子，把肚子的话道出来。这时，他腾地站起来，拍得桌子"嘭"的一声，没头没脑地说："我们突击队，保证每人日浇三亩。谁能浇二亩，就算他赢！"

"对！谁敢跟我们赛赛？"

"有胆量的请你站出来！"

突击队的小伙子们，紧接着"小霸王"的话音，七嘴八舌地嚷，为自己的队长帮腔助威。

会场乱起来了。这儿唧唧嚷嚷，那儿嘀嘀咕咕。但没有一个人敢于站起来应战！

"喂，大伙儿瞧瞧！"支书提高嗓门，指着插在讲坛角上的红旗说，"它，我看还得让'小霸王'扛去，因为我们当中没有'韩信'哪！"

支书这个"激将法"效力真不小，他的话音未落地，会场东北角站起一个人来。那人，六十来岁，留着八字黄胡，牙齿脱落了，两腮塌成了深深的坑。这是常年积肥专业队的队长朱云清。他，能说善讲，心灵手巧，据说没有学过一天徒，现在是铁匠、木匠兼瓦匠。如今社里用的密植耧、中耕机、喷粉器……都和他的名字紧紧联系着。因此，人们给他起了个绰号叫"真孔明"。

"真孔明"在桌腿上磕掉烟锅的灰，慢吞吞而又蛮有风趣地说："树老皮子厚，人老骨头硬，俺这伙'老兵残将'，今儿要跟那'霸王'碰碰！"

"哄！——""真孔明"说到这儿，会场上掀起一阵爆笑，那些好笑的姑娘们，直笑得两手捧着肚子，直不起腰来。

人们为什么发笑呢？据说，主要是笑"真孔明""洗脸盆扎猛子——不知深浅！"

"小霸王"领导的突击队，尽是些棒棒的小伙子，胳臂根都有碗口粗，并且，党、团员占了大多数，所以干起活来，真像饿虎扑食一个样。就凭这个条件，一年来，每次生产竞赛，红旗几乎回回都是落在他们队里。现在说话，不光村里人们闻声三分馁，见影七分怯，就是在全公社，也成了赫赫有名的"尖子队"。再看，"真孔明"领导的积肥队呢，尽是些"胡子兵"，据说最年轻的一个五十五岁。虽然他们的干劲也都挺足，可是要跟突击队碰碰，这显然是"鸡蛋碰石头——自找难看！"所以，这时他队的副队长赵大寿忙起来向大伙儿解释：

"俺队长是开玩笑啊，大家可别当真事！"

"怎么，开玩笑？""真孔明"严肃地说，"说碰就碰——今晚散了会，战斗就算开始！"

两队的竞赛说定了。散会前，支书宣布了两条纪律：

第一，谁也不准通宵鏖战；

第二，老年不准做过力的活。

支书还说："哪个犯了纪律，轻者罚他休息；重者取消竞赛资格。"

散会了，"小霸王""砰"地撞开门，一阵风似的走出会场，"梆子腔"又喊上啦。

一个矮墩墩的小伙子，走在"小霸王"的前面。他，低着头，一声不响，像在琢磨什么。这是二十一岁的共产党员张小川，青年突击队的副队长。

皓月当空，村庄如画。"小霸王"和张小川一高一矮，一前一后，脚跟脚地在街上走着。突然，小川不知蹲下去干什么，"小霸王"就劲摁上他的膀头，一吃劲，一个倒跟斗翻了过去。两个人哈哈笑了一阵。

小霸王问："喂，你蹲下搞什么鬼？"

张小川说："哈，我在算账！"

小霸王问："算账，算什么账？"

张小川说："我算算湮完这棉田得多少天。"

小霸王问："算出来没有？"

张小川说："我心算了个数，怕不准，想再用笔算核核。"

小霸王问："心算得多少天？"

张小川说："按你说的数——一天一人三亩，也得二十四天！"

"呀！到那时，种棉花不晚了吗？""小霸王"吃惊地说。

"谁说不是呢！"张小川丧气地说。

"哎，你把夜间落下了吧？""小霸王"突然由忧变喜，"再加上夜班，十二天不就完了吗！"

"支书不是说不让加夜班吗？"

"嘿，你还是中学生哩，死心眼！""小霸王"把手一挥，说，"他说不让加夜班，他能绑着我们的手脚？"

"万一让他看见呢？"

"看见怕啥？不就是挨顿批评嘛！""小霸王"又挥了一下手，"批评去吧，反正种棉要紧！"

兵随将走。"小霸王"这么一说，张小川点了点头，嘿嘿地笑了……

再说"真孔明"，他把那伙"胡子兵"，召集到炕头上，讨论竞赛的事。

"你在会场上撑那'洋劲'，我看蜡谁来坐？"赵大寿批评队长说，"咱硬想跟人家碰，人家的胳臂比咱的大腿都粗，咱，咱凭个屁？！"

张铁匠接过来，逗趣地说："凭胡子呗！——咱比人家，什么也不行——"他说着托起自己的胡子，"就是胡子长！"

"我看哪，趁早打退堂鼓——别丢这份人！"王木匠说完，丧气地垂下头。

"真孔明"是有十八年党龄的老共产党员了，村支书、社主任……他都干过。现在因为上了年纪，并且带着痨病根，组织上为了照顾他，才给他卸下重责，找了个比较轻松的活——积肥专业队队长。他对作思想教育工作，有一套经验。这时，他一看大伙这么泄气，心想："士气不振，信心不足，这怎么能打胜仗啊！"于是，他故意脱开正题，东扯西拉地讲起"以智胜力"的故事来。什么"火烧赤壁"呀，"空城计"呀，"挑滑车"呀……直到大家说"真是一智胜百力"，他这才把话转到正题上，反问大伙儿：

"生产竞赛和打仗不是一样？光凭力气就能取胜吗？"

"那有什么办法呀？——咱和古人能比吗？咱既不会做'滑车'，更不会'借东风'！……"这还是那位滑稽老头张铁匠，说得这么有意思。

"不会'借东风'？我就想'借东风'！""真孔明"说着话，拉开抽屉，拿出一个"风力水车"模型来，又说，"咱们研究研究，用它浇地行不行？"接着，他指点着，跟大伙儿讲起它的构造。

原来，早在好些天以前，"真孔明"就看透了这步棋——公社化后，社里添了很多水井、水渠，可是，机器又一时造不那么多，人和牲口还得耕、耱、拉运，汲水的动力靠什么呢？为此，他到处访师拜友，整天琢磨，不知经过了多少个不眠之夜，终于创出了这个"风力水车"模型。

"嘿嘿，我说你在会上说得那么喘哩！"

"我们有这'宝器'，一定能把'小霸王'拿下马来！"

"来，重下战表，长长价——"副队长赵大寿兴冲冲地说，"他们保证日浇三亩，我们……"

"别急，""真孔明"说，"这才是模型啊，还得经过制造和实地试验……"

"那还不好说！"赵大寿说，"我们当中就有铁匠、木匠……今晚就动手！"

"叮叮叮，当当当"，"真孔明"的院子里顿时变成了工厂。

竞赛进入第四天了。前三天的战果是：

"真孔明"队，共溉地三十六亩，平均每人日溉一亩二；"小霸王"队，共溉地一百二十三亩，平均每人日溉四亩一。

天刚蒙蒙亮，两个队又干上了。

"小霸王"队的工地在村西。十几面红旗插得高高的，迎风招展。水车叮叮当当山响，辘轳咯啦咯啦暴叫，真是杀气腾腾，威风凛凛。"小霸王"，因昨晚偷加夜班挨了支书的批评，心里有些憋气，今天一上班，就赌气脱了衣裳，上身只留了个葱绿色的"汗襟"，"汗襟"上绣着"大力士"三个大红字。这是去年秋季县里开运动会时，他在举重竞赛中得来的奖品。看哪！"小霸王"两腿一叉，左手抰着腰，右手握上水车的摇柄，膀子一晃，水车轮子飞也似的转起来。看来比老太太拧纺车还来得容易。铁链上上下下，水顺着链条蹿出一尺多高，活像喷泉一样。水道的堤崖长起一寸多了，水还是流泻不及，不断漫堤而溢。忙得看畦口的人，东头窜到西头，汗珠滴滴答答，向他要求说：

"你拧慢点不行吗？"

"慢点，慢点不过瘾嘛！"

这时，副队长张小川呼呼地跑来，气喘吁吁地说："队长，糟啦！"

"糟什么？"

"'真孔明'创造了一架新式水车，不用人也不用牲口，一架能抵四架出水！"

"谁说的？"

"支书。"

"你听他吓唬干啥！""小霸王"照常拧着水车，满不介意地说："那该出神啦！"

"是真的！"张小川说，"支书还说让咱们学习他们的巧干精神哩——有困难，支书保证支持我们！"

"小霸王"从来不信服"巧干"。每当有人请他介绍经验，他就说："要吃虎肉上山岗，想吃龙肉下海洋——我们的红旗，都是用汗水换来的！"这时张小川一提"巧干"，他觉得这满是废话，不耐烦地说："巧干？水在井里，不费力气，就能把它'巧'上来？！"

张小川还是坚持着："队长，'苦干'固然重要，你看把大伙儿都累成什么样子了？同志们也都要求巧……"

这时，"小霸王"曲解了张小川的意思，生气地说："哦！你们都干够啦，是不是？——好，没关系！你们都去休息，我自己干！"说完，他赌气把水车拧得更快了。

张小川一看没了节骨眼，搭讪着走开了。

"真孔明"队的工地在村东。这儿，又是另外一种情景——小河边上的十来架水车，只有两架还套着牲口，一个老头举着鞭子，哼着歌谣：

> 小毛驴，
> 快快跑；
> 风力水车安好了，
> 明天想拉捞不着！……

其余的人，都在七手八脚地忙着安装"风力水车"。这时，每个人的心里都在想着：今夜来一场大风该多好啊！巧得很，就在这时，工地上的大喇叭开始天气预告了："……今天夜间和明天白天，天气晴；风向偏东，风力四到五级……"工地上立刻响起一阵掌声、笑声……

晚饭后，"小霸王"侧在铺盖卷上，两只手托着后脑勺，瞪着直眼，琢磨起吃晚饭时滑稽老头张铁匠说的几句话："'小霸王'你们干慢点儿照顾照顾我们的情绪呀！要不，我们就'论堆'啦！嘿嘿。"其实，张铁匠说的这是玩笑话。可是，"小霸王"却当成真事，忧虑起来。他想："他们干一点儿就比不干强啊！要是他们真论了堆，这湮地任务……”他正想着想着，广播筒的喊话声打断了他的思维。

“同志们！今天'小霸王'队和'真孔明'队比赛的结果是：'小霸王'队湮的地，全队平均，每人合四亩二，比昨天增加一分；'真孔明'队湮的地，全队平均，每人合四分，比昨天减少八分……”

“小霸王”听到这儿，心想："呀！他们真论了堆啊！怎么办呢？……”他站起来，在屋里踱了一个圈儿，脸上的愁容突然消失了，自言自语地说："有了！偷着帮他们一把，不就落下的少了吗？……”

夜风呼呼地刮着。月亮还没出来，各处黑乎乎的。“小霸王”从家里走出来，向村西急急走去。

往日偷加夜班，他多数是带领大伙儿一块去。今日，他却没有叫大家。这一来是，他见人们已经累得够呛了；二来，他怕去帮助别的队干活，万一认识不一致，还得找些麻烦。

“小霸王”来到“真孔明”队的工地附近，远远就听到有叮叮当当的水车响，还有哗啦哗啦的流水声。他猛地怔住了："咦！这些'胡子兵'，也偷加夜班了吗？"他仔细一听"不对头，听水流的这个急劲，水车必定转得很快，不像老头子们干活！再说，听这水车的响声，最少有八九架在同时转动，他全队总动员，也没有十七八个人哪！……”

“小霸王”转转悠悠凑过去，想逮住偷加夜班的人。可是走近一看，咦！水车照常地响着，水照样地流着，怎么河边上，连个活动的东西也没有啊？他一直走到河边，仔细一瞅，水车周围没有一个人，只是安着一个高高的大木架子。架子中心，装有一个笔直的高杆，这高杆的下端，跟水车轮子连在一起，上端，把一个大风轮举在了半空。那风轮，被风吹着，飞也似的旋转，带动得水车叮当山响。水从管子里钻出来，喷起足有尺半高。“小霸王”对浇水是有经验的。他一边看着心里想："照这个出水量，从早到晚，浇五亩把里攥！……不对！它和人不一样啊，不用吃饭，不用休息……再加上夜间呢？哼，一昼夜十二亩地有把握！……”“小霸王”想着想着，心里的话不自觉地说出口来：

“哈，这一个家伙，顶我三个'小霸王'啊！”

“三个？我这一个老家伙，顶你十二个'小霸王'哩！”滑稽老头张铁匠不知从哪儿转了过来，就着话音接上这么一句。然后，他又顺过肩上的铁锹，顺河身向半空一指："你来看！"

"小霸王"抬头一望，嘿！八个大风轮拉成一条线，向着一个方向，按照一个节奏，飞速地旋转着，真有意思！

"喂，这八架'风力水车'，一夜能浇多少地？"

"正好顶你十二个'小霸王'——六八四十八亩！"张铁匠又补充一句，"有我这一个老家伙看畦口就行了！嘿嘿。"

"小霸王"感叹地说："看来光凭胳臂粗还真不行呢！"说着，他跨前一步握上张铁匠的手，有些不自然地说："大伯，我们要学习你们的巧干经验，明天，你们能不能派个人，去帮助我们设计设计？——这红旗就算……"

"那不是应当吗！"张铁匠打断他的话，"今天夜里，我们的队长'真孔明'，已经领着全队人员在家干上啦！计划鏖战一夜，给你们队赶制出五架'风力水车'！"

"真的？"

"这还开玩笑！"

"走，我得发动全队人员去助战！""小霸王"说完，一阵风似的跑了。那两条铁棍般的腿，蹬得大地发出"咚咚"的响声，张铁匠望着他的背影，在想："这个铁汉子，今后有了巧干精神，更是文武双全的'虎将'了！"

1959 年 3 月

麦梢黄了

"蚕老一时，麦熟一晌"，这句农谚真灵验；刮了两天旱风，满洼麦子，说黄就黄成一片了。

人们望着黄金金的麦海，都乐得闭不上嘴了。

本来嘛，今年俺队的麦子，论种得多，论长得好，七八十岁的老头都说从来没有过。

我爷爷他老人家与众不同，这半个月来，他眉头上聚起了疙瘩，像有什么心事似的。这两天麦梢一黄，他每天往麦地里跑好几趟，坐下，瞅屋角，躺着，望屋梁，走路，看地皮。有时候，还用烟袋在地上画，要不，就拿起个东西乱比画。我跟他说话，光哼不理我。眉头上的疙瘩，也聚得更大了。

爷爷有什么心事呢？我想了好久想不出来。一天我问爷爷："爷爷，你怎么这样愁啊？"

爷爷不耐烦地说："玩去吧，你哪知道大人的事！"

我又去问奶奶，奶奶说："你爷爷从十四岁就扛活，经他手拔的麦子，堆起来有泰山那么高。现在他见到咱公社的麦子长得这么好，大白馒头眼瞅着来到嘴头上了，也许是想起从前干牛活，吃猪饭的事来了……"

我又去问爸爸，爸爸说："你爷爷是个共产党员，爱社如命，今年麦梢一黄，也许是他触景生情，想起去年麦子淋在地里的事了。那时节，你爷爷愁得好几天没吃下饭去！"

"不，"妈妈不太同意地说，"爹是个灵巧人，没认过师傅，就会当铁匠、当木匠，还会理发。成立人民公社以后，他老人家常说：'老啦，动力气不行啦！我得动动心眼，想法替公社出点力。'半年多来，他琢磨的新玩意儿可多啦。现在可能又在琢磨什么新鲜玩意儿哩！"

他们各有各的说法，究竟谁的说法对呢？

当天晚上，我把爷爷近些天来的一行一动，以及奶奶、爸爸、妈妈对爷爷的推猜，都从根到梢地向党支部书记作了汇报。支书听完，往后推了推帽子，思索了一会儿，爽朗地笑了两声，说："这老头子，一定是为收麦问题又在下苦功哩！"支书拍了下我的肩膀，又说："小伙计，充当一个小侦察兵吧，随时注意了解爷爷的情况，经常向我作汇报，好及时帮助他。"最后，支书还嘱咐我："不要打扰爷爷，因为爷爷最喜欢自己安静地思考问题；同时，他反对事情没等做成，就先扯旗放炮的。"

支书交给的"任务"，我欢喜地接受了。

一天，爷爷独自坐在屋里，一手托着腮，一手在捻嘴角上的胡子，两眼瞪得直直的，好像又在想些什么。我一摸自己的头发老长了，就要他给我理发。他没在理发铺当过学徒，可是早就学会理发了。

我说："您闲着干什么？给我理发吧。"

爷爷说："我人闲着心可忙哩！"

我央求了好半天，爷爷终于答应给我理发了。

开头理得还好。可是，越理我觉着越不像话了，推子，在我头上东歪西歪，时快时慢，忽而这儿一下，又忽而那儿一下，一点儿也没有次序。突然，推子夹住我一缕头发，他猛一推，疼得我"哎哟"一声，他这才像从梦中醒来似的，吃惊地问我："啊！怎么样？怎么样？爷爷的思想开小差啦！"

我问："您那'思想小差'开到哪儿去啦，爷爷？"

"哦，开到小东屋去啦！"

一会儿，理完发，他就钻进了小东屋。这座小东屋，是爷爷的"宝库"，他做木匠活用的锛、凿、锯、斧，他做铁匠活用的锤、钳、锉、钻，都在这屋里放着。这些天来，他不断钻进这小屋去，有时"沙啦沙啦"地锯木头，有时"叮叮当当"地砸铁条。

晚饭后，爷爷背着两捆麦子，匆匆忙忙地走进家。我见到这种情况大吃一惊：爷爷怎么偷社的麦子呀？那可不行！于是，我一气跑到支书家，向支书一五一十地报告。

支书听完，向后一推帽子，眼珠转动了几下，爽朗地笑起来。接着，他却问起爷爷近来吃饭、睡觉的情况。我告诉他："这几天，爷爷几乎黑夜白天长在小东屋里，也不知搞些什么，半夜半夜地点着灯，三顿有两顿不吃饭，全家人都为他的健康担心，可是全都知道他的脾气大，谁也不敢惹他。"

我说到这儿，支书拉开抽屉，拿出几个鸡蛋放进我的衣袋，并说："回去吧，叫你妈给爷爷炒炒吃。"

"我真想不通！爷爷偷了社的麦子，怎么还奖励他呢？"我一边走着一边想着。进家时，见小东屋的窗户黑乎乎的，想必是爷爷没在里边。于是，我回屋拿了手电筒，决定进去看看。

我悄悄走进小东屋，打开手电一照，吓得我赶紧后退了几步，差一点儿没有喊叫出来。原来屋里有一只"老虎"，有半截人高，冲着门口昂着头，嘴张得像簸箕。我沉下心又仔细一想：这儿哪来的"老虎"啊？这"老虎"一走不是真的。于是，打开手电又凑上去，仔细一瞅，原来是用木头做的一个什么东西，样子很像老虎。

"咦！爷爷做木虎干什么哩？也许是给托儿所里做的玩具吧？"我正在想着，忽听窗外传来脚步声，便赶紧熄了手电藏起来。

那人走进屋子，用手电一照，吓得"哎哟"一声，我咯咯笑起来，原来是支书。

支书点上灯，我们围着这只木虎细瞅起来。

"这一定是一架小麦脱粒机。"支书一边瞅一边说，"你瞧，这腔门像小盆口，大概是从这儿放麦子……这嘴像个簸箕，可能从这儿出麦糠……肚子下边这个小洞，许是漏麦粒的地方？"支书说着，握住虎肚子旁边的摇柄拧起来。

正在这时，爷爷一步闯进屋子。他背着四五个麦捆，脸上滚动着汗珠。

"喂！你闲着没事做老虎开心哪！"支书见爷爷回来了，像故意逗趣似的说。

"哈，这老虎可不简单，它要帮我们收麦哩！"爷爷笑着说，"刚才试验一次啦，没发现什么问题。不过，我还不放心，想再试几遍。来，咱们干起来！"爷爷说着，把一个麦捆从虎腔里塞进去，支书呼呼地拧动着摇把，一会儿，麦粒从虎肚子下的洞口流出来，麦糠从虎嘴里喷出好几尺远。

这时，支书乐得直叫好，爷爷笑得合不上嘴，我喜得跳起来。

支书说："有了这个家伙，不用发愁麦梢黄了来不及打场了！"

1959 年 6 月

助手的助手

一

砰！砰！砰！

听这响声，又是方方哥回来了。他每天晚上总是回来得很晚，也总是这样敲门。

"快！还不开门？聋子！"他连敲带嚷。这时只听方方嫂高声答应着，去给丈夫开门。

"吱！——"门开了。

"哎哟哟！看你，扯旗放炮，就跟'得中'回来似的！"

又听方方哥说：

"我倒没'得中'，你可真'得中'啦……"

"快回屋吃饭吧；别瞎扯扯啦！"方方嫂说。

"真的！今天，公社里酝酿选卫生工作模范，大伙要准备选你啦……"

"得啦，得啦！俺当你这助手的助手，已经就够光荣的了！"

扑哧一声，方方嫂笑了。

"吱——扭！"门又关上了。

沉睡的村庄，又平静了。

我翻个身，睡不着；再翻个身，还是睡不着。

蓦地，下乡以来的情景，在脑海里翻上来了……

二

这天，二十里路赶下来，天已傍晌了。

六月的太阳，像盆火吊在天空，炙烤着大地，热得我汗水滴滴答答，褂子贴在身上，口渴得要死。

一进村，井台上正巧有提水的。这人，是个年轻妇女。我飞跑过去，一边接井绳，一边说：

"大嫂，我来提！"

她推回我的手，说道：

"甭价，这井绳，爱落钩！"

她说着，手腕子抖了几抖，砰！桶子扎进水去。

我夸奖地说：

"嘀！大嫂，你真有两下！"

她拔着井绳，像跟井里自己的影子说话似的，回答道："唉！咱举手拉脚的，一百下里，九十八下不行；再没这两下，凭啥吃饭呀？"

稍停一会儿，我又说：

"这是甜水井吧，大嫂？"

"对喽，喝时不当心，一甜一个跟斗！"大嫂说。

这时，她已把水桶提出井口。我把头伸向水桶。大嫂一伸胳臂，说：

"同志！干什么？"

"我喝……"

"不行，不行……"

"不要紧……"

"不行！说啥也不行……"

她说着，把井绳钩子，晃到另一只空桶的提梁上，一转身，顺下井去。我渴极了，真想饱喝一顿。可是，她发觉了，嚷道：

"这同志！不行啊！不行啊……"

她见我不听，一抬脚，哗！把桶蹬翻了。倒霉！水没喝成，鞋还弄湿了。我不高兴：

"呵！大嫂，你好大的脾气呀？！"

她似笑非笑地望着我，说道：

"怨我吗？同志，你喝病了，耽误工作不？受罪不？吃药花钱不？唵？"

经她这一提醒，我忙说：

"大嫂，谢谢你！你……"

"甭谢！这是俺的责任！"

她担起打满水的桶走了。我想：她负的什么责任呢？

三

我走进队部，见屋门锁着。门上有一行粉笔字：

有要紧事，请到村西地里去找队干部。

我又热，又累，就坐在院中的瓜棚豆架下。不一会儿，那位大嫂来了。她右手提着暖壶，左手拿着茶碗，进门就说：

"同志，这老热天，准把你渴坏啦！"

她说着，把茶碗放在我面前。我十分感激，想说几句感谢话，可是一时怎么也想不出来。大嫂给我倒上水，说：

"同志，慢慢喝吧，喝完了，壶呀碗的，给我送去！"

她说罢，转身就走。我忙问：

"大嫂，你，你……"

她忙转身，一拍巴掌，咯咯地笑着说：

"看我，就是这么少头没尾巴的，不说个青红皂白，叫你怎么送呀？"她说着，向东一指，"这隔壁，就是俺家。"

我问：

"你告诉我名字吧，大嫂。"

大嫂又拍一下巴掌，笑哈哈地说：

"唉！俺本来哪有名字呀。刚解放的时候，夜校老师也给起过，这些年，没大有人叫，你问也没人知道——"一看这大嫂就是个健谈的人，"眼时下，长辈的，就叫俺'老二家'；老奶奶们，就叫俺'丑他娘'；孩子们，就叫俺'方方婶'；诊所的医生们，和俺开玩笑，管俺叫'助手的助手'。"

方方嫂说到这儿，像忽然想起了什么，稍一停，又一拍巴掌说：

"你看俺，说起来就没完没了，家里还有人等着呢！"

她说着，转过身去走了。只见她那两只大脚板儿，踩得大地咚咚响。

四

晚上。

支部召开社员大会。会场就在一个广场上。

人没到齐以前，早到的人们，三三两两凑在一起闲聊天儿。谈生产的，论时事的，讲《红岩》的，说《红旗谱》的，品媳妇的，夸外甥的……笑声此起彼落。方方嫂那粗嗓门儿，在会场各处响着：

"三婶子，你那胃口病，又犯来不？"

"没犯。"

"那可好。以后还要注意：硬的别吃，凉的别吃，生的别吃……"

"楞五子！你咋老不听话呀？"

"啥又不听话来，我那嫂子？"

"听说你还是常常饭没吃饱，就忙着下地，拿着个干粮，一边走一边啃，是不？"楞五子光嘿嘿地憨笑，没有搭腔，方方嫂接着说，"以后可得改呀，你再要不改，我要提个议，撤你那作业组长的职，叫你回家抱娃子！"

方方嫂说到这儿，旁边一个胖小伙子说：

"方方嫂，你聪明一世，糊涂一时，人家那娃子，还没有生下来哩！怎么抱呀？"

方方嫂一拍巴掌，咯咯地笑起来……

会散了。我问支书：

"我在哪儿住呀？"

支书往后一推帽子，用指头敲敲额头，想了一阵说：

"你到方方嫂家去住吧；因为，你是搞卫生工作的，在那儿住，有利条件多……"

有什么有利条件呢？我还没来得及问，忽然，方方嫂在我背后喊道：

"我早看出这步棋啦！房都拾掇好啦。同志，来，跟我走吧！"

五

大清早。

方方哥一睁眼就走了。

方方嫂这就撒鸡窝，拌猪食，垫羊栏，扫院子，添锅，点火……忙得像刮旋风，一点站不住脚。

咚咚咚，一阵脚步声，走进一个黑大个。那人一进门就喊道：

"方方哥在家吗？"

方方嫂把柴火往灶里一推，站起来，拍着衣襟上的草屑，说道：

"不在！"

"起了个早来堵门，又晚了！"

黑大个说着，失望地转身就走。方方嫂用话追上去：

"找他有事呀？"

"五婶的孩子闹肚子……"

"早饭后，一准叫他去吧！"

黑大个走了。又来一个矮胖子。他进门还没说话，方方嫂就先开了口：

"小林子，你来拿药哇？"

"还是嫂子好记性！"

"唉！"方方嫂拍一下巴掌，"看你哥办不了事！他，他给你忘啦，没捎来！"

"俺不信，他不敢！"

"怕你咬他？"

"我倒没什么可怕的，他要忘了，嫂子你……"

"住口！又要胡说？"方方嫂戳他一指头，又用脚添上一些柴火，转身走进里屋，拿出一包药，递给他说：

"今儿晚上就叫你娘吃了，可不许再马虎，听了不？咹？……说不定我还要查查去呢！"

小林子要出门了，方方嫂又喊住他嘱咐说：

"你娘吃了药以后，要让她安安静静地睡一觉……"

六

方方嫂刚摆好饭桌，方方哥回来了。

这个人，三十七八岁，高个儿，宽膀头，黑面皮，大眼睛，看起来一身是力气。整天价，乐呵呵，梆子腔不离口。今天，他一边走，一边唱，闯进屋来。

方方嫂没好气地说：

"唱！唱！就知道唱！别人快累死了……"

"夫人息怒。下回不敢！"

方方哥笑呵呵地说。忽然，一变腔又问道：

"小林子他娘的药，拿去没拿去？"

"知不道！"

"防疫通知，也给西庄送去了吧？"

"知不道！"

"知不道"就是办妥了，这是方方哥的经验。于是，他宽慰地笑笑，又问：

"有新任务不？"

"当然有！"

"布置吧。"

早晨来请医生的、来联系卫生工作的，方方嫂一气说了一遍。又说：

"你去老六家时，就着去望望春海，他的胃病不知犯没犯……"

吃罢饭，方方哥从药袋里掏出一包药，放在桌子上，向方方嫂说：

"这包药，是五婶的孩子吃的……"

"你已经去看啦？"

"看过啦！"

方方嫂又突然收起笑容，刷着碗，待理不理地说：

"爱谁的谁的，跟俺说这个干吗？"

"我想找个人送去！"方方哥说。

"有本事找去呗！"方方嫂说。

"哎呀！我有任务嘛，你辛苦辛苦吧！"方方哥说。

"俺没工夫。"方方嫂说。

"咦！今天不是你的公休日吗？"方方哥说。

方方嫂把一瓢水倒在洗衣盆里，又说：

"这你倒记住了，俺还洗衣裳哩！"

她说着，气悻悻地走了。当她抱着一些脏衣裳从屋里出来时，丈夫已经没影了，回头一看，药包还在桌上。她把衣裳放在水盆里，扯起衣襟擦着手，噔噔几步走进屋，拿起药包，一转身又走出去。这时，她见我在一旁眯眯地笑，又说开了：

"唉！这些外差，哪有完哪……"

她像自言自语，又像说给我听。听语气，是满腹的牢骚；可是她的脸上，却表露出几分自豪的神色。

方方嫂走到院子当央，又回头向我说：

"同志，我再抓你个差吧，有人来找，请你记着点。"

七

我来这村，已经五天了。别的任务，大都已经完成；只有病情调查，还需进行核查。这天，我跟方方嫂谈起这件事。我说：

"长祥嫂胃病不轻……"

"不重；她，又懒又馋，囔得凶！"她说。

"长禄嫂呢？"

"有病，是月经病。"

"虎子像个铁打的……"

"这孩子吃东西不注意，将来怕要得胃病。"

最后，我干脆说：

"大嫂，你把所知道的情况，都向我介绍介绍吧！"

这一下子，可把方方嫂难住了。她说："哎呀！从哪儿说起呢？"她想了一阵儿，又说："咱'老太太念佛——从一头来'吧！"方方嫂说罢，没管我同意不同意，就滔滔不绝地说开了。全村一百多户，五百多人，她从东头到西头，逐户、逐人说了一遍。谁有病，谁没病；谁是旧病，谁是新病，说得一清二楚。

"你对情况怎么这样清楚？"我问。

"当助手当的呗！"

我赞扬她这助手当得好。她说：

"咱这个，没能没才的，啥也干不了。多帮着俺丑儿他爹点，让他这个助手，当得更好些。大伙儿少生病，多干活，也就算咱为社会主义建设服务了呗……"

八

一天方方哥告诉我：他们这三个村（包括东庄、西庄）比较偏僻，到诊所去很不方便，专设个诊所又没条件，因为他懂些医道，便当了医生的助手，包下了这三个村子。一年多来，防病灭病，都搞得很出色，在全县有了名声。

"是什么原因呢？"方方哥自问自答地说，"就因为我这个助手有一个好助手——我的老婆子！"

"说着说着，就耍没正经！"方方嫂向方方哥的前额戳了一指头，一闪身走出去。

我笑了，方方哥也笑了……

1962 年 5 月

篱墙两边

一

城南有条朱家河。河边有个王家庄。庄上有个槐树大院。

这槐树大院，原是地主的财产。土改时，分给了三户贫农。

北屋，分给了张大婶；东屋，分给了王二嫂；西屋，分给了李三哥。

眼时下，这所宽敞的大院，被一道"丁"字篱笆墙分成三段。张家的门朝北；王家的门朝东；李家的门朝西。他们三家，尽管可以抬头相见，但是，谁要到谁家去，得拐弯抹角，多走好些道儿。

这道篱笆墙，已有十年历史了。

当初，为啥要扎这道篱笆墙呢？据说有两个原因：

第一，那年是办社的第一年。王二嫂和李三哥都积极报名入了社。张大婶有点信不着，没有入社。当时，她的老主意是：有人的指着人，有力气的指着力气；像咱这号的，又绝户，又寡妇，又上了年纪，指着什么呀？分的这几亩地就是我的命根子！要稀里糊涂地入进去，万一不好咋办呢？还是看看再说吧！由于思想不一致，她跟王、李两家的关系，搞得不大好。

第二，李三哥是个三十多岁的光棍；王二嫂是个三十多岁的寡妇，再加上，那时王二嫂的思想还不大开展，怕的是"寡妇门前是非多"。

后来，经过支部的教育帮助，再加合作社充分显示了优越性，张大婶很快入了社，并且成了爱社的模范；随着时代的发展，王二嫂的思想也开展得多了。尽管这些条件都发生了变化，可是，那"丁"字篱笆墙，还依然在着。

就是高山大海，都截不断人们的情谊，何况这小小的篱笆墙呢！现如今，他们张、王、李三家，关系搞得非常好。

二

初秋。

正是晚茬庄稼已经挂了锄，早茬庄稼还不到开镰的时候。按照这一带的乡俗，每年一到这个季节，妇女们就抓紧时机，拆洗过冬的衣被。要不然，"三秋"工作一开始，割谷子，砍高粱，收玉米，刨花生，打棉柴……秋收带着秋种，接着又是秋耕，一气忙到立冬。到那时，再拆洗衣被，一来时间已经晚了；二来日光也大大减弱，洗的布片不易干。

这天，风和日暖。生产队特地给妇女社员放了一天假，好让她们拆洗拆洗。你看吧，塘边上，井台上，新挖的水渠旁，到处都聚满了大姑娘、小媳妇，也有少数的中年妇女。所有通风向阳的广场，全都晒满了一绳绳的布片、衣衫，大大小小，形形色色，不了解情况的人，也许以为这儿正在举行衣、布展览会哩。

早饭后，李三哥跟男社员们一起下地干活了。王二嫂吃过饭，两个孩子一人塞给他一把小枣，哄着他们去给队上的牲口拔草了，自己这才回手关上了门。这时，张大婶正坐在北屋门槛上晒太阳。看来，她就像故意等在这儿似的；当王二嫂整整衣衫，理理头发，正想出门走的时候，张大婶那边开腔了：

"他二嫂，看你劲儿呀劲儿的，想干什么去呀？"

"听说队上的猪要下崽啦，我去忙活忙活……唉，咱能干了啥呀！有这两只大脚片，也就是跑跑道什么的呗！"

"就着这放假的日子，你咋不洗洗晒晒的？"张大婶摆出长者的样子，以教导的口吻说，"俗话是实话：'立秋不拆被，过冬必遭罪。'再说，拉扯着孩子们过日子，冷呀热的可得早作打算，'临渴掘井'可就……"

"放心吧大婶，冻不着他们！"王二嫂说，"总共两口子半人，拆拆洗洗的，一早一晚的就干了，用不着搭整工夫。"

"可也是。你干点啥可麻利着哩！"看来，张大婶上边这些话，只是当个引子；下边才是她要说的中心话题："他嫂子呀，我想求求你哩！"

"看俺老婶子傻的！你跟谁说话呀？还用得着请呀求的！"王二嫂一边往篱墙凑着一边说，"一来，咱老邻旧居的；二来，你还是'五保户'哩，能帮的帮着你做点啥，还不是应当应分的吗？老婶子你有什么事呀，就说吧！"

"你看，人家家家户户的都拆洗衣被了……"张大婶说着，也凑到篱墙边上，一手扶着篱墙上的立柱，一手撩一下垂下来的花白头发，又接着说，"我这眼哪，越来越没出息了！眼下，大白天，引个针就得半头晌。前日个，给队上缝了条口袋，这算得什么细致活呀，可是我，一缝缝了大半天；这还不算，你猜针脚有多么大呀？"大婶笑了一阵，又接上话弦，"唉，说起来也真没出息，就是拆拆洗洗的，也累得腰痛胳臂酸，要干上一天呀，夜晚睡觉连身都翻不过来……唉，老啦？比咱老的还有呢，也没见过像我这样的，叫我看哪，全是让队上把我惯坏啦！自从入了社，又上'五保'……"

张大婶就是这样——说话连说带笑，并且，只要扯起一个话头来，东葫芦扯到西架上，这就没完没了。就连细致的王二嫂，也不能耐着性子让她说个够，何况今儿她要急去看队上的猪呢！于是，王二嫂拦住了张大婶的话，笑吟吟地说："婶子，你是有针线活不？不要紧，只要你不嫌弃，就拿给你侄媳妇吧！"

"唉！整天叫你受累，我那心里……"张大婶念叨着，匆匆地回屋去了。看她走的那两步，还是蛮健壮的，并不像她自己说的那么软弱。一会儿，张大婶抱着一床被子出来了。她一边走一边说："表呀里的还都挺结实，就是太脏了，拆洗拆洗，翻做翻做，还满能盖二年哩……紧着你的空儿，早天晚天不要紧……"她说着，一举胳臂从篱笆上把被递过去。

王二嫂抱着被回屋了。张大婶还在自言自语地唠叨着。直到李三哥回家来拿东西，她这才收住话头回屋去了。

三

一天，王二嫂早早地吃了饭，下地去干活了。李三哥因为没有女人做饭，自己又当男又当女，吃饭常常不及时。今儿，他又没顾得烧火，稀里糊涂地吃了些陈饭，把门一关，又去干活了。当他扛着家什正要出门的时候，张大婶突然喊住他：

"他三哥，你等一会儿走！"

"大婶子，有啥活儿到晌午做行不？保证误不了你！现在队上太忙呀，那几亩谷子，要是赶上雨……"

"这我还不知道，啥节骨眼呀能给你添事儿？"张大婶隔着窗户说了这么两句，抱着一床棉被走出屋来。又说："给你那被吧！"

李三哥从篱墙上把被接过来，一瞅，又松软，又干净，喜得笑咧咧地说：

"大婶子，你这么大年纪了，总替我……"

"看你呆不！你以为真是我替你做的呀？"

"不是你？是谁？"

"我哪还有这本事！"张大婶向东屋努努嘴，压低了嗓门儿说，"人家他二嫂。"

李三哥是个老实人。他知道自己是个光棍，王二嫂是个寡妇，总怕别人说三道四的，所以虽然是门窗相对的邻居，平日的交往并不多。今儿这突然的事件，使他不由得吃了一惊。这时，张大婶又咬着他的耳朵说："人家他二嫂不是说来嘛，他三叔自从当上保管员，一块半头砖也当好的；这不算，还抽空摸空地下地干活……这么爱集体的人，人家为了啥？还不是为了大家伙儿！人得掏良心，像人家他三叔这号人，没有女人拆洗，就让人家冬天钻凉被窝吗？"张大婶说着说着，自己禁不住地笑起来。她这一笑，把落在王二嫂那丝瓜架上的家雀笑飞了；把李三哥那张憨厚的脸笑红了。

没嘴没舌的李三哥，这时只是摸着后脑勺傻笑，啥也说不上来。正在这时，王二嫂的两个孩子进来了。女孩子戳了男孩子一把，尖声嚷道：

"哥哥你看，那是咱娘做的那床被！"

哥哥倒是哥哥，他懂点事了，向妹妹说："你知道啥，别瞎说八道的！"

妹妹不服，坚持说："瞎说八道什么，我认得，一点也错不了！咱娘是晚上做的，她还说……"

孩子们这一嚷嚷，李三哥的脸红成"关爷"了。他抱着被，一扭身子回了屋。

张大婶站在篱墙边上，望着李三哥的背影，她自慰地想着："这颗种子算点上了！"

四

他们三家的院子，虽然只隔一道篱笆墙，可是景色却各有不同。王二嫂那边，每年要种一架丝瓜；张大婶那边，年年总是一排排的向日葵；李三哥这边，倒是看出劳动力强来了，比她们的院子里要复杂得多——整个院子，除了走人的地方以外，横三竖四都是畦子。在这各个畦子里，种着各种各样的庄稼。这可不仅仅是因为他是个庄稼汉，从心眼里喜欢庄稼，更重要的是，他是个保管员，各种作物的发芽率，以及乍换来的新品种，他都要利用这些畦子来试验。

这天，他趁休假日，又在担水浇沟子，准备试验麦种的发芽率。因为往前就是秋分节了。

"他三哥呀，我这边的向日葵也该浇了，你就受点累吧！"

"张大婶，这向日葵已经快熟了，再上水不好啊……"

李三哥不知道张大婶的心思，实在人说了些实在话。这时节，张大婶摆出一副生气的样儿，带刺地说："唉！不乐意就罢，老俗语说得真是没错：'求人难、求人难'哪！"

"大婶，你想错啦！要浇那还不容易吗！"李三哥说着，拿起大镐，三下五除二，就在篱笆墙的空间开了一道口子。他把水顺过去以后，水桶一担又去担水了。

篱墙那边，王二嫂那架丝瓜，已经该浇了。可是，王二嫂因为队上的活儿忙，尽管头几天就想着要浇浇它，但直到如今还没腾出空来。这丝瓜架跟张大婶的向日葵紧挨着，也是只隔一道篱笆墙。李三哥担着水桶走后，只见张大婶在那篱笆墙空间又挖开一道口子。这么一来，李三哥麦子畦里的水，经过张大婶的葵花畦，又流到了王二嫂的丝瓜畦里去了……

晌午。王二嫂从地里回来，见丝瓜浇了水，心里很纳闷。正在这时，忽听张大婶喊她一声：

"他二嫂呀，你过来，咱娘儿俩唠两句。"

王二嫂应声凑到篱墙边。张大婶隔着篱墙，歪着身子，咬着王二嫂的耳朵悄声说："你看了不？这丝瓜呀，是他三哥给你浇的！人家他三哥说：'二嫂子是爱社、爱队的模范，为了集体生产，整天忙得脚不沾地，连她这心爱的丝瓜也顾不得浇了，老邻旧居的，我替她浇了吧！'"大婶习惯地咕咕笑一阵，又继续说："他三哥还叫我告诉你：往后，有干不了的活儿，就给他个信儿；都是自家人嘛，谁跟谁哩，可不许客气！他二嫂，听清楚了吧？哎？……"

这时，李三哥正在烧火做饭，一团团的浓烟，从门口、窗口冒出来。屋里，时而传出李三哥那被烟呛火熏的咳嗽声。王二嫂呆呆地望着这种情景，不知她想了些什么。只见她的脸上，有一片红云在渐渐地扩大着。最善于察言观色的张大婶，又趁机说话了："他二嫂，你看他三哥自己过日子是不容易吧？"

"看俺婶子，你又把话说到哪里去啦！"王二嫂神笑面不笑地瞅了张大婶一眼，回屋去了。

五

月亮出来了。李三哥进城买农药还没回来。

王二嫂在吃顿饭的工夫，就曾跑出屋子四五回，隔着篱墙，望望李三哥那依然锁着的房门，一次又一次地表露出不安的神情，还不满十岁的女儿问她："娘，你是看李三叔不？""死丫头！瞎说八道，咱看人家干啥呀，我是看看天要下雨不！"她这没有认真思考的辩解，只能哄弄那不懂事的孩子。因为，那瓦蓝瓦蓝的天空，月明星稀，万里无云，连一点儿下雨的预兆也没有啊！但是，孩子这一句发问，却更加勾起了王二嫂的心思：按说该回来啦！怎么还不回来？是不是车子出了毛病？不会病在路上吧？……她这么胡思乱想一阵，又责备起自己来：咱这不是闲操心吗？咱是人家的什么人？可是，她总是管不住自己，过一会儿，不知不觉地又想到那上边去了。

使王二嫂不能自解的，还有一个外来的因素，那就是张大婶。这时节，就像张大婶知道王二嫂的心事，在那儿故意火上浇油似的。只听她不断地这样嚷："他三哥，他三哥呀！唉，还没回来！"接着她还要自言自语地嘟哝一阵："这就是家里没有人，有人还不知怎么挂着呢……"

王二嫂想来想去，最后决定：到庄头上去接接李三哥。可刚一跨出门槛，又忽然想到：若有人问，说什么？让人看出来多不好！她犹豫了一下，最后一横心："人正不怕影子歪！"回手拉上门，一直向外走去。

队上早就派人去接李三哥了。

事情就有这么巧：王二嫂刚走到村头上，李三哥和那接他的人一推一拉回来了。那拉车子的小伙子是个滑稽鬼，一见王二嫂就笑哈哈地说："二嫂，深更半夜的，在这儿干啥呀？"

"我，我找找鸡！"

李三哥没有搭腔，推着车子从王二嫂身边走过去。他回到家，张大婶还没有睡，把他叫到篱墙边，悄声说："他二嫂去接你啦，碰见没有？"他先怔了一下，又嘿嘿地笑着点点头，回屋去了。

张大婶这一句话，搅动了李三哥的心。一个从来没敢认真想过的问题，现在渐渐地明朗起来了。这时，王二嫂跟他说话时那似笑非笑的面容，在他的眼前晃动着；王二嫂那些满含深情的话语，在他的心里回荡着。最后，他用指头敲着脑袋责备起自己来："你为啥一同她说话就脸红？你为啥这么憨？憨得像块木头！……"

这一夜，李三哥没有睡好。

六

经过张大婶这么两面通说，王二嫂和李三哥的感情，一天天地加深着。

这一天，王二嫂见李三哥院中的铁丝上，搭着一件衬衫。这衬衫已经很脏了。她又见李三哥的门锁着，就知他没有在家。于是，她拿来一根长长的竹竿，打算隔着篱墙把衬衫挑过来，替他洗洗。可是，她把竹竿刚伸过去，忽然心里闪过一个念头，脸唰地红了。她又把竹竿抽回来，装作若无其事的样子，冲着北屋喊道：

"大婶！——大婶！"

屋里没人答声。她这才放下心，自言自语说："这老婆子，门没关就走了！"她说着，又把竹竿伸过去，放心大胆地把那衬衫挑过来了。

其实，这时张大婶就在屋里。她因看透了王二嫂的心思，故意没答声。王二嫂的这一切动作，她透过窗上的玻璃，看了个一清二楚。她强力抑制着自己，才算没有笑出声来。王二嫂把衬衫洗完，又拿竹竿挑着，举到篱墙那边去。这时，张大婶又想起了李三哥起五更，偷往王二嫂的猪圈里担土的事，心里觉着甜滋滋的，自言自语说：

"这两枝花儿要结果了！"

张大婶当天晚上就分头跟王二嫂、李三哥谈了。

李三哥说："我有啥说的，谁知人家怎么样啊！"

王二嫂说："全在婶子吧，你还会害我？"

这真是"雨落芽生""水到渠成"——李、王两家的亲事，经张大婶这么三言两语，一说就成了。

七

办喜事的这天，院中的"丁"字篱墙拆除了。王二嫂和李三哥的婚礼，就在这个宽敞的槐树大院里举行。

晚上。明月当空，夜景如画。村里的男女老少，都来了。屋内屋外，热闹非常。姑娘们到在一块儿，总是爱笑。只见她们低语一阵，爆笑一阵，有的笑得倚在门板上，有的笑得捧着肚子。她们笑什么，我不知道。但我可以猜想出一二：这无愁无忧的日子，这丰富多彩的生活，这光明似锦的前程，再加上今年这史无前例的好收成，不都是她们欢笑的原因吗？老人们和姑娘不同，他们虽然也个个满脸笑，可是大都不笑出声来，他们的特点是发表议论：

"他俩都是爱社模范，活是一对！"

"张大婶一向不爱管事；这回管的这桩事还真来劲！"

"他们结婚，对他俩都好，对集体也好……"

小伙子们又是另一套。他们在积极准备新房用的东西，策划着如何在婚礼仪式上难为新人。孩子们不能理解大人的情趣，在人空子里钻来钻去，追逐着，嬉戏着。

婚礼开始了。一对新人在人们的掌声中就位。只见，李三哥刮了脸，剃了头，仿佛年轻了好几岁；王二嫂从头到脚一崭新，显得更加秀气了。

今儿张大婶格外高兴，她被人们请到上座上，笑得嘴都合不上了。

支书简单地讲了几句，下边就是介绍人讲话。张大婶从没当众讲过话，今晚她由于压不住内心的高兴，竟也真的站起来讲话了。只见她，一手扶着桌子边，一手摸着衣扣，说道：

"你们知道，咱这一辈子，哪当过媒人呐？真不知道媒人怎么当法！只听人家说过'保媒说亲，半假半真'……"

人群哄笑起来。张大婶说："你们笑啥呀，咱反正没出坏心眼儿！"

"不是让你介绍说媒的经验——你说说为啥要给他俩说亲吧！"

"为啥呀？为社呗！"张大婶竟是辩论的口吻，"你们算算，他李三哥因没女人做饭，常常出工不及时，耽误队上多少活啊！再说他王二嫂吧，拉着两个孩子，她虽然拼着命地劳动，每年还得队上照顾……因为这个，我常想：把他两家合成一家，李三哥吃饭、穿衣不作难了，王二嫂的生活问题也有人照顾了；这样子，他们还能多出工，队上也不用照顾了……"张大婶说到这儿，会场上又纷纷议论起来：

"这老太太，越老心越红了！"

"从小受苦的人，就是懂得集体珍贵！"

"我听媒人一讲，诗兴大发，编了一副喜联，献在当众。"一个小伙子说着登上板凳，高声大嗓地念道："上联——咱队上少了两个困难户；下联——新中国又添一对好夫妻；横联——多亏张大婶。"

一阵笑声过后，张大婶又发言了："别的都好，喜联末后的那句俺不同意。"

"为啥不同意？"

"亏了我这像啥话？我又亏了谁呢？要不是党的领导，不是人民公社，现在我也许要饭都赶不上门了，哪还有闲心管这号子事呢？"

"对呀！把这一句，改成'人民公社好'吧，大家同意不？"

"同意！"大家齐声响应，笑声阵阵，掌声雷动。

这笑声、这掌声混在一起，划破万里长空，向天边飘散着……

1963 年 7 月

男婚女嫁

再过七八天，文华就要结婚了。

一

这些日子，文华爹的心窝里，好像糖里拌蜜，蜜里调油，又甜又香。

本来嘛，男婚女嫁，对于做父母的来说，是大的喜事了；况且，文华爹自幼家贫如洗，他是全靠扛活倒月，要饭讨食，苦巴苦拽把三个儿子拉扯大的。眼时下，大儿子已经生了娃娃，二儿子已经娶了媳妇，三儿子文华又要结婚了，当爹的心里怎么能不高兴呢！

不过，使文华爹更高兴的，还有一个原因，那就是他那发家大计就要实现了。文华爹是个老实人，有毒的不吃，犯法的不做；可是，在这个前提下，对过日子很会盘算，个人的小算盘打得很精。自从合作化以后，他就渐渐地产生了这样的念头：如今土地入社了，身子就是地；我家的劳力一年多一年，一年棒一年，往后的日子越来越好过了。确实，自从入了社，他家的分红哪年也不错，并且一年更比一年好。

今天，队上分棒子，文华爹特意跑到场边，悄悄看了看，见他分的那一堆，比去年又大了不少；他又暗自比较着：在那大大小小几十个堆垛中，他那一堆虽然还不算最多，可也算得上上等户了！他想："往后，再娶上一房媳妇，又增加一个壮劳动力，到明年分红时，我家就得……"文华爹正想着，文华突然在那边喊了一声："爹！你快回家拾掇个地方去吧。你看，一分就是这么多，往哪里放呀！""你就分吧，扔不了它，再多点我也有办法！"文华爹说罢，嘿嘿地笑着，回家去了。

他倒背着手，低着头，一边走一边盘算：把媳妇娶进来，一年挣二百五十个劳动日是把里攥着的，一个劳动日就按两块钱算吧，不就多收入五百块吗？眼下就年年有结余，再添上这么多的钱，干啥消用哩？他来在家门口，不由得端详起门楼子来。这座门楼子，是入社那年修的。那时候，他觉得怎么看怎么顺眼，既朴素，又美观。可是，他今儿却怎么看怎么不顺眼了！他看着看着，门楼子慢慢地变了，变成新的了，仿佛还有几个亲友站在旁边，羡慕地观赏着，品评着。

文华爹回到家，忘记了拾掇粮食的事，却径直走进东屋，为儿子打扫起新房来，并且一边打扫还一边嘟囔着：

"喜日子眼看着就要来到了，文华还像没事人一样，连这新房也不知道打扫打扫。唉，当老人的啥事也得操心……"

二

人们的生活竟是这样复杂，同是一件事，却往往各有各的想法。今儿在场里分玉米的时候，文华见王大娘那一堆比去年小一半，有些惊奇地问道："王大娘，你这堆怎么这么少？算错账了吧？"

"没有哇！"

"没有？比去年足足少一半哩。今年的收成比去年好，应当比去年多才对呀……"

"唉！傻侄子，不是你二姐出门子了吗？"王大娘说着收敛了笑容，又感慨地说："这就是老俗话说的，草灰打不成墙，闺女养不了娘……"

这时，支书正走在旁边，笑哈哈地说："二嫂呀，放心吧，饿不着你，队上包着啦！"

"我知道：公社的'五保'制度，比儿女还保险哩！说的是，像我这号人，拉扯了一窝子闺女，到老来，还得给大伙儿添麻烦……"王大娘像对别人说又像自语似的嘟念着，背起口袋回家去了。

此情此景，又勾起了文华的一桩心事。

事情是这样的：前些天，刘庄的支书到这村来了。他是来找支书交流支部工作经验的。文华听说后，咚咚跑了去，开口就问道："刘支书，机器好使不好使？出过毛病没有？"

"哈哈！文华呀，还不够本吗？又要投这个差呀？"刘支书说，"我们豁上让它睡大觉，再也不用你喽！"

文华瞪着大眼，吃惊地问道："哦！为啥呀？"

"为啥？我们请你去给安装了几天机器不要紧，我们顶棒的会计被你给挂走了！这不算，还给我们制造了一个'五保户'……"

"制造了'五保户'？"

"就是嘛，小兰一走，她老娘不'五保'怎么办？"刘支书又转向老支书说，"这就叫你们富队拆我们穷队的台呀——撤走我们一根台柱子，还给我们压上一个包袱，你说是也不是，老伙计？"

老支书向文华笑了笑，没有搭腔。这时，他见文华眉头紧皱，面带愁容，就笑哈哈地凑过去，拍着文华的肩头说：

"怎么啦，小伙子？愁了吗？用不着愁呵！媳妇是少不了你的，他要是不给呀，我要带领咱全大队的人去抢亲哩！"

这时，两位支书都哈哈地笑起来，直笑得文华涨红着脸，一溜风烟跑出去了。

刘支书那段话，本来是当笑话说的，可是在文华的心里，却掀起了一个巨大的波涛。他想："可也是呀！人家是个穷队，骨干又少，我和小兰一结婚，会计谁来当？确实给她队上增加不少困难！可是，又有什么好办法呢？"他想来想去，终于想出一个办法来："好，破除旧习惯，咱来个倒过门。"这时，他又想："支部同意不同意呢？"

他从地里回来，吃过晚饭就去找支书。可巧，支书也正想来找他，两人在门口撞了个满怀。首先开腔的是老支书："文华呵，走，到队部去，咱爷儿俩谈个问题。"来到队部，支书说："小伙子，明天再到刘庄去一趟吧。"文华问："干啥去呀？"支书说："眼下，他们队种麦浇地正用机器，可他们的司机手是个富农子弟，偏处处跟队上捣乱，你去帮他们开几天机器吧！"文华同意了。他又向支书说："支书，我有个事儿要跟你商量商量。"

"啥事呀？"

"我和小兰一结婚，确实给人家刘庄队增加不少困难……"

"是呵，我也正为这事发愁！"

"我倒有个办法。"

"啥办法？"

"倒过门。"

"太好啦！"老支书拍一下文华的肩膀说，"到最艰苦的地方去，是我们共产党员的责任；支援穷队，是我们富队的义务……"

"我一走，我怕队上……"

"队上没问题，你放心好了。问题怕是你的家庭……"

"家庭我早想过，一点问题没有，我走了，还有三个整劳力，只要积极出勤，吃穿还是满富裕的……"

"不是这个；我是说你爹的思想！"

"近几年来，我爹的思想确实有点落伍！不过，他是受过苦的人，经过帮助，能够同意的……"

事情就这样定下来了。

文华临走的时候，本来想跟爹说说这件事；可是他又想："谁知小兰是啥打算呀，还是先和她商量商量回来再说吧。"

文华到了刘庄，跟各方面一商量，小兰同意，她娘赞成，干部、社员一致欢迎。今儿，他兴冲冲地赶回村时，正赶上场里忙得厉害，他没顾得回家，把衣裳一闪，就插手忙上了。

现在，他望着王大娘的身影，不由得撒腿跑过去，硬夺过口袋，帮她送回家。回来后，又帮助几户无劳力户送完，这才开始往家弄自己的粮食。

三

文华走进家，家里人都去干活了，整个院子静悄悄的。只有侄儿小虎，正在墙角上摆弄什么，他见叔叔回来了，就放开尖嗓子指着东屋嚷道："叔叔，叔叔，爷爷给婶婶布置新房呐！"文华把肩上的口袋往墙上一靠，望见浓烟般的尘土，一团团地从门口和窗子里飞出来，屋里对面不见人。文华站在东屋门口，一边抓下头上的毛巾擦着汗，一边向屋里喊了一声："爹！"

爹答应着，笑吟吟地走出来。他浑身盖了一层黄土，长眉上挂着草屑，脸上的汗水顺着胡子向下滴淌着。文华一边用毛巾拍打着爹身上的尘土，一边说道：

"爹，你弄它干啥呀？"

"干啥？不是做新房嘛！"

文华早就看透了爹的意思。他所以明知故问，是想借机扯起个话头来，好顺便跟爹商量商量倒过门的事。因此，他因势利导，又说："忙啥，也甭弄这个！"

"看你说的！今儿是初八啦，总共才剩七八天的工夫，新房还不该拾掇出来？你们这些年轻人呀，唉……"文华爹说到这里，见儿子微微皱一下眉头，他以为儿子是嫌这新房不好，就立刻转了批评的口吻，安慰文华说，"华儿啦，这房是不如你嫂子的房好，爹也认你受屈……这样吧：到明年秋后，咱盖上一座新房，我还想赶个时兴，来个洋式的，红瓦顶，蓝砖墙，一推两开的玻璃窗；屋里头，方砖铺地，白灰刷墙，金边花纸糊炕箱……"文华爹乐呵呵地说着，一屁股坐在石榴树下的砸布石上，从腰里掏出烟袋来。

文华见爹越扯越远了，就笑嘻嘻地蹲在爹的对面，拦住爹的话说：

"爹，关于我和小兰结婚的事，我正想跟你商量商量呐……"

"商量啥？这个好说：你们要骑马就骑马，要坐轿就坐轿，反正咱囤里有粮食，银行里存有钱，你们一辈子就这一回事，当老人的不糊涂，不会难为你们……"善于察言观色的文华爹说到这里，见不投儿子的心意，又改口说，"我知道，你是党员，她是团员，怕支部批评你们闹排场，不节约，只要你俩同意，挟着小包袱跑来也行呵。你爹不是那号老封建。"

文华爹说话的时候，文华蹲在那儿，低着头，用指头在地上乱画着什么，不插言，不插语。等爹把话说结了，他才抬起头来笑着说：

"爹，不是那个——我是说，刘庄是个穷队，有很多困难，小兰又是……"

文华刚想往正题上引，话头又被爹截断了："这个我明白：眼下劳力就是地，劳力少就不好过，那是明摆着的……华儿啦，对这事你爹也不是糊涂人，她陪送多咱就要多，陪送少咱就要少，不陪送咱就拉倒；至于你们炕上铺的，身上穿的，桌上摆的，随手用的，我已经买了一些了，只是还没买全，因为有几件瓷器摆设，瓷的质地不好，我没有相中，明天我想到城里去一趟……"

"爹，你又想扭啦，小兰是人家队上的会计，要是到咱村来……"

"傻的！那有啥关系？会计也不少挣工分哩！你没见咱队上的会计玉梅吗？人家……"

文华是个文静人，平日里不论谈论什么事，总是从根到梢，由因及果。可是今儿，他爹由于特别高兴，话格外多，总是插言截语，闹得谈不到正题上去。这时，他见爹又要把话拉远，便反常地来了个单刀直入：

"爹呀，我想来个倒过门！"

"哦？"

"我想倒过门！"

这句话，就像一瓢凉水浇在爹的头上，他觉得天也转，地也转，耳朵嗡嗡响……本来嘛，爹一生的精力都用在了儿子身上，今后的满心希望，又都寄托在儿子娶媳妇这件事上，如今，他那满有把握的如意算盘就要化为泡影了，他怎能不失望呢！他怎能不生气呢！这时，只见他活像一座泥神似的，呆呆地坐在那里；烟锅里的火早已熄灭了，可他还是一直叼在嘴里。这当儿，儿子说了好些解劝他的话，他一句也没听进去。后来，他镇静了一下，觉得头脑有些清醒了，这才从嘴里拔出烟袋，往石头上狠狠地磕了两下，赌气往腰里一插，呼地站起来，气愤愤地说："小子！爹把你养活大啦，你翅膀硬啦！飞吧，你要往哪飞，就往哪飞，算你没有我这个爹，我没有你这个儿！你给我滚！……"文华爹一边高声大嗓地嚷着，一边往外推儿子。

这时，爹为啥不同意这件事，文华已经猜透了。因此，他并不生爹的气，他憎恨资本主义这个万恶的魔鬼，又钻进了爹的头脑里，在无情地折磨着老头子！但是，他却故意提高了嗓门，与爹争辩起来："爹，叫我往哪里滚呀？"

"你要往哪滚就往哪滚！这家是我的！"

父子俩这么一争吵，惊动了四邻八家。一会儿，东邻的，西院的；男的，女的，老的，少的，院子里挤满了劝架的人。你听吧，高声大嗓的，慢言细语的，讲情的，评理的，人们都在发挥各自的本领。

文华只想就势制造个群众舆论，他知道这种场合是不能从根本上解决问题的。于是，他趁着人们正在七嘴八舌劝说爹的当儿，悄悄摘下了挂在石榴树上的褂子，笑咧咧地披在爹的身上。在这个节骨眼，他来了这么一手，把大伙儿都逗笑了。这时，文华爹那一肚子气也消了一半。

四

这场风波过去了，问题显然并没有解决，可是，说来也怪，此后，文华就像根本忘了这回事，还和往常一样，喊爹吃饭，给爹盛饭，问爹胃病犯没犯……这么一来，爹剩的那半肚子气也很快就消净了。文华爹毕竟是个知情知理的人，他气消以后，又懊悔自己对儿子太粗暴，并且同情起儿子来。于是，他决定找个机会，和儿子谈谈，表白表白自己的心意，劝说劝说儿子。

文华外号"小诸葛"，村里人不断求他帮忙拿个什么主意。晚饭后，桂兰娘又来找他了。她盘腿坐在文华的炕头上，以话引话地说："三兄弟呀，你去招婿的事怎么样啦？"

文华故意提高嗓门说：

"不去啦！"

"呀！为啥又变了主意？"

"我爹不同意，为啥叫老人生气呢！"文华想就话头说下去，"其实，我也是为他老人家好……"

桂兰娘另有自己的目的，无意细听文华的事，就打断文华的话插嘴说："这都怨你家大叔，村里人都说他不对，他……"桂兰娘说到半截，突然把话收住，用手向对间屋一指，压低嗓音问文华："他在不在屋？"

文华明知爹在屋里，却故意说：

"我爹不在屋，刚出去啦！"

桂兰娘接上话弦说："不该我这做侄媳妇的说啦，大叔他呀，活是个老封建，老顽固！"她说罢，咯咯地笑起来。

文华明知爹所以不通，不是封建思想作怪，而是资本主义思想作怪。但是，他为了给爹留下一个将来下台的梯子，也就势说："是呵，老人嘛，总是有老思想！"

"你可不能瞎子拉耙一齐抿，我才比你爹小三岁，我就没有这号老思想！"桂兰娘终于把话引到正题上来了，"往后，你大侄女桂兰就要结婚了，我就想来个倒过门，请你这'小诸葛'帮我拿拿主意，行不行呵？"

"老嫂子，你这思想不对头呀！"

"咋不对头？"

"你准是这么想——"文华提高嗓门说，"如今，土地是大伙儿的，人们都靠劳动吃饭，往后劳力就是地。你把闺女看成了私有财产，把劳力看成了发财之道；想留下闺女，再招上个女婿，两个劳力挣工分，你也不吃闲饭，小日子就腾云驾雾地起来啦！"

"我的天哟！"桂兰娘拍手打掌地说，"你把你老嫂子看成了什么人？我是想……"桂兰娘不认账。

这时，在对间屋里的文华爹却在暗暗点头，他在心里说："华儿确实精明，一猜就猜到别人心里去！"同时，他也在为自己的想法暗自辩护："这又不是剥削别人，有啥不对呀！"他想到这儿，又听儿子打断了桂兰娘的话插嘴说："老嫂子呵，你甭管怎么想，这种发财之道是不光彩的！"文华一再提高嗓门，曾几次把桂兰娘的插言插语压下去，沿着自己的话路继续说下去："你借男婚女嫁的机会，增加一个劳力，固然收入要增加，日子要好过。当然，正当的增加劳力，正当的多劳多得，并没什么不对。问题是，由于你增加一个劳力，人家对方的老人就得吃'五保'！谁来保？还不是……"

"看俺那三兄弟，你这是说到哪儿去啦，人家还有一个儿子呢！"

文华本来不是说给桂兰娘听的，当然她总觉着对不上碴。这时，文华佯装不了解情况，咯咯地笑着说：

"哦！我以为他弟兄自家呐！"

"不，要是人家弟兄自家我还能行这个心？"桂兰娘说，"听说你们在公社开团支书会的时候常见面，我想托你跟他说说，劝劝他！"

"他不同意？"

"是呵！"

"他说啥？"

"他说他们是个穷队，他是个党员，不能逃避艰苦跑到富队上来；还说，他队上改变面貌任务大，劳力少，离不了他……说一千道一万，反正是为了他那个队！其实，为了队咱不反对，可你老丈母娘就不管了吗？俺也是养活闺女一场呵！"

"老嫂子呵，他这么办，是为了队，叫我说也是为了你！"

"为了我？"

"就是嘛！"

在对间屋的文华爹听到这里，他真想不出儿子还会说出什么道理来。这时，他悄悄凑到门口，屏住呼吸，把耳朵贴到门帘上听起来。又听文华说："老嫂子，我问你：你为啥要招婿呢？是不是为了使吃的、穿的、住的、用的比现在更好一点？怎么样才能使生活一天更比一天好呢？正确的道路只有一条：建成社会主义，实现共产主义，使大家都富裕起来……"

"去你的吧！我是来求你帮我拿主意的，用你给我上这政治课啦！"

"老嫂子，'人不说不知，木不钻不透'，不把道理讲清，你就不会真通！"文华坚持着又继续说下去，"要实现共产主义，一户过好了不行，一个队过好了也不行，非得各家各户，各队各社，都富起来才行呐！你那女婿不怕吃苦，积极改造穷队，争取早日建成社会主义，实现共产主义，这是为了大家伙，同时这也是为了老嫂子你！"

"为啥哩？"

"因为你岁数大了，实现的晚了你还赶得上吗？"文华说到这里，见桂兰娘在点头，他又加上一句，"所以说，青年人全心全意为了社会主义，这就是最大的孝顺。这话再实在没有了！"

这时，桂兰娘一边笑，一边拍巴掌："你叔呵，你真行！怪不得都说你能把死人说活了，今儿我算服了你！"

这时，对间屋里的文华爹，额角上的青筋蹦蹦跳，脑袋里边嗡嗡响，神魂不定，心乱如麻……

文华送走了桂兰娘，便走进爹的房间去观察动静。爹听到文华的脚步声，一骨碌躺在炕上，闭上眼睛，假装睡熟了。文华微笑着望了望爹，随手拉过一条毯子，轻轻地搭在爹的身上。

五

一晃三天过去了。三天中，文华和素常一样，干活呀，开会呀，说呀，笑呀，唱呀，赛个欢老虎儿。可对文华爹来说，这三天可真难过呀！他无论走到哪儿，总觉得有人在说话给他听，有人在悄悄嘲笑他，有人在指他的脊梁骨！

就说今天吧，他吃过早饭，一出门就碰见了会计王老四。老四问他说："大叔，你家安几盏电灯呵？"

"电灯？"

"是呵，公社里建成发电厂啦！"

"呀！真想不到这么快！"

"是呵，这就是人民公社的优越性嘛！"

这时，对门的刘七爷凑过来，笑哈哈地插嘴说："这就是俗话说的：个人力量不如鼠，集体力量万头牛。要是单干呐，就算你过上一顷地，你也安不起电灯！我说的对不对？可是有的人，看来挺精神，实际是傻，不顾集体，光顾自己，处处围着工分打圈子，总是盘算自个儿那点小天地……"刘七爷说的是无意话，文华爹是有心人，他觉得这明明是说给他听的，脸上一阵发热，支支吾吾走开了。

走了不远，迎面又来了高松和周文。他们正扛着工具去下地，一边走一边说：

"咱们支书真够样儿，因为劳力多，工分多，人家自动宣布不要干部补贴工了！"

是不是说我？文华爹吃惊地一想，一拐弯钻进胡同里。

事情就有这么巧：他一进胡同，正碰上一家吵嘴的。爹声高，儿声粗，他上前劝说："老五，你干啥又跟孩子耍这牛脾气？"

老五指着儿子说："这小子不会说人话！"

"为啥事儿？"

"今天，他想去帮助吴老三修理房，我不同意。我的意思是：这两天队上的活太忙，别为私误了公，修理房可以过两天再说。你猜怎么样？他没容我张口，来不来给我扣了一大串帽子——说我'资本主义思想'，说我'工分迷',说我'忘了穷弟兄',说我……"

"为这点小事,犯得上生这么大气!"

"这可不是小事!"老五指指画画带气地说,"大叔,你知道我,我知道你,咱们都是穷爷们儿,咱俩在一个户里扛过活,咱俩在一个庙里烤过火……如今,有了党咱才有了命,有了社咱才有了家,咱怎么能忘本?咱要办出那号缺德事来,咱要有个人发财的思想,那还够人味不?要叫穷爷们儿知道了,谁还拿咱当人看?谁不指咱的脊梁骨?"

老五越说气越大,文华爹越听越觉得他这不是吵嘴,明明是在演戏给自己看!他越听越不是味,稀里糊涂地说了两句溜走了。

这时,文华爹就像得了疑心病一样:

他隔墙听到两个人说话,说的什么听不清,只听到"劳动力"三个字,他就想:"这一定是在议论我的不是!"于是加快了步伐。

就这样,文华爹来到庄头上。他不愿见人了,他想到村外去散散心。可是,刚一出庄,又和李大福撞了个满怀。他俩是老表亲。文华爹说:"表弟,快家去歇歇吧!"

"表哥,顾不得呀!"

"干啥这么忙?"

"你们队要修渠,需要经过我们一截地,去信和我们商量;我们已经研究好啦,派我来给你们送信……"

"让修不让修?"

"当然让修了!"

"这是眼下,怎么都好说;要在从前,遇到这号事,寸土值千金呐!"

"可不能那么说呀,表哥!像我们这穷队,哪里不得依靠你们富队的帮助?我们互相支援,对不对?只有地主富农想拆我们的台!"

这时文华爹心里一震。表弟走后,他就像做了什么见不得人的亏心事一样,心里一阵空虚一阵满。

六

文华在支部的帮助下,仔细地分析了爹的思想变化。于是,他自己悄悄地把刘庄的支书请了来，并把他爹的思想情况，预先和刘支书作了介绍。

刘支书和文华爹是老相识，并且是个有办法的人。他进门时，正和文华爹碰在门口上。两人打过招呼，刘支书便一手拍着文华爹的肩膀，一手指着门楼说：

"老伙计，你这门楼也该换换啦！"

"是呵，我倒打这个谱了。"接着，文华爹把修门楼的计划乐津津地讲了一遍，又突然收起了笑脸，叹了口气说，"不过……"

刘支书知道他要说啥，于是便打断他的话头，接过来说："老伙计呀，你真是个'老保守'！将来，建成了社会主义，咱们的住宅都要修新式的标准房子了。到那时，你那样的门楼不成了老古董？"

他们一边说着，一边走进屋里。两人守着个小烟笸箩，对坐在炕头上，各自装着烟，刘支书便有声有色地讲起社会前景来。文华爹听着，喜在心里，笑在脸上。不过，最后他又问：

"老伙计，你说的这些事儿，多咱能办到呵？"

"说远也远，说近也近，只要大家伙儿抱起膀来，众人一心为集体，那一天是一定能来到的。"刘支书说到这里，又扯到他去参观五公公社的事上去了。他把五公公社社员们的生活状况介绍一遍，又说，"老伙计，你想想，甭说我刚才讲的那社会主义远景，就说人家五公公社现在这个样子，光靠一家一户的力量办得到吗？非靠集体力量是不行的……"

文华爹知道刘支书的为人。因此，对刘支书这些话，他很信服。并且，他听了这些话，也觉得心里亮堂多了。不过，当刘支书说到"非靠集体力量不行"时，他的心里突然一跳，心想："他是来说服我的吧？他下边要批评我了……我该拿啥话来对答他呢？"其实，刘支书并没有批评文华爹，他三说两说，又把话头引到"吉林"上去了。解放前，文华爹和刘支书一同在吉林干过"苦力"，一说起吉林，他们的话就多了——先扯松花江，又扯长白山，最后又扯起冰天雪地。这时，坐在一旁的文华，突然插嘴问道：

"要是眼下这个季节，在吉林的话要穿棉袄了吧？"

"敢是！"刘支书接过来说，"你娘冻死的时候，比这大概只晚一两个月！"他又转向文华爹，"对不，老伙计？"

"是呵，那是十一月初九！"文华爹又转向文华说，"华儿啦，说起你娘来，你可别忘了你刘大叔。那时候，你娘是光着腚死的。死了后，你刘大叔说：'嫂子活着没有衣裳穿，死了不能叫她光着腚！'他含着眼泪把你刘大婶的褂子扒下来，叫你娘穿了去……"文华爹说到这儿，眼圈儿红了。刘支书接过来说：

"是呵，自古以来就是这样，只有穷人才肯帮穷人。"他转向文华，"那时候，埋葬你娘的钱，是穷哥们儿帮的，就连你爹领着你们回来的路费，也是穷哥们儿卖裤当袄凑起来的呀……"

"这么说，也怨俺爹！"文华的眼圈儿有些红了，说，"早知这样，不下关东就好了！"

文华爹听出儿子是埋怨口气，叹了口气说："你也不用埋怨爹，你爹我也是被逼出去的。过去，我不是跟你说过吗？咱本是刘庄人。我年轻时，家贫如洗，说不上媳妇，是三十一岁那年，招婿到这村来的。那时节，招婿得先立字据。字据上写着：'小子无能，大街受穷。随妻改嫁，更名换姓。叫爹叫娘，养老送终。披麻戴孝，送到坟茔。谁要悔改，×他祖宗……'这还不算，来到这村以后，事事给人'抬轿'，处处低人一等。就这样，财主还给气受，处处不叫咱过，还扬言要砸死我。后来，一看实在不行了，我这才和你娘商量好，穷爷们儿给偷凑了个盘缠，这才逃出虎口，下了关东……"

"是呵，党说天下穷人是一家，真是一点不假呵！"文华有所感慨地说，"眼下要是穷人忘了穷人，可真是忘了本！"

刘支书接过来说："我们是穷人出身，永远是不能忘了穷人的。就说你老丈母娘吧，她也是穷人出身，你和小兰结婚后，我们穷队困难再多，照顾好她老人家自然不成问题……"

这时，侧在被卷上的文华爹，呼地坐直了，他流着眼泪说："不！富队的人支援穷队是应该的，我赞成我儿文华到你们队当个助手，小兰也不必过来……"

"爹同意我倒过门啦？"

"爹能说瞎话！"

刘支书望着老伙计高兴地笑了起来。

"不过，"文华爹瞅瞅文华，接着又对刘支书说，"我担心华儿这孩子不会办事，不会说话……"

"老伙计，那好说呀！"刘支书说，"你的孩子就是我的孩子，你就算把他交给我了，还不放心吗？"

"那还能不放心！"

说麻烦真麻烦，说简单也真简单，这桩大事就这样说定了。

七

结婚这天，干部、社员们都起得特别早，全村举行了欢送会。在会上，本队支书、刘庄支书和文华都讲了话。在每个人的讲话中，都表扬了文华爹送子支援穷队的精神。会场上的人群，不断地向文华和文华爹鼓掌。这时，文华爹眼望着会场，会场上人们的表情千差万别，可是他好像看到人们的心里有一个共同点：他们都在羡慕自己，都在称赞自己！

马车在锣鼓、鞭炮声中出庄了。文华爹被请去参加婚礼，他和刘支书并肩坐在前车盘上。他们一边走，一边说着、笑着。

太阳升起来了。文华爹眺望着前方，心里在说："眼前的一切是多么好呵！"

刘庄接近了。

隐隐约约传来了锣鼓声。

无数的人群出现在村头上。

1963 年 8 月

共家两代

小　段

城南有一庄，庄名刘家营。庄上有一户，户主共世红。

读者同志，我这一说，你可能笑了："普天之下，哪有姓'共'的？"同志，你先别急——世红不仅确实姓"共"，并且还是从上代传下来的。

那么，世红爹，又是怎么姓上"共"的呢？据传说，事情是这样：

按老一辈人的话说：世红爹是个苦命人——当他还穿沙土裤的时候，爹饿死了，娘觉得没法过，悬梁自尽了。世红爹被孤零零地舍在草屋里，日夜哭号。后来，不知是哪一位善心的邻居，把他抱出去，送给了一双膝前缺子的老夫妇。事情就有这么不幸——两年之后，赶上灾年，这户的老头子又饿死了，老婆子被无情的生活逼迫着，改嫁了。在动身之前，她只好把世红爹又送给别人当了义子。到了十一岁的时候，他不幸又成了孤儿。此后，人们就说他命毒，再也没人敢要他当义子了。打从这，世红爹就过上了流浪生活。他给地主放过羊；沿街上门讨过饭；挨过财主的皮鞭；坐过局子里的班房子……就这样，他从河南到山西，从山西又到河北，一直流浪了二三十年。当他来到刘家营时，全国解放了。他就在刘家营站住了脚。后来，土改运动中，世红爹当上积极分子。在分土地填写土地证的时候，人们这才想起一件大事，便问世红爹："哎哎，你又说姓王，又说姓张，到底是姓王呵还是姓张？"世红爹说："说真的，我不姓王，也不姓张！"人们又问："那么，你究竟姓什么？"世红爹说："我也不知道！"接着，他便把以上的经历说了一遍。人们听了都发愁——土地证怎么填呢？世红爹突然说："这不难——我就姓共产党的'共'吧！"人们都拍手叫好。从此，刘家营又增加了一家姓"共"的。从这以后，世红爹又娶了媳妇，两年后又生下了世红……

世红的遭遇，很像他的父亲——在世红还没脱下开裆裤的时候，他的父母又不幸先后去世了。可是，由于世道变了，世红的生活状况，却与他爹有了天壤之别。世红的爹娘去世后，村里党员们共同集资，要把世红这个孤儿养大成人。过了一年多，村里建起了农业合作社，世红的一切生活费用，便由社里包下来了。后来，世红到了上学年龄，社里又送他上初小、升高小、念中学。后来，他到了当兵年龄，就自动报名参加了解放军。复员后，又回到农村，参加了集体生产劳动。如今，他参加农业生产已经三四年了。由于世红在各方面都表现得特别好，在去年老支书退休以后，上级党组织和本队支部都同意把支部书记这个沉重的担子交给世红。

我要讲的故事，就从这里开头。

正　篇

这天晚上，明月当空，村庄如画，刘家营的阶级斗争展览室正式开放了。

这个展览室，是根据群众的要求建立起来的！因此，它的正式开放，比唱台大戏震动还大。你看吧，晚饭后，爷爷领着孙孙，媳妇搀着婆婆，姑嫂牵着手……成群结帮地向展览室奔来。

在这人群中，有一个二十六岁的小伙子，就像羊群里的一只骆驼，一切的一切，与众不同——他，穿着皮鞋，身上是一套毛料制服，裤腿上，露出了半寸长的粉红色套裤，领口上，露出了三角形的浅蓝色秋衣。大摇大摆地走着的这个人，你猜是谁？他就是刘家营的党支部书记共世红。

看来，人们很关心世红这个人——自从他一出现，男的，女的，老的，少的，就分别流露出亲热、敬仰、疼爱、羡慕的感情；并且，人们的视线，人们的话头，也都集中地转到他身上来了。这时，只听人群中一片嗡嗡的议论声：

"这不是小世红吗？他这是太阳从哪出？"

"那个谁知道！"

"他今儿个是要干啥，穿得这样阔气？"

"世红不是那种好穿戴的人！"

人们正议论着，也不知是先从谁那里发起，人群里突然爆发了一阵叽叽嘎嘎的笑声。世红问：

"你们笑啥？"

"笑你！"

"笑我？"

那位胖嫂子说：

"笑你还少一块手表——快买块去吧！"

世红还没来得及答话，大虎抢先接过去，学着世红的语调说：

"我早就为此作准备，眼时下，已经完成一半啦——手是有啦，只是还没有表！"

这一句，是世红平日常说的话。可是，今儿他却没有这样说。只见他把袖子一挽，把胳臂举得高高的，向众人说：

"大虎念的，那是老皇历啦——现在说话，你们看，不是连手带表都有了吗！"

人们望着世红的手表，又是一阵议论。那位胖嫂子，提高了嗓门说：

"世红，你说不上媳妇来急啦是不是？你穿戴打扮起来，是不是想找个对象？"

世红说：

"媳妇嘛，已经差不多啦！"

"差不多啦？"

"那可不！眼时下，三头已经两头愿意了，只还有一头不愿意——这还不算差不多了吗？"

"三头？两头？哪三头？哪两头？"

"我、女方、介绍人——这不是三头吗？如今，我这一头，介绍人那一头，都没什么意见了，还只有女方那一头死活不同意！"

世红这段话，逗得人群中哄笑起来。人们所以笑，不仅是因为他说话风趣，还因为他这种说法，跟事实正反着过儿。

按实情，喜欢世红的姑娘有的是。所以如此，据说并不是因为世红长得浓眉、大眼、宽膀、细腰，小伙儿漂亮，主要是因为他思想进步，工作积极，立场明确，品质好，并且，能拿笔，能拿锄，能拿枪，号称"三杆支书"。那么，他的条件这样好，为什么已经二十六岁了，还没找上对象呢？这都怪世红自己——他决心要到三十岁结婚，以便利用三十以前的时光，集中精力多做些事情，多学些本事。他还说"因为有一手还没练好"，究竟是哪一手，谁也不知道。因此，这时有人问道：

"世红，你说媳妇缺少的那一手，练好了没有？"

"练是还没练好；可是，现在我正在努力练着！"

"练着？练着啥呀？"

"你先别急——到了阶级斗争展览室，你就明白了！"

世红说话虽然很随便、很风趣，可是，他所说的话，在群众中向来是有分量的。这时，他这一句，好像给人们的脚上增加了马力，你看吧，跑的跑，颠的颠，人们呼啦呼啦地都向展览室奔去了。

展览室是一座大瓦房。这座瓦房，又宽敞，又高大，原来是大地主刘三贵的客厅。在旧社会，刘三贵在这里吊打过老长工，在这里接待过"县太爷"；在抗战期间，这村安上日伪据点以后，这里又成了"皇军"关押抗日人员和无辜百姓的牢房……因此，人们选择这座瓦房当作展览室，不仅是因为它宽大适用，同时这座瓦房本身也是一个很好的教材。

展览室里，布置得庄严、大方。墙壁上，贴满了连环画、示意图、统计表，挂着许多贫下中农的血泪史，地主的剥削罪恶史。桌面上、案板上，摆满了实物。这些实物，大大小小，形形色色。其中，有讨饭的筐子、打狗的棍子、卖儿的文书、借债的契约，也有毛毯、《济公传》、点心、饼干、暖水瓶……简直是无所不有。

人们正在观看着，议论着，站在一张桌子旁边的共世红，突然说话了：

"……我们的展览室，所以能够这样丰富多彩，这要'感谢'地主刘三贵！"

"感谢刘三贵？"

"是的！"世红指着桌上的点心、饼干说，"你们看，这些东西，是笑面虎（刘三贵的外号）给咱展览室的第一个'贡献'——也是我任支书以后，给我的第一种'礼物'。前几天晚上，笑面虎闯进我家，送去了点心、饼干，皮笑肉不笑地说：'嘿嘿，嘿嘿，支书，你整天为大伙操心，家里又没有做饭的人，我听说你常顾不上吃饭，这些东西不怕凉，来不及做饭就吃点……'我说：'别来这一套！'他说：'嘿嘿，嘿嘿，这也不是我花钱买的，是前庄三姑娘送来的——像我这没用的东西，吃不吃有啥关系；你是咱全村的领导人，只要把身子养得好好的，就是咱全村老少爷们儿的福，我也沾光……'"

世红说到这里，人们悄悄议论起来：

"这就像《夺印》上的陈瘸子一样……"

"对！"

"不对！"世红说，"我们是连年增产的一类队，情况和'小陈庄'不同，地主的手腕也不同——陈瘸子请何支书，满街喧嚷；笑面虎给我送礼，他嚷过吗？你们过去知道吗？"

"不知道！"

"是呵。"世红说，"看来，他给我送礼，并不是为了让群众知道我和他好，他借此抖威风……"

"管他那些哩！送来就吃，只要不给他办事就行！"

"不行——吃不得！"

"为啥吃不得？他还敢下五毒……"

"他不敢下毒，但吃了是要中毒的！"

"中啥毒？"

"中慢毒！"

"慢毒？"

"对啦——我要吃来吃去，"世红指着自己的嘴说，"它就馋了！馋了就要买，买就要花钱，钱要不够用了，又该怎么办呐？你们知道，我是支书，对队上的财物，是有支配权的！……因为这个，他最近还利用各种借口，给我送过鱼呀，肉呀，酒呀，好多好吃的东西，我都坚决拒绝了，只留下了点心、饼干这几样，来充实我们的展览室……"

"这个家伙，太阴险了！"

"真够毒辣！"

"这不算毒辣——毒辣的还在后头！"世红指着自己说，"你们看，我这一身，从上到下，从里到外，都是笑面虎煞费心机把我打扮起来的……"

世红说到这里，人群中响起一阵笑声。等笑声落下，世红问道：

"同志们！你们看，我这个扮相，像一个共产党的农村支书吗？"

"你像个少爷公子！"

"看！这就是笑面虎理想中的支书！"世红说，"笑面虎为了把我'改造'成一个这样的支书，他是费尽了苦心的！"世红摘下手上的手表，举在手中说，"我以它作个例子吧——他给我送这块表的时候说：'嘿嘿，嘿嘿，你看，在城里工作的二女婿，给我捎了块表来，我戴这个啥用？再说，我还没有改造好……你整天开会，送给你戴吧，这也算我对工作的一点点贡献……'接着，他又找了许多这样或那样的借口，把制服、毛毯、套裤、秋衣、皮鞋……给我送了来！"

"这个小子准有鬼！"

"怎见得？"

"要不是为了怕支书找他的毛病，他为啥给支书送这么多东西？他又不是傻瓜！"

"他怕找他的什么毛病哩？这些年来，他只说进步话，不说破坏话，还没有见他违犯过什么呀？"

"那么，他到底是为啥哩？"

"他为了调拨离间！"

"调拨离间？"

"是的！"

"我不明白！"

"我告诉你——这是一种不说话的离间计！"

"离间你和谁的关系？"

"第一，离间我和锄的关系；第二，离间我和你们的关系。"这时，世红见有人仍不能理解他的话，又解释说，"你们想想，我要穿上这一身，还愿意扛起大锄，在那风吹日晒之下，去和土坷垃打交道吗？还愿意到你们家去，随随便便地往那个炕上一坐吗？我要不下地干活了，我要不到你们家去串门了，你们会对我怎样呢？我又会对你们怎样呢？"

"着哇！"

"对呀！"

"世红的见识就是高！"

"对……"

"不对！"世红说，"这不是我的本事——上面说的所有这一切，我都及时地向公社党委汇报了。对这些问题的认识，都是党对我的教导。为了证明党领导的英明，我再举个例子——前几天，笑面虎送到队上三石大粪干，你们知道吧？"

"知道。"

"大粪干有啥鬼？"

"那是假的！"世红说，"我到公社党委一说，党委立刻帮助作了分析，又经过化验，这大粪干是用湾泥和草灰制成的！"

"噢！这小子是为了闹假积极来买好啦！"

"不！笑面虎是只老狐狸，他不那么天真！"

"那么他为啥哩？他又高低不要工分……"

"阴险就在高低不要工分上！"世红说，"你们想，他要是要了工分，现在查实是假的了，咱们能饶他吗？"

"自然是不饶他！"世红说，"不过，我们定不了他的罪。因为他会说：'我的意思是：粗肥细做，便于集中使肥……只是粗心大意，短了一句话——忘了把这个情况告诉干部们。'大家想想，这能给他什么处分？"

"他捣这乱有啥好处哩？咱真不明白！"

"咱不明白，党委明白！"世红说，"党委的分析是——我们把假大粪干当真大粪干用，势必造成过高估计肥力，因而在下种量上，在管理上，在总结生产的经验、教训上，会犯一系列的错误！……到那个时候，粪上到地了，烂成泥了，真假也就难辨了！"

"对呀——还是党委英明！"

"…………"

补 充

正篇算完了，不过，我还要补充三点：

一、次日一早，世红又恢复了原来的打扮——头罩毛巾，身穿便服，卷着裤腿，挽着袖子，架着小烟袋，扛着大锄，和社员们一起，说着，笑着，下地去了。

二、刘家营的阶级斗争展览室里，又增加了许多展品——毛料制服、套裤、秋衣、皮鞋、手表、大粪干。

三、地主笑面虎也到队上去坦白交代了他的罪恶活动。队上今后对他也采取了措施……

1964 年 4 月

第四辑

铁蛋哥

一

赶到家，天黑了。

在村口碰上铁蛋哥。他说："小三，不礼拜，不假期，往家跑啥？"

我说："我毕业啦！"

他一听，乐极了。攥住我的手，笑哈哈地说："太好啦！咱们队里，又添一员将！"

接着，他问我："小三，愿意种庄稼不？"

没容我开口，他又板起脸，摆摆手说："种庄稼，整天摸土坷垃，文化用不上，有啥出息——小三，老实说，有这想法不？"

他说罢，笑了；我也笑了。他一伸胳臂，把我搂在怀里，亲昵地说："我刚毕业时，也这么想过。为考不上学，我还偷哭过哩！可是，现在我才知道：种庄稼，大有学问，大有出息……"

二

铁蛋哥，二十一岁。高个子，宽肩膀，方脸盘，黑面皮，浓眉毛，大眼睛，一身疙瘩肉。坐下，像个蹲门石狮；站着，好比半截铁塔；走路咚咚响，仿佛跑了大叫驴。

论脾气，又好说，又好笑，抬腿就是个"把式架"，张口就是"梆子腔"。他有个突出的特点，就是好串门子。

我正吃晚饭，铁蛋哥又来了。爷爷指着我说："铁蛋呀，这个徒弟，交给你吧！"

铁蛋哥嘿嘿笑着，没应声，也没推辞。

我一撂饭碗，他就拉我去看电影，那股急劲儿，带得桌凳叮当响，门口掀起一股小风。

三

月明星皎，村庄如画。

铁蛋哥望望天，向我挥手道："快！八点半开演，时间到啦！"

话音没落，大喇叭响了："时间已到，老乡们，快入场吧！"

我感叹地说："铁蛋哥，你估计得真准！"

他说："老俗话说，庄稼佬，庄稼佬，肚里装着一块表！"

你看他，干农业还不到三年呢，在我面前，却摆起老资格来了！我不服气地说："看你，说你俊，你倒扭起来了！"

他说："你不服？这一手，也是一套学问！"

四

第二天，铁蛋哥浇地，我看畦口。

你看他，两腿一叉，右手握住水车柄，左手把着腰，膀子一晃，水车哗哗地响起来。井水顺着链条，蹿出一尺来高，活像喷泉一样。

好家伙，这头号大水车，他一只手摇起来，比老太太摇纺车还爽利。一会儿，水槽就满了。忙得我这儿堵，那儿挡，东跑西蹿，汗水滴滴答答。我一再央求他："好铁蛋哥啦，摇慢点吧！"

他望着我的窘相，嘿嘿地笑，还是那样用劲。我赌气说："咱换换吧！"

他答应了。我接过水车。双手吃力地摇起来。不一会儿，胳臂酸了，手掌红了，浑身像蒸笼一样，腾腾地冒热气。心，越跳越快；气，越喘越粗；水车，渐渐慢下来。

这时，铁蛋哥走过来，拍我肩膀一下，说："来，让手吧？"

他接过水车，还是那样摇着，说："不服不行。这一手，也是练出来的功夫！这里边，有力气，也有学问。一会儿，我告诉你巧劲儿在哪里……"

五

这几天，铁蛋哥耕地，我跟在犁后撒肥。

这天，他让我扶扶犁试试。我见他扶犁时，一手扶犁，一手举鞭，口里哼着"梆子腔"，怪轻松的。于是，我高兴地同意了。

我接过犁把，他一吆喝，牛走起来。开头，虽然耕得弯曲不直，深浅不平，觉着有些吃力，可还能勉强对付。后来，糟了！我越吆喝，牛越捣蛋，闹得铧出了土，牛离了垧，套架了牛腿，简直是一塌糊涂，我急得要哭出来。

铁蛋哥走过来，帮我整理好，他一吆喝，牛又走开了。他对我说："小三，你知道问题在哪里？全在这一吆喝上。你一吆喝，它就捣蛋；我一吆喝，它就当事办！"

真的，我扶犁，他吆喝，耕了一趟，牛一直是服服帖帖。休息时，铁蛋哥对我说："要耕好地，还得先做好牛的工作！"

六

这天，开社员大会，讨论种麦问题。

有人提议在窑洼地种麦子。这意见，得到不少人支持。他们说："那儿地势洼，黑红土，适合种麦。"

"那儿离村近，运肥省力。"

"那儿，今年种的谷子也不坏。"

"…………"

铁蛋哥一直静静地听着，后来才慢慢地站起来，说："我有点不同的看法，也不知对不对。今年种麦，还要想到明年。今年种了麦，明年就只能种夏播作物。可我听人说，百年来，那地种过四十一次夏播作物，就有三十八次没收成。"

这时，有人插嘴说："收一季麦子，也就够本啦！"

铁蛋哥说："不一定够本。百年来，那地种过五十次麦子，很少有好收成。今年最大希望，也超不过八十斤。今年若不种麦子，等明年种高粱，最少能收二百四十斤！百年来，那地种高粱三十七次，没有一次不收……"

他这一套，讲得人们目瞪口呆。最后，大家都咯咯笑起来。他的意见被接受了。

七

铁蛋哥，岁数不大，干农活时间不算长，懂的事却这么多，这是怎么回事呢？为解开这个谜，我处处注意他。

这天下雨，我到他家去玩。他不在家，嫂子正做针线活。我见桌子上放着几个本子，伸手就去翻。嫂子伸手压住说："这是他的命，你摸坏了，就给俺惹了祸！"

经我再三央求，并表示态度：保证弄不坏，她才答应让我看看。我掀开一页，见上面写着：

> 张大伯说：豆子喜欢生土。1930 年，角子地，亩产豆子 180 斤。
> 原因是：这地十年没种豆子……

又掀过一页，上写着：

> 王二叔说：大黄犍，吃哄不吃凶；龙门角，重感情，谁关心它，它就听谁说……

我一气读完了一本。内容真多，有天文，有气象，有土质，有各种庄稼的脾气儿……这些资料，从二百多人那里得来，有男的，有女的，有老的，有少的，也有些我不认识的。我正想再拿另一本，铁蛋哥一步闯进来。

看样子，他不烦我看，还说："小三，看完了，有啥意见，提提。"

我问他干什么去了。他说："趁下雨天，串几个门子。"

八

晚上，我坐在灯下，正写日记，东邻传来叫门声。铁蛋哥回来了。

我回家以来，他每天回来这么晚，也总是大声大气地叫门。往日，我这样想过：又不当干部，每晚上出去干什么呢？有时还烦他。可今天我用心地听着传来的动静。

吱扭！门开了。嫂子说："看你，又是喊，又是砸，就跟中了状元回来一样！"

铁蛋哥说："我深更半夜，访师拜友，正为的是中状元哩！"

嫂子说："看你那样儿！你还是老实地种庄稼……"

铁蛋哥说："对呀！我就是要中个'庄稼状元'！……怎么？'庄稼状元'不光荣啥光荣？国民经济以农业为基础，建设社会主义需要千千万万个'庄稼状元'哩！……"

"得啦，得啦！你这套说过八百遍，俺都背过啦！"

扑哧！扑哧！嫂子笑了，铁蛋哥也笑了。

门，又关上了。夜，回复了平静。

我的心怦怦地跳着，紧握笔管写下去："我要向铁蛋哥学习。学习他……"

1962 年 6 月

虎　子

早晨。

浑浊的四女寺河，汹涌澎湃，势如一只猛虎，吼叫着，奔腾着，向发白的东方，直冲而去。咽喉桥横躺河面，桥面上，人马纷纭。一只脱险的兔子，如脱弓之箭，正在向北飞奔。尾追的人群，呼喊着：

"截住！""截住！"……

兔子刚要出桥口，一个小伙子一个箭步蹿上桥头，大喝一声：

"休走！"

兔子吓得一停。他一弹腿，飞起右脚，嘿！兔子腾空而起，随后又落在浑浊的四女寺河里……

这个人，便是虎子。

村口上，正有一伙人，一瞥见虎子，便欢呼着，飞跑着，迎了上去。打头的姑娘，名叫燕子。她，两臂张开，跑得头发都竖直了：

"虎子哥！虎子哥！你回来啦？……"

"回来啦！回来啦……"

虎子接应着，扑向沸腾的人群。

…………

"虎子回来了！"这个消息像长了翅膀一样，立刻传遍了全村，大家兴奋地谈论着昨天发生的事情。

一

窗纸才发亮，虎子披衣坐起，摸了摸受伤的右臂，自语道：

"嘿！老天爷，真想起下雨来啦？"

他走出房门，朝天一望，天，蓝洁如洗，他傲然一笑，说道：

"你呀，下就下；不下，还是浇那个龟孙！"

他唱着梆子腔，披着朝霞，穿过果林，绕过鱼塘，跨过长桥，顺着河滩小道，来到工地上。他蹲在河边，捧起河水洗了两把脸，在水车旁一站，又开两腿，右手攥拳，撑在腰部，左手握住摇柄，膀子一晃，像老太太拧纺车一般，摇起了这"解放牌"大水车。河水活像喷泉一样，顺着链条蹿起一尺多高。

虎子正摇得起劲，突然耳朵被人抓住了。虎子不回头，也不吭声，就劲儿一撅屁股，想把那人背起来。可是，那人早有提防，猛一松手，他差一点儿没有跌倒。接着，两人嘎嘎地笑起来。

这人是老支书。他一拍虎子的肩头，说：

"虎子呵，又玩命啦？唉？"

虎子光嘿嘿地笑，不搭腔。支书又说：

"再不听话呀，让你回家抱娃子啦！"

"咦——人家才对上象，哪有娃子呀？"看畦口的人一质问，支书又说：

"哦！既然才对上象，那就……"支书正说着，燕子姑娘像从天空飞来，说道："你又想说什么呀？也不怕失'体'！"

又是一阵笑。笑声停住，支书说：

"燕子，你来得正好；咱谈个正事儿吧，刚才接到通知，县委召开紧急会议，要我去参加，大队长也去。家里的事儿，由长清为首领导，你俩要当好他的助手。一些具体工作，我都和长清谈了……"

"支书，你放心吧，就是天塌下个角子，我们也要顶住它！"虎子说着，一挥拳头，差一丁点儿碰上燕子的头。燕子一闭眼，一闪身，给了虎子一拳。

支书走了。虎子把衣裳一闪，露出了黄色汗襟，上面还绣着"水上漂"

三个大红字。他又疯魔地干起来。

"虎子哥，咱商量件事儿行不？"燕子说。

"啥事儿？"虎子满不介意地说，"没有不行的！"

"你猜哩？"

"说就得啦，干吗啰里啰嗦的！"

"你来看——"燕子在半空划了半个圈儿。

这时，满洼遍野，一片丰收景象——玉米"卖花线"，谷子正"挑旗"，高粱"扛了枪"，棉花"噘着嘴"……

燕子接着说："我们用汗水救下的庄稼，长得比往年都好。目下，夺取丰收，正'爬山头'，我们还不应当鼓鼓劲儿，再来它一场……"

"竞赛？"

"对啦！"

虎子一听到"竞赛"二字，就像从前在前方听到上火线一样，立刻长精神。过去，每次竞赛，虎子总是首倡者；今儿，竟被别人找上门来，他真觉得有点冒火，于是说道：

"拿条件来吧！"

"给你。"

燕子掏出挑战书，递给虎子。虎子接过来一看，哈哈地笑着说：

"行。就依你们的！"

"一言为定。"燕子说罢，把黑粗粗的辫子向后一甩，像只灵巧的小燕儿，飞跑而去。

燕子走后，看畦口的人走过来了，向虎子说：

"队长，这'买卖'可干不得呀！"

"为什么呐？"

"咱赛不过人家呗！"

"你怎见得？不都是一个脑袋！"

"人家是上游……"

"这回就叫他让位！"

"咦——我是说，人家的土地在河上游！"

"那有啥关系？"

"你瞧瞧——"

虎子顺着他的手指望去，只见一队的河滩上，黄尘滚滚，人群蠕动，便问道：

"他们在干啥？"

"挡坝呢！"看畦口的人又指着水车说，"它，跟着咱算有福喽，该歇歇啦！"

虎子凝视着还只有一尺多深的河水，忽然想起了公社党委说过的一段话："……在抗旱斗争中，我们要有全局思想，谁也不许拦河挡坝。"这时他心里的火气升起来，拔腿就想走。看畦口的人上前拉住他，问道：

"队长，你干什么去？"

"我去看看！"

"噢，看看可以，用不着买票！"

"这是啥话？"

"你看个啥劲儿？"

"我要管管！"

"嘿，你管不了！"

"凭什么说的？"

"有两条你就管不了！"

"哪两条？"

"一来，你是落地的凤凰难展翅；二来，人家一队的队长是燕子！"

叫他这一激，虎子的火气更大了。他一甩袖子，扬长而去……

二

太阳出来了。

挡坝的人们，七手八脚，正忙着。一河清水，被他们搅浑了。为打桩备下的木头，乱乱纷纷，横三竖四，放满河滩。

虎子一边跑着，一边挥手喊道：

"喂！停住！"

燕子见他来势汹汹，便已猜出个七八，她跟大家说：

"甭理他——干呀！"

人们又照常干起来。虎子来在近前，气冲冲地问：

"你们这想干什么？"

大家都不理睬他。

虎子一跺脚，一挥拳头，又喝道：

"你们，想造反不成？"

依然没人理睬他。虎子火了。他紧紧腰带，挽挽袖子，气呼呼地凑过去，大吼一声：

"闪开！"

打桩的人们，一见他这个愣劲儿，一个个不由自主地后退着。

虎子走到那根刚竖起的桩前，弓腰抱住，一挺身，哗啦一声，木桩被他拔出来了。他又一扭身子，吭噔一声，一搂来粗的大木桩，滚上河滩。

风波起来了。燕子从人群中钻出来，抨着腰，一步，一步，向虎子逼近着。她停在虎子面前，两人直目相视，她怒冲冲地质问虎子：

"你想过没有？这事儿，你管得着吗？"

"当然管得着喽！"

"我问你，你当着什么？"

"二队队长呗！"

"奇怪！"燕子讽刺地说，"你这二队的队长，怎么管到我们一队来啦？"

"着哇。""问得来劲！""真是自找没味儿！""这叫狗咬耗子——"人群中，有的人在议论着，嘲笑着。

"我就是个社员，也有权干涉，因为，你们侵犯了群众利益，违反了党的指示……"

"我们挡坝，是想把水位抬高一点，改用龙骨水车，增加出水量；我们并不想把水全挡住，不让别人用，这侵犯了群众的什么利益？违反了党的什么指示？唉？你说？你倒是说呀？"燕子像机关枪一样突突一阵，闹得虎子一时答不上话来。她又接着说，"过去，你整天价说嘴，这个本位主义啦，那个不顾整体啦；今儿个，你自己现原形了吧？怎么样？唉？唉？……"

虎子见燕子逼得很紧，但他又不愿为这"黑锅"辩解，只是说：

"你说什么都好，坝，是不能修的！"

"怎么说？"

"不能修！"

"好大的嘴！"燕子向众人一挥手，"修！"

人群中，有的动了手，有的劝解，有的偷笑，也还有些人怔着不动。这时，虎子把拳头向空中一挥：

"住手！"

"动手！"

"住手！"

虎子和燕子正僵持着，周老大背着粪筐转过来。

"住口！"

周老大只这一句，他俩都老实了。燕子像个受了委屈的孩子，鼓着腮帮，低着头，两手卷衣角。虎子规规矩矩站得笔直，像一位等待命令的战士站在首长面前，全神贯注，一言不发，听候发落。

周老大虽不是虎子的亲爹，但比虎子的亲爹还亲。虎子是个烈士的遗孤，他从五岁上，就跟着周老大；复员回来，仍和周老大住在一块儿。同时，周老大又是燕子的亲娘舅。这两个青年人，在长辈面前，怎能不收敛一点儿呢？

周老大爱虎子，也同样爱燕子。他对虎子和燕子这对娃娃，有一种谁也没跟说过的想法。他一见虎子和燕子闹翻了，没问青红皂白，就逼着虎子走开。但虎子仍然站在那里不动。

周老大急了，说道："你不听话？唉？我要……"说着向虎子逼来，花白胡子颤抖着。

"大伯呀，你就是把我打成肉饼子，这坝我也不能让他们修！因为……"虎子挺起脖子说着。

周老大人老心红。他听虎子一说，发觉原来虎子不是为了鸡毛蒜皮的小事欺负燕子，他懊悔自己冤枉了虎子，又回头去责备燕子。燕子一头扎在他的怀里，落下泪来。修坝的社员们，这时便一齐凑上来解劝——讲情的，评理的，就像这儿发生了多么大的事情。

正在这时，忽然有几个社员抬着一个人走过来，人们一问，原来是长清

中暑了。长清是支部的组织委员、第三队队长。支书、大队长不在家，他是
全大队的总领导人。虎子和燕子一见长清病了，立刻觉得肩上像放上了千斤
重担，社员们也都很着急，都一齐拥上去了……

三

早饭时节，老天爷突然变了脸。黑云头乘着风势，扑头盖顶地压过来。
一声炸雷，铜钱大的雨点，稀稀拉拉地落下来了。

久旱降喜雨，人心大快，许多人对天欢呼。队干部们决定趁雨天提前休
假，让社员们痛痛快快地玩上一天，养养锐气，好迎接透雨之后的新任务。

燕子吃过早饭，一推饭碗，披上雨衣，一阵风似的跑出去。她一边走，
一边得意地哼着歌子：

"洪湖水呀，浪呀么浪打浪呀……"

她三走两走，猛一抬头，呀！这不又来到虎子的院子了吗？这时，她觉
得心里一跳，脸上热辣辣的。多少年来，她出进这个门槛，已经走熟了。尤
其是近一二年来，她的两条腿也仿佛不服管了。每次来时，她一进院就喊虎
子，可是今儿，她觉得心里乱，腿发软，失去了开口的勇气。

燕子进退两难，正站在院中发怔，忽听周老大说："燕子，还怔着干什
么呀？快来替舅忙活忙活吧！"

燕子无奈，只好佯装无事，应声而进。

周老大家里因为没有女人，饭常常吃不及时。今天，燕子都吃过饭了，
他和虎子才正在烧火做饭。这时，周老大忙锅，虎子蹲在灶门前忙烧火。虎
子见燕子走进来，很不自然地说：

"坐，坐吧！"

虎子本想去搬那个木墩，可是却把手中的一根三角八棱的劈柴递过去，
闹得燕子哭笑不得。她没去接劈柴，一闪身，脱了雨衣，挽挽衣袖，洗了洗
手，走到周老大的身边，说道：

"舅呀，你去吧，让我来！"

周老大洗去手上的面子，擦擦手，走开了。

燕子忙锅，虎子烧火，他偷着瞅瞅她，她偷着瞅瞅他，可是谁也不

说话。

周老大坐在圈椅上，吧嗒着旱烟袋，一会儿瞟瞟燕子，一会儿又望望虎子，觉得心里甜滋滋的。他心中想，晌午还为他们操心呢，这会儿俩人又凑到一块去啦。他磕了磕烟灰，试探着说："燕子你看，你老舅，就缺个做饭的人啊！"

燕子说："我跟你当个饭头行吗？"

周老大笑着说："你给你娘捎个讯，就说我等不得了！"

燕子一听，脸红了，说道："你们快吃饭吧，俺走啦！"她说着披上雨衣，像只轻巧的小燕儿似的飞跑了。

周老大家没有女人，一到下雨天就成了"闲人馆"。今儿早饭后，虎子盘腿坐在炕头上，正缝补"驴围脖"，串门客又陆陆续续地满座了。一人问道：

"虎子，你真是'闲不住'，缝这玩意儿干什么呀？"

"干什么？下了透雨，旱象解除啦，水车、辘轳头就要退伍复员了！"虎子一举驴围脖说，"它，还不该上阵接防吗？你说对不？孙大伯！"

一位矮老头点点头说：

"对呀，对呀，耥地、送肥……都离不了驴围脖哩。"

虎子紧接着说：

"孙大伯，你说，下了透雨之后，各项农活应当怎么个安排法呀？"

"哈哈，虎子呵，你可忒绝呀，我多半辈子的经验，你干上队长还没有两年哩，就差不多给我挖光啦，还嫌不够哇，又来打我的算盘？"孙大伯磕了烟灰，把烟管吱吱地吹了两下，又指着虎子说，"小伙子呀，咱先说明白，我怕你老虎跟着猫学艺，最后要吃你孙大伯呐！"孙大伯笑哈哈地说着，一面装着烟，一面慢条斯理地讲起来……

半头晌。雨住了，风停了，太阳从绽开的云缝里钻出来了。社员们一个个走出家门，仨一伙、俩一帮，蹲在村头上、巷口上、大门前，眺望着一片清新的田野，有的在议论雨情，有的在预估着收成。笑声此起彼落。这笑声和青蛙的叫声融合在一起，恰如一支悦耳的音乐。

虎子从"赛龙王"家走出来，迈着急促的步子回到家，展开那张全村地势图，聚精会神地看起来。滑稽鬼又悄悄走进来了。他一见这情景，便开玩笑地说：

"队长，又看燕子和你合作的这张画哟！"

这时虎子没心逗闲谈，有些不耐烦地说：

"去，去！少来搅闹，我忙着呢！"

"看这玩意儿也算忙着？有意思！真是官大花样多呀！"虎子一看硬的不行，又来了软的，作揖拱手地央求说："好二哥啦！我真有工作，你……"

"你二哥不是不看事的人，你只要说明白，不用撵我就走！"

"我在做排水的准备呐！"

"排水？笑话，笑话！"

"真的，这雨，还要下呀！"

"谁说的？"

"赛龙王。"

"你又听他胡扯？我记得有好几回啦，他说的都落了空！"

"但愿如此。不过，我们要预防万一呀，有备无患嘛。"虎子见他不以为然，又带着质问的口吻说，"要是万中有个一，怎么办？我们到哪儿去跟老天爷打官司呐？唉？……"

他们正在说着，太阳不知在什么时候又偷偷溜走了。顿时，窗外风声大作，还伴随着阵阵的雷声。一会儿，就像天河脱了底，千万条雨线直戳下来，天地之间一片白茫茫……

四

偏午。

雨小了，但还在洒着蒙蒙的雨星。虎子踏着泥水，跑到村头一看，村外坑塘、道路都不见了，满洼遍野一片汪洋。庄稼，高的水齐了腰，矮的刚露着头，蔓生作物已没了影子。蛤蟆的叫声，起起落落连成一片，仿佛千万个落水的孩子正在哭号！

虎子瞅着这种惨景，脑壳就要炸开了！

他自言自语地说："秋后，拿什么交给政府？又拿什么分给社员？"这时，他的眼角上，渐渐渗出一颗小小的泪珠儿，久久地闪动着……时间一分一秒地过去，不知他想了些什么，他的眼睛却又忽然瞪大了，明亮了，他那两只肥大的手，慢慢地握起来，攥紧了。最后他向水茫茫的田野投去了蔑视的一瞥，一声没吭，扭头走去。

雨，依然下着。虎子从长清家走出来，又走进燕子的家里。燕子正趴在炕上呜呜地哭。虎子见她两腿沾满泥浆，就知她也是才从地里回来。虎子想：在这个节骨眼上，讲一火车道理也是不中用的。于是，他也趴在炕上，像打暴雷一般，"哭"起来。

这一来，更把燕子气坏了。她爬起来，抡起双手，像擂鼓一般地在虎子脊梁上擂着。虎子站起来，嘿嘿地笑着，问燕子道："怎么？号够了？"燕子没吭声。虎子又说："要没哭够，再哭吧，我还可以陪你一场呀！"

"不哭怎么办呐？"

"哭总不是个办法吧？"虎子说，"要是哭能行的话，咱们去动员大家来哭吧！"

虎子这一说，燕子扑哧笑了。她问："虎子哥，你说说，咱该怎么办呢？"

"排水！"

"谁来挂帅领导？"

"支书不在，长清病了，山中无老虎，猴子便称王！"

"你来领导？"

"你同意不？"

"同意。"

"你同意，我赞成，三票就占两票，通过啦！"

虎子说罢，就想往外闯。燕子拉住他，问道：

"你去干什么？"

"集合群众开会！"

"雨还下着呐？"

"等雨不下了再动手？那庄稼就完蛋啦！"虎子一拳打在桌子上，"说干就干！"

虎子蹿出屋子，一溜风烟来在前街槐树下，伸出右手，抓起那个八斤半重的大油锤，一抡胳臂，敲起全体社员紧急集合的号令：

"当当当——当——当当当！……"

风刮着，雨下着，电在闪，雷在鸣。社员们披着蓑衣，蒙着油布，撑着雨伞，站在泥水里，唉声叹气。只有那些不懂事儿的光腚孩子们，不顾大人的责骂，戴着柳条儿编的帽圈儿，在水汪里跑呀，跳呀，唱呀，闹呀，玩得很美。

虎子没戴草帽，没披雨衣，也没撑伞。他，两手扠腰，直挺挺地站在槐树下，脸，红得像个关公，挥舞着拳头一吼："乡亲们，挺起腰来，我们有党，有人民公社，没有攻不破的八卦阵！也没有过不去的火焰山！……我们现在所怕的，不是水涝成灾，而是人无斗志！乡亲们，同志们，擦干眼泪，扛上镐锨，走哇——排水去呵！……"

这时，人群乱了。有人应声，有人叹息，也有人交头接耳地议论着。这个说："咱这儿是个盆子底啦！哪儿排呀？"那个说："除非挑开大堤，我看别无办法！"这些话，被虎子听见了，他斩钉截铁地说：

"什么！没有上级指示，该死也不能捅大堤一指头！"

"对呀！""他还粗中有细哩！""要挑开了大堤，洪水一来呀，不光我们完蛋，县城也得喝汤！那一年上……"人们七嘴八舌，议论纷纷。有一位被人称为"厚实户"的大老胖，就劲儿插上嘴自作高明地说："叫我看呐，甭着急，擎着就行，就是庄稼都淹死，也保险饿不着咱！"他说到这儿，眼角儿瞟了瞟周围的人们，见有人在撇嘴瞪眼的，他又赶快补充说："地里完了，还有国家包着呐——怕什么呀！"

虎子一听，气得两眼瞪圆了，好像要喷出火来。这时他的脸上，绷得紧紧的，一根根的青筋都鼓起来，迈着坚定而缓慢的步子，一步，一步向那人走去。

"厚实户"见虎子逼近了，他仿佛被谁推了一把，摇摇晃晃地向后倒退着。看那架势，就像怕虎子一口吞了他。他退着，退着，脚一滑，扑通！坐在泥窝里，砸得泥水四处飞溅，弄了周围人们一身泥点点。

人们见了他这洋相，都哭笑不得。虎子又回到原来的地点，更提高了嗓门儿说：

"我们，一定要挑断'土龙头'，水泄'马蹄洼'！"

他说着，猛一抡拳头，巧了——正碰在一根树枝上，只听咔叽一声，树枝飘飘摇摇落下来。树叶上的水点哗哗地洒落在虎子的头上、脸上、身上。虎子脚不动，眼不眨，又吼道：

"是汉子，站出来，跟我走！"

这当儿，所有的人心，为之一震。风在刮！雨在下！电在闪！雷在鸣！人们仿佛都不知道了。大家只觉得：心头有一团火在燃烧；身上的力量在扩张，自己已成了一个顶天立地的巨人，世界上的事，没有不敢做的，也没有做不到的！只听人群中，响起炸雷般的吼声：

"跟你走！一定跟你走！"

这满含激情的回答，使虎子变得更加坚强了，更加勇猛了。

"说干就干，走呵，拿家什去吧！"

虎子一喊，人群轰散了，大街小巷，响起了一片急促的脚步声……

挑沟顺水的工程动工了。

工地上，一片人海。大镐、铁锨，上下翻飞，铿铿锵锵。

虎子浑身上下，脱得只剩了一条小裤衩。他那紫红紫红的脊梁，被雨一淋，明光闪亮，仿佛一敲就能当当地响。别人掘土，都是先蹬一脚，然后把土端出来。他呢，干脆省去了脚蹬这道工序，两腿一叉，来了个"骑马蹲裆式"，手臂用足力气，把铁锨猛力一插，扎进土去，然后，左手一压，右手一端，双臂一抢，嗖！一块狗头大的泥土，飞出了丈把远。

挑断"土龙头"，任务艰巨，晚了不行——这个道理，谁都明白。所以，尽管天还下着雨，男男女女，老老少少，都自动投入了战斗。人多力量大，工程进展很快。虎子计算了一下，自言自语地说：

"行，天黑前就能完成了！"

生活道路上的困难，往往比人们预料的要多，沟越挖越深，往上扔土越来越困难了。后来，简直是扔不上去了。"怎么办呀？"许多人围在虎子身边，急着要办法。

虎子这人，有时急似瀑布，有时静如池水。这时，他不慌不忙地向大家说：

"咱们讨论个办法吧，也当休息休息，好不好？"

接着，三个人一伙，五个人一堆，叽叽喳喳，议论起来。这沸腾的工地，顿时又变成嘈杂的会场了。

经过讨论，人们很快提出了七八条建议。虎子根据这些建议，又经过分析，选择，归纳，决定在两边的沟壁上，修若干条坡道，用土筐往上运土……

坡道修成了。坡陡，路又滑，运土可真难呀，上时，弓着腰，垂着头，迈着小碎步儿，一点一点地往上爬；下时，挺着胸，扭着胳臂，一步一步地往下闯。一不小心，随时都有跌倒的危险！虎子一见这种情况，急得眼睛喷火，耳朵冒烟。正在这时，只听哎哟一声，燕子滑倒了。只见她在前，土筐在后，一齐滚将下来。燕子滚到沟底了，还没来得及爬起来，土筐向她砸下来。正在这危险关头，虎子纵身一跃，猛一弹腿，把土筐踢远了。

燕子爬起来，成了个泥猴儿。她正想说两句感激的话，可虎子已经走远了。

虎子就像跟老天爷赌气一样，紧了紧腰带，来了个省劲的——他端起满满的一锨土，左膀一斜，右膀往后一晃，双脚一蹬地，身子悬起有半尺高；锨上的土块，像一只钻天的燕子，脱锨而出，嗖地飞上沟崖。

正在这时，突然伸来一只温暖的手，搭在虎子的肩膀上。他猛一回头，老支书就像从天上掉下来似的，已经笑哈哈地站在他的身旁，说道："虎子！又玩命啦？唉？"

虎子用力抓住支书那粗糙的手，沉静了好大一晌，才颤动着身子说："支书！你，你回来啦？"

"回来啦！"支书又向社员一挥手，"县委书记、公社书记还要来看咱们哩！"

这时，社员们的干劲更大了，似乎脚下的土地都动弹起来，可是，虎子却像一个受了委屈的孩子见了久别的母亲，眼圈儿湿润了，轻轻地说了声："支书呵，了不得啦！"

支书坚定地说："虎子呀，人定胜天，抬起头来吧。"

"支书，你看，我们干得对吗？"

"对！"支书一拳打在虎子的胸脯上，笑哈哈地说，"你们干得太好啦，我们在公社也是这么计划的！"

支书见虎子两眼红通通的，摸了摸他的手，觉得发烧，又摸他的头，额头滚烫滚烫，于是说道："虎子，你发高烧了，把帅印交给我吧，你回去歇歇！"

"任务还没完成，我咋能逃阵？"

"蓄养精力，准备接受更艰巨的任务！"支书严肃地说。

"是！"

虎子看了看天空的跑马云，转身向村中走去了。

支书又把燕子招到近前，耳语一番，最后说："你快回队部，守住电话！"

燕子点点头说："是！"她仿着虎子的神气，一甩辫子，像一只小燕似的追上去。

支书望着虎子那魁伟的背影，笑了。

五

燕子像个保镖似的，紧跟在虎子背后，一同走进办公室。

办公室里，又湿又潮，有些地方在滴滴答答地漏水。细心的燕子怕把东西漏湿，拾掇拾掇这儿，又拾掇拾掇那儿，忙个不停。虎子倒在床上，一曲肘子枕在头下，不大一会儿，竟打起了香甜的鼾声。

燕子见虎子睡去，可以休息一会儿，心里十分高兴。她见虎子枕着胳臂睡觉，便转身拿来一个枕头，犹豫了一下，轻轻地把虎子的头搬起来。还没来得及把枕头填上，虎子一下子醒了。燕子觉得脸上一阵火烧，猛地松了手，吭噔一声，虎子的头磕到床板上。

"你这是干啥呀？"

虎子一问，燕子的脸更加红了。这时桌上的电话铃突然响了，她一把抓起听筒：

"喂！哪里？呵——对，是庞庄。我是燕子。呵，呵，对，对，一定，一定……好吧！"

燕子放下听筒，问虎子道："你说怎么办？"

虎子笑笑说："你得告诉我是什么事儿呀！"

"县里打来电话，要我们注意保护咽喉桥……"

"好，你守住电话，我去看看！"

虎子说着拔腿就走，一出门，转眼就没了影子，仿佛被暴风雨卷走似的。

虎子一溜飞跑来到河边。河水陡涨了。河滩不见了。这条上午还是清澈见底的小溪，现在已变成黄浪滔滔的大河了。他顺着河堤向大桥奔走，远远就听到传来当啷当啷的撞击声，走近一看，原来是燕子他们挡坝用的木头，已被洪水冲下来。这时，正横三斜四地靠在桥柱上，被河水一涌猛烈地撞击着桥柱，震得整个大桥也在微微颤抖着。虎子眉头一皱，把衣裳一闪，就向下跳去。燕子一步赶到了，上前抓住虎子，急问：

"你想干啥？"

虎子往桥下一指，燕子一瞅，吓了一身冷汗。但她还是坚持说：

"下不得呀！万万下不得！"

"不下去，哪能行！"虎子指着撞击桥柱的木头说。

"不能蛮干！"

"你放心好了！"

接着嘭的一声，虎子跳下河去。

虎子在水中挣扎着，把一根根木头摆正。站在桥上的燕子，不住地替虎子用力，她挥手，叫喊，帮着出主意，每顺过一根木头，她的心就像开了花，不自觉地跟着喊起来。

虎子与河浪搏斗了好久，终于把木头一棵一棵摆正，顺过了桥去。不好了！当他把最后一根木头摆正时，觉得精疲力竭，四肢酸软，再也顶不住大浪的冲击，再也没有游上岸去的信心了。正在这个节骨眼，风浪就像故意与他为难一样，一个特大的浪头凶猛地向他打过来。机智的虎子，这时便紧紧抱住木头，任凭风推浪打，随水而下了……

桥上的燕子，早被这情景吓傻。她跑下桥，顺着这泥泞的河堤，狂叫着，向下追赶。只见虎子抱住木头，忽而被河浪举起，忽而又唰地跌落下去，忽而在漩涡中打转转，忽而又像脱弓之箭，破浪而去……

木头，远了，小了。它变成一个时隐时现的小黑点了。这时，燕子像棵被大风吹去了枝叶的枯竹，呆呆地站在河堤上，哇哇地号叫着……电在闪，雷在鸣，风大了，雨急了，天，渐渐地黑下来了……

"虎子回来了！"多少人寻找了一夜晚的虎子，今天回来了，人们怎能不高兴呢！

1962 年 8 月

春　儿

一

六月。天气闷热。狗伸着长舌，满街乱窜；蚂蚁成群结帮，在洞口爬进爬出。村边树荫下，满是歇晌的人。

这时，春儿正在赶路。这姑娘长得秀气、娇嫩，她扛着行李，提着包袱，热得头发打成缕，衬衫贴在身上。一位中年汉子，长得五大三粗，甩着两只空手，走在姑娘身后。

树荫下有一乘凉的妇女，边给睡着的娃子打扇，边不满意地说："这人，怎不帮帮姑娘？真不懂事儿！"

二

"哎呀，热得喘不上气来啦！"

"哎呀，肩膀压肿啦！"

"哎呀，脚上起泡啦！"

姑娘这些话，像自言自语，又像是对那男人说的。看样子，她正盼这句话："来，让我拿会儿！"

可是，春儿失望了。她一次又一次地失望了。后来，她像赌气，又不像，把行李一放，坐下了——看来，她实在累了！

那男人指着西北天角，说道："你看！黑云如山，天要下雨了……"他说罢，继续向前走。姑娘皱着眉头，望望天，把粗黑的辫子往后一甩，吃力地背起行李，又跟上去了。

那男人是春儿的父亲；也是她的新领导人——到明天，春儿就不是学生了，而是社员了。她父亲，是大队的党支部书记。

三

春儿回到家，累得够呛，直挺挺地侧到炕上。娘一见，心疼坏了，她爬上炕去，一边扯起衣襟给闺女擦汗，一边嘟囔丈夫："你呀你呀，就不替替孩子！心就这么狠？你老了，看有用着孩子的时候不！"

春儿爹说："你真是老糊涂啦！"

"我糊涂啥？"

"她是回家干啥的？"

"不是当社员吗？"

"着哇！当社员的起码条件，得能吃苦耐劳。这你不懂？"

"你扯到哪儿去啦！我是说……"

"你是说我该替她扛行李！对不？可是，我光能替她扛行李，又不能替她当社员，这是爱她呢，还是害她？"

四

这天，春儿向爹说："爹！你教我耪地吧？"

爹摆手不教。春儿问为啥不教，爹说："你要知道，求父亲跟求别人不一样；你要想把农活学得快，学得好，学得全，最好去先求求别人！"

"求谁呢？"

"刘六爷。"

"为什么偏去求他？"

"一来，他的活好；二来，他难求……"

聪明的春儿微笑着点点头，跑去找刘六爷了。

五

夏末。满洼庄稼生长茂盛，一片丰收景象。可春儿爹却挂着愁容。春儿问爹愁什么，爹说怕天变脸。春儿又问，天变脸怕什么？

爹说："天变脸就是灾！"

春儿说："爹，别这样悲观，还会那么倒霉？！"

"万一那么倒霉，谁包着？"爹说，"不论什么事，要往最坏处想，往最好处干，这才有备无患。懂不懂？"

六

天有不测风云。这天，突然下了一场冰雹。田地平了，树木光秃了，大地脱去绿袍，披上了银衫。人们目瞪口呆，唉声叹气。春儿说："完了，一切都完蛋了！"

春儿爹却安慰她说："我们还是太幸运了！"

"幸运？"春儿不解其意。

"这冰雹若再晚来半月，我们连重种都不行了。对不？唉？"

土地不负勤劳人。结果，重种上的晚秋作物，长得还蛮不错哩！社员们都喜笑颜开，春儿乐得跳起来说："我们终于战胜老天爷啦！"

春儿爹说："种地就是这样——长在地里是青苗，收到场里是庄稼，打到囤里才是粮食呢！麻痹是要吃亏的呀！"

七

春儿在爹的教育下，不到三年，成了种地的能手。同时，吃苦耐劳，泼辣能干，也在全队出了名。还有，她认识问题，处理问题，也有一套令人佩服的见识和办法。

她当选为生产队的副队长了。

有一次，春儿正耕地，过路人都说："这姑娘不简单，耕得多好哇！"

第三天，她爹去检查了。检查完了，叹口气说："完啦！""爹！我耕得不好？"

"耕好耕坏是小事；主要是人的问题！"

春儿解不透这话，忽闪着大眼答不上话来。爹指着地说："你自己看看，三天耕的，一模一样，这说明没进步！你要记着：人，一停止了进步，就算完啦！"

春儿听了，面红耳赤，无地容身。

八

这天，春儿爹自己在补衣裳。春儿说："爹，你不会，我来补！"

爹说："别价。正因为不会才要学。我不像你那样，不懂账，就不敢代理会计。春儿呵，你记着：党需要做什么，他就会做什么，这样的人才够党员条件哩！"

半月后，春儿学会了记账。

九

这一年，队上买了锅驼机，但没机手。春儿爹对春儿说："你有文化，这机器交给你吧！"

春儿好干净，不愿摸机器，向爹建议说："柱子在部队上开过汽车……"

"不行。"

"为什么？"

"他不够条件！"

"他怎么不够条件呢？"

"他不嫌脏！"

春儿笑笑，脸又红了。

一个月后，春儿又成了熟练的锅驼机手。这时，队上已经有了好几种机器，她样样都能开，并且教了不少徒弟。

十

春儿结婚了。

到了婆家，队长问她："春儿，你愿意干什么工作呀？"

春儿说："需要我干什么，我就愿意干什么！"

"咱正少个喂牲口的！"

"那我就愿意喂牲口。"

春儿成了饲养员。她的虚心、细心、耐心、决心，是别的饲养员赶不上的。有人对她说："机器、账目那么复杂，你都摆弄得了；喂牛，比那些简单得多，你何必下这么大功夫？"

春儿认真地说："不，机器，坏个零件，另换个新的，还能用；账目，计算错了，可以重新再算。可是，牛要坏个'零件'，就废了；把牛喂死了，再重喂还行吗？叫我看呐，喂牛需要更细心！"

春儿的饲养技术已经很高了，但她还是到处拜师访友。有人问她："春儿，听说你半个月学会了会计，一个月学会了开机器；这喂牛，你想用多少日子把它学会呀？"

春儿说："当会计，开机器，会不会都有个标准，可这喂牛是一门没底的学问，要学会，学好，也许得十年、二十年，甚至得学一辈子哩！"

伙伴们都笑了。

十一

一位记者来访春儿。问她说："你从当上饲养员后，在思想上、感情上，有些什么变化？"

春儿说："我当会计时，我认为会计顶重要；我开机器时，我认为机手顶重要；自从当上饲养员以后，我才明白：原来最重要、最光荣的事业，莫过于喂牲口了！"

十二

在一次党员生活会上，大家肯定了春儿许多优点。但她自我批评说："我的缺点，怕不止一百条。头一条，我身为饲养员，还不会给牲口配种……"

"这也算缺点？"有人不同意。

春儿说："当然算。党需要我干的，我就应当会；我负责经管牲口，不应当会配种吗？"

"那是配种员的事！"

"不，好的饲养员，也应当是个牲畜配种员；因为那会更好、更快地发展牲畜。"

十三

最近，人们这样想：春儿这个饲养员大概当不长了，因为她给牲畜配种的技术，已经超过了专职配种员，上级会不会调走她？

另一方面，近来春儿的想法是："父亲又该批评我了；因为我今天的工作并不比昨天强啊！明天的工作，怎样让它比今天强一些呢？"

1962 年 11 月

267

老邮差

我被调来邮电局当投递员，领导让我跟班学艺。这天一早，我就跟老邮差一同骑着自行车出发了。

这是腊月天气，狂风呼啸，鹅毛雪飘，天地间一片银白。出了城，风更大了，冻得我手脚麻木，脸和耳朵刀割针刺般疼痛。车子在雪地上越走越不好走，速度减慢。我们索性把车子存在供销社的一个分销店里。我背起邮件包，跟在他的身后，迎着风前进。

老邮差的步伐很快。他挺着胸，昂着头，甩着手臂，跨着大步，咚呀咚地一股劲，迎着风雪走下去。论岁数，我比他年轻一半；论个子，我比他高过半头，当然腿也该比他长，可是，我却越来越跟不上他了。最初，我大步加小步地紧赶，还算让他落不下！后来，非得走一阵跑几步不行了！但使我奇怪的是，老邮差已经是留起胡子来的人了，又是这么个风雪天，他走得这么快，却气喘得不粗，嘴里还哼着小曲，看来一点也不觉累。我不由得称赞他说：

"同，同志，你真有，有本事呀！"

我已经上气不接下气了。他扭过头望我一眼，见我那热气腾腾的样子，又笑着说：

"哈哈，怎么样？这回不冷了吧？——拿过来，"他一边接邮件包，一边说，"换个班儿吧！"

我卸下载，轻松了，也不冷了，话也多了，问老邮差：

"同志，你当投递员几年啦？"

"唔！从解放前打鬼子那时候就干上啦，你算算该是几年啦？"

我们一边说一边走，小于庄已经出现在我们眼前了。

进村时，雪停了，社员们正在大风中积肥。圈崖上，湾边上，街头，巷口，到处都是忙碌的人群。推车的，担担的，来来往往；大镐铁锨，起起落落，铿铿锵锵。人们一边干一边说笑着，看来谁也没有把风雪放在心上。

我们在街上一走，人们都围上来，热情地向老邮差打招呼：

"老邮差！今儿来的有啥报呀？"

"《人民日报》《河北日报》……还有《河北文学》……"老邮差像个城市里的报童似的，手中举着报刊，放开大嗓门嚷着，"看报喽！看报喽！《河北日报》上有积肥的经验，经验中提出四条措施，头一条是'落实积肥政策'，调动社员们积肥的积极性……"

"老邮差，有我的信没有？"

"有哇，准是你那参军的二小子给你报喜来啦……我咋知道？《解放军报》登了一条部队生产、练武的消息，上边还有他的名字。"老邮差把信递过去说，"'老来红'！还得加把劲啦，要不就让儿子把老子落下喽！哈哈……"

"老邮差，等一等，给我捎封信。"

"报喜信？差不了！报啥喜？刚被选成模范，还不是写信向丈夫报喜吗？哈哈！"老邮差说着，随手接过一位妇女手中的信。

"老邮差，我那报订上没有？……订上啦？那可好！"

老邮差和人们说笑着，旁边有些人在悄悄议论：

"你看人家老邮差，不光是投递员，还是个宣传员哩……"

"人家处处为别人着想，那天，我正想儿想得睡不着觉，人家半夜把信给送来了！我问他为啥这时来，他说：'我算计着你儿五个月没来信了，你准想儿子哩！'……"

"就是嘛！要不，人家这风雪天还来干吗？"

"唉！这么大年纪了，可真不容易哩！"

这时，老邮差把信件、报刊一份一份地交下了，只还有一封信的主人没在这里。他正想上门去送，一个小伙子一把夺过去说："拿来吧，这个任务算我的！"

"不行，不行！"老邮差跟他争夺着。

"信不着我？我替你办的事，哪次出了错儿？"小伙子争辩说。

"错儿倒是没有。我是想：你正忙着，我怕你送得晚！"老邮差拍一下小伙子的肩膀说，"这封，他娘正盼信呐，问我三回啦……"

"我这就去，行不行？"小伙子说罢，撒腿跑去了。

老邮差望着小伙子的背影，笑眯眯地向人们说："这是个好小伙子，工作积极，又能劳动，对人又好……你们可该张罗着给人家说个媳妇啦！"

"人家自个儿已经对上象啦！"

"哪儿的？"

"哈！远啦——天津卫里的！"

"棉织厂的？"

"你咋知道？"

"前天他往那儿寄了信，问他给谁的，他不告诉我，我还正纳闷呐！"老邮差又转向我说，"小伙计，咱该走啦！"

我们一走，社员们又干上啦。当走到村头时，一个彪形大汉在背后嚷道："老邮差！你给王庄捎个口信去，就说我们跟他赛上啦！"

这村到王庄只有二里路，一会儿就到了。

进村时，街上冷清清的没有一个人影。我们走进生产队部，队部里正开社员大会。男男女女，老老少少，肩挨着肩，背靠着背，挤满了一屋人。但是屋里鸦雀无声，只有支书一个人在大声地讲着话。我一见这情形，心中高兴地想：这回又省事啦，不用一件一件地上门去送了！可是，当我正想迈步走进屋去的时候，老邮差一把拉住我说：

"等等吧，咱进去就把他们的会议搅乱了！"

我们等在窗下，听到支书讲的是积肥的事。当支书的讲话结束时，老邮差一步闯进屋去。看来，屋里的人大多数都认识老邮差，他一进屋，人们都站起来，逗笑谈的，问寒暖的，打听信件的……屋里乱起来了。老邮差站在门口，挥动着手说："大家注意！我有话跟你们说哩！"

支书拍拍手，微笑着，风趣地说：

"静一静！静一静——以下由老邮差发言！"

有些好说话的人，也主动帮着维持会场秩序：

"别说啦！别说啦！"

"有事等一会儿说，先听老邮差讲一段儿！"

"注意啦！老邮差又报告好消息啦！"

会场安定了。老邮差先把于庄社员们积肥的热潮有声有色地说了一遍，又提高嗓门说："人家让我捎信来——要和你们竞赛一番！问你们敢应不敢应？"

"敢应！"有人吼了一声。紧接着，又是七言八语地议论声："对，咱一定跟他们赛赛！……"

在这嘈杂的人声中，队长挤到老邮差面前，亲昵地拉着他的手说："老伙计，我们托你办的事怎么样了？"

"啥事？哦！换大麦种的事？"

"对啦！"

"我给你挂上钩啦，刘集生产队大麦种有剩余，你们不是想用玉米种去换吗？他们也需要这种子哩！"

老邮差正说着，又一个人挤过来，插嘴说：

"老邮差，老邮差！你'打鱼摸虾可别误了庄稼'，我那报纸来了没有？"

"来啦，来啦，这是你的报……小五，这是你的报……春祥嫂，这是你儿子的家信……虎子，那位姑娘又来信啦……"老邮差一边分发也一边收，"……行呵，拿来吧，误不了……三棱，你这信把'崔'写成'雀'了，真粗心，快，再改改它……"

老邮差一个人应付着周围许多人的传递，忙成一团。我站在一旁像捆卖不了的秫秸，想插手也插不上。一会儿，业务都办完了，只剩一封挂号信他还没撒出手。挂号信需要盖章，那信的主人想回家去拿印章时，老邮差却说：

"青林二嫂呵，甭来回地跑啦，我跟着到你家去盖吧，怎么样？欢迎不欢迎？"

"当然欢迎喽！你整天跟着受累，俺请还请不到呐！"

"支书呵，来吧！"老邮差向支书一挥手说，"来到你们村啦，还不该陪着走一趟吗？"

支书应声跟上来。我们四个人，说着，笑着，穿大街，越小巷，拐弯抹角，来到了青林二嫂的家里。

　　这个家庭，院子不小，房也不错，可就是欠缺打扫整理。院子里，东一堆柴火，西一堆土，到处都是草叶子；屋里，缺桌少凳，炕上的铺盖也不齐。老邮差指着这情景说：

　　"青林二嫂，你是怎么过的这日子呀？"

　　"唉！叫你笑话呗！"青林二嫂一边忙着给我们找座位，一边笑哈哈地说，"唉！孩子们多，顾不过来呀！"

　　"我不是说这个！"老邮差说，"我是说——这半年中，孩子他爸爸捎了三次钱，大概有一百多元……不错吧？怎么你却混成了这个样子？"

　　支书插嘴说："也怨俺这伙干部无能，没多帮二嫂筹划筹划……"

　　接着，老邮差和支书你一言我一语，又讲道理又举例子，直到青林二嫂涨红着脸说："你们都是为我好，这个我还不明白？这样吧，下回再汇钱来的时候，我先筹划一番，再跟人商量商量！"老邮差把挂号信递给她，笑哈哈地说："好吧，这回又是三十元，一定要算着用呵！"一边说着一边办手续。当把青林二嫂我们送出门来时，老邮差又笑着说：

　　"记着！别乱花呵！"

　　"记着啦！我这就去支，支出来存着筹划着用。"

　　我们离开王庄，又向何家寨走去。这时，因为雪已经停了，风也小了，满洼遍野劳动的人更多了，拉土送粪的，给麦田盖雪的……到处都是热火朝天的景象。老邮差指着人群向我说：

　　"小伙计，你看！这些推车的，担担的，抢着大镐刨土的……你说他们是为了什么哩？……对了，为了社会主义！还可以说，也是为了咱，你说对不？……可是，你说他们的工作累，还是咱这工作累？……就是！我总觉着，顶数着咱这工作轻闲！就因为这个，我才总想多干一点事，要不，咱就对不起人家了，你说对不？……"

　　老邮差正说着，忽然一辆马车从背后赶上来。车把式老远就跳下车来，笑哈哈地说："老邮差，是上俺村去不？上车吧！"

　　"正巧！不用坐车了。"老邮差说，"今儿个，你村没有信，只有两份报纸，你带回去行吗？"

　　"好吧，我一定带到！"

　　鞭子一响，大车飞驶而去。我问老邮差这车把式是什么人，他说："你不放心吧？好——应当这样！不过，这人是共产党员，办事最认真，我托付他的事，从没出过差错……小伙计，咱改道上马家店去吧！"

从此地到马家店还有八里路。走了一阵，迎面来了一位老大爷，老邮差指着他手中的瓶子说：

"'老黄忠'去马家店打煤油吧？"

"对啦！"老汉眯着眼笑着说，"你看！这些家务小事，真耽误工夫，可不办又不行！"

"你甭去啦，我给你捎来吧！"老邮差说，"我到马家店、李家园、王家胡同、小崔庄……转一个圈儿就到你村去，保证不误你晚上点灯！"

老汉道过谢，递过瓶子走了。

老邮差虽然做投递工作多年了，可调到这个地区来才只有一年，怎么他能认识这么多的人？并且每个人的情况他还知道得那么清楚？我们走着路，我把这想法向他说了。他吸了口烟，慢吞吞地说：

"这里边没啥窍门，就是多留心！"

"怎么留心法？"

"哈哈！你真是个'学艺'的来头，我每天回到机关，抽空摸空地把新认识的贫下中农社员都记在本子上……有啥用？咱是给他们服务的，服务员要是不了解服务对象，就服务不好！你说有理没理？"

我们走了一段路，老邮差又投出了两份报刊。我高兴地说："这么一来，别看今天因为风雪不能骑车子，看样子等不到天黑任务就能完成！"

"唔！可不一定，还有一个任务呐！"老邮差说到这儿，指着前边一个推车的小伙子，回头又向我说：

"那小伙子叫王春和，又能干又聪明，对社一心无二，就有一件：跟老婆合不来，走！加加马力追上去，借走道儿的工夫劝劝他！"

于是，他在前，我在后，大步流星地走起来。我望着老邮差的背影，耳边响着他的话，自己也不知为什么突然涌上了这么个念头：要当好一个人民的投递员，还真不是一件容易的事哩！于是，我自己暗暗下了决心：我要当老邮差的一个忠实的接班人！

1963 年 6 月

高　七

　　这已经是二十年前的老事了。那时，村上还是土财主三海的天下。那人是个出了名的"官迷"，可巴结了半辈子官也没巴结上。据说是因为"风水"不好。为解决"风水问题"，他在村头修了一座庙。村里有个名叫高七的小伙子，他人穷志刚，虽然年轻力壮，但就不给地主当牛；每天要饭回来，就宿在这庙里。

　　不久以后，三海的官果真巴结成了。正当他设宴请客的那天夜晚，高七突然放火把庙烧了。三海立刻派人把他抓了来。

　　在这吉庆之日，当着众亲友的面，三海想找个台阶，先把事压下，过后再狠狠地报复他。于是，他皮笑肉不笑地对高七说："你是不小心失的火吧？我看你是不会成心烧庙的；这庙也是你的安宿之处啊……"

　　"当官没好人，好人不当官——我就是要破你当官的'风水'！"高七一挥拳头说，"我宁愿露天过宿，也……"

　　三海再也忍不住了，一声喝令，把高七捆绑起来，倒吊在树上，打得他七窍出血，死去活来。结果高七的双耳聋了，右眼瞎了。后来由穷哥儿们的帮助，才在一个风雨之夜，挣断绳索，逃出了虎口……

　　一转眼，二十年过去了。如今，天变了，地变了，人也变了。高七虽说已是四十开外的中年汉子，但却一天比一天长得敦实、粗壮；并且，自打入公社后，右眼治得通了明，耳朵也治好了一半；他这个蹲庙旯旮长大的孤儿，如今已经娶了媳妇，生了儿女……这些变化都不奇怪，最奇怪的是：

这个打年轻时就厌恶"官迷"的人，眼下竟被他老婆叫起"官迷"来了！

提起这事，说来话长。

高七这"官迷"的外号，据说还是他老婆给他起的。

事情是这样：有一回，作业组长病了，组里人们想推举中学毕业不久的小春来代理几天，高七摆手说："他不行！太年轻，没有种地经验。"人们问他："他不行，你说谁行？"高七向周围打量一遍，一看除了年轻的就是妇女，便说："我行吧！"人们原来没敢推选他，是因为他那几天身体不大舒服，怕增加他的劳累，至于他要能出来代理这个角色，谁都知道是满能胜任的，所以异口同声地拍手赞成。只有他老婆冒了火，挖苦他说："招揽这是非干吗？唉，唉！你呀你呀，简直成了'官迷'了！"

在他老婆看来，他还真有个"迷"劲儿。自从当上代理组长，他每天下地，腰里总掖着锤子、钢镰，谁的家什钝了，他就掏出钢镰来给人家刮；谁的家什掉下头来，他就掏出锤子给人家砸。这还不算，别人休息了，他就顺着楼眼各处查看，看出毛病，他也不会讲究方式，张口就是一顿"批"。好在社员们大都知道他的脾气，没人在乎。可是，有一天他碰到了个刺儿头。这人耪起地来"草上飞"，外号"工分迷"，本名叫福顺。高七一开口，就把他说恼火了，他悄声嘟囔道：

"哼！当了三天半组长，就不知道自己姓啥了！"

高七没有听清，继续往下说："过去给你自己干，这活行；给队里干，这活就不行！你自己的地种不好，你一家人挨饿到头；可队里的地种不好，全队几百号人要受你的连累。再说，还得保证全国人民的吃用呐！要不，工人老大哥吃啥？解放军里咱那些子弟兵吃啥？你那儿子在外边当医生，他又吃啥？……"

福顺听得不耐烦，继续嘟囔："狗拿耗子——多管闲事……"

高七听错了，又打岔说："怎么？'大闺女坐轿子'，头一次？你是头一次吗？上回耪谷子，就数你耪得不干净；那回玉米间苗，你光留单棵，不挑壮苗，你就只求快，图省事，多挣工分……"

高七这一揭病根子，福顺的脸上实在挂不住了，放开大嗓门跟他嚷起来。

高七却并不上火："少说闲话——这活还得返工！"

"返工？叫组长来说话吧！"

"现在我就是组长。"

"屁！"

"不管怎么说，不返工不行！"

"不行，怎么样？"

"晚上见。"

"晚上你吃了我？"

"让大伙重评你的工分！"

"你减分吧——我反正不干啦！"福顺说罢，一甩袖子走了。

收工后，高七去找福顺，正赶他不在家。高七跟他老婆打了个招呼，扛起锄头走了。

一会儿，福顺找上高七的门来，一进门就带刺地说："'官'不大，权柄可不小！扣工分不算，还没收锄吗？"

高七没有搭腔。福顺见他正在低头修理那把锄，吃惊地问道："你这是干什么？"

"你那活不够质量，不能光怨你，这家伙也不顶劲！"高七说着，把锄递给他，又一边装着烟一边说，"你试试，这回好使了吧？"

福顺拉开架势试了试，果然好使多了，他惭愧地低声说："都怨我脾气不好，把你气得不轻……"

"你去返工？不用了，我替你返啦。"

福顺知道他又听错了，就势大声说："我给你拨工分吧！"

"我不是'工分迷'！"高七接着又把他批评了一顿。福顺只是低着头，连声应是，再没跟他顶撞。

福顺走后，高七的老婆抱怨他费劲不落好，分明是白受累。高七说："干部嘛，就应当这个样子……"

"唉唉，你呀你呀，又是干部，干部！"

难怪老婆这样说他，自从他当上代理组长，也确实整天把"干部"挂在嘴上。比如：老婆出勤晚了点，他就说："咱是干部家属，不怕别人指脊梁骨？"他老婆去队里分菜，他一再嘱咐："过去，你总是挑肥拣瘦的，眼下是干部家属了，可不能再那样子！"往队上投肥时，他老婆想把好肥上自留地，次肥投到队上，高七坚决反对。他说："那是什么思想？就是一个社员也不能那么办，别说咱还是干部！"那天，他老婆正想套磨，高七一看那牛拉稀，就说：

"这牛有病，不能使！"

"就你穷毛病多……"老婆嘟囔着，继续套磨。高七打岔说："不多也不行！牲口是队上的宝贝疙瘩，糟蹋了那还了得！"他说着就去夺牲口。他老婆火了，放开嗓子跟他嚷道：

"人家使不病，咱使就病了？"

"咱不能比人家！"

"咋不能比呀？"

"咱是干部！"

"干部，干部，张口就是干部！干部就该吃囫囵粮食？"

"你急啥？我再去换头牲口，保你推磨就是了！"

高七拉着牲口来到饲养棚，一问，所有牲口都派出去了。他啥也没说，又空着手回去了。老婆问他：

"牛呢？"

"来啦！"

"哪里？"

"这里！"

高七说着，抱起磨棍推起来，闹得他老婆哭笑不得。

这磨房紧靠大街。高七正推着，忽见社员王山轰着碌子走过去。他向那牲口一打量，就撂下磨棍跑出去，把王山喊住说：

"这牛不能使！"

"为什么？"

"它拉稀！"

王山知道高七的脾气，知道他平时爱管个"闲事"，而且谁要不服，他就会跟人家叨叨个没完。因此赶紧解释说：

"种麦急如火，一晚三分薄。麦子种晚了，明年的丰收指什么？……"

"这我明白。"高七说，"可牲口是队上的金蛋子，累坏了怎么办？"

"不要紧，我小心点，半天就完了……"

"少说废话，卸下来！"

"队长让套的呀！"王山露出为难的样子。高七果断地说："甭管谁让套的——由我负责！"

王山无奈，只好依了他——卸下牲口，送回饲养棚去。高七趁这当儿，拉起磙子出了村。

"我那磨谁管呐？你给我回来……"高七老婆在后边急眉火眼地喊着。回答她的，是一溜磙子的哼哼声。她正急得要哭出来，正赶队长来了，向她笑着说：

"甭喊他啦——有办法！"

…………

高七拉着磙子，跨着大步，晃着膀子，甩着胳臂，正顺着搂沟走着，王山匆匆地跑来了。他老远就嚷："嫂子气得跟人家跑啦——快回家追去吧！"高七听不清楚，只是嘿嘿地笑。王山来到近前，又向高七说："来，我来！"说着，就去接绳套。高七推开他说：

"不，应该是我来！"

"为什么？"

"我是组长——我是个干部嘛！……"

说到这儿，正好队长赶到，打断他的话，说："这么说，我的干部比你大——拿过来吧！"说着，队长硬把绳套夺了过去。

三个人都哈哈地笑了。

…………

1963 年 2 月

李二叔

"李二叔把老婆打了！"

人们七嘴八舌地把这件事告诉给我。看来，这消息已成了轰动全村的"头条新闻"。我听说后，也不由得大吃一惊。

两口子打架，为什么值得这样大惊小怪呢？当然是有情由的。

第一，李二叔再老实没有了。他活了五十多岁，从没捅过别人一指头（在土改时的诉苦会上，踹过地主两脚除外）。当他还是孩子的时候，常被比他矮半头的娃娃追得满街跑。别人打他，他不管打过打不过，一律不还手。有一回，一个孩子为打他碰在树上磕哭了，他还急忙去哄人家。后来，他长大了，被生活所逼，跑到关外晃荡了几年，这得算见过世面的人了，可是回村以后，还是那样老实。

他不光没打过人，也从没骂过人。因为他脾气好，人们常跟他开玩笑。有的指着他那向前端着的嘴巴子说："这儿能拴住大叫驴！"有的拍一下他那略驼的脊背："这儿有个窟窿好了，下雨把伞插到这儿，省得拿着！"他走路好低着头，人们就说他"总有一天会捡着宝"。不管人们说什么，甚至有人开玩笑骂了他，他从来不还嘴，至多说句："你呀你呀，唉，唉！"然后走开。人们谈论什么事的时候，他尽管心里明白，甚至听出错儿来，也从不插言，只是自己在一边摇脑袋，直到人家问到他的头上了，他这才简简单单地说上几句，最后还要说："一人一个看法，我说的也不准对。"说罢，把头一低又"蹓嚓蹓嚓"地走去了。这么老实的一个老汉，怎么老了老了却动手打人了呢？

第二，最令人难解的是，被他打了的人竟是他的老婆。他两口子是半垧地的夫妻，结婚合伙还没出百日哩，应是"老来新婚格外亲"，怎么来不来却动手了呢？这还不算，要知道他那晚伴是从小没挨过一指头的人。她作闺女的时候，娘家的小日子过得挺富余，爹娘跟前就她这么一个老生子，老两口拿她当作宝中宝，吃喝穿用，一切的一切，都由着她的性子。她出了门子来到婆家，婆家的日子虽比不上娘家，可也是够吃够穿上不下的户。过门以后，她就像一块吸铁石，娘家的银钱就往这儿流开了，今儿一袋粮，明儿一车草，明送暗捎，四五口人的小日子让娘家的家产这么一填，不消几年，就腾云驾雾地起来了。虽然跟那些富农首户比起来差一点，可是在村里得算上中流的日子了。由于沾了她娘家的光，她婆家的一家人，包括她那半农半商的男人在内，都把她看成了发家的财神，敬她三分。

由于她一直是全家的宝贝疙瘩，所以养成的脾气很不好，外号叫"着不开"。不管任何人，也不论做任何事情，只要让她一看，只有错没有对，好像天底下所有的人，谁都不如她似的。不管多少人在一起，只要她在场，别人只能出个耳朵，听着她那两片子薄嘴唇叭叭，谁也没有插嘴的机会，让人一看，仿佛她自己就能唱半台戏。她自己也常常夸耀说："我的话要不占地方，我至死也不再跟他说话——我就是这么个脾气！"她男人死了，经过介绍，和李二叔结了婚。结婚时，人们都说李二叔要受老婆的气。这么一个刁泼的妇女，那么一个老实的男人。真没想到，李二叔却把她打了——这是我之所以吃惊的第二个原因。

第三，他们结婚不久，我曾回家一趟。那时候听人们传说："李二叔怕婆子！"为了证实这个说法，大家还举出一串例子。

有一回，李二叔一进门，晚伴那两片薄嘴唇就像机关枪似的冲他突突上了："你一天三顿饭，吃饱了就往队上跑，那里有你的啥呀？这家就像我一个人的，你猪也不喂，鸡也不管，这也倒罢了，自留地的活可该是你的呀？你看人家张三良，自留地种得花园似的；你看人家李四美，闲散地开了一块又一块……唉，唉，俺想起啥来跟了你呀！"李二叔不吭声，一直走进屋。晚伴掀开锅，把饭端在老头子近前，就又开了口："吃！快吃吧，吃饱了赶集去，到集上再买两只老母鸡来……听了不？哎？"

李二叔只顾吃饭没吭声。

"你耳朵塞羊毛啦？还是中了哑巴风？唵？"晚伴的嗓门提得很高，并且话没落地就一步闯到近前，看样子他要再不答话巴掌就要落到脸上似的，吓得李二叔急忙说："没有，没有——都听见啦！"

"听见为啥不言语？"

我正在想："有一帮鸡了，为啥还买？"

"唉，你知道个啥！眼下正是秋八月，场里地里都是粮食，每天往外一撒，甭喂粮食光拾蛋……"

李二叔最烦她这一手——处处为自己打算。但他没有吭声。晚伴又紧跟着说：

"我要不是为了忙活自留地，你想去也不用你……"

"那可好。"

"想得怪好！今儿个非让你去不可——你去呀不去？唵？去呀不去？唵？"

"去去。"

他们结婚的日子虽然不多，可老伴已经有了经验：他越是答应得痛快，越是不想办。有一回，老伴给他赶了面条吃了，让他往自留地里送粪，他满口答应下来，可是架起车子变了卦，把挺好的一车子粪送到队上的地里去了……还一回，让他上集去卖鸡蛋，卖了鸡蛋买八尺布、二斤盐、三包火柴……剩下的两毛钱，还嘱咐他买点吃的，他直到出了门还是满口答应，可是结果买来几对大楼脚！老伴骂他，他还蛮有理："这货缺少，队上几次没买到——钱还你，有啥亏吃？"气得老伴两顿没管他饭。这一回，老伴记住了那些教训，又进一步逼问：

"这回你要再给我买不来怎么着？"

"八顿不管饭。"

李二叔吃罢饭，接过钱，"蹢嚓蹢嚓"地向外走去。他走着想着：牲口棚里的铁筛子坏了；瓜园上还少一把瓜铲……他走到街上，忽见前边围了一伙人。他凑过去，伸长脖子往里一瞅，一下子急了——原来一个小伙子正想宰那口大母猪。他忙拨开人群钻进去，一把抓住了拿刀的手腕子：

"为啥宰它？"

"病得要死啦！"

李二叔摸了摸猪肚子："死不了！"

"怎见得？"

"它怀孕啦！"

人们知道李二叔喂猪是"把式"，没人发犟。但有人说："是队长让宰呀！"

"他不懂——我去跟他说。"

他跟队长一说，队长很高兴，并确定由他把猪养好。李二叔慨然应下了。他弄了一辆推车，把猪抬上，架起来推回家去。他到家跟老伴一说，老伴烦了：

"你弄这么个老奶奶来，往哪儿搁放？"

"你甭操心——我有办法。"说着，他就走进那间闲屋去搬那些乱家什。

"放在这儿？"老伴急眉火眼地说，"去，去！这家是我的了，我家不许放这个！"她说着一屁股坐在屋当央。

李二叔说了声："你呀你呀，唉唉！"架起车子，驳回头，又推着走了。

宅子后边，有一间破车棚。李二叔一瞅，这是个好地点，就把猪放进去。他正铺草呀，垫土呀，手脚不闲地忙着，老伴又追上来了。她嘴嘚得像个拴马桩，发疯似的向他吵道：

"集你还赶不赶？"

"想着赶呐。"

"赶还不该走？"

"走？这猪哩？"

"你不会不管！"

"我不管你管？"

"去吧——把钱给我！"

"那可好。"李二叔掏出来扔过去，"一文不少！"

老伴厉声说："我是这么给你的？——拾起来！"

"你没手呀？"

"你拾不拾？"

"你不拾俺就拾呗！"

…………

你看李二叔这么怕老婆，怎么又打了她呢？

后来我才知道，原来打老婆也是因为喂猪的事。事情大体是这样的：那头病母猪，经过李二叔几十天的耐心喂养、治疗，病好了，膘肥了，并且眼观着就要生小猪了。队长对他说："二叔呵，为人为到底，管事管到家，你就负责把小猪接下来吧！"李二叔一听乐了。自从办社他就喂猪，一个月前他被选成了保管员，这才不得不让手。接替他的人是把新手，人家一上任他就有七十二个不放心，一天往猪圈边跑个七八趟。如今死里逃生的母猪就要生小猪了，并且在他看来这是队上的一件大喜事，生下猪来又是队上的一笔收入，这件事他哪能舍得交给别人呢？从猪快下生的前几天，他就干脆把被褥搬了去，黑白守着，生怕误了事，吃饭也不肯离开。每到饭时，老伴叫一趟不走，叫两趟还不走，最后只好把饭给他送到这破车棚来。送了几回，老伴烦了。这一回来到就没好气地说："俺那老爷爷，你说痛快的——这饭去吃不去吃？俺再不三趟两趟地跑了，也不给你送了，这瞎账工夫俺耽误不起……你怎么不吭声？你倒是去吃不去吃？唵？聋子！"

李二叔只顾给猪调食——掺点水，放点料，拌一阵；再掺点水，再放点料，再拌一阵。拌得不多不少、不稀不稠了，还得用勺子挖一点，放在嘴里尝尝凉热……他只管搞他这一套，老伴的话就像没听见，一直不搭腔。老伴越看越生气。她觉得老头子太傻了，自家的猪不管不算，问都不问，对人家的猪，却这么细心。她气得浑身哆嗦，用指头点着老头子的脑门说："俺那老天爷哟，这是个猪呀，这不是你亲爹……唉，唉，要是我病了，你也不准这么细心侍候！"

老汉没有吭声，只是瞪了她一眼，又低下头去忙他的了。老伴从小没见过人敢跟她瞪这样的白眼，不由心头火起："瞪眼吓唬谁？你吃了我？"说着说着，一脚把猪食槽子踢翻了，弄得黄乎乎的猪食满地流，还溅了老汉一身。

你说李二叔是因为这个打她的吗？不，他没有打她。他只是拍了拍自己的屁股，说了句："你呀你呀，唉，唉！"又低下头去收拾那猪食了。

可是事情并没有完。傍黑时，猪崽生下来了。因为正是秋收季节，人们下地还没回来，村里连个人影也没有。直忙得李二叔满头是汗，衣裳贴在脊梁上。正在这时，老伴从自留地里回来了。老汉正想求她帮帮手，还没等开口她先说话了："整天摆弄你这猪爷爷，自留地的庄稼还要不？人家家家户户都往家收，你就像没这回事一样——你安的什么心？咹？"

"我不是忙吗！"

"忙就不要庄稼啦？"

"不是有你吗？"

"是我自己的？"

"咱俩伙里的。"

"既是咱俩的，我已经滚着爬着割完啦，你可得去推呀！"老汉只顾忙，又不搭腔了。老伴逼问道：

"你去呀不去？"

"去去！"

"多咱去？"

"明儿个。"

"明儿个？胡说！没了怎么办？你觉得不费力的东西不心疼是不是？俺起五更卖六晌的，种这点营生容易呀？你不心疼俺心疼——别的甭说，马上给我推去！"

老汉不吭声。

老伴嚷道："你去不去？"

"多咱去？"

"这就去！"

"去不了！"看来老汉也有些火了。

老伴的话从来没有被人驳回来，她怎能受得了呢？她一步凑上去："你真气死我啦！"话没落地，巴掌落在老头子的脊梁上。

你看是她自找着挨打不？可是老汉并没打她，还是那句话："你呀你呀，唉，唉！"又自己忙起来了。

说来也怪，从这以后，老伴突然对老头子好起来了。她见老头子去推料，就说："我去吧，小猪还忒小，一时离人也不行——唉，谁叫咱摊上你这猪迷来呢！"她见老头子弄猪食，就说："我去吧，你一边歇歇去吧，看累得你这个样子——俺就是这样：嘴说不疼人家，心里还真疼人家！"吃饭的时候，她还常常替老头子喂猪，让他回家吃顿热饭。老伴一转变，老汉也变了，见老婆为队上出力了，为了让她高兴高兴，他常和老伴换换班——让老伴给他侍候猪，他也到自留地里去干点什么。从此以后，他们两口子说笑多了，争吵少了，外人都为他们关系变得这么快纳闷：两口子怎么说好就立刻好起来了？这里边一定有个说道。

"人眼是秤。"这天他们突然又闹起家务，并且李二叔竟把老婆打了！这一打，原来突然变好的"说道"出来了。事情是这样——老伴帮忙喂猪，是为了偷猪料！老汉早就发觉猪料越来越喂不着数，心里有点怀疑。可是，他没有真凭实据，不敢肯定是老婆偷了。这天，他发现干粮里掺有黑豆面儿，他就想家里没有黑豆，哪里来的黑豆面儿？莫不是她偷了猪料？可是老汉没有追问。他知道老伴的脾气：一问准得东扯西拉一套理，结果不是还得落在自己身上。这不算，打草惊了蛇，也许真相更难弄清了。过了一天，他称好二十八斤粮食又去推料，老伴又来揽差事："我去吧……唉，咱天生的听差打杂的命！"她把粮食弄到磨房里，还没往磨眼里倒，老汉突然闯进去了，说："咱那只黄毛老母鸡不见了，你快去找找吧，我先推一会儿。"老伴一听着了毛，赶紧找鸡去了。在这当儿，老汉偷偷地称了称粮食，呀！少了五斤多，他并没吭声。到了晚上，老伴背着猪料进来，刚想往料缸里倒，他上前一把抓住：

"别倒！"

"干啥？"

"称称！"

他说着拿过早已预备在手边的秤。一称少了七斤多。他还没来得及追问，老伴那边早已暴跳如雷了："你这是干啥呀？拿俺当贼吗？这么几个臭粮食粒子，俺眼皮也没夹着它！哎呀，真是烧香惹鬼来，只寻思怕你累，替替你吧，哪想到你把我当成小偷了……"

"你就是小偷！"

"你说谁？"

"我说你！"

"你再说一遍！"老伴说着逼上来，并且扬起要打人的胳臂，她是想把老头子唬回去。可是老汉这回真急了，他觉得两口子好点坏点是家务事，谁的脾气不好也该担待，可是和社两条心，偷队上的东西，这人就最没良心了！所以当老伴又来那老一套的时候，他一反常规动了手。老伴虽然挨了揍，可这回却没骂天吵地地闹，她只是娘呀爹地哭了两声，一看那边来了人，忽地爬起来回家去了。

事情过后，挨打的没有告官，打人的却到支部告了状。支部为这事开了个会，表扬李二叔爱集体的好品质，批评了他不该打人。人们对他老伴的行为进行了批评教育。最后，大家让他两口子说说，老伴说：“我错啦，以后改——按说也不能光怨我，自己队上的东西，就算拿了一点，他张口就说俺小偷，这是话吗？……”

“你呀你呀，唉，唉！”

大家笑起来。

…………

1963 年 5 月

第五辑

马家店

离乡三年，归心似箭，一早我就登程了。

我骑着自行车上路。凭经验：这一百多里的路程，虽然路不好走，但到太阳压树梢的时候，就可赶到了。谁知，出城不远，起了风，风越刮越大，后来竟达到七八级的样子。

"早晨起风，刮到掌灯。"天有半过晌了，风还没有停的意思。这时，我已累得精疲力竭了，只觉得：头昏，眼花，腿疼，腰酸，耳朵直响，肚子也在叫唤。

说来也巧——正在这个节骨眼，前面的公路旁边，出现一所宅院。这所宅院，房屋不多，墙也不高，都是用黄土修成的。它四邻不靠，孤零零地处在大洼之中。大门是用板条钉起来的。靠大门边，朝天斜插着一根大竹竿。竿头上，挂着一把破笊篱，笊篱被风一刮，像打秋千似的摆来摆去，扯得竹竿嘎吱嘎吱地响。这些景物表明：这是一家乡村小店。于是，我决定在这里歇上一夜，明天再走，便推着车子走进店去。

这家小店的院子倒很大，房子虽不好也不多，可设计得挺合适——北面是客房，西面是车棚，东面是牲口栏。牲口栏里，空空荡荡的，只有几只芦花鸡，正用脚趾刨着粪土。一群麻雀，叽叽喳喳地叫着，时而落在槽头上，时而飞上屋檐。

我在院中招呼一声，一位老汉应声走出屋来。他热情地向我打过招呼，把我领进屋去，一边忙着给我拍打身上的土，一边问我："同志，从宁津来吧？……回家过春节呀？……家在盐山县吧？"

我随口答应着，心里可纳闷：我的来路、去向，他怎样知道得这么清楚？莫非他认识我？于是，我不由得打量起这位店主人来。只见他，五十多岁，高鼻梁，长眉毛，向前凸的下巴颏上，留着灰白的山羊胡……我端详了一阵，并不认识他。便问道：

"大爷，您认识我吗？"

"不认识。"

"您怎么知道我……"

"哈哈！……来，洗洗脸吧……你前身土多，后身土少，我断定你是从南来的；你天不黑就住店，这不光说明你是顶风而来，还能说明你的路途不太近；你脚上这双鞋，是宁津手工业社的名牌产品，你理的这分发，我一看就知道是宁津理发店里老何的手艺……噢！你的去向当然也有根据啦，凭你的口音，我一听就知你是盐山人；今儿个，是腊月二十八了，你又是自南而北奔着盐山的方向走，不是回家过春节还能干别的？"

我听了店主人这套话，心中暗自赞叹："这位开店的可真不简单！"便趁这还没有店客到来的当儿，跟他攀谈起来。

老汉正在脸色深沉地谈着自个儿过去的苦经历，大门口传来一声响鞭。老汉收住话弦，把烟袋往腰里一插，向外走去。他一边走，一边自语道："准是王老三，怎么天不黑他就住店？"

一会儿，院子里响起卸车的声音。又过一阵，老汉领进一个黑大个来。他们边走边谈。从他们的谈话中，我知道这黑大个就是车把式王老三。他早住店的原因是车出了毛病。

看来他们是熟人——黑大个进了屋，把鞭子往墙上一挂，回手拿起脸盆就自己打水；老店主向他说："喝水自己倒吧……毛巾什么的还在老地方。"说罢，他提起一个木匣子出去了。我见木匣子里都些铁木家伙，知道他是去修理车，就问他：

"您还会手艺吗，大爷？"

他说："朱砂缺少，红土为贵。会不会的胡叮当呗！"说着，走出屋门。

"这老汉可不简单哩！"黑大个一面哗啦哗啦地洗着脸，一面插嘴说，"木匠活、铁匠活、修车子、钉马掌、给牲口治病、摸胳臂拿腿……总起来说，什么他都会……"

这黑大个是一个好说话的人，他边擦脸边向我说："这些技术，他都是为了方便旅客，解放后才学会的……你看，这个大洼，方圆几十里没有人家，他学这些技术多需要啊！"

"噢！这人太好啦！"

"唔！可不能这么笼统着说——对好人，他什么都好；对坏人，他比坏人还'坏'呐！"黑大个说着掏出烟袋来，向我一举，"同志，抽我一锅子？……唔！例子可多着啦，解放前，他也在这儿开店。不过，那时节，这店是财主的财产，他是人家的雇工。因为他这店是八路军的联络点，各种打扮的抗日人员常在这儿出进，财主怕闹出祸来，把他辞退了，又换了别人。你猜怎么样？从他离开以后，这店里半夜三更常闹妖，吓得旅客也不敢来住了，雇的那店工也辞活不干了。财主哪舍得放弃这门财？万般无奈，后来又把马五爷（那时叫马小五）他请了来。从他上工以后，妖不闹了，店业又慢慢地兴隆起来……哪里有什么妖？这妖是谁？你要问呀，嘿嘿，反正马五爷办法多，他知道财主们怕什么！"

我们说话间，旅客们陆陆续续地拥进店来。老店主应付着，一声接一声地呼唤，跑来跑去，忙得汗水直流。就这样，他还忘不了瞅个空子跟人们逗个笑谈，时而掀起一阵阵的笑声。

过了一阵，人们都安置妥了，老店主这才站住脚。他一边扯过手巾擦汗，一边向黑大个说："老弟，你是老车把式了，从来没损伤过车和牲口，这回是怎么搞的？"黑大个说："半路上，碰到一辆推大麦种的小车，他的车子坏了，我给他捎了一程，有点过载……修理好了吧？"

"修好啦。"

正在这时，进来一位中年汉子。他笑哈哈地向老店主说："马五爷，咱又来啦！"

"哎呀！这回你来得不巧！"老店主向那一拉溜长炕一指，"你看，满啦！"

"没关系，能有个地方凑合半夜我就走了！"那中年汉子说着就往屋里推车子。老店主上前抓住车子把说："先别推车。我问你：你离家还有二十多里路，天还不大黑，又是大顺风，跨上车子就到了，为啥偏要在我这儿凑合半夜？呃？"

那人支支吾吾，老店主说："甭来这一套，那都是假的，我这儿再好也不会比你家的热炕头更好，你的想法我明白……按你们队上的规定，你在这儿多待半夜，回去可以多报一顿饭钱，多报一夜店钱；这不算，还可多领半天的差旅补助费，还可多记半天工……"

那人被老店主揭了个大红脸，强打精神笑着说："马五爷呀马五爷，我算服了你！"说着扭转车子就想走。老店主说："你先等一下。"说着，他回屋拿出一个手电筒，塞在那人的车兜子里，说道："捎着它吧，路上万一碰上事，耽误了时间，大概要走一段黑路哩！"接着，他把那人送出大门去。他们一边走还一边说笑着。

尽管老店主不爱听表扬，可是人们一有机会还是要表扬他——趁他不在屋的这个当儿，满屋旅客响起了一片议论声："马大爷处处为集体着想，今年夏天，我去城里推化肥，路上遇上了雨，拼死拼活奔到他这马家店。他问清了情况，皱着眉头说：'家里等着用，你住店不误了事吗？'我说：'我正为这事为难，可是有啥办法？往北还有一个大水洼，我说啥也是推不过去的！'他说：'两人行不行？'我说：'两人行是行，可我又不会分身法！'他说：'那就好办了，你来，我送你过去！'我说：'你？你这大年纪了……'他笑哈哈地说：'走，走吧，你别看我年纪大，动力气你怕还比不上哩！'就这样，他给我拉着车子，送了我四五里路远。"

"……这老店主处处为旅客着想，他准备了许多偏方——中暑啦，伤风啦，闹痢疾啦，冻伤啦，肚疼啦，脚上起了血泡啦……总之，凡是出门的人常得爱闹的病，他都有偏方给你治……"

"人家老店主就是好嘛！像马家店这么兴盛，要叫别人，三个人也忙不过来，可人家马大爷，一个人，各处都办得很周到……"

这时马五爷走进屋来，看了大伙两眼，说："看样子，今夜间十有八九要下雪，有特别紧急任务的旅客，得设法赶个夜路，要不，会误事的。"老店主说罢，一个小伙子吃惊地问：

"老大爷，您说的这话准不准？"

"不敢说准——不过，跟老天爷打了几十年的交道了，它的脾气儿，倒能摸个不大离。"

接着，有些旅客插嘴说：

"准，错不了，这事我经见过几回了！"

"我也经历过，那回他说下雨果然下了！"

"这是说着玩的？人家马五爷为了方便旅客，到处拜师访友，县的气象站去过无数次，在民间收集的气象谚语能出一部书！就说吧，他现在算不上个气象专家，也……"

老店主走到方才着急的那位小伙子近前，拍一下他的肩膀头说："小伙子！你低着头，皱着眉，唉声叹气的，有什么心事吗？"

"我是个机修工人，领导派我到大柳公社王庄生产队去支援农业……"那小伙子叹了口气说，"情况说到天明也没用，反正到明天一早赶不到就不行，原来我打算起早走，要是下起大雪来，车子不能骑了……走夜路倒没问题，可是我不认识路，深更半夜地去问谁？"

老店主也愁了，他皱着眉头想了一阵，突然露出笑容说："有办法，你出了店往北走，十里路有个马庄，到那村你找着马春生，叫他送你去。"

"人家凭什么送我？"

"行，你就说我说的！"

"那有什么凭证？他若不信哩？"

"对呀！来，来，我给你写几个字。"

那工人拿着那张小纸条，半信半疑地又问：

"这纸条当真管事儿？"

"哎呀呀！我这大年纪了还能哄你？！"

旁边有人插嘴说："这纸条就跟圣旨一样，儿子哪能不听爹的话呐！再说，儿子是进步儿子，老子又办的是进步事儿！"这话没说完，满屋旅客都笑起来了。

夜晚，旅客们仨一伙俩一帮地在闲磕牙。他们谈的内容是东葫芦扯到西架上——什么都谈。有的说芝麻盐草能治痢疾，一治一个准；有的说张集有个投机倒把的，专住庞家小店；有的说"店家店家"，开店的得有父母心肠；也有的说，店房是个杂乱地方，什么人都有……

人们在谈论着，老店主坐在紧靠东头的桌边，戴着老花眼镜在写字，一点也不参与人们的议论。他在写什么呢？我有点纳闷儿。正在这时，外边传来一声马的嘶叫，他摘下眼镜，走出屋去。趁他出去的当儿，我凑到桌边去瞧了瞧——原来他正在给人们"作记录"。本子上写着：

"有人说芝麻盐草能治痢疾，这法要真行，比原来的偏方更简便多啦，以后试验试验……有人说有个投机倒把的专住庞家小店，抽空打听打听，真了，写个建议……有人说开店得有父母心肠，对，这话算说到家啦。我做得怎么样？不行，还有好多地方不够格。这店房确实是个杂乱地方，开店的在政治上要过硬才行，我的政治学习还得加上一把劲儿……"

我看罢，不禁大吃一惊。原来我认为一个开店的算不了什么，现在才觉得这位老店主真是了不起哩！同时，我也明白了他为什么消息那么灵通，懂得的事又那么多。

入夜了，店房里响起一片鼾声。只有几个人还在悄悄说话。我因翻来覆去地思考这位老店主的一些事情，也没有入睡。这时，只见老店主离开座位，走到正说话的人们的近前，悄声说："睡吧，天不早啦，明天还要赶路哩！"人们的低语停止了。老店主含着笑，顺着长长的大草炕蹀来蹀去。一会儿，他凑到一个青年近前，拍着他的肩膀说："小伙子，起来，脱了衣裳好好地睡，这么囫囵一躺会冻着的！"一会儿，又走到一位老汉近前，搬着他的头说："你老咳嗽，怕是伤风了，来，抬抬头，枕高一点也许会好些。"……

天有小半夜了，突然传来敲门声。老店主一骨碌爬起来，大步夹小步地出去开门。过一会儿，他领着一个青年人走进来。那青年人往大炕上瞅了一阵，皱着眉头说："呀！满员哪！"

"没关系，你来！"老店主拍一下他的床铺说，"你在这儿闹个特殊吧！"

"您呐？"

"咱俩挤着点呗！"

"不用，我在这儿坐一夜就行了，您忙一天了……"

"你怕多要钱？还是嫌我脏？"

那人无奈，只好跟老店主同床睡下了。

老店主刚躺下，外边又响起敲门声。老店主起身又往外走。那个同床青年建议说："别开门啦，告诉他满员就算啦！"

"你甭管，睡你的吧！"老店主说着，又走出去了。

一会儿，又领进一个老头来，年岁好像比老店主还要大几岁。老店主搀扶着他走进屋，往自己的被窝上一拍："你就在这儿吧！"那老头不知情况，就稀里糊涂地躺下睡上了。那小青年着急地说："老店主，您呐？"老店主说："有办法。你睡你的吧！"说着，他把屋里仅有的两张桌子对起来，铺上褥子、被，又躺下了。

过半夜时，我一觉醒来，见老店主正坐在圈椅上打瞌睡——原来他那新搭成的临时床铺又被客人占了。

东方刚发白，我又醒了。这时老店主正在院中沙啦沙啦地扫雪……

1963 年 2 月

蹩拉气

去年冬天的一个早晨，我赶到石庄时，太阳还没出山。

在村口碰到一个人。我问他："大哥，队部在哪儿？"

"大队？小队？同志。"

"大队。"

"从这儿，顺大街，往西走，见鱼塘，往右拐，跨过桥，往左拐……"

他这一溜拐，把我拐迷糊了。正不知怎么办好，突然，有人捅了我一把。我回头一看，是一位矮老头儿。这人方脸，大嘴巴，短胡子。他向我一挥手："走！"

听口气，仿佛我被捕了。可是，我理解他的意思——他要领我去队部。

我们拐弯抹角，走呀走的，走了半截庄。

一路上，那矮老头儿总是一股劲儿——背着手，低着头，不回视，不旁顾，也不说话。

他把我忘了？我有点儿担心。为提醒他，我有意识地和他扯闲话："贵姓呵，大爷？"

"方。"

"叫什么名字呢？"

"方。"

"有六十多了吧？"

没回声，仍是一股劲儿往前走。忽然，他弓腰捡起一块小木板。

真财迷！这破木板，只有巴掌大，有啥用？我这样想着；而他，却当了宝贝——用手掌量，用指头比，翻过来看，调过去瞅……

队部来到了。

院子里像个废品收购站——破板子、烂铁头、破绳头、半截砖……一堆，一垛，摆满院子。可是，细一瞅，物以类分，不杂不乱。

方方大爷放好木板，把我领进屋。

支书正写什么，见我进去，拉手让座，十分热情。

我和支书谈话，方方大爷站在一旁，一言不发，只是把旱烟袋插进烟包，挖呀挖，挖呀挖。包里没烟了？不，烟包还鼓鼓的。

支书拿过壶，想去打水。方方大爷把烟袋往腰里一插，抢上前，夺过壶，转身就走。

方方老汉走了。我望着院子，禁不住地笑。

支书问我："你笑什么？"

我打趣地说："院里这些玩意儿，既不归仓，又不入库，是展览，还是当摆设？"

"哎呀呀！"支书笑着说，"大仓小库，都叫他给塞满啦……"

"他，是谁呀？"

"就是这位方方老汉。"

"他塞了些什么？"

"都是这一色货。"支书咯咯笑了一阵，向砖头堆一指，说，"你看，这些砖头，有从三里地以外捡来的，你信不信？"

"他担任什么呀？"

"保管。"支书风趣地说，"他才上任一个月，先侵了东房，又占了西房；我看呀，他要再当上一个月，支部这个办公桌，大概也得搬搬啦！"

"这么说，方方大爷，真是一个好……"我正说着，支书向我摆摆手。

我明白：他是不让我再说下去。可是为什么？我还没来得及问，方方大爷进来了。

当天晚上，支部办公室里点起一盏三号泡子灯。队干部们围灯而坐，拉成一个圈儿。

这个会，是讨论明春生产的准备工作。开会的人不算多，可是，发言很热烈，争争吵吵，要把屋顶掀起来。

只有方方老汉，独坐一旁，忙着修筐，一言不发。

讨论大体结束了。支书问："谁还有不同意见？"没人吭声。支书又问："方方叔，你还有啥意见？提提吧！"

方方叔说："只有一点儿。"

支书说："什么？说吧！"

方方说："犁不用买，把钱用在肥上。"

这一句话又掀起一场争论。有赞成的，有反对的，你一套，我一套，争得脸红脖子粗。可是，方方叔却像没事了。他低着头，只顾修筐，又是一言不插。支书见人们争执不下，就说："今天就讨论到这儿，会后都准备准备意见，下次再继续讨论。"

散会了。人们熙熙攘攘地走了，屋里寂静下来。支书忙着收拾会场。

方方老汉照旧坐在那儿修筐。仿佛他只是个修筐的，不是开会的，散会不散会，与他不相干。

这时，我问支书："支书，我在哪儿宿下？"

"哎呀呀！真糟糕！你不提，我还真忘了这回事！"支书笑着，把帽子往后一推，拍着脑门，为难起来。

忽然，方方老汉站起来，向我一挥手："走，跟我来。"

我跟随方方大爷，走进他的住宅。这是三间正房。他引着我走进西间。屋里没人，炕上铺好一套铺盖。他向炕上一指，说："你就睡在这儿。"

看样子，听语气，显然，他早就准备好了。

接着，他摸摸桌上的暖瓶，瞅瞅炕边的火炉子——不，这是"鼗拉气"，忽然气冲冲地出去了。

一会儿，对间屋里，传来老两口子的吵嘴声。

"我掐着耳朵，嘱咐你来不？你，水不准备，炉子不点，安的什么心？"这是方方老汉的声音。

又听他老伴说："又喂鸡，又喂猪，又忙饭，又轰鸭子……处处一个人，我长了三只手？……"

他们吵嘴的声音虽然很低，可能是更深夜静的缘故，一字一句，我都听得清清楚楚。我心里非常不安，想过去劝几句，刚一迈步，又觉得不好插嘴，只好躺在炕上，装作没听见。

不一会儿，方方大爷进屋来了。我见他端着煤，忙说："大爷，天不太冷，不用点炉子啊！"

他不看我，一挥手说："歇着吧！"

这命令似的口气，闹得我一时答不上话来。只见他，点着了炉子，就蹲在炉子旁边，把烟袋插进烟包，挖呀挖，挖呀挖，不理睬我也不说话。过一阵，他通通炉膛，添块煤；再过一阵，他又通通炉膛，添块煤。我和他说话，他不是用鼻孔"嗯"一下，便是"哼"一声，嘴巴总是紧闭着，仿佛三镢也撬不开。

他把炉子点旺，烧开一壶水，倒在暖瓶里，放在我炕头上；又灌来一壶凉水，蹲在炉盖上，并把炉子封好。然后，一声不响，悄悄溜走了。

第二天大清早，我跟社员们下地参加劳动。

收工时，方方老汉像新年接客一样，照例站在桥头上。说来也怪，人们远远望到他，都不由得整整衣，擦擦汗，瞅瞅手中的工具。看这劲儿，就像要过卡子，准备应付检查似的。

"拿过来！"方方老汉一伸手，拿过我的铁锨，用脚把上边的泥土翻来正去地擦干净，又递给我，说：

"扣上衣扣吧，觉冷再扣就晚了！"

我走过桥，悄悄地对同伴说：

"他不光保管东西，还负责保管劳动力呀！"

"他对你客气多啦！"同伴说，"这些事，放在我们身上，要着着实实地挨一顿训哩！"

队里有个壮劳力老六，不大会过日子，有了东西就吃，有了钱就花。虽然光棍汉一口人，没有吃闲饭的，可是月月不够，年年拉账。我经过观察后，觉得这传言不符事实。一天，我问他怎样学会勤俭的，他说："多亏老保管。我问他怎么打通了你的思想？怎么帮你做的计划？介绍给你哪些经验？"

老六摇摇头，说："没有。他从来不说这么多话，他的话很值钱！"

"那么，他怎么帮助你的呢？"

"他处理问题都是'方方式'的——"老六笑哈哈地说，"有一天，他找到我，神秘地说：'老六，你攒钱吧！我给你说个对象。'不怕你笑话，我是个媳妇迷。一听，劲儿来了。有了钱，不花，攒着……攒呀攒，攒了两三个月，凑起四十多元。这天，方方来了，说：'钱呢，给我吧，我给你办去。'我把钱全部交给他。我盼呀盼，盼呀盼，盼到天黑，盼来了！你猜怎么样？他给我买了一头猪来！我火了，带气地质问他：'你给我介绍的对象哩？'他笑了，说：'我先找媒人来了，对象由它负责。'他这万年不语的人这一逗笑，闹得我也憋不住了，咯咯地笑起来。从这以后，他又……"

老六说到这儿，方方老汉来了，他赶紧收住嘴。这是为什么？我不知道。

忽然，老保管烦起我来。前些天，我和他打交道，他虽然没言没语，可是，给我的感觉，总是亲近的。这几天，他突然变了，看那态度，好像对我有一百个不耐烦。我哪儿做错了？我怎么惹了他？我反省多次，一直没想通。后来，我和支书谈起这件事，支书笑着质问我："你夸奖他来？"

这一问，使我想起一些事：

我看他每天各处跑，整天不着家，实在够累的，就说："大爷，你一辈子不容易，又是军属，有功之臣啦……"

没等我说完，他扭头走了。

又一天，我向他说："有你这个好管家，真是全队人的福呀……"

我说了一阵，他一言没发。

我听人们传，他没认过师，又会木匠，又会瓦匠，还会铁匠，就说："大爹，你心红手巧，多才多艺，真是……"

我没说完，他却跟旁人说起别的事来。

昨天晚晌，他扛着一张破犁，正往家走。我上前接过来，一边走着，一边说："大爷，你对集体忠心耿耿！你对别人实实在在，真是个好干部。不过，可要爱护身体呀……"

我说了半天，没有回声。回头一看，他连影儿也不见了。看样子，也许从我一开口他就走了。

奇怪呀！这老汉的脾气，真有点难琢磨——我说的句句是实话，一没浮夸，二没奉承，为什么惹烦了他？我正想着，支书笑着说："这个人呀，就是这么怪！你批评他一百句，就算有不对的，他也不烦；你要表扬他一句，尽管全对，他也不喜欢你！"

我琢磨着支书对我说的话，往老保管家走，听到里边传出拉锯声。我心里想：咦！他在搞什么呀？我悄悄推开门，进去一看，嘿！他开上木作铺了——破犁、烂耙、木料、板片，摆了一院子。老保管闪了棉衣，正忙得满头大汗。我一看，心里明白了：他想把破犁耙修好，给队上省下一笔钱。

"大爷，你真，真……"我又想表扬他，看他脸一变色，就势改口说，"你把线拉走啦，大爷！"

"嘿嘿，老啦，眼不给做主啊！"

"我帮你拉下锯吧——"我说着抓上锯，又说，"也就着看线。"

休息时，我见他没把棉袄披上，就说："你看，棉袄扔在土地上，多脏呀！"说着拿起棉袄，给他披上。

真没想到，就这么两手，他喜欢我了。他的笑容多了，话也多了。我们一边干着，一边说着，一直干到吃饭。

收工时，他嘱咐说："下午你还跟我一起干呀！"

我说："当然喽！加上我，会少糟蹋好些东西哩！"老保管嘿嘿地笑了。

晚上，一伙人在队部里围灯而坐，闲磨着牙，等待开会。

桌旁有个"蹩拉气"，它把那旺盛的火焰包藏在腹内，在人们不知不觉中，悄悄地散发着烤人的热力。

这时，有人说："我说个谜语，好不好？"

"好啊！"大家异口同声。那人说："貌冷腹热，面黑心红，不声不响……"他还没说完，大家七嘴八舌嚷起来：

"蹩拉气！"

"老保管！"

"蹩拉气！"

"方方爷！"

"…………"

嚷着嚷着，门声一响，鸦雀无声了。

老保管——方方爷，带着一身锯末，走进屋来。他嘴里叼着大烟袋，抽得吱吱响，两股白烟，从鼻孔里钻出来，和"蹩拉气"冒出的烟雾混在一起。

1962 年 6 月

赶车大嫂

"旅客注意！桑园车站到了……下车的旅客，请拿好自己的东西，在左边下车……"

在列车员清脆的喊声中，火车停下来了。我扛着行李走下车梯。

雨后的车站，清新、恬静。我把行李放在站台上，张开双臂伸了个懒腰，深深地吸了口大气，然后夹杂在前拥后挤的人流中，向出站口走去。

出了站，我望了望偏西的太阳，觉得时间还早，这三四十里的路程，不等天黑就可赶到了。于是，便跨过铁道，穿过小街，顺着宽阔、平坦、笔直的公路，一直走下去。

走着走着，忽听后边传来一阵马铃声，这铃声由远而近，迅速地向我追赶着。我回头一看，见有一辆双套马车，飞驰而来。赶车的是一位大嫂。这大嫂四十来岁，长弧脸，高鼻梁，一双火爆的大眼睛；头罩白毛巾，身着蓝便服，是个地地道道的农村打扮。她手擎长鞭，跨辕而坐，有时手腕儿轻轻一抖，长长的鞭梢就在半空中绕一个圈儿，然后发出清脆的响声。看来这大嫂是个赶车的熟手——在这人马纷纭的公路上，她泰然自若，丝毫看不出紧张的意思。一会儿，她鞭子一抖，吆喝一声，把车向右跨过一辙，给响笛的汽车让开了一条通道；一会儿，把鞭子一抖，又吆喝一声，把车向左跨过一辙，又把推车的老汉绕了过去。在这指挥牲口、驾驭车辆的空隙，她还时而和车上的乘客说笑一阵，时而和车边的行人打个招呼：

"大爷，跟车走吧……妹子，坐一段车呵……小伙子，累了吧？可别逞能，累了就上车……同志，把行李扔在车上吧！怎么？不用！怕我拐去呀？哈哈哈……"

这赶车的大嫂，显然是个爱说话的人，她除了向路上的行人打招呼以外，有时还放开她那粗犷的大嗓门，向路旁田野里的社员们逗些笑谈：

"小伙子们！哎呀呀，你们那劲儿跑到哪儿去啦，怎么总是在姑娘们的后边呐？……你们看，这伙儿人耩的地真好哇……"看来，大嫂在这段路上还挺熟悉呢！

马车过去了。这时，田野里，公路上，一片议论声。这满含激情的议论，是先从路旁干活的人们中间开始的：

"大脚嫂不光有本事，人家的心眼儿才好呐，处处为集体着想，为别人着想……谁是大脚嫂？哎呀！你连赫赫有名的大脚嫂都不知道——不就是那位赶车的妇女吗！"

这时，我抬头望去，只见大嫂那双大脚片儿奓拉在车辕下边，如果不看头，光看脚，你怎么也不敢说这是一对女人的脚哩！

这时节，路上的行人们就着田野里传来的话音，也议论起大脚嫂来：

"人家是全县有名的模范哩！就说咱走的这条公路吧，不是分上下道吗？有一回，刚下了大雨，有一个推小车的，硬在上道走；大脚嫂劝他走下道（上道是走汽车的），他说啥也不听，并说：'下道凹凸不平，多费力！……我不管什么规定不规定，省力就行！'大脚嫂无奈，就说：'你不是为了省力吗？来，把货都放到大车上吧，甭害怕，白拉，不要你的钱！'推车的同意了。你猜怎么样？一路上，他们一边走着，一边闲谈，在这谈话中，推车的挨了大脚嫂好一顿批评哩！真是'木经不住百斧砍，人经不住百语劝'。最后，那人不光认了错，还自动跑到公路管理局，要求处罚他呐……处罚没处罚？那我就不知道了！……"

在这伙行人中，看来有好几位是了解大脚嫂的。他们你一句、我一句地谈着大脚嫂的模范事迹，我前前后后听了人们片片段段的介绍，不由得对大脚嫂发生了兴趣。于是，我一溜小跑赶上去，想坐她一段马车，借机认识认识这位令人敬佩的大脚嫂。我赶到近前，见车上人很多，正觉得不好开口，大脚嫂却先开了腔：

"同志，到哪儿去？"

"保店。"

"我们这车正路过保店，来，跟车走吧！"

我说了声谢谢，就爬上车去。车上的乘客都很客气，你拥我挤给我让出一个空子。经过一阵骚动之后，车上又很快恢复了原有的平静。这时，坐在大脚嫂身边的那位乘客，用肘子轻轻地碰了她一下："喂！大脚嫂，接着说呀！"满车的乘客也都一致地说道："对——书接上回吧！"

"说什么呢？"我正莫名其妙，只见大脚嫂吆喝了一声牲口，歪过头来笑嘻嘻地说，"你们还愿意听呀？好吧，我再讲一段。新的说完了，我再讲个老故事吧，这是公社化以前的事了。那时候，有个叫王麻子的人，这是个投机倒把的家伙。有一回他想雇我的车给他运货。他跟我讲价钱时，我说：'都是常在外边跑的人，干吗这么小气，先拉到地头再说吧！'他见我是个妇道人家，谅也无妨！就这么葫芦白菜地装上了车。可是到了地头，一讲运价，我们俩说僵了。按正理，应当是二十元。可我张口要了个四百元！

"王麻子一听火了：'怎么？你不讲理了？'

"我理直气壮：'咋不讲理？'

"他说：'按国家规定，应当是二十元嘛！'

"我说：'像你这号人，也懂国家规定？'

"'我当然懂了！'

"'既然懂，为啥不按规定办事？'

"'我哪里不按规定办事？'他吹胡子瞪眼儿，摆出一副唬人的样子，'放明白点，说好的亏不了你；说坏的……'

"'少说这些没用的话吧，你既然按规定办事，那好吧！'我向车上的货物一指，'这货按国家规定的牌价卖给我吧，我都要啦……'

"那小子见我硬的不吃，又来了软的，他一转脸笑道：'大嫂，我明白你的意思；这样吧，除了规定的二十元运费以外，另外再给你加上十元，作为辛苦钱……怎么？不行？嘿嘿，二十元……三十元……四十元！怎么？还不行？我看你真不识抬举！'王麻子甩了个硬腔，见我没软下来，又皮笑肉不笑地说：'嘿嘿，要不，这样吧，这批货算咱俩的，赚多少有你一半……'

"'好吧——一言为定！'我说罢，扬鞭打马就要开车。王麻子上前拦住说：'哎！你这想干啥？'

"我说：'送货去！'

"他问：'往哪送？'

"'供销社！'

"'那不行！'

"'买卖既然有我一半，我当然要做一半主，送不送由我；卖不卖由你。咱各当一半家！'我说着，一抖腕子，这匹桃红马四蹄蹬开，直向供销社奔去……"

大脚嫂正说到劲头上，小陈庄来到了。她立刻把话收住，纵身跳下了车。

"光扯闲篇可别误了正事儿！"大脚嫂把鞭子向她身边的那位乘客一举，"小伙子，来，我抓你个差吧，我到村里有点事情，去去就来。"

"我们在村那边等你吧？"

"不用等，落不下我！"

大脚嫂说罢，迈开大步，一直向村里走去。她那两只大脚，就像一对铁锤子，蹬得地皮咚咚响。

大脚嫂走后，人们又议论起她方才讲的那段故事来。在七嘴八舌的议论中，有人说：

"大脚嫂说的这些事儿，一句不假！"

"你咋知道？"

"那王麻子，是俺们村的人！"

"你们村的人？现在他怎么样啦？"

"已经改造好了，早就洗手不干了！"

"哼！眼下他想干也不行了……"

"是啊，现在要有人干这勾当，群众能饶他？"

这段话算说结了。接着，又有人改了话题，插进来说：

"这位大脚嫂可够厉害呀！"

"厉害？这话也对也不对——对坏人，她比坏人还厉害；对好人，她比好人更好！"一位胖大爷反驳了那人的观点，并且举出例子。说有一回，雨下得特别的大，满洼遍野，这里一汪水，那里一汪水，大道、小道，都被水汪截成一段一段的了。在这个节骨眼，我们队上买了一车化肥，正急着往家运。那时节，有十几辆马车，被大雨截在桑园的店里，我正急得没法办，大脚嫂凑过来了。她问明了情况，一听家里急待用，就说：

"'走，我去！'

"我一听很高兴。可高兴了一阵儿，猛然又意识到她是个妇道人家，不由得皱起眉头说：'你去？你能行？'

"她哈哈一笑：'行不行的试试吧！'

"在那个节骨眼上，我虽担心她把化肥给糟蹋了，可又没别的办法，只好同意了。

"你们猜怎么样？她还真行！一路上，她裤腿卷过膝，袖子挽过肘，一步车也不坐，举着鞭子随在车旁，遇泥踏泥，遇水蹚水！到了要劲儿的地方，只见她膀子一晃，嘴里吆喝着，鞭子在半空中一溜溜地响起来。马也很驯顺，四蹄蹬开，尾巴一撅，在那泥水道上嗒嗒嗒地走起来，马蹄、车轮砸得泥水乱飞，弄得大脚嫂浑身上下像个泥人一样了。这还不算，一遇到最难走的泥窝，她就拴上两根绳子，一根往自己肩上一背，一根向我递过来说：'来呀——拉一阵吧！'若碰上较深的水汪，她就把车停下来，自己先下去蹚上一蹚，试试深浅。如果水不过车盘，她就扬鞭一吆喝，轰车而过。如果水漫过了车盘，她就向我一招手：'来呀——卸车，扛过去！'就这样，一把泥，一把水，装了卸，卸了装，直折腾了半天又一个半夜，终于安安全全地赶到了家。我觉得大脚嫂一路上实在不容易，跟干部们一商量，决定除了规定的运费以外，再加上三块钱，作为对她的酬谢，也表表我们的心。谁知，跟她一提，她急了，把钱一扔，带刺地说：

"'这钱太少——我不是要小钱的！'

"那时我们还不了解她。于是便一面向她说明我们是个受灾队，一面又赶紧往上加钱。她一见这光景，却扑哧笑了，说：

"'我是为支援农业来的，不是为挣赏钱来的；要是为了赏钱，慢说三块，就算三百块你也请不了我来。同志们！我们跟你们一样，一不缺吃，二不少穿，如今不是为了钱就去卖命的时候了！'她这一席话，把我们一帮人都说了个大红脸。"

这时，有人感叹地说："这大脚嫂，又能干，又能说，可真不简单呀！"另一位接过去说："当然不简单喽，听说人家在马车队上还是个干部哩！"

"别捧着说啦，啥干部呀，还不是个赶大车的！"这话音从车后传来。人们回头一看，原来大脚嫂赶上来了。只见她用衣襟兜着一些东西。有人开玩笑地说："原来是走亲去来呀，捎来的什么礼物呀？大伙儿分分吃吧？"

"吃可吃不得，看看倒行！"大脚嫂说着，把兜一掀，大家哄地笑了——原来是一兜马粪。接着，她走上前，掀开车下边的粪箱，想倒在里边。可是，粪箱已经满了。按照她素常的习惯，每路过一个村庄，总要把粪箱的粪倒在生产队上的圈里，怕的是半路上满了耽误拾粪。这时，有人建议说："就倒在地里吧。"

"不！生粪上地，有害无益！"大脚嫂向前一指说，"大王庄就在眼前了，还是兜一会儿吧！"

"这怨我失职了！"掌鞭的小伙子抱歉地说，"我光顾听故事了，既忘了拾粪，又忘了倒箱，沾了大嫂的衣裳！"

这时，有人转了话题说："大嫂，你到村里干什么去来？"

大脚嫂正忙着把公路上的一块砖头捡起来，扔到路边上去，没顾得答话。另一位乘客自作高明地答了腔："这还用问，一路上你没看见？每过一个村庄，她差不多都要有事儿，不是告诉人家种子换成了，就是给人家捎信买耘锄……"

"你没猜着！"大脚嫂接上去解释说，"前天一位乘客半路上病了，我把他安排在这村他的一家亲戚家里；现在病情怎么样了，我不放心，顺便去看了看。"

车进了大王庄，日头已经压树梢了。这时，在店房的大门口，停着一辆大车。车旁围着一伙人，人们正在七嘴八舌地争吵什么。大脚嫂一见这情景，赶过去问了问车把式，原来是这么一回事：那大车拉车的马病了，不能走了；那些年轻力壮、行李小的乘客，都自己步行走了，剩下的这些人，由于年老、有病、路太远、行李多等原因，步行走不了，雇车又雇不着，正在着急。并且，在这些人中，有几位有要事的人，更是急得搓腔、跺脚、团团转。大脚嫂一听这种情况，皱着眉头想了一阵，又回到自己的马车近前，把情况向大家说了一遍，要求自己能走的人们把座位让出来。这时有人问她说：

"那辆车也是你们队上的？"

"不！他是吴桥县的。"

"那你管这么宽干啥呀？"

"这与车把式没关系；我是为了那些旅客们……"

经大脚嫂这么一说，大家都没什么说的。于是，把两个车上的人分成了三伙：一伙坐车的；一伙步行光拉行李的；一伙坐一段车、步行一段的。安排好了之后，马车又开始前进了。

乌云消退，繁星满天，明月当空，村野如画。我们一边走，一边东扯西拉谈论着家常。我问大脚嫂：

"大嫂，家里还有什么人？"

"家里没人了。一个姑娘在外边。"

"干什么工作呐？"

"也算'赶车'呗！"大脚嫂咯咯地笑了两声，又解释说，"不过，人家那车跟咱这车可大不一样了！"

"开汽车？"

"不。火车，在火车上当列车员。这不也算是赶车吗？哈哈哈！"

这时，马车正通过一座大石桥。车轮碾轧着石板，发出隆隆的响声。这响声与大脚嫂的笑声混在一起，与马车一同前进着……

1964 年 4 月

嘟嘟奶奶

窗纸刚发白，嘟嘟奶奶就起来了。她一溜下炕沿，还是像往常一样，端尿盆，撒鸡窝，扒锅灰，抱柴火……咚咚咚，里间跑到外间，屋里跑到屋外，一趟又一趟，忙呀忙，忙个不停。

这位嘟嘟奶奶，不光脚闲不住，手闲不住，嘴也闲不住。她一边出来进去地忙着，一边嘟嘟嘟，嘟嘟起来没完没了。

你看吧，她一边刷缸，一边冲着西屋的窗户喊：

"二！——二家！都给我起来！"

她大声小气地嚷了几声，接着，照例是一阵嘟嘟：

"眼下这年轻的呀，我看，是越惯越懒，天到啥时候啦？还睡！就不怕压塌那炕坯！你爹像你们这般岁数的时候，整年整月地给财主扛活，五冬六夏，不论下雨刮风，多咱也是看不见屋梁就起来；要像你们似的，仰在炕上睡懒觉呀，早叫东家打成肉饼子啦！就不知道想想吗？眼时下，是啥节骨眼！大家小户都在忙，你们年轻轻的，就不长点志气？就不看看人家？你们不怕丢人，俺还怕丢人哩！"

嘟嘟奶奶高一阵，低一阵，紧一阵，慢一阵，嘟嘟了老大晌，西屋里没有一点儿反应。她赌气把刷缸的炊帚一摔，咚咚咚，大步夹小步地向西屋走去。她一边走，还一边故意高声大嗓地说：

"你们拿我的话当耳旁风呀？好，你瞧着！老娘要揍你这些……"

说着，撩开了门帘。这时，她蓦地愣住了！她那爬满皱纹的脸，就像六月的天一样，变化得那么快，眨眼间，笑容泛起来。接着，她两手一拍，咧开那张只剩了几颗牙的嘴，笑了。原来，屋里没有一个人，炕上的被已经叠起来，小两口儿早已下地走了！这时，嘟嘟奶奶一边笑，一边自言自语地又是一阵嘟嘟：

"眼下这些年轻的呀，简直不知好歹！起五更不怕起五更，可得有点准头呀！夜来，睡得那么晚，今儿个又起这么早，累坏了身子怎么办？！"

嘟嘟奶奶从西屋里，嘟嘟到院子里，从院子里抱起一抱柴火，又嘟嘟到北屋里。她一边嘟嘟，一边忙着温猪食。可是，她刚掀起锅盖，又嘭地扔下了。接着，咚咚两步，跑到屋门口，一手扶着门框，又冲着东屋的窗户喊上了：

"死丫头！太阳晒着屁股了，还撅着个腚睡呀！你呀你呀！光玩嘴片子！叽叽叽，在家庭会上，说得酸梨比那糖梨还甜，和俺哥哥比呀，跟俺嫂子赛呀……人家两口子都早就走了……"

闺女熟悉娘的脾气，她从屋里跑出来，笑着说："娘，我来温猪食吧！"

"甭价！俺不用！俺不像你似的，俺说到就做到，这是俺个人在家庭会上说的：一切家务事，俺都包下来，腾出你们的工夫，年轻力壮的，多到队上去干活……你别看俺老了，老了可不糊涂。上一回，开家庭评比会的时候，你说，俺帮着娘烧火，俺帮着娘喂猪……要不，你凭啥捞个第一？这一回儿啦，俺也精了，这一条你算甭指望喽！"

嘟嘟奶奶正嘟嘟着，她见闺女扛着大锄要出门，又急眉火眼地喊道：

"死丫头！你给我回来！"

"干啥呀？娘！"

"你不是到了'例假'了吗？"

"不碍的！"

"不碍的，不碍的！啥碍的？"嘟嘟奶奶把垂下来的一缕花白头发撩上去，"支书说得明白，闹竞赛，要干劲足，也要保证健康……咱家评比，也有这一条呀！上回评比，批评你嫂子，光干劲足，可是不注意健康……要不价，你凭个啥争第一呀？……怎么？模范不模范没啥关系？那也不行！你不想争模范社员，俺这个当家人，还一心要争个模范家庭哩！"

这时，闺女遵照娘的话，已经回来了。嘟嘟奶奶一边温着猪食，一边还是嘟嘟：

"我那年轻的时节，给财主扛活，一年三百六十天，不分啥时候，就得没轻没重地干，结果才落了一身病……要不是毛主席他老人家，像我这六十岁的人了，别说这么壮实，唉，你呀，你早就成了没娘的孩子了！"

嘟嘟奶奶嘴里嘟嘟，却误不了手里忙活，并且，就像越嘟嘟越忙得有劲似的。这时节，她新的，陈的，东的，西的，一边嘟嘟着，一边哗啦啦，哗啦啦地往罐子里掏猪食。猪食掏完了，她提起罐子，侧着膀子，小心翼翼地走下高高的台阶，然后加快了脚步，咚咚咚，一直向外走去。当她走到东屋门口时，见闺女正准备洗队上的布包，就说：

"不洗就干脆给俺留着，要洗，就洗得干干净净的，可不能像给你自个儿洗衣裳似的，稀里糊涂地糊弄糊弄拉倒……"

"呵！"闺女笑着，高声答应着。

嘟嘟奶奶走到门口，一只脚已经迈出门槛去了，可她又迈回来，扶着门框，歪着脖子，气吁吁地向闺女喊道：

"可要小心点，洗得差不离就别洗了，那包是布的，不是铁的；那布是拿钱买的，不是谁家白给的；那钱是大家伙一把汗一把汗地换来的，不是拾来的……听见了吗？唵？"

直到闺女高声应下来，她这才迈过门槛，出门去了。据说，嘟嘟奶奶的这个"嘟嘟"二字，就是这么来的——她大事要嘟嘟，小事也要嘟嘟；该嘟嘟的嘟嘟，不该嘟嘟的也嘟嘟。总之，一年到头，一天到晚，她只要没有睡着，嘴就不能不嘟嘟。

不过，据考查过嘟嘟奶奶的"嘟嘟史"的人说，在她嘟嘟的内容方面，是有过不小而且也不少变化的。比如喂猪吧，解放前，她给地主喂猪的时候，常常是这样嘟嘟：

"猪儿呀猪儿呀！你怎么还不吃？你真是畜生东西，不知足，你比俺吃的还好呐！你还想吃啥？唉，都说你的肉好吃，别看我顿顿来喂你，可俺从没尝过你那肉是啥味儿的呀！"土改后，合作化前，她自己有了猪。在喂猪时，她常常嘟嘟道：

"猪儿呀猪儿呀，我怎么总是觉得你吃得不多呀？你又想吓唬俺，是不是？毛主席刚给俺夺了个饭碗来，你可别给俺打了哇！你要有个好歹，唉，俺这个日子，就得下去半边……"

有时候，猪吃得多了，她又嘟嘟：

"哎哟，哎哟！俺那猪爹爹哟！你一顿就吃这么多，你想着把俺吃穷了怎么的？我看呐，你是傻吃傻喝不上膘，整个的是个败家精！……"

她入了社以后，曾经给队上喂过猪。那时候，她向猪嘟嘟的内容，又变了：

"猪儿呀猪儿呀，你算生到好时候啦，你看，你要有个大灾小病，就能惊动全队的老少，多威风呀！在那旧社会呀，俺这人病了也没人管哩！……眼下，这个夸我，那个敬我，说我对你关心，是养猪模范。怎么？你不吃啦？怎么吃这么少？你看我当模范眼红是不是？唉唉，你真是畜生东西，不懂事！"

如今，因为她上了年纪，队上为了照顾她，把她喂猪的"职务"解除了。可是，像嘟嘟奶奶这样的人，脚勤，手勤，嘴勤，怎么能安安生生养老呢？刚开始的时候，她被队长"强迫着"，被孩子们"硬管着"，不管她愿意不愿意，还是在家里待了几天的。但是，自从她听说，村里要搞评比竞赛，她怎么也待不下去了，拿起家什，非要到队上去干活不行。后来，经过儿子、媳妇、闺女和她"谈判"，这才达成了一项"协议"，由她把家务劳动包下来。

今天，嘟嘟奶奶一边喂猪，一边还是嘟嘟。现在，她喂的是自己的猪，不过，情况不同了，嘟嘟奶奶嘟嘟的话也不同了。你看吧，她还没有走进猪窝，就笑呵呵地召唤起来：

"啰啰啰，啰啰啰……"

她一走进猪窝，猪就哼哼着跑过来，并且把嘴巴伸得长长的，吭哧吭哧地拱着猪食槽子。嘟嘟奶奶一见这光景，又嘟嘟道："猪儿呀猪儿呀，你真是个急嘴子——我一来，你咋知道给你送食来了？我还没有把食掏到槽子里，你拱个啥呀！……"嘟嘟奶奶笑呵呵的，正说着，猪把木槽子拱翻了，正砸在她的脚上。嘟嘟奶奶"哎哟"一声，举起掏猪食的勺子，朝猪背上轻轻打了一下。猪"吱啦"一声，把大大的耳朵一摆，跑开了。接着，嘟嘟奶奶又"啰啰啰、啰啰啰"地召唤起来。猪用眼睛盯着她，不过来。她指着猪又嘟嘟道：

"你呀你呀，简直叫我把你惯坏了。我只轻轻地打你一下，你就吱吱啦啦地跑，跑！跑吧，跑吧！看我把你饿起不！……"可是，她这句话刚说过，又"啰啰啰、啰啰啰"地召唤起来了。

猪过来了。它把长长的嘴，伸进木槽子，哼哧哼哧地拱着，吧嗒吧嗒地吃着。嘟嘟奶奶一手往槽子里掏食，一手抚摩着猪背，嘴里嘟嘟道：

"猪儿呀，你知道不？我还指着你呐！我那评比条件里，头一条就是：到国庆节，保证卖给国家一口一百二十斤的大肥猪。猪儿呀，到国庆节，你能长一百二十斤不？哝？……咱全家的评比条件，还有保证向队上投三十车好圈肥呐……"

嘟嘟奶奶正向猪嘟嘟，忽听那边传来吱吱的猪叫。她抬头一望，几个淘气的"鼻涕客"正在投队上的猪。嘟嘟奶奶急了，放开嗓子嚷道：

"你们干啥啦？真淘气，看我去捧你们不！"

她一边喊，还一边做出要走出猪窝去攮他们的样子。孩子们咯咯地笑着，跑了。这时，嘟嘟奶奶又嘟嘟起来："眼下这孩子呀，吃得饱饱的，光想淘气。也怨大人，怎么就不嘱咐嘱咐他们，别投队上的猪，别祸害队上的庄稼，这都是咱的，不是人家的……"

嘟嘟奶奶嘟嘟到这儿，那边有人喊道：

"嘟嘟奶奶！你人越老，心越红，下回评比，我那一票一准是你的了！"

嘟嘟奶奶手搭凉棚一望，见是王小五，就说：

"甭选俺！俺老老大大的了，没那些闲心啦！哪像你们那些年轻人，脑袋里啥也没有，除了评比还是评比……小五啦！你干活是不错的，听说你娘干活不大保质量，也不知真的假的，我正打听呐，要打听准了，哼，下一回呀，我非给她提出来不可……"

小五走远了。嘟嘟奶奶又说："人家小五娘不是那号人！哼，狗儿他娘这话呀，十有八九靠不住……怪不得人们都说富裕中农富裕中农的！"

"嘟嘟奶奶呀！你这猪，是和人家六奶奶一块进圈的，你可不如六奶奶积的肥多呀！"

嘟嘟奶奶抬头看，不知道队长哪时到的圈崖上。她说道：

"人家多，人家积极呗！俺又不想争第一，又不想当模范，爱多就多，爱少就少去吧……"

嘟嘟奶奶嘴里这样说，心里却在想："前天，我去看过她的圈，不比我多呀！怎么才隔了两天，就比我多了呢？队长又是跟我开玩笑，故意逗我这老婆婆吧？"

她虽然心里这么想，可是喂完猪以后，还是提着空猪食罐子，向六奶奶的圈边走去。她一边走，一边又悄悄嘟嘟：

"该早点回家做饭了。要误了饭，外边一砸钟，这孩子们又得拿上个凉干粮往外跑……唉，有个啥看头呢？队长说人家多，那就一定是人家多，往后，咱再加上把劲就是了呗！真是老小孩……"

嘟嘟奶奶嘴里虽然这样说，可是脚并不拐弯，还是一直地向六奶奶的圈崖走着。

嘟嘟奶奶从六奶奶的圈边回来，正想进家，忽然支部书记来了。他说：

"嘟嘟奶奶，告诉你那儿媳妇，让她回娘家走一趟吧！"

"干啥？"

"请她把这封信给她爹送去！"支部书记说着，把一封花折着的信，递给嘟嘟奶奶，又说，"让她来个公私兼顾不好吗？"

"是啥信？"

"还有啥？竞赛书嘛！"

"竞赛书？竞赛书咋交给她爹呀？"

"看你！她爹不是支部书记吗？"

嘟嘟奶奶满口应下来了。支部书记走后，她想："还是我跑一趟吧，腾出媳妇的工夫，给队上多干点活。"

嘟嘟奶奶把主意拿定了。她回到家，紧烧火，快做饭，一阵好忙。媳妇下地回来，她根本没提这回事。早饭后，她打发儿子、媳妇下了地，便换上一件新褂子，理了理已经不多了的头发，又向闺女说了一声，便起程了。

嘟嘟奶奶刚走到村头，又忽然收住脚步，走回来。她一边往回走，嘴里还在一边嘟嘟着：

"唉，人呀，一老了，就是这么拾仨忘俩的，光忙着走了，差一点儿把一件大事忘了……"

她嘟嘟着，回到家，向闺女问道：

"丫头！公社书记来给上课，是该着今儿晌午呀，还是明儿晌午？"

"娘，你说的是学习毛主席著作辅导课呀？今日晌午。"

嘟嘟奶奶第二次离开家，一边紧走，一边自言自语道：

"快点走，快点来，晌午说啥也别误了听课……打从学毛主席的书，一年多了，咱一回课也没缺过。上一回，支部书记还表扬我，说我是毛主席的好学生，这回要缺了课……再说，今儿该着讲《为人民服务》了，这一段可好啦。上回，叫媳妇给念了两遍，就是听不够，听了还想听。今儿晌午，要叫公社书记一讲，准比媳妇念得还好……"

嘟嘟奶奶边走边嘟嘟。看样子，她这一路上，嘴是不会闲着的，可步子也越走越快了。

1964 年 6 月

接　班

　　我的工作调动了。新的岗位，是大柳粮点。我去接班前，局长对我说："小刘呵，你估计几天能办完交接？"我想了想说："五天怎么样？"局长笑着摇摇头说："不行……"我忙抢过话头改口说："三天吧！"不料局长一听，哈哈笑了。他拍着我的肩膀说："小伙子呵，这样吧——我给你半个月的期限。"他望着我莫名其妙的神态，又笑盈盈地补充说："但有一件——前任所掌握的一切，你要力争通通接过来……"

　　第二天早饭后，我便向大柳出发了。大柳离城四十里，交通不便，是全县最偏僻的角落。正是由于这种情况，县委为了方便群众，才指示粮食局，在那儿设了个小小的粮点。这个小粮点，是个一人班儿——业务员、会计员、炊事员等都是一个姓杨的同志干。他的经营范围也很小，只有五个村。因此，我一边走一边想："这么个小小的粮点，它能有多繁杂的业务？办交代怎么能用半月的时间？"我暗自决定，三天内，一定就接过班来。

　　天还不到晌午，我就赶到大柳了。走进粮点，只见院子里站满顾客。一个五十上下、满脸络腮胡子的汉子正忙着，他自然就是老杨啰。我怕影响他的工作，没有上前去打招呼，只在一旁悄悄蹲了下来观察着。别看老杨长得粗里粗气的，可是，他的动作，却既利落又沉着，既迅速又准确。他一边收款，一边看秤，与此同时，还能照顾别人装粮，回答顾客的问题。我望着这种情景，心想老杨真是不简单。

　　忙活了一阵，顾客都走了。院子里，除了老杨，只有我一个人。这时，我站起来，凑过去。我还没来得及开口，老杨先说话了：

"小伙子呵，你也买粮食？给谁买的？"

我就势打趣说："自个儿买的！"

老杨一听，愣住了："不对，不对。这五个村的男女老少，我都认识……"

等我说出我的身份后，老杨便哈哈大笑起来了。他紧紧握住我的手，直叫"小刘，小刘"，又让我进屋去坐。

我们进了屋，唠了几句闲话，我便把话引到正题上来："老杨同志，咱多咱接班呀？"

"现在就可以开始呀！"老杨又问我说，"咱先交代什么哩？"

"我不了解情况，还是你说吧！"

老杨把帽子往后一推，想了想说：

"小伙子呵，这样吧——咱们利用一早一晚和应付门市的空隙，先把各种小零碎儿交代交代。以后，找个整时间，再交账，交柜，交仓……"老杨一边说，一边把手伸进衣袋去掏烟袋，不料把一个线轴子带出来，啪嗒一声滚落到地上了。他一哈腰捡起来，举在眼前，风趣地说：

"哈哈，你也着忙啦——要找你的新主人去，是不是？"他说着，把线轴子递给我，"小伙子呵，这一件交给你，这就算咱正式开始交代了吧。"

我接过来，瞅了瞅，见上边缠着半轴白线，线上还插着两根针。我实在闹不清这是啥意思，便问道："它是干啥用的？"

"哈哈，是这样……"老杨正想解释，突然外边喊了一声，接着一个顾客闯进来。老杨便立即收住了话头，忙着去应付门市了。说来，事情就有这么巧，那顾客把粮食买好，哈腰拾起口袋扛到肩上就要走。正在这时，只听嘶啦一声，口袋裂开一个口子，粮食像断了线的珠子，噼里啪啦洒到地上。那顾客赶紧把口袋放下来，急得直搓两手："这咋办？这咋办？"

"二楞呵，别着急！"老杨转过身，向我一伸手说，"来，拿线轴子来！"

我把线轴子递过去。只见他，拔出针，引上线，三下两下，把口袋缝好了。

顾客道过谢，高兴地走了。我向老杨说："哎呀，这一手，我可干不了哇！"

"干不了怕啥？可以学嘛，我也是干上这个工作以后硬学会的！"

老杨正说着，又一个顾客进来了。那人进门就说："老杨呵，我们队上想买五斤萝卜种，跑了好多地方没买到……"

老杨说："哎哟哟，我那老队长哟！你是老糊涂了怎么的？你买萝卜种怎么买到我们粮点上来了？"

"我要不来怕你怪呀！"老队长说，"你忘啦！去年，我们的玉米地里没带绿豆，你批评我们不会巧用地力。我说因为没有绿豆种，你说：'咋不找我去？'我说：'我们知道粮点上也没有！'你说：'唉唉唉，你真死心眼儿，粮点没有，我可以帮助你们想些办法呀！'……"

老队长说到这里，他和老杨都哈哈地笑起来。接着，老杨就势说："好吧——我就帮你们想想办法吧！"

老队长走了，屋里又平静下来。我问老杨：

"咱粮点还管这些事儿呀？"

"要管的！"老杨说，"常言说：水有源，树有根。农业生产，是咱粮食工作的源，也是粮食工作的根。"他说到这儿，拉开了抽屉，拿出一张地图，铺在桌子上，指指点点地说，"这是这五个村今年的作物种植分布图。这儿是前庄的基本田，种的是玉米；这儿是后庄的试验田，种的是谷子，这儿是……"

"这个对咱也有用？"

"当然有用喽！"老杨说，"我们根据它，可以估计出粮食的总产量，可以估计出各种粮食的产量，以便于安排收购任务……"老杨说到这里，突然转了话题："哎呀！差点儿把一件事忘了！"他说罢，拿起一条口袋，称好半袋粮食；然后，又拿了两个干粮往衣袋里一装，向我说："你吃饭自己做吧，我过晌就回来。"说着，扛起口袋就走了。

午后，老杨回来了。我见他满头大汗，衣裳也被汗水浸湿了半截，就问他说："你干啥去来？"

老杨笑笑说："办了点闲事儿！"接着，他告诉我："西庄有个'五保户'，每次买粮都是队上派人。我算计着，明天他又该买粮了。可是，当前队上正忙，我提前给他送去，就省下了队上的一个劳动力。"老杨说着，从抽屉里拿出一张表，递给我说："该照顾的户，都在这上边——现在咱先作个半交接，以后我再领你到这些户拜访拜访……"

傍黑，快要收市的时候，老杨拿起一把笤帚，把掉在地上的各种粮食粒，打扫得一干二净。即使被踩到地皮里边去的几颗，他也用竹签挑了出来。这时，我说："这么几颗粒儿，合起来也没有一两，算了吧！"

老杨说："可不能那么大方！一天糟蹋一两，十天呢？一个月呢？一年呢？十年呢？一个粮点这样，要是各个粮点都这样呢？……"

说着，他叹了口气。"小伙子，你还年轻呵，不知道甘苦。我是经过苦日子的。你看——"老杨指着头上的一个伤疤说，"这是小时候，家里没得吃，到粮食市里去'扫街'，被财主家的大骡子踢的。当时，鲜血直流，昏倒地上，半天没省人事儿……你想呵，过去，为了几粒粮食，差一丁点把命搭上！眼下，我能掌握这么多的粮食了，怎么能忍心眼瞅着糟蹋一粒粮食呢……"

天黑了，走了几十里路，我实在疲乏了。老杨见我不住打呵欠，就说："小刘，你累了，睡吧！"

我躺到床上，却见老杨把灯剔亮，聚精会神地坐在桌边看起书来。我问："老杨，看的啥？"

老杨回答："《毛泽东选集》。"

我见他这大年纪了，还这样用功学习，就称赞他几句。他却哈哈地笑起来，敲着自己的脑袋说："它就像机器一样，开动一天了，不擦擦，加上点油，明天就可能出故障的！"

老杨说罢，又继续学起来。这时我再也睡不着了。我在翻来覆去地想："甭说账、柜、仓那些整本大套的工作，一下接不过来，就光是这些'小零碎儿'，我半月也算不清呀！……不！最难的，也是最重要的，是要把老杨那颗全心全意为人民服务的红透了的心'接'过来！"

1964 年 7 月

房　东

　　七月的一天，我到辛集去工作。赶到时，天已过晌，正是睡午觉的时候。我找到支书，向他作了自我介绍，说明来意，他笑呵呵地说："好呵！这样吧，我先领你去安下营寨，解决了吃饭睡觉的问题，回头再谈工作，怎么样？"看来支书是个果断人。他虽是商量的口吻，可是并没容我表示可否，又紧接着说："来呀——跟我走吧！"

　　我在这村要住一个多月，当然房东是很重要的。因此，我一边走着，一边向支书询问房东的情况。支书说："这户是个贫农，又是烈属，政治可靠；只有一口人，很清静，正适合你这个工作……"

　　我们说着，来到一家门口。支书停住脚步，仰脸一瞅，门上了锁。他眉头一皱，自语道："哼！不在家？"接着他又扒着门缝向里望了望，回头向我一挥手，说道："走！咱去找她。远不了！"我有些纳闷，便问支书："你怎么知道远不了？"支书笑着说："她要出庄，必背粪筐；现在粪筐在家，她就一定远不了！"

　　这辛集村子不大，看样子也不过二三十户人家，住得很集中。支书领着我，左一条胡同，右一条胡同，拐弯抹角跑了半截庄，不仅没有找到我的房东，就连个大小的人影也没看见。大概这时人们都在歇晌了。支书领着我一门串胡同，不叫，不喊，也不到谁家去问问。于是，我问他；"支书，你这样找法，能找得着呀？"支书一听乐了："哈哈，同志，你是不知道，俺这位老奶奶，就是好说说道道，一天到晚嘴不闲着；并且她一说话，就是高声大嗓，叽叽嘎嘎，连说带笑……她不论在谁家，咱从胡同一走，没个听不见！"

支书说到这儿，正巧有一位小伙子走过来。支书问他："小战，你见到呱呱奶奶没有？"小战说："她外甥近来总闹家务，她准是到石庄给人家说事去啦！""不，她没有出庄！"支书说，"东半截庄我都找了，没有，你再到西半截庄去找找她吧！""是，我就去！"小战像军人在首长面前一样，来了一个立正。支书笑着拍一下他的肩膀："你个小滑稽鬼，快去！"小战吐出舌头做了个鬼脸，一缩脖子扭头而去。这时，支书向我一招手说："来，咱坐在树荫下等等吧！"

我们在树荫下坐下了。只见那位叫小战的滑稽鬼，并没有真的到西半截庄去找呱呱奶奶，而是登上一个高高的大粪堆，背东面西，装腔作势地学起两个人吵架来。他先是装作一个男人的老粗嗓子，拙嘴笨舌地嚷道：

"臭媳妇儿，你和社两条心，你拆社会主义的台，你不争气！你不要脸！你没良心！你忘本！……我就是揍你啦！你有办法使去吧！你要不改，我还揍你……"

紧接着，他又学着一个女人的尖嗓门，哭声丧韵地吵着："你凭啥打人呀？眼下是新社会，打人犯法！你野蛮！你混蛋！不行！我得告你去！……"

这时，我觉得既好笑，又纳闷，就问支书："他这是出的什么洋相？"支书在鞋底上磕去烟灰，笑了笑，以议论世事的口吻说："世间之人，各有所好。我们这位呱呱奶奶呀，她专好给人家说事评理。在我们村里，大家小户，东邻西舍，吵嘴的，打架的，闹矛盾的……只要请她去说事，她是有求必应！就算没人请她，她只要听见，也必定闻风而至……"

支书正说着，从正西走来一位老大娘。这人五十多岁，由于个头儿矮小一些，再加细细的脚腕上缠着腿带子，那两只本来就不小的脚板，更大得显眼了。她一边走，一边摇着蒲扇，来在近前，啥也没说，先咯咯地笑开了。支书问她笑什么，她拍手打掌地说：

"你看！真是出了神——我正给二柱家说家务，就听到这边有人打仗……"她说着说着又咯咯地笑起来。

这时，支书向粪堆上一望，小战不知啥时溜走了。他眯笑着说：

"方才，确实有人打仗呵！"

"不会，不会！有你这支书在场，就不会让他们打起来！"她咯咯地笑 房
着又转向我说："你说对不，同志？" 东

我笑笑，没说啥。支书说："我刚来呀！"

"俺不信！"

"你凭啥不信？"

呱呱奶奶用蒲扇指着地上的两堆烟灰说："这不是活证件吗！"这话按
说是没有什么可笑的，可是她说罢又照例是咯咯地一阵大笑。

在他们说话的当儿，我突然发现这位老大娘好面熟。她那灰白的头发，
胖鼓鼓的赤红脸，伸出唇外的两颗门牙，使我总觉得好像在哪儿见过她。我
想着想着，忽然想起来了。在这以前，我曾经三次见过她。

头一次是三年前。那是在半路上，她背着粪筐，和一位青年妇女并肩走
着。她们一边走，一边说，一边笑。开头说的什么，我没听清楚。后来，我
们的距离越来越近了，就听那青年妇女说："说起俺那公爹来，可是真不孬，
人家一点也不拿俺当外人！对待人情世事，处处教给俺……"那媳妇一夸公
公，背筐的大娘却生了气。她打断了人家的话头，又批评又挖苦地说："看
你个傻丫头！怎么傻得分不出狼和羊来呀——你公公那个老家伙，我是知道
的，他精得像只猴子，狠得像只狼，甭管怎么着，他万万没人心，他不会对
你是真心，你得处处小心他；还有你婆婆那个老狐狸，也不是好东西……"
她这些话，本来是气愤愤的，可是她说到这儿，却咯咯地笑了两声，又接
着说："我听你娘说，你挺怕他们，是吗？真没骨头！不争气！怕他什么呀？
打就和他打，骂就和他骂，闹大了就跟他上法院，反正不能叫他欺负！…"
从她们的谈话中，我听出一个是外甥闺女，一个是姨。那时我不由得想：
"这个老太太可真够厉害！"

第二次是前年夏天。有一回，她背着筐，摇着蒲扇，满头大汗，走在县
城的大街上。有个熟人问她干啥去，她咯咯地笑着说："打官司去！""打官
司？和谁？"那人吃惊的样子，引得她又笑起来，接着解释说："我是架官
司的——王强把赵金打了！打人固然不对，可是，无论如何也不能处分王
强，我怕……"她边说边走，后边的话就听不清了。

就在那天下午，我在路上又碰上了她。那时节，她正和另一位老太太
说话。听她们的话语，是那位老太太正和她打听一门亲事。就听她说："你

是个明白人，可不能把闺女嫁给俺对门刘家！我知道，你那闺女是党员，还是贫下中农小组的代表，要是嫁给他呀，就算把闺女送到火坑去了！"她往那老太太近前凑了凑，看来是想压低嗓门说个悄悄话，其实嗓门仍然不小："俺那对门刘家，一家人商量好，托人烦亲要说个装门面的媳妇，我呀，我算跟他作了对——给他破媒好几个啦！"她说完，又得意地咯咯笑起来。

这三次巧遇，她当时留给我的印象很坏，也很深。不过，经过两年多的时间，我几乎把她忘了。现在想起这些事来，我不由得对她又产生一种反感，心想："这位老太太！挑拨家务，架官司，破媒——净出些坏主意！我偏摊上这么个房东，对工作可大大不利呀！"我正想找个借口，打算另换一个房东，可还没等我想好理由，支书就说话了：

"呱呱奶奶呀，你家那间余房没有占用着吧？这位同志是做政治工作的，需要找个贫农房东，政治可靠，还得清静一些……"

"咯咯咯……看俺那支书哟！你啰里啰嗦的干啥呀！是要倒间房子不？这不得了吗！"她又转向我说："同志呀，来，跟我家走吧！你只要不嫌脏，住一辈子也行……咯咯咯！"她走了不远，回头一看支书也跟在后边，笑了两声一挥蒲扇又说："你像个保镖似的，跟着干啥？怕我亏待了这位同志？"支书笑笑，向我说："也好，你先去安排住宿吧，安排完了就到队部去研究工作。"

这位大娘，不光爱笑，还挺爱说。我们一边走，她一边问我姓啥，叫啥，在哪里工作，哪里的人，家里有什么人，从前种多少地，爹是干什么的，哥是干什么的……看来就像她要给我作政治鉴定似的，把我各方面的情况盘问个底儿朝上。这时，我为了了解这位老大娘究竟是怎样的一个人，也就势问起她来：

"大娘，你姓啥呀？"

"婆家姓周，娘家姓李。"大娘笑了两声说，"同志，你说俺算姓啥呀？"

我没有回答她，又问："叫啥名字，大娘？"

"咯咯咯……俺那傻同志哟！像俺这大老婆子，哪有什么名字呀！从小跟着穷爹穷娘，甭说大号啦，连个正经乳名都没起起，就叫俺四丫头……十二岁那年，姐姐被地主抢去了，爹坐了牢，娘上了吊，我就被姑妈领进周家门，当了'团圆媳妇'。实指望，来到婆家能吃顿饱饭，谁想到，婆家跟娘家一样，也是穷得掉底没帮。进了周家门，人们就叫俺'周小虎家'。而后，生了俺狗儿，人们又叫俺'狗他娘'。在土改斗地主的时候，人们选俺当了农会副主任，那时还给俺起了个大号，叫李什么生？起了以后也没叫开，年深日久，连俺自个儿也忘啦！旧社会压得咱穷人喘不过气来，共产党、毛主席领导咱们闹革命——斗地主，分土地，当国家的主人。我越来越爱说爱笑了。这些年，人们就都管俺叫开'呱呱奶奶'了……"

我们一边说一边走，很快来到了她的家门口。进屋后，她对我就像招待娘家人似的，又实在又亲热。先是递给我一只茶碗，向桌上的暖壶一指说："壶里有水，自己倒吧！"接着，又回手把一把鸡毛扇子扔给我。一阵忙乱过后，我以话引话，又问她说：

"大娘，几口人呀？"

大娘咯咯地笑着说：

"老爷庙上的旗杆——独一根！"

"老伴呢？"

"唉！闹斗争的时候，叫地主给谋害啦！"

"没有儿女吗？"

"有过两个儿子，当八路牺牲一个，在朝鲜牺牲一个！"大娘说这几句话，一直没有笑。我以为她的心里一定很难过，就安慰她说：

"大娘呵，你是老贫农，双烈属，真是光荣门第呀！儿子为国牺牲，这是……"

大娘毕竟是个精明人，我一张嘴她就看破了我的意思，抢过话头说：

"同志呀，我不难过，大儿子死了，我只哭他两三声；以后二儿子死了，我连一声都没哭他……你说我哭他什么呀？他要是冻饿死的，我哭他受了屈；他要是生病长灾死的，我哭他短命鬼，死得不值……像他们，为国为民，死在战场上，虽说都是活了二十几岁，有这么大的贡献，就算我没白养活他们一场。"

我赞叹地点点头。大娘正想张口又说什么，突然街上响起上工的钟声。她立刻合上嘴，走进东屋拿锄头，准备去下地。我说："大娘真是老积极呀！"她说："积极啥呀！咱是个烈属，人们都尊敬咱，越这样，咱自个儿越得事事走在前头呵！"大娘说罢，咯咯地笑着，背起粪筐，出门去了。可是，她刚一出门，又退回来，向我笑呵呵地喊道："同志呀，你就在东屋住，自己打扫打扫房子吧！"大娘出门后，不知碰上了谁，只听见他们一边说，一边笑，向南走去了。

傍黑，大娘从地里回来，背后的筐里装得满满的——有草，有柴，有粪，还有两块半头砖……我觉着有些好笑，就问她说："大娘，你拾这两块半头砖干啥？""干啥？队上砌个猪圈，垒个牛栏，哪里不得用砖？"她望着我笑了笑说，"俺没啥大本事，给社里添砖添瓦还行呵！"她说罢又咯咯地笑起来。我对她这爱社精神称赞了几句，她却凑在我的近前悄悄说："那些地主、富农，都拿眼盯着咱哪！哼！咱们就要争这口气，非把咱那大日子过好不行，让他们干生气……"大娘的嗓门越说越高，最后简直就像跟谁打架似的，敞开嗓子嚷起来了。嚷罢，又照例咯咯笑一阵。

正在这时，对门刘家吵起来了。大娘一听，脸上就挂了气，二话没说，拔腿就跑过去。一会儿，就传来了她那高大的嗓音：

"你们三六九地吵吵，就像离了打架过不了日子似的，又是因为什么事呀？"

"你看，我好歹是个公公不？她根本没把我放在眼里，来不来就教训我一通……"一位老汉说，"唉！常言道，清官难断家务事——大奶奶呀，你快回家歇着吧，跟俺们操这份心干啥！"这话很明显，是人家不希望她管。可呱呱奶奶还非要管管不行。她说：

"没啥难断的，我一断就断开。论家庭，你是公爹，她是儿媳，她没权教训你；论成分，你是地主，她是贫农，她就是有权教训你嘛！"

老汉说："那是，那是——你回家歇着吧！"

"你光是不改！一回了吗？总想用一套家法，把媳妇压下，那可不行！你要压迫她过分了，大家不会饶你……"

"那是，那是——你回家歇着吧，干一天活，哪能不累呢……"

这些话，房东大娘好像都没听见，还是一套又一套地评着理，直到把那老汉说倒了，她这才回家来。一进门就跟我说："这家人呀，跟俺那外甥闺女婆家一样。可人家这媳妇行，就是不服他那一套。俺那外甥闺女不行，还觉着她那地主公婆蛮不错哩，真是没有觉悟。你说对不，同志？"大娘又咯咯地笑了起来。

我同意大娘的看法，朝她点点头。可大娘咯咯咯笑了一阵之后，马上收敛起笑容，严肃地说："同志，咱不时刻对地主、富农监督可不行啊！这些事咱贫农不出头管还行吗？她是贫农，我也是贫农，还有比这门亲再亲的吗？咯咯咯……"

大娘笑声未落，前邻家又传来了一阵低低的哭泣声。大娘竖起耳朵听了听，忽地站起来就向外走，一边走一边向我说：

"同志，抓你个差吧——烧一会儿火！"

不多时，大娘的声音又在前邻家响起来："咯咯咯……哎哟哟！俺那老伙计哟，又哭啥呀！……你呀你呀，值不值得就哭，这事也犯得上哭呀，你向那媳妇说说不就完了吗？你不说那孩子知道吗？……老家伙呀，你怎么越老越糊涂呀！你们婆媳俩，本是一个道上的人：你受了一辈子穷，她也是跟着穷爹穷娘长大的……不论啥事，就得媳妇敬婆婆，婆婆疼媳妇，你抬我一尺，我举你一丈，真心交真心，团结成一个人儿，一家人嘛，可不能三心二意的！……"

"娘，饭熟了吧！"这是一个青年妇女的声音。又听房东大娘说："老的，你听了吧？媳妇心里哪装这些事来？你错怪了孩子！"下边，紧接着的又是大娘那响亮的笑声。

随后，她们又说了些什么没有听清。过一阵又听房东大娘说：

"往后，你们要更团结更亲热，可不能叫人家看笑话！听见了吧？"

"看你说的，人家，人家，倒是谁家呀？"

"还有谁？还不是咱们闹土改时被斗倒的那些家伙们！"大娘说罢，没听清别人又接了一句什么话，逗得大家都笑起来——婆婆笑，媳妇笑，房东大娘笑得更响。

…………

1964 年 8 月

第
六
辑

下乡路上

今年麦秋丰收。

为了了解社员们丰收后的思想动向，县委郑书记要下乡去做个调查，并要我随同书记一块儿下去。

次日一早，出发前，我问书记："郑同志，咱先到哪个生产队去呀？"

"这个，还是你这'参谋'先拿个'方案'吧！"郑书记说。

"我的意见——先到后岳生产队去。因为：第一，那队是产麦区的中心；第二，从种麦亩数上讲，从麦子产量上讲，那队都有代表性；第三……"说到这里，书记拍我一下肩膀，笑呵呵地说："小伙子呵，行啦，行啦，咱们开路吧！"

书记在前，我在后，自行车在公路上飞驰着。路旁，杨柳夹道，绿枝结荫，微微晨风，清爽宜人。我一边赶路，一边考虑着调查的日程：今天上午赶到后岳生产队，开个干部座谈会，下午开个社员座谈会，晚上开个妇女座谈会……

我正想着，书记突然下了车子。原来，前面有一推车老汉，正在爬坡。看来车载得很重，老汉推着吃力。书记放下车子，急走过去，帮着老汉把车子拉上坡去。老汉上了坡，停下车子，一面擦汗，一面道谢。书记笑呵呵地问道："大爷，哪村的？……推的啥？……麦子。往哪里送？……噢，送公粮……你们队的公粮送得早啊！"

老汉说："嘿，丰收啦，该早把公粮送去，我们还怕送迟了呢！"

老汉说到这里，一辆大车赶过来。老汉见车子挡着路，忙架起车子，说了声："同志，谢谢你啦！"便走开了。

大车来在近前，只见车上拉的是砖。赶车的是个小青年，坐在车沿上，晃着鞭子，哼着曲子。书记向车打量一眼，说：

"小伙子，别唱啦，快整理整理绳套吧！你看——快把驴腿磨破啦！"

小伙子跳下车，一瞅，果然不假，便把车停下了。在小伙子整理绳套的当儿，书记又问上了："小伙子，哪村的？……拉砖干啥用？"小伙子得意地说："盖房子嘛！""怎么？盖房子？""是呵，我们的麦子超产一万多斤，盖几间房子还成问题？"小伙子说到这儿，已把绳套整理好，说了声"再见"，挥鞭一吆喝，赶车走了。

我们上了车子，走出不远，又停住了。这时，路旁的麦子地头上，有一个小伙子，正用麦子喂马。那马卧在地上，呼呼地喘大气，却没有想吃的意思。书记凑过去，问："小伙子，马怎么啦？"小伙子说："不知怎么，它不吃，拿点麦子喂它试试。"书记蹲下，摸了摸马鼻子，翻翻马眼皮，又掰开马嘴看了看，向小伙子说："哎哟！这马长'骨眼'呀！"小伙子吃惊道："怎么？难怪它卧下就不起来了，我还以为它是饿了呐！这咋办？……"书记不慌不忙，问小伙子："带着针没有？"小伙子说："没有——你能治？"书记没说能治，也没说不能治，把草帽往后一推，拍着脑门想了一想，然后掏出钢笔，用笔尖刺破马舌头，放出一些紫血来，又在耳后扎了几下，向我一伸手说："拿气管子来！"我把气管子递过去，书记便用气管子在马肋骨上搓起来。这么闹了一阵，马果然好了。小伙子用麦子一喂，马便吃起来。书记夺过小伙子手中的麦子，说："小伙子，麦子是喂马的吗？"于是，他批评了小伙子在丰收的时候也不应该这样浪费粮食，然后才继续赶路。

书记来这县工作，日子还不多，我对他还不大了解。因此，我好奇地问："郑同志，你学过兽医？"书记说："没有，只是和牲口打交道年数多了，硬磨出来的功夫！"接着，他告诉我：他和牲口打过三次交道——头一次，是给地主扛活；二一次，是在部队上当"马夫"；三一次，是下放劳动时，在一个生产队里当饲养员。

我们一边说，一边走，车子下了公路又上了小路。走着走着，被一条渠道拦住了。这渠道是新修的，还没来得及搭桥。虽然水面宽，但并不深，来往的人可以蹚水而过。这时，渠对面来了一位老大爷，拄着拐杖走着。我说："大爷，等我过来背你吧！"书记说："你不行，个子太矮，我背吧！"大爷看了看情况，也就不客气，说："好——那就让你受点累吧！"书记把大爷背过来，问道："大爷，不在家里歇着，干啥去呀？"大爷叹了口气说："上公社告状去！""告谁？""告我那小子！""他不孝顺你？""倒不是那个——俺那小子是队长。我见麦子收得不干净，几次给他提意见，他当耳边风，还说：'今年麦子丰产，免不了丢个一星半点的。'……他还说我不了解情况，叫我少操心。我要找社长来管管他……"

老大爷走了。我们过了渠道，仍然走得很慢。因为书记老爱管"闲事"。到后岳村附近时，天已近晌午了。这时，一伙社员正在树下休息。有的在打扑克；有的两人背靠背，这边打瞌睡，那边看唱本；有的谈天说地，讲古论今。我们来在近前，书记把车子往旁边一放，摘下草帽扇着风，笑呵呵地走过去。社员们大都忙着玩，没有理睬我们；也有爱说话的搭腔道："同志，来呀，凉快凉快吧！"书记说："咱打打价儿——一块四行不行？"人们都愣了。书记接着说："你们不懂我这话呀？这是一个故事——从前，有个地主，他坐在村头的大树下，有人路过，他就说：'来呀，坐一坐，凉快凉快吧！'人家真的坐一坐，临走时，他就向人家要四块八毛钱，并说有言在先：在这里坐一坐，两（凉）块（快）、两（凉）块（快）八（吧）……"书记这一说，把人们都逗笑了。书记接着说："这个地主，又是'巧利'，又是笨蛋！有一年，他听说有另一个地主，种的麦子很多，长得也很好，可是穷人都齐了心，那地主花多少钱也雇不着人收割，愁得吊死了。这个'巧利'地主听说这件事，自作高明地挖苦那吊死的地主说：'真是个笨蛋！要叫我，想法跑了也不吊死！'……"说到这里，又是一阵笑声。这时，打扑克的都收摊儿了，打瞌睡的醒了，看唱本的把书合上了，都聚精会神地来听书记讲故事。于是，书记盘腿坐在地上，一边装着旱烟袋，一边说着话，在人们的不知不觉中，便把话题由地主收麦子引到了今年的麦收。接着，七言八语，各抒己见，你争我辩，你说他驳，一场"呛咕会"便开始了……

收工路上，我和郑书记随在社员之后，向后岳庄村走着。我问书记："郑同志，下午咱怎么活动？"书记说："下地干活呗！"我说："咱不开调查会啦？"书记说："不已经开过一个了吗？下午在地里还可以开一个，以后再抽时间安排一个。"我又问："那调查报告怎么写？"书记说："那算我的活儿吧——你的任务是：到公社走一趟，了解一下老大爷那一状是怎样处理的；到前庄去一趟，调查一下他们盖的什么房子，做什么用？……"我们一边说一边走，不知不觉进了村子。书记向我吩咐说："小伙子呵，你先到队部去报个到吧。"我说："你呢？"书记说："我串串门去。"……

1964 年 9 月

孟琢磨

春天。

姜家洼里，泛起一片片盐霜，像是刚下过一场小雪。

在这里干活的人们，现在休息了。有的几个人一围，席地而坐，说起故事来；有的两个人相背而坐，脊梁靠脊梁，这边打瞌睡，那边看小说；也有的直挺挺地往地上一仰，胳膊垫在头下边，冲天唱起了梆子腔；还有的几个人凑在一起，讲古论今，谈天说地，时而响起一阵阵的笑声。

人们各有各的兴趣。在这伙人中，有一位老汉，五十多岁，五短身材，对这一切，看来他都不感兴趣。这时，他吧嗒着烟袋，迈着缓慢的步子，独自向南走去。

南边，在距这儿十几步远的地方，有一座孤坟。这老汉，来在坟前，收住了脚步。他先瞅了一阵，又绕坟转了一圈儿，然后，在坟边蹲下来。只见他，眼睛盯着坟堆，嘴里叼着烟袋，吧嗒嗒，吧嗒嗒，抽一袋，又一袋。这时，一股股的烟雾，掠过他那爬满皱纹的老脸，向上飘去。从他的表情上，显然可以看出——他正在思索着什么。

这个老汉，叫孟琢磨。这个坟里，埋着孟琢磨的爹娘。这对老人，都是屈死的。事情是这样：

解放前，孟琢磨家只有八分地——就是葬埋他爹娘的这块地。这八分地，四四方方，不偏不斜，人们叫它"方印地"。这块方印地，虽然很小，可土质很好，年年都是好收成。

这天，地主王麻子找上门来，要买这块地，理由是：如今，他家光有银钱没有官，把"方印地"买到手，就要出官了。最后，他还奸笑着说："我家出了官，你也沾点光呵！"

甭管王麻子怎么说，孟琢磨家这块地，是高低不能卖的。原因有两个：第一，孟琢磨的爷爷，因为宁死不卖这块地，死在了监狱里；孟琢磨的奶奶，因为宁死不卖这块地，饿死在古庙中。你想呵，孟琢磨爷儿俩卖了这块地，怎能对得起死去的老人呢！再说，他一家四五口，只有这一点点地，如果再把它卖掉，就连个站脚的地方也没有了。第二，王麻子买这块地，是为了制造"风水"好出官，这就更不能卖。因为，王麻子如今没有官，就竖霸五代，横霸三庄，欺负得穷人连气都喘不上来，如果他家再出了官，穷人还能活吗！

王麻子没把地买到手，使出一计——他挑开碱河堤，引出碱河水，灌了大南洼（即姜家洼）。因为，孟琢磨家那块"方印地"，就在这大南洼里。那时节，是王麻子的天下，他要挑堤就挑堤，要放水就放水，有谁能挡得了呢？

可是，孟琢磨爹明知挡不了，由于心疼自己的庄稼，他还是和王麻子去讲理了。在旧社会，强权就是公理，有钱就有理，哪有孟琢磨爹说理的地方呢！结果，不光讲理没有顶用，并且被王麻子吊起来，活活打死了。

这姜家洼被淹以后，不仅毁了当年的庄稼，而且从此以后，姜家洼成了一片碱场。孟琢磨只有八分地，这一毁便成了天大的灾难。从此后，他家的日子更难过了。在一个腊月三十的晚上，走投无路的孟琢磨娘，投河自杀了。

今天，孟琢磨蹲在爹娘的坟边，久久地出神，深思，这怎能不引起人们的议论呢？这个说："你看孟琢磨，准是想起他那屈死的爹娘来了！"那个说："从前，咱村不是有个民谣吗——活着喝盐水，死了腌腊肉。也许，他想起这句话来了！"还有的说："过去，这姜家洼啥都不长。集体化后，经过改造，虽然产量还不高，可是已经能长庄稼了。叫我看呀，他是在想：过去，他那八分地如果能有现在这个收成，他老娘也不至于投河的！"

这些人，大体是一种看法。可是，还有更多的人，并不同意这种看法。这些人，一致的论调是："孟琢磨一定是又在琢磨什么新名堂哩！"

这些人的看法，当然也是有根据的。现在我来举两个例子：

有一回，队上脱了一场坯，突然变了天。满场的人，为了抢坯，忙得汗流浃背。可是，孟琢磨蹲在一旁，架着烟袋，望望天，瞅瞅坯，像看景致似的，一点也不着急。有人催促他说："你还不动手吗？咋还愣着呀！"孟琢磨说："我琢磨琢磨。"有人着急地说："你还琢磨个啥呀？雨就要下来了，抢到摞上就是坯，抢不起来就是泥！"孟琢磨说："琢磨不好，抢起来也是泥！"

接着，孟琢磨向人们建议说："坯摞一律排成南北方向。"人们问："为啥哩？"他说："俗话说'雨打迎风墙'——今天是北风雨！"人们不信，问："咋见得？"他向天一指，说："你看不见跑云吗？"……孟琢磨这种说法，有信的，也有不信的，还有没听明白的。结果，排出的坯摞，啥样的都有——有南北方向的，有东西方向的，也有东南西北或西南东北方向的。

大雨过后，事实证明：孟琢磨的建议是对的，南北方向的坯摞，只淋湿了一个小小的头儿；东西方向的坯摞，都被风雨推倒，淋成一堆泥了；斜里八角的坯摞，也损失了一大部分。

有一回，保管员去打香油，这香油，是队上搞副业用的。谁知，由于一时不小心，把油倾了一地。当时，保管员又着急，又心疼，一股劲儿地搓腚，跺脚，捶脑袋。

那时，在场的人们，也都七言八语。有的说："唉唉，你咋不小心点！"有的说："这些油，算糟蹋啦，多可惜！"也有的说："老虎还有打盹的时候呢！倾了就倾了，埋怨有啥用！"还有的说："保管员呵，别难过啦，以后小心点也就是了！"

这些七言八语中，有批评，有责备，也有辩解和安慰。当时，孟琢磨也在场。他的行动，当然还是老样子——蹲在那儿，吧嗒着烟袋，一言不发。他的两只老眼，盯着油汪汪的地皮，停止了转动。并且，他一边瞅，还一边不时地自语道："这油，上哪里去了呢？……这油，上哪里去了呢？"

这时，有人见他魔魔道道，有些不耐烦，赌气地说："油上土里去啦！"谁知，这句气话，却引起了孟琢磨的兴趣。他拍着那小伙子的肩膀，赞不绝口地说："对，你琢磨得对，你琢磨得对！"闹得那人哭笑不得，又说："对管啥？反正油是没有了！你还能找回来？"孟琢磨说："可以琢磨琢磨嘛！"

　　其实，这时他已经把办法琢磨好了。接着，他拿来一只筐，一把锨，把沾上油的泥土，都挖起来，装进筐，背回家去了。当时，人们七嘴八舌，向他提出了许多询问，他的回答只是同样的一句话："琢磨琢磨呗！"

　　孟琢磨把泥土背回家，一边琢磨，一边鼓捣。他先把泥土里掺上水，再放进锅里加火煮，煮开后又舀到盆里，用杆子搅，用葫芦蹾……这么一折腾，油轻向上浮，水重往下沉，结果，水代替油渗进泥土，油都取出来了。

　　以上这些例子，只能说明孟琢磨确实是个爱琢磨事的人。可是，今天他蹲在爹娘的坟边，又在琢磨什么呢？谁也闹不清。这时，支书悄悄走过去，轻拍一下孟琢磨的肩膀，笑眯眯地问：

　　"孟大叔，又琢磨啥呀？"

　　孟琢磨抬头望望支书，笑着说：

　　"嘿嘿，我琢磨琢磨这座坟。"

　　"琢磨坟？"

　　"是呵。"孟琢磨拔出嘴里的烟袋，磕去烟灰，又用烟袋向坟一指，接着说，"小伙子呵，你瞅瞅。"

　　支书围着坟慢慢地转了一圈，仔细地瞅了一遍，他发现坟堆的向阳面，泛起一层碱疙疸，白花花，秃光光，啥也没长；坟堆的背阴面，杂草丛生，油绿一片，可是，他看罢，却故意说："我看不出啥名堂！"

　　孟琢磨站起来，指点着说："你看——这向阳面，光泛碱，不长草；这背阴面，不起碱，长满了草。"支书说："琢磨这个有啥用？"孟琢磨说："嘿嘿，也不准有用，瞎胡琢磨呗！"

　　孟琢磨的脾气就是这样——他喜欢心里做事，从来不扯旗放炮的。并且，对于一切事，当他还没有把握的时候，即使有人问他，他也不肯告诉你。

　　支书虽然年轻，并且上任日子还不多，可是，他很细心，很能干，很精明，对孟琢磨的脾气，他已经吃透了。因此，他见孟琢磨不肯说出来，也没有再追问。不过，他的心里，已经猜出了七八成。他猜出这七八成的根据，除了今天这件事以外，还有这些事实：

　　有一回，村里来了个说书的。这说书的，是全县的名艺人，说的又是新段子，因此，吸引来的观众格外多。孟琢磨是个"鼓书迷"，他当然更要来了。

这位说书人的技艺，确实不低，整个说书场，鸦雀无声。所有的听众，都被说书人吸引住了。一位老大爷只顾听书，把划着的火柴擎在手中，忘了去点烟；一位老大娘，只顾听书，手中的扇子落在地上了，她还没有察觉；一位奶孩子的大嫂，孩子已经早不吃了，她只顾听书，却忘了把怀掩上。总之，人们不仅都在聚精会神地听，就连那一双双的眼睛，也像被说书人用条线牵在手里似的，说书人的手指到哪里，全场的眼珠子就都转向哪里。

说书人宣布休息了，整个场子骚动起来。你看吧，伸懒腰的，挪座位的，上厕所的，拥拥挤挤，进进出出；你听吧，高声大嗓的，慢言细语的，说中带笑的，话中带气的，吵吵嚷嚷，一片议论声。在这议论声中，还夹杂着几位老年妇女的相互寒暄："他嫂子，你这忙人也来啦？""唉，你看我这老眼花的，你要不和我说话，隔这么近我就没看出是你来——他婶子，你咋没领孩子来？"

在这时，只有孟琢磨与众不同。他蹲在场子的一隅，忽而瞅瞅南边的墙根，忽而又望望北边的墙根，忽而又盯着地皮出神。他的老脸上，时而绷紧，眉间皱起个疙瘩，两眼瞪直，嘴角在微微搐动着，像在思索什么；时而又皱纹舒展，泛起微笑，还暗自点头，像是在为什么而高兴。事情很显然，他利用这一点点时间，又琢磨起什么来了。可是，他究竟在思考什么呢？谁也闹不清。

这当儿，支书凑过去，问他说："孟大叔，这书说得怎么样？"

"哦，哦！嘿嘿，不错，不错！"

支书笑了："大叔，我见你有心事，是不是有人惹你生气了？"

"哪里？没有，没有。"

"是不是你那老病根又犯了？"

"没有，没有。"

"是不是家里有困难？"

"有啥困难？吃不了的粮食，穿不了的衣裳……嘿嘿，嘿嘿。"

支书刚上任，了解情况不多，可是，他还不放心，又逼问道：

"大叔，你反正有心事，我看出来啦！"

"有啥心事？我正瞎胡琢磨哩！"

"琢磨啥？"

"小伙子，你看——"孟琢磨指手画脚地说，"那北墙根，碱得那么厉害；这南墙根，就碱得很轻，土是一样的土，墙是一样的墙……"

"大叔，你琢磨这个有啥用？"

"嘿嘿，也许没啥用，吃得饱饱的干啥去？瞎胡琢磨呗……"

有一回，孟琢磨去赶集。这个集，原来是小集，现在随着国民经济的发展，已经赶大了。因此，向来不肯赶集的孟琢磨，也要赶赶集观光观光了。

孟琢磨来到集上的时候，集上已经上全了市。各式各样的帐篷，形形色色，架架相接，势如岸边的船帆；各式各样的农具，大大小小，成摞打垛，犹如一座座的小山；蔬菜市里，大车小辆，油绿一片；猪羊市里，矮橛高桩，黑白掺杂；布料市里，长台短案，万紫千红……在这车辆、帐篷和摊案之间，是一片人的海洋，男男女女，老老少少，肩撞着肩，头挨着头，胸擦着胸，背磨着背，拥挤着，吵嚷着，一片嗡嗡的人语声。

这些赶集人，目的各有不同。有买的，有卖的，也有就集访亲会友的。可是孟琢磨，一不买，二不卖，也不想访亲会友，那么，他来赶集是为啥哩？别人问他，他说是闲赶散遛，观光观光。但是，实际看来，他对这繁荣的市面，并不感兴趣。只见他，来到集上，不上南，不上北，顺着小街一直向西——直奔集市流动宣传棚去了。

这个宣传棚，规模很大，共分十几个部分。孟琢磨走进来，往这儿一凑，一听正宣传晚婚，他转身溜了；往那儿一站，一听是宣传讲卫生，他抬腿又走……后来，他来到宣传治碱的地方，这才站住脚。只见他，蹲在那儿，吧嗒着烟袋，听一遍又一遍，他已经由最新的听众变成最老的听众了，可是看来还没有离开的意思。这时，孟琢磨的思想最集中了，支书站在他的身边，听完一遍讲解已经走了，他也没有察觉……

今儿个，支书根据这些往事，再加上孟琢磨蹲在坟边出神的现象，所以心里已经猜出个七八成：他和自己有一个共同的愿望——把碱地改造好。

回到家，吃过饭，支书就去找孟琢磨了。他进屋时，孟琢磨正坐在圈椅上抽烟，看样子又在琢磨什么。支书说："孟大叔，你是不是琢磨治碱地？"孟琢磨笑着说："嘿嘿，哪里，哪里，我是瞎胡琢磨。"支书接着说："毛主席教导咱抓主要矛盾，大叔，在咱村的生产上，你说主要矛盾是啥？"孟琢磨反问道："你说哩？"支书说："我看是治碱。"孟琢磨见支书跟自己的想法相同，喜出望外，伸出那只结满茧的大手，拍着支书的肩头说："好，好小伙子！"支书就势又说："大叔，你向来能琢磨，你琢磨琢磨治碱多好！"孟琢磨说："我是瞎胡琢磨，治碱这是大事，咱哪琢磨得了呵！"接着，支书又用了许多办法，想把孟琢磨的心事引出来，可是，都失败了。

那么，孟琢磨这个老头子，到底为什么坚决不肯说呢？其中也是有原因的：

有一回，孟琢磨要琢磨个新农具。可是，还没琢磨出个结果，在全村就传开了。这一来，黑板报上登上了他，广播筒也喊他，支书还在社员会上表扬他的创造精神。闹了一阵，最后也没琢磨成功。当时，孟琢磨觉得很不舒服。他想："扯旗放炮地闹了一阵，这叫个啥呀！"

有一回，孟琢磨蹲在一条道沟边出神。支书问他："孟大叔，你在琢磨啥呀？"孟琢磨如实说了："我见人们担水点种，又受累，又费工。我想琢磨琢磨，能不能从这里把水顺过去。"

他这一说，支书很高兴，并鼓励他说："大叔，太好啦！你要把这件事琢磨成，可真是一大功。"不光这，从此后，人们都知道了。后来，他鼓捣成功以后，可巧又病了两天。当时，人们都说孟琢磨是累病的。因此，这个来看，那个来瞧；东家送鸡蛋，西家送葡萄；干部请医生，社员熬汤药……这一闹，孟琢磨觉得很不对劲儿。他想："为大伙办了这么点事，添了这么多麻烦，这算个啥哩！"最后他还指着自己的嘴说："你呀你呀！这都怪你！"

有一回，孟琢磨琢磨出个关于种植的新办法。可是，他还没琢磨好，队长来征求他关于种植的意见时，他就把自己的建议说出来了。由于队长很年轻，对生产经验不足，也没有经过进一步研究，便按孟琢磨的建议办了。经过实践，效果不好，使生产受了一点损失。当时，孟琢磨很后悔，并指着自己的嘴说："唉唉，都怨你太不负责任！"从此，他暗自拿好主意——以后，事情琢磨不成，决不扯旗放炮。

因此，现在他正琢磨治碱的事，尽管支书一再问他，他也始终不肯如实告诉支书。可是，事情就有这么怪，此后不几天，支书并没有进一步问他，他却主动告诉支书了。这是为什么呢？事情是这样的：

这天，孟琢磨突然病了，并且病势很重。支书来看他时，他把支书叫到近前，握住支书的手说："小伙子呵，咱家姜家洼那片碱地……"这时，支书很受感动，他想："这老人，真是爱社如命，时刻都在为集体着想。如今，病势这么严重，还没忘下队上的碱地！"于是，他赶紧打断孟琢磨的话，劝他说："大叔，你先安心养病吧，等病好了，咱再好好研究研究这件事……"

今天，孟琢磨所以主动提出这件事，正是由于觉得自己的病沉重了的缘故。他想："共产党领导我们，斗倒地主，翻了身，今后，要摆脱贫困，还非得在党领导下治服碱地不行。可是，我的病万一好不了，我琢磨的这一套，不是白费了心血吗？……白费心血倒没啥要紧，可怎对得起党？怎对得起穷爷们儿？怎对得起社员们？怎对得起队上这年轻的孩子们？……"孟琢磨的动机是这样，可是他的说法并不如此。因为，支书在他的心目中，既是党的领导人，又是"自己的孩子"——他怕把自己的悲观想法说出来，支书会难过。于是，他说："我知道，我的病不要紧。不过，现在我愿意扯扯这些事，觉得扯扯更痛快……"接着，他便把自己长久以来琢磨出的一些结论，告诉给支书。其主要内容是：

第一，碱遇雨水往下沉，碱遇阳光向上泛。因此，在碱地种庄稼，要种阴不种阳。

第二，水往洼处流，碱往高处走。因此，在碱地种庄稼，种洼不种高，种坑不种岗。

此后，由于大家关心，治疗及时，护理得好，孟琢磨的病很快就好了。接着，在支书的倡议下，组织起一个治碱研究小组，孟琢磨担任了组长。这时，有人提议划出几亩地，搞个试验田。孟琢磨不同意。他说："不行。咱们队地少，现在八字还没个撇，糟蹋了地可了不得，还是先琢磨好了再说吧。"

怎么琢磨呢？他们的做法是：

头一回，先在好地里，掘了个一尺见方的小坑。坑里，放进碱土，又先后浇了两次明水。接着，等土壤滋润后，便在坑里和坑的四周，分别种上了玉米、南瓜、千穗谷。结果，种在坑里的出满苗，长得又黑又旺。种在坑四周好土上的，长到三四个叶后，却先弱后黄，慢慢枯死了。只有千穗谷没有死，但也不如坑里的长得旺盛。这一手，进一步证明了"碱往高处走"的道理，从而坚定了"种洼不种高"的信念。

第二回，他们顺着东西渠道两旁的土埝，在阴阳两面各试种了一百棵南瓜。结果，阴面的，全部成活了。阳面的，全部碱死了。这一手，又证明了"碱遇阳光向上泛"的道理，进一步坚定了"种阴不种阳"的信念。

第三回，在一场雨后，他们对碱地进行了全面观察。从观察中，他们发现：洼地积水多，渗得深，泛碱轻；高地积水少，渗得浅，泛碱重。这一手，又证明了"种坑不种岗"是对的。

第二年，有人提议——根据试验结果，全面推行。孟琢磨不同意。他说："可不能大大乎乎的，还是先弄一亩地再试验试验吧。"人们依了他。

他们是这样搞的：一开春，先把地表的碱土刮去一层，然后打起围埝，开出了一道道的沟，在沟里种上了玉米。你说结果怎么样？失败了——禾苗出土后，又黄又弱；秋收后，并没增产。这一下，邪风全上来了，说啥话的都有。

支书怕孟琢磨灰心，找到他鼓励说："大叔，走路总要跌跤的，只要我们不怕失败，就一定能遛出一条道来。"孟琢磨本来也没灰心，让支书一鼓励，劲头更大了，他说："好吧，咱再琢磨琢磨。"

从此后，从春到夏，由秋到冬，不论天冷、天热，不论刮风、下雨，孟琢磨还是经常往碱洼里跑。有时候，他蹲在那儿，吧嗒着烟袋，瞅呀瞅呀，瞅呀瞅，一蹲就是老大晌。有时候，他把泛出的白碱，放在鼻子上嗅嗅，放在舌尖上尝尝，兴许还用纸包上一小包，捎回家存起来。这样，他经过一个很长时间的考查，又发现了一条规律。这条规律是：冷天，碱地泛起的碱疙疤雪白，放在嘴里发脆，蜇舌头；热天，碱地泛起的碱疙疤带黑褐色，放在嘴里又咸，又苦，又涩。后来，他又根据这条规律，琢磨出一个道理来：冷出硝，热出盐。因此，他又联想到：试验失败，主要是因为刮碱太早了。

失败的原因找到了，这就等于找到了从失败通向成功的道路。第三年，他终于取得了最后胜利——试验田里种的各种作物，不论是玉米、高粱、豆子和瓜菜，都比没改造的碱地，增产一倍左右。

这项试验成功以后，在全村嚷动了，男女老少，街头巷尾，一片赞扬声。并且，由于它具有用工少，收效大，易于推广的特点，对外界也产生了很大的吸引力——兄弟队派人来学习经验；县里派人来总结材料；报社也派记者来采访……接着，报纸上登出来了，县展览馆里展出来了，专区的通报发下来了，全县各地也都嚷起来了……这种情况，闹得全村不管是大人孩子，都悄悄分享着一份光荣，心里乐滋滋的，脸笑呵呵的，说话也像更长了精神，干活也像更长了力气。

可是，只有孟琢磨与众不同，他就好像根本不知道这些事似的，言语、行动，依然如故，就连脸上的表情，也看不出有什么变化来。这不算，有一回，一个冒失小伙子向他道喜，他却生了气："去，去，别来寻开心！"这一下，把那小伙子闹愣了，问他为啥生气，他说："这是党领导得好，与我何干？"

这以后，孟琢磨还是照样地常往地里跑。不过，他跑的面更宽了，碱地去，不碱地也去。只见他，有时蹲在井边，瞅着井口出神；有时把各地的土弄来一些，放在一起对比；有时冒着大雪各处转，观察雪的融化情况；有时大风天站在高岗上，观看各地飞扬的尘土……

孟琢磨又在琢磨什么呢？人们像遇到什么喜事似的，相互通风报信。不过，大多数人都同意支书的说法："近二年，队上打了几眼井。打法相同，深度、大小相同，可是水的深浅大不相同。看来，孟琢磨的那颗红透了的心，又在往打井上用劲了！"

可是，这个说法，究竟对不对呢？谁也没有把握。去问孟琢磨时，他还是那句话："嘿嘿，哪里，瞎胡琢磨呗！"看来，要知真假，只好是"骑驴看唱本——走着瞧"了。

1964 年 9 月

雏鹰之歌

介　绍

　　我先介绍介绍赵世英这个人。他是佃农的儿子，烈士的遗孤，跟着老支书乔文龙长大成人。如今，这个小伙子，已经二十五岁了。他长得宽膀头，浓眉毛，大眼睛，既魁伟，又英俊。干部、群众，都说他是个好青年。当他还是少年的时候，党支部就很关心他的成长，并且委托老支书乔文龙，负责培养教育他。说起以前这些事来，让我讲几个故事吧。

　　有一回，世英拿着两块点心，蹦呀跳地跑回家来。乔文龙问他这点心是谁给的，他歪着小脑袋，得意地说："刁寡妇给的！"当时，乔文龙听了，不由得心里一震。于是，他把世英叫在近前，揽在怀里，慢吞吞地问他说：

　　"世英呵，你知道刁寡妇是个什么人吗？"

　　"是个老太太呗！这还不知道？"

　　"不，她是只老母狼！"

　　"老母狼？"

　　"对啦，她那颗黑心，比狼心还毒呐！"接着，文龙又对世英说，"解放前，你爹在刘庄给她家扛活，一年到头，干牛活，吃猪饭，挨打受气，遭的罪就甭说了。这不算，就是到了大年三十，他们一家人，又吃酒，又吃肉，可端在你爹面前的，还是和往常一样——两个红高粱窝窝。可是你要知道，那时节，你和你娘在家里，连红高粱窝窝也吃不上啊！你爹就连那两个红高粱窝窝，也没舍得全吃了，省下一个，揣在怀里，想捎回家来，给你们母子吃。谁知，被刁寡妇看见了，她硬说你爹偷她的东西，又是打，又是骂。你爹可是个硬骨头。当时，他把那个红高粱窝窝摔在地下，一跺脚，离开了她刁家门……"

文龙讲到这里，世英早气红了眼。这时，他把手中的点心，啪地摔在地上，说："不吃她这臭东西！"

文龙一见世英这股劲头，心中大喜，摸着他的小脑袋，鼓励他说："对！好孩子，真是你爹的儿子，有咱贫农的骨气！"

有一回，世英跟着乔文龙，从刁寡妇门前过。刁寡妇本来坐在她家门口的榆树底下，看见支书走过，老远就站起来，垂着手，低着头，满脸带笑地向乔文龙问好："支书，您早！"文龙连眼皮也没抬，就走了过去。走过刁家十来步，世英说："大伯，刁寡妇现在可老实了！"文龙一听，又吃了一惊，连忙追问他："你怎么知道她老实了？"世英说："我看她见了干部都这么规规矩矩的，队长叫她干什么，她就答应'是，是，是'。"文龙说："你知道那一阵子给队长造谣的是谁吗？""不知道。""告诉你，这全是刁寡妇干的。别看她装得像，孩子啊，你可要永远记住：狗是改不了吃屎的，狼不论扮成什么样子，它还是只狼！"

世英听了，忽闪着大眼，点点头。

文龙不但经常对世英进行阶级斗争的教育，并且，还带他参加贫农们的一些政治活动。叫人喜欢的是，世英这孩子，还真能认真听讲，认真学习，就连大人们的一些日常小事，他也特别留心。

这样，日久天长，世英养成了遇事都要琢磨，都要仔细想的习惯，他变得越来越聪明了。

有一回，那是建成农业生产合作社的头一年，社里突然发生了一起"毒牛案"。事情是这样的：一天夜里，社里的三头牛，都被人毒死了。这是谁干的呢？有人说一定与饲养员王小五有关。可是，王小五被倒别着手，绑在了圈椅上，而且分明不是他自己绑的自己！又有人说一定还有同案的人。可是，那同案人，又是从哪儿走的呢？——屋顶、墙壁，连个能钻进家雀的空隙都没有，更检查不出挖洞的痕迹；窗户，非常坚固，并且是死的，原样没动；屋门，上不能伸手，下不能插脚，中间没缝，可以断定拨不开，落不下来，如今，两道门闩，还插得很好。那么，这究竟是怎么一回事呢？问王小五时，他始终是这个说法：半夜三更时分，只听见呜呜的一阵妖风，接着，一个穿白衫的老头儿出现在床边。只见那老头儿，两眼像对铃铛，舌头伸出一尺多长……吓得他号叫一声，就昏过去了；醒过来时，被绑在圈椅上——别的，啥也不知道了！这时，村里也传开一个谣言："社里修饲养室，没请风水先生看地基，压住了土地爷的眼珠子。"当时，村支部委员们的看法是：这个案，是人干的，不是什么"鬼"干的；一定与王小五有关，并且肯定还有同案人！为了找出同案人，需要弄清他究竟是怎样从屋里出去的。当时，乔文龙是社主任，又是村支书，他为这事动了很多脑筋。

干部们研究这些问题时，正是星期天，世英没去上学，他坐在旁边，听了个仔仔细细。于是，他便悄悄地琢磨起来了。

可是，他想呀想，想呀想，一直没有想出个名堂。第二天，他回到学校，利用课外活动的时间，让同学们把他绑到椅子上，自己琢磨关插门闩的办法。并且，他还暗自发誓：琢磨不开这个谜不出屋！他琢磨来，琢磨去，终于想出了唯一的办法：用嘴能够把门闩插上！接着，他把这个办法告诉给同学，告诉给老师，大家帮他分析研究，又带他试验了一下，果然他这个想法儿有道理。于是，他一口气跑回家，向乔大伯提出了自己的看法……结果，赵世英的意见，对破案起了重要作用。

破案后，真相大白：富农分子刘三孬，买通了酒鬼王小五，两人合伙做了这个案子。案件查清对实以后，凶手受到了法律制裁。可是另一个为他们出谋献策的刁寡妇，却漏了网。

这刁寡妇，是富农分子刘三孬的姨表妹。土改前，她是刘庄那个雇世英爸爸当长工的富农的老婆，出名的奸诈泼辣。土改后不久，她那富农丈夫死了，她又嫁给这村的一个专搞投机倒把的小商贩。后来，两人不知怎么闹翻了，离了婚，她便和刘三孬勾搭上了。那时，她暗地里帮刘三孬出了不少坏点子。但是，表面上，她假装安分，干活也还出力。破案以后，刘三孬没有牵连她，可她对干部却更怀恨在心了，总想找个机会，报复一下。但是，由于群众的眼睛越来越亮，老支书警惕性很高，她始终不敢轻举妄动。

再说乔文龙。自从赵世英识破"毒牛案"以后，他更注意上了这个后生。从此，对他更加注意培养教育了，想让他成为一个优秀的革命接班人。

一晃十年过去了，如今，乔文龙已经老了，党组织和同志们，为了照顾他，卸去了他大队支书的重任。接这个担子的，果然就是党交给他培养的人——赵世英。

世英一上任，刁寡妇见他年轻，觉得有机可乘了，于是暗自设下"迷魂阵"，想把新支书拖下水……

我要讲的故事，就从这里开头。

正　篇

一

黄昏时分，世英开会回来了。他卷着裤腿，光着脚，褂子搭在肩膀上。你看他，一身黑黝黝的疙瘩肉，活像铁打的，被夕阳一照，又仿佛涂上了一层油。要在从前，这个时候，他把脖子一伸，又该唱上了。或许唱到高兴的地方，还要伸伸胳臂，弹弹腿，打上一个旋风脚，练练民兵的硬功夫哩。可是，今儿却与往常不一样。他默默不语，安安稳稳地走着。看来，还在一边走，一边思考着什么。他正走着，突然有人喊他一声："支书！赵支书，你干啥去来呀？"

世英顺着喊声，抬头一望，只见刁寡妇站在家门口。他没吱声。刁寡妇又笑眯眯地向他："支书，是到公社开会去来不？"

"嗯！"

自从世英当上支书以后，刁寡妇千方百计地找机会向世英讨好。这时，世英虽然只哼了哼，她仍旧不肯放过，忙着把奉承话流水似的往外倒："这一阵，你可够辛苦的，像你这样的支书，又有文化，又有力气，文武双全，真是一百个里头也挑不出一个来呀……"

世英听了，既厌恶，又别扭。刁寡妇已经不止一次对他来这一手了，他有心教训她几句，可又觉得需要赶紧去召开支部会，传达上级的指示，没有工夫跟她缠磨。于是，他狠狠地盯了她一眼，扭头走了。

开完会，世英心里还没放下这件事，他在想："我的工作有毛病？立场有问题？不然，为什么刁寡妇老奉承我呢？"

到了晚上，世英把刁寡妇一再抬捧他的情况，告诉了乔文龙，并请他帮助分析一下。世英虽然是乔文龙亲手培养起来的，乔文龙对他心里有数，可是，因为他刚刚当支书，对他又有些不放心。因此，几天来，一直在留心他的一举一动。这时，乔文龙听世英一说，假装漫不经心的样子，笑道："世英啊，不要大惊小怪的，人家说两句好话，总比说坏话好啊！"

世英忽闪着大眼，坚持说："不！大伯，这话要分是谁说的！狼夸羊肥——不会是好心眼儿的！"

"你说她是啥心眼儿哩？"

"我想过，她是想通过夸的手腕，让我晕乎乎地'腾云驾雾'！"

"'腾云驾雾'便怎么了？"

"一'腾云驾雾'，就要'转向'了！"世英又谦虚地补充一句，"大伯，不知我说得对不对？"

这时，乔文龙暗自称赞世英的见识，觉得到底没有白费自己十几年的心血，心里很高兴。但是，他并没把这种心情表露出来，却故意把这个问题继续谈下去："也许你真可她的心哩！"

"那就糟透了！"

"糟啥哩？"

"那一定是我的立场有问题！"

世英这几句话，深深打动了乔文龙。他望着世英那求教的神态，心头涌出了这样几句话："世英啊，你不愧是你爹的儿子！不愧是共产党的党员，不愧是人民群众的干部！"可是，他只是把一只巴掌，轻轻地在世英的肩上拍了两下，哈哈笑了几声，这些话，并没说出口来。世英知道大伯同意他的看法，可他还在细想。他又向大伯说："她见了你总是规规矩矩，怎么见了我，她那不着边儿的话，就那么多呢？"

"因为你还不'辟邪'！"

"为啥？"

"打个比方吧，你现在还是个刚能高飞的鹰雏儿，翅膀还不够硬，爪子还不够尖，还不能叫那些野物见了就发抖。"

"那怎么办呢？"

"在斗争里锻炼啊，孩子！多寻思，多总结点儿经验，你慢慢就会变成一只雄鹰，叫刁寡妇这些人再也不敢打你什么主意！"

世英领会了大伯的意思。他高兴地笑着，微微地点了点头。

二

这一天，世英又回来晚了。他正独自吃饭，刁寡妇来了。她进门就说："支书啊，你那同学来啦，他要见见你哩！"

"同学？"

"是啊，俺那外甥胡春江呀，你们不是同学吗？他叫我来看看你回来没有，请你去见个面儿，说说话儿，嘿嘿……他说，你在学校里，是拔尖儿的好学生……"她说到这儿，乔文龙在里屋炕头上咳嗽一声，一下子把刁寡妇的话弦打断了，她马上转了话音，"他还说急着走哩！"

"嗯……"世英想了想说，"我就去。"

世英来到刁寡妇家里，她让座，端茶，找扇子，就像对待多年不见的远路来的客人似的。接着，在世英和春江说话的当儿，她手托酒菜，笑盈盈地走过来，说："来，你们一边说，一边喝，两不误……俗话说得好，杯中有酒，盘中有菜，说好说歹不见怪……"

世英一见这阵势，心中厌烦透了。可是，他当着老同学的面，并没发作出来，只是严肃地说："你把这套收回去，我不会喝酒！"

"哟，支书，我还为你弄这个呀！你瞧，不是俺外甥来了吗？"

"他也不会！"

"都不会也没关系，当闹着玩儿，学学呗，嘿嘿……"她说着，就把酒菜，摆到桌面上。

这时，世英伸出大手，捡起杯盘，一抬胳臂，放在柜盖上。刁寡妇又想去拿下来。世英说："你一定要来这套，我走啦！"他说着，就站起了身。这时，春江一边拉着胳臂留他，一边向刁寡妇说："二姨，别拿啦！我们确实都不会喝！"刁寡妇只好就着梯子下了台，收起了酒菜。

后来，他们说起了春江学理发的事，世英对春江赞扬了一番。这时，刁寡妇又一步闯进屋来，插嘴说："春江啊，你那理发的家伙，不是都带着了吗？给俺们支书理理发吧！"她又转向世英："俺外甥学的手艺，可好啦！

让他给你理理吧——留个大分头，啊？如今，你是支书啦，也得像个干部的样儿啦！再说，人还年轻哩，打扮得俊俊的，也好说个媳妇呀……你看，我真有罪，拿着支书开起玩笑来了！哎，也罢，反正是老嫂子了，我知道大兄弟好脾气，从来不见我的怪……"

这时，春江也插嘴说："好，理理吧！"他一边说，一边在解工具包。世英上前按住，说："不，我不理！"

"为啥？怕我剪破你的头？"

"哈哈，大砍刀我都尝过，还怕你这两件子小家伙？——闹土改斗争的时候，我爹是农会主席，我还是'光腚猴子'呐，敌人想斩草除根，暗里给我一刀！"世英侧过头，指着伤疤说，"你看！这就是他们给我留下的纪念！"

"那么，你怕我理不好？"

"也不是！"

"莫不是怕我要你的钱？"

"我知道，你不会要我的钱！"

"那么，你究竟为啥不理呢？"

"你不能答应我的条件！"

"啥条件？"

"你先给我开个证明吧，写上免费理发，全国通用，永远有效！"世英笑笑说，"怎么样？"

"这是啥意思？"

"我剃光头，求求三叔、二大爷，帮帮忙就行了。你要给我留上大分头，就算你这一回不要钱，别人给理怎么办？理一回要花多少钱？一年要花多少钱？三年呐？十年呐？二十年呐？……"

这时，刁寡妇又插嘴了："你这么能干，工分多，分钱多，还在乎这几个钱儿呀？"

"钱，确实分得不少！不过，不必花在留分头上！"

这件事过去了，下边又谈起了世英当支书的事。这时，刁寡妇又就势插了嘴："你为了大伙儿，三六九儿去开会，我家里那辆旧车子你推去修修骑吧……"

世英打断她的话，严肃地摆手说："不用，不用！"

"为啥不用哩？我家里没有人用它，闲着也是闲着嘛——莫非怕用坏了，我赖上你？"

世英没理她，拍拍大腿向春江说："它会赖着我的！"

"它赖着你？"春江不明白世英的意思。

世英解释说："它骑车子骑惯了，将来没有车子骑的时候，再让它替我跑路，它就会抱屈了！"

这一句，道破了刁寡妇的诡计。她听了，心一跳，暗说："这小子，还软硬不吃呢！"可是，她表面上，却假装镇静地拍了一下巴掌，笑道："你就是这么爱说笑话，说出个笑话儿来，还愣让人爱听！……"

世英回到家，把这件事，原原本本地又向乔文龙说了。还没等乔文龙开口，文龙的老伴抢先说："孩子啊，她这是想贿赂你，想让你给她办事呀，咱可别上她的当啊！听见了呗？"

"想让我给她办事？"世英摇摇头说，"大概，问题不止这么简单！"

乔文龙故意问："世英，你说哩？"

世英说："叫我说，她是想让我养成个离开车子就不愿走路的习惯！"

世英说罢，期待地望着大伯。乔文龙满意地点点头，哈哈笑起来。

三

有一天，刁寡妇又偷偷摸摸地给世英送来一件绸子小褂，说："你整天价为大伙儿受累，我没别的可敬，这点礼物，算表表俺的心吧！"这回，世英没有推辞，收下了。刁寡妇十分高兴，她想天底下，没有不吃腥的猫，他慢慢总是要上钩的！她出了世英的门，见人就说："……我才给支书送去一件衣裳，老街坊嘛，哪能没有来往呢……"后来，有人见了世英就问："世英，你那好衣裳咋不穿上啊？"世英笑着说："我不上那当！""上啥当？她送来就穿，穿了也不给她办事，叫她钓不着鱼干赔饵！""不对，我只要一穿，就算上钩了！""为啥？""你想想嘛，我要穿上那号衣服，你们还愿意和我在一起？我还愿意到土坷垃地里去？那么一来，干部脱离了群众，庄稼人厌烦了庄稼，那是多危险呀！"世英一席话，说得人们都暗暗点头。可是，有人又问："那你总放着它干啥用？"世英一挥手说："我早交给会计啦！""交给会计做啥？""让他先保存着，准备将来开展览会用哩！"人们听了，哄笑起来。

确实，刁寡妇是一心要使世英离开劳动的。有一阵，乔文龙因病住了医院，他老伴也去陪他。家里只剩世英一个人，要自己做饭吃。刁寡妇鼓动一个糊涂社员，在会上提意见说："眼时下，世英里里外外一个人，又当男又当女，又忙吃又忙穿，又得照顾工作又得操持家务……他实在太忙了，我说：咱们别让他参加生产劳动了。"社员们都不同意这个意见，还有不少人，要帮助世英做饭、洗衣。这时，世英说："我因为没有人做饭，忙一点，这不假，可是，这又算得了什么事呢？大不了，也就是多吃几顿凉干粮吧！这凉干粮，比解放前的糠蛋、菜蛋，还难吃吗？比红军过草地时的皮带、草根，还难吃吗？比志愿军在朝鲜战场吃过的雪，还凉吗？"他又对提建议的社员说："你想想，一个人，要闲起来，能不懒吗？人要懒了，能不馋吗？大伙选我当支书，我要是既懒又馋，咱那'钱柜子'，就该漏了！我，也就变了！咱这个队呀，也就该败家了！"他这一说，一时糊涂的社员，也醒了腔说："对呀，是这么回事！"

刁寡妇这几招，都失败了。可是，她并没有甘心。

最近，村里传开一个消息：世英的媳妇快说成了。对象是全社的劳动模范范玉珍。刁寡妇听说以后，大吃一惊！因为，她正在给世英介绍对象上出鬼点子哩。这天，她找到世英，装作一无所知地说："支书啊，我想给你提个亲哩！"她怕世英驳了她，没容世英开口，又紧接着说："这个姑娘，可好啦，高中毕业，长得又俊……"她压低嗓门说："人家早就认识你——我来说亲，还是人家亲自托的我呐！"她说罢，观察着世英的神色，咯咯地笑了起来。

世英知道她怀的是什么鬼胎，故意说："好啊！不过，现在我没时间，到晚上，咱仔细谈谈吧！"

晚上，召开了全生产大队的群众大会，地主、富农分子也都参加了。开会前，世英指着刁寡妇说："你把说亲的事说说吧！让大家都听听，好帮我拿个主意！"

刁寡妇迫不得已，站起来，悄悄向会场环视了一眼，只见一双双怒冲冲的眼睛，都在盯着她，心里有些怯了。她支支吾吾地只说了几句，就赶快坐下了。可是，世英却抓住不放了。他借此机会，全面揭发了刁寡妇的阴谋诡计，并教训她一番，最后说："你的'迷魂阵'，彻底破产了，这出戏，该收场了吧！现在，我来给你做个总结吧！"世英以蔑视的眼光盯着她，又用嘲笑的口吻说："你这个反面教员，当得很好，帮助我们锻炼了干部，也教育了群众，这份'功劳'，应当记在你的名下！"

这时，刁寡妇坐在屋角，低着头，一言不发。一个愣小伙子，指着她说："哼！撒泡尿，照照你自己的相儿，都五六十了，打扮得像个十八的，真是个笑面狐狸……"

"哎，人家这是一种标记嘛——没有改造好的富农刘三孬的军师！如今，可该和她彻底清算了。"

这时，刁寡妇的脸吓白了。原来，她十年前的所作所为，终究瞒不了群众的眼睛，到底还是把她揭发出来了。

补　充

我要讲的故事，到这儿，就算完了。不过，还有一件事，需要做个简单的补充。

过了不久，刁寡妇得病死了。这一天，乔文龙把世英叫到近前，装作高兴的样儿对他说："世英啊，刁寡妇死了。往后，日子可就太平了！"

世英像被考的学生似的，谨慎、谦虚而又认真地说："不！大伯，刁寡妇虽然死了，可是，还会有别的牛鬼蛇神冒出来，斗争并没有结束！你不是常对我说，毛主席要我们永远不要忘记阶级斗争吗？"

这时，爷儿俩对视一眼，都哈哈地笑了。乔文龙笑得花白的胡子颤抖着，赵世英笑得黑黑的脸上泛起红光。

1964 年 10 月

交班之后

崔庄诊疗所，建所已经十五年了。

十五年间，这个仅有一名医生的小所，随着时间的推移，随着形势的发展，所里一切的一切，都发生了巨大的变化。不，有一点是没有变的——从第一任医生起，直到现在，这个所始终是红旗单位。并且，诊所与群众的关系，越来越好；诊所在群众中的声望，越来越高。

那么，这个诊所，为什么能够这样呢？据说，最主要的一个原因，是前任与后任之间，交班工作做得好。读者同志，我说到这里，你也许希望我能介绍一下他们是怎样交班的。很抱歉，对他们的交班情况，我是一无所知。不过，这个所的第四任医生——铁村交班后的情况，我倒知道一些。如果愿意听听，我就"闲言少叙，书归正传"。

一

铁村今年六十五岁了，按照国家的规定，他早就该退休养老了。可是几年来，领导上曾多次劝他退休，他总是说："我还行啊，再跑几年吧！"直到今年，领导上再次劝他退休时，向他说："铁村同志啊，就算你还壮实，把班交了，也好帮助咱那接班人打打基础呀！"铁村一听这话，觉得有理，这才摸着花白胡子，笑哈哈地说：

"好吧。我通啦！"

铁村在解放前医道并不高，解放后，经过党的培养，思想进步快，医疗能力大大提高了。他的工作干劲大，很受群众欢迎。今天他话虽然这样说，可是从退休那天起，他还是和往常一样，照常往诊所里跑。并且，进得所去，从不闲着。有时候，病人多了，医生忙不过来，他就帮着诊病，处方，抓药……有时候，所里不忙，他不是擦桌，扫地，整理药橱，就是清库，清查药品，进行器械消毒……有时候，医生出诊了，他就在家看家，应门诊，兴许还帮着医生把饭做熟……有时候，医生出诊回来了，他总要把出诊情况问一遍，兴许还提出一些意见……总之，他简直成了这位新任医生的助手。

说起来，这位三十来岁的新任医生，还是铁村亲手教出来的徒弟呢。你想啊，当徒弟的，怎能忍心让退了休的老师打零杂呢？因此他不止一次地劝铁村："老师啊，你不用每天往这里跑了，这样太辛苦了。以后，我遇到什么难题，到你家去请教就行了……"

铁村说：

"春升啊，我要有一天不跑这里，饭也吃不下去的。"

铁村说的是实话。可是，他是不是就是因为这个才到所里来的呢？不是的。除此之外，他还有自己的打算——就是要亲眼看看这位接班人的工作。因此，对春升的一言一语，一举一动，他都特别留心。有一回，他见春升出诊时没带干粮，心里猛地一翻，不由得想起了一些往事。

三年前，铁村来这个所接班时，他的前任在交代工作当中，说过这样几句话："老铁呀，咱们这诊所，党委教导咱们有个'门风'，就是出诊必带干粮。这样，可以减少病户的负担……"三年来，铁村一直保持这个好"门风"，每次出发，衣袋里总是装上两个干粮。有时病人多，他忙得站不住脚，就利用走路的当儿把它吃掉。并且，当他和春升交班的时候，又把这个"门风"传给了春升，并说："这是咱诊所的传统，我按着办了。希望你能保持下去。"当时，春升说："老师，你瞧着吧——我一定照办！"现在，春升怎么把它忘了？他决定去给春升送干粮，打算借此机会教育教育他。谁知，当他装上两个干粮，正想往外走的时候，突然闯进一个人来。这个人，跑得满头大汗，一进屋就气喘吁吁地问："春升呐？"铁村说："他出诊啦，你有啥事呀？说吧。"那人说："他老婆病了，情况很严重……"没等那人说完，铁村接过来说："好吧……我去！"他说罢，提笔展纸，写了这样一张纸条：

春升同志：你妻子病了，病势危急。家里派人来叫你，你不在，我去了。

铁村把条写完，压在桌子上，回手提起药兜，又习惯地揣上两个干粮，便向那人一挥手说：

"走吧！"

二

放下铁村暂先不表，回头来再说春升。

春升出诊回来，见到桌上的纸条，心急意乱，为难起来——事情是这样：

这两天，春升自己也觉得不舒服，已经有好几顿不想吃东西了。不过，这种情况，他从未跟铁村讲过。因为，这几天有两个缠手的病人，一时也不能舍手。如果他把情况一说，铁村势必要替他出诊，到那时，是谁也拦不住的。比如，去年有一回，天也是像眼下这样炎热，铁村因为连续出诊，突然半路中了暑，昏迷过去。当人们把他抬回诊所，经过紧急抢救，他醒过来以后，便一骨碌爬起来，抓起药兜就要出诊。当时，守候在近前的人们，连忙拦住他，七手八脚地把他硬按到床上，劝他说："你自己病还没好，怎么能去治病呢？"

铁村说："不行啊，这病人情况危急，停不得手呀！"

这时，给他看病的医生还没走，就插嘴说："你把情况讲给我，我去吧！"铁村说："那不行。这个病人的情况很复杂，一开始就是我治的！"

铁村的脾气人们知道，只好扶着他和那位医生一起，去给那病人会诊。

这件事，春升虽然是听别人说的，可是他却完全相信，因为，他对铁村太摸底了。

铁村对春升的影响很深，春升经常把老师作为自己学习的榜样。你想啊，现在他虽然有点不舒服，怎么就能不出诊呢？当然，他更不忍心让这个老头子去替他出诊了！话再说回来，他为难就在这里：他自己也不大舒服，病人不能舍手，在这个节骨眼上，自己家里突然有人生病！怎么办呢？回家吗？在为难之中，他又突然想起了另一件事来：

这件事，就发生在春升来这里接班的那一天。当时，铁村正要随着一位请医生的人出诊，他的老伴突然来了。她上前拉住铁村说："你别走，咱家老二病了，你回家去看看吧！"

铁村说："那不行啊，我正要出诊，有病回来再说吧！"

这时，那请医生的人也很为难，就说："啥事也得分个内外，你自己家里有病人，先回家看看去吧！"

铁村说："不！不！党一再教导我们，把困难留给自己，把方便让给别人嘛！要分内外，那就先人后己！"

铁村说到这里，老伴急眉火眼地打断了他的话，插嘴说："什么先呀后的，孩子病了，你这当爹的去看看，难道还不该呀？"铁村并不动气，因为他知道老伴的心情，便解释说：

"我是孩子的父亲，他病了去看看，当然完全应该。可是，我是人民的医生，共产党、毛主席培养出来的医生，为了自己孩子的病，能先扔下群众的病不管了？"

铁村的老伴，是个通情达理的人，铁村这些话，对她发生了效力……谁知，十来天以后的现在，这句话对春升又发生了效力。他想到这里，不由得站起身来，抓起医药包，顺手带上门，又去出诊了。

三

春升虽然没有回家，可他老婆的病一点也没耽误了。经铁村诊断、处方后，只一服药就好了，这是后话。

铁村离开春升的家，走在回家的路上，一边走一边想："春升的服务态度到底怎么样呢？是不是真的保持了诊所的'门风'？……"他想着想着，脚就不由得拐了弯儿，向着春升的诊区走去。

铁村在这个地区工作，虽然只有三年时间，可是这里的男女老少，他几乎没有一个不熟悉。他一走进这个地区，在田间干活的青年们，在水边洗衣的妇女们，在树下乘凉的老汉们，以及在村边戏耍的孩子们……都热情地向他打招呼。你听吧，这个称"老铁"，那个喊"叔叔"，有的叫"伯伯"，孩子们就唤他"铁爷爷"……就像他回到了自己的故乡一样。

铁村也不做客。他一边走着，一边和人们说笑：

"……对啦，从诊所来……是啊，退休啦——怎么？退休就不兴来了吗？哈哈哈……小林妈，你那胃病又犯没有？……啊，断根啦，那好。不过，以后还要注意饮食才行……王队长，你们队里最近的卫生工作怎么样——怎么？去找专管的？专管的我当然要找喽！不过，像这事，你当队长的也该管管呀！要不，你怎么能算关心群众生活？我这是要考考你哩！哈哈……"

有时候，铁村还要走近人群，跟人们攀谈一阵：

"老五，我看你的面色还是不好唯！"

"还是老毛病呗！"

"咋不请春升医生给看看？……怎么，信不着他？有啥根据？"

"没啥根据。"老五一边往车子上装粪，一边开玩笑似的说，"我听说他是你的徒弟，你这位老师给我治了几次还没断根，他那徒弟还行！"

"咦！你可不能这么看法，俗话说：'只有状元学生，没有状元先生。'"铁村收起笑脸，一本正经地说，"总起来说，如今春升的医道比我高。尤其是对你这种病症，他更有些研究，叫我说，你还是请他看看好。"

一会儿，铁村又来在几位老人的面前，往旁边的石碨上一坐，便闲扯起来。他们从庄稼扯到人民公社制度，从人民公社制度又扯到卫生工作，扯来扯去，便扯到春升身上来了。铁村问：

"虎子，那一天，春升来给你娘看病，怎么回去得那么晚？你给他做了啥好饭吃的？"

"他说我熬的药不行，他亲自给熬完药才走的，你想想，还能回去得不晚？"虎子说，"说到吃饭，真叫我怪不安的。我悄悄把饭全准备好了，他说啥也不吃，硬走了！"

"医生好请，医道高，对病人真关心。"一个叫二贵的青年说，"可就是……"

二贵说到这里，突然不说了。铁村扭头追问：

"说呀，'可就是'怎么样？"

"就是药太贵！"

"你咋见得？"

"前年我中了暑，只花了四毛钱，那天我爹偏也中暑了，一服药就是八毛多！"

铁村一听，立刻在脑子里闪过一个问号，莫非春升搞了什么鬼？于是他又问二贵：

"他给的什么药？"

"闹不清。"二贵从口袋里掏出一张纸片递给铁村，"处方在这里。"

铁村看罢处方，怀疑消除了。但是他又产生了一个新的念头：看来，春升在处方时，不注意帮病户省钱……

就这样，铁村走了一村又一村，直到天黑才回家。按说，他跑了一天，该是很累的了，可是，这时他却觉得格外轻松。因为，他经过一天的"私访"，了解到诊所的"门风"被保持住了。心里一高兴，当然也就不觉累了。同时，他也发现了春升的一些不足之处，决定回去找他谈谈。

一点补充

我把这篇稿子写完之后，又有人向我介绍了这样一个情况：

近来，铁村对医疗技术又钻上劲了——不是抱着医书死啃，就是到处拜师访友。有一天，他去访问他的一位老同行，请教一些问题。那老同行说："你不是和我一样，早退休了吗？""是啊！""既然退休了，还研究这个干啥？"铁村说："老哥，咱退休了，人民的医务计划可没有'退休'啊！我要把研究的成果，交给接班人哩！"

研究完问题之后，铁村在告辞时向主人说："这趟真没有白来，取了不少的经。"那老同行打趣地说："可你一点啥也没留给我呀！"铁村说："你不提我差点忘了哩，我是要给你留下点礼物的。""啥礼物？""意见呗。还能有啥？""啥意见，提吧！"

"我们作为前辈，应当是交职不交责——可是老哥你，大概是连职带责一块交了！对不对呀我的老伙计？"

这个新情况，我觉得挺有意思。于是，又写了这么一段，作为"一点补充"附在后边。

1965 年 1 月

社　花

　　春节期间，我到辛集村走了一趟，去看望我的老房东盖大伯。

　　进村时，正是傍晚。按常规，每到傍晚，是农村最热闹的时刻。尤其正值春节，按说更应如此。可是，奇怪得很——今儿个，大街小巷，静悄悄的，连个人影儿也没有！

　　我怀着惊奇的心情，穿大街，越小巷，跨过独木桥，绕过养鱼塘，来到盖大伯的门口，一望，门锁着！

　　我正发愣，传来了隐隐约约的鼓子声。于是，我顺声而去，找呀找，找呀找，找到一个广场上。

　　这里，正在说书。

　　我是个"鼓书迷"，这时忘了一切，在后边找了个板凳头坐下，听起大鼓书来。我一边听，一边打量这位说书人。

　　说书人是个小姑娘。看来，她至多也不过十三岁。这孩子，长得挺俊——高个子，细身条，一身学生打扮；她那一对大眼睛，水汪汪，火爆爆，再配上那红红的脸蛋儿，和头上那两条撅撅着的小辫儿，更显得精神了。

　　这个小姑娘，虽然岁数小，说书的技艺可够高。只见她，站在一个小土墩上，居高临下，姿态优美，口齿流利，字正腔圆。而且，她还不时地在土墩上蹦上蹦下，击鼓子，溜扇子，走步子，拉架子，绘声绘色，边说边比画，简直就是一个熟练的说书人！

这时，书场上，听众很多，一排排，一堆堆，高高低低，密密层层。这些人里，有白须满胸的老大爷，也有梳着小鬏髻的老大娘；有剪着短发的小媳妇，也有梳着双辫儿的大姑娘；有膀大腰圆的小伙子，也有穿着开裆裤的小孩子……

所有这些男女老少，都歪着头，仰着脸，竖着耳朵，静静地听着。还有的人，努力地向前伸着脖子，仿佛能争取近一点也是好的。整个书场，静得掉根针也能听见。直到那娃娃说到一个段落，她端起茶杯去喝水了，人们这才同时喘了一口长气。我抓紧这个机会捅了身边的那位听众一把，悄声问道：

"哎，这个说书娃叫啥？"

"叫社花。"

"社花？就是盖大伯家那个社花？"

这时，说书娃又开腔了，那人"嗯"了一声，又去听书了。

说来也是怪，方才我看这说书娃，怎么看怎么陌生；现在再看这说书娃，又觉得怎么看怎么眼熟了。这时，我内心感叹：真是"人不成年七十二变"，这不，相隔才两三年，我竟认不得她了！

我第一次见社花，是在三年前的一个夏天。那时，我走进辛集时，正是晌午头。社员们都歇晌了，村里静悄悄的。支部书记领着我，走进了盖大伯家。盖大伯老两口子都很热情，一面给我找扇子，一面给我拾掇床铺。于是，我就在这里住下来了。

盖大伯家人口不多——除了他们老两口子以外，还有一个小孙女，就是社花。社花当时十来岁，是刚办农业社的那年生人，因此才起了这个名字。社花的父亲，原来是个志愿军，在朝鲜战场上牺牲了。社花的母亲，是个党员，是村里领头办社的积极分子，在办社的第二年，被富农刘五暗害了。如今，盖大伯老两口子，年迈苍苍，眼前就只有社花这么一个宝贝疙瘩，当然非常疼爱她。

盖大伯是个精明人，既有心计，又有口才。可是，他这套本事，在前半世，一直没用到当紧处，扛长活打短工，要饭讨食，年年辛辛苦苦，天天为嘴盘算。抗日战争、解放战争时期，他上过前线，立过功劳。土改、合作化时，他是支部书记，是村里斗地主、办社的领头人。如今，他已经老了，党和群众卸去了他的重担，让他安安静静地养儿年老。

其实，队上的活儿，盖大伯并没少动手；队上的事儿，他也没少操心。尤其重要的是：我在他家住了几天，发觉他把不少的精力，用在培养年轻人这件事上。回到家，闲下来就跟社花叨叨。也许正是因为这点，老伴才觉得他没事可干——有时候，老伴见他祖孙在一起，说这说那，没完没了，就说："这么大年纪了，还像个孩子头儿，跟一个孩子叨叨啥劲儿！"有时候，她见爷爷训斥社花，就说："整天闲得嘴发痒，就来家折腾俺那孩子，社花呀，到奶奶这儿来吧。"

事情就是怪，奶奶这样疼爱社花，可奶奶的话，社花常常不听。有时候，奶奶嘱咐她"别上树爬墙的"，她却把头一歪说："不！爷爷说过，要勇敢，要有胆量！"有一回我问社花："你咋不听奶奶的话？"她说："奶奶说得不对！"

可是，社花在爷爷面前，却又是另外一种情况了。有时候，她向爷爷提出许多问题："爷爷，你说社是命根子，这是啥意思呀？""爷爷，你说有阶级斗争，怎么我看不见呢？"有时候，爷爷交给她一件什么任务，不管多么困难，她总是坚决去完成……

我一边听书，一边想着这些往事，突然一只大手，从背后伸过来，拍在我的肩膀上。我扭头一望，啊，原来是盖大伯。他老人家，还是那样健壮，精神还是样旺盛，只是头发和胡子白色更浓了些。这时，他笑眯眯地站在那里，向我一挥手说：

"家走吧！"

"大伯，咱听完了走吧？"

"哎，你要听好说，到晚上，叫她给你说上一宿！"大伯说罢，哈哈地笑起来。

一边走着，我一边在称赞社花说书的技艺高强。大伯说："你光看见她现在能说了，还不知道她当初那艰难哩！"

"啥艰难呀？"

"咳，说起来话就长了。走吧，到家我跟你仔细说说。"

到家，走进屋，坐下，大伯一边泡茶，一边就讲开了社花说书的故事：

"咱来个老太婆讲故事——从头说起吧。"大伯顺手把一碗茶端给我，接着说，"俺辛集有个富农分子，名叫刘九，是刘三孬的小子，这你知道。自从刘三孬被枪决以后，这个家伙一直怀恨在心，你别看他瞎了眼，还是不老实。他自从瞎了眼，就用说书搞破坏。他说书，不出院，不要钱，就坐在他家炕头上，弄了个破鼓子一敲，破弦子一弹，谁去就说给谁听。开头，去听的人只有三两个，可后来越来越多。他说的内容，反正除了'神'，就是'鬼'，净些封建迷信玩意儿。这不算，有的青年去了，他还夹唱一些黄色的下流段子。后来，他越来越大胆，竟然发展到直接和我们唱对台戏——我们讲'人的因素第一，人定胜天'，他就说'万般由天定，半点不由人'。我们讲阶级斗争，他就用说书来挑拨俺村潘、杨两姓的矛盾！

"他这样闹法，我们当然要管。可是，怎么管法呢？要制止他固然容易，可那正中了他的离间之计——因为那样一来，他那些听众必然会对支部不满。

"为了研究对策，支部在我的炕头上召开了个支委会。大家决定：要一面揭发批判刘九的阴谋，一面培养一个说新书的人，来代替他。可是，谁能行呢？大家想呀想，想呀想，想了好几个对象，觉得都不太妥当。正在这时，睡在一边的社花忽然一骨碌爬起来，尖声尖气地说：

"'爷爷，我行不行？'

"她这一句，把大伙儿逗笑了。原来她并没真睡着。支书问她：

"'社花，你能学会吗？'

"'能，一定能！'

"'你有啥根据？'

"'因为党需要，我就一定能学会！'

"这一句，把人们又逗笑了。可是，人们笑的含意不一样。别人笑，大概是笑她小孩子说大人话，并且说得那么郑重其事；我笑，是笑她好记性——因为，早在她刚学识字的时候，我就把这句话写在石板上，教她认字，并且告诉她：这是你爸爸活着时，在练武中向党说过的一句话。现在看来，这句话她不仅记住了，而且用上了！接着我问她：

"'社花，你为啥要学说书哩？'

"'党需要我学，我就学！'

"'党为啥需要你学哩？'

"'不是说要跟刘九比比吗？'

"'为啥要和他比哩？'

"这时，社花忽闪着两只大眼，答不上来了。接着，我告诉她：这是一场阶级斗争。又把为什么说是阶级斗争的道理，向她讲了一遍。她竖着两只小耳朵听着，不断地点头，最后她举着小拳头，像宣誓似的说：

"'支书，爷爷，我保证学好！'……

"从此后，我就给她买了一部《红旗谱》，支书还给她买了一部《红岩》，社花把这些书当成了宝贝疙瘩，整天抱着啃！啃不动就问，有时也急得哭。可是，她哭一阵，不用哄，不用劝，一会儿拿起书来还是看……"

大伯正说着，大娘一步闯进来，打断了大伯的话，向我说："孩子，你怎么来啦？……你傻大伯又跟你胡扯啥来呀？"

我告诉大娘——大伯正在给我介绍社花说书的事儿。一提社花，当奶奶的也来精神了。她先拍一下巴掌，笑呵呵地说："俺社花这孩子啊，胆儿可大啦！她刚背过书词的时候，人家叫她说，她就真去说。因为她是头一回说，人们都有点好奇，去捧场的人还真不少呐！你猜怎么着？她一不怯场，二不气馁，把嗓门一放，又高，又尖，又窄，再加上走调，真是要多难听有多难听！她这一唱不要紧，吓得一个小孩子哇的一声哭了！那孩子的妈，抱起孩子就走，逗得听众哄哄笑起来！"大娘说到这儿，拍着巴掌笑了两声，又接着说：

"就这样，头一场书，这么稀里糊涂地散伙了！从这以后，村里头，出了许多俏皮话儿——比如说：天太热了，就有人说：'请社花来，说段大鼓书凉快凉快吧！'……你听多气人呐！"

"这有啥气人的，这是阶级斗争嘛！"大伯接过大娘的话说，"当时是有人说风凉话，可是，支持她的人更多。支书第一个照样坚决支持，鼓励她说：

"'社花呀，你学说书，这是革命；干革命，就要经得起风吹浪打，就得要有不怕失败的精神，只有不怕失败的人，才能取得最后胜利！'

"这孩子还真有出息，从那以后，她的决心更大了，劲头儿更足了。"

大伯说到这里，点上了一袋烟，又接下去说：

"说起社花练说书的硬功夫来，可也真不容易哩，开头，她对着鸡也练，对着猫也练，对着墙也练。有时候，还要求她奶奶当'听众'，也有时候要求我当'听众'。我说：'我不当——不好听！'她说：

"'不好听才练呀！'

"'光傻练不行！还得认老师哩！'

"'没有教师呀！'

"'它就行呵！'

"'矿石收音机？'

"'对啦！'

"从那以后，她算和矿石收音机交上了朋友，经常留心电台节目预告。只要广播大鼓书，她总得听。

"她这么练来练去，调子练得差不多了。这天，我又领她进了一趟城，坐在说书馆里，听了一晚上的新书。回到家，我问她：

"'你觉着哪里比不上人家？'

"她说没人家比画得带劲！'

"'还有啥？'

"她想了想说：'人家哭像哭，笑像笑，这一手也能耐！'

"我为她的聪明高兴，点了点头说：'你要好好学习人家这些优点。'她干脆地'嗯'了一声。

"从此后，她一有闲空，就往城里跑，不看戏，不逛街，钻进书馆就听起来。说书的见她老是去，就向她征求意见。她说：'我是来学徒的！'人家问她为啥要学说书，她带气地说：

"'我们村里，有个富农，利用说书搞破坏！我要学会说书，把他顶回去！'从那回起，说书的就不断地抽空指教她。这一来，她更练上劲了！你知道，俺村到城里，七八里路，她晚上去，晚上来，从来不嫌辛苦。有一回，正是寒冬腊月天，她回到家，脚都冻僵了。她奶奶心疼得直叨念：

"'下回不许去了，看你冻得这个样子！'

"她却满不在乎，向奶奶说：'支书说过的，干革命就不能怕苦，要做革命的硬骨头！'"

这时，大娘插进来接着说：

"有一回，社花让我给她当听众，说了一段《刘胡兰》。说完后，她问我好听不好听。

　　"我说：'好听倒好听，就是不好看！'"

　　"她问：'咋的？'"

　　"我说：'你自个儿照照镜子瞅瞅——唱就咧着个大嘴……'"

　　"我这本是说着玩的，可她当成了大事，成天对着大镜子唱，后来到底把那个毛病改掉了！"

　　"她最难过的一关，还是怎么样传神。"大伯磕去烟灰，接上大娘的话尾说，"有一回，她说到地主剥削农民，说得那么轻飘飘的，没有仇恨的力量。于是，我就给她讲家史，讲地主过去怎么剥削、压迫穷人，还领她去看阶级斗争展览会，去访问那些苦大仇深的人……以后她表演到这些情况时，常常热泪直流，惹得观众们也跟她哭；有时握紧拳头，咬牙切齿，眼里要喷出火来，这时书场上竟有人自动喊起口号来：

　　"'不要忘了过去！保住我们的江山！'

　　"'记住阶级仇恨，不让敌人得逞！'"

　　大伯说到这里，好像想起了什么，又突然转了话题说：

　　"社花所以进步快，主要还是靠上级的培养，一年多来，县文化馆，给她买鼓子，买弦子；公社文化站，给她买书、订报。这不算，县委宣传部还通报表扬她，公社书记还亲自接见她。公社书记对她说：

　　"'社花啊，我们共产党人，只要党需要干的事情，就一定要干成；干不成，死不休！社花呀，你爷爷是这样的人，你爸爸是这样的人，你妈妈也是这样的人，你是咱贫农的孩子，革命党人的后代，我想，你一定比你的爷爷、爸爸、妈妈更强！'公社书记这些话，产生了无穷的力量。社花更加努力。

　　"她说书的技术越来越高。她说的书，不光本村的人们爱听，邻村兄弟队有时也请她去说。并且，还有好些年轻人，拜她为师，向她学艺哩！……"

　　大伯正说着，大娘在一边又插了嘴："眼下，俺社花的书说好了，过去那些俏皮话也没了。可是，又出了些新的俏皮话——碰到有人干活不带劲，有人就说：'昨儿晚上，你没去听社花说书吧？''没有哇！''我说你干活没劲头哩！'有时候，谁说一句落后话，旁边就一定有人说：'你又钻刘九那黑屋子去来，是不？'"

　　盖大伯正说着，门外传来一阵咚咚的脚步声。紧接着，社花一头闯进屋来。

　　奶奶向她说："社花呵，俺们正夸奖你呐！"

　　"夸奖我啥？"

　　"夸奖你说书斗败了刘九呗！"

　　"那是党领导的，表扬我做啥！"

　　社花涨红着脸，说了这么一句，就一头扎在奶奶的怀里了。

1966 年 2 月

八亩台子

"虎子，刘家寨队又找上门来了……"

"找上门来就跟他干——怕他们什么？"

"你真是个'天不怕'，我还没说出名堂，你就……"

"还用说——不是挑战？"

"对，你猜着了！"

"他们要挑什么？"

"水利建设。"

"条件呢？"

"说很简单——政治挂帅，大搞群众运动，苦干一冬，大干一春，实现农田水利化，排灌机械化。"

虎子，二十五岁，共产党员，生产队副队长。长得膀宽腰粗，力大过人，干劲冲天，是个敢想敢干的铁汉子，外号"天不怕"。他一天不摸点力气活儿，手心就发痒，一听到"挑战"，就像解放军战士听说要上火线一样——立刻就长精神儿。就是有一个毛病——办事鲁莽，说话不大考虑。这时，他听到老支书王云一说刘家寨队要挑战，乐得一跳老高，一挥拳头，说：

"干脆！咱再加上两个字——"

"加上两个什么字？"

"彻底！"

老支书王云，和虎子一样——也是个干劲十足的"促进派"。不过，他对一切事情都很细心。这时，他一见虎子那股愣劲儿又上来了，忍不住笑了，说道：

"我也正在想这个问题；不过，要达到'彻底'，还有点困难！"

虎子一听"困难"就碰脑袋。他嘭地一拍胸脯，说道："困难，什么困难能难住咱共产党员？我看，你呀，右倾情绪，保守思想，干劲不足……"

"得啦，得啦！你先少扣帽子！"支书笑着，挥手指墙上挂的土地规划图说，"虎子，你来看——"

"你说这'八亩台子'？"

"是啊！"

"它有个屁事儿？"

"它的水源咋解决？"

"那有何难？"虎子指手画脚地说，"借用他周围的渠道，把水引到八亩台子根下，然后，再用'龙骨水车'往上车水，不是一样灌溉？"

"用'龙骨水车'车水，能算得上排灌'彻底'机械化？再说，公社在四女寺减河边修建的水闸，年前就可落成。这样，到明年，咱队的所有土地，都可以用渠引水，实行自流灌溉了。到那时，唯独这个'八亩台子'，还得用'龙骨水车'往上抽水，那费工太多了！同时，到将来我们的子孙成长起来以后，每当一登上'龙骨水车'，就会骂我们——建设缺乏长期思想；'革命'不'彻底'，虎子你说是不是？"

支书这一套道理，说得虎子没了章程。支书偏偏还要问。虎子心里一急，就说："要不，干脆在'八亩台子'当中，来他一眼机井！"

"为八亩地打眼机井，那不等于'用大炮打兔子'，值得吗？"

虎子一听，也觉得自己像在说梦话，哧地笑了。他两手直抓头皮，再也拿不出章程来了。

其实，对这个问题，老支书访问过好几位老农，自己也考虑了一些时间啦，心里已经有了主意。不过，他为了帮助虎子改正这种粗鲁脾气，故意"将"了他一"军"。现在，他一见虎子没了办法，笑着说："虎子，以后，碰到什么事，多用点脑子，考虑考虑，你的干劲儿会用得更得当！"

"像'八亩台子'，我看，想八万年也没巧法！"

支书一听笑了："我倒有办法——"

虎子一听乐了："什么办法——快说！"

支书点着一支烟，又递给虎子一支，然后慢条斯理地说："叫我看——咱集中力量，搞个运动，来场突击，把'八亩台子'撤平，用这土，填平它北边那个'十亩沙洼'。这样，一举五得——第一，'八亩台子'成了平川地，可以自流灌溉了；第二，'十亩沙洼'不仅根除了涝灾，还改良了土壤；第三，这样一来，这十八亩地都等于深翻一次；第四，再不用打机井或制'龙骨水车'，省力又省钱；第五，咱们公社的拖拉机站，已经建立起来了，这一改造，明年实行机器耕作、收割，也就更方便了。"

虎子一听，乐得直拍手叫好，说："行，就这么干——你挂帅，'工地总指挥'还算我的！行不行？"

"你急什么，咱经过支部研究研究再决定！"

"这事，一说就得啦，还有不同意的？"

"不同意的也许会有——就说老队长这一关吧……"

"又是'慢慢来'？哼！去他的——有你计划部署一切，有我领队冲锋陷阵，他不同意算个屁事！"虎子这时的心情已经沸腾起来了，说着说着，一把拉上老支书的胳臂，"走，咱俩'八亩台子'走一遭，就地计划计划！"

虎子和支书并肩走着，支书对他说："虎子，干劲冲天，这是共产党员的本色，这是千金难买的。不过，对群众的思想发动工作，也是极其重要的，什么工作也是一样——不把广大群众发动起来，工作就干不到好处……"支书尽管滔滔地讲着，可是虎子全没听进去，因为这时他心里想的是："在工地上，搭起窝铺，安上'工地食堂'，办个'工地俱乐部'，再从公社里，把电线拉过来，安上电灯，吃在地，睡在洼，昼夜鏖战，风雨不停……"

虎子和支书从"八亩台子"回来时，公共食堂里已经开饭了。虎子噔噔噔跑了几步，来到大槐树下，抄起油锤，一晃膀臂，敲起钟来：

"当——当当当——当。"

支书一听这是召开支委、队干部紧急会的号令，便问虎子："喂，你这是干什么？"

"在路上，你不是说召开支委、队干部会议，讨论改造'八亩台子'问题吗？"

"唉——那也应该等大伙儿吃完了饭哪！干吗这么心急？"

"说干就干嘛！"

转眼间，支委、队干部都向队部办公室跑来。有的边走边擦嘴，老队长干脆拿着个"黄金塔"，一边走一边啃，看样子他挺不满意，一进门就说：

"什么急事？连饭都不等吃饱！"

虎子接上去说："你没吃饱——我和支书还没吃呢！"

老队长的外号叫"慢慢来"，他的脾气跟虎子正相反——什么事他都主张稳当些，按部就班，慢慢来。因此，一商量事儿，他就跟虎子准是"对头炮"。见他俩一张嘴就有气，有人赶快把话接过去说：

"人都齐了！书归正传——有啥就说啥吧！"

老支书发言了。

虎子坐在支书旁边，他总觉得支书说得不赶劲，因而不断地插嘴接舌。

支书说："咱队还有一百亩地，没有水源。我们要苦干一冬，大干一春，彻底实现农田水利化，排灌机械化……"

虎子插嘴说："'彻底'，就是一分地也不能没有水源！"

支书说："要使全部土地自流灌溉，最棘手的就是'八亩台子'，我们'拿鱼先拿头'，首先集中力量，改造'八亩台子'……"

虎子用手横着一扫，说："'改造'，就是把它扫平！"

这时，会场上有些人小声嘀咕起来。有的说好，也有的说办不到，七嘴八舌，有点乱糟糟。虎子一见风头不顺，火了，大手一挥，说道：

"不同意的站起来——有理还怕见人吗？"

这一激真的站起一个人来，又是他的"对头炮"——老队长。老队长质问虎子说：

"虎子！你说明白点儿，扫平什么？"

"扫平什么？'八亩台子'嘛！"

"嘿，好大的口气——我看'驴年'也完不成！"

"'驴年'？早算好了——全体发动，五天完成！"

"发动，你去发动谁？"

"发动群众！"

"你配？我看不透有人会跟你干这个！"

人们一看，他俩又要大吵起来，你一言，我一语，都来打圆场；总算压下去了。

接着，支书又细讲起改造"八亩台子"的好处来，一条一条，条条是道，讲得大家都不断地点头。只有老队长，还在轻轻地摇头，表示不同意。这时虎子简直沉不住气了，凳子就像长了刺，脚下就像起了火，忽而坐下，忽而站起，坐立不安。因为，他觉得支书太啰嗦了。照他的看法：同意的算一个，不同意的就去他的——少几个"老保守"满没关系！虎子正在想着想着，支书突然提高了嗓门儿，斩钉截铁地说："……因此，我主张——'八亩台子'一定要把它削平，并且马上就动手，打响这水利建设的第一炮——大家考虑考虑，看看怎么样？"

"对！"

"我同意。"

"…………"

这时，只有老队长不发言。当支书征求他的意见时，他磕去烟锅的灰，又狠劲吹了两口，冷笑着说："大伙都同意，我没啥意见——就怕群众不同意！"

这时，只见虎子哼了一声走出去。人们都以为他出去解手，其实他去召集群众会了。

虎子离开办公室，通知各小队长，把群众召集在一起，他站到凳子上，便开始了动员工作。虎子的动员报告很简单："社员同志们，为了实现自流灌溉，保住明年的'千斤队'，我们要削平'八亩台子'，填平'十里沙洼'，今晚就兴工——大家同意不同意？"

因为他讲得太不具体，大家都没听清是啥意思，所以，会场上多数人都在低声叽叽嚷嚷，只有稀稀拉拉的几个青年人高声喊着"同意"。虎子一见这场面，肺都快气炸了，提高嗓门嚷道：

"同意的快去拿家什，马上跟我走——不同意的回家去睡觉吧，人民公社你们每人有一份，应该仔细想想！"

虎子说罢，拿着家什，提着灯笼，扛着大旗，带领着七八个青年人出发了。

这些社员呢？谁也没有回家睡觉，你看我，我看你，谁也闹不清怎么回事了。有的说："要不我们也跟虎子干去吧！"有的说："干应当干个明白呀！"最后，大家还是挑选了几个代表，去找老支书王云了。

支书来在群众会场上，把改造"八亩台子"的好处，一条一条说了个明明白白，会场上立刻发出了一片吼声：

"我们同意！"

接着，支书和干部们又进行了一番组织工作，大家都行动起来了。推车的，挑筐的，扛锨的，提灯的，男男女女，人山人海，直向"八亩台子"拥去。炊事员们，推着锅，抬着碗，去建"工地食堂"，保证明早不误饭。"后勤队"的人们用车拉着苇席、竹竿、谷草……去工地搭窝铺，保证社员们按时休息。另外，还有些人，准备地头安电灯和建立"工地俱乐部"。老支书右肩扛着大镐，左肩扛着大旗，走在大队的最前面。

老支书带领大队人马赶到"八亩台子"的时候，虎子和几个青年小伙子正在扑扑噔噔地干着，他们尽管已经累得满头大汗了，可是"八亩台子"才切去一个很小很小的角。于是，支书把两面红旗插在一起，一声令下，布开了阵势。接着，担的担，推的推，背的背，抬的抬，人如穿梭，来往不断。大镐铁锨，遍地飞舞。虎子一见这种场面，劲头更足了，裤腿卷得高高的，脱了褂子，光着脊梁，挑着他那对特大号的大筐，来来回回，飞奔在"八亩台子"和"十亩沙洼"之间。老支书也不顾大家的阻拦，挥舞起大镐来，震得他那花白胡子一股劲颤抖……

三个钟头过去了。"八亩台子"的少半边，已经下去了半尺多。老支书喝令大家休息时，老队长拍着身上的泥土，凑到支书近前，悄悄地说："我算了下——照这个干法，三昼夜就满可以完成。"

支书微笑着，点着头。

这时，虎子突然从黑影处走出来，抢上去质问老队长：

"你不是说得到'驴年'吗？"

老队长还没来得及搭腔，支书走上一步，热情地拍了下虎子的膀头，笑着说："虎子，人家老队长已经认输了，你干吗又这么说？你的做法有没有毛病，你考虑过没有？"

老队长插嘴说："虎子，要让你七八个人干哪——就得干到'驴年'！"

"你有'黄病'我有'癣'——咱谁也甭说谁啦！"

　　虎子倒是个爽朗脾气，说着，担起大筐，又向"十亩沙洼"奔去。这时，周围的人群中，响起一片笑声。

　　这笑声，划破了宁静的夜空。

　　这笑声，象征着最后的胜利。

第七辑

小八将

引　子

在饶阳前磨头下了火车，我们坐上了五公公社的党委副书记耿秀峰同志来接我们的大汽车。这时，夜色茫茫，星斗满天，春风把泥土的香味送上车来。从车窗外望，见公路左边，有一条窄轨小铁道，与公路平行，向天边伸延着……

小火车开过来了，引得我们纷纷议论："你看它多轻便，太适合农村了！"

"到将来，全国广大农村，都有它，那该多好！"

汽车穿过一个村庄，美丽的夜景出现在前方：一盏盏的电灯，密密疏疏，高高低低，一大片，和蓝空的星星混在一起。耿书记指着电灯说："五公村到了！"

我是见过许多电灯的。不过，那是都市的电灯，城镇的电灯，厂矿的电灯，车船的电灯……像这农村的电灯，我这生在农村，长在农村，又一直学习、工作在农村的人，还是头一回见到。

汽车在五公村头停下了。我们踏着路灯的金光，顺着白杨夹道的大街，向五公村内走去。这时，村里、村外，一片隆隆的响声，使人觉得仿佛走进了一个工业区。有人问耿书记："这响声——是……"

"机器。"

"干啥用的？"

"村外是浇地的。"耿书记指点着，"这里是打油的，那里是磨面的，这边是铡草的，那边是……"

"一共有多少机器？"

"唔！算算吧——一台锅驼机，三台柴油机，四台汽油机，十台电动机……工作机有：一盘电碾子，四盘电磨，五部铡草机，两套打油机——如果水车、水泵也算机器，那就更多了……"

"这是全公社的，还是……"

"不！都是五公大队的……对啦，这是个单村队，也可以说是五公村的。"

"这开机器的人都是……"

"本队社员。"

"能掌握得了？"

"能！"耿书记说，"摆弄这些玩意儿，老年人可甘拜下风了！全仗凭新的一代，那些'小八将'们！"

"小八将？"

他便向我们介绍了好些名字：杨建章啦，李坤芳啦，张中茶啦，李二修，李五乱啦，李卯啦，李囤啦，等等。他最后郑重其事地说："你们是来写公社史的。无论如何，可别把我们的张泉落下。这小伙子，是五公大队的团支书，兼着机电组组长。刚才说的那些人，大多都是他的徒弟。他二十六岁，共产党员，没上过高小，没进过工厂，可如今不论是机是电，都摆弄得了！他从钻上机器这一门，九年如一日……"

在张泉家里

张泉家是一所靠街的院落。院子不大，但方正、洁净。只有四间砖北屋，没有偏房。进屋后，张泉不在，他的爱人李捧接待了我。

一提起张泉，她流露一种自豪的微笑，话便多起来。她一边烧火做饭，一边给我讲了一段故事：

一九五四年，省里派来机井队，帮助农业社打机井。机井队上，有两台柴油机。被派去打零杂的张泉，被这从未见过的机器迷住了。一到休息时，张泉就跑到机器旁边，转来转去，瞅瞅这儿，摸摸那儿。要是司机手在近前，他不是问这，就是问那。有一回，司机手咯咯地笑着说："你打听这么细，想学学吗？"

"我能学得了？"

"学得了！只要有三个条件，就能学得了。"

"哪三个条件？"

"第一，不怕累；第二，不怕脏；第三，不怕难！"

"行！这些我都能做得到！"

"那你们组织个小组吧，我来教你们。"

张泉一听乐了，跑去跟社长耿长锁一说，社长也高兴起来："那可太好了！我正发愁呢——眼看就有机井了，没机器可以买，没有会开机器的人，这可怎么办呐？"

小组组织起来了。全组十二个人，张泉当组长。可是，学着学着，有的嫌脏，有的嫌难，半途而废不学了，最后只剩了三四个人。这其中，数着张泉的文化低，可学习成绩却数他最好。

机井队走了。耿长锁对张泉说："这机器就交给你们吧！"

"我们？"张泉心里又高兴又发慌，他摸着脖颈子，笑咧咧地说，"社长，俺们能行吗？可别糟蹋了社里的东西呀！"

"你们不行，我更不行，咱那机器光让它睡觉哇？"社长鼓励他说，"有山靠山，无山独立。一回生，两回熟，三回就是个老师傅！干吧！"

一九五五年春天，正在给麦田灌"拔节水"，柴油机突然出了毛病——停下了！哪儿的毛病？闹不清！后来，从拖拉机站请来一位李同志给修好了。

李同志问他们："你们知道这机器是为啥出的毛病吗？"

"闹不清！"

"主要是保养不好。会开必须会保养，还得会修理。"李同志又指着麦田说，"你们看，这浇过的麦子比没浇的，又黑又高！你们停车两三天，受了多大损失呵！"

这一激，张泉暗暗下了决心：一定要学会机器的保养和修理！

李捧说到这里，饭做熟了。我问她："现在张泉会修理了吧？"

"会啦。"

"谁教给他的？"

"人家没认过师傅，硬憋的！"

说罢，她出去了。

趁这当儿，我仔细地观察起屋里的摆设。靠北墙摆着柜橱，迎门是一张书桌，各种日常生活用具，应有尽有，是个富裕光景。不过，这我并不感到稀奇，因为我听人说过，这个村里，有收音机五十多部，有自行车一百多辆哩！使我发生兴趣的，是摆在桌上的那堆书。我翻了翻，有《柴油机原理》，有《电的基本知识》，有《电工学基础》，有《高速柴油机》，有《高压油泵的基本原理》……大大小小几十本，都是些机电方面的理论书籍。打开每一本书，里边都标画了许多红点蓝圈，显然翻过多次了。

我正翻看着，张泉娘走进屋来。我问她说："大娘，张泉同志很爱学习吧？"大娘一边给我满水，一边说："唉！俺这个孩儿啦，活是个书迷，吃饭时也架着书本，一边吃一边看，三看两看把吃饭就忘了……"

大娘正说着，李捧回来了，她插嘴说："人家晚上架起书来，一看就是一宿！有时候，我赌气硬给他把灯熄了，他这才不得不睡觉。可是，我一觉醒来，不知他哪时又拉开了灯，你说气人不气人！"

"我怕他身子受伤，常常半夜三更地喊他，催他睡觉；他倒听话，只要我一喊，灯就熄了……"张泉娘说。

"唉！俺娘还蒙在鼓里呐！"李捧说，"你听他应得挺好，其实，他把灯拉到被窝里，还是看！"

这时，外边有人在喊："张泉在家吗？"

"不在！"大娘向外走着，"啥事呀？"

"电灯坏了，想请他去修理修理。"

"他回来我告诉他吧，"大娘回到屋，"这外差也没个完！"

我问："张泉也会修电灯呀？"

"不光会修，还会安装哩。俺庄这些电灯，大多是他安的！"

"人家学这一套，不知过了多少鬼门关哩！"李捧接着婆婆的话茬说，"有一回，他安电灯触了电，手烧烂了，怕爹娘知道了，阻挡他的学习研究，就整天操着手。这天，爹叫他去担水，他满口答应下，跑回屋去，向我说，

'你受累吧，我一辈子忘不了你的好处！'爹见我担水，就问：'怎么你担水？他呐？'我说：'他，他肚子疼！'你看，弄得我也跟他出洋相！"

林园夜话

五公村的东南角，有一片大林园。这林园中，有桃、杏、梨，有杨、柳、桑、槐，还有核桃、苹果、葡萄、花椒……多多少少几十种，大大小小上万棵，占地达一二百亩。据说，建社前，这儿是一片茅草地；这些树木，都是建社以后培植起来的。

这林园紧挨着村子。一到夜晚，这儿就像城市的公园一样，便成了社员们谈心、散步的场所。

这天晚上，明月挂在枝头，大地像镀了层金；春风拂面，土香袭人，林园的游人格外多。

我吃过晚饭，也来在林园里。

"老郭，这儿来吧！"

我顺着喊声望去，见有一伙人，席地而坐，正在谈论什么。走近一看，原来都是机电组的"小八将"们。我问："你们正在开会吧？""对啦。你来得巧，会刚完，坐下，扯扯吧！"我见张泉不在，就问："你们的组长哪儿去啦？""参加支委会去啦。"我想："这不正是了解情况的好机会吗！"于是应声坐下了。在我的主导下，三言两语便扯起张泉来。

"我最佩服张泉的钻劲儿！"李坤芳说，"就说煤气机改汽油机那件事吧，当时他向我说：'煤气机不好使，马力也小，咱把它改成汽油机行不行？'我说：'能改吗？'他说：'我问过汽车站上孟司机，他说能改！'我说：'能改咱也改不了！'他说：'为什么？'我说：'刮风下雨不知道，咱自个儿扒几碗干饭还不知道？'他笑了笑，没吱声。此后，他又看书，又拜师，汽车站、拖拉机站去了不知多少趟。后来，他听说善铺有个叫于同心的老工人，又跑去向人家请教……就这样，他钻来钻去，终于改成了。马力由三点五增到六个，从那，我算服了他！"

"像这样的事儿多啦！"杨建章说，"有一回，'大十马'的汽化器坏了。那时，这种零件缺，跑了很多地方才买来一个。安上以后，行倒是行，可是耗油太多，一小时得用二斤油。当时有人说：'费点就费点吧，总比不能使强呵！'张泉说：'那可不行哟，生产要讲究成本；成本一高，收益就少了！'咱也不知他是怎么琢磨的，后来，他用细钢丝堵了堵油眼，问题解决了，马力一点不小，省油一半……"

"我看张泉的优点，不只是个钻劲问题，主要是热爱集体，总是想法给队上增加生产，不浪费一点东西。我来举个例子吧。"张中茶说，"你们知道，我这人既马虎又拖拉。有一回，我把机器一停，就想去吃饭。这时，张泉一步闯进来，问我说：'机器擦了吗？'我说：'没有，吃了饭回来就擦。'他说：'那不行，一停车马上就得擦！'我说：'差这么点时间有啥关系！'他说：'机器的保养和人吃饭一样，不及时会受伤的！'他说着，一蹲身子就擦起来……"

"人家不光管开机器，看畦口的事他也干涉！"李五乱说，"那天，他见畦口跑了水，就一面拿锨去堵，一面批评看畦口的不细心。看畦口的说：'反正不是人推牛拉，跑点水怕什么呀！'他说：'可不能那么说，机器抽水，跑水如跑油。'……那人涨红着脸，点点头，笑了。"

"有一天，李大壮想偷加个灯泡，三弄两弄，把电线弄着了。他自己没了辙，便把张泉喊了去。张泉冒着危险闯进屋子，把电线修好了。大壮感激地说：'谢谢你……'张泉说：'你先别谢，我还要批评你，你知道咱没有电表，想偷加个灯，是不是？你看！为了占个小便宜，差一点儿吃了大亏！以后可不要这样干！'还有一回……"李囤说到这儿，突然停下了。人们要他接着说下去，他向北一努嘴，悄声说："你们看，张泉来啦！"我向北一望，来了个矮墩墩的黑小伙子。他头罩毛巾，身着便服，忽呀颤地向这边走来。我问身边的张中茶："他来了怎么就不能说了？"中茶凑在我耳朵上说："张泉有个怪脾气，不喜欢别人夸奖他！"

电机井旁

一个晚上，阴天，没有月光。一组组的电灯，远远近近，散布在田野上。我来到电机井旁边，只见张泉把那装在立柱上的闸门一合，"嚓"的一声，"铁碌碡"飞转起来，它带动了轮带，轮带拉转了水泵，眨眼之间，从那五寸的胶管里，蹿出了三尺长的一道水柱。这水柱，在水池中打了个滚儿，又一涌而出，像条飞龙走蛇似的，顺着高高凸起的水道，向麦田中流去了。这时，站在电动机旁边的张泉，黑黝黝的脸膛，被电灯一照，闪闪发光。他咧开厚厚的嘴唇，向我微微一笑，好像在说："你瞧！我们这些摸锄杠的手，也能像使唤小毛驴似的使唤电了！"

"你们机电组一共多少人？"我问张泉。张泉说："不多不少一十八名。不过，能独立作业的只有八名，那十名是新招入的练习生。"

"数谁的技术高？"

"李坤芳、杨建章……"

"你不是老师吗？"

"我是老师？笑话！"

我们正谈着，那边走来了张中茶和李囤。张泉说："你们睡蒙啦！现在又不到换班时间，来干啥？"

"你家里有急事，我们是来给你送信的！"李囤一挥手说，"还不赶快回去！"

"走，少说闲话，快去睡觉吧！"张泉严肃地说了一句，又放出笑脸说，"李囤呵，你要再不听话，我向支部建个议，把你开除出机电组，让你回家抱娃子！"

中茶接过来质问道："组长，我问你，你凭啥开除人家？"

"他不遵守劳逸制度！"

"你自己呐？"

"我，我……我是特殊情况！"

"什么特殊情况！"中茶认真地说，"这是你的话，保养身体比保养机器还重要！"

张泉无话可答，憨笑着，让了步。

张泉走后，中茶向我说："干我们这一行，看起来挺轻闲，其实不是。农业上用机器，和工业不同，用不着它就闲着，一用着就是急的，白天黑夜连轴转，不论风多大，天多冷，饭也得在地里吃！当机电组长，不仅要技术比别人高，更重要的是和别的干部一样，吃苦在前，享受在后，关心别人，帮助别人……"

"甭说别的，就说我吧！"李囤接过来说，"我这个人呐，一来脑子笨，二来没长劲。我跟张泉学开机器时，学了一个月，越学越糊涂。我一赌气，不学了！张泉这么劝，那么劝，总没顶用。可是，他偏不死心，缠着我说啥也不放，一有闲空，就凑近我。后来，我干脆向他说：'张泉呀，我不是这种材料，你就是说下大天来，我反正不学了！'并且，从此以后，总是躲着他。有一天，他又来了。我说：'你呀你呀！我不学就是不学了……'他笑笑，把手中的胡琴向我一举，说：'你不学就算了，我是来向你学胡琴的，你收不收我这个徒弟？'我是'胡琴迷'，这并不是吹，全村有名的。从此后，他一有闲空就来找我，不谈这，不谈那，就谈拉胡琴。谁知，在这一门上，他比我还笨！学了二十多天，甭说别的，他连个正音也拉不出来。后来我说：'张泉呵，反正不会拉胡琴也能吃饭，你干脆别受这洋罪啦！'他说：'不！只要有长劲，我认为没有学不会的手艺！'从此，他更学上劲了。日子不多，他果然有了很大进步。又过了些日子，有的地方，竟比我拉得都巧了！这一来，我更教上劲了。有时还主动去找他。后来，他那胡琴一响，就像有吸引力一样，我这腿三迈两迈就跑过去了。这时，他又渐渐地和我谈上开机器的事。见我听烦了，再谈拉胡琴。谈一阵拉胡琴，又谈开机器。这么谈来谈去，我不知不觉地又学上开机器了。等我把机器学会了，他把胡琴一挂，不拉了！我问他为啥，他说：'已经完成任务了！'我问啥任务，他说：'我学拉胡琴，是专为教你开机器的，要不，哪有这闲工夫！'我有些不信，问他说：'人多着呐，你为啥偏在我这个笨徒弟身上下这么大功夫？'张泉说，'好多人不愿学，就是认为太难，怕学不会；只要你学会了，就会打破别人的迷信思想，大家的思想一解放，学开机器的人就会逐渐多起来，'还说：'将来村里实现机械化、电气化……需要有很多人会开机器，培养技术人才这事，必须从现在就开始做起来！'……现在看来，人家张泉说得就是对！"

尾　声

清早，我搭上公社的汽车，要和五公村告别了。这时，张泉匆匆赶来为我送行。我见他手中拿着一本书，就问："拿的什么书呵？"他把书向我一举，笑笑说："汽车构造问答。"

"你还想学学开汽车吗？"

他没有直接回答我，却反问说："我们能赶一辈子骡马车吗？"

汽车开出了村子。村外，麦田似海，一望无际，和蔚蓝的天幕连在一起；晨风吹过，碧浪滔滔，层层相推，滚滚而去。一个个的机井架子，峙立在麦田中。我不由得想起了五公大队今年要打十四眼机井，要添置十部电动机的水利建设计划，心里热滚滚的。

汽车开远了。我怀着留恋的心情，回头眺望着。只见，五公村如同一叶小舟，浮沉在青苍苍的麦海中。村边，杨柳青葱，桃花怒放，仿佛千万颗红色的宝石闪耀在万绿丛中；又仿佛五公村"小八将"们那一双双顽强、智慧的眼睛！

1963 年 4 月

铁头和骆驼的故事

没有听完的故事

一九五五年深秋的一天夜晚。在打县城去柴胡店镇的公路上，两个伙伴，和我谈起一段故事。

城东杨树高庄，有对小弟兄。哥哥名铁头，弟弟叫骆驼。五年前死了母亲，跟随父亲过活。父亲性情粗暴，他们常常挨打挨骂、哭哭啼啼。他们稍大些，就跟父亲干零活。那时节，铁头虽然也在学校里报上了个名字，但总是"三日打鱼，两日晒网"，不迟到，便早退。因此，当铁头还在三年级里，看到和自己同时入学的伙伴们去升高小的时候，藏在苇子湾里，偷偷哭过好几回。

一九五四年冬，他们那病了一冬的父亲死了。可怜他们既没有年长的哥哥姐姐，又没有近门的婶子大娘。十一岁的哥哥牵着九岁的弟弟，走出走进，举目无亲。当他们听到别人的父母，召唤自己的孩子回家吃饭的时候，当他们看到自己的伙伴们，背着书包蹦呀跳地去上学的时候，老是偷偷跑到爹娘的坟边哭泣……

伙伴们说到这里，就和我分路了。

初次见面

一九五六年深秋的一天，我因事到了杨树高庄。

进庄时，有两个学生正在街上走着。突然，他们发现路旁树上落着一只麻雀，那矮个的小家伙，悄悄地掏出弹弓，瞄准打去，接着，麻雀和石子一同落了下来，直乐得他们又蹦又跳。

我要求他们领我去找支书，他们很乐意地答应了。

走进支部办公室，支书高树屏跟我打过招呼，忙把两个娃娃揽在了怀里。他微微一笑，对那高个的娃娃说："你老师对我说，你这回考了个100分！对吗？"那娃娃光笑没答。支书掏出一支绿色钢笔，说："喂，我给你买了个奖品！——努力吧，赶明年再考100分，我还给你买……"这时，那矮个的小家伙急了，他骑上支书的膝盖，一手拽着支书一缕胡子，说："你偏心眼！我不干！我不干！"支书笑着说："你整天不打鸟，就钓鱼，这回考了个60分！还要奖品？""我就爱！我就爱！""你'爱'吧，'爱'得不着奖品！""哼，你不给我买奖品，下回我给你考50分！"我想：这一定是支书的两个孩子。哈，他们多亲热啊！想到这里，我不由得记起了铁头和骆驼——那对没爹没娘的孤儿来。

娃娃们跑了。我问："铁头和骆驼不是你们村的吗？他们在哪儿？"支书笑着说："你没见，刚跑走的就是那俩小家伙！"这话，使我大吃一惊。原来，按照我的想法，一对没爹没娘的孩子，一定是穿着破破烂烂的衣裳，光头，赤脚；而刚才出现在我跟前的，却完全不同：铁头，是个高个子细身条的俊俏孩子，身上穿着一套崭新的黑便服，整齐，干净；头上戴顶学生帽，帽檐下边的头发，遮盖着半边前额，额下那对又黑又亮的大眼睛，透出天真的神情。他那上宽下窄的脸上，闪耀着幸福的红光。骆驼，他的穿戴和哥哥一模一样，只是长得比哥哥胖一些，他那又圆又鼓的脸蛋儿，活像两只熟透了的西红柿。这时，我心中想：这哪一点像是没爹没娘的孤儿！

新家庭

晌午，我在街上看到一家的门板上，贴着一副对联，上联是：党的恩情深似海；下联是：鳏寡孤儿成一家；横批是：新家庭。我看后，觉得用词并不怎么出色，但，其中的含义，却是意味深长的。我在支书家吃饭时，问起这件事情来。支书笑着说："提起'新家庭'来，俺村有两个——一个是高荣芳家；一个是高清田家。"接着他告诉我：自从铁头和骆驼的父亲死后，支部便召开了党员和社干部联席会，专门讨论了"这对孤儿往后怎样过活"的问题。当时，还是初级社，人们很为难：让他们上学吧，土地分红不够吃用！留他们在社里拔草、放羊吧，又耽误了他们读书的机会！后来，会上决定：大家集资，来供养这对孤儿上学。党员高荣芳自告奋勇，负责照料他们的吃穿。后来，社员们知道了这件事，社员高清田找到支部说："这不公平，兴我沾新社会的光，就不兴我为新社会出点力吗？这对孤儿，得让我负责照顾一个！我保证照顾得比他的亲爹亲娘还要好！"支部无奈，只好说服了荣芳，把铁头让给了清田。半年后，初级社转成了高级社，铁头和骆驼成了社的"五保户"，他们的生活费和教育费，一概由社里供给，并仍由荣芳、清田分别照顾他们。支书介绍到这里，他笑眯眯地说："这样，两个'新家庭'就成了！"

"呵，原来，'新家庭'就是增加了一个孤儿啦！"我说。

"不，还有别的意思。"支书笑了，"高清田今年五十二了，高荣芳今年三十六岁。倒退三年，他们还都是孤身一人的'老童子'哩！高清田在支部的帮助下，前年才与本村的姜寡妇结了婚。去年，支部又帮助荣芳，与当庄的另一个寡妇结合了。现在，他们都过得又甜又美，哈！这不是两个'新家庭'吗？"

在骆驼的家里

当晚，我在骆驼家住下来。吃过饭，荣芳去开党的生活会了。小骆驼躺在被窝里，听我讲了一段抗日战争故事，又嘱咐婶子给他喂上白眼鸟，然后，打着甜甜的鼾声睡去了。屋里，寂静下来。

这时，我仔细地观察了屋里的摆设——靠北墙，立着一对红光透亮的大柜橱。骆驼那个心爱的白眼鸟笼子，就挂在这柜橱上。笼里，有一对绿脊背、灰肚皮、白眼圈的小雀儿，不停地蹦上跳下，叽叽喳喳地叫着。冲门的桌上，摆着穿衣镜，镜左边的墙上，挂着《新少年报》，右边墙上挂着天蓝色的书包。桌面上，除摆了些茶壶、茶碗、油盒以外，最引人注目的，是靠钟放着的那块小石板。石板上，写着歪歪扭扭的五个大字——生产大跃进。荣芳女人，俯在炕边上给骆驼赶做棉裤，她不时地回头望望石板上的字，嘴里嘟念着。我不由得夸奖她说："大婶，您学习真积极呀！"

"不积极，那'先生'可不依哩！这是小骆驼给俺和荣芳立的'规矩'——谁学不会，就不叫谁吃饭！"她说完，咯咯地笑起来。

突然，骆驼翻了个身，把被掀起个缝来。她立刻停止了笑声，轻而且快地凑过去，等骆驼不动了，又轻轻给他掖好。此后，她说话降低了音调。我被她这高贵的品质感动了，说了几句赞扬她的话。她却反驳我说："不，不是咱的心眼儿好，是人家这孩子赶得社会好。在从前，咱有疼人的心也疼不起呀！那时候，亲生自养的还舍给人家哩！——我这个'舍他娘'的绰号，就是这么叫起来的！"

接着，她告诉我：她今年四十一岁了，是生过七个孩子的母亲。因为那时日子累，孩子吃不上穿不上，虽然有的挣着命活到五六岁，但，早在十来年前就全死光了。最后，她声音有些颤抖地说："直到如今，我还常常这样念叨——孩儿啦，甭怨爹，也甭怨娘，全怨你生的不是个人社会！"这时，她的眼圈湿润了。我安慰她说："大婶，甭想那些了，您把骆驼拉扯大，他，不会忘了您的！"她说："其实，现在有儿没儿是一样，社的'五保'比儿都强——我疼骆驼，是为了给国家多养大一个小伙子，好把咱那社会主义早点建设好啊！"

这时，我惭愧地低下头，觉得自己的认识，还不如一个普通的农村妇女哩！

尾 声

已经是深秋了。但，天气还是暖和的。太阳被饱含着水分的空气，弄得有些朦胧。天空，是银色的、透明的、匀净的，给人一种春天的感觉。宽阔的大道，静静躺在早晨的阳光下，愈显得恬静、开朗。

就在这样一个迷人的秋晨，我告别了杨树高庄，回城了。当我离村约半里路的时候，村里传来了："铁头哟！""小铁头！——"这是那位头发灰白的清田大娘，在召唤早起出去钓鱼的铁头，回家去吃早饭了。

啊！党——伟大的母亲！在您温暖的怀抱里，有多少个鳏、寡、孤儿，在幸福地度着他们的晚年和童年啊！

1957 年 12 月

打　井

"怎么，你说我是打井的积极分子？这才胡来哩！要不是我知道你不了解我过去情况的话，还准得认为你是来讽刺我呢。不信，我跟你从头说说，自然你就明白了。

"那正是'三九节，土如铁'的时候，队长春生从总社开会回来了。在传达打井任务的时候，头一个搞不通的就是我。你说因我对打井的重要性认识不足？不，地有井家有囤，收的粮食吃不完。这点常识，三岁的小孩也知道。不过我想：打井固然重要，可胡作也不行啊！

"俗话说：'雪不打井，雨不盖房。'在这滴水成冰的季节，想打井这不是做梦？我心里不同意，在讨论时说：'冬季水皮高，打井不保浇，这是老辈的经验。再说，三九天下井，肉一沾泥，就得掉一层皮，打井是万万不行的。'我觉得我的意思，一定能让大伙信服。谁不知道我是打井的把式啊！哪里知道，我的话音刚落，楞五早气极了。他腾地站起来，横鼻竖眼地说：'别保守啦！你念的是秦始皇年间的经，我们不听。'接着别人也七嘴八舌嚷起来：'陈皇历看不得了，得看新的啦！''闹社会主义嘛，就得有股干劲。三九天虽冷，社会主义的火可更热哩''水皮高咱深下盘，白天不行咱夜里加班干！'

"最后大伙一齐嚷道：'要不打井，明年的增产计划怎么实现？一定得打！'

"楞五就着大家的声势，又把桌子乒地一拍，盛气凌人地说：'共产党领

的道，就没个错，你跟着走就得啦！'

"大伙冲我这阵顶撞，敲得我的脑袋像着起火来，气得我浑身颤抖着，呼呼直喘大气。这时，春生站起来插嘴说：'我们的杨忠老队副，是三辈祖传的打井把式，有些经验，这点我们不能不服。再说，杨忠叔的为人，胆小心细，办什么事都是攀倒树掏老鸹——稳当着来。'真的，咱从十七岁就经手过小日子，多咱是粮食在棵上就掐算好啦，总是巴巴结结刚够吃。因为这个，我向来办事总得计算个一准二稳，老怕步迈大了，掉下井去爬不上来。咱说个笑话吧，也是真事：前些年，人们都养小牛赚钱，我就不敢买，因为小牛会死；后来，孩子想卖糖，我也不同意，怕他吃赔喽；老婆纺织，我老觉得她拧得太猛，担心拧断轴子，连老本坑进去。所以，春生这番话，倒像给我吃了服顺气丸。可他接着又斩钉截铁地说：'不过，这一次他稳得有点不对头，为了保证实现增产计划，一定得打井。同时，为了不影响明年春耕，还必须利用冬闲季节动工。''对呀！闲时打井忙时用嘛！'楞五瞅准春生吸口烟的机会，又插上一句。春生表示同意地点点头说：'到春节还有四十天，社长要求每队打三十眼井，大家想想沾不沾？——别的队还说跟我们挑战哩！''挑就挑！怕他们！'还是楞五的话。'咱队保证超额完成。不光保证数量，还得保证质量！''省工省料也写在挑战书上。'……'还嚷哩！把咱杨队副的眼珠子都给气得冒火星啦！瞧！嘴噘得像个肉包子，脸紫得像茄子皮，浑身哆嗦得像个下神的。'没看准是谁怪声怪气地说了这么大套，引得满屋子的眼珠子都看着我，有的人还哧哧地笑。我赌气把桌子猛一拍，愤愤地说：'是开会还是吹牛？说大话不费劲，你们说得上天比上炕还容易，办得到吗？''当然要办到！办不到说它干啥。''楞五，你甭不知自己肚子盛几碗干饭！——你下井？''老杨忠，你甭拿下井吓唬我！我不光带头下井，还保证顶两班哩。不信，咱靶上看箭！——谁敢跟我应战？''我敢。''我……'

"我憋了一肚子气，回家一屁股坐在炕头上，一袋接一袋地抽起烟来。打井会上的事又在心里翻腾起来。我想：楞五虽是个团员，可他总还年轻呀！二虎头，说话没底，办事没谱。怎能怪他呢？狠人的是春生——既是队长，又是党支部书记，打井虽不算是把式，可也知道些门路，怎么领着头拿社里的财产开心！井打不成，砖埋在土里，绳烂到泥里，这不净穷糟！……

"我躺下又爬起来，横思竖想，觉着怎么也不能看着社里受损失。我想找春生去问问他，你领头横作，糟蹋了东西，你包着不？

"我走到队部办公室外，看见窗户亮堂堂的，听见春生和楞五正在说什么，还提到杨忠杨忠的。我怕一下闯进去落个下不来台。这时正听见楞五说：'人家别的队挑战书都贴满街啦！老杨忠还死咬住尾巴尖子不松口，使劲地打坠磕碜呢！'我不怪他，他还倒是气挺大，只听他拍着桌子又说：'我看他自觉着是打井把式，想拿一把！'真把我气坏了。但又听春生说：'不许胡说，他是思想保守，不是想拿一把。他准还觉着自己是爱惜社里的东西怪对哩！'春生这人倒是精明，他这话，我觉着还算公平，可楞五却不服气，他更有气地说：'为社里的东西？狗蛋！'

"停了一会儿，我又听见春生说：'你这楞脾气还有个改不？你凭良心说，上月积肥竞赛，咱队得了红旗，最积极的是哪一个？咱老队副为一个驴粪蛋子，兜过八里地，你就忘了？咱老队副拿着社里的粪蛋子当眼珠子，这话不是你说的吗？'春生的话算是打中了楞五的痛处。沉静了老半天，才听楞五慢吞吞地说：'哼！不管怎么说，打井反正让他给搅啦！''搅啦？不，井是一定得打的！''打？把式思想不通还打个屁呀！''楞五，只要你舍得力干，咱一定打个样给他看看！''队长你瞧好！你好比诸葛亮，我就是赵子龙；决策大计全由你，冲锋陷阵我当先。'听到这里，我在窗下心想：'呸！有你这样的赵子龙？说是毛张飞嘛，还有点像！'接着听见他们开始安排工作。我赌气来了个向后转，悄悄地又回了家。

"躺在被窝里，身子像烙饼样来回翻，心里胡思乱想了半天，才合上眼。只觉得迷迷糊糊，忽听街上响锣集合群众开会。我爬起来跑到社办公室，屋里坐满了人，区委书记正讲话：'……亘古以来，能见过冬季打井的？劳民伤财谁负责任？你们单干时，怎么没人冬季打井？这不明明是拿社里钱财开心吗！——我命令你们，马上停工！'这时满屋人哑言闭气，我昂着头看看这个，望望那个，都坐得像个泥胎。但也有些人，不断地回头，瞪着直眼望望春生。春生坐在凳上，头都快钻到桌底下去了。区委书记又接着说：'春生，据说你队还要超额？这更胡闹！你当队长的应该做深刻检讨。'区委书记吸了口烟，又说：'还有楞五，啥事不懂，跟着胡闹，也该受批评！'这时，我心里可痛快啦，感叹地说：'还是区委书记高明，他把我憋肚子里的话，都替我说出来了。'我正乐得合不上嘴，忽听有人喊我，猛地睁开眼，原来是场梦。窗上已闪出黎明时分的亮光，雄鸡在拉着长声啼叫，又听到社里人喊马嘶，广播筒也在喊着打井的人集合。我回想着梦境，看看眼前，听听村里，觉得越发懊恼起来，接着又听门嘭嘭地响了一阵，紧跟着就是楞五的话声：'太阳晒着屁股啦，还不起来？'我还没顾得答话，又听他说：'打井你参加不参加？说痛快话！'这时我气极了，坐起来，赌气说：'病啦！'就听楞五咣啷一声把门踹了一脚'甭装洋相，没你这鸡子卤也能吃凉面！'说罢，听他噔噔地跑了。我忍气自言自语说：'你们甭折腾，早晚你们就会知道，锅是铁的！'

"想不到我病的消息很快嚷动啦，社里人们都跑来看我，我一时觉得心也跳，脸也热，嘴里没得说。凡来看我的人，都劝我好好养病，别挂着打井。有些人还拿来鸡蛋苹果。这一来，倒闹得我心里真好像有点病似的，成天饭也不想吃，觉也睡不着，黑夜白日炭火烧心，睁眼就烦，闭眼就做梦——梦见打井塌啦，砖盘和楞五都砸在井底下，当我惊醒时，却又真的听外边吵吵嚷嚷，我慌忙穿上衣裳，跑出来。原来夜里下了大雪，遍地白茫茫。雪虽停了，风还刮着。我禁不住打了个冷战，咬着牙，走到门口。一看，我怔住了，满街灯笼火把，就像元宵节的晚上。灯光下，男女老少，在七手八脚地忙着，叮叮当当的大车小辆，在来来往往地拉砖送木，雪都被踩成了冰，道旁的砖垛成了山。老年人，边干着活边叙说着家常；年轻人，有说有笑，不知是谁在唱梆子腔……啊，真红火呀！

"'社员同志们！告诉你们个好消息，在东沙滩工地上打井的队员们，以忘我的战斗精神，让井盘胜利地闯过第一层流沙！'话声未落，暴雷般的掌声，夹杂着刺耳的欢笑，立刻响彻全村。这时我心里更加嘀咕起来：东沙滩这块地带我最摸底。从前我当'领班'在这里打过两回井，都因土松沙深没成功。第二回还砸死一个人。从那以后，社里流传了个歌谣：'东沙滩土质暄，三层流沙紧相连，头层二尺半，二层四尺三，三层有多深，谁也无法算，能在这儿打成井，除非活神仙。'我听了他们正在这儿打井，立刻替他们捏了一把汗。二十年前打井死人的惨景，立刻又摆在我面前，腿不由自主地迈着步子，直奔东沙滩而去。当我面对着寒风，踏着滑而不平的冰路走出庄子时，眼前完全变成了另一个世界——刚露头的月亮，放着冷清的光，照得雪野白茫茫，越发使人感到寒冷。光秃秃的树林子，发出沙沙声音。我冻得脸和鼻子像刀割针刺那么疼，我又生起气来：'这天气能打井，真是胡搞。'

"我踉踉跄跄地奔到工地附近，定神一看，天哪！我当了半辈子打井把式，也没看到过——三盏大汽灯照得工地像白天，地面像镜子一样反着光。插在车架子上的五星红旗，随风飘扬，砖垛左边是棚帐，里边冒出缕缕浓烟，和人们身上发出的热气混成一团。滑车绳上，不是我想象的四十个小伙子，而是些媳妇姑娘。我真想不出，他们哪来这股干劲，都跑得像飞一样，有的人倒了一骨碌爬起来，又抓起大绳，还拉，还唱，号子是现编的：'黑夜变白天，闲多变忙多，生着社会主义火，点起合作化的灯，天冷夜黑咱不怕，隆冬深夜来打井，为了我们的合作社，为了明年的好收成。'他们唱的每一句话，我都觉得像钢针在刺我的心。站在井口'把式位'的是春生，他的裤腿卷过膝，袖子挽过肘，他直挺挺地叉着两腿，脚像钉在地上，上牙咬着下唇，手吃力地捋着忽上忽下的大绳，浑身腾着热气，很像解开的蒸笼，眼珠子盯着井，嘴里不断发着命令。工地上每个人的脸上都流着汗珠；妇女们贴在腮上的头发都挂满白霜，不知是热的还是冻的。

"我站在那里，简直看呆了，好像忘掉了这是隆冬深夜，好像忘记这是积雪的田野。我不知自己什么时候开始迈的步。人们笑着问我好，我脸上热辣辣的，脑袋始终没抬一抬。我挥了挥手，让他们注意自己的工作，甭理我。不一会儿，工地上的气氛又恢复了正常。我才觉得像解了围似的轻松起来。这时我又看到远远的井框，又深又大，在二层的筒壁上，有窗口大的一个洞，里边闪着灯光，温暖的热气，从洞口扑出来，带着一股扑鼻的清香。洞口贴着一条红纸，上写着'更衣室'三个大字。这时井盘虽已穿过第三层流沙层，但依然是端端正正地下沉着。井下的四个小伙子，都成了泥猴，个个脸上都是横一道子黑，竖一道子黄，他们的干劲真足。悬起来的斗罐不断掉下泥块、泥浆，掉在他们身上。其中有一个小伙子，干得最猛，斗罐一沾井底，他把整个身子都扑上去，用胸膛把它顶进泥里，这样泥上得又快又满。突然他的胸部被斗罐蹭破了皮，流出血来。不知是谁劝他：'你上去，换换班吧！血淌多了了不得。'那小伙说：'打铁不看火色，啥节骨眼？就不上去！'他一说话，我才听出是楞五。斗罐又落底时，只见楞五又变了姿势——他转过身子，用屁股猛一蹾，斗罐又砸入泥里。正这么干着干着，忽听春生说声：'不好！'原来盘开始倾斜了，春生的脸立时淌下豆大的汗珠。我的心也怦怦地跳起来："快上！"我急急地喊，但这话音马上被楞五截住：'大伙沉住气，不许乱动！'这话给春生增添了力量。他唰唰爬上井架子，很快地把一根粗绳拴在了横木上，然后厉声命令：'把盘挂上！'虽然他是朝井下喊，可这时我觉得就是对我喊的。我赶快挂好了盘，随着春生的命令，大伙把盘一拉，正倾斜的井盘停住了。人们紧张得要死的脸色，立刻缓和了许多，由于盘一吊，盘下的隙缝更大了，沙如破堤之水，突突往里涌，井底眼看升高起来，井底人们的脚，像踩藕似的倒换着，不然就会连身子陷在泥里。我急忙冲井下喊起来：'楞五！赶快动手挖西边，快！'他照我的话办了，不一会儿，井盘渐渐恢复了正常。

"天明了，风停了，太阳露出红红的笑脸，这眼大井已经竣工了。人们情不自禁地拉起手来围着井欢呼起来。

"当天我就参加了打井队。把人分成了两班，我和春生各领一班，同时动工，昼夜不停，结果俺队超额十眼完成了任务。在打井竞赛评议会上，被评了个第二。话又说回来，要不叫我在开始时拉倒车，第一还不是手里攥吗？你只看我后来干得挺虎，就赞扬我是积极分子，我真觉得怪冒火哩！……看起来，事在人为，什么事，非鼓起干劲才行哩！"

老树新花

我赶到家乡天已经大亮了。

我离家才两年多，家乡的变化可真大呀——村头上的关帝庙已经进行了修整刷新，变成了农民业余大学；弯曲、狭窄的乡村街道，已经调直加宽，马路两旁，是响杨、垂柳，街口上的臭水坑已被渠道沟通了，塘水清清，鹅鸭对对，要不是塘边那棵歪脖子老槐树，我真不敢认这是我的故乡了！

这棵歪脖子老槐树太熟悉了。我小时候就跟小伙伴们一天到晚在这里玩。我记得那时它是一棵快枯死了的老树，可是，现在它的枝丫竟变成了墨绿色，并且都挂满了嫩绿的春芽。

"哼！它也发芽了，奇怪呀？"我不由自主地说出口来。

"这有什么奇怪的——现时下，天地之间的一切，都在神话般地变化着，枯树就不会迎春发芽吗？"村支书大群来了，听我说话就答了言。

我和支书向村里走着。一边走，他一边向我述说着村里的新闻。

社员公共食堂出现在我们眼前了。玻璃窗子闪着曙光，缕缕炊烟腾空而起。又见房顶上，高高架着的一个老大老大的布制风轮，在半空中飞快地转动着。

"那是什么？"我问。

"哦，那是'解放军牌风力机'——社员们给它起的外号叫'管天标'，意思是不光调动起了一切人力、物力，就连风的积极性也都调动起来了！这架风力机，不正好是管天的标记吗？"

"它有什么功能呢？"

"它呀，能当'炊事员'！还是个'多面手'呢——用皮带挂上'吹风机'它就吹风，挂上'切菜机'它就切菜，挂上'制饽机'它就做馒头，挂上'切面机'它就连擀带切……"

"效率高不高？"

"效率嘛，唔！切菜能抵十个人，做饽能抵九个人，切面能抵十二个人……原来，全队共有十五个炊事员，整天忙得汗流不息；现在，减成两人了，他们还喊闲得手心发痒呢。"

"这是谁创造的？"

"'解放牌风力机'的发明者呀——它和'自卑牌木鸡'是'同胞兄弟'！"支书见我发愣，又补充说，"它俩出于一人之手，就该算是'同胞兄弟'呢！"

支书这一句，猛然提醒了我。我不由得大吃一惊！我爷爷那个小瘦老头的影子，立刻出现在我的眼前；两年前的一段往事，也同时在我的脑海里闪过去——

那是一九五八年春天的一个晚上，大队部在村头塘边的那个广场上召开了社员大会，号召社员们开动脑筋改革工具，提高劳动效率。会上，社员们纷纷表示态度，这个说要改造旧犁，那个说要创造新耙，还有几个人合起伙来，树雄心、立大志，表示要发明一台马拉木制联合收割机……在这时，唯独我爷爷身子倚着那棵槐树，吧嗒着烟袋，眯缝着眼，"徐庶进曹营——一言不发"。队长大强向他嚷嚷道："喂！万春叔，你也发发言呀！"这一嚷不要紧，我爷爷连吭没吭，站起来就走。队长大强又嚷："喂！万春叔，你怎么走哇？"我爷爷冷冷地说：

"不走怎么着？我那脑袋还要呢！我担心你们把树吹倒砸破我的脑袋！"

爷爷不冷不热的这么一说，一下子把大伙气恼了。我爷爷一见，抬起脚来在鞋底上磕去烟灰，又狠劲地把烟袋吹两口，冷冷地笑着说：

"好啦，好啦，你们都是诸葛亮转世，鲁班下凡，有本事只管使嘛！你们说上天也可以呀，反正说大话又不用贴邮票！"

支书知道我爷爷是个古怪脾气，这时凑过来笑嘻嘻地说："万春叔，你虽然上了年纪，可是耳不聋，眼不花，心灵手巧，又是铁匠兼木匠的'双天官'，应当解放解放思想，在工具改革运动中露两手啦！"

我爷爷说："支书，发明创造这能像吹糖人那么简单？就说打铁抢锤看起来没有什么吧？我还学了两年半呢！"

支书仍然笑着说："'世间无难事，只怕有心人。'火车、汽车、轮船、飞机，不也都是人造的吗？"

我爷爷说："啧啧，那些玩意儿，都出于有学问的人的手，哪一样是咱这庄稼佬发明的呀？"

"你是拿老眼光看新事物！"

"你是地地道道的老顽固！"

大伙这么一围攻，我爷爷气得胡子颤抖起来，脸色发了青，但是他嘴里却说：

"好，你非要打着鸭子上架，我也动脑筋琢磨琢磨！"

他回到家，鏖战了半夜，第二天一早就抱着他的"新创造"去找干部了。他把"新创造"放到办公室的桌子上，干部们呼啦都围上来，一看，是一个用木头做的大公鸡，有人问：

"这木鸡能干什么用？"

"下蛋呀！"我爷爷说。

"下蛋？真公鸡也不会下蛋呀！木头公鸡还会下蛋？"

"发明创造本来是有学问的人干的事，你们怎么硬让庄户人家干呢？这不等于叫公鸡下蛋吗？"

支书一见我爷爷是捣乱，把他批评了几句。又说："好吧，把这个木鸡好好保存起来，他也有用处——它可以教育我们的子子孙孙！"

有人提议："咱给它起个名字吧！"

"对——就叫'自卑牌木鸡'吧！"

我回忆着这些往事，不知不觉来到了家门口。支书向我说："你先回家歇歇吧，我还有点要紧事儿——晚上谈。"

太阳像一颗火球似的升起来，宽敞的庭院里铺下了一层金光。我走进院子时，奶奶正坐在台阶上，晒着阳光给社里剥花生种。她一见到我，脸上笑开了花，瞅瞅我的身上，看看我的脸，唠唠叨叨地说："你这孩子，一翅子飞出去就不知道家来啦。"

我问："爷爷干什么去啦？"

奶奶说："他呀，上坊子镇赶集去啦。"

在我的印象里，爷爷没有要紧的事，从来不赶集，今天有什么事呢？奶奶说："半年多以前，支书就借给他一本什么'宝书'，他看呀看的看上瘾了，老早就发狠自己要买一套；今天是他生日，支书管着，让他好好歇一天，他趁这个机会，起了个大早就上集买什么'宝书'去啦！……"

我知道爷爷从年轻就好看旧小说，所以这时奶奶说他去买书了我并不觉得新鲜。于是便向奶奶问起爷爷创造风力机的事来，我一提起这事，奶奶打开话匣子就扯着长声说起来了：

"你爷爷自从看了支书给他的什么'宝书'，整天琢磨，怎么'找窍门'啦，'挖潜力'呀，张口不上三句话总要带上这么个词儿。有一回，他被一场暴风从地里刮回家来，进门气还没有喘匀，就望着窗外自言自语说：'风呀，风呀，你就不能为社会主义服点务吗？'从那天起，他就在风身上下开苦心了，有一天，我劝他说：'老东西呀，你死了这份心吧，你累得脸都瘦了，眼深了……'我这一说，他却给我上起'政治课'来了。我再劝他，他就开始给我扣帽子，什么'落后'啦，'保守'啦。从那以后，我赌气不管了。他呢，还是和从前一样——又是看'宝书'，又是琢磨，一点也不泄劲……"

奶奶一口气说完了这话，我想："由于看'宝书'而使他有了这样大的变化！这'宝书'力量可真不小哇！"于是我问奶奶，爷爷看的是什么"宝书"，奶奶想了想，笑着说："你奶奶斗大的字儿不认识一个，咱哪说得上来呀！"

太阳落山了。爷爷赶集还没有回家，奶奶不放心，要我去集上看看。我跨上车子，向坊子镇奔去。

我刚走出村头，远远望见老槐树下坐着一个人。我定睛一瞅，很像我爷爷。于是，我把车子锁在大路旁，从松蓬蓬的田野跨过去。走近一看，果然是我爷爷。只见他坐着一块砖，手里擎着一本书，两只眼睛目不转睛地盯在书上。大概是由于紧张思索，眉头忽然紧锁，又忽而伸展开，嘴角在微微抽动，胡子也随着在轻轻颤抖。他的精神多么集中啊！我叫了一声"爷爷"，他才像从梦中醒来。他一看是我，非常高兴，问长问短，最后我问："爷爷，你看的什么'宝书'呀？"

"唔，毛主席写的《矛盾论》。"

这时，一阵东风吹过来，使人感到非常轻松、舒畅。老槐树上崭绿的春芽，也随着东风轻轻地摆动起来。

"毛主席的伟大著作，真是光芒万丈，威力无穷啊！"我正想着，从村里传来了一阵悦耳的歌声——

"东方红，太阳升，中国出了个毛泽东……"

这歌声是越来越大，越来越响，响彻了整个村庄，响彻了无际的田野，响彻了每一个人的心房。

送灶王

旧历腊月二十三日，是送"灶王"上天的日子。今年这一天，我被县委指派，在王庄检查积肥、造肥和社员过春节的准备工作。

我的房东是王有福。他家三口人——王有福老汉和他的两房儿媳。两个儿子，一个做工，一个当兵，都没在家。

头天晚上，临睡之前，老汉指着挂在墙上的日历跟我说："哈哈，舒心的日子，总是觉着过得快，不知不觉，明天又是腊月二十三啦！"

次日，窗户刚发亮，老汉就起来了。他揭开炕席，把昨晚媳妇们领来的工资拿出来，凑到窗台前去瞅。

老汉的炕席底，是他家的钱柜子。一家人，谁有钱就放在这儿，谁花谁就拿，也不用请示报告。这个制度，是公社实行发工资以后建立起来的。在从前，是老汉当家。公社实行发工资以后，老汉跟媳妇们说："从前我老怕你们花钱没准头，花亏了饿着肚子。眼下，国家的大章程都变啦，咱家这小章程也变变吧！"于是他提出了这么一套办法。媳妇们一致赞成，并且选老汉为"检查员"，到时候，负责查问查问，计划计划，核算核算。

老汉把那票子都瞅了一遍，一面自言自语地说："社里发的这票，新的嘎巴嘎巴响，连个褶都没有呢。"一面仔细地计算，今天赶集该花多少钱。

"当！——"桌上的座钟响了一下，老汉就着抽烟划着一根火柴照了照："呀，六点半啦——得快走！"于是拾掇了拾掇，背上粪筐出门去了。

村里正在闹积肥运动突击月，老汉和他的两个儿媳都是积肥专业队的队员，他怕误了上班，所以今天赶年集起了个大早。

老汉去赶集有什么要紧事呢？在往年，腊月二十三这趟年集他是必定要赶的。每次除了买些"纸码香馃"和过年吃用的东西外，还要办一件他认为最重要的事——请一张"灶王爷"。

庄里人都知道王有福老汉迷信"灶王"。他常跟人说："灶王爷爷，是玉帝的天使，是百姓的主人；说坏了话，办错了事，他老人家回天传了话，玉皇大帝怪下来，那还了得！"因此，每年请灶王，送灶王，都是他亲自来办，从不依托别人。

老汉之所以敬灶王，是希望通过灶王的保佑，使自家的生活一天一天地好起来。其实，他并没跟别人说过这个，这是人们根据他每年的"辞灶词"猜来的。

土改前，他每年的"辞灶词"是："灶王爷爷上西天，朝天玉皇多美言，恩赐穷人二亩土，老小闹个黏粥碗……"

土改后他有了地，"辞灶词"就变了："灶王爷爷，回到天宫，玉皇面前，多多求情，风调雨顺，五谷丰登，粮食满囤，多降财星……"

他入了农业生产合作社以后，"辞灶词"又改了话："灶王爷，回西天，求玉皇，保佑俺，人健康，家平安，意外事，俺别摊，挣工分，好吃饭……"

据说，实现人民公社化以后有福老汉突然变了。从前每逢初一、十五，他总要给灶王烧香，从进公共食堂吃饭那一天起，他把这个制度无声无息地免啦，并常跟媳妇们说："人民公社这个章程，再好也没有了——吃饭不要钱，月月发给钱……我活到六十岁，做梦都没敢想过。"

二媳妇试探他说："对呀，俺们都沾您老人家的光啊！"

老汉惊奇地说："怎么，沾我的光？"

大媳妇接过来说："是啊，要不是爹整天敬神，哪来的这好事啦？"

老汉知道两个媳妇从来都不信神，所以他这时已看出媳妇们是在逗他这糊涂人，脸立刻红了，有些尴尬地说："你们拿着爹开起心来了！你爹傻吧，就傻到这步田地——连太阳从哪儿出来也不知道？何况这太阳从哪儿出，还是我亲眼看见的呢！"

太阳出来了。

老汉赶集回来了。

老汉胸前，双手托着一个漂亮的镜框子，镜子里镶着毛主席的像。

老汉走进家时，两个媳妇都去积肥还没有回来。他找了把笤帚，扫了扫墙，又在墙上钉个钉子，把主席像正正当当地悬在了冲门口的北墙上。然后，他又从门后边的墙上，把"灶王"揭下来，划着一根火柴点着了。

正在这时，他的两个媳妇走进家，眼尖的儿媳妇一眼瞅上了，她戳了嫂嫂一把，悄悄地说："嫂嫂，你瞧咱爹又送'灶王'啦！——来，咱听个热闹吧！"她拉着嫂嫂悄悄躲在门旁听起来。

在从前，老汉送灶王都是双膝跪在地，可是今天没有下跪。他蹲在那儿，一边用烟袋杆拨拉着点着了的"灶王"，一边念叨着"辞灶词"：

"灶王爷爷呀，快快回天吧，俺那毛主席，能力比你大，领导庄户人，实现公社化，吃饭不要钱，工钱按月发，子孙万万代，吃穿不愁啦……灶王爷爷呀，快快回天吧，供你这些年，啥事也没管，这回回天去，永远别来啦！……"

两个媳妇听到这里，实在憋不住了，咯咯地笑起来。这笑声，恰巧和食堂开饭的钟声混在了一起……

旧历腊月廿三深夜于宁津

借　锥

半年来，兰英家就像有一种什么力量吸引住春子。春子一出门，两只大脚三步两步就迈到兰英家去。

论岁数，兰英和春子同岁，看气派，兰英心眼巧，肯动脑筋，比春子老练成熟得多。兰英是村里副支书，有主见，有远见；春子是生产队副队长，身强体壮，力大过人，一手好庄稼活。老支书王郎在家时，他俩一文一武就是两个得力的助手。如今，支书和队长都到县里去参加四级干部会议了，整个生产队的领导工作，当然就落在了兰英的肩上。春子，无疑是兰英的一个重要助手。

这几天，他们生产队和李庄生产队的水利建设红旗竞赛，已经进入第二周的决战阶段了。第一周的战局，是处于一种"拉锯"的形势，相持不下，胜负难分。在这种劲头上，两队当然都是劲上加劲。兰英带领挖渠队，鏖战在工地上。春子带领着机井队也猛干起来。他脱了光脊梁，一气顶了三班。正是这个节骨眼，李庄生产队突然派人送来一封信，信上说："县里有几位下放干部，最近要到我们生产队里来劳动锻炼。支部为加快水利建设的速度，决定再增加一个机井工地。可是，我们的井锥不够用，特向你们求援，请借给我们一个井锥……"春子没看完信，就向那送信的人一摆手说：

"不行啊！我们的井锥只富余一个，还留着'听风'呢！"

这时，兰英正在旁边，便问道：

"怎么，他们是来借井锥吗？"

"是啊，你瞧他们多不看事！"春子说。

兰英一听，稍微想了一下，便走近那送信的同志，笑了笑说："同志，我们的副队长在和你开玩笑，你回去吧，告诉你们支部，你们哪时用就哪时来拿，或者捎信来，信到我们就送去。"那人说了声"谢谢"，兴冲冲地走了。

送信人走后，春子慌忙问兰英："怎么，真的借给他们？"

"这能说着玩？"

"咱不竞赛啦？"

"怎么不赛呀？今后更得赛上点劲儿啦！"

"把井锥借给他们还赛什么！"

"我们把闲着的井锥借出去，怎么会影响竞赛呢？"兰英反问一句。

"他们增人又增锥，红旗还有咱们的？"春子脖子上的青筋都鼓起来了。

"我们不能凭锥多夺红旗！"

"仗凭什么？"

"仗凭干劲！"

这时，春子已觉得自己理短，又转了话题说：

"我们就只有这一个'听风'锥，要把它借出去，万一我们的井锥坏一个，还有谁肯借给我们？"

"如果真碰上那一节，我们再想办法。眼下，我们放着锥不借，让他们闲着人窝工，这对公社的整个水利建设是更不利的！"

"甭管我怎么说，反正红旗是夺不下来啦！"

"如果我们鼓足干劲，多动脑筋，他们虽然人多锥多，红旗我们也不见得就夺不下来。就是夺不来，我们鼓足了干劲，我们发挥了钻劲，同时我们还帮助了别人，我们也是光荣的。莫非说，我们搞竞赛是为了夺红旗？"

⋯⋯⋯⋯⋯⋯

兰英和春子争吵了一阵，结果，春子被兰英说服了。但是，看春子并没有解决思想问题。晚上，兰英又召开了支委扩大会议，吸收春子参加，对他的思想进行了批评。春子这小伙子，是个跌倒爬起来、拾得起放得下的爽快人。他在大伙的帮助下，认识到自己的错误以后，当众向人们表态：

"我原来是'鼠目寸光'，往后走着瞧！"

　　散会后，春子将二百多斤重的大井锥，弯腰扛在肩上，踏着明亮的月光，一直向李庄奔去。

　　兰英望着春子那魁伟的身影，心中在想："这小伙子，今天向前跃进了一步！"

老人和女院长

我来宁津县寨子乡一营才两天，关于这营敬老院的女院长和老人们的故事就塞满耳朵啦。

一个早晨，我到了敬老院的所在地凤凰庄。快进庄了，忽然碰上一个老大爷。这老人看来有八十多岁了，身板还很壮实。他一边走，一边哼着歌曲：

> 党的恩情深似海，
> 公社好比天堂般，
> 老人进了敬老院，
> 简直等于上了天。

我们随便谈了几句，知道他是一营敬老院的，就和他扯起了那位女院长来。一提起"女院长"，这位老汉立刻长了三分精神，说："哈，说起俺那位院长比亲闺女还疼人呢！"接着他就滔滔不绝地说起来：

"俺这个院里，一共二十四个老人，瘸、聋、病、瞎，啥样都有，像我这样儿的就算省心的啦！俺那院长，每日天还没亮，就起身扫了这屋扫那屋，挨着老人的铺头端尿盆；太阳晒着屁股啦，俺们起了床，她就提着一个热水桶，各屋走一遍，让大家洗脸。一天三次送饭，五次送水，这就甭提了。她一边忙，一边还高兴地说：'你们只要吃饱、吃好，我的心里就舒坦。’人们劝他歇一会儿，她就把嘴一噘说：‘成了人民公社，咱都是一家人，你们不要把我当外人看待，要不是党领导咱们成立人民公社，有了敬老院，俺要想伺候你们也不成。’

“同志，原来俺乡的党总支委员会决定，派五个人到敬老院，除了她，还有一个事务长、一个炊事员、两个服务员。可是，她不干，她说两个人就够了，一个炊事员做饭，其余的角色都算她的！她还向总支书记作了保证，一定要让老人们感到敬老院的温暖。”

东风轻轻地吹着，松林上空升起了红红的太阳。我刚进敬老院时，一位正想出门散步的老大爷一把拉住了我的手：“哈，同志，快来俺家坐坐！”我请他领我去见院长，大爷将我领进一间标明“院长室”的房子。可是院长不在屋，连床铺上的铺盖都不在。

我跟大爷串了几个屋子，最后走到八号房间，两个正在下棋的大爷站起来说：“同志，你们工作很忙，不用整天来看俺们，俺们都上了天啦！”从他的话里，我知道了县、乡的领导同志们，是不断来看望他们的。

我仔细打量着，这屋里共有三个床铺，两个是用麦秸搭成的“软铺”，往上一坐像沙发椅似的，上边的铺盖，都是花花绿绿、干干净净、整整齐齐。另一个铺是用门板搭成的，我一看就明白了。

“院长就在这屋里住？”我问。

那个矮个大爷指手画脚地告诉我：“是啊，这是我的铺，那是尚老弟的铺，那一个是院长的床铺！”

这位女院长，空着“院长室”不住，为什么把“铺盖”搬到这儿来睡这片门板呢？我正这样想着，那位大爷提了下精神，说：“俺那院长就是这么不听话。不怕同志们笑话，前天，我这老没出息，吃肉包子撑得闹肚子，身上发了一点烧，其实，打了两针，发了一点汗，病就好啦！可是，俺那院长，七十二个不放心，硬把铺盖搬了来，非守着我睡不可。她说我不知道冷热，怕我着了风。唉，其实我在给地主扛活的时候，别说是小病，重病也没人管。”

这天晚上，我又进敬老院。院里各屋已经熄了灯，院子里静悄悄的，突然西北角闪了一下手电光，有一人从一个房间走出来，轻轻地又走进另一个房间。我怕影响老人们的睡眠，没敢大声喊叫，便悄悄跟上去。一会儿，那间屋子的窗子亮了，我透过玻璃窗看见一个中年妇女，正用手电在仔细地检查着床铺，当她发现一位老大爷的手伸出被外时，便轻而快地给他填进被窝里。有一位老大爷突然翻动了一下，她就低下头来轻轻地问："大爷，喝水吗？"这个老人没回答她，却说起了梦话。这个妇女微笑着，悄悄离开了床头。

等她出来，我就迎了过去，对她说要找院长谈点事儿，她好像想起了什么，抱歉地说："白天我没在家，让你白跑了一趟，快到屋里暖和暖和吧，我就是王淑元。"

她那甘愿自己吃苦造福于别人的高贵品质，深深地感动着我。我把方才隔窗望见的事顺便提了一下，并赞扬她几句，她却说："同志，你这话可不对了，我能给老人们造什么福？这福是共产党给造的！若不是共产党，哪有人民公社啊？若没有人民公社，哪有这敬老院哪？"

接着她告诉我：她生在一个贫苦的家庭里，早年死了父亲，跟随母亲要饭逃生，赶上风雨出不去，就跑到张家吃块干粮，跑到李家喝碗菜汤。这种痛苦的经历使她懂得了：当人们不能自力更生的时候，别人的帮助是何等的珍贵！这也使她感觉到今天无依无靠的老人，由于有了敬老院，生活是多么美好。

第八辑

这不是家务

一

王春自从娶了晚伴，渐渐地跟社分了心。

王春家三口人三个劳动力，没有拉腿拉脚吃闲饭的，按理说，日子本来是挺好过的。虽然今年受了灾，产量减少了，他的收入也比不上上半年，可是跟别人比起来，他还是收入较多的户，在生活方面虽然不算宽绰，也满够吃饭用的。倒是王春并不知足。打从受灾以后，他一看队上的油水不大了，就装病不出勤，偷偷摸摸地去拔青草，拔了就晒，晒干存起来，等草季过去以后，他存下干草两千多斤。他的打算是：等地净场光了，把这干草卖了当本钱，去跑两趟买卖。

王春之所以要跑买卖，一来是为了赚钱，赚了钱好实现他修砖房的计划；二来是要在晚伴面前露一手，因为他晚伴常挖苦他："找你这死庄稼汉子，俺算失主意啦，三颗汗珠子换不来一个大钱，有啥出息？"晚伴娘家是靠买卖发家的，他的前夫也是半农半商的"风流人物"，小日子过得挺厚硕。王春并不认那半瓶醋钱，他想："做买卖有啥——秋后我要让她看看我这两下子！"他给财主干活的时候，也确实干过年把的外走水。

自从关了场园门，王春就打听行情，张罗买卖，为跑买卖做准备。今天他已经把草卖妥了，明天人家就要拉，他心里有说不出的高兴。可是，他一想到儿子长清，心里又凉了半截。因为这些事情不能不和儿子商量，可儿子是个党员，会不会同意呢？

二

长清散了会，天已小半宿了，可爹的屋里还亮着灯。他一手撩开门帘，站在里屋门口说："爹，你身体不好，怎么还不睡呀？"

王春是特意等他的，就势说："不困。你坐一坐，跟爹说说，开的什么会呀？"

"一个事儿——生产救灾。"长清说着，一屁股坐在炕沿上。王春一边挖着烟，眯缝着眼，慢吞吞地又问："怎么救法？"

"依靠集体，自力更生，发展生产。"

"我不用你上政治课——我问你用什么办法！"

"你别急呀，"长清伸出五指，"办法有五条：开展积肥运动，加强麦田管理，大搞副业生产……"长清说到这儿被爹打断了："副业怎么搞法？兴户家搞不？"

"兴啊。"长清接着补充说，"但要以集体为主……"

"甭管为主不为主，兴搞就行啊！"长清见爹上了精神，就问："爹，咱想搞点家庭副业吗？"

"是啊。"

"好啊。想搞什么？"

"你说哩？"

"养猪……"

"不。没啥油水！"

"喂羊……"

"不。也没油水！"

长清见爹总是摇头，便反问道："爹，你想干什么呀？"爹狠狠吸了一口烟，说道："我打算贩卖两趟估衣哩。"长清万没想到爹有这样的打算，有些惊讶地说："爹，那可干不得！"

"为啥？"

"那不是副业！"

"是啥？"

"那是投机倒把！"

王春心里早就明白，这时他故意装作不懂，说："管他哩！受灾啦，赚几个钱糊口，又不是搞什么资本主义……"

"爹，这是万万不能干的！"

王春倒挺体谅儿子，他想：大概儿子怕党里知道了受责备，就慢慢劝说："这没关系，你一只眼睁着，一只眼闭着，就装不知道，没人干涉便罢，若有人干涉，你就往我身上一推，都由我顶着哩……"长清想借爹抽烟的当儿插话，可刚一张嘴又被爹拦住了："再说，咱也不是轧头辙，人家能干，咱咋不能干？"

"谁家干啦？"

"刘三海就干啦。"王春压低嗓音说，"听说，人家一趟赚了小二百……"

"真的？"

"假不了。"王春以为儿子听说赚钱动了心，就着劲儿又说，"我要跑上两趟，赚上几百，不光灾年不受治，修北房，你娶媳妇……"

"爹，你不能光想赚钱……"长清听得不耐烦，拦腰打断爹的话。爹没等儿子把话说完，又把话头抢过去："我想用这垛干草当本钱——这真是'拾的麦子打烧饼，大风刮来的柴火垛'，就算赔了有啥关系呢？"

这干草长清已经处理了。他原本打算找个合适的时候，再慢慢跟爹商量，可他这时心里一急就说出来了："爹！队上今年谷草不够用，号召社员们有草投到队上，合理议价，我已经把这谷草报上了……"王春一听火了，没等儿子说完就问："报上啦？"

"对啦。"

王春忽地坐直了，眼瞪得滚圆，脸憋得通红，筋鼓得老高，刚留起来的胡子都竖直了，嚷道："你混蛋！你咋不把你爹投上？还有你爹不？我是爹你是爹？"

王春的晚伴原来侧在炕角上，佯装打盹，这时见他爷儿俩说僵了，就插进来说了老头子几句不是，又给长清顺了顺气，把局势缓和下来了。她之所以这样做，有两个原因：一是怕把事情闹大，嚷得四邻八家都知道了；二是觉得跟长清是差一点的母子，不好站在老头子一边说长清的不是，以便落个好继母的名声。

长清走了。王春低着头吱吱地抽烟，屋里静得像没人。她又跟老头子悄声说："这还用生气？他不在家的时候硬卖了，他要你的脑袋？——快睡吧。"

三

长清憋着一肚子气，一宿没有睡好。他想了许多问题。天一亮，他就一骨碌起来，去找支书了。

老支书听长清把情况说了一遍，笑眯眯地问他道："小伙子，你想怎么办呢？""我跟他分家！""为什么要分家呢？""一来，我没法跟他丢人；二来，他一定是觉得劳动力多，单干更好过，要走资本主义道路……""不对。你不要怪他，错在你身上呐！""在我身上？为什么？"

"因为你是党员，他是农民！"老支书拍了拍长清的肩膀，慢条斯理地说，"长清啊，你想想，平日里，你们爷儿俩很少坐下来唠唠。是不？你每天早晨，衣裳一披，下地干活去了；每天吃饭，把碗一端，串门去了；每天晚上，不熬干了队部的灯不愿家走。是不？这不算，你爹自从娶了晚伴，思想越来越差劲……""甭管咋说，我没说让他跑买卖去呀！""你没说，可有人会说的！"老支书说，"你那继母，是富裕中农，对吗？你爹是个老农民，农民就是这样——不是被你这党员引到社会主义道路上来，就是被你继母拉到资本主义道路上去……"

"我明白啦。"长清急切地问，"支书，现在该怎么办呢？"

"教育帮助。"

"他要不听哩？"

"再帮助。"

长清点点头，笑了。

四

傍晚时分，王春门口停着一辆胶轮大车。王春两口子，还有一个陌生的小伙子，正七手八脚地往车上装草。正在这时，长清突然推着车子回来了。他原本是要到城里供销社取副业原料的，可是人家知道他是受灾队，主动给他送来了，半路上把他迎了回来。王春两口子本打算趁这个机会把草拉走，这时一见他回来了，心里着了慌。还是王春的晚伴想得快，他笑嘻嘻地说："呀！怎么回来这么早哇？准累坏啦，快回屋去歇歇吧，我去给你做点好的吃……"长清没理这一套，向王春说："爹，这草不能卖呀！"王春白他一眼，没吭声，继续装草。"爹，你把草卖了，咱队的牲口吃什么？不能卖！"拉草的那小伙子一听，觉得不对头，便问长清怎么回事。长清向他说了说情况，那人吃惊地说："呀！原来是这样！你爹说草是队上的，卖了搞副业，我们为了支援灾队，还合了个高价哩……"

"甭听他的——都有我哩！"王春又转向长清呵斥道，"滚！你给我滚！"

"大爷，我们不能拆兄弟队的台！"那人说罢，把车上的草扔下来，扬鞭打马，扬长而去。

这一下可把王春气坏了，他拾起门槛子向长清打去。长清一边跑一边讲理，闹得四邻八家都来劝架了。王春知道自己不占理，没敢大闹，就着梯子下了房。他晚伴也打圆场说："要问因为啥，还不是鸡毛蒜皮的家务事，你看，惹得四邻不安的……三喜子、他嫂子，都到俺家来坐会儿吧！"

王春回到屋里，往炕上一侧，蒙头大睡。其实，他一点也睡不着。他后悔地想："为何弄这营生？人都丢尽了！"晚伴帮着长清一边收拾草，一边说："你爹越老越糊涂，我劝了一百遍，总是不听，唉！"她回到屋里，又对老头子说："生啥气？气死谁管你？这法不行再另想法——活人还能让尿憋死！"王春赌气说："还想法？我为啥？我都是为了他，我把套拉断了他不知情！我何苦？我五十多岁的人了，还能再活五十多？从今往后，一天三个饱一个倒，啥也不干了，看他小子能饿死爹不！"

五

　　长清去县党校学习了。他走后，他爹的气渐渐消下去了。可是，老两口子又闹起家务来。

　　事情是这样：王春越没钱，晚伴越给他花钱的道——买针呀，买线呀，买锅呀，买碗呀……闹得王春整天抬不起头来。这还不算，这天，长清悄悄来一个口信，说他已和桂兰谈妥，在年前要把喜事办了。理由是：咱队受了灾，桂兰会编线，过门来帮队上搞副业。王春对队上的副业倒不怎么关心，他关心的是娶儿媳妇。这媳妇虽是长清自由恋爱的，可他们亲家俩也是老世交，王春对这门亲事再称心也没有了。所以他早就催着过门，只因女方在队上有工作，一时离不开，推了又推。今年这队受了灾，他想媳妇更不愿来了，所以他连想也没敢想。这时他听说媳妇主动提出来要过门，心里怎能不高兴呢！可是，他到家跟晚伴一说，晚伴却发起脾气来："哎哟哟，俺那老爷子哟，你怎么不知道丢人？"

　　"丢啥人？"王春不解其意。

　　晚伴拍打着炕席，震得席下的尘土满屋飞扬："连个钱皮也没有，叫个屁娶媳妇？"

　　"唉！灾年嘛，凑合着吧！"

　　"你是亲爹亲儿，俺哩？外人不说俺这后老婆待孩子刻薄？"

　　王春听了，觉得也有道理，叹了口气，没说什么。说真的，晚伴对娶媳妇并不怎么关心，她关心的是发财致富。所以她借着这件事，又向老头子攻上了。"枕头风"吹来吹去，王春想跑买卖的思想，又死灰复燃了。这天，他翻来覆去一宿没合眼，天一明就去找刘三海了。

　　地主分子刘三海，自从他儿子毕业后当了干部，觉得有了资本，说话气也粗了。自从受灾以后，他就以到城里看病为名，干开了投机买卖。王春想跑买卖的意思，他早就听到风声了。这时见王春跨进他家门槛，就迎上来，让到屋里，悄悄问道："老叔，听说你想跑买卖，是真的吗？"王春说："你看干得干不得？""咋干不得？"王春打听了一番行情，又说："我怕社里……""有啥怕的？你一干，还会有人干哩！干的人多了，他能把谁怎么样？……社垮了？垮不垮你怕什么？人口不多，都能劳动，没社不是更能吃香的喝辣的？"

这些事，王春自己也想过。不过从三海嘴里说出来，他总觉得不是个滋味。他出了三海的大门，一边走一边想："我真的把社弄垮吗？我是带头办社的人呐！"

六

王春终于跑上买卖了。

这天，刮着北风，还飘着小雪花，天冷得要命。王春背着一包估衣，踉踉跄跄地向村里走来，快到村头时，忽见长清走过来。他以为长清又要和他吵吵，就在心里预备好几句话等着他。却没想到长清来到近前，说："爹，来，我背着吧！"他瞅了瞅儿子的脸色，发现没有别的意思，是真的来接他了，便把包袱递给长清，他把冻木了的手放在嘴上呵气，心里想：长清为了娶媳妇，大概同意我跑买卖了。

回到家，爷儿俩坐在热炕上，王春对儿子说："孩子，爹有娘有都不如自己有，只依仗队上不行啊！往前，你娶媳妇得花钱，咱这房也不行，我想经我手给你盖起一座新房，你一辈子也甭修甭盖了，下一代长大了，一看到房子也会想起他爷爷来。"

"爹，娶媳妇没什么钱花。"长清说，"盖房子也不成问题，队上的生产一年比一年好……"

"咳，你还是孩子哩！光指着那个不行！"

长清一听爹的话音挺硬，就转了话题。他问道："爹，像今年这样的灾年，你经过没有？""咋没经过——这话有三十年了，那年我才二十几岁，也是雹灾，咳！可厉害了，所有庄稼都砸了个土平……""呀！吃什么呢？""吃什么？唉，吃人！""吃人？"长清知道爹一说起这些事，话就多起来，便引着爹继续说下去。王春眼圈红了，他稍停了一会儿又说："那一年，为了买粮食，买糠菜，把咱家那二亩三分地给卖了，把三间破东屋给卖了，把家里能卖的东西都卖了，这还不够，最后把你一个弟弟、一个妹妹，也卖，卖，卖了……""用得着卖这么多，不就是买点吃的吗？""唉！说你年轻不懂事你还不服气！"王春说，"你知道粮食有多贵？二亩三分地只给了两斗谷子！你妹妹才换了半斗高粱……孩子，这并不是你爹心狠，你爷爷病在炕上，吃没吃喝没喝，我，我……""那时全村都像咱一样吧？""哼，不少！不过也有好些的……唉，还有受灾发了财的呐！""是谁？""有三户。刘三海也是那年发大了的。""别人挨饿，他怎么发了财呢？""正是因为别人挨饿，他才发了财——他拴了一套骠马车，上山东去倒腾粮食，一车粮食就赚二十亩地……""咱怎么不去倒腾粮食？""唉！你真是孩子哩！甭说本钱咱没有，饿得爬都爬不动了，凭个屁去倒腾粮食！"王春说罢，耷拉下脑袋，不吭声了。长清摸准了爹的脾气，就说："那时节，粮食真比金子贵？我不信！"这一下，王春又激动起来了，他说："爹哄你做啥？"他又向晚伴一指，对儿子说："不信问问你娘——那时她还不是咱家人，她家也发了个小财哩！"

"扯这些闲篇干啥！"晚伴不耐烦地说。

"今年灾也不轻呀！"长清接着说，"怎么粮食一点也不涨钱呢——我反正不信那些事！"王春老汉一急就说："今年能比那一年？那是地主称王，奸商坑人的年头，眼下粮食又是国家管理……""可是有人要向国家争权哩！""谁这么天胆？""刘三海不就是吗？""他咋争哩？""他偷偷摸摸地搞投机，这仅仅是为了赚几个钱吗？要都像他那样搞起投机来，爹，还会出现那年那样的年头不？"王春低着头只顾抽烟，没有吭声。长清看出了爹的心事，又接着说："爹，国家多咱都是按牌价供应我们粮食、煤……我们不感谢党和国家对吗？要是再跟国家捣鬼……"

"谁跟国家捣鬼？咹？"

长清一看爹冒了火，笑笑说："爹，我不是说你，咱是共产党从火坑里救出来的，咱怎么能不听党的话呢？咱怎么能跟国家捣鬼呢？捣鬼的是刘三海那号人。怕的是我们上了他的贼船，中了他的计！"

王春还是没吭声，把嘴里的烟袋杆一口接一口地吧嗒得更紧了。

七

这几天来，王春就像一下子老了十年，他觉得浑身没一点力气，精神也提不起来，整天懒得出门，懒得见人，甚至连眼皮也懒得抬一下。他为什么这样呢？原来这两天一连串发生了许多件意外的事情：

头一件：他在南村买的估衣，价钱都非常低，原因是：人家知道他村受了雹灾，以为他是买估衣救灾用，积极支持他，党支部也从各个方面帮助他。可是，这两天不断有人找上门来，要他把估衣退回，并挖苦说："早知你这号人，俺村的凉水也不让你喝！"

第二件：他跑买卖贩估衣的事，闹得全村都知道了。他走在街上，总觉得背后有人指画他，看到那边有人嘲笑他，听到这边有人议论他。就连穿着开裆裤的那些"鼻涕客"，也编出快板来数落他："那个人，忘了本，跟集体，两条心，搞投机，真丢人……"

第三件：听人风言风语地传说，长清的媳妇要解除婚约了。理由是：公公搞投机，人家嫌丢人！

第四件：地主分子刘三海搞非法经营，并有其他破坏行动，长清把他告了，政府依法把他逮捕了！

王春万没想到，跑来半趟买卖（光买来了还没卖出去），竟惹出了这么多的问题。如今这些问题就像一块一块坷垃，一齐压在他的脑门上，闹得他白天吃不下饭，夜里睡不着觉，并且一合上眼皮就做噩梦。他梦见全村人都挤到他的屋里来，七嘴八舌地跟他讲理；他梦见媳妇和长清散了伙，长清跟他分了家，吓得他惊叫一声，打了个冷战猛地醒了。这时天已大亮，红艳艳的朝阳映在窗纸上。突然，他又听见窗下有人说话："你爹哩？"这是支书的声音。

"还没起。"长清答道。

"一会儿让他去队部一趟，有人找他……"

王春听到这儿，身子颤抖了一下，心里扑扑通通地跳起来。

八

太阳升起来了。王春提心吊胆地走在大街上。这时，副业组的人们都上班了，沙啦沙啦的拉锯声，叮叮当当的打锤声，从街旁两边传过来。王春正向队部走去，忽见老六推着两口袋粮食走过来。他随口问道："从哪儿买的？""粮库呗！咱还能跟那些投机倒把的共事？！"王春觉得脸上一阵发烧，可又佯装平静地说："你真能推！有三百多斤吧？""嗯。"老六说，"还有你的一口袋哩——长清让我捎来的。""多少钱？""不用拿钱，副业组里总算账。""我问的是价钱！""噢！这公家的买卖用不着打听行情——还是一毛一斤！"王春知道这是说给他听的，嘴张了两张想顶他几句，可又觉得自己没理，咽下口唾沫，扭头走开了。

王春走进生产队队部，一撩门帘，见屋里坐着几个人：一个是老支书，另外两个是陌生干部。王春进门后，一个干部笑着说："大爷，刘三海咬上你啦……"

"他……"王春头上的汗珠子一个接一个地滚下来。

"他咬你白咬，因为他是咱的敌人！"另一个干部说，"我们问了一下支书，还访问了老六、长松等许多社员，他们都说你是自己人——自己人有了毛病，改了就行了……我们今天请你来，是想让你讲讲刘三海的破坏事实……"

王春忽地站起来，一把抓住一个干部的手，老半天没有说出话来。一颗亮晶晶的泪珠，在眼角上闪了几闪滚下来了。

九

王春回来时，天已小晌午了。他在院子里听到长清正在屋里说话。他悄悄走到窗下，只听见长清说："这不能光怪爹，我也有责任。我是个党员，如果平常对爹多帮助些，他是不会办傻事的……爹是受穷气长大的，他不会忘了过去，他也不会愿意让他的子孙再受穷受气，他这是上了别人的当，我相信他一定能醒过盹来……"

老汉听到这里，再也站不住了，迈步闯进屋去。可是，到了他嘴边的那句话——"长清啊，你爹错了"，并没说出口来，因为他那没过门的儿媳正在屋里坐着。

吃了晌午饭后，长清媳妇走了，王春老两口子又突然吵吵起来。吵架的原因是：王春想把那几件一看就伤心的估衣送到队上去，任凭干部们处理，可他的晚伴不同意，并把估衣包藏起来。这时，支书正巧从门口路过。他听明白了争吵的原因后，便走进去笑哈哈地说："大哥，你这么闹法不怕嫂子跟你离婚哟？"

"离就离——宁可不要老婆，也得要社会主义！"

支书本来说的是笑话，可王春却是一本正经地当事说的。

"不，老哥，"支书仍然笑着说，"社会主义当然得要；老婆嘛，也得要！"

他这一句话逗得王春两口子都笑了。王春的晚伴说："你看，为了俺这些家务事，整天让大兄弟你操心！"她说罢，很不自然地笑了笑。这时，支书却严肃起来，他认真地说："不。这不是家务！"

三老斗天记

同志，你知道吗？——一九六五年，乐陵县出了个奇迹！什么奇迹？听我从头说起。

一九六四年春天，茨头堡公社义和屯大队，开了个社员会。会上，党支部介绍了外地亩产百斤皮棉、千斤粮的经验。这个介绍，使社员们受到了很大鼓舞，许多人表示要向人家学习。但是，也有人说："人家行是行，咱可比不了！"还有的说："咱的条件差，砖怎么能比天呢？"

这时候，会场上，站起一位年过花甲的老头子。他将着八字黑胡，不服气地说：

"咱和人家，头顶一个天，脚踏一个地，都在党领导下，又不比人家缺鼻子少眼，为啥人家能行咱就不行？"

这位发言的老头，名叫苑洪泉。苑洪泉是个贫农代表。他老人心红志气高，在群众中很有威信。因此，人们听了他这段话，都纷纷点头。可是，也有人质问苑洪泉说："你不服气？"

"我也服气，也不服气！"苑洪泉抽了口烟说，"比过去，我服气——人家就比咱强嘛！比今后，我不服气——我认为：人家能办到的，咱也能办到！"

有人说："说大话不费劲，说小话也不省劲，大话谁不会说？你干干俺看看！"

还有人打趣说："洪泉啊，我和你打个赌——你要干出亩产百斤皮棉来，我输半斤老白干！"

这时，党支部和大多数社员们，都支持苑洪泉。性格粗放的老贫农杨清水说："大哥！这个赌跟他打啦！我帮着你干！"

这时，苑洪泉对打赌倒没放在心上，他心里想的是："应该呛点劲干出个样子来，好解决这些人的思想问题。"于是，他一拳落在桌子上，笑呵呵地说："好，秋后见！"

此后，苑洪泉、杨清水和另外两个社员一起，在村西十三亩菜地中，拨出三亩地，种上了棉花。

这个地区，种棉花没有习惯。苑洪泉他们几个人，也都缺乏经验。可是，由于他们肯于用脑筋，舍得卖力气，拜师访友，勤学好问，精耕细作，棉苗长得很好。社员们谁见了谁夸。

听到人们夸奖，五十多岁的杨清水，乐得像个孩子，龇着大牙像苑洪泉说："大哥，叫我说，咱赢定了！"洪泉摇摇头说："这话说得太早了！"杨清水指着黑油油、齐刷刷的棉苗，坚持说："就凭这个苗色，它不给咱长一百斤皮棉？"洪泉说："凭苗色，一百斤皮棉不饶它！"他指指天说："怕它和咱捣乱啊！"清水不以为然地说："哪能哩！哪能哩！"洪泉笑着，风趣地说："清水呀，看样子，你已经跟'老天爷'订合同了吧？"清水摸着后脖颈，嘿嘿地笑了。洪泉接着说："不论'老天爷'闹什么妖，我们不怕它！可是咱千万不能麻痹呀！"

果然不出洪泉所料。没等多久，突然来了一场暴雨。一夜之间，下了二百毫米。三亩棉苗，全都泡在了大水中。

次日早晨，清水来到地里，一见棉田满了水，又气又急又心痛，一边搓手跺脚，一边对天大骂。正在这时，洪泉出现在他的身边，说："骂街有啥用，想办法嘛！"清水说："大哥，决策大计由你定，冲锋陷阵我当先，跟'老天爷'干上啦！"洪泉说："好！拿锨去，挑沟，排涝！"

接着，他们四个人，你掘我刨，很快便挑通了一条排水沟，水大部分泄出去了。有些洼的地方，水泄不净，他们就一盆一盆往外舀，终于淘干了。

得救的棉花，好像洗了个澡，显得更加清新可爱了。杨清水高兴地说："这就好了！"他这话音刚落，雨又下起来。此后，一阵雷，一阵雨，大一场，小一场，闹起了连阴天。棉田里的水，淘出去，又满了，淘出去，又满了。这时，洪泉指着地里的小瓜屋，向清水说："从今后，咱就在这里吃，这里睡，哪时有水哪时淘，跟'老天爷'干到底！"杨清水说："大哥，你领到哪里，我保证走到哪里！"

后来，小瓜屋被水泡倒了，他们又搭起草棚。草棚下雨漏水，他们就撑着伞，仍然坚持在那里。一天夜里，雨下得很大，小草棚漏遍了。这时，他们两个人，只有一把雨伞，你让我，我让你，谁也不肯用。

苑洪泉说："你用吧，我不怕淋。过去，我给地主刘文焕扛活的时候，风里雨里淋惯了。现在，为了建设社会主义，我要怕挨淋，等于忘了本！"

杨清水说："大哥不怕淋，我也不怕淋。从前，我当八路的时候，挨淋是家常便饭。现在，我要是怕挨淋，等于变了色！"

接着，洪泉又问清水："你说，就在这个时间，世界各地干革命的人，还有没有比我们更艰苦的？"清水说："现在该有多少个边防战士，站在风雨中在守卫着祖国的大门啊！"洪泉说："还有我们的越南兄弟，现在说不定正冒着风雨跟美国鬼子拼刺刀呢！"

洪泉正说着，一道闪电，使他望见棉田里又满了水。于是，他俩拿起盆子，冒着夜雨，又淘水去了。他们正淘着，苑洪泉的儿子来了。他说："爹，你回家歇歇去吧，我来替你！"洪泉说："青山啊，这是干革命！干革命，是谁也不能替谁的！"青山觉得爹说得有理，不再劝爹回家，并且插手干上了。

就这样，他们一直在洼田里守了二十天，终于战胜了"老天爷"。在这二十天的艰苦日子里，公社书记、支部干部和社员们，不断来看望他们，鼓励他们，帮助他们。有一天，公社孙书记带着满身泥水来到棉田里。他领导大家学习了一段《愚公移山》，又和大家一起干起活来。他一边干，一边向洪泉说："你还有什么困难和要求吗？"洪泉说："困难没有，要求倒有一个。"孙书记问："啥要求？"洪泉说："我今年六十二岁了。要求党委多帮助我，严格要求我，长期考验我，好使我在临死之前能成为一个党员！"孙书记高兴地答应了洪泉的要求，并且对他进行了一番党的基本知识的教育。孙书记临走时，一手擦着头上的汗，一手握着洪泉的手说："洪泉同志，我希望你们，坚决顶住'老天爷'的再次反扑，先在这三亩地上，把'老天爷'彻底赶出去！"洪泉激动地说："孙书记，你瞧好吧——有我们几个老头子在，就有棉花在！"

此后，他们果真用实际行动，兑现了向党的保证——几天内，连续刮了几场大风。由于地太湿了，棉棵沾风就倒。可是老人们并不服输，他们南风刮倒往南竖，北风刮倒往北竖，夜间刮倒夜间竖，白天刮倒白天竖，刮倒一棵竖一棵，刮倒一垄竖一垄。就这样，前边刮倒后边竖，竖了又倒，倒了又竖，前后反复四五次，终于把"老天爷"的劲儿竖短了——三亩棉棵依然棵棵直立，旺盛地生长着。

到了秋后，"老天爷"终于向这些社会主义新愚公们递了降表——亩产皮棉一百四十多斤。

在这种情况下，获得这样的产量，这当然是个奇迹！这个奇迹，对社员们震动很大，人们都欢欣鼓舞，赞不绝口。就连那曾用老白干打赌的人，也主动找到苑洪泉说："洪泉啊，我输了！"洪泉笑着说："不，咱们都赢了，是'老天爷'输了！"那人说："洪泉啊，我实实服了你！"

他服了。可是还有不服的。有人说："用菜地种了三亩棉花，土质肥，片张小，出个产量不算能耐！"还有的说："要是在大片地里创出高产来，才真能叫人心服哩！"洪泉听了这些话，不光没泄气，反而长了劲。他想："对呀！创出来的高产路子，人人能走才有价值呀！"于是，他又要求支部和大队管委会，在十三亩菜地南头，再拨给他十四亩半地，作为粮棉高产试验田。在这十四亩地中，有十亩是碱地。支部和队管委会答应了。并表示支持他们。这时，那两个社员调到别的作业组去了，洪泉和清水，又把五十七岁的老贫农袁金荣串联进来。这三位老人，在党支部的帮助下，马上订了个计划：在这二十七亩地里，除留出六亩半地种菜以外，其余的地，十一亩种棉花，十亩种粮食，争取亩产百斤皮棉、千斤粮。

这个计划，首先博得了广大中下贫农的称赞。可是，也有人指着那白花花的碱地说："就凭这样的地，也要产百斤皮棉、千斤粮？简直是大白天说梦话！"还有人，指着仅有的一眼井、一头小毛驴，担心地说："就凭这玩意儿创高产吗？"洪泉反问道："怎么样？"那人摆手说："没根！"洪泉说："有根，根是革命的精神！"

当时，就连刚参加进来的袁金荣老汉，也有些信心不足。苑洪泉见他望着碱地直皱眉头，就说："咱们都是贫农，不能光找光滑的摸。为了摸出一条高产的路子来，就是蒺藜，咱也要抓！"杨清水说："对，就是个碉堡，咱也要攻下来！"袁金荣一看他俩劲这么足，就说："你俩甭二乎，我也一定要有这个坚决性！"从此后，三老拧成一股绳，与天斗，与地斗，揭开了又一场艰苦奋斗的序幕。

一开春，他们刮碱、晒碱，平整土地，下了一大番苦功。棉花播种前，洪泉向金荣说："金荣啊，论庄稼活，你比我强。要夺高产，保证全苗是头一关。在这个问题上，你先拿个章程吧！"金荣捋着花白胡子，笑眯眯地说："碱地最难拿苗。叫我看，咱来个碱地多用种。"洪泉笑呵呵地说："我看行！清水你说哩？"清水笑哈哈地说："没意见。"

播上种以后，"老天爷"突然来了一场小雨。表土板结成了一层硬盖儿，棉芽钻不出来了。于是，三位老人就用二尺铙子松土。结果费了好大劲，才稀稀拉拉出了六成苗。有二亩碱性重的地方，几乎没有苗。在这个节骨眼，有人说："就凭这样的苗，也能亩产百斤皮棉？叫我看，这十一亩收百斤皮棉还差不离！"大多数群众，也都替这三位老人担心，有的建议说："不如干脆毁了另种！"还有的建议说："先种点棒子，以后再缺苗，就种点豆子，开个'杂货铺'也行！"

这时，洪泉心里想：翻了另种吧，季节已经晚点了！晚棉花怎么能产百斤皮棉呢？开"杂货铺"吧，百斤皮棉就更完了！完了百斤皮棉，高产的路子创不出来，怎么解决人们的思想问题呀？可是，不另种，不开"杂货铺"，明明少着四成苗，又怎么办呢？他瞅着地里的棉花，越想越为难。后来，他想着想着，忽然发现棉苗密的密、稀的稀，脑子里突然闪过一个念头，接着，他问金荣道："哎，你说这棉花移栽行不行？"金荣摇头说："自古以来，没听说过有栽棉花的！"洪泉一听，又皱起了眉头。从这以后，一天多的时间，饭也不想吃，觉也不想睡，总是钉在棉地里，这里走走，那里转转，这里蹲蹲，那里看看，他的脑子里，始终琢磨着解决缺苗的办法。可是，他琢磨来，琢磨去，直琢磨了一天一夜，也没琢磨出个门道来。这时，金融劝他说："大哥啊，开'杂货铺'就开'杂货铺'吧，没别的路子了！"其实，这时洪泉的思想丝毫没有动摇。他向北一指，对金荣说："你来看！"金荣手搭凉棚，顺着洪泉手指的方向，望了一阵，问道："你是指的那条路吧？"洪泉说："对！那条路，原来没有吧？自从有了咱这个井园，才踩出了那条路！是不是？世界上的一切道路，都像这条路一样，是从本来没有路的地方踩出来的！"金荣点点头说："理儿倒是这么个理儿！"这时，太阳已经升起，白刷刷的碱地闪着银光。这种光亮，在洪泉看来，就像碱地正在微笑着看他的笑话。于是，他心头火起，指着碱地说："碱地呀，你这个懒婆娘！过去种上庄稼你愿意长就长，不愿意长就不长，农民算叫你欺负住了！告诉你：如今世道变了，我们是毛主席领导的公社社员了，长与不长由不得你了，你愿长也得长，你不愿长也得长，今年你非给我长出百斤皮棉来，否则决不饶你！"

洪泉正说着，公社的孙书记来了。孙书记高兴地说："好！甭管地多么碱，只要思想不'碱'，就一定能全苗！"接着，他把三位老人召集在一起，先向他们传达了"芽苗移栽"的新技术，然后领导他们又一次学习了《愚公移山》，最后问大家："怎么样啊？"苑洪泉说："没问题！人家愚公能移山，咱连几棵苗子还不能移？"他又转过头问清水和金荣道："你俩怎么样？"杨清水说："只要大哥听党的，我就听大哥的！"袁金荣："行！干干试试吧！"

孙书记走后，他们首先数了一下缺苗的情况，一共缺苗两万多棵！移栽两万多棵棉芽，需要付出多少力气，多少汗水，他们没人去想这些问题。他们所想的是：一定要把缺苗全部补齐、栽活。他们说干就干，按照刚刚学来的办法，动起手来。栽了一天，果然全活了。此后，他们干得更有劲儿了。负责担水的杨清水，压得肩膀红肿老高，洪泉劝他歇歇，他说："在咱三人中，我是'小青年'，大哥、二哥不怕累，我怎么能歇着呢！"金荣劝他休息时，他又说："我在部队上的时候，抬担架的群众抬着我们的伤员，有时几天不落肩，这比那个轻得多哩！"洪泉见金荣累得两眼通红，又劝他休息休息，金荣说："我光刨窝儿，你连出苗带栽苗，比我累一半，你不歇，我更不能歇了！"后来，他眼上的睫毛都向里倒了，扎得两眼直流泪，睁不开眼，被洪泉、清水硬逼着回家了。他到了家，叫他闺女把他的眼睫毛通通拔掉，立刻又回到地里干起来。苑洪泉蹲在地里，一整天一整天地顾不得伸伸腿、直直腰，清水劝他休息时，他举着手中的棉花风趣地说："他比一担水还重吗？比起你来，我还不像玩一样啊？"收工时，金荣见他腿痛得站不起来，就一边拉他一边批评他："你就不会干一会儿起来活动活动？怎么和木头人一样呢！"洪泉装作生气的样子说："你少批评我！你把眼睫毛都拔去了，我还没顾得批评你呢！"接着，三位老人都笑起来。

就这样，他们移一棵又一棵，栽一天又一天，一直苦干了七天，终于把两万多棵缺苗全部补齐了。谁知，他刚刚补完，有二分碱性特别重的地方，栽上的棉苗又碱死了！洪泉指着碱地说："你等着，我们跟你干上啦，看看咱们谁拧得过谁！"接着，他们起去碱土，铺上草肥，又栽起第二遍来。出口成章的袁金荣，一边栽一边唱："咱贫农，骨头硬，棉田里，闹革命；不怕天，不怕地，就怕人，没志气……"他们说着，笑着，干着，很快完成了第二遍补苗。此后，又先后发生了几次棉苗被碱死的问题。这三位老人，是决心跟碱地斗上了。他们在棉棵定苗时，特地留下了预备苗，哪时碱死哪时补栽，哪里碱死哪里补栽，结果，保证了这十一亩棉田一苗不缺。

不料，当棉苗长到一尺多高时，又被"地老虎"咬死了两棵。苗是活不了啦！怎么办呢？他们决定：再移栽！有人向他们说："两棵棉苗算了啥？散伙吧！"苑洪泉听了这种论调，心里想：这两棵棉苗一定得栽活！因为，栽活这两棵棉苗，就等于在每个人心里，栽活一个棉苗必争的革命精神！杨清水听了这话，心里想：有棉花就有炮弹，就是一个棉桃也得争呀！袁金荣听了这种说法，心里也在想：斗天斗地，不给它留一口活气儿——这两棵棉苗非要栽活他不可！俗话说："三人同了心，黄土变成金。"他们像栽大树似的，大台、全根把一尺多高的棉棵移过来，又像养花似的，大水大肥，还给两棵棉花垒起小屋，白天盖上顶子，夜晚再掀开，就这样，一连五六天，硬是把两棵棉花栽活了！

这天晚上，三位老人收了工，坐在瓜屋前的丝瓜架下，一边休息，一边抽烟。这时，玉米正在蹿红缨，棉花已经坐了桃。他们默默地望着这丰收在望的庄稼，都喜在心里，笑在面上。人总是这样：在同一个环境里，每个人的思想活动却不尽相同。在这个时候，对种地缺乏经验的杨清水，心里高兴地想着："没问题啦，这一仗算大局已定啦！……"他想着想着，眼前的景象幻变起来：玉米锤子长得像牛角，棉花开得一片白……这时，他情不自禁地望了望苑洪泉。原来，他以为洪泉一定比他更高兴。谁知，事情正相反——只见洪泉眉头紧皱，脸上没有一点笑容，正然对着齐如刀裁、油绿一片的玉米出神。大哥为什么这样呢？清水想着想着，突然视线落在洪泉那双通红的眼上，觉得心里一扎，便说："大哥，如今活儿停住手了，你快去医院看看眼吧！"其实洪泉皱眉与眼无关，他心里想的是：这场革命输赢还不定！今后还得再加一把劲呀！可是这个劲往哪里加呢？……他正想到这里，忽听清水催他去治眼，便说："治眼要服从革命！现在正是爬崖子的时候，可松不得劲呀！"他说着，扭过头去，又问右边的袁金荣说："你说现在这玉米再浇上一水好不好？"论种庄稼，在他们三人中，袁金荣经验最多，因此，洪泉拿他当参谋，有些事总是喜欢听听他的意见。这时，袁金荣说："好是好，怕不够本！""咋不够本？""浇这一水，只能粒籽大一点，锤子不能大了，花这么大力气，也多收不了多少粮食！"清水说："力气不用本钱买，干呀！"洪泉接上说："对！力气变成粮食才有价值呐！干！"金荣见他俩劲这么大，就说："干就干嘛！我也不落后！"接着，他们三人，当夜就套上水车，叮叮当当又浇起地来。

二十七亩半地，全靠一眼砖井，又浇粮棉又浇菜，并且还赶上了这个从播上种就没下一场透雨的大旱之年，显得有些浇不过来。可是，三位老人不服输，他们黑白苦干。小毛驴累了，绑上个杆子用人帮着推。高地上不去水，他们一瓢一瓢地往上淘。他们就是这样，抗旱播上了种，抗旱保住了苗，抗旱保证了庄稼的正常生长。现在，他们还是用这种革命的硬骨头精神，车水浇地，争取再多收一些粮食。有的社员，见他们连夜车水，就说："这地不干呀，干啥搞得这么紧？"洪泉说："种庄稼，就像当娘的奶小孩儿一样，你见哪个当娘的等孩子饿扁了再喂奶呀？庄稼也是这样，看出旱来再浇，就已经影响生长了！"还有一回，忽然下起雨来。在地里干活的人们，正往家跑着，见三位老人的水车仍然在叮叮当当地转，就有些纳闷地问："下雨啦，怎么还浇地呀？你们中了浇地邪了吗？"清水回答道："俺不指望这点雨星！天不下雨俺自己下，天下小雨俺下大雨！"金荣接着说："要高产，得靠自己，不能靠老天！"那人说："靠天是不对呀！天明明在下雨，这能算靠吗？"洪泉说："对！你这不叫靠天思想，你这叫盼天思想！靠天是不革命，盼天不靠天这顶多也算半革命！对不对呀小伙子？""对对对！"那人涨红着脸，连声应答着，一溜烟儿跑了。一会儿，公社孙书记来了。他见三位老人冒雨浇地，表扬了他们几句，然后向洪泉说："你这眼又红又肿，比前天我来时更厉害了，你去公社治治吧！"洪泉说："现在没那闲工夫！"他一边说着，手脚不停地又忙活起来。这时，孙书记为了难。他对苑洪泉是很了解的。有一回，他劝洪泉歇歇，洪泉不肯，他说："你上年纪了，不同于年轻人！"洪泉说："咱毛主席比咱年纪大吧？还为革命操劳呐！"还有一回，孙书记说："大爷，你老伴病了好些日子了，你一直没顾得去看看，现在你回家去看看吧？"洪泉说："治病医生不请自来，伺候有儿有女还有媳妇，难为不着她。等我忙活过这一阵再回去看她吧！"孙书记说："大爷，你去吧，我替你忙一阵！"洪泉说："革命工作，一人一份责任，你替我，谁替你呀？"……总之，在孙书记的印象里，洪泉是这样一个人：只要关系到他个人的问题，他从不肯走走脑子，你不论用啥道理去说服他，他也总能把你驳回来。你想，孙书记在说服洪泉去治眼的问题上，怎么能不为难呢？可是，难中出办法。这时，只见孙书记眼珠儿一转，郑重其事地问洪泉说："洪泉同志，你知道干革命的头一条是什么？"洪泉答："绝对服从党的领导！"孙书记说："对！今天你要是不去治眼，就是不执行这一条！"这时，洪泉目瞪口呆，手中的铁锨不由自主地滑落地上。孙书记拾起铁锨，一边开畦口一边说："大爷，还愣着干啥？快去看眼吧！"洪泉无奈，只好走了。他一边走，一边回头望，脚步像后边有人拽着似的，总是懒得往前迈。

在这大旱之年，在这盐碱土地上，这三位五六十岁的老人，就凭着土井、土粪、小毛驴，终于超额实现了百斤皮棉、千斤粮的高产计划——十一亩棉田，亩产皮棉一百一十四斤；十亩粮田，亩产粮食一千一百六十二斤半。

这是多么大的收获呀！不！更大的收获，还是通过这个活生生的事实，证明了"人的因素是第一"的论点，解决了人们的思想问题。但是，这三位老人并没有满足。他们说："我们比起大寨人、下丁家人来，还差得远哩！"苑洪泉在入党会上说："我没有啥功劳，我只是按照毛主席的教导做了。我觉得做得还很不够，今后一定要再呛劲！"是的，眼下这三位革命老人，正在迈开更加雄健的步子，向着更高的目标前进！

积肥曲

北风呼呼地刮着。

天刚明，西马庄的刘万全老汉照例爬出被窝，摸摸索索地穿衣裳。万全的老伴被他惊醒了。她抬起脑袋听了听窗外的风声，懵懵懂懂地问老头子："这么大风你还拾粪去？"

"风越大粪越多哟！"老汉一边说一边披袄。

"你这个老东西呀，越老越不知好歹！"老伴说话的当儿，也急急忙忙地穿上了衣裳。老汉风趣地说：

"你也起这么早干吗？——轿还没来呢！"

老伴瞪了老头子一眼，又向着媳妇的房间努努嘴，然后指着老头子的前额低声说：

"老不要脸的！"

老伴还没顾得扣好怀，就下了炕，掀起柜盖，从柜里拿出一件皮袄，又说："来，我给你穿穿，看看合身不合身！"

老伴给老头子穿着皮袄，嘴里仍旧是一股劲地叨叨着："说不管人家，还得管人家——老娘儿们家，就是这个脾气。"

这时，对间屋里传出媳妇和儿子咯咯的笑声，老两口子都立刻住了口，你看我，我看你，两张长满皱纹的脸都慢慢地红了。

老汉收拾停当，背上筐刚出门，老伴又追到门口，手里拿着一条围巾，一边跑一边喊："围上这个，风这么大，人老了，可得小心！"

老汉接过围巾，笑着说："你老是缠磨我，让我走不了，好叫你那小子多抢点粪，对不对？"老汉说着，用手往村头一指："你瞧！那不是紧跑紧颠哩！"

老伴顺着老头子的手指一望，见儿子春海背着粪筐正走在庄头上，就笑着说："这么一小会儿，他倒抢先走了。"

刘万全老汉六十八岁。自公社党委提出大搞积肥的号召以后，他就想："这一回咱这残兵老将也得显显本事啦！"有一天，他的儿子春海，在全村社员大会上立了"擂台"，要在全社争个头名"积肥状元"。当时，很多人跟他挑战。那时，万全老汉也在场，他虽然没有公开提出挑战，可是心里也暗暗使上了劲。他信心十足地想："说别的，力气不给做主了，可是要说积肥，你这'小八将'们大概还不是对手！"

春海娘听说这件事情以后，也暗暗使上了劲。不过她知道南跑北颠地去拾粪，她是比不上他爷儿俩的，于是，她找了个窍门，利用屋里、屋外、门前、院后，灰呀、土呀、粪呀、尿呀、乱柴火呀来积肥。她把肥堆设在屋后的闲院子里。

今天，老头子和儿子都拾粪走了，她进了院子，先把尿罐提出来，倒到自己早已预备好了的尿缸里，又扒出烧炕的灰，倒在肥堆上。然后，又拿起笤帚，把屋里、屋外，四角旮旯，扫了个一干二净。接着又把一堆一堆的土，一簸箕一簸箕地端到肥堆上去。

她的媳妇淑兰正在炕上侍弄孩子，忽然隔窗望见了这种情形，急忙跳下炕来，跑到婆婆跟前说："娘，这活多冻手，让我来……"

"让你也倒不出个花来呀！"婆婆说着仍然不停地把土端到肥堆上。

媳妇知道婆婆关心自己，才这样说。因为她快分娩了，现在正在假期。

"娘，你这肥堆比俺爹和春海那肥堆只大不小，我领他们来看看，他们得乐坏喽！"

"呀！可别！"婆婆慌了，接着跟媳妇解释起来，"傻孩子，你没看见吗？你爹总是看不起我。说别的咱也真比不了你爹，这回闹积肥吧，我可非弄个样儿叫他看看不行！"老婆婆往媳妇跟前凑了凑，又压低嗓音嘱咐说，"你千万可别扯旗放炮的，多咱到评模会上，咱才和他见高低哩！听见了吗？"

媳妇微笑着点了点头。

婆媳俩一边说着一边走。婆婆回手照例把后院的门锁上了，又赶紧拉住媳妇，凑到她的耳朵边上说："连春海也不要告诉！听见了不？"

媳妇真的严守了这个秘密。并且，一有闲空，就扒灰呀，扫土呀，抬水呀，帮婆婆的忙。当然，婆婆添了这么一个助手，肥堆长得更快了。

半个月后，西马庄生产队的积肥评模会召开了。评来评去，头等模范集中到刘万全老汉和他儿子春海两人了。这时，淑兰和她婆婆也在场，可是她们为了先听听大伙的成绩，看看风头，故意没有抢先发言。

"现在我们来评评万全爷儿俩谁是第一吧！"主持会议的党支部书记刘海江说。大伙还没来得及提意见，春海涨红着脸首先站了起来，结结巴巴地说：

"评什么？我已经偷偷地把两个肥堆比了好几遍了，俺爹第一……"

"既然春海不战自降啦，那么就算万全大爷是'积肥头名状元'吧！"党支部书记说，"大家还有不同的意见吗？"

"没有。"接着立刻响起了一阵乒乒乓乓的掌声。这掌声还没停，春海的爱人淑兰站了起来，大着嗓门喊了一声："我不同意。"

"哦！"党支部书记吃惊了，问，"你不同意你爹？"

"嗯！"

"你同意谁呀？"

"同意春海呗！"不知是谁插了这么一句，逗得全屋的人都哈哈大笑起来。

笑声落下了。淑兰一本正经地说："不，我同意俺娘。"这句话，把全屋人的视线都转移到这个满头白发的老人身上了。春海娘不知是有些不好意思呢，还是想到了什么，偷偷瞟了瞟老头子，悄悄低下了头。可是，她那还只有几颗牙的嘴，怎么也合不上了。

淑兰一字一句地向大家介绍了婆婆苦干的精神和积肥的成绩。全场立刻响起了喝彩声。这时，唯有万全老头子站起来说："光凭说不行，到底积了多少肥，我得看看才同意哩！"

"事实上，俺娘的肥堆大，质量高，不信可到后院去看。"万全老汉惊奇地望着老伴。这时老伴发言了："光兴你争状元，别人就不行吗？我还要争个头名状元哩！"这句话，逗得满屋子人都笑了。

小哥儿俩

这是十五年前的一个故事。

那一年，蒋匪军正向解放区猛扑，在一次遭遇战中，我负伤了。我不知道昏迷了多久，醒来时，战斗已经结束了，我正躺在一个战友的怀里。这战友是谁？不知道。因为我是个新兵，入伍还不到一个月，除了本班的同志以外，叫上名字来的还不多。这时，我见那位战友胸部满是血，衣服也被炸烂了，就知他也是因负伤而掉队的，看来他的伤势比我重。他见我睁开眼睛，宽慰地笑了。可是，这笑容就像空中的闪电似的，一闪即逝。接着，就见他一口一口地吐起血来。

我挣扎着坐起来，又把那战友揽在我的怀里。过一阵，他慢慢从昏迷中醒过来，低声说："这枪，是党给我的，请你再交给党！"说着，把枪递给我。他闭上眼，歇了一刹，又掏出一个小小的口哨，放在我的手心里："同志，把它带给我的孩子；告诉他们，就说他爹……"他说到这儿，一下子把脖子挺直了，手也猛地落了下去……

我含着热泪，掩埋了战友的尸体，顺着高粱地向东爬去。这时高粱已长了一尺多高，正好能遮住我的身子。那战友的孩子是谁呢？他们住在哪里？我爬着想着，并暗自发誓：不管想什么办法，决不辜负战友最后的重托，一定把这口哨交给他的孩子！

这儿离解放区只有十五里路，从前急行军，一个小时就可走到，现在我就算爬，不也很容易吗？希望就是力量。我想到这里，似乎忘了伤口的疼痛，爬呀，爬呀，一直向前爬去。因为这时正是白天，我不能顺着平川大路爬，只好从这块高庄稼地里，再到那块高庄稼地里，绕着弯地前进。碰到村庄绕过去，望见行人停一停，饿了就采把野菜填在嘴里。就这样，当太阳正要落窝的时候，我终于胜利地爬出了敌区，进入了解放区。

眼前的村庄是河北张庄，二十多天以前我曾在这儿住过。我的房东家是个革命家庭，共四口人，在家里的三口——大嫂和她的两个孩子。大嫂是个党员，她的丈夫去参军了。我在这儿只住了一天，给我印象最深的是那两个小家伙，大的叫金柱，十二岁；小的叫铁柱，十一岁。他们的个子差不多高，都长得很敦实，像一对欢蹦乱跳的小老虎。可是，这小哥儿俩的性格不一样。

这天，大公鸡伸直脖子才叫了头遍，铁柱就一骨碌爬起来，披上衣裳，扣子也没顾得扣好，跳下炕就跑得没影了。金柱和妈一块儿起床。起床后，妈叠被，他扫地；妈做饭，他烧火；妈给鸡拌食，他又喂他的小狗去了。大嫂瞅瞅金柱，含笑对我说："俺这个大的，那才细致呢，活像个大闺女，别看不大肯说话，心里可懂事啦；那小的可不行，愣头愣脑的……"

大嫂正说着，铁柱蹦蹦跳跳地闯进来了。他左手抓着把雀蛋，右手抓着一把小鱼，两只鞋都弄湿了，衣裳还剐破一个大窟窿。善良的大嫂说："哎哟哟，俺那宝贝儿子呀，你这是上哪儿钻去来？"听这话语像夸奖，看她的神情又像责备。铁柱歪着小脑袋说："你夜里不是说，没好东西给这个同志吃吗？妈，你看，这些东西能做一碗好菜哩！""得啦，得啦！我的好孩子呀，快放下吧……"正在这时，一架飞机轰隆轰隆地响起来。金柱问我："叔叔，这是谁的飞机呀？是咱们的吗？"我说："不是。是蒋匪军的！""蒋匪军的？打这狗日的！"铁柱说着跑到院里，拾起一个小砖头扔上去了。转眼间，听到邻家的院子里当啷一声，接着就有一个老太太嚷起来："哎呀！这是谁家那淘气的孩子呀，把俺的盆子给砸破啦！你出来，要不我就骂……"这时，大嫂狠狠地戳了铁柱一指头，赶紧向邻居喊道："老嫂子，你先别骂呀！……"她一边说着一边向邻家跑去了。

"叔叔，飞机的翅膀子上有毛吗？"金柱向我问道。我还没来得及答话，铁柱插嘴了："这还用问！没毛怎么会飞呀？"小哥儿俩这天真劲儿，逗得我咯咯地笑起来……

我坐在村边想着这些往事，忽然一眼望见了曾住过的那所房子，一下子怔住了。只见那房子的门窗都被弄走了，顶子上还被炮弹打了好几个大窟窿，一群群的家雀，扑扑拉拉地飞出飞进。院子里，到处都是树枝、砖头、瓦片，看样子这儿已成了孩子们的练武场。那棵小白杨树，虽已被人折得枝叶不全了，可它还直挺挺地站在那架骷髅似的破房前，迎风作响，发着动人的哀声。金柱那只小黄狗，还卧在院中的一堆烂柴火上，冲着天空汪汪地叫着，好像正向天空申诉它主人的苦情。我望着这种情景，就知这儿已经发生过战斗了。可是，现在这个村庄，是谁的天下呢？房东那位善良的大嫂搬到哪儿去了？金柱和铁柱那两个小家伙怎么也看不见了呢？

我正想着，忽见那破房旁边闪出一个人。这时，天已经黄昏了，看不清那人的模样，看个儿和金柱差不多。于是，我便大声喊道：

"金柱！金柱！……"

那人向我走来了。走近一看，原来不是金柱，是大地主罗矬子。这家伙还是那个架势，微弓着身子，仿佛随时都在打躬作揖似的，他向我说："哎呀呀，是同志呀，快进家来吧，真是有缘千里来相会呀……"我一看这家伙这么嚣张，就知情况不好，厉声喝道："滚开！""哎呀呀，我那同志呀！"他说"同志"二字时满含嘲笑的口吻，"还是这么说话法吗？嘿嘿……"我不能让他耍笑！掏出枪来逼上他说："滚蛋！毙了你！"他原来以为我是个伤员，觉得随时都可以收拾我；这时一见我有枪，他吓得退一步三哈腰，嘴里连说"是是是"地滚蛋了！

我必须马上离开这儿！于是，便绕过半边村，向村北爬去。

我爬出离村一里多地的时候，忽听后边吵吵嚷嚷，我坐起来往后一望，村边黄尘滚滚，有一群人正向这边赶来。我一看坏了，敌人追来了！于是，我掏出枪擎在手中，心想：反正跑不了啦，你敢来，我就和你们拼了，打死一个算够本，打死两个赚一个！说来也怪，我虽是个新兵，但这时一点儿也不害怕。此时，听到河边的芦苇丛中哗啦一声，接着钻出一个人头来，我用枪对着那人喝道："谁？"那人还没答话，又一个人唰地从我身边的树上溜下来，趴在我身边轻轻地说："他是铁柱，我弟弟。"我一望说话的这小家伙，正是金柱。我问他：

"金柱！你还认得我吗？"

"认得。"金柱急促地说，"叔叔，少说闲话吧，罗矬子领着他们的人，追你来啦！"

"那你们快跑开吧！我是跑不了了，我跟这小子们干啦！"我说完，又一次催他快跑开。金柱一下子抱住我说：

"叔叔，我不能离开你！"

这时，铁柱也凑过来了，他对金柱说："哥哥，咱俩抬着叔叔跑吧！"

正望着河水出神的金柱摇摇头。

这时，敌人更近了，我又一次催他俩快跑开，可他俩谁也不理睬我的话，没有一点想跑的意思。我自己牺牲了算得什么！不是有许多战友在我之前就牺牲了吗？我在参军的时候，娘不是含着眼泪嘱咐我别忘了杀父之仇吗？可是，我怎么能叫他小哥儿俩跟我受连累呢？……我正心如刀绞地难过着，忽听铁柱说：

"叔叔，你就藏在河水里吧！"他见我发愣，又解释说，"你嘴里叼上一根苇子管，一点也不憋得慌，我们捉迷藏用过这办法……"

"行！铁柱你快去弄苇子管！"金柱像个小指挥员似的又对我说："你觉着有人往里吹气再出来，不吹气可千万别动弹呀！听见了吧？叔叔！"

现在想起来也真有意思，那时我竟服服帖帖地听他们指挥，一点主见也没有了。不大一会儿，铁柱折来两根苇子管，一根粗的，一根细的。他用那细的把粗的孔中的隔层打通，放在我嘴里说：

"给，衔上……嘴角闭严点，再闭严点……对，对，就这样！"

这时，敌人离我们已经很近了，只有趴下活动才不会被发现。于是，两个小家伙让我趴下，他俩用手使劲将我的身子推到水边，只听金柱说：

"叔叔，闭眼！"

砰的一声，我滚进水里了。我仰面朝天躺在水边上，一抽气，真行，一点也不憋得慌。最初，觉得腿上的伤口疼了一阵，脑袋嗡隆嗡隆地响，鼻子也老想往里钻水。幸亏我小时候下过水，过了一会儿，也就习惯了。忽然，我觉着苇子管不透气了。呀！这怎么办？咔吱一下，又透气了。我判断：一定是露在水外边的那段苇子太长，小家伙们折下去了。这时，我在水中把枪握紧，以防不测。其实，事后一想也是笑话！那有什么用？外边的动静简直是听不见了！

不知过了多久，我觉得喉咙里憋了一下，立刻发觉是有人往苇子管里吹气，我一下子坐了起来，脑袋露出了水面。金柱早已守在我跟前，他问道："没淹着吧？叔叔。"我说："没有。那狗日的们来过没有？""来过。""走啦？""走远啦！"金柱说着把我拖上岸，接着又扯起衣襟在我的头上、脸上擦着。我向四周一瞅，见铁柱不在，就问他铁柱哪儿去了，他不搭腔，却轻轻地摸着我的伤处，浑身颤抖地问道："叔叔，疼不？"我说："不疼。铁柱呢？"他还是不吭声。我一次又一次地追问，他哇的一声哭了，随即又止了哭声抽噎起来。我当下就意识到这个不幸的预兆，觉得脑袋轰地旋转起来，泪水像断了线的珠子滚下来。正在这时，忽听东边一声喊：

"叔叔，你看这个大泥鳅！"

铁柱！他是铁柱？我真以为自己在做梦。金柱迟疑了一下，嗖地跑过去，两个小家伙紧紧地抱在一起。是金柱在骗我？不能！他哭得多痛啊！于是我问金柱："哎呀！你们这是搞的什么把戏呀？"金柱脸上挂着泪珠，笑眯眯地说：

"那狗东西们来到就逼问我，我只说见到那边有一个人影，在河边上晃了一阵，又听砰的一声，别的就不知道了。我说这一套，是想把他们引到那边去，也是为的叫他们更信实我的话；可是，他们不信，说我胡说！铁柱说他们，'你胡说！不知道就是不知道嘛！'罗髭子说：'小崽子！你以为还和前二年似的？这么张狂！你小子有骨头再说三个不知道！''三个？一万个也敢说，'铁柱说，'不知道不知道不知道不知道……'罗髭子急了，向他的爪牙们一挥手，'给我扔到河里！'"这时，只见两个人把铁柱架起来，我上前一把没拉住，却挨了一脚，摔了个倒仰，就听砰的一声，河水翻起一片白花，铁柱没影儿了！我知道他会游水，一直瞅着那河水翻花的地方，希望他能浮上来。可是，我望着，望着，一直在望着……"金柱讲到这儿，忽然转过头去问他弟弟："铁柱！这一大响你在哪儿呀？"

"在世界上呗！"铁柱指手画脚地说，"他们把我扔下去，我在水里就想：再翻上去，他们一定饶不了我！怎么办呐？想着想着，忽然想起一个法子，我记得前边不远的河壁上有个小'狼窝'，就一个猛子扎到那儿去了。顺着边儿一摸，摸着了，便钻进去，悄悄露出头来，这时，我顺着边儿摸呀摸，摸呀摸，一下子摸着了这个大泥鳅！"铁柱掂着手里的泥鳅说："这家伙，比上回摸的那个还肥呢，那个也是在这儿摸的！嘿，这儿准是泥鳅窝！你们信不信？……"

"你少说废话！"金柱打断铁柱的话，又问我，"叔叔，你要到哪儿去？"

"我到解放区去！"我说，"你们能回家给我拿点吃的东西来吗？"

他俩你看我我看你，都不吭声。我又补充说："没关系，好赖都行！唉？"

这时他俩还是不吭声。我瞅着他们为难的神色，忽然想起了方才见到的他们那房子的情景，又转了话头问道：

"金柱！你们搬家啦？"

金柱没搭腔。铁柱说：

"对啦！叔叔，你猜我们搬到哪儿去啦？"

"我怎么能猜到呀？"

"我们搬到这儿来啦！"铁柱指着一边的大柳树说。

我瞅着那棵两人搂不过来的大柳树，笑着说："你这个小家伙，尽跟叔叔开玩笑！"

"叔叔！你不信问问哥哥！我要哄你，是个小狗子！"

这时金柱正在给我包扎湿漉漉的伤口，我问他时，他只点了点头，没有吭声。铁柱接过去说："这树呀，是空的，里边可大啦，是我掏鸟蛋发现的，是不是呀，哥哥？"金柱只顾包扎我的伤口，仍旧没有吭声。我又问道：

"你妈妈呢？她住在哪儿？"

铁柱一下子垂下头，两手吃力地在挖地上的土，不吭声了。这时，我又见金柱抽抽噎噎地哭起来，就知这个幸福的家庭已被敌人破坏了，那位善良的大嫂可能是遭遇不幸了！我不愿让孩子们想起这些伤心事，就没有继续问下去。便安慰他们说："孩子，别难过啦，把这仇恨记住……"

"叔叔，我记住啦！"铁柱抢过我的话说，"等我爸爸回来，我仔仔细细地告诉爸爸，叫爸爸枪毙罗矬子那个老鳖猴！"

"对。叫你爸爸给你妈妈报仇！"我说，"你们快点长，长大了也给妈妈报仇！"

这时，北边突然传来两声枪响，随后北边村的狗就汪汪地叫起来。接着，东村，西村，南村，四面八方的狗都响应着叫成了一片。金柱站起来望了望，又蹲下低声向我说：

"叔叔，咱们快走吧！"

"咱们？……"

"是啊！我们送你去！"金柱说。

"不行！那太危险……"

"行！我们保着你！"

"别这么大嗓门儿！"金柱斥责了弟弟一句，又向我说，"叔叔，这一带敌人可多啦，你自己走不了，叔叔……"这时，金柱的语调中已含有泣声。我想：也好！要不，舍下这两个孤零零的孩子，也许活不成；我把他们带到解放区，送他们去上学……我想到这儿，便向他们说："好吧！咱们一同到解放区去！"这时，他俩乐得紧紧地抱住了我。

过了一阵，金柱说："呀！咱们怎么走呢？"

铁柱说："咱俩抬着叔叔吧！"

我说："不用！你们扶我起来，我试试扶着你们能走不能走！"

他们嗯了一声，慢慢扶我站了起来。金柱把头钻在我的腋下，我试了试，行！虽然伤口有点疼，但还可以走。这时我说："要有个拐杖拄着就更好啦！"铁柱说："那好办！"说罢，他像只小猫似的爬上树去，折来一个大树枝，把小枝折下去，头上还留了个支杈儿，递给我说："叔叔，你顶在胳肢窝里，试试行不行？"我接过来一试，嘿！很得劲，就说："来吧！咱们开始前进！"

"铁柱，咱们这样——我搀扶着叔叔，你当前哨，先头里走，碰上什么动静，快来报告我们！"金柱说完，又向我问道："行不行啊，叔叔？"你看，生活把这个十二岁的孩子快锻炼成大人了，他多么细心啊！想得多周到啊！

"要有个口哨多好呵，"铁柱说，"那你们就可以听我的口哨声，我一吹哨，你们就快躲藏起来！"

"孩子，究竟是孩子。"我心想，"在这种情况下吹哨子，不是更容易暴露目标吗？那怎么能行呢？"我心里虽这样想，但还是不由得掏出身上装的那个小口哨，放在眼底下看了看，才发现这是个人工制造的木质口哨，用嘴轻轻一吹，啊！倒像是鸟儿叫。这不是正好能作个暗号的声音吗？我高兴地把口哨递给了铁柱，说：

"可巧我有个很特别的口哨，吹的时候像鸟儿叫。可别弄丢了，这是给人家捎的。"

铁柱接过口哨，就着月光瞅了瞅，惊喜地说："咦！这不是我那个口哨吗？……你看看，哥哥，这儿还少了一块肉哩，这儿还有个十字……"金柱接过来仔细地瞅着。

"你的？"我吃惊地问道。

"是他的。"金柱说，"这是爸爸给他做的。爸爸在家的时候，我们用它放哨，好让爸爸开秘密会。爸爸去参军了，他把它给了爸爸，好让爸爸想我们的时候，就吹吹这口哨。铁柱还告诉爸爸：回来探家的时候，一进村先吹口哨，他们就去接爸爸。一年多了，我们也没有听到这个像鸟儿叫的口哨声……"金柱说到这儿，又向我问道："叔叔，是俺爸爸叫你捎来的？俺爸爸现在在哪儿？他说啥时回来呀？"

我说什么呢？我告诉孩子那伤心的事吗？我……我瞒着蒋匪的罪恶欺骗孩子们吗？我踌躇着。铁柱又插嘴了：

"叔叔，我爸爸还是党员哩，打仗一定很勇敢！是不是？"

我极力忍住快要流下来的眼泪，说："对呀！你爸爸是个真正的共产党员，是个光荣的人民战士，是个出色的战斗英雄——你们长大了，要向你的爸爸学习……孩子们，走吧！到了解放区，我要和你们仔细谈谈你爸爸的事情……"

天真的孩子们，满怀着希望，跟我走了。每走一段，铁柱就爬到树上眺望一阵。累了，就趴在个背静地方歇歇；饿了，就采把野菜，有时铁柱到树上摸个雀蛋来，或者到水里抓条小鱼来，放在火里烧烧，"改善改善"生活；渴了，就捧起河水、塘水饱喝一顿……就这样，我们一直向着东方，向着解放区，向着太阳升起的地方前进着，前进着。

1963 年 5 月

老　人

　　传达室送来一张会客单。单上填的是："何老六,六十岁,农民……"

　　我接过会客单,凝视着,沉思着。刹那间,许多熟悉的面孔——有老乡,有亲戚朋友,有同志——在我脑中闪过。想了许久,实在想不起这个叫何老六的人来。

　　一会儿,门一响,走进一位老汉。这人,一点也不客气——进屋来,一言不发,也不等让,一屁股坐在椅子上。我递过一支烟:

　　"大爷,抽烟。"

　　他摇摇头,没吭声,掏出烟袋来。我送上一杯茶,问道:

　　"大爷,有事吗? 谈谈吧。"

　　"忙、忙啥? 你、你让我,喘、喘、喘两口!"

　　他口吃地说罢,抽起烟来。抽一口,又一口,一抽就没个完了。我只好坐在老汉对面,上上下下仔细地打量着他,等着他开口。只见他,脸庞瘦削,皱纹很深,头发、胡子和那长长的眉毛,都已经灰白了。看模样,他的岁数比会客单上填的要大,脸上的每一道皱纹里,都似乎含着怒意,就仿佛刚跟谁打过架似的。我看着看着,视线慢慢地由他的脸上转移到身上,又由身上转移到手上,突然我的心像被什么刺了一下,怦呀怦地跳起来——我发现他那粗糙的左手上,少了半截食指……顿时,老汉的形象,在我眼前高大起来,遮掩了一切;他的胡子、眉毛又都恢复成黑色……一幅解放战争时期的情景,从我的脑海深处翻涌上来。

一九四七年夏季的一天，那正是蒋介石背信弃义向解放区大举进攻的时候，在津浦铁路附近的小刘集，我军和敌人发生了一场遭遇战。敌众我寡，敌攻我守，密集的排炮把村庄打成了一片火海。我们这支小小的支队，一面抢救受伤群众，一面在群众的协助下顽强抵抗，坚守阵地，打退了敌人一次又一次的冲锋。黎明前，月亮落下去了，天色分外漆黑，我军决定突围，战斗更激烈了。当我军把敌人的包围圈突破一道缺口，部队正在边战边走的时候，一颗炮弹突然落在我的身边，我急忙卧倒。接着，一声巨响，一阵昏黑，我便失去了知觉。

醒来时，天已大亮了。只见一间间的民房，烈火熊熊，浓烟冲天；三三五五的匪军，践踏着老人、妇婴的尸体，在街上窜来窜去；还有些老百姓，被绑在桩上，吊在树上，惨叫着，痛骂着……血腥味笼罩了整个村庄。这时，我真想从尸体堆里爬起来，跟敌人拼了！但想到身上所带的文件，只得打消了拼的念头，决定逃出去。可是，部队已经撤走，到处都是敌人，怎么能逃得脱呢？我躺在尸体堆里继续装死，心里却在想主意。

"找老百姓来，把它们背出去，统统给我埋了！"一个匆匆走来的蒋匪军官，一面往腰里缠着抢来的绸缎，一面指着尸体向一个匪军士兵下命令。

"是！"那个士兵正试图从一具尸体上剥走点什么，这时只得惊慌站直，应声而去。

敌军官在尸体间串着，瞅着。显然还想捞点油水。他要是转到我近前怎么办？我正紧张地想着，却见他拔腿跑开了，我顺着他跑的方向一望，原来那儿出现了一位正在飞跑的青年妇女……

我正打着逃跑的主意，忽见有个匪军伤兵，在街上爬来爬去，一个个的蒋匪军从他身边走过，谁也不搭理他。于是我心生一计——悄悄从一个敌军尸体上，脱下他的军服，套在我的身上，又把文件装好，便想装作匪军的伤兵爬出去。正在这时，两个匪军赶着一伙老百姓拥过来，我又连忙倒下装死。

"把他们背出去，通通埋了！"

一个匪军向老百姓指手画脚说着，老百姓都迟迟不动。匪军急了，端起枪来逼着人们，吆喝道："他妈的！你们想找死？去！快去……"

过一阵，老百姓慢慢腾腾地过来了。那两个匪军远远地站在树荫底下，不时地向这边望望，骂天吵地地嚷几句。

一个人走到我的身边，在我身上狠狠地踹了一脚，我禁不住嘘了口气。

"别背他，他还有气……"

"少、少说，废、废话！"用脚踹我的那个人，悄悄地训斥着另一个说话人。然后，他把我背在身上，大步加小步地向村外走去。其他背尸的人们，也都跟在后面。

"真是无巧不成书——到村外僻静地方，我向他们说明身份，这一回可就脱险了……"我趴在那人的背上，高兴地想着。出了村，我偷偷睁开眼睛四处张望。只见农田里布满炮弹坑，庄稼荒芜了，野草长了一尺来深。在不远的大路上，黄尘滚滚，战马长嘶，蒋匪军正赶着老百姓的牛、驴，拉着抢来的粮食和衣物，绑着人，向铁路线上的据点走去。路边树上的叶子，都被老百姓摘去吃掉了，显得光秃秃的。残留在枝头上的几片败叶，被风一吹，孤孤零零地颤动着……

不一会儿，我被背进一个远离村庄的松树林。那人一侧肩，又猛力一抢，把我扔在地上，摔得我"哎哟"一声。又见他举起镐头，瞪着像要喷出火来的大眼，上牙咬着下唇向我扑来。

"大，大，大爷……"

"叫、叫亲爹，也、也不行！"他没容我说下去，镐头便落在我的脚上，我痛得挣命地就地一滚。

"冲头上砸！"另一个人在旁边加油。

"那、那么痛快，便、便宜他！"那人说着，镐头又落在我的腿上。我觉得噙的一声，眼前一片黑，以后的事情就不知道了……

当我苏醒过来时，那些人不知为什么已经散去，只有背我的那位口吃老汉还没走。只见他跪在几座新坟中间，低声而语重心长地叨念：

"孩、孩子们，按辈儿，我、我不该，给、给你们跪；可、可是，今、今儿，我、我是，跪、跪你们的，人、人、人格，跪、跪你们的精、精神……孩、孩子们，暝、暝、瞑目吧，我、我向你们，保、保证：天、天可以变黑，地、地可以变白，我、我们的心，永、永、远是是红的；血、血可以流，头、头可以断，社、社会主义，一定、一定要实现……"

奇怪，这说话的声音，似乎很熟悉，可就是想不起他是谁。这时，我看到他的嘴角、眼角都在搐动着，仿佛马上就要放声痛哭。可是，他挤了挤眼皮，并没哭出来。这种表情，使我忽然认出了他——他是何大爷。抗日战争时期，我曾在他家住过一天两夜。时间虽不长，可混得挺熟。他有两个儿子，一个叫大狗子，一个叫二狗子，因为我比他俩都小，他就喊我"三狗子"。离开那天晚上，他跟我谈起受地主气的时候，就曾几次表露出这种想哭又没哭出来的表情……我离开这村以后，已有四年多没有见到他。这回又来这村，本想去拜望，可是，队伍进村还没安下脚，就跟敌人接上了火……

"孩、孩子们，你、你们死得有、有、有骨气；今儿，我、我要叫这条白狗，死、死在你们坟前，祭、祭、祭你们……"老汉说着，又拿起大镐，气冲冲地向我走来，"我、我何老六，从、从来不做昧心事，我要叫、叫你这个狗、狗日的死个明白——我、我打死你，并不是光、光报私仇；就、就因为，你、你是蒋该死的一根爪；我和蒋该死是、是大仇人，有、有他没有我，有我就、就没有他……"他说着，我也同时叫道：

"何大爷！我是解放军，我是三狗子……"

这时，他警惕地蹲下来，朝我脸上瞅了一阵，再扯起衣襟，把我脸上的灰尘、血迹擦去，又仔细地瞅起来。在这当儿，我把换军装的原因简单地告诉了他。他猛地把我的头抱在怀里，老大晌没说出话来。这时，我感到他的整个身子在颤抖，心在剧烈地跳动。过一阵，他慢慢地松开我，凑在我脸上说：

"孩、孩子啊！我、我错打了你，我、我有罪，我、我、我……"说到这儿，一颗晶亮的泪珠，从他的眼里滚了下来。我本想说两句安慰他的话，可是怎么也想不出合适的话来，不知怎的却问了这么一句：

"大狗子哥呢，大爷？"

老汉叹了口气，没有吭声。

"二狗子哥呢？"

老汉还是没吭声。这时，我从他的神色上，也就明白了。我深深悔恨自己的冒失，不该惹得老人伤心。又说：

"大爷，我养好伤，回到队伍上，一定狠狠地打那些狗日的……"

"——好！"

"为所有死难者报仇……"

"——对！"

我们说话间，只见西边尘土滚滚，一队蒋匪军向这边窜过来。大爷站在坟上一望，向我说：

"不、不好！"

"怎么办？"

"——走！"

"我怎么走呢？"我这句话还没说出口，只见他蹲在我近前，一拍肩膀说：

"——来！"

"他这把年纪了，我怎能叫他背……"我心里为难地想着。他见我迟疑，便斥责道：

"还不，快、快点！"

一出松林，我们就被敌人发现了。几个匪军在远处喝呼起来：

"喂！站住！站住……"

大爷拔腿就跑，敌人随后追来。当跑出一里多路时，大爷的汗水浸透了两层衣裳，使得我的胸脯也水津津的。又听他气喘得十分急促，步子也渐渐慢了下来。这时，我心里像刀割一般，便说：

"大爷，站下歇歇吧！"

大爷气喘吁吁地问道：

"还，还，还追，追，追不？"

后边还是尘土滚滚，显然是敌人还在追。可是，我怎么说呢？我想了一会儿，说道：

"还在追！大爷，你放下我自己跑吧！要不，咱俩都……"

"废、废、废话！"

他加快了步伐，继续跑着，看来是用上了最后的力气。正跑着，突然有个打草的中年汉子，向我们飞奔过来。大爷向那人说：

"他、他、他是，解、解放军，敌、敌人追……"

"我早看出来了！"那人说着，把草筐、镰刀一扔，一弓腰，又一拍肩膀，说，"来——我的！"

那人背上我，刚跑出几步，大爷在背后喊了起来：

"站、站下，不、不行！"

那中年汉子站下了。大爷赶上来，指着背后的大道说："你们看——敌、敌人，会顺、顺着它，赶、赶上去！"

原来我脚上的鲜血洒了一道。这时我才恍然大悟地说："庄稼这样高，敌人并没看见我们，我说他们怎么追得这么紧呢！原来……"

"怎么办？"那中年汉子期待地望着大爷。

这时，滚滚的尘土越来越近了，隐隐约约还能听到敌人的咒骂声。我生怕连累了他们二人，急得拿出文件，塞给他们说："你们跑吧！一定要把文件交到部队上。甭管我啦，我会爬！"

没人理睬我。

一会儿，何大爷想出了主意，只见他脱下身上的褂子，缠在我的脚上，堵住了还在淌血的伤口，向西南边的高粱地一指，向下命令似的：

"——跑！"

说着他抬起地上的镰刀，一咬牙削去半截手指，背起草筐，用力地甩着手臂，顺着大道向西北跑去。他背后的路面上，留下了一溜鲜红的血迹……

自从那次脱险后，由于调动工作离开了这里，十五年没有见到何大爷了。这时我望着他那半截手指，一下子扑上去，流着激动的眼泪说：

"何大爷！你还认得我不？"

大爷瞅瞅我，摇摇头。又说："我只知道你、你是兵役局的负责人。"

"我就是三狗子呀！"

"你、你是，三、三狗子？"

大爷吃力地攥攥我的手，又摸摸我的头，瞅瞅我的脸，激动得老大晌没说出话来。过一阵，他问我：

"我、我听说，你、你调到济南去啦？"

"为了加强农村建设，我前几天又调回来啦！"我说，"大爷，生活怎么样？有什么困难，跟我说吧！我包下来啦！"

"有、有我们的党，有、有人民公社，要吃、吃有吃，要穿有、有穿，我、我已经，上、上天啦……"说着笑着，他突然收敛起笑容，问我道：

"我、我听说，蒋、蒋秃子，那、那个王八羔子，又、又要来闹腾，是、是吗？"我还没来得及答话，他又说："那、那些兔崽子，要、要真来，三狗子，你、你可给我，狠狠地揍……"

"大爷，我记住啦！只要……"

大爷截断我的话，又说：

"我、我这回来，是为我孙儿参、参军的事——听说你、你们说他是独生子，不、不收他，为、为这事，他、他哭了好几天啦……"

我看看表："大爷，咱先吃饭去，这些事回头咱坐下细细谈。"说罢，我搀扶着老人，走出了办公室。

1962 年 7 月

三访某大娘

我一进杨柳镇公社，老社长就说：

"哈哈！老郭呀，你又是来访某大娘的，对不？"

"对啦。"

"这回不能叫你白跑喽！我们帮你调查了一番，又找到一个新线索……"

"新线索？是谁呀？"

"看喜得你，忙什么？你先屋里坐下，喝水，吃饭；晚上呐，你就来个三访某大娘……"

事情是这样的：

在解放战争中，杨柳镇的一位大娘冒着生命危险救了我，可惜我没能记下她的姓名。胜利后，十几年来，我利用假期，曾经两次去访她，但都扑了空。

在第二次访问返回前，老社长笑哈哈地说："老郭呀，你真为难人呐！你要访的人，既没个姓，又没个名，这怎么证明是她不是她？我看呐，我先把情况向你介绍介绍，你觉得对头呢，就去访访；不对头呢，也就甭扯旗放炮的喽……"老社长说到这儿，装上一袋烟，一边抽着，一边向我介绍起新线索的情况来。

这位老大娘姓杨，今年六十五岁，个头不高不矮的，胖乎乎的大圆脸。她的丈夫、儿子，都死在日本鬼子的手里，一个紧跟一个的灾难，使得这个老婆子的脾气也变了。据说她年轻的时候，又好说，又好笑，自己仿佛能唱半台戏；可是自从失去了亲人以后，她的笑声没有了，话也少了，据说她每天说话的次数还不如吃饭的次数多。虽然从来没有人听到她放声大哭过，可是她流泪的次数不可胜数。说来也怪，这泪水慢慢地把她的眼睛洗亮了，使她能认出哪些是好人，哪些是坏人；这泪水也把她的心染红了。

"你看，我说到哪儿去了！"老社长责备自己一句，然后转了话题接着说："她救八路军的情况是这样的：我们这杨柳镇，在抗日战争时期是老解放区。那时候，日本鬼子见这儿是个镇店，曾好几次来安据点，都因为惹不了这儿的老百姓，烧杀一阵就撤走了。解放军主力为了更有力地打击敌人，都作了战略转移。这一来，日本鬼子对人民的迫害更加残酷了，但杨柳镇人民的斗争意志也更加顽强了……"

老社长说到这儿，有些抱歉地说："你看！我这个毛病就是这样，扯起一个话头，说起来就没完没了，并且三说两说就离了题……"

我说："没关系，咱随便漫谈嘛，而且你说的这些，对我也有用处……"

"有个屁用处！那时你在这一带打游击，情况不比我明白？"老社长笑一阵说，"这回，咱坚决地说正题——杨大娘救八路军，就发生在鬼子安上据点以后。有一天，游击队在芦草洼跟鬼子干了一仗。杨大娘冒着生命危险，将游击队的一名伤员背到坟里……"

"社长——，电话！"

隔壁这一声，打断了社长的话弦。他忙站起来说："这算一个开头吧！欲知下文如何，且听回来分解！"他说着就走了。

我隔窗望着他的身影，陷入了沉思。蓦然，窗下那棵小树，开始幻化着，渐渐幻化成一片绿海。那是芦草洼，芦草足有齐腰深，被风一吹，前仰后合，就像大海中滔滔滚动的浪头。我从昏迷中醒过来，抬头望望，我们的游击队已胜利突围了，鬼子、汉奸不知滚到哪儿去了，整个草洼空荡荡的，伴着我的只有那颗半明半暗的月亮。我站起来，腿一软，摔倒了；我再站起来，又摔倒了。这一下可厉害，我那支手枪正垫在大腿上，痛得我浑身哆嗦。我向痛处摸了一把，湿漉漉的，就着灰暗的月光一瞅，满手血红，不觉心里一震，头脑彻底清醒过来——在突围的最后一刻，我被敌人的枪打着了！

不管腿能不能走，我必须离开这儿，因为敌人是要回来打扫战场的。可是，去哪儿呢？这一带到处都是敌人；再说，我参军时间很短，来这里活动更是头一次，也没有群众关系呀！我想来想去，觉得只有一条路——和敌人拼了！于是，我用上全身的力气，向一个小沟爬去，准备在那儿等待敌人到来。可是，我挣扎着爬到沟边上，刚想往下溜，只觉得眼前一阵黑，便昏了过去。

不知什么时候，我又醒来了。一睁眼，一片漆黑。我伸出手，向四周摸来摸去，四面都是砖，连头顶上也是砖，这是什么鬼地方呢？我又向身子底下一摸，摸到一块硬邦邦的家伙，仔细一摸，圆鼓鼓的，上边还有窟窿眼，我猛地松了手——呀！这不是块人脑骨吗？这时我渐渐明白过来：我躺在一个坟里了。是谁把我弄到这儿来的呢？也许是回来的同志们发现了我，把我暂时藏在这儿的吧？……

我正胡思乱想，忽听坟外响起脚步声，由远而近。我把枪拿在手里，准备应付一切不测事件。

一会儿，脚步声来到了坟前，接着，听到坟土一阵响。

"谁？"我把枪口对着洞口惊喝一声。

"我。"一位大娘说着钻进来。她一面仔细地堵着洞口，一面像嘱咐孩子似的说："敌人常在这一块儿过来过去的，以后可别动不动就这么大声大气地嚷，听明白了不？咹？"

然后，她点上一支蜡烛，又说："你要闷得慌了，就点上它，亮亮堂堂。你夜里可别点呀，一点上它，烛光从气眼里透出去，可了不得……听明白了不？咹？"

我点着头，观察她的面目：脸上又干又瘦，鼻窝里的一颗斑痣显得特别大；满脸皱纹堆积，牙齿脱落了大半，孤零零的两颗门牙显得特别长……花白的头发和破破烂烂的衣裳都湿漉漉的。我问她："大娘，外边下雨啦？"

"没有。雾很大。"大娘说，"要不是这雾呀，我还不能来呢。你饿坏了吧？你看，赶上这种世道，多受罪呀！给你，菜蛋子，凑合着吃点吧。"

我真饿极了，接过来就大口小口地吃起来，觉得那菜蛋子就像是用蜜拌过似的，又甜又香。大娘见我吃得那么带劲，笑了笑说："看这样儿，你也是糠菜养大的穷孩子呀，大娘说得对不？咹？"

大娘说着，又从腰里扯出一个男人的白褂子，一把扯开了。我吃惊地说："呀！你干啥，这个还能穿哪！"

"唉！穿不着啦！"大娘像对着我又像自言自语地说，"听人说，包伤口要用白布，救人要紧呀，扯了它吧！"

看来大娘很爱说。她一边给我包着伤口，一边低声地念叨起来："唉！打成这个样儿，多痛呀！要是叫那娘看见……"

"大娘，我没有娘了，我娘被日本鬼子抓去，死在了监狱里……"

"唉！俺丑儿就没了爹，你又没了娘，那些王八羔子们是杀了多少人哪，痛不？痛可说呀！唵？……呀！噎着啦？我忘了给你捎点水来！……哎呀！我不能再给你包啦，雾落下去我就走不了啦！以后，我每天晚上来看你……你可要处处留心。千万别出去，听明白了不？唵？"

大娘说罢，爬出去，又把洞口堵好，脚步声渐渐远了，消失了。

这时，在我脑海里，久久地闪现着这样的一个问题：这位老大娘究竟是怎样一个人呢？

此后，大娘每天晚上给我送饭来。有一回，她送了很多东西来，我心里怪不安的，就说："大娘，算一下我该下你的账吧，等我好了……"她接过去说："好了干什么？还我的账呀？闹半天我是上这来做买卖了呀！"这时她真生起我的气来。闹得我不知说什么好了。一会儿她又说："孩子，你参军日子不多吧？……这就对了，要不你怎么不知道老百姓的心呢？"还有一回，我在闲谈中问到她的家庭情况，她说："说到财产，俺那婆婆公公只给抛下头顶上的一块天，别的要啥没啥，就靠两只手活了半辈子！日本鬼子来到后，又死了两口子——丑儿他爹和他哥！……"我就着她的话音说："是啊，要是不打仗该多好哇……"大娘接过去说："可不能那么说，俗话说得好——疖子不出脓，早晚是个疮。仗该打不打也不行，我们还能让日本鬼子世世代代地糟蹋着吗？我伺候你，就是因为你替我们打仗，要不，唉，我自己的命还顾不住呢，哪有这闲心哪……"此后，又有一件事使我感到惊奇：她给我送来的干粮，都是净粮食面做的，并且，每个干粮都是红一块，白一块，黄一块……看来里边有高粱，有玉米，有谷子，有时好像还有麦子面。我问她为什么这样做，她笑笑说："这样不好吃吗？"我问她粮食是哪里来的，她说："哪里来的呀？我反正不偷人家的！你就放心大胆地吃吧。"

这天晚上，大娘的脚步声又由远而近地响着，显然是她又来给我送饭了。她每次来，都是先在坟上敲三拳，然后就挖开洞口钻进来。其实，没有这暗号，我也能听出她的脚步声，可她还总是用它。她说万一我睡着了，这样不会猛然受惊。可是，今天她来到坟前，没有敲坟，却儿啦儿啦地哭起来。她哭的话是那么叫人痛心。

"老婆子！不许哭，滚家去！"听来是一个汉奸在呵斥她。大娘像没听见，继续哭着。

"篮子里盖的什么？"汉奸问。大娘一面哭一面回答："儿哟，穷娘有啥给你吃哟，只有一个窝窝头哟，儿哟，我那受屈的苦命儿哟……"

"深更半夜的，你又哭又叫是在扰乱社会治安，懂不懂？他妈的！"

接着，听到坟前扑扑通通一阵，大娘被拉扯走了。可是哭声还是断断续续地传进来。

洼里沉寂下来了，只有隐隐约约的雷声像在千里之外响着。一会儿，下起雨来，大雨点打得坟土砰砰响。这时，我躺在坟里又胡思乱想起来：游击队到哪儿去了呢？支队长怎么样了？我要是能和组织取上联系该多好！可是又怎么能取得上呢？叫大娘送信？往哪儿送呢？再说，她老人家已经够累的了，怎么能再给她加事儿呢？……这些事，自从我被伤困到坟里就在脑子里转，可从没向老大娘说过。

我不知是几更天，只知道雨还在下着。大娘又来了，她淋得像个落水鸡，一进来就问我：

"孩子，刚才听见了不？害怕不？那些狗东西呀，精得像猴子，这回算叫我这个老婆子哄过去了！"接着她告诉我，她刚一进坟地，就发现有敌人跟上她了，她急中生智，唱出了这么一出上坟的"戏"。她划着火柴点上蜡烛，我习惯性地堵上气眼。大娘从最里边的衣袋里掏出一个小布包来。她一面解着包一面说：

"孩子，你整天盼呀盼的，这回算盼来了。别看你不说，大娘早就看出来了，大娘心里什么都明白呀！"

这小包有十几层，剥去最后一层，原来是一封信。我高兴地问道：

"大娘，谁来的？"

"我也不知道。你看看，上边不会不写着吧？……"

大娘还在说着，说的什么我已听不见了。我在灯下看起信来，原来是支队长来的。上面写道：

> ……从那次战斗以后，我们一直在打听你的下落。杨柳镇去过三次人，一点讯息也没问到。这回在一次巧遇中了解到你的下落。同志们听说你还活着，都乐得跳起来了！你等着吧，最近瞅一个适当时机，我们就去接你，还有好多胜利消息要告诉你哩……

我看完这封信，乐得闭不上嘴了，可大娘却是一副闷闷不乐的样子。我问她有什么愁事，她苦笑着说："没什么，只是你快走了，我倒想起我没照顾好你，叫你受了委屈……"她一边说着，一边把篮子里的干粮一个个拿出来。我一瞅，只有一个干净些，其余的都成泥蛋了！就问道："怎么？路上摔倒啦？""方才那小子来了，我都埋起来啦，要不，像个上坟的吗？……""我说你搂土干什么哩，原来是……""那搂土不光为这个，还为了不让狗日的看出洞口来……唉，在仇人面前，什么心眼都得有呀！你说对不？唉？……"

大娘这回来，还捎来一把剪刀，给我剪去了足有一寸半长的头发。还捎来一身老头的旧衣裳——大裤裆，肥袖子，叫我换上。然后她把我的衣服包好准备带走。临走时还说："我下回来用个新暗号——衣裳洗完了。记住呀！唉？"

大娘从这次走了以后，一连三天都没来给我送饭。我心里思虑多端，放心不下，此后吃饭也成了问题。

到了第三天，我饿得实在不行了，咬紧牙关挨到天黑，便扒开洞口悄悄爬出来，然后又把洞口堵好，便向芦草边爬去，想找点可吃的东西来充饥。

这时，满天星斗，月明如昼，一丝风也没有，宁静极了。我刚爬到芦草边上，忽见那边芦草在向两边倒着，明显是有人过来了。是大娘，还是敌人？我一边想着，一边把枪顶上火，在芦草中安静地趴下来。一会儿，那人走近了，竟是一个男人。只见他提着篮子，挟着小包，很像给我送饭的样子。可这是谁呢？是不是敌人化装的？又见他走到坟边，围着坟转了几个圈儿，便蹲在洞口上，瞅着，仔细地瞅着。一会儿他捶了三下坟壁，又悄悄地凑在土皮上，轻轻地喊我的名字。

原来是我的支队长到了！我高兴得一下子喊起来：

"队长！我在这儿！"

他一愣神，旋即微笑着向我走过来。我一下子扑到他的怀里。队长抱着我，向我说："我写的信……"

"我接到啦！"我说。

"那好。"队长说，"你先吃饭——饿坏了吧？"

"没关系！"见了队长，我也真忘了饿啦。

我吃着饭，队长抽着烟，他忽然问我："这干粮，你吃过不少啦。可知道是怎么来的吗？"他把我问怔了，一时没答上话来，队长叹了一口气，一字一板地说：

"这干粮，都是老大娘她老人家，沿街讨要……"

队长激动得说不下去了。我吃惊地问：

"真的？你怎么知道的？"

"这事也赶巧啦！"队长抽一口烟，吐出来，还是他那老习惯，慢慢腾腾一字一板地说："那天是于集大集，我化装去赶集，碰上一个要饭的老大娘。这时，一个日本鬼子纵狗去咬那要饭的大娘。"

"我一看，火了！"队长说，"我一个箭步蹿上去，抬腿就是一脚，把狗踢得翻了个跟头，躺在一边光望着它主人叫，起不来了。这一下可闯祸了，那敌人拔出洋刀向我逼过来。我一看，一不做二不休，打发这个小子回东京吧——掏出枪来，一下子放倒了他！这时，旁边还有一个鬼子，拔腿就跑，我回手又是一枪……大集乱了，人们喊喊叫叫四处奔跑。我就着这个乱劲，背起大娘跑了……后来，大娘知道我是八路军，便把你的一切情况告诉了我。当时，我因有个紧急任务，不能马上去接你，便写了那封信……"

"大娘三天没来了，不知怎么样了？"

"她被捕了！"

"什么？"我一把抓住队长。

"她被捕了！"队长说，"是三天前被捕的，罪名是窝藏共产党。今天我到她家去，只有她的孩子在家。"队长解开小包袱，把里边的衣裳递给我说：

"这是她给你洗的衣服。"

我的泪水淌了下来……

"哭什么呀？"老社长一句话，使我从回忆中回过神来。我一边擦着泪水，一边解释说："我又想起某大娘来了。"

"老郭呀，我看甭介绍了，你就去访她吧——要不，我介绍介绍就得半夜了，你今天就访不成了。"

"也好——你就告诉我她的住址吧。"

还未到后半夜，我便从访问的杨大娘的家里回来了，这位杨老大娘的事迹虽然也很动人，可她不是救我的那位大娘啊！

大娘啊，大娘！我是一定要访到你的！我踏着金黄的月光，走着，想着。

…………

1965 年 8 月

郭澄清的文学是文学的经典（代后记）

尚启元

我始终认为，郭澄清短篇小说的语言艺术性、叙事文学性，谋篇布局之巧妙，放到中国百年文学之中仍然是经典中的经典。

郭澄清的《黑掌柜》发表于 1962 年的《大公报》第 112 期；1978 年，《黑掌柜》收入《建国以来短篇小说选》（人民文学出版社）；同年，《黑掌柜》收入《建国以来短篇小说选》（上海文艺出版社）；1984 年，《黑掌柜》收入大学教材《大学写作》（复旦大学出版社），该教材只收两篇小说，另一篇是鲁迅的《药》；1986 年，《黑掌柜》收入《中国新文艺大系》（人民文学出版社）；2009 年，《黑掌柜》收入《篱下百花》（新中国 60 年中短篇小说典藏）第二卷（人民文学出版社）；2019 年，《黑掌柜》入选《新中国 70 年文学丛书》（作家出版社）；2021 年，《社迷》入选《百年文学主流·小说大系》（济南出版社）……

郭澄清先生比其他作家，是更早就意识到把现实主义的批判反思引入对历史的思考，来凸显作家思想的控制力和节制力。他创作的短篇小说《黑掌柜》，带着时代思想的勇气，也带着时代思想的矛盾冲突，却并不偏激，没有把思想推向极端。

阅读郭澄清的短篇小说，不难发现，他更多地把笔墨放在了鲁北农村这片广袤的土地上，尤其是自己的家乡宁津。中国作家大多具有乡村背景，乡土不仅仅是其一生挥之不去、割舍不了的情愫，更是其文学精神不可或缺的重要构成。对在乡村度过童年时光的郭澄清先生而言，乡村故园始终蔓延于创作过程，氤氲于作品之内，外显为特殊的气韵与品格。或许，正是得益于对乡村沃野丰富芜杂记忆的采撷，文学作品才被注入纷纭生长的活力与生机。就如同郭澄清先生写的一首《故乡风韵》：

丛丛绿柳掩红瓦，
日照村头一农家。
静静小河门前走，
小小木桥河上搭。

鸭戏河水桃花开，
鹅唱荷塘叫嘎嘎。
爷爷执竿把鱼钓，
身旁放着一壶茶。

对岸有棵白杨树，
孙孙正往树上爬。
树尖喜鹊喳喳叫，
好幅农家田园画。

郭澄清先生的诗，是诗中有画、画中有诗，是童年的"桃花源"，更有对家乡那一抹炙热的情愫。这首诗描写他内心对故乡的热爱和深深的眷恋。亲吻着故乡故土的郭澄清先生，心中有情、笔下生花的郭澄清先生，自然而然地进行着独特的有着浑厚的泥土气息和浓郁的地方特色的文学叙述，他那细腻笔触刻画的鲁北平原的风土人情，犹如一幅幅风俗画卷展现在读者的面前。

生活在这样的乡土环境中，郭澄清先生首先学会了对生活的细微观察。在他的笔下，无论是贫苦农民，还是地主恶霸，都鲜活生动、贴近真实。虽然学界普遍将郭澄清划归为现实主义作家，其作品中的大部分内容也取材于自己真实的经历或和朋友交谈中所了解到的故事，但郭澄清的小说却也绝不仅仅是将生活真实的完全照搬，他巧妙地运用多种陌生化手段进行叙事，从而赋予其文本叙述以饱满的张力。

短篇小说《社迷》描写了一位农业合作社社员高大，热心关注参与农业合作社生产发展的故事，故事通过"嘴、腿、耳、眼、手"五个章节来展开，将高大嘴上谈话不离社、经常往社里跑、耳中常怀社、眼里惦记着劳动生产、手巧不闲，这种爱社如家、积极走集体化人民公社的无限热情表现得淋漓尽致。

他的《高七》《社迷》《孟琢磨》等小说都以人物"命名"，塑造了几十个栩栩如生的社会主义新人形象。这些人物都扎根在历史和现实的沃土之中，并成了那个时代的标志。他们不是作家灵感所至的即兴创作，也不是对农村生活的表面现象的描摹，而是郭澄清在对中国农村社会深刻解剖的基础上所结出的硕果。

现在看来，郭澄清先生的短篇小说无论是内容还是艺术特色依旧闪烁着迷人的魅力。

郭澄清是现实主义文学的坚守者，也是历史的忠实记录者。郭澄清先生写诗《钢笔的自白》自喻：

虽然，
我只是一片儿合金，
却有着，
我自己的责任，

虽然，
我没有口腔舌唇，
却能够，
发出人民的心音。

虽然，
我和锤头镰刀本是兄弟三人，
却曾有人，

不许我们相互亲近，

虽然，
他们歹心用尽，
却不能，
使我们兄弟三人骨肉分离。

我自豪，
我发出过人民的心音。
我自愧，
我发不出人类的最强音。
我承认，
我自己的愚蠢拙笨，
我敬仰，
智慧的老前辈，
我坚信，
大有作为的后来人……

　　郭澄清先生作为一个时代的文学叙述经典符号，他那成熟的叙述文体，高雅的叙述风格一定是永恒的存在。我曾在《麦田守望者》一文中写道：读完郭澄清先生的作品，我突然想起法国画家弥勒的作品《拾穗者》。我总感觉郭澄清就像画中的拾穗者，守望着鲁北平原这片广阔的麦田。亲吻炙热的土地，用心感受农民的生活，抚摸家乡的一草一木。在他的笔下，一个个生动的故事，栩栩如生的人物，鲁北平原的土地、城市、河流、村庄、田园、小镇……活灵活现。

　　在此说明，郭澄清先生创作的短篇小说远不止本书中所收录这几十篇，还有一些短篇小说，因为媒介手段的单一、保存方式的不完善，没有被收集下来，这不免是一种遗憾，也更是中国文学史上的损失。但这并不妨碍郭澄清先生的短篇小说的艺术水准和内容思想的高尚。

　　遵郭洪志先生嘱托，收集整理《郭澄清别集》，特赘言如上。